EL GEN DE DIOS

Juan Abreu (La Habana, 1952). Ha publicado, entre otras obras *Garbageland* (Mondadori, 2001); *Gimnasio* (Poliedro, 2002); *Orlán Veinticinco* (Mondadori, 2003); *Cinco cervezas* (Poliedro 2005); *Diosa* (Tusquets 2007); *A la sombra del mar* (Editores Argentinos, 2016); *Debajo de la mesa. Memorias* (Editores Argentinos, 2016); *El pájaro* (bokeh, 2017); *De sexo*, (Hypermedia (2017); y *Rebelión en Catanya* (Hypermedia, 2017). Su obra ha sido traducida al alemán, francés, italiano y catalán. Reside en Barcelona.

Juan Abreu

EL GEN DE DIOS

De la presente edición, 2018

© Juan Abreu
© Editorial Hypermedia

Editorial Hypermedia
www.editorialhypermedia.com
www.hypermediamagazine.com
hypermedia@editorialhypermedia.com

Dirección de la colección Mariel: Juan Abreu
Edición: Ladislao Aguado
Diseño de colección y portada: Herman Vega Vogeler
Imagen de cubierta: Steve Johnson
Corrección y maquetación: Editorial Hypermedia

ISBN: 978-1-948517-34-8

A PROPÓSITO DE LA COLECCIÓN «MARIEL»

Hay una Cuba de antes de 1980 y una Cuba que comenzó a nacer a partir de 1980. En esa Cuba de antes de 1980, los que huían de la isla, se consideraban exiliados. En la Cuba posterior, sobre todo a partir de la década de los 90, eso fue cambiando y surgió la figura del emigrante del castrismo cubano. Algo que a mí siempre me ha parecido insólito, de una dictadura se huye no se emigra.

Los libros que he agrupado en esta colección, pertenecen, literariamente hablando, a esa Cuba anterior a 1980: sólo pueden haber sido escritos por exiliados de la dictadura cubana. No quiero decir que sean mejores ni peores, sólo señalo que pertenecen a una época y a una Cuba que ya no existe, o de la que ya queda muy poco, y que comparten cierta mirada sobre los tiempos que a los autores les tocó vivir, amén de una saludable furia.

Algunos de los escritores que agrupo en esta colección, que se publica gracias a la iniciativa y al interés de Editorial Hypermedia, salieron de la isla durante el Éxodo del Mariel, otros lo hicieron un poco antes o algo después del gran éxodo marítimo. Pero todos pertenecen a esa Cuba que producía exiliados políticos, fugitivos, y no emigrantes. A mi entender, estas obras se alimentan, enriquecen e iluminan unas a otras, y ayudan a definir y a comprender el tiempo que a sus autores les tocó padecer. Por eso las he reunido aquí.

Juan Abreu

El contenido de El gen de Dios *es, por supuesto, pura ficción. Cuando se mencionan nombres de figuras públicas o empresas, esto refleja exclusivamente una realidad metafórica que siempre alude a personajes inventados en situaciones inventadas. En ningún caso, en ninguna circunstancia, pretenden comunicar información alguna sobre personas vivas o muertas o sobre empresas o productos reales. Aparecen como metáforas de una época, como proyecciones de una pesadilla colectiva.*

Para Marta Sugrañes, porque somos la misma persona.

El espíritu de la ceiba[1] es eminentemente maternal.
Lydia Cabrera. *El Monte*

---

[1] Ceiba: O Seiba. Gigante de los campos de Cuba. En la conciencia mística de los cubanos se le considera el «Árbol Sagrado» por excelencia.

PERSONAJES PRINCIPALES

Laurie, Rentel, Mía, Casatt, Sall: jóvenes guerreros del mundo subterráneo. Juntos se enfrentan a los gusanos gigantes y a la extinción decretada por el Gobierno de Tierra Firme. Les será encomendada la más crucial de las misiones: salvar el Libro Sagrado.

El Viejo Darma: Líder espiritual de los habitantes de Garbageland. Intérprete del Libro Sagrado, que contiene y trasmite la belleza de la Antigua Naturaleza, devastada por las Guerras de Reorden. Los miembros de las tribus creen que encierra la voz y la esperanza que representa un lugar mítico que todos sueñan con alcanzar, El Monte.

Alfil Tres: Cría robada de Garbageland para ser convertida en prototipo de una serie televisiva en Tierra Firme. Luego de pasar algunos años en un orfanato huye y crece con los pandilleros de la Casa Alfil, hasta que después de ser herido en Game-Game, una casa de juegos de NewManhattan, es rescatado por Orlán Veinticinco que planea usar su excelencia como esgrimista en su Performance Definitiva contra DisneyCorp y su aliado el Gobierno Mundial.

El Black: Mar subterráneo y mortífero; poblado, según las leyendas, por mutantes. En él se sumergen los guerreros en busca de objetos maravillosos y para mostrar su valentía. Los ancianos de las tribus creen que contiene el pasado, el alma pedida de la Humanidad. Un lugar desolador cuya simple cercanía produce una angustia que puede resultar mortal.

El Monte: Lugar donde se conserva intacta la Antigua Naturaleza. Nadie sabe a ciencia cierta si existe o se trata de una leyenda. En ella, según cuenta el Libro

15

Sagrado, vive una poderosa sacerdotisa. Se llega a él a través de una puerta de palabras en el fondo del Black.

BRADBURY: sabueso mecánico entrenado para localizar y perseguir a las ratas del basurero. Así llaman los cazadores de Tierra Firme a los habitantes de Garbageland.

PIERRE BONNARD: pintor francés (Fontenay-aux-Roses, 1864-Cannet, 1947). Al comienzo de su carrera forma parte, junto a Vuillard, Denis, Serusier y otros, de un grupo de artistas autodenominados nabis (profetas). Luego su arte evoluciona hacia un expresionismo lírico, individualista y extremadamente personal. Vivió los últimos veinticinco años de su vida en Villa Cannet, cerca de Cannes. En el año 2563, Orlán Veinticinco envía a Alfil Tres al pasado con el propósito de que incorpore la belleza de la obra de Bonnard, que en esa época es considerada degenerada y ha sido condenada a la desaparición, a su poética de combate. Posteriormente, traslada al pintor al futuro como colaborador de los preparativos de su Performance Definitiva.

RAY (CLONLIEBRE): Uno de los tantos productos Clónicos de la época. Son usados fundamentalmente como correos secretos. Comprado y rediseñado por Orlán es uno de sus más fieles aliados y un letal combatiente. Su arma preferida es la Relincher 457 de fabricación china, y los mortíferos Trompos de la línea de productos Infancia Mortal de Maten Inc.

ASÚN: Guerrillera del grupo de Orlán. Posee un cuerpo de diseño mortalcombat que la hace extremadamente eficaz en la batalla. Su arma preferida es el mortífero McColt 360 A9. De vivir ambos más tiempo, Alfil Tres la hubiera amado.

MONJES LLADRÓS: Religiosos guerreros, habitantes del NewPlaneta; aunque también pueden incursionar en Tierra Firme. Son clonaciones virtualcarnales de figuras de porcelana muy populares durante la época PreReorden. Renacidos en el WebLand-Tierra Santa son defensores a ultranza de la NewEstética, de la que son considerados precursores.

ORLÁN VEINTICINCO: como su nombre indica se trata de la clonación número veinticinco de una artista del siglo XX. Es capaz de vivir en Tierra Firme y en WebLand-Tierra Santa y se le considera el enemigo número uno del sistema. Odia la nueva estética y la virtualcarnalidad y su mayor anhelo es protagonizar una performance tan desestabilizadora que provoque el descalabro del NewOrden y el regreso a la Antigua Naturaleza. Conserva una impresionante colección clandestina de obras maestras condenadas a la desaparición total por el Consejo Teológico Mundial; viaja dentro de ellas por el planeta WebLand-Tierra Santa. Es la mayor amenaza al Reorden Virtualcarnal General y se le conoce, entre otros nombres, como la Blasfemia Máxima, La Artista, La Terrorista, La Bestia, La Podredumbre, El Ángel de la Muerte, etc.

MOITÓN TOONOSEVICH: afamado científico e historiador dedicado a la investigación de las tendencias, según él ancestrales, de la raza humana a la virtualcarnalidad. Posee una colección de incunables entre los que se halla un libro clave para la performance que planea Orlán. Apoya entusiasta el NewPlaneta y la NewRealidad y su mayor deseo es mudarse permanentemente a WebLand-Tierra Santa, donde ya lo aguarda su esposa 6Minnie.

JEFF W. SULLIVAN: mecánico de naves de transporte de la ciudad de NewManhattan, Capital de Tierra Firme. Mientras desayuna en un McBurgers se le aparece DiosMike, uno de los más importantes Atletadioses del SportOlimpo. A partir de ese instante su vida cambiará drásticamente.

HERMANAS IMPOLUTAS DE LA SANTA COFRADÍA DE LA SUMA BLANCURA: milenaria secta de monjas anárquicas y guerreras dedicadas al cultivo de las artes marciales y la música clásica antigua. Dos sobrevivientes de su estirpe hacen de guardaespaldas de Orlán Veinticinco. Su extraordinaria capacidad para componer música culta, extremadamente inútil y tediosa, es decir contraria a la estética oficial, resulta fundamental para los transgresores planes de la terrorista Orlán.

TED KOSLOWSKY: presidente y comandante en jefe del NewManhattan All Stars, el más famoso equipo de baloncesto del planeta. Uno de los VeryFirstClassMultiEjecutivos y VeryImportanPersons más poderosos de Tierra Firme. Se hace cargo de Sullivan a partir del momento de la aparición de DiosMike y se encarga de guiarlo en el proceloso mar de su recién adquirida fama.

MASTER YUKIANDO KAWABATA: maestro del arte del bondage. Acompaña permanentemente a su amo Ted Koslowsky sobre cuyo cuerpo realiza una obra de arte infinita. Su trabajo es seguido desde el Museum of Modern Art de NewManhattan (MOMA) por miles de admiradores. Sus nudos y amarres mantienen a Koslowsky en óptimas condiciones físicas y mentales.

MARILYDIVA: estrella del famoso VIRTUSEX ROUGE y madre de Jeff W. Sullivan. Desde hace mucho tiempo no mantiene relaciones con su hijo, dedicada en cuerpo y alma a convertirse en una winnerbeing, pero la aparición del Atleta-Dios y los cambios que esto acarrea a la vida de su retoño darán un cariz diferente a su carrera y a su vida.

EL GORDO: ser virtualcarnalizado por Orlán Veinticinco a partir de la obra de un oscuro poeta de la época PreReorden. La poesía de El Gordo tiene tal carga de Tedio Total y Aburrimiento Máximo, es tan contraria a la NewEstética, que la Blasfemia Máxima está convencida que puede ser un factor determinante para el triunfo de su Performance.

MICS: miembros del Ejército de la Corporación Disneys puestos al servicio del Gobierno Mundial y del Consejo Teológico Mundial. Junto a los MicMasters, guerreros mejorados virtualcarnal y genéticamente, fueron la punta de lanza y la fuerza decisiva en la victoria aliada durante las Guerras de Reorden.

CÁNCERES DISNEYS: Engendros virtugenéticos producidos por Maten Inc. para DisneyCorp. Legiones de estos animales-armas fueron usados durante las Guerras de Reorden y posteriormente en el acoso y aniquilamiento de las Guerrillas Anticonsumo. Igualmente letales en el NewPlaneta que en Tierra Firme son la simbiosis perfecta entre el espíritu entretenido, infantil, juguetón, y la máxima eficiencia asesina.

EL CIELO: Techo, formado por diversas capas de filtros adosados a una aleación de plástico infinito, que cubre las principales ciudades de Tierra Firme. Su función principal es protegerlas del Sol desnudo que penetra por los inmensos agujeros en la capa de ozono. También sirve como pantalla parcelada en la que se anuncian las principales megacorporaciones. Verdaderos prodigios arquitectónicos. El Cielo que cubre NewManhattan está considerado una de las Siete Maravillas del mundo del Reorden.

GUNTAAR: Viajero en el tiempo, amante del sexo con personajes históricos, especialmente con AmanteComandante. Después de la resurreccción de Dios y de la implantación de su reino, Guntaar descubre que su máxima aspiración es desaparecer, detenerse. Algo imposible en un mundo donde la muerte ha sido abolida. Esto lo llevará a una confrontación de proporciones insospechadas con Dios y con sus representantes en el nuevo planeta virtualcarnal.

LIBRO PRIMERO
GARBAGELAND

Bote. Salimos a las once. Pasamos rozando a Maisí, y vemos la farola. Yo en el puente. A las siete y media, oscuridad. Movimiento a bordo. Capitán conmovido. Bajan el bote. Llueve grueso al arrancar. Rumbamos mal. Ideas diversas y revueltas en el bote. Más chubasco. El timón se pierde. Fijamos rumbo. Llevo el remo de proa. Salas rema seguido. Paquito Borrero y el General ayudan de popa. Nos ceñimos los revólveres. Rumbo al abra. La Luna asoma, roja, bajo una nube. Arribamos a una playa de tierra, La Playita (al pie de Cajobabo). Me quedo en el bote el último vaciándolo. Salto. Dicha grande.

SPARROWNES

Hurgaban en los frutos con sus picos cuneiformes. Eran sparrownes de la época del Reorden. Laurie lo sabía por el color. Castaño, con estrías blancas en las alas, el cogote negro y la cola azul cobalto. También por el tamaño. Presas codiciadas: saliva fluyendo, un fugaz mareo producido por el recuerdo de la carne asada y los estómagos llenos.

Algunos sparrownes alcanzaban metro y medio y treinta kilos de peso. Todo a causa de los cambios climatológicos y la dieta contaminada. De las lluvias ácidas y las tormentas radiactivas. Aunque la carne todavía no estaba envenenada, o al menos no lo estaba el verano anterior cuando lograron atrapar algunos con trampas.

La carne era de suma importancia para la tribu, podía significar la diferencia entre la vida y la muerte para alguno de los niños.

Los pájaros conservaban un aura de cosa antigua, de cuando en la isla había ciudades. Antes, eran pequeños pájaros de lugares como La Habana, Matanzas, Alquízar, La Lisa, El Cerro, Poey, Pinar del Río; sitios que no significaban nada, que nada evocaban. Nombres vacíos, descubiertos al escudriñar en los pedazos de amarillentos mapas encontrados.

Palabras rescatadas.

Atesoradas a partir del momento en que las leía el Viejo Darma.

Los nísperos goteaban sobre el suelo arenoso. Chás. Mínimos charcos, creciendo. Entre las ramas se distinguían retazos de mar salpicado de islotes de espuma hedionda, que bajaba por las gigantescas tuberías desde las recicladoras engarzadas en la cima del acantilado. Mejor no tocar aquella espuma. Devoraba la piel en pocos minutos.

La muchacha sentía, pegado a su rostro, el aliento pastoso de Urgo. Tenía rostro de niña para sus veinte años. La cabeza rapada, a excepción de un mechón terminado en fleco, largo, tieso y azul que le caía hasta el pecho. Todos los miembros de su familia tenían el pelo azul; algo había empezado a mutar también en los humanos de los túneles.

No pesaba más de cuarenta y cinco kilos, pero los músculos tensos debajo de la piel temblaban al borde de la acción, como armas. Sus ojos, casi redondos, muy separados, reflejaban el color oxidado del mar. Se estaba preguntando, sin hacer el menor movimiento, cómo aquellos pajarracos aguantaban tanto expuestos al Sol. Ningún humano podía permanecer a la intemperie más de veinte minutos. No sin protección. No sin que al poco tiempo le brotaran aquellos cochinos cánceres.

Y allí estaban ellos, metiendo los jodidos picos en los nísperos. Chás. Desde hacía más de media hora. Pensó otra vez en la carne granulosa debajo del plumaje rechinante y la boca se le humedeció.

La isla era un descomunal basurero de 114.524 kilómetros cuadrados, tal y como se acordara durante el Tercer Reorden Mundial. Un basurero lleno de unidades de reciclaje, inmensos almacenes, aeropuertos para las naves de transporte, túneles y supercarreteras que desembocaban en almacenes gigantes, en puentes que corrían hacia Florida, Tierra Firme. Pero pocos árboles. Y menos comida.

Urgo encontró el árbol al amanecer. Apareció entre las hilachas de la niebla color pus que se arrastraba en la cresta del acantilado y colgaba sobre la costa. Casi tropieza con él. Andaba husmeando al borde de la supercarretera P30 en busca de objetos caídos de los vehículos de transporte. En las últimas semanas había tenido una suerte extraordinaria en aquella zona. Dos paquetes de raciones del ejército, una lámpara de mano y un libro de historietas de Orlan Veinticinco que era un tesoro. Si por fin se decidía a intercambiarlo con gente de las otras tribus.

No recordaba haber visto antes el árbol en aquel recodo lleno de arena gruesa, que formaba un saliente sobre el vacío y el mar. Carmelita el mar y sus ponzoñosos icebergs. Abajo. Chás. Pero todos aquellos parajes se parecían. Copias de paisajes reconstruidos a toda prisa después de la guerra. Cosa de máquinas. Uniformidad. Productos industriales de reciclaje. Clonación de ambientes, de objetos. Nada que ver con la Antigua Naturaleza.

Nadie en las tribus, ni los más viejos, había alcanzado a vivir en la Antigua Naturaleza. La conocían a través del Libro Sagrado.

Frutas. Árbol. Sparrownes. Corrió, alegre, a compartir con Laurie su descubrimiento. No se acercó a los nísperos caídos. Aunque ganas no le faltaron. Quería evitar que su olor espantara a los sparrownes. Tenían muy mala vista, pero un excelente olfato.

Ahora los muchachos llevaban una hora apretados en el agujero. A unos pasos de la luz. Viendo a los pájaros hartarse.

—¿Cuánto más vamos a esperar? —susurró Urgo en el oído de la muchacha. La voz surgió como de una gruta reseca. Voz de plástico poroso. Poros tupidos, llenos de polvo. Rasposa voz, atravesada por alambres. Voz áspera. Voz de Garbageland.

La respuesta llegó al rato. Cuando ya no parecía tener relación alguna con la pregunta.

—Podría ser una trampa.

—¿Una trampa? ¿Dónde?

—No sé. Hay algo en los pájaros.

—Algo en los pájaros. ¿Qué?

—No sé. Algo.

Laurie no apartó los ojos del árbol, de los sparrownes, al hablar. La claridad crepitaba. A unos pasos. Arena quemada. Aire hirviente más que aire supuración.

El Sol desnudo entraba por el enorme agujero en la capa de ozono sobre el Caribe y gran parte de Tierra Firme. Atmósfera envenenada. Los pájaros, y todo animal diurno de superficie, resultaban verdaderamente raros. Aún los alterados genéticamente. Clonados y rediseñados en laboratorios floridanos y puestos en libertad en Garbageland. Cultivo de pieles resistentes al Sol; útiles en la confección de uniformes militares.

Experimentos. Nuevas especies.

Los pájaros, y cualquier otro animal, constituían un manjar raro y necesario para los pocos nativos sobrevivientes, que habitaban en túneles bajo las montañas siempre cambiantes de desperdicios.

—Es demasiado perfecto —dijo Laurie.

—¿Demasiado? ¿Qué quieres decir?

—El conjunto. El árbol. Los bicharracos esos. Demasiado brillantes, demasiado pulidos.

—No puede ser una transmisión… no emplearían tantos recursos para cazarnos a nosotros —Urgo la miró impaciente.

El fulgor de sus ojos apagado por la oscuridad. Dieciséis años. Fornido y ancho. La muchacha sabía que tenía razón. Todo aquello por dos miserables ratas del basurero: imposible.

—Voy —murmuró Urgo.

Ella aún resistía. Su instinto la bombardeaba con oleadas de inestabilidad. De inquietud. Y hacer caso a esa sensación le había salvado la vida en diversas ocasiones. Chás. Las tripas le crujieron. Un sonido cloqueante ascendió y se arrugó en la garganta. Hambre.

La áspera superficie de los pantalones y luego las botas cubiertas de material aislante pasaron a su lado. Urgo se arrastraba, cauteloso, hacia la boca del túnel. El restallar de la luz, más allá, escocía a pesar de las gafas y de la capucha protectora.

El árbol se mostraba rutilante. Como una aparición. Emergiendo de la arena caliente. Sparrownes; picos manchados de jugo e hilachas. Picos poderosos, curvos, bermellón. Y la superficie veteada de las rocas artificiales, contra el mar hinchado.

Un retazo entre las ramas: erupción incandescente rayada de pústulas violáceas: el cielo.

Por fin salió a la claridad. La figura del muchacho se diluyó un instante. Derretida. Pero cuando ella sacó la cabeza a la luz allí estaba. Esperándola. El rostro iluminado desde adentro. Sonriendo con todos los dientes. Una gota de saliva brillando en la comisura de los labios. Como un diamante de las viejas revistas de Tierra Firme.

No disponían de mucho tiempo. El Sol enviaba radiaciones mortíferas. Avanzaron con las armas listas. El árbol continuaba allí.

Los pájaros continuaban allí. Picoteando. Chás… chás… chás. Urgo la adelantaba un par de pasos. Las botas se hundían en la arena: huellas de contornos titilantes. La superficie de las ropas empezó a hervir. El largo fleco bailoteaba ante los ojos de Laurie, cortaba el paisaje a cada movimiento.

Cuando estaban a pocos metros, uno de los pájaros dejó de picotear. Alzó la cabeza y los miró.

Una ola de pavor subió por las piernas de la muchacha, inmovilizándola. Las cifras, en ordenada hilera, cruzaban de izquierda a derecha las pupilas moradas del ave. Eran pequeñas, verdes, luminiscentes. Volvió el rostro al tiempo que, mecánicamente, levantaba el arma. No llegó a disparar. La cabeza de Urgo, por un instante, estuvo de perfil. La gota de saliva en su sitio. Los poros abiertos, recalentados.

Luego estalló.

Llegó el ruido, siseando. Laurie cayó de espaldas, aturdida por la fuerza de la explosión. Los pedazos de la cabeza del muchacho le salpicaron el pecho, el rostro. Tendida, aplastada contra la arena, vio la mancha de las naves. Una patrullera larga, afilada, silenciosa contra el cielo rugoso. Otra pequeña, con números enormes en los costados y largos brazos provistos de cámaras; brazos elásticos terminados en espejos de plata reluciente.

El árbol ya no estaba. Ni los sparrownes. Sabía lo que significaban aquellas luces. Una voz metálica repetía en el idioma oficial:

Freeze!... Freeze!

Aspereza, monotonía. Mugre. Ardor. Lentitud. Aire estrujado. Abrió la boca, pero el chillido de terror que se apelotonaba en su garganta no salió. Por puro instinto, giró sobre la espalda. Nariz llena de olor a sangre, lengua arenosa. Una nueva explosión la levantó arrojándola a varios metros de altura. Sumergida en una espesa lluvia de arena.

No llegó a caer.

Se lanzó —convertida en una espiral rabiosa, menguante— hacia la boca del túnel.

La humedad y el silencio del cercano pasadizo rezumaban frescor. Creía desplazarse lenta, muy lentamente. Pero era una ilusión.

El miedo había desaparecido. La voz y los zumbidos seguían resonando arriba. Y se sintió sola bajo el Sol infernal.

Las barrancas feraces y elevadas penden, desgarradas a trechos, hacia el cauce, estrecho aún, por donde corren, turbias y revueltas, las primeras lluvias. De suave reverencia se hincha el pecho, y cariño poderoso, ante el vasto paisaje del río amado. Lo cruzamos, por cerca de una seiba, y, luego del saludo a una familia mambí, muy gozosa de vernos, entramos al bosque claro, de Sol dulce, de arbolado ligero, de hoja acuosa. Como por sobre alfombra van los caballos, de lo mucho del césped. Arriba el curujeyal da al cielo azul, o la palma nueva, o el dagame que da la flor más fina, amada de la abeja, o la guásima, o la jutía. Todo es festón y hojeo, y por entre los claros, a la derecha, se ve el verde del limpio, a la otra margen, abrigado y espeso. Veo allí el ateje, de copa alta y menuda, de parásitas y curujeyes; el caguairán, «el palo más fuerte de Cuba», el grueso júcaro, el almácigo, de piel de seda, la jagua, de hoja ancha, la preñada güira, el jigüe duro, de negro corazón para bastones, y cáscara de curtir, el jubarán, de fronda leve, cuyas hojas, capa a capa, «vuelven raso el tabaco», la caoba, de corteza brusca, la quiebrahacha, de tronco estriado, y abierto en ramos recios, cerca de las raíces (el caimitillo y el cupey y la picapica), y la yamagua, que estanca la sangre.

ALGUIEN CANTABA EN EL *AGUANEGRA*

Ending. El nivel más profundo. El secreto mejor guardado de Garbageland. Lugar de reunión de los habitantes de las cuevas. Hogar del Viejo Darma y su escasa tribu.

No era fácil llegar. En cierta ocasión, durante el exterminio de los isleños, una patrulla de Mics y un pelotón de soldados de los Ejércitos de Tierra Firme lo intentaron. Perseguían a los sobrevivientes de una emboscada que buscaban refugio en los niveles más bajos. Nadie regresó a la superficie. Un verdadero laberinto de túneles se encargaba de disuadir a cualquier intruso, haciéndolo terminar en un remoto rincón, devorado por la aspereza, las ratas o los gusanos gigantes. O raptado por los mutantes. Un destino peor que la muerte, según algunas leyendas.

Ending: la caverna, de piedra caliza, blanca y húmeda, podría haber formado parte de una antigua corriente de agua subterránea. Techo en penumbras, acribillado de respiraderos que ascendían hasta cuevas submarinas por las que penetraba el aire desde la superficie. Las paredes llenas de estrías: venas petrificadas los recuerdos del agua. El recinto había pertenecido, alguna vez, a los dominios del mar. Pero antiguos movimientos tectónicos o terremotos provocados por el impacto de los misiles intercontinentales la convirtieron en el corazón del basurero y en el más seguro refugio de los isleños.

Llevaban varias horas arribando. Las tribus. Vivían dispersas, mientras más dispersos menos posibilidades de ser exterminados. Grupos reducidos, de entre diez y veinte miembros. Dirigidos por los ancianos. Jóvenes encargados de la defensa y la alimentación, mujeres fértiles y cuando había suerte, niños. La mayoría moría al nacer, o no alcanzaban el año de vida. Los niños significaban la esperanza de sobrevivir de los habitantes de la isla, que en su día se contaron por millones. Ahora no superaban los dos o tres centenares de individuos.

Llegaron primero los viejos: ya pasaban los cincuenta años. En el basurero pocos vivían hasta esa edad. Demasiadas filtraciones de desechos químicos, demasiadas patrullas, demasiada exposición al Sol sin la protección adecuada. Cánceres. Demasiadas enfermedades de la piel. Demasiada hambre. Demasiados depredadores. Gusanos, ratas gigantes. Demasiadas trampas de carreteras del mundo exterior. Demasiados turistas, demasiados Bradburys.

Demasiada agua contaminada, a pesar de los sistemas de purificación inventados por el Viejo Darma.

Al final, fueron alrededor de setenta, iluminados por la luz quemada de las lámparas. Sombras trepando y encorvándose por la pared blanda, trufada de agujeros dormitorio, de restos coralinos y de fósiles.

Estaban reunidos para ver el resultado de la más reciente inmersión de un guerrero en el Black. Black era tristeza líquida muy por debajo de Ending. Melaza espesa. Caldo acumulado durante siglos en los inmensos receptáculos del agotado petróleo. El subsuelo, acogiendo todos los desperdicios. Tristeza abisal. Todos los restos. Residuos de guerras, de ciudades, de cosechas abortadas. Maíz inteligente, trigo blindado. Bibliotecas desechadas durante el proceso de disneyficación. Batallones de cyborgs miméticos que huyeron y a los que demoró años cazar y ejecutar. Años de excrecencias químicas y biológicas aportadas por laboratorios de New York, California y otras regiones de Tierra Firme. Generaciones de robots que resultaron demasiado independientes y hubo que neutralizar. Sueños de máquinas espléndidas, invencibles, que terminaron siendo incontrolables. Clonaciones fallidas. Superguerreros ciegos. Soldados inmunes a las balas, pero demasiado sentimentales. Experimentos genéticos que siguieron cursos inesperados. Décadas de estados intermedios en el camino de la virtualcarnalidad.

Más tarde, los depósitos abandonados, sin control, se convirtieron en vertederos donde iba a parar todo lo que se tragaba la tierra y los piratas y traficantes deseaban que desapareciera sin dejar rastro.

Tráfico de desechos. Gobiernos corruptos y pandillas planetarias alimentando las enormes bocas de los Blacks (los había similares en lo que quedó de Europa, en India, África y en el Archipiélago Canario); antes que fueran clausurados por orden de las autoridades sanitarias del Gobierno Mundial.

En algunos puntos el Black apenas alcanzaba unos pies de profundidad. En otros no tenía fondo. En esos sitios, mientras más profundo mejor, los pescadores de la tribu se sumergían (siempre bien atados a la superficie), y arañaban las paredes fangosas. Todo un ritual de autoafirmación y muerte.

En raras ocasiones hallaban algo útil. Muchos de los valientes que se arriesgaban en estas incursiones no regresaban: enloquecían de angustia. O el traje de inmersión no había quedado perfectamente hermético. Bastaban unos segundos de contacto directo con el *aguanegra* para que un cuerpo fuera devorado hasta los huesos. En realidad nadie sabía lo que sucedía bajo aquella superficie pesada y oscura.

Y estaban las historias acerca de los mutantes que habitaban el Black. Seres mitad monstruos, mitad máquinas, criaturas en la frontera entre lo mitológico y lo tecnológico. Seres terroríficos, todopoderosos. Seres escapados de la Historia de la Especie. Engendros producto de malos cálculos, de errores de la imaginación científica.

Algunos viejos decían que el Black era la Historia. El alma de la Humanidad.

También lo habían afirmado sus padres, y los padres de sus padres. El lugar más desolador; en ese punto estaban de acuerdo todos.

Como el número de integrantes de las tribus había disminuido considerablemente en los últimos tiempos, ya casi nadie se arriesgaba en el *aguanegra*. Un joven guerrero resultaba un bien demasiado valioso para arriesgarlo en tan peligrosas incursiones.

A pesar de ello, de tarde en tarde un temerario joven descendía y regresaba con un hallazgo maravilloso.

Y se repetía el ritual.

Renter conservaba el aura del *aguanegra*. Sus estragos. Los ojos oscurecidos. La boca morada. La nariz sangrante. Parecía supurar algo desconsolado por todos sus poros, de pie, envuelto en una cápsula de tristeza invisible, cuyas emanaciones todos percibían.

No se podía permanecer mucho tiempo junto a un pescador recién llegado. Despedía demasiada tristeza. Así que se les aislaba durante varios días en túneles alejados y solitarios, antes de permitirles reincorporarse a la comunidad.

El muchacho estaba desnudo. Era alto, delgado y fibroso. Todo un guerrero de las profundidades: fuerte, de extremidades largas, armoniosas y la piel curtida, luminosa como la de un pez abisal.

Una de esas criaturas hijas del basurero que todos querían tener cerca si llegaba la hora de enfrentarse a una horda de ratas gigantes o a un gusano hambriento.

Pero ahora estaba allí, frente a los congregados, quieto bajo la luz verde y naranja de las lámparas orgánicas fabricadas a partir de hongos luminosos en un taller del Ending, mostrando orgulloso su hallazgo.

El precioso objeto por el que había arriesgado la vida, cabía en la palma de su mano. Se trataba de una unidad de información autoalimentada, según dictamino el Viejo Darma. Un aparato antiguo, que ninguno de los presentes había visto antes. Un obsoleto sistema de grabación de sonidos mediante láser, inventado y popularizado, siglos atrás.

Estaba bien conservado. Gracias a la película de tungsteno puro en la que alguien la había envuelto. Alguien, que en el oscuro y olvidado pasado quiso que su contenido fuera escuchado.

¿Escuchado por quién? ¿Para qué?

Cuando el pescador accionó el dispositivo sólo hubo silencio. Todos los ojos estaban fijos en el oscuro rectángulo. Nada. En el rostro de Renter se insinuó una mueca de desilusión. El silencio se prolongó un poco más, enorme y pesado como un gusano asesino.

Entonces comenzó.

Primero fue un ronroneo indistinto e insólito. Al que siguió un compás delicioso, que parecía provenir de los inicios del Universo. Los niños se taparon los oídos, atemorizados. La voz, y los desconocidos instrumentos que la acompañaban, estaban empapados de suavidad, daban la impresión de llegar desde un lugar dulce, melancólico, que jamás habría podido ser parte de aquella isla. Un lugar inconcebible que sin lugar a dudas jamás podría haber existido.

Una corriente de inquietud, un desasosiego aristado recorrió la caverna y sus ocupantes. Los jóvenes aferraron instintivamente sus armas.

La melodía que brotaba de la pequeña caja negra ondulaba en el espacio recalentado como un hermoso pájaro extinguido.

«Cómo fue... no sé decirte cómo fue... no sé explicarme qué pasó... pero de ti me enamoré...».[2]

La voz, como los antiguos cielos azules de las historias del Libro Sagrado, deslumbraba. Mareaba. Por supuesto, nadie entendía lo que decía. Pero no era necesario. Sentían que les hablaba de árboles, de praderas, de mares

---

[2] «Cómo fue», canción de Duarte Brito, interpretada por Benny Moré. ¡Ahora ya puede tener al cantante a su disposición cuando le apetezca! Ideales para amenizar sus fiestas. Pídalo ya a Universalclon. www.universalclon.com. Transporte gratis. Disponemos de un catálogo muy completo de starclones cubanos: Benny Moré, Celia Cruz, Panchito Riset, María Teresa Vera, Olga Guillot, Elena Burque, el Trío Matamoros, Ernesto Lecuona, Bola de Nieve, entre otros. Tamaño natural o de bolsillo. ¡Solicite información ahora mismo! (Nota de Universalclon Inc. Autorizada por el autor. Anuncio literario pagado). Código EMM1333. Sección 4FKKK.

limpios, de blancas nubes. De Sol tibio. De tiempos en que los humanos podían desnudarse y bañarse en el mar o en los ríos. La voz venía de la muerte y era como si la muerte dejara de serlo por un instante y se echara a cantar.

> «... *fue una luz... que iluminó todo mi ser, tu risa como un manantial, llenó mi vida de inquietud... fueron tus ojos o tu boca, fueron tus manos o tu voz...*».

La crispación fue desapareciendo. Se destaparon los oídos y asomaron las sonrisas. La voz era un juguete invisible. Bajaron las armas. Los músculos se aflojaron.

El rostro de Renter exploraba una ensoñación extraña. Un infinito orgullo. Y cuando las trompetas resonaron sobrevolando guitarras, los ojos de todos se fueron llenando de lágrimas. Hacía mucho tiempo que no lloraban. Así que el llanto fue una sorpresa. Venía de lejos. Todos mantenían las miradas fijas en la caja que continuaba resonando. Mientras los sollozos se perdían en la infinita basura y descendían hasta besar el *aguanegra*.

La mañana en el campamento. Mataron res ayer y al salir el Sol, ya están los grupos a los calderos. Domitila, ágil y buena, con su pañuelo egipcio, salta al monte y trae un acopio de tomates, culantro y orégano. Uno me da un chopo de malanga. Otro, en taza caliente, guarapo y hojas. Muelen un mazo de cañas. Al fondo de la casa, la vertiente con sus sitieríos cargados de cocos y plátanos, de algodón y tabaco silvestre: al fondo, por el río, el cuajo de potreros; y por los claros, naranjos, alrededor los montes, redondos, apacibles: y el infinito azul arriba con esas nubes blancas, y surcan perdidas... detrás la noche. Libertad en lo azul.

EL BRADBURY

—George —dijo Stefanni con un mohín de asco—. ¿Qué estamos haciendo? ¿Cazaaaando?

La voz de la mujer remedaba la de Kiutty, la modelo de los pechos antigravitacionales y violetas que acompañaba a Regansón, la superestrella televisiva, conductor del programa Supermaravillosoestupendo, número uno de la Televisión Mundial. Vestía el típico atuendo turístico recomendado por Package Caribe: telas refractarias frescas y sombrero de pajilla porosa artificial, decorado con plumas de colores brillantes. Incombustibles y fluorescentes. Una textipantalla destacaba, en la cazadora, a la altura del pecho.

Rezaba por lo bajo.

—Sí, bueno, en parte —respondió George—, también puede considerarse un negocio. Una forma de hacer productivas, en más de un sentido, las vacaciones. Puede ayudarnos a ganar una exención de impuestos para Consumidores Triple A1. Además, me han dicho que es muy divertido. Un grupo de la oficina vino el año pasado. Bueno, todo depende de que logren localizar a uno de esos animales —hizo una pausa—. ¿Qué tal te ha ido en las giras?

Hablaba despacio, con la modulación típica de los hombres de negocios de la Región Norte de Tierra Firme. Se trataba de un hombre alto, corpulento, de nariz colorada y cabello de un rubio casi blanco. Vestía el atuendo de los participantes en la cacería. Cazadora de anchos bolsillos con cartuchera para la Magnum-Laser, aún vacía, al frente, pantalones de fatiga y botas altas aislantes con cubierta especial antiácido.

Aunque consciente de que nunca entraría en contacto con tierra real durante la jornada de caza, se sentía especial, seguro de sí mismo, calzando aquellas botas.

La voz del ejecutivo recordaba vagamente la de Regansón. Todo el mundo deseaba parecerse a Regansón, resultaba sumamente distinguido.

Tanto George como su esposa hablaban el idioma oficial con un ligero acento de Lancaster, lo que estaba de moda entre ejecutivos, propietarios de empresas, abogados, estrellas mediáticas y periodistas.

—No me ha ido mal, mucho mejor de lo que esperaba —contestó la mujer, animándose de súbito y sonriendo brevemente— pero preferiría estar en el hotel…

Extrañaba las aguas templadas, el azul perfecto, las olas cronometradas de la playa del hotel. También echaba de menos el recién estrenado Masturbador,[3] regalo de cumpleaños de su esposo.

—Pero ayer me dijiste que querías venir…

Stefanni demoró en contestar. Le costaba un gran esfuerzo rezar y mantener la conversación al mismo tiempo. Recordó a sus dos adorables pequeños.

—¿Crees que los niños se entretendrán lo suficiente con ese robot, Georgie?

—Pero Stefi, ¿cuántas veces tengo que decirte lo mismo? Lo pasarán *Supermaravillosoestupendo*. Te preocupas por lo mismo todos los años. Sabes que les encanta que estemos de viaje. Y además no está bien que llames «ese robot» a Lucylove. ¡Pero si ha criado a los niños, prácticamente! Y no es un robot sino un clon auténtico de última generación.

George observó a su mujer. Seguía siendo muy hermosa a sus setenta años. Amaba su hermosa piel tersa y rosada, su cabello sedoso y brillante; sus pechos perfectos, duros como los de una veinteañera. Llevaban casados treinta años y el marido la encontraba tan sensual y atractiva como el primer día. Su mirada se llenó de ternura.

Al notar que se había vuelto a concentrar en sus rezos, o en calcular las posibles ventas de su última gira promocional por la nave, dio por terminado el diálogo.

El ómnibus de la Package Caribe volaba despacio, a baja altura, y llevaba desplegados todos los sensores. Térmicos, odoríferos, de movimiento, sonoros. Estos últimos, capaces de registrar la respiración de cualquier animal a dos metros de profundidad y dos mil pies de distancia. La nave también estaba

---

[3] Los Masturbadores familiares ya están a la venta en todas nuestras tiendas. ¡Diga adiós a sus insatisfacciones sexuales! Sexo sin límites, sano y sin culpas. Un producto aprobado por el Consejo Teológico Mundial. Pídalo en cualquiera de nuestras Webtiendas. web*Ternurachip*. com. ¡No hay ternura como la de *Ternurachip*! ¡*Ternurachip*: ternura más que humana… virtualcarnal! ¡Solicite información ahora mismo! (Nota de *Ternurachip* Inc. Autorizada por el autor. Anuncio literario pagado). Código EMM1333. Sección 4FKKK.

provista de nanoavanzadillas que la precedían y estaban diseñadas para localizar cualquier criatura de más de diez kilogramos de peso.

Una cálida y agradable voz recorría el vehículo ofreciendo información sobre Garbageland. Stefanni repetía la oración, sin escucharla. Mantenía las manos unidas, sobre el pecho. Sus largas y bien torneadas piernas despertaban la admiración de los pasajeros más cercanos. Tenía los ojos color esmeralda.

A ratos, se interrumpía para beber Coca cola del contenedor adosado a su asiento. Debía consumir cierta cantidad diariamente si quería ganarse aquellas maravillosas rebajas de verano para superconsumidores.

¡No estaba dispuesta a perdérselas!

George, mientras tanto, repasaba los resultados de la Bolsa China en el Coordinador Familiar adosado a su muñeca. Y seguía, distraídamente, lo que decía la voz... *el archipiélago quedó arrasado a consecuencias de las operaciones del Primero, Segundo y Tercer Reorden... el consumo descendió a niveles intolerables... las islas antiguamente conocidas como Cuba, Haití, Jamaica, Santo Domingo y Puerto Rico fueron clasificadas por las autoridades competentes como territorios aprovechables Clase C4 y destinados a Tareas de Reciclaje A3Z... así se aliviaron considerablemente los problemas de acumulación de desechos en Tierra Firme y en lo que quedaba de Europa. La basura fue a acumularse en los exhaustos bolsones de petróleo en la plataforma insular de la mayor de las islas, en las superficies aplanadas al efecto...* Si la moneda asiática continuaba tan fuerte tendría que considerar el cambio de sus dólares de ahorro, aunque fuese en el mercado negro, pensó George arrugando el ceño... no sé que esperamos para bombardear a esos malditos chinos... *un insignificante número de nativos (especie no consumidora no civilizada e inferior no humana eliminable, según la Escala de Consumo de la Cuarta Convención de Salvación Mundial) escapó a las labores de limpieza y reorden y, gracias a la disposición de extinción vigente, son recuperados socialmente al ser usados como «objetivos» en las maravillosas y mundialmente famosas Cacerías NewÁfrica, organizadas por esta empresa, dedicada al mejor entretenimiento al que pueda un humano aspirar...*

Las praderas ondulantes, las verdes colinas cruzaban a lo largo de las ventanas-pantallas. La sensación de los excursionistas de estar participando de un safari en el antiguo Continente Negro era perfecta. Varios elefantes, de majestuosas figuras, rompían la monotonía del mar de hierbas. Rota aquí y allá por un solitario grupo de árboles. Unas jirafas mordisqueaban ramas bajas, o bebían en una charca carmelita. Cebras, antílopes, búfalos e impalas.

Un Sol inofensivo iluminaba la escena.

Las máquinas de ofertas mugían en el pasillo.

—Voy a hacer otra gira —dijo Stefanni.

Se incorporó; adoptó la posición ideal para conseguir máxima atención. Sus pechos se alzaron, la grupa se tensó como un arco.

La textipantalla ofrecía en ese instante un laureado comercial de Doritos.

2

Ivalm se ajustó el traje y se deslizó fuera. El refugio, uno de tantos, naturales o excavados durante generaciones, conducía a los túneles de descenso al mundo subterráneo. Donde los habitantes de Garbageland se hallaban relativamente a salvo. Abandonarlos constituía un gran riesgo. Pero los jóvenes guerreros estaban en la obligación de correrlo si la comunidad pretendía conservar una oportunidad de sobrevivir.

Ascensiones, llamaban en las tribus a este tipo de excursión.

La carretera refulgía al Sol. No alzó la mirada. El cielo era un ramalazo hirviente, el ojo de un volcán, una pupila calcinada. Echó a andar sobre la hierba requemada que bordeaba la cinta de hormigón. Una apenas perceptible película de residuos químicos matizaba el gris del asfalto de un amarillo podrido.

A su alrededor se elevaba, hasta el humeante horizonte, la accidentada geografía del basurero. Montañas retorcidas, restos calcinados que atravesaba como una hoja de acero la carretera. Patrullas aéreas como abejorros entrando y saliendo de una tormenta de polvo.

Según los informes de los observadores nocturnos, los transportes habían estado pasando toda la noche y existía la posibilidad de hallar algo. El muchacho oteó cuidadosamente la superficie de la carretera en busca de irregularidades que delataran objetos aprovechables o, en el mejor de los casos, el cuerpo de algún pequeño roedor, un conejo ciego o una de aquellas deliciosas iguanas fosforescentes que a veces eran golpeadas y aplastadas por los vehículos. Encontrar despojos era una rareza. Pero valía la pena intentarlo, pues las oportunidades de comer carne escaseaban.

Nubes moradas flotaban sobre las recicladoras alineadas en la distancia. Las envolvía un halo iridiscente, aceitado. La pezuña de un puente se clavaba en la costa con sordo estruendo metálico. Un batallón de naves de carga se adentraba mar adentro, lentas, gordas. Las factorías del extremo sur de la isla abastecían Tierra Firme de pieles inmunes a la intemperie. Las cultivaban en mutantes gigantes cuya carne, una vez sacrificados, servían para alimentar al ejército.

La superficie del tosco traje protector de Ivalm comenzaba a humear. Pronto tendría que cobijarse a la sombra, fuera del alcance del Sol desnudo.

Había caminado trescientos metros cuando algo lo hizo detenerse. No fue el ruido. Estaba todavía demasiado lejos para que lo escuchara.

Se volvió.

Distinguió nítidamente la silueta entre el vapor y el humo de los incendios. A pesar del calor infernal, un escalofrío recorrió su cuerpo. No tenía tiempo para regresar a la entrada del túnel por el que ascendiera a la superficie. Su perseguidor lo alcanzaría antes. Con suerte, más adelante encontraría otra entrada.

Desenfundó el arma, que llevaba sujeta a la espalda, y echó a correr.

El Bradbury, con su presa a la vista, apresuró el paso.

3

—¿Primera vez? —dijo el hombre de cara gorda y roja, mejillas que parecían a punto de caer al suelo a causa de exceso de peso, y ojos azules, transparentes.

—Primera vez —respondió George.

—Esta es mi tercera —levantó tres dedos deformes y tatuados. Guiñó un ojo y ladeó la cabeza imitando, perfecta e inconscientemente, el conocido gesto de Regansón—. Es supermaravillosoestupendo —añadió después—. El verano pasado fue divertisupremo. Máximo entretenimiento. Resistió bastante. Aunque era pequeño… ¡corría como un demonio! ¡Tenías que haber visto aquello! ¡Qué puntería! Son muy buenos con esos rifles antiguos.

El interlocutor de George hizo una pausa. En ese momento el joven y sonriente empleado de Package Caribe les entregaba las Magnum-Laser, que ambos introdujeron sin demora en las cartucheras.

La posesión de las armas les hizo sentirse importantes. El peso sobre el pecho, el imponente aspecto de las mortíferas máquinas.

—Pues como te decía —continuó el rollizo Peterson mientras permanecían en la fila, junto a los otros cazadores, avanzando lentamente rumbo a la rampa de embarque—, fui el primero en acertarle cuando el perro lo inmovilizó. ¡Zasss! Toda una experiencia. Claro que Lucy, mi esposa… sabes, no me creyó cuando se lo dije… ¿te imaginas? Pero luego no se cansaba de enseñar el certificado a todos en el banco donde trabajamos, en Minnesota: ¡Peter ha matado un terrible león! ¡Lo derribó con el primer disparo! Bueno, estarás al tanto, por supuesto, de que es opcional ver la verdadera cacería…

George asintió. Una gran idea, sin duda. De todas formas bastaba con ponerse las gafas especiales, al alcance de la mano de todos, para contemplar la cacería real. Había aconsejado a Stefanni hacerlo cuando tuviesen acorralada a la alimaña. Ahorrarse el deprimente paisaje de Garbageland hasta entonces. Le gustaba especialmente lo del león africano. El rey de la selva. Pensó que tendría que ahorrar el próximo año para ir a un verdadero safari en NewÁfrica. Las Guerras de Reorden habían puesto fin al vergonzoso lastre de billones de nativos idólatras, plagados de infecciones, sin poder de consumo. Después de la aniquilación de las razas inferiores, el Continente Negro era una verdadera maravilla y numerosas megacorporaciones empezaban a instalar allí parques temáticos tan grandes como países y fábricas de paisajes artificiales para devolver al lugar su original aspecto.

En cuanto se produjo el anuncio de que la presa había sido localizada, los cazadores se dirigieron a la parte posterior del vehículo. Allí se hallaba, además de la plataforma de lanzamiento la jaula del Bradbury, la armería, el bar y el embarcadero. Recibieron instrucciones. En el pasillo se oían con claridad los resoplidos de los caballos mecánicos.

Al pasar junto a la jaula, George observó al Bradbury detenidamente. Era un excelente producto. De piel tersa y músculos pronunciados. Había sido muy útil durante los años de la Guerra de Estabilización del Consumo. Luego cayó en desuso y, antes de que fueran destruidos, algunas compañías turísticas los adquirieron pensando añadir emoción y colorido a sus excursiones de caza. La idea resultó un éxito.

Los ojos del animal siguieron los movimientos de George. El Bradbury no mataba a sus víctimas. Aunque podía hacerlo, gracias a su poderosa dentadura y a las cuchillas ocultas en sus gruesos dedos. Pero eso sucedía en contadas ocasiones, por pedido expreso de los cazadores. Su tarea habitual se limitaba a seguir la presa, acorralarla, jugar con ella un tiempo a fin de procurar la máxima diversión a los clientes. Y, sobre todo, impedir que se perdiera en uno de aquellos agujeros que parecían llegar hasta el centro de la tierra.

Cuando recibía la orden, lanzaba los dardos paralizantes. Inmovilizado el animal, los cazadores podían disparar tranquilamente las Magnum-Laser hasta desintegrarlo.

El sabueso los contemplaba con su mirada vacía. Los ojos muy azules, tan claros como los de Peterson. Tubos disparadores de dardos abultaban ligeramente a ambos lados de la boca. Los Caballos esperaban al final de un pasillo. No parecían en absoluto caballos, excepto porque tenían cuatro patas y resoplaban de forma evocadora. El cuerpo era una cápsula aerodinámica de plástico infinito; allí «cabalgaban» los cazadores. La cápsula reproducía fielmente las sensaciones experimentadas por un jinete clásico.

Sumaban casi veinte cazadores, uniformados y animadísimos en la rampa de abordaje. Montaban los corceles, que tras cerrarse herméticamente se desprendían con un relincho de la nave y echaban a volar. Los caballos eran controlados en todo momento por la computadora central, pero los cazadores mantenían la sensación de independencia.

Ahora planeaban sobre los interminables basureros, con las patas plegadas. Como un grupo de avispas relucientes. En un momento aterrizarían y galoparían, cual aguerridos cowboys, tras el Bradbury. George podía observar frente a él, en la pantalla tridimensional, la posición de los restantes cazadores.

La carretera: líquido hirviente cortando la basura, humo, escupitajos que vomitaba la tierra. No había presa alguna a la vista.

El sabueso tocó tierra blandamente. Luego, con un sonido cristalino la jaula se abrió y dejó salir al animal en medio de un centelleo azul.

Perfecto… hermoso, se dijo George, haciendo descender su máquina y trotando junto al Bradbury que avanzaba sin esfuerzo, a un ritmo veloz y sostenido.

Concentración total.

Producto máximo. Máxima belleza.

4

Escrutó dos orificios con capacidad suficiente para ser entradas. Pero no lo eran. El muchacho tenía dieciocho años y sobresalía entre sus compañeros de tribu. Alto y fornido, cuello ancho y musculosos brazos. Uno de los pocos que bajó dos veces al Black y regresó para contarlo.

Ivalm el de los ojos de fuego negro. Terrible manejando el gran machete en las batallas ceremoniales. El mejor tirador de Garbageland. El deseado de las muchachas. El deseado por los padres de las muchachas que buscaban descendencia sana, aguerrida y fuerte.

La silueta del sabueso se distinguía con mayor claridad. A Ivalm llegaba, nítido, el ras ras de las pezuñas sobre el hormigón abrasado. Consideró internarse en las montañas de desechos en busca de basura profunda, pero el Bradbury lo alcanzaría antes que lograra alejarse lo suficiente: perdería velocidad al tener que sortear constantes obstáculos. Su única esperanza estaba al borde de la carretera. Allí tenía mayores posibilidades. Aunque era un blanco más limpio para los dardos del sabueso. O para sus dientes de sierra.

Pero, si llegaba a acercarse a una distancia que le permitiera usar sus dientes de sierra, ya todo estaría perdido.

Una entrada. Eso era lo que necesitaba.

Ya podía ver a los cazadores conduciendo aquellos relucientes caballos de los que tantas veces les hablara el Viejo Darma. Caballos que apenas apoyaban las patas en el terreno humeante, que trepaban las lomas y saltaban sobre las irregularidades del terreno con asombrosa facilidad.

Sin dejar de zumbar.

5

Perseguían un gran león. De larga melena, ondeante, naranja. Una llamarada. Colmillos manchados. Stefanni, y los quinientos espectadores restantes, abrieron los ojos, las bocas, lanzaron exclamaciones de asombro y horror. Resultaba impresionante, aunque sabían que era mecánico. O, en el mejor de los casos, una clonación.

La compañía aseguraba que usaba organismos vivos desechables en la cacería, eso decían los folletos, pero costaba creerlo. Leones, seguro que no, todo el mundo sabía que ya no existían verdaderos leones; ratas del basurero, probablemente.

El animal, de vez en cuando, volvía la enorme cabeza y mostraba los colmillos, amenazador, para luego volver a internarse en los herbazales. Ponía los pelos de punta escuchar la furia de sus gruñidos. Las pantallas se concentraban en el felino. También dejaban ver al Bradbury, que lo seguía calmada, inexorablemente. Y a los caballos que formaban una V tumbada, abierta, bastante detrás del sabueso. Esperando.

La pradera, en las pantallas, fue clareando, poniéndose ocre; y la hierba escaseó y estuvieron a la orilla de un río. Varias especies de animales extinguidos abrevaban junto a la corriente. El felino recorrió la orilla, como dudando entre lanzarse a la corriente o seguir su curso. Escogió lo último. Stefanni continuaba rezando, sin quitar ojo de la acción. El sabueso se hallaba, casi, a distancia de tiro.

Los cazadores, acoplados a sus caballos, tendían un cerco a la fiera.

6

Oscuridad bajo los mechones de hierba. Aceleró. No había tiempo que perder. El Bradbury estaba demasiado cerca. El calor del traje se hacía insoportable, abrasador. La piel ardía. Se introdujo de un salto en la prometedora cavidad. La penumbra húmeda le produjo una sensación de paz, de seguridad. Pero duró poco tiempo. El agujero no llevaba a ningún sitio. No conducía a los túneles. Apoyó la espalda contra el fondo pedregoso y aspiró profundamente hasta calmar su respiración. Era demasiado tarde para continuar la escapada.

El Bradbury se detuvo frente al escondrijo. Gruñó. Sus sensores detectaban con claridad el cuerpo vivo. Agazapado en el hueco, sin salida.

7

Los cazadores se alinearon detrás del sabueso, a una distancia prudencial. Sus armas apuntaron al boquete que destacaba contra la brillantez calcinada de la carretera, la tierra roja, el perfil de escombros y contra el cielo humeante en el que flotaban nubes granulosas.

El Bradbury permaneció quieto en medio de la cinta de asfalto, con el hocico inclinado hacia adelante. Tubos lanzadores descubiertos. Transcurrieron varios minutos. Luego sonó el primer estampido. Hueco y profundo contra el esplendor. El proyectil impactó en una de las patas del Bradbury, estuvo clavado unos instantes en la articulación y luego estalló haciendo que el animal se inclinara súbitamente hacia un lado.

Pero no tardó en recuperar el equilibrio. Los cazadores proferían gritos a través de los intercomunicadores.

—¡Un gran disparo! ¡Un gran disparo! ¡Tiene balas explosivas! —exclamó uno de ellos, que fuera en su juventud instructor de tiro para el Ejército Mundial.

Todos estaban contentos, pues la presa prometía mucho entretenimiento.

El Bradbury avanzó un poco, renqueando, y lanzó una serie de dardos. Luego hubo silencio durante algunos segundos. Entonces rugió otra vez el arma dentro del agujero negro y otra bala explosiva alcanzó al sabueso. Esta vez en uno de los ojos. Allí estuvo un instante antes de estallar. La carga de este proyectil era más poderosa que la del anterior. La mitad de la cabeza del perro desapareció y en su lugar quedó un espacio negro, erizado de alambres y chisporroteos.

Danza metálica. Cables supurando información, ampollas. La explosión había alcanzado el sistema de control de la máquina: esta cayó hacia adelante, rígida, y comenzó a disparar dardos contra la carretera. A ráfagas. Hasta que agotó el cargador.

Aspereza.

Los caballos golpeaban el suelo con sus pesadas, relucientes patas. Se aproximaron al Bradbury. Dentro de ellos, pasado un instante de asombro, los cazadores vitorearon celebrando el disparo.

Estaban ante un animal peligroso. La cacería sería memorable.

Dentro de la nave, que flotaba cerca, Stefanni siguió atentamente los movimientos del Bradbury y los cazadores. El león, conducido hábilmente hasta un paraje pedregoso, una especie de cañón sin salida, se volvió, enfrentando a sus perseguidores. Las fauces distendidas y babeantes. Lanzaba zarpazos al perro mecánico. Atardecía y los dulces colores del cielo contrastaban con el verde profundo de un bosquecillo cercano. Una bandada de pelícanos cruzó a baja altura en dirección a un lago que brillaba al pie de unas suaves colinas.

Stefanni tomó un gran sorbo de Coca cola y observó asombrada como el felino evadía los dardos del Bradbury y de un gran salto caía sobre él, aferrándole la garganta. El sabueso se debatía y alcanzó a desgarrar la piel de su atacante con las filosas cuchillas, pero estaba claro que aquel monstruo no lo soltaría.

Mientras los colmillos del león deshilachaban la garganta del Bradbury, destrozando cables y rompiendo la piel sintética sin aparente esfuerzo, un clamor enfurecido recorrió el vehículo de la Package Caribe.

—¡Ya verás monstruo sanguinario… lo que te espera! —gritó Stefanni y su voz fue a confundirse con las de sus compañeros.

—¡Duro con él, George!

Sonrió en la oscuridad. El Bradbury, contorsionándose, ofreció un flanco. Ivalm disparó nuevamente. Esta vez abrió un boquete que dejó al descubierto la estructura metálica y las tripas plásticas de la máquina. El Sol desnudo bañaba la escena a ramalazos. Bajaba como un inconcebible ardor y carcomía la superficie de las cosas. El polvo que inundaba el escondrijo apenas le permitía respirar. Bajo sus pies, quizás muy cerca, corrían los túneles en los que había crecido, donde había amado y combatido, y a los que ya no regresaría.

Observó el movimiento de los cazadores y comprobó que sólo le quedaban dos balas explosivas. Pero los caballos metálicos eran otra cosa. Quizás podría dañar las patas, pero jamás eliminar a un cazador. Aquellas cápsulas, impenetrables, eran capaces de soportar impactos mucho mayores que los de las balas confeccionadas por el Viejo Darma en su rudimentario taller. Y las Magnum-Laser apuntaban hacia él.

Debía sentirse angustiado, pero por el contrario, una paz inmensa lo invadía. Dejó el arma a un lado, con la esperanza de que alguno de sus compañeros la hallara. Las armas eran preciosas para su gente, lamentaba perderla. Se tendió en el suelo. Los cazadores esperarían un poco, la presa estaba en un callejón sin salida. No podía escapar.

Su parte en el espectáculo era predecible. Entretenimiento. Pronto emergería de la madriguera y correría, tratando de evadirlos. Escondites sucesivos, disparos, maniobras para estrechar el cerco; y al final, ahora que no estaba el perro, los proyectiles-red para inmovilizarlo. Después las fotos de los cazadores con la presa. Y al final, los Magnum-Laser.

Una sensación de sosiego le fue llegando. Y se sintió harto de aquel traje. Descubrió, de golpe, que estaba cansado de llevarlo desde que tenía recuerdo; toda la vida, cada vez que ascendían: áspero, pesado, polvoriento.

Cansado de temer el Sol. Cansado del hambre y de la oscuridad. Cansado de los túneles. Cansado de habitar y ser parte del alma del basurero. La paz que experimentaba constituía una liberación. Una dicha. Volvió a sonreír con los ojos iluminados y comenzó a despojarse del traje protector. Hasta que quedó desnudo. Los músculos poderosos, hinchados por el esfuerzo; la piel blanquísima, el largo cabello sobre los hombros. De un costado del fusil, donde siempre lo llevaba, extrajo el largo machete de combate. Un arma antigua, llena de inscripciones, rescatada alguna vez de las profundidades del Black. Respiró profundo, se deleitó en la sensación de plenitud que brotaba de su cuerpo.

De un salto, abandonó el refugio. Se plantó con las piernas abiertas frente a sus perseguidores; los pies descalzos sobre la quemante superficie de la carretera. Los caballos se movieron inquietos. Una felicidad oscura lo recorrió. Pensó en las grandes ciudades cubiertas, protegidas, de Tierra Firme, en las que, contaban, se vivía a salvo del Sol. Toda aquella gente caminando al descubierto, sin túneles, sin preocupación, sin hambre. Los rayos mordían su cuerpo. Se contempló, tocado por la claridad. Efímero, radiante. El sexo comenzó a endurecerse. Un extraño sentimiento, nuevo y espléndido, se apoderó de él. Se sentía, por primera vez, humano. Sus labios se distendieron en una gran sonrisa.

Entonces alzó los brazos al cielo —la hoja del arma centelleó como un espejo— y cargó contra los cazadores.

... el mango frondoso tiene al pie la espesa caña: el mango estaba en flor, y el naranjo maduro, y una palma caída, con la mucha raíz de hilo que la prende aún a la tierra, y el coco, corvo del peso, de penacho áspero, y el seibo, que en el alto cielo abre los fuertes brazos, y la palma real. El tabaco se sale por una cerca, y a un arroyo se asoman caimitos y guanábanos.

STEFANNI

PADRE NUESTRO QUE ESTARÁS EN MANHATTAN, SANTIFICADO SEA TU REINO, ALEJA DE NOSOTROS EL PECADO... repitiendo así, en voz alta la oración, se calmaría... desterraría ese tonto temor... molesto pero controlable... en un momento se calmaría... estaba segura... sólo necesitaba repetir la oración... concentrarse en el color sosegador de Dios... sumergirse en su negro balsámico... siempre funcionaba; las palabras penetraban en ella como una caricia, apaciguándola, permitiéndole desechar aquella tontería de que George estaba en peligro, permitiéndole concentrarse en cosas importantes... me faltan tres litros de Coca cola para cumplir la meta diaria, sacar el máximo partido a la textipantalla en este viaje... PADRE NUESTRO QUE ESTARÁS EN MANHATTAN... su marido estaba allá afuera, galopando en algún punto del basural, que ellos, cómodamente instalados en el interior del ómnibus, también podían contemplar si les apetecía. Pero a ella no le apetecía. Prefería aquel estupendo paisaje.

La llegada del Mesías era inminente. Las Cadenas de Entretenimiento, siguiendo orientaciones del Congreso Teológico Mundial, aconsejaban rezar por su pronta llegada a Manhattan. Todos asumían que si Dios decidía al fin resucitar, lo haría, por supuesto, en la capital de Tierra Firme. Las oraciones lo traerían.

PADRE NUESTRO QUE...

Los basureros: vastos, gibosos, inmundos, apestosos, llenos de laberintos en los que se ocultaban las alimañas que George ¡qué ocurrencia! había venido a cazar... alimañas que sobrevivían en un caos de túneles y escondrijos bajo las montañas de basura, bajo los desperdicios de Tierra Firme... PADRE NUESTRO QUE ESTARÁS EN MANHATTAN SANTIFICADO SEA...

Stefanni contemplaba los hermosos paisajes africanos. Después seguiría el consejo de George y, como la mayoría de los excursionistas, presencia-

53

ría el exterminio de la alimaña de Garbageland. Entretenimiento Cívico Máximo, según los expertos. Sólo tenía que ponerse las gafas, adosadas al asiento, para anular la transmisión de la cacería del león africano y tener acceso al paisaje verdadero de Garbageland.

En la textipantalla de su cazadora, anuncios personalizados transmitidos perennemente: Coca cola, Doritos, Ford, Nestlé, Ejército Mundial. Buenos productos. El trabajo de su marido, vendedor de Masturbadores familiares, requería constante movimiento y eso convertía a Stefanni, que lo acompañaba siempre, en un valioso vector publicitario. Lo que significaba para la mujer prestigio personal derivado del prestigio de las Corporaciones anunciantes; sin contar el dinero.

Al principio le molestó cierta rigidez y el peso de la textipantalla, que no pertenecía a los modelos más caros y ligeros, pero ya estaba totalmente acostumbrada. Tanto, que cuando se ponía una prenda que no la tuviera, cosa que evitaba porque disminuía sus ingresos, se sentía extraña.

Stefanni ojos glaucos, húmedos. Cuerpo esbelto, bien proporcionado, senos redondos y firmes. Más allá de los ventanales, que no eran ventanales sino pantallas de cristal líquido, ondulaban las praderas. Caricia de una mano gigantesca. Cielo sano, plateado, como el interior de las bolsas de sus Doritos. Nubes gomosas deslizándose apacibles. Las pantallas reproducían lejanas cordilleras azules, sabanas bañadas por un Sol apacible, repletas de animales extinguidos, elefantes nudosos, *antílopes, serpientes de pasos breves, de pasos evaporados*, cebras, búfalos, carniceros elásticos: todos ocupados en huir o matar: asqueroso orden del viejo mundo natural, elemental y horroroso. Planeta Antiguo. Barbarie. Devorar y ser devorado, en eso consistía el orden natural, gracias a Dios en vías de extinción, pensó Stefanni dejando vagar la mirada por el panorama.

A la derecha, más allá de un montecillo de árboles ralos, de hojas moradas, el sabueso se aproximaba a su presa. El león corría, intentando burlar el acoso. Los jinetes se desplegaban en una maniobra envolvente. La nave comenzó a acercarse.

El perro mecánico había acorralado al león contra un montículo formado por grandes rocas, junto al recodo de un río ancho y caudaloso. La fiera rugía, golpeaba la tierra con la cola y mostraba las abiertas fauces a sus perseguidores. Melena incendiada restallando al viento. Colmillos largos, manchados, goteando espesa baba sobre la tierra quemada. Goterones cavando mínimos cráteres en el polvo. Garras destrozando hierba machucada en torno al animal. Poderosos músculos apelotonados en el pecho, en las hinchadas patas. Olor a carne podrida brotándole de la boca.

Los cazadores, moviéndose para formar un círculo y rodear la presa, a bordo de sus estilizadas cabalgaduras, trotaban produciendo un ruido felpudo y redondo. Hermosas cápsulas aerodinámicas de plásticos infinitos reproduciendo a la perfección la piel de los extintos equinos, crines ondeantes, verdes, doradas, amarillas; patas largas, elegantes, de amplios cascos prensiles. Grandes ojos taladrados, en el fondo de los cuales reposaban los cañones de las Magnum-Laser. Si era necesario, podían alcanzar una velocidad de galope de 200 kilómetros por hora, y saltar obstáculos de gran tamaño. El blindaje resistía el impacto de cualquier arma ligera y hasta de pequeños misiles.

Un grupo de cebras trotó, aproximándose a la ribera; se inclinaron sobre las turbias aguas. Patas embutidas en el barro, belfos anhelantes. En la orilla opuesta, unos caimanes rugosos se echaron al agua. Dos hipopótamos se hundieron dejando un concéntrico temblor en la superficie.

El vehículo había perdido altura y se hallaba a pocos metros del suelo. Ofrecía a los espectadores una visión panorámica del espectáculo.

Stefanni observó las pieles rayadas de las cebras, sus colas azotando el aire caliente, las grupas carnosas: sonrió entreabriendo los labios, exponiendo los dientes pequeños, un trozo de encía rosada.

Recordaba la agotadora sesión, la noche anterior, con su adorado Centauro Virtual. Cortesía del último modelo de Masturbador, recién estrenado, regalo de George que se divertía mirando a su mujer entretenerse con aquellos compañeros insólitos. Nunca viajaban sin el Masturbador, así que allí estaba, instalado en la habitación del hotel, esperando. Recordó el poderoso olor, las sedosas crines, el tierno rostro barbado, los dulces ojos azules, la cabellera ondulada, las macizas grupas, el lomo acogedor, la copiosa y larga cola, las grandes manos diligentes y abarcadoras, los musculosos brazos, la hirsuta pelambre que delimitaba el abombado abdomen y las patas delanteras; recordó el sabor del falo grueso e interminable, el olor de los opulentos chorros de semen: las aletas de la nariz se le dilataron. Si no fuese porque las Corporaciones otorgaban gran importancia a las giras vacacionales a la hora de evaluar la penetración de sus productos... se hubiese quedado en el hotel, dormida sobre el inmenso pecho del Centauro.

Continuaba repitiendo la oración, esporádicamente, aunque ya se sentía mejor. Siempre funcionaba. El Señor Nuestro Dios insuflaba en su espíritu el Divino Entretenimiento y disipaba las aburridas, pecaminosas preocupaciones.

Sorbió del recipiente de Coca cola, cinco litros, que reposaba junto a su asiento. Disponía aún de varias horas para cumplir su meta diaria de consumo. Tenía casi aseguradas las rebajas de verano para superconsumidores. En el pasillo, las máquinas de ofertas mugían reclamantes, risueñas; los pasajeros acudían compulsivamente a ellas. Pero a su nivel, no tenía mucha competencia. Sólo había visto dos o tres Anunciantes Corporativos Ambulantes en la nave. Lo que aumentaba el alcance y el impacto de sus productos, y el dinero que ganaría: si las cosas seguían así, el año próximo podrían comprar una nueva casa. Mudarse a un área que, automáticamente, aumentaría el valor de la familia en la Escala de Consumo.

Ordenó a su Coordinador Familiar comprar una cebra virtualcarnal modelo infantil recién salida al mercado en ocasión de la desaparición de la última cebra real: un *supermaravillosoestupendo* regalo para los niños.[4] El Coordinador estuvo de acuerdo con la adquisición y la felicitó por su iniciativa. El animal estaría esperándolos cuando regresaran al hotel.

Apartó la vista del enfurecido león y se levantó para comenzar su décima gira promocional del viaje. Si esperaba más no sería tan efectiva, ya que el momento del exterminio se acercaba. Se desplazó con pasos que ponían de manifiesto su profesionalismo: estiradas pausas bamboleantes permitían a los espectadores absorber a plenitud los anuncios de la textipantalla. La cabeza alta, para no obstruir la visión de los que viajaban en segundo nivel.

Saboreó las miradas envidiosas de algunos.

Un niño se detuvo ante ella. Tendría ocho años, pelo castaño grueso y tieso, la nariz algo achatada y llevaba puestas las gafas que le permitían ver la realidad exterior. Masticaba algo que debía ser grande y elástico a juzgar por el movimiento de las mandíbulas. Olfateaba ansioso. Se quitó las gafas; ojos Diseño Prenatal, redondos y azules. Miró embobecido el anuncio de Nestlé que en ese momento ocupaba la textipantalla de Stefanni.

—Mi padre va a reventar a la alimaña. Mi padre va a ganar el premio. Mi padre tiene tres casas. Mi padre también tiene textipantalla. Mi padre anuncia mejor —dijo por entre los labios resbalosos y los carrillos dilatados. Con tono amenazante. Sin apartar los ojos del anuncio en el que un grupo de niños devoraba a una exuberante mujer de chocolate. Inocente canibalismo: al momento de ser arrancada de un mordisco, la carne volvía a crecer, compacta y olorosa. Sangraba sirope.

Stefanni, luego de dirigir una mirada burlona a la madre del niño, que

---

[4] El regalo ideal para sus niños, manejable, dócil, cariñosa, eterna; habla, canta y está capacitada para servir de tutora a niños hasta de quinto nivel. Cuatro kilos de peso, pasto perpetuo incluido: mariposas, abejas, pájaros y fauna prototípica del pasto, opcionales. Un producto de Maten… ¡Porque Maten no es otra realidad, es La Realidad!.. ¡Solicite información ya en nuestras Webtiendas! WebMaten.com (Nota de Maten Inc. Autorizada por el autor. Anuncio literario pagado). Código EMM1333. Sección 4FKKK.

la observaba desafiante, continuó descendiendo hacia el fondo de la nave. Había dedicado la anterior gira a la parte superior, donde se agrupaban los pasajeros de mayor poder adquisitivo. Estaba segura que las compras de sus productos efectuadas desde la nave, reflejarían la efectividad de su trabajo. Pensándolo bien, no había sido una mala idea venir de cacería a Garbageland, como pensara al principio. Una tibia sensación le inundó el pecho... ¡Oh George, cuánto amaba a George!

El león se precipitó, a grandes saltos, hacia el perro mecánico. Esquivó hábilmente las ráfagas de dardos paralizadores y cayó sobre él. Zarpas rajando. Rugidos triunfales. Una bandada de pájaros escapó, como un aplauso, de un árbol cercano. La fiera, encorvada sobre su víctima, comenzó a destriparla. Humo, chisporroteo. En el interior de la nave se elevó un clamor de furia. Casi la totalidad de los pasajeros tenía puestas las gafas que permitían ver la realidad.

Stefanni, de regreso a su asiento, se sumó al bullicio. ¡Sucia alimaña, pronto recibirás tu merecido!, gritó a todo pulmón... PADRE NUESTRO QUE ESTARÁS EN MANHATTAN SANTIFICADO SEA TU REINO... recitó mental y automáticamente. El infundado temor a que le pasara algo a George apenas aleteaba ya en su interior, como un lejano susurro. Las ratas de los túneles tenían armas y las usaban ¡bestias infrahumanas!, contra los turistas; era cierto. Pero la Compañía aseguraba que la cacería no entrañaba ningún peligro para los participantes, y ella no tenía por qué dudarlo. Dudar de la publicidad constituía un pecado, y ella era una ciudadana decente, de orgullo consumidor intachable y moral a toda prueba... ALEJA TODO ABURRIMIENTO, NO ME DEJES CAER EN LA TENTACIÓN...

La absurda idea de que aquel león pudiera matar a George, o mutilarlo, y que a causa de esto la familia perdiera al menos dos niveles en la Escala de Consumo, se disolvía como la lluvia ácida al entrar en contacto con El Cielo protector sobre Manhattan... PADRE NUESTRO QUE ESTARÁS EN MANHATTAN... SANTIFICADO SEA TU REINO... La vida era hermosa, la imagen de George autoentreteniéndose, mirándola con infinito amor mientras ella chillaba conmocionada por el grosor insólito del Centauro sin despegar los ojos de los ojos de su marido, vino a ella y la llenó de felicidad y de confianza en el futuro. Sentía que la seguridad avanzaba invadiendo su espíritu como una turgente, sosegada ola. George estaba perfectamente protegido dentro de su caballo, inalcanzable para esa bestia y a salvo del Sol. Lo sabía. Estaban allí entreteniéndose, consumiendo como buenos ciudadanos. Su habitual estado de felicidad se reinstaló... PADRE NUESTRO QUE ESTARÁS...

Una mujer delgada, vestida de forma que evidenciaba su inferioridad respecto a Stefanni en la Escala, pasó apresurada echando un vistazo lleno de envidia a su textipantalla: en ese momento transmitía un laureado anuncio del último modelo de naves monoplaza deportivas de la Ford. El deportivo semejaba una gota afilada de mercurio, agolpada y bulbosa en el extremo que contenía al pasajero y puntiaguda en el opuesto, equipado con una unidad de nanomáquinas que se encargaban de combatir el ácido exterior y mantener la superficie del vehículo inmaculada. Modelo capaz de alcanzar las urbanizaciones orbitales.

Ahora veían a los jinetes rodear al animal. Estaba acorralado. Descargaba su furia en el sabueso caído, descuartizándolo. Royendo, desenredando los intestinos multicolores. El ómnibus movía sus anillos, estacionario, para que los pasajeros tuvieran una visión completa de lo que acontecía. Desde sus asientos, podían ver reír a los cazadores. Gritaban e intercambiaban comentarios, rostros enrojecidos, felices como niños, dentro de las relucientes cabinas. Los caballos refulgían al Sol, sacudían las crines, agitaban las espléndidas colas. Relinchaban.

El león trató de escabullirse hacia el río, pero los cazadores, cerrando el círculo, se lo impidieron. Cuando el animal comprendió que resultaría imposible escapar se irguió desafiante y se enfrentó a los jinetes. Levantó una pata amenazante. Cortó el aire con las garras. Rugió al cielo plateado.

Stefanni se puso las gafas. El paisaje africano desapareció de golpe. En su lugar, los basureros humeantes, salpicados de múltiples incendios, surgieron al instante. Se extendían en todas direcciones hasta donde alcanzaba la vista, crispados contra el cielo ácido por el que transitaban nubes bajas, agarrotadas. Extensiones caóticas, punzantes, iban a fundirse en el horizonte difuminado por un vaho verdoso que colgaba del cielo.

Estaban en un valle cortado por la supercarretera P30. Atravesaba la isla de un extremo a otro. Unía las instalaciones dedicadas al reciclaje, gigantescos edificios herméticos jalonando las costas. El valle, circular, profundo, como producido por el impacto de un cuerpo sideral, estaba rodeado por montañas de desperdicios. Miríadas de vehículos destrozados, entrelazados como si una fuerza colosal los hubiera impulsado a una cópula feroz. Desechos industriales. Detritus de los habitantes de las megaurbes, millones de inútiles libros de papel.

El tiempo, el Sol y las lluvias ácidas trabajaban sobre las extensiones de basura, logrando en ocasiones un caos coherente, casi hermoso. Contemplado a distancia.

A lo lejos, una manada de tolkiens hundía los hocicos metálicos en las montañas de porquería. Se movían a velocidad asombrosa sobre las descomunales patas, como hormigas enloquecidas, levantando nubes de polvo y hollín a su paso, perfilándose contra las nubes como una legión de criaturas mitológicas. Trabajaban en grupos de veinte o treinta, produciendo un zumbido retumbante, monocorde, mientras tragaban. Cada mordisco recogía toneladas de desechos. Que clasificaban en el interior de sus entrañas, antes de arrojarlos en las flotillas de transporte que se encargaban de conducirlo a las plantas recicladoras de la costa.

El habitante de Garbageland, apenas un muchacho, estaba de pie en la supercarretera. Desnudo. Enarbolando un extraño cuchillo. El cabello le caía sobre la espalda. El Sol no demoraría mucho en roerlo, haciendo brotar pústulas cancerosas en su piel blanquísima. Permanecía extático frente a los cazadores. El brazo armado en alto.

Los ojos de Stefanni recorrieron asqueados el cuerpo pálido de la alimaña de los túneles, su rostro repugnantemente natural, la grotesca y aburrida facha que emanaba como el hedor de su naturaleza degradada. Sintió crecer en sus entrañas un furor inmenso, una necesidad irrefrenable de hacer desaparecer aquel ser que ofendía el equilibrio social con su sola presencia, con su diferencia obscena, expuesta.

Chilló con todas sus fuerzas, uniéndose al clamor de los pasajeros que, de pie, clamaban y agitaban los puños cerrados, poseídos por un furor uniforme. Pedían aniquilamiento. La visión del habitante de Garbageland sólo duró un instante, porque echó a correr en dirección a los bufantes caballos, a los fusiles.

Apenas un resplandor rojizo, luego nada. Stefanni, exultante, continuó gritando después que hubo desaparecido, convertido en millares de ínfimos pedazos que se mezclaban con la basura a la que pertenecía. Su júbilo la hermanaba a los de su especie.

Se quitó las gafas y contempló los rostros sonrientes de sus compañeros de viaje. Toda inquietud había desaparecido. Se sentía joven, animada, deseosa de abrazar a sus semejantes. En la pantalla general del ómnibus aparecieron las puntuaciones. Stefanni las miró sin dar crédito a sus ojos; profirió un alarido de contento, se llevó las manos al rostro. El nombre de George encabezaba la lista. ¡Su disparo, perfecto, acertó a la presa en pleno pecho! ¡Antes que cualquiera de los otros cazadores! ¡Y había un premio en efectivo para el ganador!

Recostó la cabeza en el asiento tratando de asimilar tanta dicha.

Aspiró una gran bocanada de aire y a continuación lanzó un placentero ¡ahhhhhh!, estentóreo; relajando todos los músculos del cuerpo. Sintió que la calma descendía sobre ella como una bendición. ¡GRACIAS DIOS MÍO!, musitó. Es un amor mi George, se dijo luego, correspondiendo con frases corteses a los que se acercaban a felicitarla. Experimentaba una plenitud propia de otro nivel en la Escala.

Tragó un gran sorbo de Coca cola.

El Coordinador Familiar emitió un triunfal trompeteo; indicaba que Stefanni había superado la meta diaria de consumo del líquido.

El rostro de la mujer resplandecía, surcado por una amplia sonrisa. PADRE NUESTRO QUE ESTARÁS EN MANHATTAN, SANTIFICADO SEA TU REINO… comenzó a repetir nuevamente.

Pero esta vez sus palabras estaban cargadas de paz, de agradecimiento.

Una vaca pasa rápido, mugiendo dolorosa y salta el cercado: despacio viene a ella, como viendo poco, el ternero perdido; y de pronto, como si la reconociera, se enarca y arrima a ella, con la cola al aire, y se pone a la ubre: aún muge la madre.

LUZ DE MUTANTE

El suelo del túnel cedió con un sonido gutural. Ensalivado. Como alguien vomitando. Y ya no tenían nada bajo los pies y los succionaban y los llevaban en una espiral húmeda hacia abajo. Por un buen rato. Sintieron la pantalla de la lámpara estallar y la nata negra los envolvió completamente.

El golpe no fue fuerte. Aterrizaron sobre una protuberancia acolchada, tubular, babosa. Tripas enormes que amortiguaron el impacto y les llenaron la nariz de un penetrante olor que no lograron identificar. Flores sulfurosas. Piel artificial quemada. Juguetes trampas. Carne podrida al Sol, junto a la carretera. Ácido.

Avanzaban en la más completa oscuridad. No tenían manera de orientarse. El pasadizo, estrecho. Les bastaba abrir los brazos para tocar las paredes, cubierta a ratos de una especie de baba densa. Al principio, pensaron en lo que dirían sus padres si supieran que se habían alejado de las galerías marcadas por los exploradores. Pero eran niños de las tribus y sabían que si no encontraban pronto un camino de regreso a casa, lo que dijeran los mayores no tendría ninguna importancia, pues no regresarían jamás.

Todo dependía de quién encontrara lo que buscaba primero, de quién lograra antes su objetivo. Ellos, o las ratas gigantes. Ellos, o los gusanos del Black. O algo aún peor.

No tenían idea de cuánto habían descendido en la caída. Bien podían estar en territorio de mutantes. La oscuridad goteaba espesa sobre sus cuerpos y entorpecía el avance. Tinta gorda llena de soledad. Líquido breoso como el alma del Black. Respiraban con dificultad aquel aire espeso y sulfuroso.

Llegado cierto momento, más que andar, braceaban. Las armas extendidas hacia delante, los ojos dilatados y todos los nervios del cuerpo a punto de estallar.

Después de caer, Casatt, que era por unos meses el mayor, además del más fuerte y corpulento, revisó a tientas el cuerpo de Sall para comprobar que no tenía nada roto. Pegó los labios al oído de su amigo e inquirió por su estado. Obtuvo una respuesta positiva en la misma forma cautelosa. El ruido podía ser la muerte a esa profundidad. Lo sabían. El ruido guiaría a los predadores. La tribu tenía que sembrar tubérculos agrios, o cuidar de las gallinas ciegas, o correr riesgos en la superficie y burlar a las patrullas para buscar alimentos. Los gusanos gigantes no. Ellos eran el alimento de los gusanos gigantes.

Gusanos gigantes: carroñeros, no auténticos cazadores como las patrullas o los sabuesos Bradbury: sus víctimas, gente extraviada en las marañas de la basura, niños, fundamentalmente; alguna rata vieja, o herida. Aunque si se veían acorralados, o tenían demasiada hambre, podían enfrentar con sus filosas pezuñas y sus escupitajos ácidos a un guerrero adulto o aventurarse en una incursión desesperada en el Ending con el propósito de robar una cría humana.

Se detuvieron y escucharon. Jadeaban. No podían evitarlo. Un mugido vaporoso los alcanzó. Perfectamente audible para los agudos oídos de los dos niños. Venía del lugar en que cayeran. Telas finísimas desgarradas. Sangre escupida por gargantas abiertas. Chasqueo de láser chamuscando la carne al atravesarla. Ácido que se arrastra. Crujir de mandíbulas. Y el característico resoplar.

Las manos se buscaron en la oscuridad: gusanos. Gusanos.

Apresuraron el paso. La galería por la que avanzaban ahora ascendía de forma perceptible, y se secaba. Y se ampliaba. El barro ido. Eso les hizo concebir cierta esperanza. Sentían elevarse alrededor el polvo que levantaban sus pisadas. El mugido no había vuelto a escucharse, pero, mucho peor, ahora llegaba hasta ellos con claridad el roce metálico de las pezuñas, el rotante escozor de los anillos al arañar la tierra.

Echaron a correr. Metieron las armas en las fundas y se concentraron en la carrera. Casatt repasaba mentalmente, con calma, todo lo aprendido acerca de los gusanos gigantes. No le servía de nada. Si los alcanzaban, y los alcanzarían tarde o temprano, no tenían la más remota posibilidad de sobrevivir.

La muerte no significaba gran cosa para los muchachos. Desaparecer no resultaba una alternativa demasiado desagradable. Sabían de los Eternos de Tierra Firme (allí se podía comprar hasta la Eternidad) y les parecía algo horrible. ¿Quién estaba lo suficientemente loco como para desear vivir para siempre?

Claro que ellos nunca conocerían Tierra Firme.

Conocían la vida bajo los basureros. Y no era nada del otro mundo.

Si había que morir, preferían que fuese a la luz del Sol, en combate con los patrulleros o con el ejército. O contra un sabueso terrorífico y veloz. Por supuesto, a aquellos asquerosos gusanos les saldría cara la comida. Pero no sería igual.

Volaban por el túnel que, luego de una protuberancia que los hizo caer y rodar algunos pies, volvía a hundirse. ¿O es que se había bifurcado y corrían por otro? No tenían manera de saberlo. Además de adentrarse en las profundidades, la galería seguía creciendo. Pensaron por un instante que estaban cerca del Ending; ¿qué les hizo pensar aquello? ¿Un olor, un murmullo lejano?

Desecharon pronto la idea. Habría luz. Gente. Los cálidos talleres del Viejo Darma. Los sembrados subterráneos. Los gallineros.

A cada rato se detenían a escuchar. Sus perseguidores ganaban terreno. El lugar por el que transitaban había dejado de ser, tiempo atrás, el angosto túnel donde comenzara la huida. Las paredes y el techo, a juzgar por el eco de sus pisadas, estaban a gran distancia. Sintieron frío. Ya no corrían, se limitaban a caminar a grandes zancadas. La textura del suelo, cambiada, dejaba ir un sonido rasposo al roce de los pasos. En la penumbra, distinguieron una mole negra, una roca, que al menos serviría para que los gusanos no pudieran atacar desde todas las direcciones. Se detuvieron. Pusieron las espaldas contra la piedra y esperaron. Recuperando el aliento. La piedra estaba cubierta de un musgo blando y tibio.

Ya no tenían que preocuparse por el ruido, así que conversaron. Mientras aguardaban.

Hablaron de la más reciente incursión de Orlán Veinticinco en la televisión. La heroína de comics y terrorista más buscada del planeta había penetrado con una de sus performances, durante unos segundos, el sistema de comunicaciones del Gobierno Mundial. Todos los chiquillos de la tribu vitorearon. Fue un verdadero milagro que pudieran verlo. El Viejo Darma conseguía, muy raramente, que su esperpéntico receptor funcionara.

Recordaron la mejor tarde de la que tuvieran memoria, la tarde de la fruta. Se arrastraban por las capas de desperdicios cercanas a la superficie, buscando. Y de súbito, allí estaba. Verde, ovalada. Recorrida por estrías amarillas. La emoción les impedía respirar. Desde el primer instante supieron, sintieron, que era real. Por fin Casatt se atrevió a tocarla venciendo el temor a que fuese una trampa-bomba. Supuraba frescor. Por un costado se hundía, descompuesta a causa del calor. Pero era un insignificante detalle que no disminuía un ápice su absoluta maravilla. Sentados en la oscuridad, sintiendo en las espaldas la mullida superficie de la piedra, recordaron el olor. Solo eso podían recordar. Cedieron, la pequeña porción que les correspondió, a sus padres. Era la ley. Para que no murieran empobrecidos por la ausencia del sabor de una fruta real en sus organismos. Ellos eran niños. Tendrían otras oportunidades. Eso pensaban entonces.

Hablaron de sus padres, y de Urgo que cayó en la trampa de los sparrownes. Y de cómo la valiente Laurie consiguió regresar. Casatt pensó, además, en Mía; pero de ella no dijo una sola palabra a su compañero.

Los gusanos llegaron bufando, con un chirriar de pezuñas pedregoso, escupiendo y parándose sobre los ramilletes de patas traseras. Las bocas abiertas y los grandes y redondos ojos opacos y húmedos. Con las antenas extendidas olfateaban la presa al tiempo que seguían sus movimientos.

Casatt y Sall los vieron al resplandor de los disparos. Nunca los habían tenido tan cerca; vivos. La visión, que duró el tiempo de un relámpago rojo y restallante, los estremeció. Sus bocas se llenaron de un amargor, de una premonición podrida. Miedo.

El grupo de gusanos, ocho, diez quizás, formado en su mayoría por adultos, chillaba y escupía. Enloquecidos por la proximidad de la comida. Segregaban un líquido grueso por entre los belfos distendidos. Pudieron distinguir también algunas crías, torpes y babosas, recién nacidas, más corpulentas que ellos. Trataban de remedar los movimientos de los mayores. Sobre sus cuerpos, danzaban trozos de una cáscara transparente, que se deshilachaba. Huevos. Así que supieron que un nido de gusanos gigantes estaba al final, cuando se despeñaron.

Mala suerte.

Disparaban al unísono, para aprovechar la luz de ambos fusiles y detectar cualquier estrategia de aproximación de las bestias. Sentían el chapoteo de los plomos al entrar y salir de sus cuerpos. No morirían por eso. Sus órganos vitales estaban protegidos por una membrana sobre la que resbalaban los proyectiles. Maravillas de la genética, quizás. Aquellos mágicos laboratorios de OpalockaMiami; aunque la mayoría de los viejos de la tribu opinaba que no, que la naturaleza se encargó de perfeccionarlos.

Trataban de acertarles en los ojos. Con un poco de suerte podían destruir el sistema de orientación. Si tuviesen balas explosivas todo sería diferente… Pero aquellas había que usarlas contra patrulleros, reservarlas para incursiones al exterior. Cosas importantes.

A los gusanos gigantes sólo podían matarlos las balas explosivas. Y la luz.

No pasó mucho tiempo antes que el cargador de los fusiles emitiera la nefasta señal roja: quedaban cinco proyectiles en su interior. Usaron tres cada uno, exclusivamente contra las crías. Quizá fueran más vulnerables. También sentían un tonto deseo de infligir a los gusanos una pérdida igual a la que sufrirían sus padres. ¿Porque qué eran ellos sino crías? Después buscaron con las manos el latido de sus corazones. Allí apoyaron el cañón de los fusiles. No querían estar vivos cuando los gusanos llegaran hasta sus cuerpos. El miedo había desaparecido. Sentados frente a frente en la pastosa negrura llena de gruñidos extendieron la mano libre y se tocaron el rostro. Casatt, Sall. Se reanudó el acompasado roer de las pezuñas; rasgueo cortante, de aristas aferradas a la tierra en el avance. Estaban tan cerca que el desplazamiento de aire les agitó el pelo. Los dedos se curvaron al unísono. Los gatillos cedieron bajo la reposada presión.

Pero los disparos no se produjeron.

Comenzó con unos golpeteos fosforescentes. Aquí y allá, a lo largo y ancho de las paredes y el techo. Un susurro ondulado que surcaba la negrura. Y entonces, como si no fuese imposible, como si no estuvieran muy profundo en la isla basurero, como si no se hallaran en el dominio de los gusanos gigantes, en el reino de la oscuridad, en el imperio de lo negro, lo sucio y lo áspero: amaneció.

Amaneció.

Luz fresca del primer día del mundo, luz de olor a piel de madre joven, luz cristalina de agua limpia de antiguas fuentes de los bosques. Extasiados, atravesados por el asombro, todavía con los dedos crispados sobre los disparadores, vieron a las bestias retroceder. Mugían aterradas, las fauces desmesuradamente abiertas produciendo un chirrido pedregoso al abrir y cerrar las mandíbulas. Las cerdas que cubrían sus lomos humeaban como si la luz fuese un rayo hirviente. Pero no. Era fresca, limpia, encharcada de rocío. Los gusanos huían buscando la oscuridad. Que en torno a Casatt y Sall se deshacía. La piedra en la que estaban apoyados comenzó a latir. Primero quedamente, luego con un bombeo que blando golpeaba. Se separaron de ella de un salto. No era una piedra, sino un peludo y transparente corazón latiendo en el interior del cuerpo en el que se hallaban. Rodaron por la piel, ahora llena de hierba. El movimiento pertenecía a la luz, y la luz estaba habitada por el pasado vivo. Cuerpo mutante. Arriba centelleaba el azul de un cielo que ellos nunca habían visto, un cielo de antes de la guerra, mientras una euforia profunda los recorría.

En las paredes de luz de la criatura vivían los paisajes. Una manada de caballos salvajes cruzó a galope. Praderas encendidas por millares de aves se desplegaban latiendo. Arboledas cuantiosas, sonoras florestas. Un mar sano y profundo se abrió y vieron las ballenas: bulbos lumínicos que acercándose los miraron con una mezcla de tristeza y amor descomunal. Las gacelas, al atravesarlas, provocaron una explosión de energía que se prolongó hasta los blancos osos que retozaban en los impolutos glaciales. Avanzaban entre altas columnas de plantas desconocidas. Con el viento susurrando en los palmares les llegaron las voces. Voces familiares. Voces de la tribu. Sabían que estaban a salvo, de regreso a casa. Aunque nunca llegarían a entender cómo estaba sucediendo. Pero no les importaba. Solo tenían ojos para aquella luz limpia, nueva, profunda y buena.

La brisa, el rumor de un arroyo cercano los adormeció.

Y el mutante los condujo, dormidos junto a su corazón, hacia la salida.

La lluvia de la noche, el fango, el baño en el Contramaestre: la caricia del agua que corre: la seda del agua.

SONATA

El sargento Zukerman miró hacia arriba. ¿Cuándo acabarán?, suspiró. Voz pisoteada. Cubierta de rasguños. Noches sin dormir, estimulantes blandos; turno de madrugada. Mediana edad. Quince años de experiencia. Proveniente del ejército. Erradicador condecorado durante las Guerras de Consumo. Rostro cuadrado, mejillas duna, nariz prominente, mentón pronunciado, piel nieve, cabellos noche caribeña: diseño que proclamaba a los cuatro vientos su procedencia: Beauty City Palm Beach. Y los ojos pequeñísimos estilo Kentvi[5] que se habían puesto de moda un par de años atrás. Conjunto varonil; denominado Aguerrido 2p4F en el catálogo. La deuda lo acompañaría un lustro más.

Su compañero no contestó de inmediato. Veinte años. Recién salido de la academia, burdo rostro natural, prueba de escaso poder adquisitivo. Nivel-2 en la Escala de Consumo. Cabello rubio desparramado bajo la visera transparente. Un pequeño chip subcutáneo de visión nocturna, evidente, barato, destacaba como un grano en su frente. Dinero de promociones. Estaría atado, de por vida, a los productos de la Corporación que le instaló el chip casi gratis. Errores de juventud, había dicho Zukerman la primera vez que lo vio.

El joven contempló la grasienta, requemada plaza que se extendía ante ellos, los desconchados edificios circundantes, luego levantó despacio la mirada hacia los ruidos, destellos y chispazos de El Cielo en construcción.

---

[5] Kentvi, nuestro Kent virtualcarnal, con o sin Barbievi, ya puede ser adquirido en todas nuestras Webtiendas. ¡Cómprelo ya! El modelo Kamasutra es el compañero ideal para su Entretenimiento Sexual. El modelo MicMaster es el guardaespaldas perfecto. Diez modelos más a su disposición. ¡Porque Maten no es otra realidad, es La Realidad!... ¡Solicite información ya! WebMaten.com. (Nota de Maten Inc. Autorizada por el autor. Anuncio literario pagado). Código EMM1333. Sección 4FKKK.

—¿Quién sabe? —respondió encogiéndose de hombros.

Patrullaban un área todavía a la intemperie y los bordes de la gigantesca estructura en progreso, irregular, dentada, chisporroteante, asomaban como mordiscos entre las cabezas de los rascacielos.

La plaza estaba desierta. Sección catalogada de máxima peligrosidad. Territorio controlado por pandillas. Aunque resultaba poco probable que aparecieran; preferían mantener sus actividades en el creciente mundo subterráneo, bajo la capital de Tierra Firme.

Se apearon del patrullero negro, artillado, compacto, rapaz; semejante a un insecto de comicidad aterradora. Orejas transmisoras y cola exterminadora multiuso. Capaz de disparar miles de proyectiles de pequeño y grueso calibre, misiles aire tierra, misiles tierra aire, misiles tierra tierra, misiles olfativos, misiles étnicos, misiles sabios.

Avanzaron despacio por el granito húmedo, manchado, mortecino, carcomido por la intemperie de lluvias ácidas y rayos ultravioletas. Uniformes negros, cascos orejudos; plástico infinito en la suela de las botas y en los petos impenetrables.

Paisaje de erupciones provocadas por el Sol. Muros salpicados de ampollas supurantes, vallas agujereadas, fibrosas callejuelas, escombros; iridiscente viscosidad de ácidos adherida al pellejo de las cosas.

Todo cambiaría cuando terminaran de construir El Cielo. Los pequeños propietarios y algunos locos obstinados en permanecer allí serían comprados, o desalojados por la fuerza y relocalizados en las nuevas ciudades subterráneas al otro lado del río. Llegarían las Corporaciones, sus rascacielos autónomos y autosuficientes, sus ejércitos privados. Como sucediera en el resto de la isla ya cubierta por El Cielo.

La madrugada colgaba como un ruido empapado sobre la explanada. Golpes de tela mojada, tenues, navegando en los vericuetos del aire. Viejos bancos derretidos. Árboles Clónicos calcinados; ni ellos resistían el Sol desnudo. Paredes gordas de tanto graffiti. Símbolos territoriales de las pandillas. Consignas de la Guerrilla Anticonsumo. Basura acumulada. Partículas inidentificables flotando en la rala claridad. Silencio pinchado por gritos lejanos. Detonaciones. Zumbido de trenes. Lejanos. Ampollando.

Del ojo golpeado, renegrido de un callejón, emergió una figura blanca. Flotaba en la nata color orina de las farolas; aproximándose.

—¿Qué coño es eso?

La voz de Stokell al responder sonó ahuecada, curva, alambrada. Insomnio artificial.

—Mierda, no sé...

Ordenaron a sus armas estar listas para disparar. Estas reconocieron las voces. Mediante un susurro respetuoso, indicaron que ya lo estaban y solicitaron pedir refuerzos. Sujeto no identificable; según el código, refuerzos era lo apropiado. En área K999. Les fue concedido. Transmitieron la imagen del desconocido al Archivo Central. Las naves patrulleras más cercanas reorientaron sus rumbos.

La figura estaba a cincuenta pasos y avanzaba de prisa. Susurro mántrico creciente. Cuerpo oculto bajo túnica blanca. Cápsula formada por capas de tela que giraban en diferentes direcciones, orbitando alrededor de un centro invisible. El hábito copiaba vagamente los contornos de una figura humana. Pero una figura humana que se expandiera y contrajera a su antojo, otorgando a la envoltura una plasticidad serena, poderosa y frágil. Daba la impresión de deslizarse a ras del suelo, sin tocarlo. Ondas girando mareantes.

Se detuvo ante los Mics. Que la encañonaban. Que entrecerraron los ojos molestos por el relumbrar de la tela. Que tenían la boca seca. Que disfrutaron un amparo largo tiempo atrás proscrito; olvidado. Que sintieron una sosegada lluvia caer en sus almas.

Con la lluvia llegó el regreso. La visión. Zukerman tenía diez años y metió la cabeza entre los senos de su madre y una vaharada tersa, apabullante, lo embriagó. Estaban frente al mar. La piel dulce de la mujer, aún joven, extrañamente iluminada, descubierta. Un vestido antiguo de tela combustible. La madre rió alzando la cabeza, el cabello fino y rubio ondeando como la bandera de una humanidad perdida. Como el rostro de un ser milenario, cansado, al que permitieran morir. Respiración sedienta. Boca recién besada. El niño la contemplaba embelesado; nunca la había visto reír así; estar así; de su cuerpo escapaba una plenitud desconocida para el hijo, plenitud que el niño jamás conocería pues estaba relacionada con andar sin miedo bajo el Sol, sin considerar al cielo y a las nubes alimañas peligrosas. Algo perteneciente a una época irrecuperable con la que no podía identificarse, en la que no podía penetrar. Trató de retener el perfume de su madre.

Les había tocado el codiciado turno para la excursión a una de las pocas zonas del planeta que permanecía intacta. Ocurría una vez en la vida, si ocurría. Las listas de espera eran demasiado largas. A sus espaldas, murmuraba la voz gangosa, la enferma presencia de los desiertos y praderas africanas. Que permanecerían militarizadas, deshabitadas excepto para el Ejército Mundial, durante décadas, siglos tal vez; hasta que los engendros dispersados en su superficie durante las Pestes Programadas no desaparecieran del todo. Continente experimental. Reordenado. Razas inferiores no consumidoras; exterminadas. Aplicación de la Escala de Consumo de la

Cuarta Convención de Salvación Mundial.

Ahora caminaban enterrando los pies descalzos en la arena de la playa; dorada arena. Vieja arena, arena epidermis, arena terminal. Atardecía. Coágulo, joya, la superficie del mar. «Johnny»; llamó la madre, inclinada sobre algo. «Mira…». El hijo se arrodilló y contempló el caracol. Jamás tendrían otra oportunidad de ver un caracol de verdad. Lo palparon con delicadeza exagerada. Como si fuera a deshacerse al contacto de los dedos. El cielo sobre sus cabezas, pulpa de una fruta en vías de extinción, amaba. Tendido al pie del oleaje, abrazado al cuerpo perdido de la madre, Zukerman conoció aquel día la cúspide irrepetible de su felicidad. Haber regresado lo purificaba, colmaba de plenitud su corazón.

Stokell regresó al cuarto materno, en la urbanización subterránea donde creciera. Se hallaba acurrucado detrás de la chillante máquina. El color del aire en la habitación era violeta excitación total. Su madre estaba tendida en la cama, desnuda, con las piernas abiertas y la mirada anhelante. Dos hombres creados por la máquina, de pie en la penumbra gruesa, también desnudos, gritaban en un lenguaje incomprensible para el pequeño Stokell. Veía sus enormes espaldas musculosas, las nalgas apretadas, un trozo de perfil nudoso y enhiesto. Pero los hombres apenas existían para el niño. No podía despegar la vista de la madre, abierta, retorciéndose, frotándose entre quejidos. El rostro transfigurado. Chupándose los gruesos senos. Los seres de la máquina, uno de piel muy negra y otro de piel muy blanca, se aproximaron a la cama. Una música babeante resonaba. El blanco ató a la mujer. Brazos y piernas extendidos apuntando los cuatro extremos del lecho. El negro comenzó a azotarla con un látigo color carne. Cimbreante y vibrátil. Ella chillaba de placer; los ojos dilatados, los dientes brillantes. Contorsionándose. Los hombres se turnaron para poseerla, luego la penetraron al mismo tiempo. Formando un engarrotado conjunto. Ella chupaba el extremo del látigo y reía a carcajadas. La música continuaba y la atmósfera se tornó espesa. El tiempo se condensó hasta formar un bloque. Cuando su madre terminó de jugar hizo desaparecer a los hombres, apagó la máquina y se quedó dormida. Stokell escapó sigilosamente de la habitación. Avergonzado y jadeante. Toda su vida había evitado aquella imagen, sintiéndose asqueroso, culpable por la erección y el primer orgasmo. Pero ahora estaba ahí, detrás de la máquina otra vez, y un misterioso sosiego llenaba su alma. Sentía el placer de su madre integrándose por primera vez de forma natural a su vida; compartía su alegría. Somos inocentes, se dijo, bañado por un alivio nuevo y final.

—Identifíquese… —la voz de Zukerman tembló, conmocionada. No podían verle la cara, ni las extremidades. Las ondulaciones de la túnica arribaban desde un país remoto, al borde de la realidad. O muy dentro de ella.

—Soy una Hermana Impoluta de la Santa Cofradía de la Suma Blancura...

La voz olía a tierra y estaba poblada de iridiscencias. De posibilidades. De mundos inexplorados. Entre los pliegues sinuosos del sitio donde debía estar el rostro centelleó un paisaje. Habitación violeta. Playa. Espirales carcomidas por las olas y el viento sobre la calcárea piel del caracol. Imposibles montañas nevadas. Sendero discurriendo entre suntuosos florecimientos bajo un cielo impecable, azul de antes de la guerra.

—¿Una monja?

Pausa. Los paisajes esfumados. Los movimientos de la túnica acelerándose.

Zukerman, sin poder controlarse, actuando contra sus años de experiencia, sin dejar de apuntarle con su arma, extrajo el identificador del cinto y pidió a la figura que extendiera la mano. Lo llenaba una euforia suicida. Una alegría desconocida, espumosa: sus labios se distendieron mostrando la impecable dentadura de marca.

—Tendremos que identificarla —dijo como si fuese otro el que hablara.

El aparato tomaría una muestra de sangre y haría la prueba instantánea de ADN. Que transmitiría al Archivo Central. Zukerman no estaba totalmente en la plaza calcinada, en la madrugada de pez, por eso procedió con la identificación. Stokell tampoco: la embriaguez de un sosiego contento lo llenaba. Las manos le temblaban apretando el arma, pero no de miedo. Hubiera jurado que de dicha. También sonreía.

—Imposible... ahora honorables enemigos. Nuestra religión no nos permite mostrarnos en público...

Eso respondió la monja, respetuosa, casi con cariño. Acompañó sus palabras un movimiento leve, que podía ser una inclinación de cabeza.

Su voz sonaba a piedra, a musgo, a helechos enchumbados, a paz uterina. Sonaba maternal.

—Lo siento, pero entonces tendremos que detenerla —exclamó Stokell sin dejar de sonreír, y avanzó con el brazo extendido.

No llegó a tocarla.

Algo salió de la blancura a velocidad mareante. El final de la frase se desgarró en la garganta del Mic, prolongándose hasta convertirse en un borboteo. Aceleración. Stokell se derrumbó. Brazos y piernas moviéndose incoherentes. Las carótidas primitivas cercenadas. Dos tapones, simultáneamente insertados en los orificios de la piel. Hemorragia interna. Zukerman, antes que pudiera oprimir el disparador —o su fusil percatarse de que su dueño estaba siendo atacado y actuar en consecuencia—, recibió un impacto en el pecho. Resonó como un tambor. Crujir de huesos. El cuerpo del sargento voló veinte pies, aterrizó de espaldas y se deslizó un trecho a causa del impulso. Desde allí, puro instinto, disparó. Pero los proyectiles no alcanzaron el objetivo, se desviaron a derecha e izquierda, y fueron a dar en las fachadas de los edificios cercanos, arrancando esquirlas, taladrando paneles plásticos, astillando la madera clónica, haciendo estallar cristales y destruyendo la quietud de la madrugada.

Entre los estallidos se filtró la música.

La Monja, en un pestañeo de Zukerman, había retrocedido hasta el centro de la plaza. El dolor del pecho apenas permitía respirar al sargento. Esternón partido, costillas astilladas. Tenía la sensación de que un edificio se había derrumbado sobre sus pulmones. No sentía las piernas, hormigueos le atenazaban la mandíbula. Masas gelatinosas obstinadas en trepar hacia su garganta. Escupió un coágulo negro que se incrustó en el plástico infinito de la visera y luego cayó otra vez en la boca abierta. Se quitó el casco, la brisa agitó leve el hermoso cabello color noche caribeña. Volvió a escupir; esta vez deshaciéndose de la sangre, que amenazaba con ahogarlo. Aspiró, un hipido angustioso, una bocanada de aire. Algo que parecía un montón de tripas escapaba de la boca de su compañero caído.

No comprendía cómo aquella cosa estaba ahora a cien pies de distancia. ¿Cómo se había desplazado hasta allí? ¿En qué tiempo?

Detenida, permanecía inclinada sobre sí misma. Inmóvil. Iluminada por su propia luz.

La sangre continuaba saliendo del bulto que era Stokell. Se expandía sobre el granito lleno de flemas y desperdicios.

Zukerman, gracias a un descomunal esfuerzo, cercenándose la punta de la lengua al apretar los dientes, apuntó con cuidado. La Monja resultaba un blanco fácil; extática, refulgiendo. Vuelta hacia los Mics tumbados.

El ulular de las sirenas, estentóreas, se acercaba rebotando contra El Cielo.

Disparó. Dejó ir los 250 proyectiles del cargador.

El resultado fue el mismo: cristales reventados, pedazos de pared cayendo a la plaza. Pero esta vez, se percató de que también había otra cosa: música.

Un acorde perfecto. Crecía ajeno a la contingencia, vencía la horrenda indiferencia de las cosas.

Stokell ya no se movía.

Las pequeñas naves patrulleras, compactas, puños, irrumpieron zumbando desde las bocacalles, e iluminaron la plaza con sus reflectores.

Zukerman acopló otro cargador al lomo del arma. Aspiró largamente. Insultó al fusil, con voz quebrada, para que no fallara. Hizo una pausa. Disparó.

Los proyectiles esta vez no sólo acribillaron los edificios sino que también hicieron blanco en las patrulleras. Una estalló. Varios Mics saltaron dejando una estela flamígera lastrada de gritos, al caer.

Zukerman elevó la mirada, inmerso en la ola de dolor que ascendía hacia la cabeza, arañando. No podía creerlo; pero eso, como todo lo demás, carecía ya de importancia: la Monja se hallaba a su lado, de pie contra la noche incendiada y el borde chamuscado de El Cielo. Su figura, paradójicamente, traía otra vez sosiego. Hinchada. Pompa láctea danzante.

Demasiado rápido, alcanzó a pensar. Algo centelleó.

La plaza, los edificios, las naves patrulleras, la misma figura blanca a su lado: todo lo que estaba al alcance de su vista saltó hasta el borde mordiente de El Cielo. Volvió a caer. Rebotó de un lado a otro, poseído por un borroso desasimiento; trotó, giró, chasqueó enrojecido, se desplomó sobre sí mismo.

El paisaje danzó un instante más. Luego la realidad chapoteó hasta ir apagándose devorada desde los bordes por una marea oscura, vacía y untuosa.

Cuando la cabeza del sargento Zukerman, separada limpiamente del tronco, dejó de rodar sobre el pavimento, otro acorde, esta vez dulce, se dejó escuchar.

2

El Doctor Samuel York, uno de los más respetados sectólogos del planeta, dormía abrazado a su Kiuttyclon cuando arribaron las tropas de asalto. Golpes. Gritos. Acceso de emergencia concedido por la puerta, que ordenó a los soldados esperar en la confortable cápsula antivirus, a la entrada.

Echó un vistazo al monitor: inmensas figuras uniformadas, negras, enchapadas, desdibujadas al otro lado de la pared de plástico infinito; siseos: transmisiones. Casa alarmada. Sistemas de protección activados.

Se desprendió, refunfuñando, del tibio cuerpo, que continuó roncando aromáticamente por entre sus empinados y rellenos labios. Dientes asomados. Apariencia comestible. ¡Jamás compraría otra que durara más de tres meses!, se dijo el hombre lanzando una tierna mirada al rostro de la mujer y comenzando a vestirse. Tres meses, tiempo máximo que los expertos aconsejaban para evitar crisis de dependencia. No había prestado atención a la advertencia. De un cinismo inconmensurable, en opinión del académico. ¿Qué había de malo en acostumbrarse? ¿Qué sentido podía tener resistirse al cariño y la alegre depravación de aquella criatura deliciosa?

No atender a las indicaciones de los expertos había resultado nefasto. Lo reconocía ahora. Llevaba seis meses viviendo con Kiuttyclon y su problema, no cabía la menor duda, era mucho más complicado que el de un consumidor responsable. ¡Un consumidor responsable! Siempre se había sentido orgulloso de considerarse uno de ellos… ¡ser un consumidor responsable: uno de los pilares fundamentales de su ética personal y social! ¡Y ahora le sucedía esto! ¿Qué dirían sus colegas si llegaban a enterarse? Pero no tenían por qué enterarse.

Todo por culpa de su avaricia, por querer ahorrar con el modelo semestral sólo recomendable en casos de enfermedad terminal, en los que el consumidor perecía casi con seguridad antes que su clon de Entretenimiento Sexual.

Tenía que asumir las consecuencias. Pero no era nada fácil.

—Nada fácil —dijo en voz alta. Meneó la cabeza. Desprendió la mirada del rostro adorado. Se encaminó al baño.

El suyo no era un caso aislado. Por supuesto. La prensa estaba llena de sucesos escandalosos: un militar retirado que se pegó un tiro; quería descomponerse junto a su amada, afirmaba en una nota de despedida. Una compañera celosa que decapitó al Barbieclon de su marido. La ola de suicidios, robos y asaltos provocada por los clones de Marilyn Monroe, que tuvieron que ser retirados del mercado.

Las polémicas, a propósito de si sería conveniente o no alargar la vida de los clones de compañía o entretenimiento sexual, consumía gran parte de los espacios de entretenimiento informativo.

Los primeros síntomas de desintegración gradual estaban apareciendo en la piel de Kiutty y el Doctor York sentía una pena intolerable. No podía demorarlo más, hoy tendría que devolverla a su estuche y mandarla de regreso a *Ternurachip*, la División Clónica de la Corporación Maten Inc. La violación del contrato de ventas estipulaba fuertes multas. Amonestaciones que podrían llegar a reflejarse en su Historial de Consumo.

Desde su remota juventud no experimentaba algo semejante. A veces se sorprendía a punto de estallar en sollozos, colmado por un apabullante sentimiento de pérdida. Los senos enhiestos, temblones, coronados por gruesos pezones morados, el vientre perfecto, el sexo modelo extrapeludo (tupida maraña de vellos rizados extendiéndose por los muslos), las largas, perfectas piernas; todo desaparecería en unos días; autoconsumido. ¡Tanta dulce e ilimitada belleza reducida a un puñado de desechos reciclables! La idea le producía angustia, tristeza. Aunque ya había encargado una idéntica, de duración trimestral por supuesto, los días de espera hasta que arribara serían un auténtico tormento. ¡Y para colmo tenía la sensación de que otra no sería lo mismo!

A ese nivel de absurdo había llegado.

El jefe de los Mics —que York catalogó de inmediato como del tipo que necesita urgentemente una Kiuttyclon, dado su mal humor— no ofreció mucha información pero dejó claro que se trataba de una situación KS5: Extrema Urgencia. Pidió cortésmente al profesor que lo siguiera, mientras se dirigía al ascensor. Por otra parte, el doctor sabía que si no se tratara de un caso especial lo estaría manejando la Policía Metropolitana y no una Brigada Especial de Mics: el eficiente y temible ejército que la Corporación Disney pusiera, gratuitamente, a disposición del Gobierno Mundial, y que tanto había hecho por la paz y la tranquilidad ciudadanas en la última década.

La imagen del enemigo, transmitida al Archivo Central, lo identificó como perteneciente a una secta. Se confeccionó al instante una lista de expertos en la materia. El Doctor York se hallaba a mano, por eso lo habían sacado de la cama. El otro experto más cercano se encontraba en la Universidad Aérea del Sur, a miles de millas de Manhattan y a una de la arrasada y contaminada superficie terrestre. Flotando sobre lo que fuera Perú.

Cuando el académico echó un vistazo a la pantalla del transmisor de uno de los Mic sintió una emoción indescriptible: se atenuaron de golpe sus preocupaciones respecto a la suerte de su Kiuttyclon.

¡Una Monja!, ¡Una Monja!, repetía emocionado, en voz alta, hablando consigo mismo, mientras el ascensor los conducía, envueltos en un zumbido acolchado, hacia la azotea.

Conminado por el mastodonte de rostro abarrotado de chips de diseño que lideraba a los Mics, el viejo profesor arrastraba hacia el atracadero de naves su voluminoso maletín de trabajo; sentía frío y maldecía en voz baja al militar. Lo culpaba de no haber podido abrigarse adecuadamente. Y la noche iba a ser larga si una de las Hermanas estaba en la ciudad.

La nave patrullera despegó suavemente y se deslizó entre los rascacielos. Al principio El Cielo se extendía sobre ellos festivo, seductor, deslumbrante. Pronto volaron bajo el área todavía en construcción: apagada como la carcasa de un transmisor gigante, salpicada de pozas negras. Luego salieron a la intemperie de la noche rojiza, surcada de nubes correosas.

El Doctor York movía la cabeza con gesto nervioso. A su edad, ciento veinticinco años, uno ya no está para este tipo de sorpresas nocturnas, se decía. Por otra parte lo consumía la expectación. ¡Una Hermana Impoluta en la ciudad! ¡Extraordinario! ¡Y a un par de imbéciles se le ocurría detenerla! Aunque, para ser justos, los dos pobres soldados no habían tenido la más remota posibilidad de sobrevivir el encuentro. Al margen de la actitud adoptada.

Dejarla marchar, sólo eso los hubiera salvado. Pero tal cosa resultaba impensable, además de ilegal.

Se acercaban al escenario de la batalla. Rojo resplandor de explosiones entre bloques oscuros de edificios. La operación de evacuación no había concluido y numerosos vehículos policiales estaban estacionados en las avenidas cercanas, o despegaban abarrotados en dirección a los refugios subterráneos. El enfrentamiento duraba ya un buen rato. La devastación era considerable. El área, de alrededor de una milla cuadrada, había sido acordonada y sellada. Prohibido todo acceso a las Cadenas de Entretenimiento. La mayoría de los edificios cercanos a la plaza estaba en ruinas, y las llamas de los incendios ascendían para confundirse con los chisporroteos provocados por los constructores de El Cielo.

Descartada la posibilidad de negociar: los mandamientos de la Corporación Disney dejaban bien claro que nunca negociaban si uno de sus hombres moría en un enfrentamiento. Sólo quedaba el exterminio del contrincante. Batallones de Mics llenaban las calles colindantes. No habían escatimado artillería. Lo que, misteriosamente, redundó en beneficio del enemigo, que permanecía incólume. La presencia del profesor no se debía a un súbito acceso de sensatez por parte de las fuerzas del orden, sino a que no sabían cómo salir de la situación.

El Doctor York sonrió.

Cuando la patrullera estaba a punto de tocar tierra en una calle aledaña, resonó una fuerte descarga. El humo saturaba la atmósfera enrarecida. Entonces la vio, un instante, inmóvil en el centro de la explanada, en el espacio violentamente iluminado más allá de la barrera de escudos y cascos de orejas circulares.

El espectáculo era hermoso y sobrecogedor. Las Relincher 457 de los Mics disparaban miles de proyectiles que convergían en la Monja. Tejiendo a su alrededor un tupido, incandescente laberinto.

El fragor, infernal, hizo que el profesor se llevase las manos a los oídos. Cerca del sitio de desembarco, un rechoncho vagón con el emblema de los tres círculos en los costados, servía de puesto de mando. Hacia allí condujeron al sectólogo.

Dentro del vagón, los operadores hacían maniobrar las cámaras. Estas sobrevolaban a la Monja; cuando estallaba alguna, alcanzada por un proyectil, otra la sustituía de inmediato. En las pantallas podía apreciarse con nitidez que la luz de los proyectiles se desviaba al llegar a un palmo de la figura. Una corriente color carne circulaba frente a la túnica, desdibujándola. Manchón borroso, inidentificable.

Las fachadas estallaban, trazos de fuego fluyendo hacia el cielo; gritos de soldados que caían destrozados por sus propias balas. La música, contrapunto de piano y cello, llena de delicadeza y poesía, brotaba de aquel remolino y quedaba suspendida entre el humo azulado y el resplandor de los incendios. La música, que todos tenían la certeza de escuchar por primera vez, se elevaba primero, para enseguida regresar a su punto de partida, e iniciaba un movimiento circular en torno de la figura que se confundía con la luz, envuelta en un blancor intolerable.

El doctor no pudo evitar que su boca esbozara otra sonrisa.

Un hombre se acercó a grandes zancadas. Su voz neutra, inhumana, se impuso al estruendo de las armas y los motores y al zumbido del agua arrojada por las naves cisterna.

—Menos mal que ya está aquí, Doctor York. ¿Puede usted explicarnos que está sucediendo? ¿Qué es esa cosa? Soy el capitán Arling, estoy al mando de la operación… Y me alegro de verlo de buen humor…

—Bueno, no precisamente de buen humor, capitán Arling —respondió el profesor, fascinado, sin apartar los ojos de las pantallas—. Pero no perdamos tiempo; lo primero: eso que usted llama «cosa» es una Hermana Impoluta de la Santa Cofradía de la Suma Blancura. Una secta casi extinguida, o al menos eso creemos, puesto que dejaron de admitir novicias hace mucho tiempo. Una secta impenetrable, que he estudiado la mayor parte de mi vida. Viven en la clandestinidad, se supone que en Asia. Toleradas por China, dicen algunos. La última aparición de una de ellas tuvo lugar hace ciento cinco años. Sucedió en NewParis y créame que la destrucción fue considerable. Se trata de una secta de guerreras que ha conseguido sobrevivir en el caos de las superurbes. El Gobierno Mundial y algunas Corporaciones Militares, interesadas en sus técnicas de combate han tratado de cazarlas, infiltrarlas o comprarlas sin éxito. Su historia se pierde en el caos de la Época PreReorden. Se ha especulado sobre sus vínculos con las guerrillas Anticonsumo, pero esa teoría es pura fantasía. Carecen de ideología y no tienen el menor interés por el poder. También se ha dicho que pudieran ser aliadas de la terrorista Orlán Veinticinco, no por motivos políticos sino estéticos. Pero eso no está confirmado…

—¿Han participado en algún performance de Orlán? —interrumpió el Capitán Arling.

—No directamente, pero se sospecha que han compuesto música anti-entretenida para ella… una música tan eficaz que causa ataques de pánico a quien la escucha…

—Continúe, Doctor…

—Entrenan sin descanso, con extremo rigor, para dos objetivos: la música y la muerte heroica; que para ellas sólo es alcanzable mediante el suicidio. He hallado rastros de las hermanas o de sus antecesoras en el Japón antiguo. Después del hundimiento del archipiélago nipón, se creyó que habían desaparecido. Hasta que emergieron en NewParis. Son espíritus muy delicados, aunque parezca lo contrario. Viven dedicadas a componer, y a perfeccionar sus técnicas de combate cuerpo a cuerpo. Son fanáticas de la tecnología, además, así que no dude que debajo de ese atuendo haya un montón de ingeniería genética, trasplantes e implantes… —el profesor hizo una pausa y apuntó con el índice algunas zonas de la imagen, detenida por el operador— esas manchas borrosas que aparecen cuando se le dispara, son sus manos. Toca con la punta de los dedos los proyectiles; como es lógico, lo hace a gran velocidad, a una velocidad inaudita… como quien pulsa un instrumento musical… ¿comprende? Usa la batalla como una partitura. Arranca música a los proyectiles que pasan… con toda seguridad mediante implantes de algún tipo en las yemas de los dedos, que reproducen los sonidos de diferentes instrumentos, piano, cello; en fin, eso es lo que sospechamos que sucede, a juzgar por las pocas evidencias que hemos logrado acumular.

El sectólogo hizo una pausa, como para dar tiempo a que el oficial asimilara la información…

—Suena increíble, pero puedo asegurarle que eso es lo que está sucediendo. Hemos aprendido mucho sobre ellas estudiando los restos de la que murió en NewParis, aunque, desafortunadamente, los dispositivos de autodestrucción que se activaron al morir quemaron el traje y la mayor parte del cuerpo.

La explicación del Doctor York había captado la atención de los presentes. Lo contemplaban como si estuviera delirando. El capitán Arling, sin poder evitar que su tono sonara burlón, exclamó:

—¿Quiere usted decir que esa cosa está matando a mis hombres y destruyendo todo a sus alrededor para componer una musiquita?

—Exacto. No una musiquita… una sonata. Para piano y cello. Y muy buena por lo que he podido escuchar. Puedo asegurarle esto, aunque no soy un experto en música arcaica. Pero, mírelo positivamente… podría haberse propuesto un réquiem, y entonces sería mucho peor.

—¿Por qué?

—Porque un réquiem es más largo, más complejo, y puede estar seguro que emplearía todo su talento en concluirlo. Es un asunto de honor para ella. Su interés por sobrevivir después que finaliza la composición desaparece, o al menos disminuye considerablemente. Esa podría ser una buena noticia. Aunque por desgracia muchas de estas conclusiones se apoyan en conjeturas, jamás se ha atrapado a una Monja con vida, así que no hemos podido estudiarlas apropiadamente. Déjeme añadir algo: no piensa en absoluto como nosotros. La muerte para ella es algo maravilloso a lo que se llega a través de la música y la batalla. Aman la batalla y la música sobre todas las cosas. Digamos que si creen en un Paraíso, es en uno lleno de orquestas sinfónicas, operas, interminables duelos… cuando deciden morir, y parece evidente que esta ha decidido morir aquí, componen una pieza musical. Una especie de ofrenda de despedida. Tradición que parece provenir del desaparecido archipiélago japonés…

Una mueca burlona curvó los labios del capitán. El Doctor York también sonrió.

—Sí, ya sé, desde nuestra perspectiva están completamente locas. Pero que eso sea cierto no cambiará mucho la situación. Las Hermanas siempre mueren en combate. Nunca sabremos si esto que está sucediendo es, y perdone, producto de la torpeza o inexperiencia de sus agentes, o que ella escogió este momento y este lugar para morir según sus parámetros. Yo me inclino a pensar lo último. Sabemos que luchan hasta el final, pero se suicidan si la sangre de un enemigo mancha sus túnicas. Lo consideran un bochorno, la mayor ignominia...

El capitán Arling permaneció en silencio unos instantes.

—Una última pregunta doctor... —dijo después—, teniendo en cuenta que esto dura ya alrededor de cuatro horas, ¿cree usted que está por terminar su composición?

—Bueno, no hay nada seguro al respecto, pero me atrevería a afirmar que eso que escuchamos ahora es un allegro; y que corresponde a la última parte de su sonata, posiblemente esté concluyendo. Aunque...

—Sí, ya, suposiciones. Gracias Doctor York, manténgase cerca por si lo necesitamos. Veremos si la compositora resiste la música de los MicMasters.

Y a continuación, al tiempo que abandonaba el vagón, el capitán Arling se puso a dar órdenes a su transmisor.

3

El asalto continuó. Lo que demoraron en traer a los MicMasters. Descargas de fusilería. Fusiles pesados. Misiles ligeros. Misiles olfativos. Misiles sabios, uno de los cuales fue a parar a El Cielo produciendo un gran estallido. Y un chorrear de aceros, carne, y plásticos derretidos.

Casi amanecía cuando llegaron.

Especialistas en lucha antiterrorista. Maestros del combate cuerpo a cuerpo. Dos compañías de cien hombres. Si es que podía llamárseles así. Producto de años de experimentos y billones de dólares invertidos en proyectos militares secretos: chips cerebrales, ingeniería genética, órganos reforzados, miembros de carne virtual, prototipos anfibios, prototipos elásticos, prototipos ligeros, prototipos inmunes, pieles blindadas e impermeables, injertos virtualcarnales, cultivo de cepas pertenecientes a individuos superdotados para las artes marciales; ADN de campeones de los que se extraían clonesbases que mejoraban acondicionándolos a tareas específicas: ataque nocturno, ataque submarino, ataque víricos. MicMasters, tropas élite. Se les atribuía el éxito de la política de Reorden.

Formaron un círculo compacto en torno a la monja.

El Doctor York tuvo razón. Poco después de su conversación con el capitán Arling la música se detuvo. Recomenzó minutos más tarde, pero era evidente que la monja no estaba componiendo; se limitaba a escuchar su pieza. Su sonata. Duraba exactamente veintisiete minutos con veintiocho segundos. Consistía de un Allegro non troppo (catorce minutos, cuarenta y tres segundos); un Allegretto quasi Menuetto (cinco minutos, cincuenta y ocho segundos), y un Allegro (seis minutos, treinta y siete segundos).

El doctor la grababa.

Todos escuchaban inmóviles. La claridad crecía dispersando la madrugada. Un multitudinario sosiego fluyó. Tiempo alterado. La pieza completa había ocupado breves instantes. Pero la máquina del profesor indicaba veintisiete minutos con veintiocho segundos.

Concluido el repaso de la obra, transcurrido sin que sonase un solo disparo, el silencio se apoderó del lugar. Extremadamente poderoso después del fragor. La Hermana Impoluta ejecutó lo que parecían pasos de una extraña danza. La plaza, atestada de enemigos, la contemplaba extática.

El humo flotaba sobre la escena. Grueso azul.

La negrura de los uniformes de los Mics, parapetada detrás de los carros de combate y las naves posadas.

Los MicMasters, trajes ligeros, cuerpos perfectos, cabezas depiladas; las hojas de sus armas reluciendo a la luz de los reflectores.

La túnica de la Monja giraba en una dirección primero, luego en otra, ora remedaba el concluir de una ola, ora se fragmentaba en innúmeros pájaros, ora ondulaba como llanuras empujadas por el viento, ora rumor de bosque, ora euforia de primavera, ora nevadas.

La tela se hizo casi transparente y todo fue libertad. Por un instante, fue posible distinguir el cuerpo de la monja, hermoso, sereno y desnudo.

Un instante.

Los primeros MicMasters acometieron. Veloces, mortíferos e invencibles. Más que humanos: productos.

El jefe de la primera compañía deseaba el honor de vencer a un poderoso enemigo en combate solitario. Encabezó el ataque. Los brazos de la Hermana Impoluta emergieron de la túnica. Enarbolaban sendos puñales. Manos delicadas y blanquísimas. Largos, delgados, ligeramente curvos los puñales. Su antagonista era rápido, riguroso y controlado. El tipo de producto que enriquece y contribuye a cimentar el prestigio de cualquier Corporación. Pero no fue suficiente. La figura del Mic Master se difuminó, transparentándose al atacar. Un puñal de la Monja detuvo la espada de su adversario, el otro cortó de un tajo su cabeza, que saltó, pegó contra el suelo y rodó varios metros entre las exclamaciones de asombro de sus compañeros. Cópula de insectos. Hoja nueva que brota. Alas de un pez. Indiferencia de la piedra. Cielo a punto de nevar. Tardes de abril.

Demasiado fácil. El letal golpe estuvo acompañado de un grácil salto para evitar el surtidor de sangre que escapaba del cuello cercenado.

Con un rugido de furia, los otros clones acometieron. No sentían miedo, estaban genéticamente incapacitados para sentirlo.

De pie sobre el techo de una nave de transporte, el Doctor York contemplaba la escena.

Totalidad, desapego, emanaba de la Monja: mortífera coreografía: amorosa, inocente, malvada, cruel, piadosa, maligna, bondadosa. Todo es lo mismo: decía su danza. Música de alegría por la muerte cercana.

Bailaba en el centro de la batalla. Los MicMasters caían a su alrededor perforados, cercenados, destripados, despedazados por su ritmo.

Tendidos alrededor de la guerrera, más de un centenar de cuerpos se desangraban cuando sucedió: una gota de sangre alcanzó la blanca túnica. Desolación. Otoño. Madre que muere. Paisajes que agonizan. Olor de aguacero. Temblor del último pez.

Después de esto la Hermana Impoluta rechazó, golpeándolos con las piernas, sólo para alejarlos, sin herirlos, a dos MicMasters; a continuación se detuvo.

Las primeras luces del alba alumbraban la carnicería. Postreras convulsiones, quejidos, vientres abiertos, intestinos asomados, cerebros desparramados, disminuyentes surtidores, piernas, brazos cercenados. Verdes tubos, moradas excrecencias sebosas. Vísceras.

Cesaron las acometidas. Los MicMasters aguardaron expectantes. La Monja los saludó, ceremoniosa, con los curvos, ensangrentados puñales. El gesto, impregnado de una insoportable elegancia, hizo retroceder a sus contendientes. Luego, sin dudar un instante, hundió ambos puñales en su propio cuerpo. La blancura se replegó sobre sí misma.

Los MicMasters devolvieron respetuosamente el saludo. Comenzaron a replegarse hacia las naves.

La mancha roja avanzaba con rapidez por la tela.

El Doctor no hizo el menor movimiento. No trató de acercarse. Nadie lo intentó.

El estallido desintegró el cuerpo, que ardió como una antorcha. Una antorcha alimentada con cápsulas de autoexterminio.

Amanecía. El Doctor York terminó de ponerse el traje protector. Se abrió paso a través de las compactas filas de soldados. Rodeaban los restos de la Monja. Habían retirado los cadáveres. Las botas chapoteaban en sangre ennegrecida. Consiguió llegar a primera fila. Un pequeño cráter indicaba el sitio de la inmolación. Pedazos de tela chamuscada, jirones ardientes, cables: era todo lo que quedaba.

Y trozos de entrañas. El Sol, filtrándose entre la maraña de cascos y escudos, comenzó a engullirlas. Gorgoteo. Ácidos quemantes. Humo.

El sectólogo se apresuró a clasificar y guardar en contenedores de plástico infinito los restos de la Monja.

Carne y sangre dibujaban figuras en el pavimento chamuscado.

Antes que el Sol desnudo las devorara, el Doctor York creyó ver una playa, un caracol, una habitación sudada, el rostro sonriente de un niño.

Y otros hachones, de tramo en tramo… encienden los árboles secos, que escaldan y chisporrotean, y echan al cielo su fuste de llama y una pluma de humo. El río nos canta. Aguardamos a los cansados. Ya están a nuestro alrededor, los yareyes en la sombra. Tal la última agua, y del otro lado el sueño.

LA TARDE DE LA FRUTA

Estaban a punto de regresar cuando apareció. A dos pasos. Semioculta por un montón de material de embalaje arrugado, correoso, verde e incombustible. Sintieron que era real. No por eso dejaron de tomar precauciones. Sin atreverse a respirar la pusieron bajo el halo del detector de metales y plásticos infinitos; ese feo y arcaico invento del Viejo Darma, que tantas vidas había salvado.

Luego, protegidos detrás de una piedra, la pincharon con un largo pedazo de alambre. Les dio pena, pero tenían que hacerlo. Después la movieron.

Muy lentamente.

Ninguna explosión, ningún gas venenoso, ninguna emisión de MiniCánceres Disney, criados y adiestrados en los laboratorios de Tierra Firme. Nada.

Entonces se atrevieron a tocarla. Manos temblorosas. Desnudas, blancas, tras despojarse de los guantes. Era como tocar el olvido, una prolongación de la esperanza que de súbito adquiriese forma, volumen, olor ante sus ojos.

El verde de la corteza estaba atravesado por unos zigzagueos amarillos. Pesaba alrededor de cinco kilos y, no obstante una magulladura, tenía buen aspecto. Ambos muchachos sabían que un momento como aquel no volvería a sus vidas, ni a la vida de sus hijos si alguna vez llegaban a tenerlos. Encontrar en el basurero una fruta de verdad, natural, resultaba tan improbable como hallar aquel mítico territorio interior más allá del Ending, más allá del final del Black, al que nadie había llegado jamás: un pedazo de mar limpio, tierras fértiles donde crecían árboles del Libro Sagrado formando bosques y donde vivían animales y pájaros de antes de la Época del Reorden. País de eterna suavidad. Espacio mágico donde una anciana sacerdotisa, piel de madera y risa de selva, reinaba sobre la exuberancia de la tierra y la voz de las aguas. Sobre el vuelo de los insectos y la calidad del aire. Aquel lugar misterioso al que los viejos llamaban El Monte.

La emoción les impedía pronunciar palabra. Sus sexos cosquillearon. Las miradas se ablandaron. Los alientos, esponjosos, entrelazados en el aire sucio, temblaban suspendidos sobre la oblonga figura. La fruta respiraba. En las bocas se agolpaban alucinaciones. Sabores insospechados. Salivas azucaradas. Frases del Libro Sagrado resonaban en sus cabezas.

Estaban a pocos pies de la superficie, en uno de los túneles con salida al borde de la carretera. La fruta, probablemente, había caído de un vehículo de turismo, o de alguna nave perteneciente a los dueños de las plantas de reciclaje. Y se abrió paso entre las capas de desperdicios blandos. O rodó por el túnel hasta donde se hallaba.

Permanecían inmóviles, extasiados. Sudando bajo los gruesos trajes. Las pieles blancas como nieve que no conocían, que no verían jamás.

—Yo la llevaré —dijo Casatt con voz quebrada.

Y Sall, que lo admiraba y lo consideraba superior porque había participado en numerosas incursiones al exterior, estuvo de acuerdo.

A medida que se adentraban en las profundidades del basurero buscando el Ending, la porquería acumulada durante siglos, la carne de Garbageland, dejó de apestar. Las humaredas ya no fueron venenosas y el resplandor implacable, mortífero, del Sol pareció atenuarse por la proximidad de lluvia que no fuera ácida.

Casatt y Sall no se percataron de estas cosas (que por supuesto duraron un instante), inmersos, como iban, en la mojada alegría que brotaba de la fruta.

2

Darma dijo, alzándola con gesto firme sobre su cabeza: se llama melón.
Melón.

La palabra, suntuosa, opulenta, planeó. Derramada como gordo deleite empapó a los miembros de la tribu, congregados en la explanada del Ending. Luego, el líder de los habitantes del basurero, como era costumbre, la pasó al anciano más próximo. Este la sostuvo un momento ante su rostro, olfateándola, sintiéndola. La entregó a un compañero.

Pasó de mano en mano. Así la fruta los alcanzó.

Sabían que no había suficiente para que entrase en todos: los ancianos serían los primeros. Era la ley. Para que no fueran a la muerte disminuidos por esa ausencia, por la falta de ese sabor en sus vidas. Después llegaría la oportunidad de los guerreros. Y al final, los más jóvenes y los niños.

Casatt y Sall, verdaderos héroes de la ceremonia. Goce intenso. Rodeados de admiración y alegría, se sentían especiales. La hoja abrió la corteza y dividió el melón en dos partes iguales. Un murmullo llenó el espacio. El interior, rojo, pespunteado de mínimos ojos negros, refulgió como una joya arcaica. Casatt y Sal conocían las leyes, en lo tocante a ellos. Además, el Viejo Darma se cuidó de recordárselas. Cuando les ofreciera una de las pequeñas porciones, la rechazarían con humildad; la ofrecerían a sus padres, que orgullosos, las aceptarían.

Un guerrero le palmeaba la espalda cuando Casatt sintió la mirada de Mía. Mía la de las trenzas negras y las cejas copiosas; la de los ojos dorados. Mía ágil y elástica. Mirada extraña, que le produjo una sensación opresiva en el estómago. Mía la hija de los Argos: trece años, pechos duros, pezones hinchados, prominentes, prietos. Casatt, perturbado, apartó sus ojos de los de ella y sintió que todo era diferente: la gente de la tribu, su amigo Sall, el Ending, los infinitos túneles, Tierra Firme y los sueños del Black.

89

La ceremonia estaba por concluir. Los últimos afortunados se inclinaban ante el Viejo Darma, que, pausadamente, introducía en sus bocas una partícula de la fruta. Mía estaba en ese grupo. Abrió la boca y sacó un poco la lengua, los ojos cerrados. Después, mientras la tribu se dispersaba en silencio, se acercó al muchacho. Lo miró otra vez de aquella manera. Una expresión rara en el rostro, la mirada prendida a la de él, que aguardaba expectante.

Mía se inclinó, pegó sus labios a los de Casatt y forzó la entrada con la lengua. Su boca era el sabor de la fruta.

Pasan volando por lo alto del cielo, como grandes cruces, los flamencos de alas negras y pechos rosados. Van en filas, a espacios iguales uno de otro, y las filas apartadas hacia atrás. De timón va una hilera corta. La escuadra avanza ondeando.

EL CIELO

1

Atardecía en la pantalla de El Cielo. Nubes, en esmirriadas formaciones, deformadas por el ácido adherido al plástico de la cúpula. Exterior quemado. Las imágenes de los comerciales no sufrían demasiado por ello. Al contrario, el atardecer constituía un fondo atractivo, un balance casi romántico al enfebrecido espectáculo. El Cielo —burbuja formada por diversas capas de filtros adosados a una aleación de plásticos infinitos, construida para proteger a los habitantes de Manhattan de los rayos del Sol—, sostenido por descomunales patas de acero y hormigón que iban a apoyarse en Queens, Brooklyn, el Bronx, Hoboken; que descansaban en Jersey City y en la entrada de la bahía, frente a la también techada Estatua de la Libertad.

El Cielo estaba dividido en parcelas publicitarias. Algunas, situadas en la zona más barata, cerca de la línea caótica, espejeante, del horizonte de rascacielos, lucían los estridentes «Rent Me» de los espacios disponibles. Las Megacorporaciones se disputaban los del centro, próximos al cenit. Las paredes laterales, menos visibles desde las calles, quedaban a disposición de las compañías de segunda o tercera fila. También gigantes. Anunciarse en El Cielo simbolizaba poder. El Cielo, el mejor espacio publicitario: en él se trasmitían los partidos finales de la Liga de Dioses y la Santa Misa Anual Deportiva que se efectuaba anualmente en el Cathedral Center, cuya imponente estructura dominaba la isla-ciudad.

Ambos eventos paralizaban la urbe y los expertos los consideraban la cúspide de la efectividad para cualquier campaña comercial. El impacto en los niveles de consumo estaba demostrado.

Alfil Tres avanzó por la congestionada Broadway abriéndose paso entre la marejada compacta que se desplazaba a codazos y empujones en ambas direcciones. Al verlo acercarse, varios +Rankingejecutivos, congregados ante un escaparate de Cacerías NewÁfrica, se apartaron de su camino. Murmullos dentro de sus atuendos parpadeantes. Vestían trajes Calvin Pride provistos de textipantallas, en las que a intervalos cronometrados aparecían sus objetos y propiedades más preciadas: la última moda entre tecnócratas Nivel 3+ en la Escala de Consumo. Esporádicamente, como una cuña en el estruendo de los taxis aéreos, el rugido de trenes suspendidos y subterráneos y el griterío de vendedores ambulantes, destacaba el alarido agónico de algún transeúnte acuchillado.

Alfil Tres no apartaba la mirada de los que venían a su encuentro; la mano relajada, lista, alrededor de la imagen de DiosMike, en cuyo interior latía la hoja de su arma. En cualquier momento una de las Damas podía aparecer y trocearle los testículos en un abrir y cerrar de ojos. Ajuste de cuentas. La anterior semana cuatro Alfiles novatos le habían cortado los senos, enormes, a una Dama Consejera. ¡Estúpidos! Las pandilleras estaban enfurecidas porque los Alfiles usaron las pelotas sanguinolentas, luego de rellenarlas de gomas saltarinas, para improvisar un partido de basketball.

Alzó el volumen de sus Ruidosos, implantación subcutánea, mediante un golpe en la oreja derecha. Más ruido, mayor concentración. Su cerebro lo demandaba. Como exigía Blancura o cualquier otra droga estimulante. Alfil Tres: ejemplar perfecto de las Generación del Ruido. El silencio le provocaba náuseas, accesos de descoordinación aguda. Convulsiones.

En la calle 42 aminoró el paso atraído por la pared-pantalla. Muslo dorado, Pocahontas Center. Torre figura. Retransmitían el episodio de los Sparrownes, de la serie Garbageland, una de sus favoritas. La cabeza de Urgo estallaba en ese preciso momento. Hermoso. Laurie saltando hacia la salvación. Lluvia de cuajarones, mezclados con fragmentos de masa encefálica: parecía caer sobre los entusiasmados transeúntes. Los túneles de acceso aéreo a la isla descargaban un aluvión de pequeñas naves personales y aerobuses provenientes de ciudades subterráneas al otro lado del Hudson. Carrocerías chamuscadas por el Sol y las lluvias ácidas.

Trotaba inmerso en una manada chillona, que se encaminada a las inmediaciones del Cathedral Center. La anunciada visita del Hijo de Dios a New Manhattan durante la celebración de la Santa Misa Anual Deportiva había provocado una interminable marea de fansperegrinos que no dejaban de arribar a la ciudad. En esos momentos, las autoridades de la ciudad y el Consejo Teológico Mundial evaluaban la posibilidad de cerrar los accesos a la capital de Tierra Firme.

God is Fun! God is Fun! cantaban los altavoces mientras la muchedumbre marchaba cantando los himnos de moda y enarbolando banderas de sus respectivos clubs o imágenes de DiosMike, la más popular de las deidades del SportOlimpo.

Alfil Uno y Alfil Dos aguardaban en GAMEGAME. Punto de encuentro de la pandilla cuando estaban en el centro, lejos de El Tablero, sede de la Casa Alfil, a orillas del río.

El local de juegos virtuales era un verdadero pandemónium. Estruendo máximo-delicioso. Lo último en tecnología. Imperaba el mezclatec (a pesar de ser ilegal; las casas matrices, dueñas de los personajes, perseguían el uso de estos en contextos no aprobados): el gran salón de acceso a los cubículos de juego constituía un insólito campo de batalla. Ajeno a la ortodoxia, a reglas y patentes. Todo el mundo hacía la vista gorda al respecto. Violencia virtual de primera clase. Tampoco escaseaban las escenas sexuales. Un tiranosaurius rex, de apariencia más real que cualquiera de sus antecesores del jurásico, fornicaba entusiasmado con Jessica Rabbit, al tiempo que Equina, la más popular de las heroínas virtuales del momento, despachaba con su centelleante espada mágica y sus puntiagudas tetas disparadardos, una tropa de Glotolcos que, excitados y babeantes, trataban de acercársele con erectas intenciones. Los poderosos pero estúpidos Glotolcos se dejaban deslumbrar por las lascivas poses; Equina se divertía con ellos antes de rebanarlos.

La belicosidad pura dominaba el panorama.

Superhéroes, defensores oficiales de los diferentes equipos deportivos, batallaban ferozmente en defensa de los colores e insignias de sus Diosestrellas. Supermán y Troll (del Manhattan All Stars) hacían frente común contra Suciferino y Cedaca, los Gemelos Maravillosos (del Village Lakers), Starcats4 y Cloncatorce (héroes oficiales del Tribeca Magic) atacaban sin piedad a Sulka Universal (de los Super Nicks). A ambos lados del área de combate un grupo de muchachos, la mayoría vistiendo atuendos típicos de diferentes pandillas, vociferaba, pateaba y lanzaba insultos. Pugnaban por imponer sus ruidos oficiales. Vehementes, apoyaban a los superhéroes de su predilección. Dos enormes Clones Reforzados —perfectamente impenetrables para cualquier arma blanca— mantenían el orden. Dejaban desahogarse a los jóvenes, pero si se excedían, intervenían golpeando a los revoltosos con los antiguos, pero efectivos, guantes chinos de arena comprimida.

Alfil Tres buscó a sus compañeros. Debían estar en las cabinas, pues no distinguió en las gradas sus cabelleras flamígeras, enhiestas, como la suya.

Tropezando, dando empellones, llegó hasta la entrada de los cubículos. Nada en el primero: chiquillos envenenados de virtualidad; ocho horas diarias conectados, por lo menos. Una pareja de Ángeles Mediáticos, blan-

94

cos de Blancura, piel transparente y engañoso aspecto inofensivo, delicado, ocupaba el segundo. Cerró la puerta haciéndoles un guiño. Nunca tenían problemas con los Alfiles. Antiguas alianzas, hermandades cultivadas en la furia de los callejones. Entreabrió la tercera puerta. Distinguió, sobresaliendo sobre el casco de una figura vestida de combate virtual, los enhiestos rayos de pelo descollando en la penumbra. Emitió el acostumbrado graznido de saludo y dio un paso transponiendo el umbral. Apenas la bota tocó el suelo mojado lo percibió: algo andaba mal. Nada concreto. Instinto. Liberó la hoja de su arma. La figura se estaba volviendo cuando sintió el golpe en la nuca. Lanzó el brazo hacia atrás y el chapoteo del acero en la carne indicó que había hecho blanco. Un rugido terminado en estertor estalló junto a su oído mientras hacía un esfuerzo enorme porque los chisporroteos que martillaban detrás de sus ojos no lo desconectaran de la realidad. La figura terminó de voltearse desprendiéndose del casco y la máscara. El rostro siniestro, sonriente de Dama Uno, surcado de goterones apareció ante él; desenfocado, pero no lo suficiente como para que no se percatara de que llevaba sobre la cabeza la cabellera flamígera de Alfil Uno a modo de gorro. Trofeo de guerra. Remanentes de piel adheridos a la frente de Dama Uno, colgando de sus orejas.

De golpe, la mente se le despejó. Saltó en diagonal (perfecto equilibrio, calma de juego asumido al extremo, entretenimiento que lo hacía letal, el mejor guerrero de su grupo) al tiempo que el cuerpo de la otra Dama se desplomaba a sus espaldas, con el corazón perforado. La daga de Dama Uno salió en busca del vientre —el estruendo de las gradas entraba, apabullante, por la puerta entreabierta, la sangre de la Dama derribada se unía a la de los Alfiles escaldados y mutilados, tras el caparazón erizado de cables de la Unidad Virtual—, atravesó la gruesa chaqueta de piel de cerdo y abrió un canal profundo a la altura de la última costilla. Dama Uno, olor a chocolate y venganza. El brazo estirado, el cuerpo desbalanceado, echado hacia delante por el impulso. Ojos enrojecidos. Seis colmillos. Labio inferior prominente. Senos como lanzas, afilados genéticamente.

Alfil Tres, por un segundo, tuvo el rostro feroz y hermoso a su alcance; le asestó un golpe en el cuello —danzando siempre en diagonal—, bajo la mandíbula; la hoja se hundió hasta los pies de DiosMike. Manchando el superingrávido calzado del AtletaDios.

Mareo, olor a muerte cabalgando el griterío, alaridos de los superhéroes. Saturación. Ruido compacto. Desclavó su cuchillo: las extremidades de Dama Uno se agitaban aún, convulsas. Con extrema rapidez, con movimientos pulidos por la costumbre, le arrancó el cuero cabelludo —una esponjosa masa violeta salpicada de torres de laca verde— y lo guardó en el bolsillo de la chaqueta. Se quitó el pañuelo del cuello y lo apretó contra la herida.

Los cadáveres estaban cubiertos de babosas. Alfil Tres sonrió a las estelas lúbricas que dejaban en las paredes de la cabina.

Cerró la puerta. Caminó sin prisa, con aire despreocupado, hacia la salida. Procurando que los Clones Reforzados no percibieran algo extraño en sus movimientos. Lo menos que necesitaba en esos momentos era que aquellos gigantes blindados llamaran a los Mics.

Afuera, el estruendo de la calle 44 competía con el del interior de GAMEGAME. El ardor del costado. Cerca, un local de la Liga Antiplagas ofrecía Ruidopuro Gratuito para adictos terminales. Los clones antivirus, piel naranja refulgente, deambulaban entre el sudado, bulboso clamor de los enfermos. Volvió el mareo. Levantó el rostro crispado: los anuncios de El Cielo manchas chillonas, hirvientes. Se recostó contra la mole de un anuncio ambulante de Crema Paraíso (hidratante) y caminó a su lado hasta que se detuvo para ofrecer porciones del producto a los transeúntes. El pañuelo estaba empapado y la sangre resbalaba hacia el vientre. Se apoyó a descansar, esta vez contra la escamosa base-ancla de un anuncio flotante de pizzas.

Continuó abriéndose paso a trompicones.

—Ese no es mi equipo, maricón —le espetó al pasar, cabeceando en dirección a la efigie de DiosMike, alguien de perfil borroso. Un chiquillo, la cara tatuada con los brillantes colores del Central Park. Mediocre equipo de segunda división cuyos fanáticos se contaban entre los más jóvenes y agresivos.

Alfil Tres intentó contestar. Tragó un buche grumoso. Deslizó la espalda a lo largo de la superficie cromada de una pared y quedó sentado. El tronco inclinado hacia delante. Apenas sentía las patadas en la pierna que, extendida, entraba en la acera. Masa traslúcida de extremidades veloces.

Bruma.

Antes de desvanecerse, pensó: Central Park... buena mierda.

La noche había terminado de caer sobre la ciudad. Los anuncios, como estrellas, llenaban El Cielo de un fulgor multicolor. Uno de Coca cola derramaba su catarata refrescante sobre los rascacielos.

2

Repugnante silencio. Eso fue lo primero que lo golpeó como una patada en la cara. Luego masa lenta, brea desplazándose milímetro a milímetro. Tragando. Devolviendo. Más tarde la masa pespunteada. Puntos compactos, agujeros de mayor densidad. Orbitando dentro de su cabeza. Ampollas de luz en el dolor. Punzadas en el costado. Taladrando. Ardiendo. Basureros. Máquinas trajinando en el mar de desperdicios, seleccionando, desguazando. Chapaleo, recuerdos con los márgenes carbonizados. Soplos acolchados tras los ojos. Orillas ácidas. Sensación de desintegrarse en innúmeros fragmentos. Incontables zozobras. Vida no vivida pero recordada. Nubes podridas y el estruendo de un puente que corre hacia Florida. Farallones sobre el mar lleno de espumarajos. Pulidos pájaros de ojos numéricos. Picos cuneiformes. Arena hirviente. Nísperos goteando, nísperos goteando. Pájaros asesinos. Chillidos de un ser raudo y programado. Océano pardo. Olas golpeando rocas clonadas. Plantas de reciclaje engarzadas, a lomos de los derriscaderos. Hilachas de neblina color pus. Paisajes que nunca había visto, pero que estaban allí, en el interior de su cerebro. Ojo que vuela, proyectado fuera de su órbita por una sobredosis de Blancura, las venas en la membrana esclerótica gruesas como cables de sustento de la estructura de El Cielo. Anuncios líquidos, bebibles. Callejones hediondos, armas desenfundadas. Brazos y piernas de goma, elásticos, llenos de la certeza, de la impecable precisión de la droga. Eructos de fango del podrido Hudson. Amarillo, textura de caucho fulgurante, abrazo maternal de un Cáncer Disney que trepa veloz por un tubo. Voz de rocío. Disparos al fondo. Borboteos. Arteria cercenada que sisea. Nísperos goteando, nísperos goteando. DiosMike ejecutando espectaculares movimientos de entrada al enemigo. Calles de estruendo. Sólida tristeza. Atravesar la pared de palabras que lo separa de las praderas, los bosques, las corrientes prístinas. Gorriones, garzas. Hermosos caballos galopando por una imposible intemperie, grupos sudorosas cercanas, vivas, como si no pertenecieran a animales extinguidos, carne exultante, poderosa, perseguida por una jauría de Cánceres Disneys hijos de puta. Fiebre. Amigos. Vida no vivida pero recordada. Los ojos de un Disney detenidos en los suyos bajo la noche horrenda, a unos pasos de las fauces metálicas de la nave que espera. Palabras comestibles, leídas por una voz de tierra. El rostro de una anciana, escoltada por dos negros hermosos, antiquísimos, aguardándole dentro del libro. Sosiego. Otra vez el ojo pero ahora perteneciente a Dama Uno, babeante, con el cráneo al descubierto, la lengua morada asomando, el labio inferior prominente, martillado de anillos. Muerta.

Inundaciones, marejada anegando los basureros incendiados, los túneles. Fuga.

Suavidad.

Pompa que estalla.

Vida no vivida pero recordada.

Despertó.

Llueve. La sien, le dolía la sien. Chapoteos de la memoria. Fuego. Chirriar de trozos de realidad frotándose, superponiéndose unos a otros. Ardor detrás de los párpados. Hueco ansioso. Algo faltaba dentro de su cabeza: el ruido.

Llueve.

Trató de moverse, sin lograrlo.

Silencio dentro. Primera reacción visceral: horror, que se extinguió pronto. Silencio. En su interior, paz. La ausencia de los Ruidosos no lo perturbaba. El silencio no le producía náuseas. Ni temblores. Ni escalofríos.

Quietud, una quietud acuática, autosuficiente, reconfortante.

Abrió los ojos.

Agua.

A su alrededor la jungla estallaba al contacto de la lluvia. Multitudinario fragor. La cama metálica a la que estaba atado resaltaba por su sequedad insólita en medio de la vegetación. El chaparrón trepidaba sobre los troncos, los tupidos ramajes, las enormes flores acampanadas, las impenetrables enredaderas, las curvas espinas, las lanceoladas hojas. Repiqueteaba humeante el aguacero. Conteniendo a Alfil Tres sin tocarlo. Protector. Los goterones se deshacían a pocos centímetros de su rostro, sin ruido, como barridos por una enorme lengua invisible.

El penetrante olor de la tierra mojada lo aterrorizó. Él era un animal urbano, así que su cuerpo se estremeció antes que su cerebro entendiera que estaba en su Manhattan de siempre, quizás no muy lejos del lugar donde fue herido, y que alguien no quería que supiera dónde se hallaba, o pretendía impresionarlo con su poder, y por eso tenía conectado un Paisaje-Ilusión. Potente, sumamente sofisticado.

No podía estar en poder de las Damas, no eran el tipo de grupo con acceso a un equipo así. Alivio. Su mente se aclaraba a gran velocidad, sacándolo de la confusión de drogas, dolor, delirios y alucinaciones donde permaneciera sumido.

Le producía retortijones de estómago el olor proveniente de la jungla empapada. El hedor a hierba y, lo más asqueroso, la peste a tierra, la repugnante emanación de aquella corteza sin asfalto.

Tensó los músculos al máximo tratando de liberarse; sólo consiguió otra punzada de dolor en el costado, en la cabeza.

Estaba a punto de vomitar cuando la puerta se abrió.

El Paisaje-Ilusión se deshizo. La habitación estaba completamente vacía, excepto por la cama metálica. Luz incandescente. Gruesas fajas de plástico infinito sujetándolo. No lluvia, no troncos ni malezas, no humedad, no cochina peste a tierra.

El Clonliebre, vestido de blanco, tejido que trasmitía frescura, liviandad, se acercó. Tez muy pálida, labios muy rosados. Los ojos también rosados. Unos bigotes ralos y enhiestos. Marrón los bordes de las orejas largas, puntiagudas. Velocidad: eso comunicaba su apariencia aunque estuviese en reposo. Un vello claro y felpudo le cubría los antebrazos. El dorso de las manos. Lo mismo le crecía en la cabeza. Las palmas raspaban al contacto; aspereza gomosa. Las orejas estremecidas por un permanente, peludo temblor.

Se detuvo junto al lecho.

El silencio persistía en la cabeza de Alfil Tres. Sin molestias. Ruidosos desconectados. O extirpados.

Nunca había visto un Clonliebre. Sabía que existían, que una compañía de mensajeros usaba sus imágenes en campañas publicitarias. También Clonliebres bélicos, soldados para proteger mensajes confidenciales que nadie quería abandonar a la supuesta seguridad de las transacciones digitales o virtuales. Poco más. Todos aquellos juegos genéticos lo tenían sin cuidado.

—Hola —saludó amabilísimo el recién llegado. Mostrando los grandes, cuadrados, fuertes dientes.

—Hola Engendro —contestó Alfil Tres con un gruñido.

—¡Vaya! Menos mal que vas recuperando tu agresividad. La vas a necesitar... me temo.

Hablaba con un retintín sardónico, mirándolo con una mezcla de curiosidad y asco. Extrajo un inyector de uno de los bolsillos de la bata y le implantó una cápsula subcutánea en el antebrazo, cerca de la muñeca. El aparato hizo click y expelió un soplo anestésico. Un suspiro.

—Eso te irá limpiando de Blancura y de la adicción al Ruido. No eras todavía un caso crónico, pero tampoco podrías decir que sólo te envenenabas con Coca cola.

—Cuando me levante de aquí te quitaré tu linda piel y mandaré a hacer con ella una chaqueta para Lucila.

Habló sin mirarlo, por entre los labios apenas distendidos, con tono casi jovial.

El otro se limitó a contemplarlo con los ojos rosados. Metido en un silencio burlón. Mirada circular, cuya textura cambiaba con la concentración, hasta parecer una pasta pedregosa. Que recordaba al Alfil los fresashakes sintéticos de su infancia. Lo miraba con familiaridad molesta, impertinente.

Al rato contestó.

—Tal vez… pero dudo que Lucila, cualquiera de las dos a la que te refieras, pueda usarla. A estas horas alguien se la está comiendo en la sección gourmet de un McBurgers en Shanghai o NewParis. Ya sabes lo inescrupulosos que son esos traficantes de carne…

Alfil Tres logró controlarse. Enterró el dolor por la pérdida de Lucila. Ya sufriría, cuando pudiera. Remotos estallidos de furor intentando mellar la corriente circular de su control. Músculos tensándose. La ausencia de Blancura empezaba, también, a asomar su carcomida inquietud.

—Lo siento —continuó el Clonliebre, y su tono parecía sincero esta vez—, ayer asaltaron El Tablero. Hay que reconocer que se defendieron bien tus compañeros, pero no les sirvió de mucho. Sin jefe, y sin su mejor guerrero, no tuvieron mucho éxito. Aunque las Lucilas, usando Pelos de luz despanzurraron unos cuantos ratones, un Clon Reforzado y un Cáncer Disney antes que las mataran. Si voy a ser franco, no creo que tu presencia allí hubiese significado diferencia alguna. Eres el único Alfil vivo en toda Tierra Firme; en caso que te interese saberlo.

Pelos de luz.

El engendro lo estaba sorprendiendo. E inquietando. Pelos de luz era el nombre de una estrategia de combate: poesía mortífera y secreta. Muy secreta. El orgullo de generaciones de guerreros Alfiles. Que sólo los elegidos, una élite muy especial, lograba alcanzar. No una técnica de lucha, sino un estado mental de lucha: una poética en movimiento, letal por su belleza, que tomaba posesión de los cuerpos y de las armas.

Los gruesos bigotes del Clonliebre cimbraban, de un lado a otro, como antenas. Dijo llamarse Ray. Sabía su nombre y muchas otras cosas sobre Alfil Tres, cosas que hasta él mismo había olvidado tiempo atrás. Toda la mierda de la infancia. Detalle por detalle. La Casa de Infancia Feliz, la fuga, los años en los callejones. Las batallas en las cloacas, nombres de enemigos tiempo atrás destripados. Pasado evaporado. Hablaba rápido, pero enunciando cada palabra de forma perfecta.

—Imposible... las Damas nunca podrían con los Alfiles... —dijo por fin, interrumpiéndolo.

—Dije ratones, Mics, ¿no me escuchaste? ¿Tienes todavía la cabeza llena de ruido? Las Damas no tuvieron nada que ver con el asunto, aunque estoy seguro de que les hubiese gustado estar allí y echar una mano. Ratones, Clones Reforzados. Y unos Cánceres Disney...

Alfil Tres consiguió un tono sarcástico, rasposo.

—Disneys... imposible. Son del gobierno. Del ejército. Los usan para cosas importantes...

—Lo que es importante y lo que no resulta un asunto sumamente cambiante. Además, quién es el gobierno, quién controla el ejército... pensé que estarías al tanto de esas obviedades.

Cerró los ojos y consiguió, mediante un gran esfuerzo, que su rostro permaneciera impasible. Intuía que aquel clon estaba midiendo sus reacciones. Aquel experimento genético ambulante daba la impresión de ser muy veloz en más de un sentido. Debajo de la película de apariencias, tembló. Una partícula de segundo.

—No está mal... —dijo Ray con una sonrisa, demostrando que la intención del muchacho no le había pasado inadvertida—, no está nada mal para un pandillero de arrabal. Aquí estarás a salvo —añadió tras una pausa—, no podrías avanzar dos metros allá afuera sin que te pescaran. Todo el mundo te está buscando, están revolviendo la ciudad palma a palmo para encontrarte. Créeme, no quieren invitarte a una fiesta... tú no quieres que te encuentren. Buscan desesperados a su Prototipo perdido... han invertido demasiado dinero en él y no permitirán que se les escape. Da gracias a tu DiosMike, o a quien sea, de que nos interesas también a nosotros. Orlán piensa que puedes serle útil en su gran performance.

Mantuvo los ojos cerrados.

—¿Performance? ¿Orlán Veinticinco?

No obtuvo respuesta. No lo escuchó salir.

Supo que estaba solo otra vez cuando recomenzó el aguacero.

A su sombra se durmió.

4

Alfil Tres soñaba con basura. Desde siempre. Basura infinita que ocupaba todos los espacios imaginables. Quemándose. Destilando ácidos, aspereza contaminante que ascendía hacia el cielo en compactas columnas. Basura la tierra, basura el cielo, basura el mar envenenado. Sus ojos basura, su boca basura, su pelo basura, su piel basura, la sangre y la carne de su cuerpo basura. Estaba de pie en el basurero y contemplaba el cielo —una extensión tiznada de basura comprimida— surcado por nubes de basura. Las nubes despedían chispas que hacían arder la basura. Una lluvia de tizones de puntas rojas, centellas con largas colas de humo. Evadía, mediante grandes saltos, ser alcanzado por los tizones, corría entre las montañas de desperdicios ardientes. Hollín, putrefacciones. El humo lo ahogaba. Era muy pequeño, un niño. Gritaba muy fuerte, llamando a alguien, pero nadie acudía pues nadie más había en los infinitos despojos. Continuaba huyendo hasta que una chispa lo alcanzaba y su cuerpo comenzaba a arder y despertaba gritando.

Soñaba con túneles interminables que siempre desembocaban en otro. Paredes de suciedad. Los pasadizos iban en todas direcciones pero no conducían a ningún sitio. A veces eran inmensos y resonantes como catedrales de juegos virtuales, otras enfundaban su cuerpo, lo apretaban y comprimían, y creía estar dentro de una lombriz. Los túneles partían de su cuerpo, nacían en él y se desperdigaban acribillando la tierra. Túneles sus ojos, túneles su boca, su piel, túneles su sangre y su carne, túneles sus brazos, sus piernas, su pecho. Cuando corría por ellos lo hacía por dentro de su propio cuerpo. No había luz alguna en los túneles: pertenecían a la oscuridad, a la aspereza. Alguien lo perseguía pero nunca conseguía verle el rostro. Sólo escuchaba su resollar y el frotar de su cuerpo contra las paredes fangosas. Escapaba a toda velocidad, sudando aterrorizado, sintiendo las pisadas rasposas de su perseguidor aproximarse. Era muy pequeño, un niño. Huía, con la carne deshaciéndose de miedo. Gritaba con todas sus fuerzas, pero no había nadie que lo escuchara en aquellas infinitas catacumbas. El túnel por el que corría terminaba en una pared. Entonces le daban alcance y despertaba gritando.

Soñaba con un océano negro. Soñaba con el *aguanegra*. Estaba debajo de la tierra, no… no debajo de la tierra. Una boca llena de fango, tragando, una boca del tamaño del universo, tragando, una boca mortal que expelía olas carcomidoras. Espesa negrura poblada de bestias enormes y sinuosas que vivía contenida en los límites de su cuerpo. Cuerpo costas, cuerpo contenedor. Miraba hacia adentro, volviendo al revés los ojos, y entonces lo veía. Black. Hasta el remoto fondo. Surcado por miríadas de seres. Por restos de infinitas civilizaciones, por incontables naufragios.

Una fuerza inimaginable lo recorría. Flotaba entre galaxias y en su interior llevaba todo el vacío, la tristeza del universo. Poder supremo. Entonces sentía que en algún punto de su geografía inabarcable se abría un mínimo agujero. Y empezaba a escaparse el mar carcomedor lleno de monstruos. Comenzaba a vaciarse. No podía hacer nada para evitarlo y despertaba gritando.

Soñaba con el árbol. Un árbol plantado en pleno Manhattan, con el tronco lleno de púas. Al principio del tamaño de Alfil Tres, luego tan alto como el multientretenimiento Mickey, que rozaba con las orejas-miradores El Cielo. El tronco, no podían abarcarlo mil hombres con los brazos abiertos. El árbol se alzaba hacia El Cielo con sus ramas en forma de sombrilla invertida y las hojas tiernas. Comestibles. El árbol había nacido en su interior —lo sabía sin poder precisar cómo— y lo fue llenando, y presionando su piel a medida que crecía y sus órganos se fueron fundiendo con su corteza arrugada y cubierta de espinas. Por un tiempo se sentía bien así, lleno del árbol. Un tiempo que pudo durar siglos. Protegido. Pero después quiso salir, liberarse. Y la angustia hizo presa de su espíritu y despertaba gritando.

Soñaba estos sueños. Una y otra vez.

5

Primero fue el fragor de la batalla. Cámaras voladoras. El gorjeo elástico, rebotante de los cuerpos de los Cánceres Disneys al desplazarse a toda velocidad. Jadeos los fogonazos en el aire pesado y enrarecido por el humo de los disparos y el dibujo curvo, lleno de aristas, de los gritos. *¿Qué pretendía el Clonliebre obligándolo a ver aquello?*, pensó. Áspera melaza llegando a él desde aquel sitio inconcebible.

Los Cánceres Disney acometían alegremente, bailoteando. Otorgando un ritmo juguetón al horror y la muerte. El lugar en el que se producía el combate, una cueva de paredes de piedra caliza que sin duda sirvió de cauce a una corriente submarina siglos atrás, estaba llena de gritos de furia, de alaridos quejumbrosos provenientes de los heridos y del llanto infantil de los Disneys agonizantes, abiertos a machetazos por guerreros suicidas, poco antes de morir despedazados. Un fulgor proveniente de unas mortecinas bombillas adosadas a lo largo de la caverna, resplandecía sobre la escena. Muerte. Trozos de carne adheridos a las paredes. Sangre de Cánceres Disneys: acaramelada, azul chorreante.

Al frente de los que encaraban la acometida de los atacantes estaba un viejo de rostro surcado por profundas arrugas y voz firme y poderosa. Lanza en ristre. Armónica voz en la que cimbraban alientos de intemperie imposible, antigua. *¿Quién era?* Los guerreros a su mando, muchachos y muchachas semidesnudos, peleaban con ardor y desprendimiento que nacía de considerar la muerte un mal menor. *Lo sintió con claridad.* Se enfrentaban a los Cánceres Disneys con viejos fusiles, lanzas, y largos machetes que manejaban con habilidad endemoniada. Detrás de los defensores se alzaban varias construcciones que servían de dormitorios, o talleres, y gallineros con un buen número de aves ciegas que chillaban enloquecidas, sumándose al estruendo reinante.

Pozos renegridos las bocas de las galerías que desembocaban en el lugar. Cabezas de gusanos gigantes. Orificios excrementicios. Basura.

Rebotando como una pelota entre los cuerpos desmembrados que cubrían el suelo de la caverna, un Cáncer Disney atravesó la defensa, hizo estallar a una mujer que se interpuso en su camino enarbolando una pértiga, y entró en una de las construcciones. Instantes después emergió de ella llevando en brazos el escuálido y berreante bulto de un niño.

La voz del viejo se alzó entonces sobre el fragor de la batalla.

—¡El amarillo, el amarillo lleva una cría! —gritó con genuina desesperación.

Varios guerreros se precipitaron en su persecución. Pero el Disney, con la pequeña figura lloriqueante en brazos, se adentró en un corredor, perdiéndose en la oscuridad.

En ese punto, la cueva, los Cánceres Disneys, el viejo y sus guerreros desaparecieron entre tenues chisporretazos multicolores.

Plata sucia.

Jade.

Zigzagueantes ramalazos diluyendo imágenes.

—No hay mucho más que ver —dijo Clonliebre, quitándole el casco virtual.

Dentro de Alfil Tres millares de fragmentos se encontraban. El panorama resultante producía dolor, pero también alivio. Aguardó.

Un silencio manchado creció entre ellos. Se extendió como una mancha de aceite. Después Clonliebre exclamó:

—Tú eras la cría. La estrella de la próxima serie: La cría de Garbageland. Han estado jugando genéticamente contigo, por años. Eres un Prototipo… carísimo…

—¿Un prototipo?

Clonliebre lo contemplaba con una mezcla de asombro y compasión.

—Vaya. Son muy buenos. ¿No sabes nada?

Se disponía a agregar algo.

Pero sus próximas palabras las devoró la explosión.

6

El estallido desintegró una de las paredes. El Paisaje-Ilusión dañado: la jungla y el aguacero reaparecieron. La carne de la Ilusión chamuscada; troncos evaporados, hojas y ramas y pájaros y lluvia cambiando de color y de formas; chispazos, incoherencias.

La cama salió despedida y fue a estrellarse contra el fondo de la habitación. El polvo traspasaba los troncos que desaparecían y aparecían a intervalos irregulares. Fusión. Órdenes, ráfagas, proyectiles salivando. El ruido proveniente de los carros de asalto flotaba dando tumbos, erizado de púas de ansiedad.

—¡No dañen el Prototipo… atención… no dañen el Prototipo! —gritaba la Unidad Coordinadora con voz profesional, autoritaria.

Una brisa tenue, un soplo levantándose se acercó. Alfil Tres aturdido por el impacto forcejeaba tratando de desasirse de los cinturones que lo inmovilizaban. Escuchó un chasquito y se sintió libre. La cabeza despejada, la molestia en el costado apenas perceptible.

La voz de Clonliebre dijo:

—Sígueme, es tu única posibilidad, rápido. ¡Y toma esto!, te pertenece.

Mientras lo ayudaba a incorporarse, Ray puso en su mano la imagen cilíndrica de DiosMike. El muchacho aferró su arma. Echó a correr detrás de clon. Los sentidos desplegándose, como alas. Detrás, rumor de uniformes, soldados emergiendo de la polvareda. Algunos dardos paralizantes silbaron junto a su cabeza. Las explosiones se sucedían. Carreras, entrechocar de cuerpos. Alguien estaba ofreciendo resistencia a los Mics. Ráfagas, gritos, quejidos, estallidos. Las paredes caían a pedazos. Demoledores en acción. El asalto se producía por los cuatro costados del edificio. Cronometrado y simétrico.

Recorrían un largo pasillo. Ray se detuvo con un chirriar de zapatos, suela adiposa y prensil. Un reguero de sangre conducía hasta una puerta. La abrió. Asomó la cabeza. Alcanzó a ver la figura de la muchacha inclinada sobre un cuerpo caído. Bajo el cuerpo crecía una mancha espesa, el cuerpo pertenecía a un joven delgado, que fue hermoso, de esponjosa cabellera: le faltaba la mitad de la cabeza. La pared del fondo de la habitación estaba a punto de derrumbarse. Temblaba violentamente, lanzando cascajos. Las cuchillas y pezuñas de un Demoledor gruñían atascadas en la estructura de acero. Pero aquello no lo detendría mucho tiempo. Por las brechas en la pared introducían fusiles y disparaban a ciegas.

—¡Asún!… vámonos —gritó Ray—, Angino está muerto, ¡vamos! La muchacha no se movió. El Clonliebre penetró como un bólido en la habitación y la arrastró al pasillo. La acción duró una centésima de segundo. Manos y ropa manchadas. Asún pareció despertar de un letargo: veinte años, cuerpo mortalcombat, grandes ojos verdes, copiosos rizos rubios, labios gruesos, rostro brownpálido que contrastaba con el albo impecable del resto del cuerpo. Arte. Nada de catálogos. Diseño original de un artista.

Una peligrosa tensión la recorría. Echó una ojeada a Alfil Tres y, volviéndose, roció la habitación de la que acababa de salir con gruesas balas calibre 80. El arma había aparecido en su mano como por arte de magia. Uno de los proyectiles entró en el cuello de un soldado que casi tenía medio cuerpo dentro. Estalló.

El Demoledor producía un ruido infernal. Desguazando las paredes.

Echaron a correr.

Una puerta de acero. Un pasillo iluminado, luces parpadeantes, agónicas. Desembocaron en un enorme almacén. Volaban entre los amontonamientos de equipos, maquinarias. Alfil Tres se esforzaba por no quedar rezagado. Las molestias en la herida del costado no le permitían un máximo esfuerzo. Asún corría como una especialista y le aventajaba. Ray iba despacio, controlaba su velocidad para no perderlos. Con el cuerpo inclinado hacia adelante, las largas piernas casi rotando, a un ritmo perfecto, los talones a la altura de la cabeza, el cuerpo rezumando elegancia. Las palmas de las manos abiertas hacia afuera, un mortífero trompo en cada una de ellas. El arma juego, el arma seda. Leyenda. El orgullo de la línea de productos Infancia Mortal.

De uno de los pasillos entre las cajas de mercancías emergió una pareja de Mics acompañados por un Clon Reforzado. Los uniformes emblanquecidos por el polvo. La hoja del arma emergió de DiosMike. No aminoraron la carrera ni desviaron su curso. Antes de que los fusiles paralizantes que portaban los Mic estuvieran en posición horizontal Clonliebre aceleró hasta convertirse en una mancha. Deslizándose entre ellos. Muerte blanca. Los cables de tungsteno se extendieron precisos. Cuchillas que susurran. Las gargantas de los soldados, abiertas, dejaron escapar dos surtidores. Cayeron.

Pero el Clon Reforzado era otra cosa. Alfil Tres avanzaba una veintena de pasos detrás de Ray y Asún. La muchacha sobrepasó la imponente anatomía del enemigo justo a tiempo. El Clon optó por el Alfil.

La trayectoria de Alfil Tres lo conducía directamente a su adversario. A una colisión que no podía sino tener consecuencias mortales para el muchacho. El pasillo no era tan ancho como para intentar eludirlo antes de que lograra ponerlo en su línea de fuego. La montaña de músculos, de más de diez pies de altura, era impenetrable para su hoja; pero lenta... lenta.

El Clon Reforzado levantó el brazo, un grueso amasijo de cables estridentes bajo la piel lustrosa, aceitada, y apuntó con su paralizador múltiple a la figura que se acercaba. Disparó. Pero el blanco ya no estaba allí.

El blanco volaba.

Cuando Ray consiguió detenerse y se volvió no podía dar crédito a sus ojos. A unos pasos, Asún también contemplaba la escena, con una rara expresión en el rostro.

La aspereza de la batalla había desaparecido, un ramalazo de armonía se asentaba en la atmósfera, volviéndola tersa, desprovista de antagonismos. Una dulzura de floresta, de monte, imperaba. Del aire brotaban ráfagas, nubes de coleópteros: millares de cocuyos, luz dorada.

El cuerpo de Alfil Tres cruzaba el espacio formando una diagonal sobre la cabeza del Clon Reforzado. La acción adquirió una lentitud imposible, impuesta por la delicia del salto, por la música del cuerpo del muchacho. La cresta de pelos refulgía. Los rasgos del rostro, sosegados, imponían la presencia de enormes masas oceánicas, selvas inabarcables tendiendo millones de diminutos tentáculos que se conectaban a los poros del momento que vivían. Poros palpitando, dilatados.

Superando al gigante, el brazo armado de Alfil Tres se movió dos veces como si tocase las cuerdas de un delicado instrumento.

Chas, chas. Aterrizó sin ruido. Pluma.

La hoja enfundada, la expresión distante; como saliendo de un precipicio, de un río cristalino, se unió a sus compañeros.

—Está ciego —explicó— no podrá seguirnos.

Los cocuyos contaminaban la realidad del almacén con saliva de bosques, con paciencia, con savia de la noche.

—¡A los ascensores! —exclamó Ray con voz entrecortada, contemplando al muchacho con una sonrisa.

—Qué coño ha sido eso… de dónde han salido estos bichos… —murmuró Asún deslumbrada, tratando de apartarlos.

Clonliebre respondió.

—Efectos secundarios de su excelencia en combate. Belleza inútil, sin propósito… ¡Orlán tenía razón, Asún! ¡El pandillero es perfecto para la performance…!

Alfil Tres se limitó a mirarlo. Luego dijo:

—Los ascensores quizás no sean buena idea Engendro… arriba nos cazarán… como conejos. Debemos salir a la calle…

—No tenemos que salir a la calle pandillero, vamos al mundo de Orlán… allí no podrán hallarnos… arriba hay una entrada…

Los enormes ojos rosados destilaban alegría. Reemprendieron la huida. Un momento después estuvieron ante los ascensores. Varios dardos se incrustaron en la superficie de metal. A centímetros de sus cabezas.

—Mierda, ya están aquí otra vez —exclamó el Alfil, aprestándose al combate.

Un grupo de Mics avanzaba por el pasillo, dos Clones Reforzados los seguían.

Ray sacó de la funda, bajo la amplia bata blanca, una Relincher 457, modelo prohibido, fabricación china, cañón recortado, capaz de disparar proyectiles antitanque, cápsulas paralizantes y cosas aún peores. Ligera como una pluma. El cañón semejaba un enorme puño cerrado. Hizo fuego. El pasillo desapareció en un estruendo de llamas y quejidos.

La Unidad Coordinadora, acompañada de varias cámaras volaba sobre la humareda.

El ascensor, con un campanazo dulzón, anunció su llegada. Se lanzaron dentro de un salto.

Un repiqueteo de proyectiles los siguió.

Cabeza y botella. Pintado por Philip Guston. Óleo sobre tela. 166,4 x 174 centímetros. La factura, los elementos que componían la obra eran grotescos, pero del conjunto emanaba una belleza prodigiosa.

Salieron en el piso ciento veinte. Clonliebre los guió a través de un laberinto de oficinas hasta el salón, hasta la amplia pared del fondo.

Se detuvieron frente al cuadro.

En el lienzo: una cabeza humana de perfil; carece de nariz, boca, cuerpo. Pequeña oreja, frente fruncida. Un solo ojo inmenso. Angular. Gruesas pestañas. Piel rosa/gris/crema/ocre.

Una botella verde, trozo de cable eléctrico con bombilla apagada, cordel para encender la bombilla, brocha manchada de escarlata, objeto que puede ser un trozo de trapo o un libro abierto. El fondo es gris/violeta.

La cabeza se apoya en un plano de madera, inclinada; el ojo observa, desde muy cerca, la botella. Sombra roja proyectada por el cristal verde. Caliente. El escaso cabello cuelga sobre el recipiente.

Transcurrieron varios minutos.

A lo lejos, el sonido del elevador anunció la llegada de los Mics.

—Y bien… —exclamó Alfil Tres, impaciente— ¿que hacemos aquí parados?

—Hay algo que se llama paciencia, ¿la conoces? —dijo el Clonliebre—. Ya viene.

Asún permaneció silenciosa.

—¿Quién viene?

—Orlán… está abriendo la puerta.

El cuadro empezó a crecer hacia ellos. Alfil Tres saltó hacia atrás para evitar ser engullido. Tres, cuatro, cinco metros de masa emergente, hasta descansar el borde inferior en el piso del salón. Volúmenes avanzando. Emisión virtualcarnal tridimensional. Ray y Asún quedaron dentro. Echaron a andar, internándose en el insólito paisaje.

Exhortaron al Alfil a seguirlos.

A grandes zancadas se dirigían hacia la botella señalada por el gran ojo. Era como caminar dentro de un toon.

La obra ganaba altura, profundidad.

Alfil superó la brocha de un salto: el suelo, los objetos, el cielo, tenían una consistencia elástica, juguetona. Lo separaban veinte pasos del frasco. Vio a sus compañeros llegar a la boca y entrar. Apretó el paso. El irregular, aplastado ovoide de la cabeza abarcaba ahora cincuenta metros. La pupila gigante miró al muchacho, atisbó la puerta del salón.

Las pisadas de los Mics se aproximaban.

Alfil Tres alcanzó el tosco orificio de la boca, se inclinó para acceder. El reflejo rosa/gris/crema/ocre de la cabeza matizaba la atmósfera dentro del envase. Alzó la mirada: el monstruoso ojo escrutándolo.

Acercándose a una pequeña puerta en el fondo Ray y Asún le urgieron a apresurarse, agitando los brazos.

A sus espaldas el cuadro empezó a replegarse. Velozmente. Recuperaba su tamaño. Su bidimensionalidad.

—Ehhh, espérenme —gritó el muchacho—. ¿Qué está pasando Engendro?

—No te preocupes pandillero —le respondió Ray sin detenerse, con una sonrisa que puso al descubierto sus enormes dientes—. Esta es una de las puertas de Orlán para entrar a WebLand. Aquí no podrán seguirnos.

Distorsionados, verdes, a través del grueso vidrio podían ver a los Mics llegar al salón.

—¿Adónde vamos?

—Te sorprenderás… Clonliebre asió el picaporte.

—¿Veremos a Orlán aquí dentro, o en la realidad?

—Tienes un concepto miserable de la realidad.

Pausa.

—¿Al menos podrás decirme qué parte tengo en la performance? —añadió Alfil Tres cambiando el tono y esbozando su primera sonrisa desde que despertara.

—Serás la estrella, pandillero, serás la estrella…

Del camino salimos a la sabana de Pinalito, que cae, corta, al arroyo de las piedras, y tras él, a la loma de la Risueña, de suelo rojo y pedregal, combada como un huevo, y al fondo graciosas cabezas de monte de extraños contornos: un bosquecillo, una altura que es como una silla de montar, una escalera de lomas. Damos de lleno en la sabana de Vio, concha verde, con el monte en torno, y palmeras en él, y en lo abierto un cayo u otro, como florones, o un espino solo, que da buena leña: las sendas negras van por la yerba verde, matizada de flor morada y blanca. A la derecha, por lo alto de la sierra espesa, la cresta de pinos. Lluvia recia.

AZUL, VERDE, NARANJA Y FEROZ

Podía ver a la niña jugar en la explanada. Levantando polvo, óxido; torpe. Reproducía los movimientos del juguete. Estaba sola. Ocho años, cuerpo menudo, pequeño para su edad. El juguete hizo círculos en el polvo, tomó impulso; saltó, proyectando luces antes de caer, a varios pies de distancia. Hasta ella llegó la risa de Celés. Picoteada. Gorjeo en la atmósfera agobiante.

Un ramillete de túneles en la pared cercana: bocas abiertas, desdentadas, de labios irregulares, vagos a la escasa luz. Contraste contra la blancuzca piel de las paredes. La adormecía el zumbido irregular de los generadores y las herramientas del taller del Viejo Darma. El chachareo de los gallineros.

Los pies de la niña se movieron otra vez, ahora casi al borde de la explanada.

Laurie, tendida, desnuda, sudando, pensaba en lo bien que estaba en su nicho, enterrada en el leve frescor de la piedra. Sus ojos, a punto de cerrarse, seguían el movimiento de las piernas: esmirriadas, pálidas contra lo negro de la entrada de un túnel.

En plena duermevela, un fogonazo de claridad; y después el sabor de la arena y la sangre y el boquete del cuello de Urgo esparciendo espumarajos negros en la claridad chillona.

Chás.

El sonido, en la visión, se unió a otro y la trajo de vuelta. Provenía del sitio en el que saltaba Celés. Apartó el fleco azul que le caía sobre la cara. El ángulo de las delgadas piernas abiertas de la niña recordaba la punta de un machete, los colmillos de un gusano gigante.

El juguete reanudó los saltos y el chisporroteo de luces. Algo rojo hirió la pupila de Laurie. Un instante. Lo suficiente para que sus músculos se tensaran bajo la piel y la mano aferrara el fusil que descansaba a su lado.

Aquel rojo perfecto, rechinante, no pertenecía al Ending, ni a Garbageland. Era color del exterior, y sólo podía representar una cosa: peligro.

A continuación, en el tiempo en que Laurie se incorporaba y daba la voz de alarma, emergieron de las bocas de los túneles varias pelotas relucientes: azul, verde, naranja. Al caer, se aplastaban elásticas contra la tierra, para después incorporarse sobre múltiples extremidades. Tenían dos, cuatro, seis patas. Cánceres Disney. No eran máquinas. Se les consideraba productos virtugenéticos, seres vivos que nacían y se reproducían en criaderos de Tierra Firme.

La sensación de inocencia, de juego que proyectaban, llegó a ella, pero la muchacha sabía que titubear podía costarle la vida. Alzó el fusil. Las figuras de los guerreros se desplazaban veloces a su alrededor.

El disparo alcanzó al Cáncer Disney rojo, que se aprestaba a saltar sobre Celés, y lo lanzó hacia atrás. Gritos de furia y muerte, estampidos, llenaron la gruta. Mientras corría hacia donde se hallaba la niña, paralizada, en medio del caos, arrebató la lanza a un combatiente que pasaba a su lado. No había tiempo que perder. Llegó un segundo antes que alcanzara a Celés. La empujó, apartándola, al tiempo que colocaba la lanza en la trayectoria del rojo engendro que, ya recuperado del impacto, acometía. Cuando sintió que se clavaba, con un movimiento preciso, y teniendo cuidado de mantenerlo a distancia, lo fijó a la pared más cercana. El Cáncer Disney chillaba, los ojos blancos, grandes, desorbitados; pataleaba tratando de zafarse. Pero la punta del arma, provista de un sistema de cuchillas dentadas, estaba trabajando en su interior, destrozando sus entrañas, incrustándolo en la piedra. Allí moriría.

La batalla se había generalizado. Un grupo de defensores formaba una barrera de púas, tratando de impedir que el enemigo se adentrara en el Ending y llegara a su objetivo: los niños. Otro grupo disparaba, buscando aturdir a las veloces criaturas, que bufaban, enseñando los colmillos y las afiladas pezuñas; para dar una oportunidad a los lanceros de clavarlos a la tierra, o a las paredes. Los Cánceres Disney zumbaban de un lado a otro, tratando de pasar entre —o morder— las piernas de quienes les hacían frente. Las balas los aturdían, pero sólo un momento. Preciosa, breve oportunidad de ensartarlos con las pértigas de metal.

Cánceres Disney: hermoso horror. Raudos. Velocísimos. Piel bruñida, acaramelada. Muerte juguetona. Colores vistosos, alegres diseños. Órganos vitales mínimos, blindados. Difíciles de dañar a balazos, casi inmortales. Espanto saltarín. Dos incursiones previas al Ending, años atrás, causaron gran mortandad; dieron como resultado la construcción de las lanzas en los talleres del Viejo Darma.

En una de esas ocasiones los Disneys lograron llevarse un niño vivo; para algún experimento atroz, con seguridad. La voz del líder de las tribus se llenaba de tristeza cada vez que lo recordaba.

A veces, los burócratas de Tierra Firme recordaban que, oficialmente, se consideraba a los habitantes de Garbageland exterminados, y ordenaban una incursión contra ellos.

Soltaban un grupo de Cánceres Disney cerca de alguna boca de entrada, con el objetivo de localizar y matar el mayor número posible de ratas del basurero. Y sobre todo para eliminar a sus crías. Si conseguían diezmarlas lo suficiente —pensaban— el ácido, el hambre, el agua contaminada, el Sol, y las otras bestias del basurero se encargarían del resto.

Claro que no todos los Cánceres Disneys llegaban a su destino. Muchos se extraviaban por el laberinto de túneles o caían en las trampas preparadas contra los gusanos y las ratas gigantes. Realizaban las misiones en grupo, o al menos en pareja, porque si se quedaban solos (un trauma de construcción, defecto de diseño genético hasta el momento indescifrable para sus creadores) eran incapaces de atacar, consumidos por una inexplicable melancolía.

Cánceres Disney. Producidos para la Corporación Disney por Maten Inc. Laboratorios Opalocka-Miami.

Esta vez llegaron ocho al Ending (de veinte que liberara la nave de transporte en la superficie), y tres combatían aún. Numerosos despojos salpicaban la escena. Laurie, después de dejar a Celés a buen recaudo, regresó a la batalla. Los lamentos de los enemigos agonizantes se escuchaban por sobre los disparos, los gritos y los gemidos. Lloraban como niños recién nacidos, de forma muy convincente. Circulaban historias de guerreros a los que un arranque de compasión les había costado la vida.

Otro defensor fue alcanzado por un Cáncer Disney verde, a rayas doradas; comenzó a hincharse. Los disparos de sus compañeros acabaron con él; para evitarle ese horror final. Otra mujer de la tribu estalló, antes que lograran eliminar a dos de los tres restantes.

Entonces, las armas callaron.

El Disney solitario corrió buscando a sus camaradas. Fue de uno a otro, removiéndolos, llamándolos por sus nombres con voz quebrada, infantil. Al comprender que estaba solo se detuvo. Su rostro adoptó una expresión compungida, desamparada. Comenzó a gimotear. Por fin, agachado junto al cuerpo de uno de sus compañeros caídos, se puso a llorar, desconsolado.

Temblaba.

Azul prusia, óvalos de oro.

Laurie se acercó a él con el arma dispuesta. Los ojos del Disney se elevaron hacia ella. Llenos de soledad, de pérdida, de tristeza.

La muchacha sintió pena, y la mano se aflojó sobre el asta metálica. Llora por sus amigos muertos, se dijo, al tiempo que los ojos se le nublaban.

Sus amigos muertos.

La frase conformó un paisaje: los sparrownes, el ruidoso horizonte, el mar purulento, el bello perfil de Urgo momentos antes de estallar. Arena. Explosiones. Sabor a sangre. Luz mordiente.

Los ojos del Disney seguían contemplándola.

La lanza de Laurie fue a clavarse entre ellos.

En un grupo hablan de los remedios de la nube en los ojos: agua de sal, leche del ítamo, «que le volvió la vista a un gallo», la hoja espinuda de la romerilla «bien majada», «una gota de sangre del primero que vio la nube». Luego hablan de los remedios para las úlceras: la piedra amarilla del río Jojo, molida en polvo fino, el excremento blanco y pelado del perro, la miel del limón; el excremento, cernido, y malva. Dormimos por el monte en yaguas. Jaragua, palo fuerte.

BURGERS

Dos Clones Reforzados de Asalto. Tres Cánceres Disney.

Una compañía de Mics.

Clones Reforzados de Asalto: diez pies de altura, piel cultivada, impenetrable a las armas blancas y a los proyectiles convencionales. Amasijo de músculos estridentes bajo la piel lustrosa. Uso: Compañías de Seguridad, Brigadas Policiales Antipandillas, Unidades Antiterroristas. Entretenimiento Sexual.

Los Cánceres Disney, de regreso a sus jaulas, después de la silenciosa incursión para neutralizar a los guardias. Bocas aún manchadas de sangre. Piel azul de prusia, decorada con óvalos de azogue. Seis patas bermellón.

Mics. Resultaba evidente que respetaban a los pandilleros a los que combatirían. De la nave descendieron cien. Hormiguero oscuro. Acordonaron el lugar.

¡Acción!

Fue fácil eliminar a los desprevenidos guardias. Sistemas de alarma de la pandilla, inutilizados vía satélite. No esperaban enemigos de aquella categoría, sentados en la penumbra ácida, escuchando la grasa amarilla del río chapalear contra las estructuras carcomidas de los almacenes abandonados. Chupones podridos. Trasiego de millones de cucarachas mutantes, royendo, taladrando. Ratas anfibias de veinte kilos triturando huesos de perros extraviados, cazados al borde del agua.

Los pandilleros de guardia eran cuatro. Conversaban en voz baja, quietos en la penumbra, cerca de la entrada principal. Recordaban, divertidos, el encuentro, días atrás, con una de las Damas. Quizás la provocaron, pero ella fue la primera en desenfundar el arma. Claro que no tuvo otro remedio. Jamás le hubieran permitido proseguir su camino sin combatir. Encontrarla sola constituía un regalo que no estaban dispuestos a desperdiciar. Odiadas Damas, negras puercas, cazadoras de rabos, dick collectors. Bembas perforadas: maestras del piercing; tetas puntiagudas: manipulación genética. Dientes afilados; feroces dykes. Una de las más poderosas pandillas de la isla. Rivalidades territoriales con los Alfiles, por el control de los barrios en la periferia de El Cielo, derecho de peaje, tráfico de Blancura, Nicotina, Dulzor, y otras drogas.

La cabellera de la pandillera, llena de torres de laca multicolor, pendía ahora de la cintura de uno de los orgullosos jóvenes: su primer trofeo de guerra.

Alfil Uno les había impuesto medidas disciplinarias, por jugar basket con sus enormes tetas. Guardias de castigo, aspirando el hedor, el vaho rectal del río; pero no se arrepentían del partido ni de haber arrojado el cuerpo a los perros ciegos. Con la esperanza de que se aficionaran al sabor, y así crear un problema adicional a sus enemigas cuando bajaran al mundo subterráneo, a los Mercados Negros. Otra injuria innecesaria que traía descrédito a la Casa Alfil, según el jefe.

—El Jefe es demasiado sentimental —susurró uno de ellos.

Los demás convinieron con sonrisitas y movimientos de cabeza. Consumían sus postreros minutos de vida, con los sentidos dilatados por una pequeña dosis de Blancura; conteniendo las risas. Bromeando a propósito del cuerpo desnudo y abierto de la Dama. Erecciones inconfesadas al recordar las tetas gloriosas ceder bajo la presión de sus manos, volar hacia la canasta, rebotar contra el pavimento. Excitación sexual al rememorar los sangrantes, violáceos bordes de los orificios del pecho, el blancor de hueso asomando tímido; el grueso, depilado sexo entreabierto por el peso de los numerosos piercings, tirando de los protuberantes labios.

Carne tierna, músculos hinchados de energía contenida. Cuerpos sin implantes, prohibidos en los primeros años de entrenamiento Alfil. Piel tersa, ojos luminosos.

No tuvieron oportunidad de presentar batalla. Ninguno tenía, ni tendría ya nunca, quince años. Los Cánceres Disneys, la piel mimética activada, cayeron sobre ellos como prolongaciones de la noche; dentelladas certeras. Ajustaron el ataque al ritmo de un estruendoso anuncio de Coca cola. Estertores ahogados por la presencia de El Cielo. Los cuerpos decapitados patalearon brevemente. Miles de cánceres fulminantes, inoculados a través de la mordida de sus enemigos, no tardarían en provocar su desintegración.

Los Cánceres Disneys, con movimientos rápidos, introdujeron los cadáveres en bolsas, los tomaron en brazos, y desaparecieron.

Camino despejado para los Clones Reforzados y los Mics.

¡Acción!

Los invasores arremetieron armados con Demoledores. La pared de la fachada cedió al primer empellón. El interior: contraste hiriente con la suciedad y el abandono exterior. Limpieza, orden estricto. El suelo del enorme y único salón formaba un tablero. Cuadrados blancos y negros perfectamente delineados. Trenzadas como nidos, nichos individuales, los cubículos de los pandilleros colgaban del alto techo, también cuadriculado, o estaban adosados a las paredes.

El Tablero, Hogar de los Alfiles, sede de sus legendarios entrenamientos. Todos en su interior, sesenta y tres guerreros, dormían. Cinco que se hallaban en diferentes misiones habían sido emboscados, eliminados y procesados en diferentes puntos de la ciudad, horas antes.

Operación Exterminio de los Alfiles.

Alfil Uno y Alfil Dos, aparentemente, habían sido víctimas de las Damas en GAMEGAME.

Pero jamás se sabría a ciencia cierta si cayeron efectivamente bajo el ataque de las damas o de MicMasters transformados para la ocasión.

La Unidad Coordinadora sobrevolaba el escenario. Impartía orientaciones.

Área K999, extrema peligrosidad, recitaba: voz compacta. Área K999, aplicar exterminio y cremación, aconsejaba con su tono más maternal. Área K999, infectada, desahuciada, activar cápsulas de protección antivirus...

Desde el carcomido río llegaba el traqueteo de insectos devorándose unos a otros, chispazos de arañas luminiscentes, hociquear de hurones acorazados y el bramido de los caimanes mutantes.

Detrás de las naves de transporte que condujeron al equipo exterminador, posada a la sombra de unas ruinas cercanas, se distinguía la achaparrada figura de la Burger S.L. Como un cucarachón opaco, rodeado de operarios. Esperaba. Hocico metalizado, vaporoso.

¡Acción!

Los Mics abrieron fuego con las Relincher 457. Cámaras voladoras grababan en exclusiva para los programas de Entretenimiento Nocturno de la Corporación. Proyectiles caníbales, calibre 150. Plano medio de los cañones, gruesos como puños, de las armas. Los disparos abren boquetes en los nidos, destrozan cuerpos dormidos. Las cámaras siguen la trayectoria de los bultos que caen, registran los impactos.

Primer plano de ojos desorbitados, de boca que lanza un alarido; cabeza que estalla: larga cabellera que flota adherida a un trozo de cráneo que, atrapado en la onda expansiva de una explosión, vuela.

Hermoso plano de conjunto.

Revuelan de un lado a otro los minimisiles: derriban estructuras, destrozan el techo. Queman. Revientan. Desgajan. Por los agujeros entran los reflejos, la lejana música de los anuncios de El Cielo; estallan incendios llenos de gritos, quejidos, órdenes, sangre lloviendo. Un corazón, bombeante aún, sobre un cuadrado blanco: primer plano. Dientes arrancados: tintineo. Regreso a los cañones borboteantes de los fusiles. Los elegantes cascos de los Mics, el reflejo de las llamas en sus viseras.

Primer plano: rostro quemado. Vista aérea.

Panorámica desde el exterior.

Duración: aproximadamente diez minutos.

El material es excelente. Muy satisfechos en el estudio, reporta la Unidad Coordinadora.

De la cortina de fuego, humo y clamor, un grupo de sobrevivientes saltó al Tablero. Los Clones Reforzados salieron a su encuentro. La piel de ambos mastodontes resultaba impenetrable a los yataganes y puñales de los pandilleros. Pero desde el punto de vista del espectáculo resultaba imprescindible la lucha cuerpo a cuerpo.

Demanda del público, demostrada por las encuestas.

Empeñados en una danza de movimientos estrictamente diagonales, los Alfiles acometieron, graznando feroces. Los Clones ensartaban a sus enemigos. Uno de ellos consiguió eludir los lanzazos y trepó, semejante a un fulgor —cabeza pintada de azul lumínico y torso tatuado con el Alfil de Diez Cuchillas—, por el brazo del Clon: aferrado al pelo del gigante, alcanzó a clavarle el puñal en un ojo. El mastodonte bramó de dolor y furia. El disparo de un Mic abatió al Alfil. Sangrando copiosamente (sabía que la Unidad Médica no se aproximaría mientras no concluyera la escena del ritual), el Clon herido fue hasta el cuerpo derribado de su enemigo y le arrancó las ropas. Sacó una pequeña Wendy 2000 y la clavó en el pecho del muchacho. La máquina tomó una prueba de sangre y segundos después le comunicó que estaba limpia: cero contaminación.

Ya seguro de que el Alfil estaba sano, con un limpio corte del extremo de la hoja de la lanza, el Clon Reforzado cercenó los compactos, duros testículos, y se los llevó a la boca.

Lentamente masticó. Primer plano.

Ritual de venganza de los Clones Reforzados. Adorado por el público.

La Unidad Coordinadora hizo llegar al Clon herido felicitaciones provenientes del estudio.

La Unidad Regeneradora se posó, resoplando, sobre la herida y comenzó a trabajar. Mientras tanto, el otro Clon liquidaba a los enemigos restantes.

Por los agujeros entraba la asqueada presencia del río, el tufo rancio de las aguas envenenadas.

Cuando el último Alfil fue derribado, veinte Mics se adentraron en la humareda pateando cuerpos desmembrados, atentos al menor movimiento, rematando, aspirando el delicioso aroma a muerte por sorpresa y a victoria, a magnífica trasmisión, a Entretenimiento, a dinero fácil.

En el exterior, los operarios ponían en marcha la Burger S.L; la máquina comenzó a ronronear con sonido sedoso y crujir de láminas de fino plástico.

En algunos puntos, los cadáveres se amontonaban formando figuras que semejaban fichas dispuestas sobre el tejido tumefacto de la cuadrícula.

Los Clones Reforzados clavaban lanzas en los nidos, que chorreaban, liquidando a sus ocupantes, muchos de los cuales no llegaron a despertar. El suelo tenía la textura de un cerebro aplastado a pisotones. Los Disneys, afuera, bufaban excitados ante la proximidad del juego. El incendio se extendía rápidamente. La atmósfera crujía. Una columna de humo ascendía hacia la chapa de El Cielo.

¡Acción!

De súbito, salamandras negras, salpicadas de botones amarillos cubrieron el pecho, los brazos, las piernas de uno de los Clones de Asalto. Una emergió de su boca cual lengua carbonizada. Estallido. Tala. Cayó de rodillas y esbozó una estúpida sonrisa. Intentó incorporarse pero no lo consiguió. Estallido. Tala. Dos brutales golpes de hacha penetraron la piel blindada del gigante cortando limpiamente los músculos gemelos. Otros golpes en la nuca lo derribaron. Su rostro, estupefacto, chocó contra el suelo. Allí permaneció, hundido en un charco de sangre y vísceras.

Los Mics se acercaron gritando a la mole derribada, buscando a quien disparar.

Pero junto al Clon no había nadie.

Las salamandras corrían de un lado a otro, saltarinas y gráciles. Enrojecían al sumergirse en la sangre.

Fuera, los Cánceres Disneys parecían haber enloquecido en sus jaulas.

En el centro del tablero dos Mics se derrumbaron decapitados.

—¡Escudos miméticos! —gritó la Unidad Coordinadora que sobrevolaba la escena—. ¡Atención! Las salamandras son inofensivas, efectos secundarios de armonía en combate de guerreros Alfiles superdotados. ¡Concentrarse en distorsiones de realidad! ¡Concentrarse en distorsiones de realidad!

Tono de voz: padre amantísimo preocupado por sus crías.

Otro grupo de veinte Mics penetró en El Tablero. Formaron un círculo defensivo alrededor de sus compañeros. Estaban equipados con sensores de campos magnéticos.

La Unidad Coordinadora desplegó un espacio de trasmisión virtual frente a los soldados y mostró una calle en plena actividad diurna. El Mic Instructor avanzaba por ella enarbolando una superficie transparente, de tres por seis pies de diámetro, muy liviana a juzgar por la facilidad con que la sostenía. El Mic Instructor se situó detrás de ella. Desapareció. La voz de la Unidad Coordinadora resonaba paternal: *al ser activado el Escudo Mimético reproduce la imagen exacta de la superficie que ocupa en el paisaje, sea cual sea este. De esta manera hace invisibles a quienes los portan. Nuestros enemigos están equipados con al menos dos de ellos. Todo indica que se trata de Las Lucilas* —la pantalla virtual fue ocupada por imágenes de una pareja de muchachas idénticas— *dos guerreras gemelas, famosas en el Mundo Antiorden...*

Su lección fue interrumpida en este punto.

Otros dos soldados fueron derribados. Las cabezas, dentro de los orejudos cascos, rebotaron de un lado a otro, giraron sobre sí mismas como trompos inmersos en una extraña danza salpicante.

Las cámaras vitoreaban entusiasmadas.

Simultaneidad, perfecta sincronía. Los dos atacantes invisibles actuaban como si se tratara de una sola entidad con dos cuerpos.

Algunos Mics dispararon al azar. O guiados por tenues crujidos que emitían sus sensores.

—*¡Retirada, retirada, envíen a los Disneys!* —aconsejó la Unidad Coordinadora.

Pero antes que los soldados consiguieran llegar al exterior del Tablero una conmoción se instaló en el centro del grupo, compacto, erizado de fusiles. Los hachazos abrían cascos, cercenaban brazos, cortaban femorales, yugulares, piernas, con precisión quirúrgica.

Lo que fuera el hogar de la pandilla se hallaba cubierto de cadáveres; trozos aún aullantes se arrastraban, fluidos, vísceras, telas humeantes y una nata de sangre, vómitos, orines y excrementos ocultaban el suelo donde apenas se distinguían las divisiones entre el blanco y el negro de los cuadrados.

Retirados los diezmados Mics, entraron los Cánceres Disney. Riendo, enseñando los colmillos, grandes y fuertes: blancura delicada de leche. Ahora las pelotas de sus cuerpos lucían un tono rojo Coca cola con estrellas color hígado. Se persiguieron un poco, divirtiéndose con el chapoteo que levantaban sus carreras. Tararearon algo incomprensible, olfateando ávidos, las aletas de las narices distendidas.

Buscaban.

Un paisaje idílico cayó desde el techo y ocupó el centro de El Tablero. El sistema defensivo de la Casa Alfil había activado un Paisaje-Ilusión. Alta tecnología. Inesperado para los asaltantes. Error al calcular el poder económico de los Alfiles (un equipo como aquel costaba una fortuna). Notable, también, que consiguieran instalarlo en secreto, escapando a la omnipresencia de las máquinas espías en El Cielo. Pero eso concernía a Analistas y Teólogos. Como Entretenimiento, que a fin de cuentas era lo que importaba, la grabación del asalto estaba rebasando las más optimistas expectativas de la Corporación; así que quizá la misma Corporación se encargó de que la pandilla no encontrara problemas para conseguir el dinero con el que comprar el Paisaje-Ilusión; y de que su instalación pasara inadvertida para las fuerzas del orden.

El Paisaje-Ilusión ocupaba casi la mitad del recinto, en dirección horizontal, y su altura alcanzaba al menos diez metros. Espacio virtualcarnal, rectangular, esplendoroso. Autónomo, dotado de capacidad de repuesta y adaptación a estímulos.

Del espacio invadido por el Paisaje-Ilusión desapareció la matanza. En su lugar: un río prístino, estrecho y manso, cuyas riveras estaban cubiertas por altos herbazales, copiosos árboles de honda sombra, una colina amarilla y rolliza, cielo sano, horizonte de montañas moradas, nubes como puñados de algodón impoluto, Sol cálido e inofensivo que rascaba con mano tibia el lomo de un grupo de vacas que pastaban hundidas en la carnosidad de la colina. Olor a vainilla. Abejorros zumbantes, mariposas multicolores, destacamentos de hormigas cadenciosas, silbar de pájaros cabalgando el aire. Lametazos de luz.

La Unidad Coordinadora ordenó detenerse a los Cánceres Disneys: necesidad de evaluar la mejor estrategia a seguir.

Los Cánceres Disneys no obedecieron.

Continuaron avanzando, fascinados, hacia las altas hierbas columpiadas por una brisa tersa, descansada. Caminaban cogidos de la mano, despacio, meciendo los traseros.

Reiteración de la orden. Tono de voz: padre desengañado reprimiendo moderadamente.

Pero ya los Cánceres Disneys alcanzaban la línea de hierba.

Mediante el Paisaje-Ilusión, Las Lucilas apelaban a los más oscuros recovecos del cerebro de los Disneys. A sus defectos de fábrica. Años de investigación y billones de dólares invertidos en busca de un arma-símbolo. Pero como eran seres vivos, no máquinas, algo en los vericuetos manipulados de sus ADN resultaba impredecible.

Los tres Cánceres Disney, redondos y refulgentes, atravesaron balanceándose el hierbazal. Dejando surcos, tallos aplastados a sus espaldas. Llegaron a la orilla del río y contemplaron el agua transparente, titilar verde de las algas, cabezas calvas, pulidas, de las piedras del fondo, trajinar de insectos, pequeños peces aleteando contra la corriente. Arriba el cielo era una pasta acaramelada. Chapotearon un poco en la orilla. Jugaron a arrojarse buches de agua. A salpicarse. Uno trepó al árbol e intentó atrapar un pájaro, que escapó a toda prisa. Otro perseguía a las mariposas. Luego cruzaron de un salto la corriente de agua. Se lanzaron colina arriba. Las nubes descendieron; esponjas destilando hilos de sirope.

Las tres rechonchas pelotas saltaban, arrancaban trozos de nubes que devoraban glotonas.

Al borde del Paisaje Ilusión, las Cámaras Voladoras, la sombría amalgama de uniformes.

Al fondo, en el exterior del edificio, más allá de la pared derribada, los operarios continuaban afanosos su trasiego en torno a la Burger S.L. Poniéndola a punto. Ahora enfundados en relucientes, anaranjados trajes antivirus.

La Unidad Coordinadora reportó: conducta errática. Había recibido instrucciones precisas desde los Laboratorios Centrales. No intervenir.

Situación Test para los Disneys.

Dos vacas, apartándose de sus congéneres, se acercaron curiosas, rumiando, a las tres relucientes figuras. Letargo de verano, brisa tibia, colas que a golpes rítmicos apartan insectos. Baba en los morros. Narices manchadas de verde clorofílico. Los Cánceres Disneys sonrientes, dando salticos, acarician juguetones la cabeza de los cuadrúpedos, se frotan contra sus costados en los que abultan garrapatas: olisquean las calientes pieles. El Sol lanza amarilla placidez, a chorros, sobre la idílica escena.

Entonces, las vacas se esfuman y en su lugar aparecen dos muchachas. De pie, junto a los atónitos Cánceres Disneys. Programa de camuflaje del Paisaje-Ilusión.

Las Lucilas: cejas oscuras, gruesas, unidas al centro, cabello muy corto terminado en cresta llameante, cuerpos delgados, musculosos, duros; vientres tatuados con el Alfil de los Diez Brazos Cuchillas. Desnudas. Pubis amarillos. Tetas pequeñas, tiesas, pezones también amarillos. Hachas de doble hoja, mango largo, firmemente aferradas.

Atacan.

Sorprendidos, los Disneys tardan unos segundos en reaccionar. Los hachazos de las guerreras Alfiles encuentran los cuerpos de dos de ellos. Uno, casi partido en dos, alcanzado en el corazón, traspasado el tejido protector por la ferocidad del impacto, berrea agonizante, pataleando, salpicando de sangre azul las hierbas, las cercanas nubes, la tierra. El segundo golpe no ha sido tan certero, arranca una porción del costado, tres patas del animal que cae enseñando los colmillos y rugiendo feroz. Una de las Lucilas, mientras su gemela trata de arrancar el arma del moribundo, donde ha quedado incrustada, se vuelve a enfrentar al otro Disney, confiando en que, con la pérdida de algunas patas, el herido haya perdido movilidad. Pero es tarde, el tercer Cáncer Disney, recuperado de la sorpresa inicial, se abalanza sobre ella y la derriba, clava los colmillos en su pecho, rasga el vientre con las pezuñas. La otra consigue librar su hacha y acude en ayuda de su hermana. Golpea con furia el lomo del Disney encaramado sobre ella. Este salta al sentirse perforado, rebota alejándose con el arma clavada. Se retuerce sobre la hierba, empeñado en destrabar la hoja. Es evidente que no está herido de muerte. El pecho de la Lucila caída comienza a hincharse. Numerosos cánceres, desarrollándose a gran velocidad, se dispersan devoradores. En pocos segundos su cuerpo estallará, incapaz de contener tanto horror.

Su hermana se arrodilla a su lado. La luz del Sol es como la alegría.

A pocos pasos, el Cáncer Disneys herido contempla como le crecen patas nuevas. Sin dejar de mirar a las muchachas improvisa una música, tararea. Millones de nanomáquinas construyen la carne virtual que se expande vertiginosamente. En unos minutos estará listo para combatir otra vez. Gruñe amenazador.

En el borde del Paisaje Ilusión decenas de Mics mueven las orejas, ansiosos. No se atreven a entrar. Las cámaras chacharean.

El otro Cáncer Disney ha conseguido arrancarse el hacha. Se acerca bufando. Sangrando azul.

Las Lucilas se miran bajo el espléndido Sol. Un pájaro silba. Los cánceres engordan el cuello de la moribunda, están a punto de invadir su rostro. Las aguas canturrean trinos inmensos. Antes que suceda, su hermana recupera el hacha de doble hoja, sonríe feroz, grazna el grito de guerra de los Alfiles y la clava con golpe seco en el corazón de la muchacha caída. La hoja libre fulgura un instante; Lucila se deja caer sobre ella violentamente. Ahora están pecho contra pecho, agonizando.

Las hormigas cargan espesas gotas de sangre acaramelada.

Segundos después, los dos Cánceres Disneys llegan hasta el cuerpo de la guerrera, derramado sobre su réplica. Muerden el cuello, las piernas. Tiran de la presa en diferentes direcciones, disputándoselo.

Al estallar, las Lucilas se confunden. Ahora son un amasijo que bulle devorado por innúmeros cánceres.

Los Disneys patean los restos colina abajo, al agua, donde desaparecen.

La Unidad Coordinadora ordena a los Cánceres Disneys abandonar el Paisaje Ilusión, que ha comenzado a trepidar. Estos vuelven a desobedecerla, se sientan junto a su compañero caído.

Lloran.

Lloran como niños.

2

—Bonito culo, eh…

—Ummm… qué piel…

—Dicen que la mayoría está limpia de contaminaciones mayores… aprovechable… buen material: prime beef…

Los dos operadores de la Burger S.L habían hecho un alto en el desmembramiento para admirar los restos de la muchacha. Se quitaron los guantes, tocaron la piel, reverentes. El pedazo de cuerpo, cortado a la altura de la cintura y un poco más arriba de las rodillas, destacaba pálido, emblanqueciendo la cuadrícula donde descansaba, a la espera de su turno para ser introducido en la máquina. Los cuajarones de sangre, restos de vísceras y tripas rodeaban su esplendor, reafirmándolo. Joya profunda, que temblaba bajo la luz de los reflectores.

—Un poco grande… ¿no?

—Sí.

El que había hecho la pregunta introdujo la hoja de su máquina entre las nalgas y cortó el fragmento, sin esfuerzo, en dos partes iguales.

Su compañero aprobó con un gesto. Cargaron los trozos y se acercaron a una de las bocas de la Burger S.L.

Los obreros, embutidos en sus trajes antivirus, armados de pequeñas sierras iban de un lado a otro. Tenían prisa.

Aunque todos hicieran la vista gorda, y los mismos Mics les pusieran al tanto de las operaciones de exterminio, se suponía que la transacción era ilegal. Al menos oficialmente. Pero el negocio florecía. Casi todos los McBurgers del mundo tenían ya una zona gourmet; un eufemismo para identificar la sección dedicada a los amantes de la carne humana. Cuyo número crecía por días. Gente rica, intelectuales, ejecutivos, políticos, militares, entre los principales consumidores, según confidenciales estudios de mercado.

Swift and Co.,[6] bajo la cobertura de fabricantes de burgers Clónicos, controlaba el ochenta por ciento del tráfico mundial de carne humana. Uno de los valores más estables en bolsa.

Los Mics habían concluido su trabajo: identificar la carne contaminada con formas de la Plaga resistentes a los antibióticos y a las nanomáquinas exterminadoras. Esa carne, no mucha por suerte, fue apartada e incinerada. El resto era labor de los obreros de Swift and Co.

La Unidad Coordinadora comprobó el peso de la masa cárnica recuperada. Transmitió las cifras al Departamento de Finanzas de la Corporación. Ahí concluían sus obligaciones.

Mugientes sierras se agitaban, hábilmente manejadas, cortando a los Alfiles muertos. Trozos adecuados a las fauces de la máquina. Los vistosos trajes antivirus, manchados de sangre, parecían anuncios de atuendos seguros en situaciones de contaminación extrema.

La Burger S.L se estremecía. De un extremo del caparazón cimbreante salía la hilera de burgers empaquetados, listos para consumir. Las cajas ostentaban el símbolo acreditativo del contenido: carne proveniente de especímenes menores de dieciocho años.

Antes que terminara la noche, las cajas llenas de suculentos burgers estarían volando hacia alguna megaurbe techada o subterránea de Tierra Firme, China, o lo que quedaba de Europa. La eficiente red distribuidora los colocaría en algún McBurgers donde los amantes de la carne tierna y fresca se los disputarían.

Los Mics comenzaron a retirarse hacia las naves. Acompañados por el Clon Reforzado sobreviviente, ya con el ojo totalmente reconstruido. El importe por la venta de la carne de su compañero le pertenecía, según la ley. Así que iba contento, la noche había resultado mucho más productiva de lo esperado.

Del río llegaba un vaho que se hermanaba con la uniforme masticación de la máquina.

Misión cumplida.

Anunció la Unidad Coordinadora. Tono de voz: camaradería jovial.

Las naves se elevaron, se confundieron con El Cielo.

---

[6] Los creadores de la hamburguesa clónica ahora ponen a su disposición los nuevos y suculentos burguers virtualcarnales. Haga sus pedidos en cualquiera de nuestras Webtiendas. swift&co.com. ¡Swift & Co…. la nueva carne! (Nota de Swift & Co. Autorizada por el autor. Anuncio literario pagado). Código EMM1333. Sección 4KKK.

Cada cual con su ofrenda: buniato, salchichón, licor de rosa, caldo de plátano. Al mediodía, marcha loma arriba, río al muslo, bello y ligero bosque de pomarrosas; naranjas y caimitos. Por abras tupidas y mangales sin fruta llegamos a un rincón de palmas, y al fondo de dos montes bellísimos. Allí es el campamento. La mujer india… de ojos ardientes, rodeada de siete hijos, en traje negro roto, con el pañuelo de toca atado a lo alto de las trenzas, pila café. La gente cuelga hamacas, se echa a la caña, junta candela, traen caña al trapiche para el guarapo del café. Ella mete la caña, descalza. Antes, en el primer paradero, en la casa de la madre e hijona espantada, el General me dio a beber miel, para que probara que luego de tomarla se calma la sed. Se hace ron de pomarrosa.

ORLÁN VEINTICINCO

Llegó al Espacio Veinticinco. Se acomodó como pudo entre la multitud que rodeaba el escenario. De inmediato se concentró en el rosado líquido que caía. Así lo indicaba el catálogo que le entregaron en la entrada: concéntrese en el líquido, facilita inmersión en la performance. El goteo prometía; iridiscente, transcurriendo en un silencio impecable que atravesaba a los espectadores convirtiéndolos en parte del escenario y del ritual.

Orlán era un verdadero mito. Una artista transgresora y antisocial —oficialmente se le definía como la terrorista más peligrosa del planeta— que trabajaba con su propio cuerpo, convirtiéndolo en territorio donde manifestaba su arte.

Desde la primera clonación, más de doscientos años antes, había sido así. En aquellos tiempos primitivos, se hacía operar, modificando el diseño original de su cuerpo, reproduciendo obras de artistas clásicos —Leonardo, Rembrandt, Matisse— mediante el uso de su propia carne. Había sido *Mona Lisa* de Leonardo, *Moisés* de Miguel Ángel, *Baco* de Caravaggio, *Saturno* de Goya y la *Muchacha con sombrero rojo* de Vermeer... y cuando la tecnología lo permitió: *Almendro florecido* de Pierre Bonnard, *Cabeza y botella* de Philip Guston, *Crucifixión* de Francis Bacon o *Noche estrellada* de Vincent Van Gogh...

A partir de la décima clonación —coincidiendo con la aprobación del Postulado Mundial del Arte como Diversión— su trabajo se hizo más individual, es decir más egoísta y monstruoso, así que fue prohibido. La acusaban de perturbar y envilecer la realidad, de ensuciarla. Y de atentar contra el Bien Común, la Escala de Consumo, los postulados del Consejo Teológico Mundial y contra las Leyes de Entretenimiento Mundial.

Orlán, uno de los pocos artistas que lograba sobrevivir en la clandestinidad gracias a que siempre había vivido en WebLand. Cuando su clonación número veinticuatro desapareció súbitamente durante una presentación, corrió el rumor de que había sido al fin descubierta y neutralizada por una división especial de MicMasters dedicada a perseguir y erradicar estas aberraciones artísticas.

También se dijo que, oculta en Garbageland, preparaba otro golpe con ayuda de las Hermanas Impolutas de la Santa Cofradía de la Suma Blancura y de guerrillas Anticonsumo que vivían ocultas en los laberintos bajo el basurero.

A los pocos meses Orlán Veinticinco regresó, mediante una brillante performance impuesta sobre la señal de la Televisión Mundial, en la hora de transmisión de *Supermaravillosoestupendo*. Atacó con una emisión reforzada con Aburrimiento Extremo y Pesimismo Letal. Espléndido golpe publicitario que provocó un verdadero escándalo. Enfureció a las autoridades y deleitó a sus fanáticos. Su popularidad aumentó, y sus obras alcanzaron precios fabulosos en el mercado negro. Las tiradas de sus comics —producidos en China y distribuidos de manera clandestina en Tierra Firme— crecían desmesuradamente.

Una mujer elegante, de rostro anguloso y ojos de marca, enormes y azules, recibía el goteo en plena cabeza. Entraba por el pelo rubio finísimo, un par de pulgadas sobre la frente y salía por debajo de la mandíbula para volver a penetrar por la punta de uno de los estilizados pechos. Alguna inefable sensación debía producirle, a juzgar por su sonrisa delicada, de ensueño.

Guntaar disfrutaba observando al público. Llegaban a bordo de sus vehículos, en ocasiones blindados. Lo que hablaba de cómo había cambiado el WebLand en los últimos años. Las apariciones de Orlán despertaban un enorme interés. Era evidente que la gente no hacía mucho caso a la prohibición. Valientes del WebLand. En la otra vida serían diferentes, quizás dóciles y cobardes. Domesticados. Si es que tenían otra vida.

No resultaba fácil diferenciar a los residentes a tiempo completo en el WebLand, cuyo número aumentaba con rapidez, a medida que se facilitaban las inoculaciones de Gen de Dios, de los que también lo hacían en el mundo exterior.

Era casi imposible localizar a los asistentes a estas performances. O interrumpir el espectáculo. Aunque había oído hablar de casos, y de una nueva tecnología, casi a punto, para erradicar la independencia en el WebLand.

Arrestos. Confiscación de equipos. Cánceres Disney. Prohibición de acceso, que podía durar años. Mierda. La gente hablaba mucha mierda. Eso no sucedería. ¡Sólo a un loco podía ocurrírsele que usarían Cánceres Disney contra asistentes a una performance de Orlán, por muy prohibida que estuviera!

Los números empezaron poco antes de que arribara. La artista utilizaba números en sus obras, de manera preponderante, desde hacía algún tiempo. Con mucho éxito, en opinión de los expertos. El cero. El tres. El dos. 302. Combinándose. Fluyendo. Formando catedrales, rostros, ríos, montañas, paisajes enteros y también cosas mínimas. Losas, juguetes, pedazos de pared, casas. Imágenes de yeso: dioses y religiones desaparecidas. Viejos vestidos de tela. Llaves. Cerraduras. Comidas exóticas. Relojes. Manteles plásticos con diseños de frutas tropicales. Perros. Todo antiguo. Realidad extinguida.

Orlán entró flotando. Tendida sobre una cama metálica. Los goteos, lentísimos, comenzaron a deshacerse mediante un bello efecto explosivo, y diseminaron una fina capa blanca sobre todo, espectadores incluidos. Blanco. La sustancia, al atravesarlos, creaba un efecto desintegrador.

Orlán: Lauren Bacall en Cayo Largo de John Huston. Orlán cuello de Nefertiti. Orlán senos de Danielle de Jock Sturges. Orlán pecho traslúcido dentro del cual flota el Pájaro azul de Cnosos. Orlán vientre, muslos y piernas de Eva, de Lucas Cranach el Viejo. Orlán color de pieles de Jacobo Pontormo. Orlán.

Guntaar sintió que se desperdigaba en el tiempo, que se apoderaba de él una sensación de fugacidad. Diez brazos de aspecto maternal, rechonchos y cálidos aparecieron enarbolando relucientes cuchillas. Empezaron a trabajar al unísono en el cuerpo de Orlán. Los números entraban por las incisiones, que con precisión quirúrgica, practicaban los brazos maternales. Blanco. El corazón blanco brotó como una flor, hinchándose hasta alcanzar el tamaño de una nave personal de transporte urbano. Después adquirió las facciones de un viejo que Guntaar reconoció enseguida. Transcurrieron unos instantes antes que la cabeza de Leonardo Da Vinci se ennegreciera desde dentro hasta estallar para dar paso al orejudo y sonriente Micky.

Sumamente subversivo, pensó Guntaar. Arrojaba fuego sobre el gran debate en el Gobierno Mundial acerca de las ambiciones homogéneo-imperiales de la Corporación Disney, su influencia en dicho Gobierno, al que reputados analistas consideraban un apéndice del gigante informático rey del Entretenimiento Mundial.

Varios espectadores soltaron sonrisas tenues. Otros se limitaron a esbozar gestos de asombro. Pero nadie se retiró. El espectáculo los mantenía hechizados. El cuerpo de la artista estaba abierto. Los intestinos, los pulmones, el esófago, los riñones y el hígado, brotando, multiplicándose, se convertían en caribeños y latinoamericanos esclavizados y extinguidos, o exterminados en las Guerras Locales del Reorden. O mediante las Pestes Programadas.

Nadie sabía si la artista estaba sufriendo aquella fragmentación —físicamente, como solía suceder en sus primeras clonaciones— o si se trataba de una proyección virtualcarnal, pero el efecto era igualmente impresionante. Una sensación de pérdida en forma de oleaje inundó el espacio. Las lágrimas acudieron a los ojos de los espectadores. Una dama sollozaba entrecortadamente.

Ahora Orlán, dividida en miles de partículas, entraba y salía de los presentes mediante una danza frenética. El blanco se había ido. La sangre era sangre y la carne carne y el Espacio Veinticinco semejaba una inmensa carnicería, un matadero que contaminaba y manchaba a los presentes (y a millones de usuarios de la Web en el mundo, en las Urbanizaciones Orbitales, en la Luna), con un espanto viejo e insoportable que trepaba por la garganta cual gusano de acero.

Un espanto enemigo, sin duda, de las Leyes de Entretenimiento Universal.

La sensación de fugacidad no había desaparecido, todo lo contrario, aumentaba por momentos, y Guntaar se preguntó si sería el elegido. Sabía que el momento esperado por cualquier admirador de la artista estaba al llegar. Alguien, entre los asistentes, sería «tocado» por el arte de Orlán. Nadie sabía a ciencia cierta en qué consistía ser «tocado». Quizás fuese algo diferente cada vez. No se trataba de una forma de experiencia mística o estética sublimada, superior. No tenía nada que ver con la tecnología. En eso radicaba su rareza, su exclusividad: en que era humanidad pura, intemporal e incontaminada. O al menos eso decían. Quienes habían entrado en el arte de Orlán se referían al hecho como una «anulación del tiempo», estado en el que se podía vivir un momento de futuro, o de pasado. Lo definían también, como una «transpiración de la realidad». Una excreción del cuerpo fluyente de la vida. Y aún decían cosas más raras.

En medio de estas elucubraciones, Guntaar supo que estaba a punto de ocurrir. Que había sido elegido. No sintió nada especial: lo supo. Se proyectaba hacia el infinito. Una carnosa ola roja abriéndose para recibirlo. Rojo lujuria. Caliente. Lo tragaba. Blanco puro inmenso. Amparo.

Cerró los ojos y se abandonó…

Al regresar, las preguntas se atropellaban en su cabeza. Temblaba. Boca reseca. ¿Dónde había estado? ¿Qué lugar era aquel?

¿La Madre de Dios? Náuseas. ¿Quién era el hombre ejecutado? ¿Y aquel ser monstruoso, de redondas orejas, cola, y nombre tan extraño, 3Jordan? Fiebre. Hizo un esfuerzo para no vomitar. Poco a poco, recuperaba su personalidad. ¿O es que era él, todo, incluido su cuerpo, quien volvía?

Alzó la cabeza.

En el Espacio Veinticinco el panorama había variado. Donde antes flotó el cuerpo desmembrado de Orlán Veinticinco, estaba Cristo, clavado a una cruz. El falso Cristo, anterior al descubrimiento que cambió la historia de la humanidad: Micky Mouse había sido el auténtico predicador de Galilea. El halo refulgía alrededor de la cabeza lacerada, mortecino en la oscuridad líquida, de seda. Corona de espinas. Lanzazo. La oscuridad, el cuerpo vapuleado, el escenario, los espectadores: todo sangraba.

Guntaar atravesó un campo hirviente, flagelado por presencias retorcidas: plaza llena de niños que juegan con un ser imposible, orgasmo inimaginable, edificio vivo, cuerpos ejecutados, ano chillante, presencia maternal, plenitud total. Regresando de su futuro.

La fiebre remitió. Comenzó a ver con claridad.

La cabeza del Mesías, amarillenta y rota, caída hasta ese instante sobre el pecho, se levantó. Hizo la terrible pregunta al cielo tormentoso, crujiente, que llovía rojo traspasando el mundo: «¡Padre!, ¿Por qué me has abandonado?» Lanzó la interrogación y las palabras se transmutaron en miles de trescientos dos, números de carne magullada que se retorcían chillando.

El rostro tenso, machacado, del Nazareno, era el de Orlán. Unos tarros de carne comenzaron a crecer en su frente. Miles de gotas, preciosas como rubíes, caían tintineando. Apareció un cartel de neón sobre la cabeza del crucificado: ESTA OBRA SE TITULA «LÁGRIMAS DE SANGRE» y ofrecía a continuación las claves para que los coleccionistas interesados pudieran contactar a los artdealers chinos que representaban la obra de Orlán. Una versión virtualcarnal de la performance estaba disponible también, se informaba.

Las últimas palabras del anuncio cruzaban como un bólido cortando la cascada de rubíes, que producía un estruendo insólito al caer. El escándalo de las lágrimas se mezcló con el otro ruido.

Un sonido marcial.

Entraron a través del techo, de pie sobre los flotadores propulsados, las armas listas. Los familiares círculos de las orejas sobresaliendo de los cascos. En los remotos equipos, precipitadas órdenes iniciaron la huida de los espectadores. Los temidos Mics disparaban Cánceres Disneys especialmente diseñados para persecuciones en WebLand. Las criaturas, no más salir de los gruesos cañones de las armas se lanzaban dando enormes saltos, tras los que escapaban.

Guntaar no hizo nada por marcharse. Y no se debía sólo a las precauciones que tomara. Había algo más, indefinible, que tenía que ver con la experiencia recién vivida. Algo nuevo. Que le hacía ver la aparición de los Mics y el uso de los Disneys como algo natural. Un Paisaje-Ilusión lo rodeaba, impenetrable; su principio era simple: mientras más inexistente es la proyección, más reales son sus efectos y las sensaciones recibidas por el usuario. Guntaar estaba en el Espacio Veinticinco más que nadie, porque era quien menos estaba. A salvo, permaneció quieto, contemplando el espectáculo.

Conocía muy bien a los Cánceres Disney. Conservaba todo lo que se publicaba acerca de ellos. Estaba al tanto de la velocidad que alcanzaban, de las mortíferas metástasis que provocaban. Niveles de resistencia al calor, o al frío. La localización de las granjas donde los criaban. Los últimos avances alcanzados en sus pieles miméticas.

El cuerpo elástico y azul, intrigado, se acercó. Intentó penetrar una de las paredes del Paisaje-Ilusión, pero sólo consiguió restregar, patético, sus fauces contra la transparente superficie. Dinero bien invertido, se dijo Guntaar, con una sonrisa retorcida. Cosquilleo en el estómago; «el horror infantil», llamaban a esa emoción los expertos en aquellas armas. Otro, de largas patas delgadas y grises, que le recordaron las de Bugs Bunny, se unió al primero. Piel satinada. Trató de acceder con las pezuñas, luego usó los colmillos. Manchó, baba verde y espesa, la tez de la Ilusión.

Orlán había contado con la irrupción de los Mics. Su performance no concluyó ni fue perturbada por la llegada de las tropas especiales. Todo lo contrario. Los uniformes, erizados de armas y correas, los cascos provistos de redondas orejas-antenas, los emblemas de fuego, el reflejo producido por las pieles multicolores de los cánceres en los cristales negros de sus máscaras, se acoplaban perfectamente a las evoluciones de los números y a las vísceras de la artista que (ya abandonada la escena de la pasión de Cristo) correteaban entre los atacantes formando imágenes de una hermosura nueva y provocadora. El corazón blanco de Orlan se metió en el jefe del pelotón Mic con un sonido de chapoteo.

Un cáncer verde, a rayas naranjas, lo seguía a toda velocidad; no pudo detenerse y clavó sus colmillos en el pecho del oficial. El Mic dio un alarido, al tiempo que un bulto crecía vertiginoso bajo su uniforme hasta hacerlo estallar. Las entrañas infectadas se esparcieron por el escenario.

El corazón de Orlán, intacto, resplandecía limpio en el aquelarre sanguinolento.

Guntaar, aún conmocionado, decidió que era hora de marcharse cuando un cáncer púrpura arañó con una emisión de láser reforzado la primera capa de la Ilusión que lo contenía.

Cuando un cáncer púrpura arañó con una emisión de láser reforzado la primera capa de la Ilusión que lo contenía, Guntaar, aún conmocionado, decidió que era hora de marcharse. No quería arriesgarse. Pulsó la tecla de regreso.

Orlán se reagrupaba en el Espacio Veinticinco. Su cuerpo desnudo, brazos y piernas abiertos, giraba como una estrella de feria. Cuerpo proporcionalmente perfecto: sueño de Leonardo. Relucía entre la negrura de los uniformes que la rodeaban. Las armas seguían escupiendo infecciones, virus y cánceres de todo tipo, pero no lograban alcanzarla. La performance terminaba. Orlán se despatarró en el aire y de su sexo comenzaron a brotar hadas. Pequeñas, frágiles. Formaban un escudo, una barrera a su alrededor. Efímeras, caían abatidas por los engendros, pero unos instantes bastaban. La presencia de las hadas contaminaba la realidad de WebLand, la corrompían con una belleza no autorizada, ilegal, insultante, diferente. Las hadas al morir reían, y aquella felicidad era aún más perturbadora.

Cuando Orlán desapareció entre resplandores, su sexo quedó un momento flotando en el aire: desplegó una enigmática sonrisa.

Atronadores aplausos poblaron las venas del WebLand. Guntaar se sumó a ellos en su viaje de regreso, ya bastante recuperado. Consideraba la idea de comprar «Lágrimas de sangre». Hacía un esfuerzo por controlarse, y poco a poco lo conseguía. Pero la confusión iba en aumento. ¿Qué había pasado? ¿Qué significaba el viaje por el tiempo, el sexo con los dictadores? ¿Quién era aquel AmanteComandante? ¿Y la Madre de Dios? ¿Era él, realmente, ese otro Guntaar entrevisto en el fugaz viaje al futuro cortesía de la performance de Orlán?

No podía ser. ¿Y aquel ser paternal cuya omnipresencia había sentido, poderosa, qué representaba? ¿La tan esperada y anunciada llegada del Mesías, se habría producido en ese tiempo por venir?

¿Vivió de veras un instante de su vida futura? ¿O todo se limitaba a una experiencia estética excepcional?

Los paisajes del WebLand desfilaban a su alrededor. Tripas, vísceras multicolores de un cuerpo cambiante que se hacía y se deshacía sin pausa, creciendo. Guntaar recostó la cabeza contra la suave superficie de su Paisaje-Ilusión. Se estremeció al recordar el asqueroso rostro del viejo agachado, la masa cálida del interior de la cabina del Masturbador. Su propia erección.

Y tuvo la extraña sensación de que navegaba en oscuras catacumbas, por túneles de un inmenso basurero apenas iluminado por la luz mortecina de crepitantes antorchas.

A caballo entramos al rancho, por el mucho fango de afuera, para poder-nos desmontar, y del lodo y el aire viene hedor, de la mucha res que han muerto cerca: el rancho, gacho, está tupido de hamacas. A un rincón, en un cocinazo, hierven calderos. Nos traen café, ajengibre, cocimiento de hojas de guanábana.

EL MASTURBADOR

Guntaar soñó rojo. Carne interior de un cuerpo que lo absorbía. Cuerpo negro en el exterior, de poros abiertos. Cuerpo acogedor, caliente, cubierto de sudor. Cuerpo amoroso, lubricado: negro maternal.

Rojo erección. Rojo lujuria. Rojo protección.

Lo introducen a sorbos, a chupadas, en el túnel caliente: regreso. Rojo entrañas. Latiente. Rojo interior de la Madre de Dios, el mismo color de los óvalos púrpura en el sagrado vestido, ligero, vaporoso, remangado hasta la cintura, en el sueño. Teticas negras, colmadas, que dejan escapar gotas de nutricia leche. Marejada que acelera hacia la punta engordada del miembro. Gotas vertidas en su lengua anhelante.

La Madre venerada está escarranchada sobre su cara, las redondas orejas amorosas creciendo y arropándolo. Abanicando. Las manos enguantadas apoyadas en su vientre. Crema firme la lengua asomada. Raja absorbente, calva, hinchada, protuberante: abierta ventosa, pulsando. Tragando. Parloteo seboso de fluidos. Éxtasis: la cercanía de la piel felpuda de los muslos a cada lado de su cabeza. El sagrado hocico levantado, la sagrada nariz en el extremo del hocico, reluciente. Pelota infantil. El blanco puro inmenso de los ojos.

Amparo. Salvación.

Hijo mío… murmura la sagrada voz.

Despertó tieso y sudado.

Necesitaba visitar el Masturbador.

Recogió a 3Jordan y se metieron en el tubo subterráneo. 3Jordan eufórico con sus nuevos pies zapatones; voluminosos, amarillos, permanentes. Brillantes, gomosos. 3Jordan, que giró al verlo, como un trompo, para que admirara su cola, ya fullcrecida, cimbreante y punzante.

Pocos minutos después el ascensor los depositó, con un machacar de colchones de aire, a la entrada del edificio.

Le gustaba su amigo 3Jordan: chispeante, elástico, rebotante, decidido a transformarse: las manos grandes, desproporcionadas respecto al resto del cuerpo, macizas al extremo de los delgados y cilíndricos brazos, gordas y blancas; reproducían las santas manos enguantadas de El Resucitado. Ojos oblongos, pestañas largas, curvas y gruesas, orejas cultivadas ya casi redondas que sobresalían sobre el ondulante, amarillo pelo. 3Jordan efervescente, alegre, devoto. Ejemplo de la nueva religiosidad. Todo es Juego, Entretenimiento: Palabra de Dios. Su mandamiento preferido. A punto de ser admitido en la Santa Cofradía de los Semejantes. Compañía selecta: Poder Infinito de Consumo/ Rango Consumidor Perfecto. Lo supremo en la Escala. Los que deseaban, y tenían dinero suficiente para aspirar a ello, renunciaban a sus cuerpos y adquirían el cuerpo divino. No era fácil, requería toda una vida entregada en cuerpo y alma exclusivamente a Consumir-Entretenerse-Transformarse. Sólida formación académica necesaria. Impecable Talento Prenatal, comprado. Amén de enormes cantidades de Gen de Dios.

3Jordan. Su cerebro mejorado podía entrar directamente al WebLand. Piel color Negro-Dios en brazos y piernas, lustroso, carísimo y aterciopelado. Face in progress: las nanomáquinas trabajaban en su rostro instalando el blanco puro y el negro puro del rostro del Resucitado.

3Jordan, algo monotemático, eso sí, para el gusto de Guntaar. No un Multientretenido, sin duda. Todo lo contrario, un verdadero Especialista. Concentración absoluta en dos temas: Dios/Toons. Lo que en cierta manera venía a ser un solo tema.

Lleno de sana envidia, Guntaar lo contemplaba, desplazándose elegante, despertando murmullos de admiración a su paso, comprando sin cesar durante el viaje; y luego arrojando todo lo comprado en las insaciables bocas de las máquinas encargadas de computar el Historial Personal de Consumo.

3Jordan se empeñaba en contarle con lujo de detalles sus encuentros en el Masturbador con Betty Boop, Jessica Rabbit, Smurfette, Miss Piggy; o las orgías —para las que intentaba sin éxito reclutar a su amigo— que organizaba con Cheetara, Pumayra, Wiley Kit, Sailor Moon, Sailor Venus, Sailor Júpiter y Sailor Mars. Lo suyo era lo arcaico.

Las heroínas modernas como Equina, Lobotama o Blondota, no conseguían despertar su interés. O despertaban un interés en modo alguno comparable al producido por las heroínas olvidadas, descontinuadas desde

143

tiempos remotos. En los últimos años se había convertido en consumado arqueólogo. Un verdadero experto en viajar por el TimeWeb en busca de fosiltoons. Su más reciente descubrimiento, una tal Rosario, lo tenía encandilado.

Guntaar relataba el sueño a su acompañante, que escuchaba con enorme interés. Al concluir, 3Jordan abrió los brazos, desplegó una sonrisa semicircular y aseguró que se trataba de un sueño premonitorio: un acontecimiento místico-onírico de extraordinaria importancia.

Elaboró: un sueño sexual con la Madre del Resucitado equivalía a distinción. Divino Entretenimiento, manifestación superior del ser, según las Escrituras. Pero soñar que la Madre Santísima lo introducía a uno en su interior, que lo reclamaba, atrayéndolo hacia el inicio de todas las cosas, hacia el sitio donde creciera Dios, eso sin duda requería una interpretación especial y constituía una señal, un mensaje.

Pidió permiso para consultar a su Maestro Teólogo al respecto. Guntaar aceptó emocionado. No provenía de una familia muy rica como 3Jordan, así que cualquier posibilidad de un informe positivo en su Expediente Onírico, que lo ayudara a acelerar su ascensión en la Escala de Consumo la recibía como una verdadera bendición.

El Masturbador bullía en medio de la extensa, circular plaza. Numeroso público fluía hacia sus puertas tras detenerse un instante a juegarezar ante la gran efigie virtualcarnal del Resucitado que los exhortaba, animándolos con su ejemplo, a bailar un pegajoso Aleluya Tap Dance.

3Jordan arrancó aplausos de la multitud emocionada por sus transformadas extremidades y su habilidad como bailarín. Los niños consumían y retozaban entre los zapatones de Dios, trepaban a sus manos y cola mientras aguardaban que los padres salieran del edificio una vez terminada la sesión de Entretenimiento Sexual.

Más que edificio, turgencia: mole roja, porosa y brillante de superficie acabado carne: El Masturbador. *God is Fun!* proclamaban las letras en su fachada como una hinchazón luminosa.

La boca de entrada los recibió ensalivándose. Deambularon, disfrutando del festivo ambiente y de la admiración casi reverente que despertaba 3Jordan, en busca del área destinada a las esferas individuales. El interior del Masturbador estaba dividido en tres campos de esferas: colectivas, familiares e individuales. La multitud que penetraba en ellas estaba compuesta por profesionales, jóvenes ejecutivos, estudiantes, obreros. Debido en parte a las plagas, y al acatamiento mayoritario de los Mandamientos Divinos, las relaciones sexuales físicas estaban en desuso. Resultaban limitadas y aburridas en comparación con las ofrecidas por los Masturbadores. Tampoco eran necesarias para la reproducción de la especie.

Las esferas, pieles suaves, vivas, se abrieron para recibirlos. Guntaar y 3Jordan se separaron, deseándose Entretenimiento Sexual Total.

En el interior, Guntaar se desnudó. El espacio se carnalizó a su alrededor, envolviéndolo. Flotó. Inmersión. Corriente vital fluyendo desde el principio del Universo. Poder. Seguridad de ser parte del Cuerpo Divino. Estableció contacto mental. Oscuridad primero, luego masa esplendente. Desechó al Guía que acudió solícito en su ayuda. No lo necesitaba. Se dirigió al Umbral del WebLand. Campos de estridencia seductora.

El Umbral era una verdadera jungla de productos corporizados, reclamantes. Los eludió entristecido: su Nivel de Consumo Mensual estaba peligrosamente cerca del punto de saturación.

¡3Jordan pasaría un buen rato allí!

En su visita anterior al Pasado había localizado una isla. Antiguo Caribe. Una isla gobernada por un tirano carismático y atractivo. Mucho antes del Primer Reorden y de la creación de Garbageland.

Durante un tiempo pasó por alto esa zona: víctima de cierto elitismo romántico y cultural, se dedicó a buscar figuras autoritarias en la antigua Europa. Pasó meses consiguiendo Entretenimiento Sexual Total traspasando a Franco, impelido por su aire marcial, rostro adusto, y aquel divino uniforme cubierto de medallas y charreteras.

Hitler y Mussolini despertaron también su interés. Ceausescu, Stalin. Pero ya no lograban entretenerlo. Y lo cierto era que empezaba a aburrirse del culo blanco, hermosamente ajado y canoso del llamado Generalísimo, caudillo de los antiguos españoles.

Lo estimulaba especialmente escucharlos chillar, aterrados, las jerigonzas extinguidas que infectaban el planeta antes que la llegada del Resucitado instalara en el cerebro y las almas de todo humano nonato la lengua universal de Dios.

Viajaba tranquilo y relajado. Tenía la sensación de desplazarse por el interior del Ser Supremo. Ser Dulce. Ser Infantil. Su cuerpo bullía, recorrido por millares de punzadas turbias. Manos líquidas.

Al principio lo preocupó aquella afición que se le antojó extraña. Hasta malsana. Pero pronto su Teólogo Consejero Regional despejó sus dudas. La actividad sexual virtual era sana y acorde a los Mandamientos. Cumplía con los dos fundamentos básicos de la Iglesia del Paraíso Alcanzado en Tierra Firme: Consumo y Entretenimiento.

Podía estar tranquilo.

Lograba un raro éxtasis penetrando aquellos seres que, en su momento, disfrutaron de poder ilimitado y dispusieron de las vidas de miles o millones de personas en la bárbara época del PreReorden. Superada y desaparecida gracias a El Resucitado. Había descubierto esto dos años atrás, en un encuentro casual con Tiberio. Desde entonces constituía su principal fuente de Entretenimiento Sexual. Muy alejada sin duda de las que entusiasmaban a su amigo, pero teológica y moralmente correcta.

Pensó en los controles de entrada: se activaron.

El WebLand desplegó cumbres y simas, praderas, cordilleras y océanos, descomunales ciudades y bosques profusos cuyo génesis en aquellos primitivos herbarios virtuales resultaba imposible de imaginar. Millones de años de evolución natural vencidos por apenas tres siglos de evolución virtual. Un universo mucho más completo y variado se expandía ante sus ojos. Interminables formaciones viscerales. Siempre recientes. Siempre cambiantes. Siempre controlables. Siempre perfectas. Eternas. La verdadera Creación. Al alcance de todos. Certeza de atravesar el cuerpo de Dios, de navegar en sus entrañas y ser parte de su sangre y su carne: se le humedecieron los ojos.

Estaba decidido a mudarse definitivamente al WebLand en cuanto sus méritos ciudadanos lo permitieran. En cuanto alcanzara el nivel necesario de Gen de Dios.

¡Si aquel sueño con la Madre de Dios lo ayudara a acercarse a la meta!

Una sonrisa cruzó su rostro feliz.

Los territorios salían a su paso invitantes, conminándolo a recorrerlos, a penetrarlos; pero Guntaar volaba hacia el Pasado. WebTime. Indicó el año al navegador: 1999. Sabía exactamente a dónde se dirigía. Había estudiado el período con antelación.

Vio desfilar los escenarios, los acontecimientos, los paisajes, las multitudes. Nitidez espléndida. A pesar de la enorme velocidad. Podía detenerse donde quisiera, pero continuó hasta llegar a la isla y a la ciudad mortecina y carcomida; gris general. Paisaje mediocre, que apestaba.

Paredes color miedo. Muros de agua aterrorizada. Miseria ambiental. Pavorosa inexistencia de consumo. Ausencia de Dios. Estupidez programada. Vulgaridad. Niveles letales de aburrimiento.

Después: luz imperfecta y ruinosa proveniente de un bulbo de cristal amarillento.

Estaba en la habitación.

La tosquedad del foco luminoso hería su sensibilidad. La grosería del cerebro que concibiera aquello le revolvía el estómago. Náuseas. El resto era igualmente grotesco. Contuvo las ganas de vomitar.

Un hombre sentado ante el televisor. AmanteComandante. Guntaar nunca olvidaría esta primera vez. Tela primitiva. Bata de casa púrpura. Botas. Gritos brotando del aparato. Mando a distancia en la mano sobre el regazo. Paredes grises. Pintura aplicada manualmente. Olores nauseabundos. Más tela primitiva colgando ante la ventana. Olores burdos. Deterioro inconcebible, en el cuerpo del anciano. Manchas en la piel. Granos. Verrugas. Primeros síntomas de excitación. Un artefacto con aspas en el techo. Giraban. Lecho en desorden. Libro de papel.

Guntaar atrasó un poco el tiempo de llegada y vio a un ayudante uniformado entrar a la habitación e interrumpir la lectura del Líder, ya acostado. Entrega de la tosca caja. Video. Suelo de madera de árboles.

Erección proveniente del conjunto de extrañezas. Asquerosidades humedecientes.

Siseos lumínicos en los intersticios de la superposición temporal.

Realidad disfuncional superada.

Período de asentamiento.

Autonomía de la realidad invasora.

Realidad futura controlando.

El hombre atado al poste gritaba. Lloraba, suplicaba. Pérdida de control: no esperaba clemencia, la sabía imposible. El rostro del Líder no expresaba emoción alguna. Barba rala y canosa. Ojeras. Los ojos se le cerraban. Estaba cansado. *Otro día terrible tratando de gobernar este país de mierda. Pensó. Sólo hay putas y mierdas en este país de mierda.* Pensó el Líder. Guntaar tenía acceso a su pensamiento, podía controlar su cerebro. Estaba sentado frente al televisor. La calidad del video era mala. Poca iluminación. Difuminaciones. La figura del hombre atado, en ocasiones, apenas se distinguía contra la oscuridad rugosa del muro a sus espaldas. La iluminación, pésima. *Esos comemierdas que filman; maricones, les tiembla la cámara en las manos.* Pensó el Líder. Ordenaba que le trajeran los videos de los fusilamientos. Daba igual si se trataba de delincuentes o contrarrevolucionarios. El pelotón de cuatro hombres alineado. Estampido. El hombre atado al poste se sacudió. La cabeza fue a caer hacia delante, pero se quedó a medio camino. Los contornos se desdibujaron, luego adquirieron una definición insólita. Sensación de alarma. El Líder intentó levantarse, pero no podía moverse. Quiso gritar. La imagen del televisor mejoró drásticamente. Efecto residual de superposición de realidades, pero eso el Líder no lo sabía. La cabeza del fusilado continuó su caída ahora más hermosa en su espléndida definición. Gotas de sudor. Lágrimas desprendiéndose iridiscentes de la piel aceitosa, precipitándose al vacío y la hierba. Los rasgos del hombre contraídos en un gesto que es más que nada asombro. Ojos desorbitados. Siempre es igual: no creen que está sucediendo. Los proyectiles llegando. Los agujeros en la tela que comienzan a humear; el pecho empujado hacia adentro. Quiso gritar. Golpetazo como de arena compacta y mojada. Sangre. Algo baboso cayendo de la boca. Un hombre desnudo, de pie junto a él, contemplaba también el fusilamiento. Quiso gritar, alertando a sus guardaespaldas. Pero se levantó y fue en busca del traje de gala. Su cerebro asistía a sus actos como un espectador. Al cortar las sogas el condenado se derrumba. Zoom: ya ovillado, boqueante. Piernas que se acercan, una mano armada se dispone a dar el tiro de gracia. Acero tocado por el rocío. Termina de ponerse el traje. Se ajusta la gorra, las botas relucen. El cerebro del Líder, a punto de estallar, sigue dando alaridos, enviando órdenes, llamando a los feroces guardaespaldas. Están ahí afuera, al otro lado de la puerta de la habitación. Tiene conciencia exacta de lo que sucede, asiste despavorido a sus propios actos. La mano en la pantalla pega el cañón de la pistola a la cabeza. Dispara. La cabeza salta como un balón pateado. Humo en los cabellos. Guntaar considera por un instante anular totalmente aquel cerebro chillante, pero decide dejarlo consciente aunque sea un poco molesto. Le produce placer el sonido del monstruoso idioma. Da otra orden al cuerpo del viejo ya militarmente engalanado.

La ejecución recomienza. El hombre avanza otra vez hacia el poste de madera. Guntaar jadea. Hace que el Líder se ponga a cuatro patas delante del aparato. Le baja el pantalón y deja al aire las nalgas pálidas, arrugadas. Guntaar acerca su enorme erección al trasero del anciano. El hombre está nuevamente atado y los militares levantan los fusiles. Voces de mando. El primitivismo de aquella escena, lo rudimentario de la filmación y la horrenda calidad de la imagen aumentan la excitación erótica de Guntaar hasta el paroxismo. Resulta una maravillosa coincidencia ¿o ha sido la mano de Dios? que el Líder esté contemplando la ejecución en el momento de su llegada. No consigue una erección tan poderosa y total desde hace largo tiempo. Franco y Hitler han estado bien, rememora, pero esto es diferente. Las manos del viejo, largas, delicadas, de uñas bien recortadas, abren las nalgas, tirando de ellas hacia los lados. Pliegues distendidos. Sol carnívoro. El estampido. La gorra, visera de charol, yace sobre la alfombra. Rostro convulsionado, ojos desorbitados, boca abierta en un alarido interior cuando el glande morado, a punto de estallar fuerza el ano rodeado de hebras canosas y entra. Los plomos cruzan chillando la distancia y rajan el pecho del hombre amarrado. La cabeza cae hacia delante como si le hubiesen asestado un golpe brutal en la nuca, rebota contra el pecho y muestra el semblante asombrado del hombre. Guntaar, en éxtasis, músculos contraídos por el deleite, empuja el falo dentro del intestino: rasga. No aparta los ojos de la pantalla. Han cortado las cuerdas. El fusilado se derrumba. Una mancha de orina oscurece el pantalón a la altura de la entrepierna.

Guntaar ajusta el ritmo. Mete y saca. Empuja. Hinchazón. Sangre. Empuja. Gritos del viejo. Aferrarse a las caderas. Empuja. Eyacula entre chillidos gozosos.

¡Oh gracias Madre Santísima, gracias por tu Hijo y su Reino!

Entretenimiento Sexual Total.

Regresaré muchas veces, piensa Guntaar.

Jadea.

De pronto bajamos a un bosque alto y alegre, los árboles caídos sirven de puente a la primer poza, por sobre hojas mullidas y frescas pedreras, vamos, a grata sombra, al lugar de descanso: el agua corre, las hojas de la yagruma blanquean el suelo, traen de la cañada a rastras, para el chubasco, pencas enormes, me acerco al rumor, y veo entre piedras finas y alegres cascadas, correr el agua limpia.

EL LIBRO

Suavidad.

La voz del Viejo Darma, rasposa y solemne, se deja escuchar en el silencio riguroso. El Ending iluminado por la luz lechosa de las bombillas es respeto, delicia, misterio, palabras que rotan, estallan, murmuran: acolchadas, tintineantes, rotundas, asombradas, frágiles, filosas, doradas, tristes, rugosas, mojadas, límpidas.

Palabras del Libro Sagrado.

El Viejo Darma lee y la tribu devora los sonidos, que salen de su boca arrugada, rodeada de pelos largos, blancos, tupidos. Nadie entiende el significado de las palabras, excepto el que las pronuncia, pues está escrito en el lenguaje remoto y olvidado y prohibido de los antiguos pobladores de la isla.

Los pobladores de las tribus se comunican en una jerga inventada a partir del idioma oficial de Tierra Firme. La mayoría no sabe leer, ni escribir. Los mayores se esfuerzan porque los más jóvenes aprendan, pero hasta ellos mismos reconocen que el asunto no tiene mucho sentido en las profundidades del basurero.

De hecho, algunos dudan que el Viejo Darma comprenda tan bien como pretende las palabras escritas en el Libro Sagrado. ¿Dónde puede haber aprendido el significado de un lenguaje tan antiguo, que nadie habla ni escribe desde hace tanto tiempo? Aunque es cierto que en ocasiones, después de finalizada la lectura, el anciano pasa un buen rato explicando el significado de algunas de las palabras desconocidas: bosque, mejorana, lomas, café, pomarrosa...

Pero para los habitantes de Garbageland la cuestión no reviste mayor importancia.

Desperdigados por el suelo, los ojos cerrados, las bocas entreabiertas, la respiración anhelante, oyen la música de las frases que parece abarcar

151

todos los misterios contenidos en el *aguanegra*, todas las oscuridades de los túneles, todos los enigmas del tiempo, las bondades del pasado, los significados, las delicadezas, todo lo ajeno a la basura.

Toda la *suavidad*.

Algunos dicen que el Libro pertenece al Black y de allí proviene. Otros que lo trajeron de El Monte. Pero el Viejo Darma y los restantes ancianos jamás hablan de ello y aquel texto, encerrado dentro de una caja indestructible, por el cual darían la vida sin dudar un instante todos los habitantes del Ending, siempre ha estado allí, y su lectura constituye una ceremonia sagrada: una fiesta.

Nadie sabe de dónde vino. No está permitido tocarlo. Sólo el Viejo Darma y los ancianos tienen ese privilegio. Y entre los jóvenes, Renter, a quien los ancianos han enseñado a leerlo.

El Libro Sagrado, verdaderamente, no es un libro, al menos uno impreso. Es un manuscrito de páginas gruesas, escrito a mano, con tinta negra y letras grandes y elegantes.

El Libro tiene música.

La música del Libro vive en las páginas desgastadas y amarillas, copiadas una y otra vez desde tiempos inmemoriales, veneradas por generaciones. La voz del que lee, en esto están todos de acuerdo, y prueba de forma irrefutable la sacralidad del texto, desaparece al iniciarse la lectura.

En su lugar, aparece la voz del Libro.

El Viejo Darma es un vehículo, un elemento más de la liturgia.

Aquella voz…

… y otro flotaba el aire leve, veteado… A lo alto de mata a mata colgaba, como cortinaje, tupido, una enredadera fina; de hoja menuda y lanceolada. Por las lomas, el café cimarrón. La pomarrosa, bosque. En torno, la hoya, y más allá los montes azulados, y el penacho de nubes. En el camino a los Calderos de Ángel Castro decidimos dormir en la pendiente. A machete abrimos claro. De tronco a tronco tendemos las hamacas: Guerra y Paquito por tierra. La noche bella no deja dormir. Silba el grillo; el lagartijo quiquiquea, y su coro le responde: aún se ve, entre la sombra, que el monte es de cupey y de paguá, la palma corta y espinada; vuelan despacio en torno las animitas; entre los nidos estridentes, oigo la música de la selva, compuesta y suave como de finísimos violines; la música ondea, se enlaza y desata, abre el ala y se posa, titila y se eleva, siempre sutil y mínima; es la miríada del son fluido: ¿qué alas rozan las hojas? ¿Qué violín diminuto, y oleadas de violines, sacan son, y alma, a las hojas? ¿Qué danza de almas de hojas? Se nos olvidó la comida; comimos salchichón y chocolate y una lonja de chopo asado. La ropa se secó a la fogata…

… que los aligera, los limpia, los protege, los endulza, los une. Los cambia. Voz que los entibia y los enaltece, que los mece y los angustia, que los alegra y los entristece, que les hace recordar algo que no han conocido, añorar algo de lo que no tienen memoria. Música remota. Suavidad. Voz que les habla de un pasado glorioso y consigue que alberguen la esperanza de haber sido algo, que logra hacerles sentir que son más que las ratas, más que los gusanos, más que el hambre, más que la aspereza omnipresente, la oscuridad, el polvo, el hedor, la basura del mundo.

Hubo un tiempo (eso dice el Libro, aunque ellos no saben lo que dice) en que fuimos libres, o un tiempo en que tuvimos la oportunidad de serlo, que es lo mismo. La isla, entonces, era un cuerpo exuberante, vertiginoso y noble. Llovía lluvia y lo verde hablaba a los hombres. Y los olores eran canciones. Los animales del bosque también hablaban a los hombres. Y todos los lenguajes coincidían, a veces, con el lenguaje de los dioses. Y en aquel tiempo hubo un hombre que estaba vivo. Antes y después de él, todos los habitantes de la isla sólo consiguieron intentarlo; hasta las guerras de la Época del Reorden.

Pero este hombre tenía la certeza, se sabía vivo (los demás daban el hecho por sentado y por lo tanto estaban muertos) y escribía en unas libretas, con el fin de enseñar a sus hermanos a ser libres, hermosos e inteligentes pero *con una inteligencia que fuera una forma de la bondad.*

Y escribía en sus libretas lo que le decían las plantas, las colinas, las llanuras, los ríos y la tierra y los riscales y el cielo murmuroso y las hojas y los despeñaderos y los trillos. El mundo hablaba en aquellos lejanos tiempos.

Y cuando el hombre que estaba vivo y escribía murió solo, traicionado, despreciado, amargo, las guerras, las plagas, las divisiones y la esclavitud cayeron sobre su isla.

Manos amorosas, entonces, copiaron sus libretas y conservaron sus palabras porque eran mucho más que suyas: contenían el ritmo, la realidad, la música de la isla que desaparecía.

Toda esa historia (u otra parecida, o diferente, qué más da si ellos no entienden el significado de las palabras) va desgranando el Libro para los silenciosos habitantes del Ending. Pueden sentir, imponiéndose al monstruoso peso de la basura, penetrando la suciedad, la mugre de la que son parte, la presencia de la otra isla, su esplendor perdido:

… el Sol brilla sobre la lluvia fresca: las naranjas cuelgan de sus árboles ligeros: yerba alta cubre el suelo húmedo: delgados troncos blancos cortan, salteados, de la raíz al cielo azul, la selva verde, se trenza a los arbustos delicados el bejuco, a espiral de aros iguales, como de mano de hombre, caen

a tierra de lo alto, meciéndose al aire, los cupeyes: de un curujey, prendido a un jobo, bebo agua clara: chirrían en pleno Sol los grillos...

Una limpieza los recorre. Gracias al Libro.

Suavidad.

Como si vertieran agua sobre sus cuerpos. Agua que, contaban, alguna vez sirvió a ese propósito: limpiar.

En ocasiones, mientras permanecen allí, inmóviles, aligerados, sucede el milagro.

Sienten el tejido, la carne y el espíritu de la voz: escarceos, miríadas de insectos taladrando la tierra, mariposas, aire chorreando, agua ascendiendo, azules miradas de bosque, perfume de resinas, golpes de brisa, hojeríos, innúmeros rasguños, jadeos de semen, melódicos y acompasados besos, luz que gime, el olor de la noche, troncos raspados por pezuñas metálicas, horadar de pájaros, jugos balsámicos, reptiles de mirar gelatinoso, mareas, gemidos de placer, aleteos perfectos, agonías tanteantes, gargantas que tragan, chupeteos, frotaciones, patas hurgando, mandíbulas que mastican, ojos que lloran, silbidos mínimos, siseos, zumbidos, graznidos, quiquiqueos, succiones, ensalivamientos, chirridos: la isla llega, alcanzándoles.

Y todo eso que no conocerán, les pertenece.

Agua limpia. Música.

Suavidad.

NAVES

Parecían nubes ácidas. Violeta electrificado. Zigzagueantes óvalos color salmón desplazándose a gran velocidad por la superficie porosa del cielo. Tornasoladas pieles de las naves intercambiando tonos, cifras, volúmenes, simetrías provistas por satélites y estaciones orbitales.

Sus estómagos cargados de tropas.

Abajo, el terreno medía un par de millas cuadradas: pulcro, lustroso, desinfectado, cubierto de una sustancia blanca; en medio de la omnipresente basura. Colinas humeantes, anillos de caos, podredumbre quemándose, sirviendo de marco al inmaculado rectángulo.

La nave madre se posó, sobre sus largas patas elásticas. Al momento comenzó a adoptar los colores circundantes. Su corpachón, inclinado hacia delante, exhalaba un vapor gomoso, un frotamiento embadurnado. Era una perforadora submarina Verne 3000, de las que usaron los franceses para sacar el petróleo de los flancos de la antigua África. Adaptada para misiones bélicas.

Los temidos Mics salían de las naves de transporte. Se mezclaban con los soldados del Ejército Mundial, enfundados en sus pardos uniformes; llegados horas antes.

Insectos relucientes, de movimientos entrecortados, las máquinas cilíndricas rodando por las cuadrículas proyectadas desde el espacio sobre la superficie blanca.

Un pequeño Peter Pan, cubierto de pronunciamientos vibrátiles, volaba de un lado a otro, lento, disparando sensores, buscando el latido del Ending. Los soldados se afanaban alrededor de las naves de transporte: que expelían carros de combate, Bradburys, Cánceres Disney encerrados en sus contenedores color púrpura.

Aparecidas las cruces rojas sobre el terreno, comenzaron los escarbamientos.

La tarde caía sobre Garbageland. Corrosión. Una brisa grasosa enturbiaba el contorno de las cosas. Las nubes, tumefactas, forman figuras en el cercano horizonte: cabezas de sparrownes, el perfil de Orlán Veinticinco, las redondas y negras orejas de Dios, la silueta barriguda de la cúpula protectora de Manhattan. La textura nauseabunda de un cáncer descomunal. Cielo de pus.

El Peter Pan, inmóvil, temblando como un gigantesco abejorro, transmitía a las naves el pulso de la vida que emergía de las profundidades. Las gigantescas perforadoras cortaban la superficie. Varios artefactos de largas patas acanaladas, introducían tubos en la tierra, sin hacer apenas ruido.

Horas más tarde, cuando las tuberías encontraron los corredores que desembocaban en el Ending, cesó la perforación. Se envió una avanzadilla de MiniExploradores Invisibles.

Poco después, los soldados, los Mics, los Bradburys cabalgados por los Disneys, se lanzaron hacia las profundidades.

En los sensores de las naves tornasoladas y miméticas, se escuchaba el rasguño del latido del Ending, como un desvaneciente corazón.

EL MONTE

Huían. Horas eternas a la carrera, sin descanso. Torbellinos de sombra. Humaredas, fuego, destrucción impresa en las pupilas, en los sueños, en los cuerpos exhaustos de los niños encabezados por Renter, que aferraba el Libro Sagrado contra su pecho, Casatt, Mía y Sall. Pequeños cuerpos hundiéndose en el fango, encorvados bajo el peso de lo poco que habían podido llevar, armas, trajes de inmersión. El cansancio convertía el laberinto en raíces, se sentían entrar en la tierra como en un montón de vísceras petrificadas; minerales calientes. Siempre descendiendo. Azufre.

Los túneles se ampliaban de tanto en tanto y corrían en un pantano grasiento, embetunado, en una dirección única: abajo. O se estrechaban obligándolos a arrastrarse y a dejar pedazos de piel en las piedras. En ocasiones, creían escuchar el roce de los bordes del Black contra las rocas cristalizadas.

Debían estar muy cerca. La pulsión del *aguanegra* tiñendo los corazones, emborronando las manos, entristeciendo hasta sangrar. Hilos delgados buscando los labios. Llevaban los trajes de inmersión atados al pecho, dentro de las cápsulas protectoras. Sin ellos no podrían entrar al Black. No entrar al Black era morir. Corrían sin descanso, en un sueño de fango y desesperación.

Huían de las tropas, los sabuesos y los cánceres. Pero no estaban seguros de la existencia del lugar al que escapaban.

Y no se atrevían a pronunciar su nombre.

2

Llegaron los primeros informes: el Viejo Darma comprendió que se trataba de otra operación de exterminio. Como la de su infancia. En esta ocasión no se enfrentarían a una patrulla que se divertía probando nuevos Cánceres Disneys. A toda prisa reunió las tribus. Ordenó que algunos de los guerreros más jóvenes y fuertes llevaran a los niños a las entrañas remotas de Garbageland, al Black, y si era posible más allá.

Estudió con Renter, que encabezaría el grupo, el mejor camino a seguir. Le entregó el Libro Sagrado y los recién terminados arreos para los pequeños.

El resto de los habitantes de las tribus haría frente a las tropas.

La misión de los defensores del Ending consistiría en demorar al invasor cuanto fuera posible. Nadie pensaba en derrotarlos, sólo en ganar tiempo. Cada minuto contaba, cada paso que alejaba a los niños representaba otra oportunidad para salvar a la raza de la extinción.

El viejo guía de los habitantes de las profundidades de Garbageland sabía que morirían mejor, que pelearían bravamente si albergaban la esperanza de que el Libro Sagrado continuaría diciendo el alma de la isla a alguno de los suyos.

Mientras uno de ellos lo escuchara, el Libro viviría.

Ellos vivirían.

3

Laurie, oculta tras un parapeto, oía el rumor todavía lejano de las máquinas. Mugidos de gusanos gigantes, eso parecían. Sus ojos, habituados a la oscuridad, escrutaban las bocas renegridas de los pozos de acceso al Ending. Ellos podían ver en las tinieblas como cualquier otro animal del basurero; pero también los soldados, gracias a sus cascos de combate nocturno. No había ventaja para los defensores. Y no hubiese estado mal tenerla, aunque fuera muy pequeña. Laurie sonrió al pensarlo. La idea de la muerte no despertaba en ella sino curiosidad. Y cierto alivio. Aunque nunca se lo había dicho a nadie, la muerte para ella era el lugar donde estaría Urgo. Ya tenía ganas de verlo otra vez. Contarle cómo logró escapar a la trampa del árbol de los sparrownes, cómo salvó a Celés, cómo aquella música rescatada por Renter del Black la hizo llorar; lo que les pasó a Sall y Casatt con el mutante, cómo batallaron defendiendo el Ending, cuántos Cánceres Disney cayeron bajo su lanza, cuántos Mics abatidos; cuánta alegría se disponía a alcanzar en el combate, demorando al enemigo mientras los niños escapaban salvando el Libro Sagrado.

Ansiosa, esperaba, sonriendo, acariciando el fusil, aferrando la lanza, mientras el rumor se acercaba esparciéndose por las galerías como una infección.

4

Iba de un lado a otro, daba instrucciones de última hora. Lancear a los Cánceres Disneys, utilizar balas explosivas exclusivamente contra los Bradburys; tendrían que contenerlos si querían darles una oportunidad a los que escapaban.

Sobre todo, había que destruir a los sabuesos.

Si algún sabueso lograba atravesar las defensas del Ending, seguiría el rastro de los fugitivos sin desviarse un ápice, incansable, hasta dar con la presa.

El Viejo Darma cargaba una caja rectangular, a la que había adosado a toda prisa un proyector de sonidos de su invención: su arma secreta, que les permitiría ganar tiempo. Eso murmuraba a los guerreros, para darles confianza, mientras se iluminaban las profundas arrugas de su rostro.

Los defensores se apretujaban en nichos, parapetos, trincheras recién excavadas. El ruido de las máquinas había cesado. El silencio resultaba mucho peor. Temblores. Melaza. Oscuras, ásperas hilachas de una fuerza demoledora a punto de desencadenarse.

5

Corredores renegridos. Goterones supurando de las rocas, del cristal de las paredes y el suelo en las inmediaciones del Black. Vaho en el cañón de los fusiles y en las almas. Detrás quedaban los cuerpos de varias ratas gigantes.

Feroces ratas del Black, atacando. Aparecieron de entre el fango y la oscuridad, los ojos chispeantes y las fauces espumosas. Ocho patas puntiagudas. Colmillos curvos y estriados a cada lado del hocico. Explosiones reptando, creando escamas luminosas sobre las paredes líquidas. Disparos. Hedores. Gritos.

El cuerpo desmembrado de uno de los pequeños que, demasiado cansado, no pudo esquivar a tiempo el ataque.

Renter casi entró en las fauces del animal intentando salvarlo.

Detrás quedaba también un eco remoto: el fragor de la batalla en el Ending. Llegaba como suspiros de sombra y muerte. Apagado por la distancia, los recovecos, las galerías, los membranosos túneles.

6

Irrumpieron en la sudada, engañosa placidez del Ending, precedidos por las cámaras voladoras, que pestañeaban excitadas. Relamiéndose.

Los atacantes arañaban el aire con ruido desequilibrante diseñado para retardar las órdenes del cerebro y los reflejos corporales (el último grito de los laboratorios militares de Tierra Firme).

Parloteo multicolor de los Cánceres Disneys que reían a lomos de la manada de Bradburys: caballería letal y rutilante.

Un largo trecho de pared estalló emblanqueciendo la atmósfera. Por allí entró el enemigo, aunque también emergían de los túneles habituales de acceso.

Los recibió la metralla. Y la música.

La melodía creó una enorme confusión, un venenoso desasosiego, al introducirse en la estridencia, en la vulgaridad del chillido atacante. Astillas de belleza se filtraban en los cerebros humanos y artificiales. Bolsones de belleza, florecimientos orgullosos de su sinsentido, de su inutilidad, crecían en las eficientes, compartimentadas y uniformes almas de los soldados, provocando breves ataques de pánico, ansiedad, tristeza. Los sabuesos, desorientados, giraban sobre sí mismos. Los Cánceres Disneys reaccionaron de manera diferente: inmóviles, escuchaban arrobados, con sus patas entrelazadas sobre las barrigas. Siguiendo el ritmo con movimientos elásticos. Rostros sosegados. Sonrisas.

El Viejo Darma había puesto en marcha su arma secreta: una grabación de Eine Kleine Nachtmusik de Mozart, música degenerada, robada de la emisión pirata de una performance de Orlán Veinticinco.

Su efecto duró poco, salpicado de broncas órdenes y relampaguear de disparos en la polvareda suspendida (hasta que un proyectil auditivo encontró el emisor del Viejo Darma), pero permitió causar numerosas bajas al enemigo.

Permitió ganar tiempo.

Un grupo de guerreros aprovechó la confusión y se adelantó bajo el fuego esporádico e impreciso de las tropas especiales. Las balas explosivas destrozaban pechos, descabezaban Mics. Tala. Los machetes amputaban, perforaban, desgarraban, cegaban Bradburys, partían en dos las brillantes pelotas cancerosas. Lanzas fijaban extasiados Disneys a las paredes y al suelo.

Los guerreros de las tribus reían desnudos en la oscuridad. Duró poco. Ninguno regresó.

Callar a Mozart fue el principio del fin. Terminado el horrendo sentimiento de delicadeza, de inseguridad provocado por su melodía, el enemigo recobró su efectividad.

El ataque recomenzó con mayor saña. Con furia cargada de ofensa. Los perros cabalgados atravesaban las defensas destrozando cuerpos a su paso. Los cánceres, rebotando juguetones, saltaban sobre los cuerpos de las presas. Los Mics usaban proyectiles mutantes (engendros caníbales en fase experimental), que volaban de un lado a otro buscando presas. Un pecho estalló esparciendo su contenido, liberando el Cáncer Disney anidado en su interior: reía con las fauces ensangrentadas.

La estrategia del Viejo Darma consistía en prolongar la defensa de cada sección del Ending el mayor tiempo posible. La superioridad numérica y técnica del enemigo, apabullante, convertía esta meta en algo imposible.

Pronto quedó un pequeño grupo de guerreros ante el último parapeto. Peleaban inmersos en una pasta ocre producto de las explosiones. El chirrido de los desestabilizadores ensordecía. Cuerpos ardían. Cabezas, brazos, piernas salpicaban el terreno. Los berridos de Cánceres Disneys clavados, moribundos, competían con explosiones, disparos y órdenes.

Laurie vio caer al Viejo Darma y, sacando el machete de la garganta de un Mic, se precipitó hacia donde yacía el anciano, contraído por el dolor. La muchacha supo que estaba herido de muerte. Rozó su frente tratando de devolverle la bondadosa expresión de siempre. El moribundo gimió, abrió los ojos, y haciendo un gran esfuerzo le entregó el detonador. Laurie no encontró soledad ni desesperación en su mirada; sólo paisajes fabulosos, palabras límpidas: esperanza.

El cuerpo del anciano se estremeció y dejó escapar un suspiro borroso. Laurie comprendió, en un relampagueo, la mirada del Viejo Darma. Contempló el infernal paisaje del sitio que fuera su hogar. Donde creció y fue feliz. Donde habitó una vez la risa de Urgo. Una ardiente curiosidad quemó su garganta: ahí estaba la muerte. Tenía forma de aventura.

Las arremetidas de los invasores estaban a punto de derribar el último foco de resistencia, situado ante la entrada del túnel que conducía al Black. Los pocos guerreros que aún combatían, lo hacían con ferocidad insólita. Pero uno a uno eran abatidos por el enemigo. Un grupo de Mics se dedicaba a rematar a los agonizantes, o disfrutaban, entre carcajadas, de cómo eran devorados por los proyectiles caníbales.

Laurie saltó sobre los parapetos disparando. En una mano, oprimido firmemente, llevaba el detonador que le entregara el Viejo Darma. Un impacto la alcanzó en pleno pecho, lanzándola hacia atrás. Un grupo de oscuros uniformes se abalanzó sobre ella. Varios Cánceres Disneys la rodearon. Inmersa en un agrio sopor, la muchacha hizo un esfuerzo sobrehumano por apretar el pulsador. Su cuerpo pesaba toneladas, llovía arena y una niebla empalagosa comenzó a subirle por la garganta. La muerte es dulce, pensó. Uno de los Disneys, piel azul de prusia, llena de estrellas plateadas, saltó sobre su pecho. Abrió las fauces. Pateó. No llegó a morderla. El golpe provocó una contracción en el cuerpo de la muchacha. La mano se cerró.

Una felicidad recién nacida cubrió el rostro de Laurie.

Y el Ending estalló.

7

Las cargas diseminadas a lo largo y ancho de la caverna detonaron al unísono. El techo se hundió. El suelo saltó.

Polvo, estruendo, alaridos.

Segundos antes, uno de los Bradburys alcanzó el túnel de acceso al Black. Con el hocico inclinado, atenazado al rastro, se lanzó tras los fugitivos.

8

La pantalla virtualcarnal ocupaba toda una pared. En ella seguían la carga de las tropas, las fulminantes evoluciones de los Cánceres Disneys: comprobaban la efectividad de los juguetes. Todo es juego, entretenimiento. Palabra de Dios.

La superficie registraba a todo color y en tres dimensiones la muerte de los habitantes del basurero. Brindis, copas que se alzan. Aquellos seres inferiores al fin serían borrados para siempre de las tripas de la tierra.

Uno de los ejecutivos, el jefe, se sintió inspirado.

—Creo que nadie alberga la menor duda de que este será el mejor episodio de la serie: Garbageland VII (La batalla de los túneles). Señores... debe estar en el mercado de inmediato. Luego destruiremos a la competencia con la historia del Alfil, la cría de los basureros...

El hombre, alto, rubio, de traslúcidos ojos azules, hablaba el idioma oficial con un ligero acento de Lancaster, como era de esperar en un tecnócrata de su rango. Sostenía la copa en alto, los ojos iluminados por el entusiasmo. Sus acompañantes en la impoluta habitación, embutidos en sus acharolados atuendos, asintieron con gestos exagerados. Pausa. Acometieron otro brindis.

—El episodio número VI se vendió muy bien, mejor que el del árbol virtual y los sparrownes... pero este será un éxito sin precedentes, puedo olfatearlo. Y ya saben el olfato que tengo para los triunfadores.

Rieron con sus dentaduras de marca.

9

Al borde del *aguanegra* la lejana explosión los sobrecogió. Deteniéndose, Renter, Mía, Casatt y Sall se miraron en silencio. Sabían lo que significaba. El primero, instintivamente, apretó el Libro contra su cuerpo. Los niños, asustados, se agrupaban en torno a las lámparas que apenas empujaban la oscuridad. Cerca, el *aguanegra* lamía la orilla. El peso de la tristeza los comprimía. Destilaba tristeza: la atmósfera, el techo abovedado, sus cuerpos, las voces, los roces viscosos, los restos petrificados que se vislumbraban a través de la superficie del suelo, en el interior de las aceitadas paredes. Los recuerdos.

El Black era una vitrina. Contenía todos los naufragios.

Casatt y Sall tuvieron la sensación de estar en el interior de un mutante, uno que sólo conservara imágenes de desolación. Del espeso líquido emanaba un desconsuelo copioso, que les entraba por los ojos ensombreciéndolos.

Renter los apremió a vestir los trajes de inmersión. Meticuloso, revisó una y otra vez los cierres, los depósitos de oxígeno, el funcionamiento de las válvulas. Casi había terminado cuando llegaron los gemidos. Angustias. El muchacho conocía esta sensación. Él había estado allí dentro y al recordarlo regresaba el pavor, la soledad sin fin, un terror que pregonaba su orgullo de durar más allá de la muerte.

Ajustaron los arreos a los niños que, rostros lívidos tras los cristales de las máscaras, no pronunciaban palabra. El Viejo Darma no había dispuesto de mucho tiempo para confeccionarlos, pero parecían sólidos. Un cable de acero pasaba por detrás de los arreos, uniéndolos. De esa forma nadie correría peligro de separarse del grupo.

Lo que significaba una muerte segura.

Ya enfundados en los trajes, caminaron por la orilla buscando el sitio indicado por el Viejo Darma. El lugar donde debían sumergirse. Una especie de saliente, en forma de gusano, que se prolongaba varios pies sobre el *agua-negra*. Las leyendas de Garbageland decían que el Black cambiaba en presencia de los humanos. Que hablaba. Que los mutantes vivían en él y podían olfatear a millas de distancia a un pescador que lo penetrara. Que estaba vivo. Que era un mutante descomunal, maligno, habitado por otros mutantes. Y que el camino hasta El Monte comenzaba en la cabeza del gusano.

Hallaron la cornisa; ancha y larga. Permitía que se agruparan en ella. Ciertamente semejaba un gusano gigante, echado bocarriba, con las fauces entreabiertas, pulidas por siglos de oleaje. Arañazos. Raspar. Cuchicheos. Presencias. Había llegado la hora. Todos repetían en sus mentes lo dicho por Renter momentos antes: según Darma, tenían que dejarse ir hasta el fondo y buscar, ya en él, si llegaban vivos, la boca del túnel. Nadie se había atrevido a entrar allí jamás, sin asegurarse antes de estar bien atado a la superficie. Nadie había estado nunca en el fondo del Black. Nadie sabía si tenía fondo.

El sabueso llegó por sorpresa.

Renter terminaba de comprobar si todos estaban listos. Se disponía a dar la orden de sumergirse, cuando cayó bajo el peso del Bradbury. Rodaron hasta el mismo borde de la cornisa. Las afiladas cuchillas desgarraron el traje y la piel. El joven guerrero dejó escapar un rugido, mezcla de dolor y de furia, al tiempo que descargaba un golpe con su machete en el cuello de la bestia. Sus tres amigos corrieron a socorrerle.

La voz de Renter, aullando, mordiendo las palabras, los detuvo.

—¡No! ¡Atrás, atrás! Salten ustedes, salten… no se acerquen, puede romper sus trajes… ¡llévense a los niños! ¡salven el Libro!

Mía, Casatt y Sall dudaron un instante, después, recogieron el Libro Sagrado, arrojado al suelo por la arremetida del Bradbury, y retrocedieron hasta donde los niños aguardaban, en el extremo de la roca.

Renter forcejeaba con el sabueso que trataba de morderle el cuello. Mediante un enorme esfuerzo, logró meter la afilada hoja del arma por debajo de la mandíbula de su atacante. Las patas traseras, rasgando, subían por los muslos y pronto abrirían el abdomen. Otra cuchilla entró en el hombro. Cuando alcanzó el hueso produjo un insoportable fogonazo de dolor.

Entonces Renter, haciendo acopio de todas sus fuerzas, giró sobre sí mismo arrastrando al Bradbury. Una vez, otra, acercándose al borde.

Allí, con un último esfuerzo, gritando palabras del Libro Sagrado —¡pomarrosa, plátanos, penacho, cimarrón, flamencos!— que resonaron triunfales contra la desesperanza del Black, se lanzó con su enemigo al *aguanegra*.

10

Bajaron tomados de la mano. Los ojos muy abiertos. Percibían el movimiento como un restregarse de sombras contra el cristal de las máscaras. Siniestro frotar. Acompasado. Grasoso. La tristeza del Black los traspasaba, los hacía sollozar. Sudar lágrimas. La angustia del Black: el Ending destruido, las tribus exterminadas, la pérdida del Viejo Darma, el incierto destino del Libro Sagrado que descendía con ellos.

El fin del mundo.

La tristeza del Black eran las tribus aniquiladas, el niño destrozado en las fauces de la rata, Laurie estallando en medio de los cánceres y los soldados. El gemir de los heridos y la vida que escapa de los cuerpos, coágulos absorbidos por la tierra, el centelleo siniestro de un Cáncer Disney... el polvo que se posa sobre los escombros. Renter devorado por el *aguanegra*.

Bajaron pegados a la pared fangosa. Creyeron ver formas que los escoltaban. Siluetas. Gradaciones de tiniebla. Espíritus, mensajeros del fin, pensaron. Mutantes. Con gesto inconsciente, Casatt alzó el estuche que contenía el Libro. Un resplandor brotó de su interior. Las formas desaparecieron.

Ahora, maravillados, podían ver las entrañas del Black. Luz impoluta avanzando en remolinos, carcomiendo el *aguanegra*. Restos de naves, ciudades, bibliotecas, barcos antiguos repletos de mástiles con las velas desplegadas, ejércitos, generaciones, clonaciones experimentales desechadas: reses de carne amarga de cuatro pisos de alto, batallones de soldados miméticos, sparrownes-bombas de alas terrosas y ojos iridiscentes, robots centelleantes, altos como catedrales... Muerte vieja, siglos de muerte acumulada. ¿O era el interior de algún gran Mutante lo que veían? Mutantes malignos.

La luz, como un escudo, impedía que se acercaran.

De súbito, tocaron fondo. Distinguieron sin dificultad la boca del túnel, a unos pasos, y hacia ella se dirigieron tropezando. Mía ayudaba a incorporarse a los niños que caían y los empujaba hacia adelante. Hacia el fulgor que salía del estuche aferrado por Casatt y Sall. El pasadizo descendía hacia un corazón de tristeza sólida, hacia la pesadumbre ancestral del *aguanegra*. Tenían la sensación de caminar por el interior de una roca que la claridad del Libro fuera taladrando. A la que arrancara gigantescas esquirlas mediante un espumeo chispeante, cadencioso. No tenían noción del tiempo, pero sus extenuados cuerpos decían que la inmersión duraba horas. Apretujados contra la espalda de la luz, casi asfixiados, avanzaban a trompicones, los depósitos de oxígeno a punto de agotarse. En un silencio absoluto. El Libro chorreaba azul de cielo limpio, que los protegía de la tristeza sólida en la que caminaban; capaz de matar en un instante. A rastras, llegaron al final del túnel.

El final era una pared reluciente.

Con un postrer esfuerzo se aproximaron a ella. Las letras que la componían empezaron a vibrar, a ordenarse vertiginosas al entrar en contacto con el fulgor del Libro Sagrado. Entonces las hojas de la pared, del otro libro, se movieron como una puerta giratoria.

11

Al pie del árbol está sentada la anciana. Mediana estatura, gafas, bastón, manos largas y afiladas. Rostro de sosiego, de bondad. El tronco del árbol: imponente, espinoso, terso, tan grueso que no podrían abarcarlo diez hombres tomándose de las manos. Proyecta hacia el cielo sus ramas como una sombrilla invertida. Repleta de hojas tiernas. Ceiba, árbol sagrado de El Monte. Árbol Dios. La vieja y el árbol parecen tener la misma edad: indefinida, imposible de calcular. Dan la impresión de haber estado allí siempre, de existir desde el principio de todo, al borde del sendero de tierra roja, en el filo de la manigua, en el pequeño claro junto a la pared, que bulle. Que ha empezado a bullir. La mujer, cuya piel y la del árbol son la misma cosa, tiene la vista fija en el animado espacio frente a ella. A sus espaldas la floresta. Cerca, un arroyo empapa el aire de rumores y frescor. En la bruñida superficie de la pared, respiran las hojas del libro. Como el latido de un corazón el pasar de las páginas. La mujer espera. La historia llega a su fin.

Dos viejos negros y encorvados —piernas nudosas, brazos recios de bejucos trenzados, cabello de motas grises, ojos minerales— salen de la espesura y van a sentarse a su lado, respetuosos.

Rostros de fuerza dulce, tallados por el tiempo, la paciencia, el roce de las lluvias, las visiones.

Guardianes.

Al fondo, en el monte, bajo la sombra de miel, hay gente que pasea. Rumor de risas, plácidas conversaciones. Niños que corren. Ancianos que juegan al dominó. Un muchacho de pelo ensortijado escribe en el tronco de los árboles. Una mujer se mece en un sillón. Madres cantan, adolescentes se besan.

Olores: yerbabuena, salvia, orégano, azafrán, coco, azucena, mejorana, jazmín de cinco hojas, azahar, marpacífico, bejuco caraguala, bejuco alcanfor, aguacate, guayabas, calabazas en flor, piscuala, majagua, canela, caña de azúcar, lirios, cañasanta, diamelas, capulí, atejes, pomarrosa, curujey, manzanilla, galán de noche, quiebrahacha, maravilla, plátanos, cilantro, melón, mirto, naranjas, perejil, pinos, malanga, guarapo, caimito, chirimoya, café, anón, framboyán, laurel, limón, madreselva, papayas, girasol, maíz, mango, guanábana, romerillo, embeleso, nomeolvides.

La brisa tararea la hierba verde, abejas zumban, las flores se abren. Columnas de hormigas discurren afanosas en el hojerío. Grillos chirrían a la sombra morada del hierbazal. Cocuyos duermen. Jicoteas danzan en el cristal de los remansos. Almiquíes sueñan. Una babosa avanza, lenta, sobre las piedras pulidas, dejando su estela iridiscente. Saliva de la vida. Los pájaros iluminan con una sostenida alharaca los ramajes. El cielo, hiere de tan azul. Las nubes blancas: recién tendidas.

—¿Vendrán? —preguntan los negros, que deben rondar los mil años.

—Vendrán —responde la anciana con voz firme, de tierra. Y luego repite con los ojos brillantes.

—Vendrán.

Suavidad.

LIBRO SEGUNDO
ORLÁN VEINTICINCO

Y oí como la voz de una gran multitud, como el estruendo de muchas aguas, y como el sonido de fuertes truenos, que decía: ¡Aleluya, porque el Señor nuestro Dios Todopoderoso ha establecido su reinado!
San Juan. *Apocalipsis*

Sin embargo, entre esas hendiduras que deja el terror o la Historia (hendiduras que cada día son más estrechas), suelen guarecerse, alimentados por la soledad y el fuego, los siempre escasos, los raros — los aguafiestas— que han tenido la terquedad de no acogerse a ninguna bendición. Ellos, tan antiguos, tan viejos, tan nuevos, tan pocos, tan inevitables e indestructibles, justifican y enaltecen a esos millones y millones de pobres bestias mansas, anónimas, mudas y enjaezadas, que ya (otra vez) se inclinan, se postran, ante «El Redentor». Amén.
Reinaldo Arenas. *Necesidad de libertad.*

En la primavera del año 1946 el gran pintor Pierre Bonnard se halla de pie ante una de sus obras. Gafas de concha, levita, bigotito, bufanda. Olor a trementina, óleo, perro, sal, flores de almendro, limoneros. Un pincel en una mano, un trapo sucio en la otra. La tela, fija a la pared con chinchetas, está casi terminada. El estudio, en la segunda planta de Le Gannet, su villa en las colinas que rodean Cannes, tiene un gran ventanal que se abre a la atmósfera abombada, los jardines, los techos rojos, las copas de los árboles que caen hacia la mancha titilante del mar. Poucette dormita sobre la única silla, con la nariz enterrada en la barriga. Cola nerviosa: sueña. El cuadro representa un almendro en flor. L'amandier en Fleurs. Blanco maternal, lácteo; trufado de globos de la noche profunda; oro derramado, danza.

Un esputo rojo, acariciado: la tierra.

El anciano se dispone a depositar una mínima pincelada de humo al pie del árbol, donde sombrías pozas añaden lucidez al conjunto, cuando siente la presencia. Desvía la vista de la tela; ya no está solo: un joven, a dos pasos, vestido de forma extravagante, imposible, lo observa. Pelo como cresta gualda. Facciones afiladas. Boca feroz, manos dulces. Dientes infantiles, ojos enyerbados. Irrumpe en la habitación un olor penetrante. Óxidos, putrefacciones. No el suave aliento avinagrado y viejo que habitualmente expele el Mediterráneo, sino el espeso hedor de las cosas largo tiempo sumergidas que, por fin, alguien rescata y expone al Sol. El anciano se asombra de la nitidez con que percibe los rasgos del joven, ¡colores, colores!, la piel de sus brazos, el desarmante verdor de los gestos, las ondulaciones del tejido de la ropa, luces y sombras trepidantes, el amarillo voraz del cabello. Capas de pintura, veladuras, matices.

¡Eso sí son colores!

Como un cuadro de su amado Van Gogh, pero mil veces más luminoso.

Sueño, se dice.

Desde que murió Marthe las cosas no son como eran.

Confunde tiempos, olvida fechas, la realidad es más pastosa: la realidad chapotea.

Cierra un instante los ojos.

Cuando vuelve a abrirlos el muchacho se ha ido; está solo otra vez, tiembla Poucette en sueños.

El viejo maestro sabe que no le queda mucho tiempo; sacude la cabeza, se ajusta las gafas y sigue pintando.

LLADRÓS

Hermoso como La Noche.

Alfil Tres nunca había visto La Noche, sin embargo, eso fue lo que acudió a su mente cuando atravesó la puerta en el cuadro de Philip Guston y penetró en WebLand. Como todos, estaba lleno de ideas preconcebidas acerca de La Noche. Horas más tarde, comprobaría que no sabía nada de ella. Pero ahora, al tiempo que dejaba atrás la gomosa realidad del cuadro y se adentraba por primera vez en el NewPlaneta, en lo que oficialmente se denominaba ya WebLand-Tierra Santa, la frase se instaló en su cerebro como el slogan publicitario de un anuncio de plásticovivo.

Ante él se extendía el mundo creciente. Alfil Tres tenía la certeza de estar comenzando una nueva vida, que auguraba corta, intensa y violenta.

Atrás quedaba la persecución, la encerrona en GameGame, el duelo con DamaUno, la líder de las pandilleras, la herida en el costado, el rescate, el exterminio de sus compañeros Alfiles del que se salvara milagrosamente, la recuperación en el refugio de Ray, Asún y sus amigos, sin duda miembros de las fuerzas Anticonsumo de Orlán Veinticinco; las revelaciones a propósito de su nacimiento y secuestro, el asalto de las fuerzas del Gobierno Mundial, el encuentro con el Clon Reforzado, la asombrosa floración de insectos voladores procedente de su combate.

Pelos de luz: esgrima, poesía mortífera y secreta. Orgullo de generaciones de guerreros Alfiles.

Aflorando.

Detrás quedaba NewManhattan, cubierta por El Cielo, la Casa de la Infancia, la fuga, los años de aprendizaje con la pandilla, detrás quedaban los cuerpos de las amadas Lucilas y de sus compañeros masacrados por los Mics. Troceados por los operarios de Swift & Co. Mordisqueados por las Burger S.L.

Recordó el cuerpo cremoso de la muchacha (las dos, pues no sabía a cuál de las gemelas amaba cuando una se arrastraba dentro de su cubículo colgante en El Tablero, cuartel general de los guerreros Alfiles), sus pezones amarillos, su sexo protuberante y oloroso, su dulzura enchumbada de ferocidad.

Sería feliz, si el Dios de los Alfiles le permitía matar a muchos Mics, a muchos Cánceres Disney, a muchos Clones Reforzados para vengar la muerte de sus amigos. No ambicionaba nada más.

Para eso iba al encuentro de Orlán Veinticinco.

Apenas podía creerlo. Pocas horas atrás, La Blasfemia Máxima era para él un ser mitológico, que habitaba un territorio onírico entre la realidad virtualcarnal y la Antigua Naturaleza, desde donde asestaba espectaculares golpes a la NewEstética y al Reino Virtualcarnal. Mediante sus audaces performances, la terrorista más buscada y temida del planeta mantenía en jaque a todo el Ejército Mundial y a sus legiones de MicMasters y Cánceres Disney. Siempre cambiante, siempre invisible, siempre inatrapable, siempre burlona y letal, siempre nueva después de veinticinco clonaciones. Seguida por las fieles Hermanas Impolutas de la Santa Cofradía de la Suma Blancura y lo que quedaba de las diezmadas y antaño poderosas Guerrillas Anticonsumo.

Alfil Tres sabía, porque así lo aseguró Ray, que Orlán lo necesitaba para una de sus performances. Desde pequeño la admiraba, los Alfiles la consideraban su heroína. Cooperaría con la terrorista. Siempre y cuando pudiera matar la mayor cantidad de enemigos en el transcurso de esa performance.

Era un guerrero, el último de la dinastía de guerreros Alfiles.

Vivir carece de sentido, toda felicidad es efímera, nada permanece. Nunca te rindas, odia la sumisión, muere en combate.

A eso se reducía la filosofía Alfil.

Dio sus primeros pasos en WebLand-Tierra Santa.

La respiración del planeta virtualcarnal los envolvió. Entraba y salía de ellos, amenazaba con aspirarlos y convertirlos en información que volaría veloz a formar parte y confortar el alma de Dios Nuestro Señor.

Asistían sobrecogidos al estruendo de la Creación. Un fervor sincopado y eficiente, constante y autosuficiente, abismal y abisal los acompañaba.

Ray y Asún caminaban delante. Seguían la senda que los conducía a un lugar imposible de vislumbrar en medio de la hecatombe de transformaciones. Senda como puñal hurgando en las tripas que atravesaban. Múltiples parajes. Fragor inabarcable. El espectáculo era cercano, remoto, íntimo e infinito a un tiempo. Distancias; profusas inmediateces, mezclándose. El paisaje cambiaba raudo: páramos y selvas, desiertos y ciudades, cuevas y cúspides, océanos y sierras nevadas. Trillones de nanomáquinas creando materia, estructuras, carne de su carne, sangre de su sangre. Ríos de productos corporeizados fluyendo en todas direcciones. Frontera, tierra fértil donde crecía la nueva realidad, pletórica de oportunidades.

La puerta del cuadro de Philip Guston, por donde entraron en busca de Orlán Veinticinco, había desaparecido devorada por la vorágine de colores y formas. El suelo era blando, de una consistencia semejante a la del interior del cuadro.

Carnetoons recién nacida, rebosante de vida, en la que sus pisadas se hundían ligeramente sin dejar huellas.

La mirada entre acuciosa y divertida del enorme Ojo del cuadro, suspendido sobre la botella, permanecía, aunque su centro emisor hubiese desaparecido. Alfil Tres la sentía gravitar sobre él como una llovizna que lo traspasara, recorriendo, evaluando, sopesando el contenido de su cuerpo, mirando en su interior. ¿Orlán?

El muchacho entró en la presencia del Ojo en busca de equilibrio. Para compensar la avalancha de imágenes y estímulos circundantes. Y porque necesitaba aislar información perturbadora para convertirla en fuerza. Interior frío y húmedo. Visualizó un paraje amado, al que lo uniera algo más que información compartida. Caminó por las solitarias y oscuras calles cercanas al puerto. Gritos lejanos, chillidos. El erizo de edificios temáticos desafiando el resplandor de El Cielo. Noche. NewManhattan. Periferia, Hudson podrido, vaharadas, tufo del río. Chapoteo de ratas gigantes en el barro químico, caimanes acorazados, peces radioactivos dejando manchas sulfurosas en la superficie del agua. Terciopelo negro: grasa peinada el agua. Sombras furtivas en los recodos. Escarceo en el fondo hediondo de los callejones. Estaba llegando a El Tablero. Un resplandor rojo elevó los dedos sobre los cajones negros de los almacenes. El Tablero devorado por las llamas, naves repletas de Mics alejándose. El escozor acre de las Burgers S.L de la Swift & Co. marchándose a toda prisa cargados de frescos hamburgers confeccionados con la carne de sus compañeros Alfiles. Prime beef. Echó a correr. Sangre y vísceras dispersas, armas chamuscadas, pelos, restos del Paisaje-Ilusión destripado, colgando intestinal de las huesudas vigas del techo humeante. Eso quedaba del centro de entrenamiento de los Alfiles. Casa Alfil, su hogar.

Alfil Tres potenció sensaciones conmocionantes, inundó su sistema con turbulencias. Paladeó el dolor.

Antes aislaba el sufrimiento para equilibrarse. Ahora el dolor le servía de alimento. Crecía.

Mareo. Padecía *vertiginosidad*, algo frecuente entre los forasteros. Pero su organismo se adaptaría pronto a WebLand-Tierra Santa.

Un sendero amarillo los guiaba. Surgía debajo de los pies de Clonliebre. Desaparecía detrás de Alfil Tres, que cerraba la comitiva.

Realidades hambrientas luchando por imponerse, por conseguir un lugar en el NewPLaneta, los escoltaban. Caminaban rodeados de inmensidades e inminencias. A ambos lados del camino iban y venían cordilleras, ríos, playas, desiertos, civilizaciones, islas, ciudades, países, continentes, archipiélagos, pantanos, volcanes, épocas, especies, campos de exterminio, huesos, glaciales, una ambarina tarde de Ámsterdam, dialectos, humos, orquestas, nómadas, prados, arapahoes, Cuzco, icebergs, calles empedradas, catedrales, mares, pirámides, dictadores, Billy Hollyday… rescatados de la memoria de Dios Nuestro Señor, rehaciéndose y archivándose en espera del proceso para determinar qué permanecería como información útil almacenada y qué merecía la salvación mediante la resurrección virtuarcanalizadora.

WebLand, planeta recobrado.

WebLand, paraíso recobrado.

WebTime, pasado recobrado.

Carne de su carne, sangre de su sangre.

Ahora caminaban entre bosques. Clima ecuatorial, clima tropical, clima continental, clima boreal, clima mediterráneo: suelos negros, suelos pardos, suelos grises, suelos rojos, ecosistemas: bosques caducifolios monzónicos, bosques caducifolios templados, sabanas arboladas, plantaciones, bosques boreales, bosques costeros de latitudes medias, bosques de coníferas, regiones alpinas, tundra, bosques septentrionales, bosques subtropicales de hojas perennes: robles, abedules, liebres silbadoras, oropéndolas, marmotas, líquenes, sauces, perdices, escarabajos, tomeguines, azaleas, gorriones, geranios, jabalíes, siemprevivas, moscas, almácigos, arrendajos, helechos, saltamontes, mirlos, papayos, flamboyanes, serpientes, abetos, rododendros, laureles, águilas, zorros, trigales, bueyes almizcleros, renos, caobos, buitres, marabuzales, secuoyas centenarias recién terminadas, la corteza virtualcarnal cediendo bajo los dedos de Alfil Tres que no podía reprimir el deseo de tocarlas, cotorras, rinocerontes, setas, arrozales, cóndores, atejes, conejos de las nieves, zorros árticos, cipreses, muérdago, baobabs, osos polares, avellanos, sinsontes, palmeras, tapires, olmos, manzanillas, bisontes, caimitos, aves del paraíso, rebecos blancos, álamos, jazmines, búhos moteados, topos, golondrinas, cerezos, casuarinas, algodonales, lombrices, sicomoros, caimanes, manzanos, almendros, ranas, cedros de la India, leones, plátanos, perales, petirrojos, cocoteros, cebras, cañaverales, eucaliptos, hipopótamos, castaños, elefantes, orégano, canguros, margaritas, vencejos, albaricoqueros, orangutanes, almácigos, biajacas, zunzunes, calabazas, gacelas, limoneros, damajuanas, adelfas, garzas, avestruces, mamoncillos, guácimas, caobas, jirafas, alcornoques, encinas, tigres, alelíes, pumas, claveles, jaguares, crisantemos, yagrumas, ardillas, magnolios, flamencos, flamboyanes, lagartijas…

Fogonazo.

Estaban en una habitación que se extendía hasta el horizonte. Techo remoto. Claraboyas.

A lo lejos, pared de fondo alta como un farallón: puerta entornada, cerradura cromada, angelotes tallados. La dorada senda corría hacia ella.

Una presencia amenazadora enturbió el equilibrio de Alfil Tres. La hoja de su arma comenzó a latir dentro de la funda.

Corriente de vulgaridad instalándose. Tumor. Purulentos campanilleos. Lustre. Laca.

El camino amarillo pestañeaba: problemas con la información transcarnalizada. Interferencias.

Una pulida baldosa de mármol continuo cubría el suelo del gran salón. Contra las paredes se alineaban descomunales vitrinas estilo grotescoibérico (Escuela miamense. Siglo XX): lastraban los movimientos, disminuían el ánimo y causaban una impresión repugnante. Para evitar la nausea, intentaron mantener la vista fija en la puerta remota. Una llave brillaba en la cerradura. Apuraron el paso. Bajo el techo lejano flotaban nubes extraviadas. Pugnaban, tropezando unas con otras, como personajes de virtujuegos, por salir al exterior. Roces y encontronazos, gotas de pavor, gelatinosas, caían y al chocar contra la baldosa eran grandes como puños de un Clon Reforzado.

El impacto producía un estallido semejante al de cuerpos mordidos por Cánceres Disney.

Desasosiego gaseoso, diseminado. Mareo.

Asún se tambaleó y estuvo a punto de salirse del amarillo camino protector. Alfil Tres llegó a tiempo para impedirlo. Pechos duros, espléndidos.

Cortinas de crepé, empujadas por una brisa color pastel, barnizada, se alzaban y caían acanaladamente. Blanco quebradizo entalcado. Pedestre familiaridad. Tamborileo. Pitos, matracas. Risitas.

Ahora las vitrinas alineadas contra las paredes caminaban, escoltándolos: zancadas laterales. Cuchicheos. Las patas combas, arácnidas, terminaban en afilados estiletes cromados. Los tiradores de las puertas de vidrio: ojos; las entreabiertas gavetas: fauces. Una musiquita doméstica y melosa comenzó a escucharse.

Fidelidad Oficial Familiar Planetaria, Orgullo Oficial Comunitario, Nueva Humanidad Virtualcarnal, Guerra Santa, Estética Divina.

Utilidad y Entretenimiento: soldados de Dios que se aproximan. Maniobras envolventes.

Himno estruendoso, vitrinas animadas, fervorosas. Trompetas. Tambores.

—¡Prepárense para combatir! —gritó el Alfil sin detenerse, llevando a rastras el cuerpo desmadejado de la muchacha que no dejaba de vomitar. La hoja larga y sedosa de su arma brotó feliz como una pincelada.

Trotaban con enorme dificultad a causa del súbito espesamiento del aire que hedía a toons y algodón azucarado. El camino amarillo se estiraba ante ellos trastrabilleante, entre chisporroteos, pero ya no avanzaba; formaba un círculo.

La puerta al extremo opuesto del salón, ensartada por la gran llave dorada, parecía una meta inalcanzable.

Se agruparon en el centro del círculo.

Asún, algo recuperada, desenfundó su McColt 360. Tintinearon los aros metálicos que decoraban su chaqueta. Erguida. El hermoso cuerpo diseño mortalcombat tenso. Toda ella objeto cuya propia definición torna ambiguo. Obra de arte indefinible: belleza anticanónica en su máximo esplendor. Negación de los Códigos de Entretenimiento de la Cuarta Convención Mundial.

Alfil Tres la contempló un instante: felpuda mirada. Ojalá tuviera oportunidad de acariciarla antes de morir.

Clonliebre empuñaba la Relincher 457. Los ojos rosados muy abiertos, pedregosos. Húmedo el negro triángulo de la nariz. Las largas orejas girando inquietas en todas direcciones. Los gruesos bigotes cimbreantes. Velocidad, eso comunicaba su apariencia aunque estuviese en reposo. El cañón de su arma abierto: fauce deseosa.

Chas, chas, chas, chas gotas de espanto caían en mayor número. Presintiendo la llegada de algo horrendo, las nubes enloquecidas pugnaban por escapar a través de las claraboyas. Mordidas, gruñidos, tirones, atoramientos.

Las vitrinas formaron un círculo alrededor de los tres amigos. Sus puertas chillaban. Ojos de las cerraduras enrojecidos, patas apuñalando el mármol: hirvientes esquirlas. Alguien intentaba mantenerlas cerradas, pero perdía la batalla.

En la inminencia del peligro, oleadas de imágenes recorrían el cuerpo de Alfil Tres. Sentía, otra vez, como en uno de sus sueños recurrentes, la sensación de ser un recipiente. En su interior crecían paisajes mediterráneos, pintados. Manchas de color, en luminosas formaciones. Ya no estaba en el centro del círculo amarillo, en el vientre de WebLand-Tierra Santa, cercado, camino a encontrarse con Orlán. Abrió los ojos y sintió el inofensivo Sol acariciar la piel de sus brazos. Irrumpía por la amplia ventana de la habitación donde se hallaba. Una silla, una pequeña mesa, tubos de colores amontonados, trapos sucios, latas, botellas, un plato que servía de paleta, vasijas de barro llenas de pinceles. Una vieja alacena. Esto constituía el mobiliario. Un anciano, a pocos pasos, observaba una tela sujeta a la pared. Era un hombre delgado, de rostro arenoso, gruesas gafas y bigote entrecano, sombrero de lona y enorme bufanda atada al cuello. Afuera se instalaba la primavera, pero aún las temperaturas eran frías. Sobre la silla dormitaba un perro. Recostadas a la pared, algunas telas terminadas o por terminar. Paisajes. Interiores. Autorretratos. Desnudos. El estudio del pintor estaba en el primer piso y más allá de los naranjos, la palmera, el almendro florecido, las azaleas y los pinos podía verse un caer de terrazas, huertas y a lo lejos ciñendo las doradas colinas el lomo del mar perfilado contra una cinta de niebla. Alfil Tres sabía que el anciano que le daba la espalda se llamaba Pierre Bonnard y que se hallaba en su pequeño taller de Villa Le Bosquet en Le Cannet, en la Costa Azul francesa; también que toda esa zona del continente europeo estaba sumergida desde hacía siglos a consecuencia de las Guerras de Reorden. Sospechaba que Orlán Veinticinco tenía algo que ver con su repentino viaje en el tiempo. Estaba allí para conocer y amar. Los cuadros, dibujos, grabados, toda la obra del anciano desfilaba en su interior, espléndida; viva y peligrosa como un arma.

Dueña de una inutilidad proscrita.

Se acercó unos pasos, hasta que pudo contemplar el perfil del artista, concentrado, atravesado por la insólita pasión de la belleza sin propósito, sin mercado; correspondiente a un mundo desaparecido. La endeble figura carcomida por la vejez, encorvada sobre la tela con los ridículos pinceles y los montoncitos de pigmentos, despedía una inutilidad tan densa que cerró los ojos, mareado. Pero duró apenas unos segundo.

Alimento.

Dejó al viejo pintando y recorrió la casa.

El tiempo pasaba en cápsulas, en visiones apretadas y olorosas. Vio llegar a Dina Vierny para servir de modelo al último desnudo pintado por el artista: *Le un sombre.* Vio al pintor pasear por su jardín, arrancar briznas de hierba que olisqueaba con fruición, lo vio contemplar las hojas como a frágiles dioses, temblar de emoción escuchando el canto de una cigarra y el paso del viento entre los pinos. Tantear el resplandor del ocaso sobre el cristal de una ventana. Lo vio sollozar: la belleza de un amanecer.

Contempló el mar, hinchado por el estallido de los misiles alzarse a lo lejos, formar una muralla de cientos de metros y avanzar a galope contra la costa.

Retrocedió en el tiempo. El océano volvió a su lecho.

Sentado en el comedor hojeó los *Diarios* del anciano. En la página correspondiente al 3 de septiembre de 1939, día del comienzo de la Segunda Guerra Mundial PreReorden, había escrito una palabra: «Lluvioso». Alfil Tres sonrió y sin saber por qué se sintió fuerte, parte de una cadencia inextinguible. Fuerte como un árbol espinoso, sagrado y monumental que jamás había visto y siempre lo acompañaba. Sintió arribar la asombrosa duda. La perfecta apatía hacia el mundo histórico del arte de Bonnard. ¿Cómo podía ser tan poderoso un acto tan débil, tan trivial? Lo inundaba el desafío de la Antigua Naturaleza. La gran desesperanza de los ciclos evolutivos, la heroica soledad de la especie ante la indiferencia del Universo. Se llenaba de épocas en que llovía lluvia y se podía vivir bajo el Sol y era posible no ser parte de la tribu y ser. Y la gente no se mudaba al WebLand-Tierra Santa y la virtualcarnalidad no existía y, sobre todo, no se tenía la certeza de Dios.

Un grupo de grajos cortó el espacio de la ventana.

En el interior del gran salón, a cientos de años de distancia, en WebLand-Tierra Santa, una atmósfera de mareante vulgaridad se abatió sobre los tres amigos. Rodeados. Asún volvió a vomitar aparatosamente, encorvándose. Las orejas de Ray aleteaban vertiginosas.

El Alfil viajaba, los ojos cerrados.

Con un chirrido, las vitrinas se abrieron. Insoportable fetidez. Clonliebre se unió a los vómitos de Asún. Un nutrido grupo de figuras saltó al suelo. Entre ellos:

Dulcinea Encontrada: a lomos de un burro, Dulcinea contempla a Don Quijote que, postrado ante ella la mira extasiado; a su lado Sancho Panza.

Burro enamorado: un burro de largas orejas, color carmelita dulzón, deshoja una margarita. Expresión de arrobo; trémulas pestañas.

En la góndola: dos enamorados a bordo, tomados de la mano. El gondolero canta.

Frailes: una pareja de monjes, hábitos hasta el suelo, gruesos rosarios colgando de la cintura, leen de un breviario.

Monjas: dos religiosas, largas y amplias túnicas, rosarios colgantes, cofias cuyas alas almidonadas sobresalen a ambos lados de la cabeza.

Blancanieves y el Príncipe: el apuesto Príncipe y Blancanieves a lomos de un hermoso caballo blanco. La cabeza de Blancanieves, pelo azabache, reposa sobre el pecho del Príncipe. Áureas guedejas. Sombrero azul de anchas alas. Larga capa ondeante. Daga de empuñadura repujada. Freno dorado, rienda trufada de abalorios, montura alabeada.

Se agruparon formando un apretado círculo. Aire festivo, cuchicheos. Sin abandonar sus respectivos papeles. Movimientos de baile. Risitas. Cerraban, mediante sinuosos desplazamientos, el anillo en torno a los tres intrusos.

De súbito, emitieron un espeluznante chillido a coro.

¡Blasfemia! ¡Blasfemia!

¡Gen de Dios a niveles ínfimos en aquellos seres!

¡También habían detectado el ilegalmente bajo CPH (Historial Personal de Consumo) de los desconocidos!

Abominables herejes exterminables: especie no consumidora no civilizada inferior no humana eliminable: según la Escala de Consumo de la Cuarta Convención de Salvación Mundial.

¿Cómo podían esas bestias estar allí, infectando el Paraíso?

Cólera. Asco. Máximo Nivel de Estética DisneyCorp. Desplegado como escudo anticontaminante.

—¡Lladrós! —gritó Clonliebre saliendo de la parálisis que le produjera la aparición de los Monjes.

El terror agujereó su grito.

La multitud de figuras se precipitó hacia ellos. Cloqueo. Tintineo. Brillo. Armas desnudas. El aire se llenó de poros succionantes. De un edulcorado olor empalagoso, de ambarinas capas pegajosas.

Pulsar del círculo amarillo, amparo solitario bajo sus pies.

—¡Lladrós! —volvió a gritar Clonliebre.

Esta vez, la palabra se corporeizó al instante de salir de su boca, morada, esmaltada, enroscada sobre sí misma como un caracol. Creció en el espacio que los separaba de los atacantes y fue succionada.

Alfil Tres abrió los ojos.

Lladró. Aquel nombre provocaba pavor en quienes lo escuchaban. Lladró era devoción, entrega absoluta al Dios de WebLand-Tierra Santa. Ferocidad fanática al servicio del NewOrden. La primera y más devota legión de monjes aniquiladores de herejes. Hijos del Reorden. Fanáticos de la estética DisneyCorp y ellos mismos símbolo y quintaesencia de dicha estética. Orlán Veinticinco aseguraba que se trataba de engendros allvirtualcarnales creados por la misma DisneyCorp, que no procedían de una matriz genética con base en seres de la Antigua Naturaleza, como era el caso de los Cánceres Disney, sino de inanimados figurines de porcelana.

Azote de paganos. Soldados de la Fe.

Blancanieves y El Príncipe dirigían la acometida. Emitieron un ¡zasssss! restallante: todos los Lladrós aumentaron hasta veinte veces su volumen original; sonrisas siniestras en sus rostros enrojecidos. En el morro del caballo aparecieron colmillos. Llamas brotaron de los ojos: carbunclos. La pareja portaba hachas.

A la góndola le salieron patas y cabalgó hacia ellos lanzando dentelladas. El gondolero y los enamorados chillaban de alegría entrechocando sus armas.

Monjas artilladas. Frailes acorazados.

Crecían, rodeándolos. Babeaban clamando por la extinción de los herejes.

Himno Lladró entonado a toda voz:

> *¡Lladró Lladró, soldados de la Fe!*
> *¡Lladró Lladró, pavor de los herejes!*
> *¡Oraciones mis armas, hazme fuerte Señor!*
> *¡Lladró Lladró, soldados de la Fe!*
> *¡Lladró, Lladró, escudo del Señor!*
> *¡Lladró, Lladró, guerreros del Consumo,*
> *guerreros del Amor*
> *y la Resurrección!*

Clonliebre disparó su Relincher.

Del cañón del arma brotó una granizada aullante: balas, granadas multipropósito, minimisiles, dardos envenenados.

Los proyectiles al entrar en contacto con la superficie de los Monjes se disolvían sin hacer explosión; producían un leve chapoteo que levantaba ondas concéntricas color mandarina y rosa: deconstruidos, absorbidos, convertidos en información.

Carne de su carne, sangre de su sangre.

El rostro del Clon era una máscara de estupefacción y furia. Rechinaron los enormes, cuadrados dientes.

Otra lluvia de balas: idénticos resultados.

La masa de vociferantes figuras se les echaba encima.

Asún, que también disparaba sin causar daño alguno, cayó bajo el peso de la Góndola. La pulida superficie del engendro comenzó a ablandarse, acoplándose a los contornos del cuerpo de la joven. En unos minutos comenzaría a absorberla e integrarla al Universo Lladró. Tras un breve período de gestación, la muchacha emergería del interior de la Góndola convertida en una Virgen María, o una Pastorcilla, e iría a habitar en el creciente Territorio Lladró donde sería otra devota militante de la secta gracias a los cambios aplicados a la estructura de su código genético durante la transformación-salvación.

La gruesa chaqueta llena de aros metálicos se esfumaba. Succionada. El cañón de la McColt 360 empezó a desaparecer. Asún, retorciéndose, trataba inútilmente de escapar, oprimía el disparador de su arma por pura rabia, consciente de la inutilidad de su acción.

Clonliebre aún oponía resistencia pero estaba rodeado y sólo había evitado ser engullido gracias a su velocidad. Sus letales Trompos, arma juego, arma seda, el orgullo de la línea de productos bélicos Infancia Mortal, habían sido devorados por el Burro Enamorado. Que se relamía mirándolo burlón.

Pero Alfil Tres ya estaba de regreso.

Dejó oír su poderoso graznido de pandillero. El grito, declaración de guerra, solidificado al instante de salir de su boca se extendió vertiginoso y formó superficies rectangulares que se instalaron sobre las paredes del gran salón, contaminándolo. Soporte de otras realidades. Superficies de basta tela sujetas con chinchetas a paredes encaladas. Aburrimiento en forma de neblina, dispersándose. Pecadoriginal. Violación de las Leyes de Entretenimiento y de los Mandamientos del Postulado Mundial del Arte como Diversión y por lo tanto de los dos sacros mandamientos:

Siempre consumir.

Nunca aburrirse.

Los Monjes Lladrós, desconcertados, retrocedieron, los lisos rostros contraídos por el asco. Los movimientos desacelerados por la sorpresa.

El cuerpo de Asún cayó, liberado

Lateralmente, en el más puro estilo de la escuela de combate de la Casa Alfil, Alfil Tres saltó. Los racimos amarillos de su pelo refulgieron. El contorno de su figura se difuminó: boceto a lápiz, manchas de tinta, gouache, carboncillo, aroma penetrante de aguarrás de pino, pastosidad de óleos. Baile. Arpegios. *Pelos de luz.* Su cuerpo, la multiplicidad que ahora era su cuerpo, se desplazaba musical lamiendo el aire, impregnando las telas, la hoja del arma dibujaba, bocetaba, convertida en brocha manchaba, difuminaba, aplicaba óleos a velocidad vertiginosa. Pigmentos, pinceladas menudas, inocular de imágenes terroristas: *Frutas sobre el mantel rojo, Marthe en el comedor, Cielo tormentoso sobre Cannes.* Virus de belleza inútil, en oleadas penetrando. Colores de la inestabilidad y de la incertidumbre.

De la ambigüedad y la esperanza injustificada. De la soledad. Agua de luz que chorrea. Chillidos de dolor. Inseguridad, preciosa duda. Agonías. Vacuidad desfalleciente. Los tajos, las pinceladas, destilaban un pesimismo corrosivo, un despropósito alegre, una tristeza honda de patas largas, fibrosas, de lomo dulce: ansiedad, desasosiego, desamparo multiforme, tufos de escuelas filosóficas felizmente extinguidas según la estética oficial, que definían al género humano como una pasión inútil. Libertad.

Belleza sin propósito: eso desplegaba la danza del Alfil, su arma trasformada en pincel.

Aparecieron listones de madera real enmarcando los espacios soporte: efectos secundarios de la excelencia del Alfil en combate. Aunque resultaban indistinguibles de cualquier otra madera, era evidente que no contenían el Gen de Dios.

Bufaron espantados los Lladrós: ¡Sacrilegio!

Pecado Mortal en Tierra Santa. Recuperación inmediata requerida. Los Sistemas de Pureza del WebLand-Tierra Santa los detectarían y un ejército de WebMics y Cánceres Disney Rastreadores se dirigiría hacia allí a toda velocidad.

Ausencia del Gen de Dios=Máxima transgresión en Tierra Santa. Reorden genético mandatorio para los apóstatas.

Alfil Tres aceleró, fue él mismo mancha hirviente, cuadro fluctuando vertiginoso entre los desconcertados Monjes. La hoja de su arma-pincel caía sobre los Lladrós imponiendo imágenes que cuarteaban sus pieles, deshacían sus esmaltes haciéndolos estallar. Graves desbalances en sus sistemas vitales DisneyCorp ante la irrupción de altas concentraciones de belleza inútil y antientretenida. La belleza sin propósito, la realidad vírica de los cuadros de Pierre Bonnard, contaminaba sus sistemas desarticulándolos, desencadenando un desconcierto mortal, un pavoroso aburrimiento contra el que no conocían defensa.

Los cuadros continuaban armándose frente a los Lladrós que, incapaces de soportarlos, proferían alaridos de horror e intentaban cubrirse los rostros. Retrocediendo, en franca retirada. *Jarrón con flores sobre la repisa, Dibujo, Interior gris.* Rojos sangrantes, azules suavizantes, amarillos lumínicos. Ocres de piel joven. Naranjas devoradores. Opacidades de perla. Violetas de peludos matices tristes, melancólicos; ajenos al Código de Consumo. Infieles presencias.

Si la muerte existiese en el WebLand-Tierra Santa diríase que el grupo de Lladrós estaba en su presencia. *La toilette. Getting out of the bath.* En la Góndola y Dulcinea Encontrada estallaron en mil partes; se dispersaron como huesos de vidrio, fueron a incrustarse en las paredes. Los Monjes que aún podían andar, dando chillidos escalofriantes, huyeron a encerrarse en sus vitrinas. Renqueando. Escupiendo sangre azul y babas sulfurosas.

Veronese. Rojo carmesí. Azul de Prusia. Bermellón. Amarillo cobalto. Verde esmeralda. Visiones de luz de Pierre Bonnard.

Lluvioso. Proclamaba una amarillenta página de papel de pulpa vegetal, lacerado por el tiempo; fecha: 3 de septiembre de 1939. El Burro Enamorado, que no había conseguido alcanzar un refugio, cayó patas arriba en su presencia. Luego se abrió como algo podrido y se deshizo en borboteantes estertores.

El camino amarillo refulgió otra vez. Los residuos de los Monjes muertos eran absorbidos por el entorno e iban a formar parte nuevamente de WebLand-Tierra Santa.

Carne de su carne, sangre de su sangre.

Echaron a correr hacia la puerta que al final del salón crecía por momentos. Llave girando. Los Lladrós sobrevivientes golpeaban frenéticos las paredes de sus vitrinas dominados por el pánico, al borde del estallido.

La puerta giró sobre sus goznes.

Al otro lado aguardaban cuatro figuras.

Una era Orlán Veinticinco, Alfil Tres lo supo al instante.

Otras dos pertenecían a Monjas Impolutas de la Santa Cofradía de la Suma Blancura. El famoso pavor que inspiraban las míticas guerreras llegó hasta el muchacho amortiguado por una pátina de musicalidad.

La última figura llevaba un sombrero de tela enterrado hasta los ojos, gruesas gafas, bufanda y lucía un fino bigote entrecano.

Cargaba un perro.

DIOSMIKE

Sullivan sintió ganas de orinar. Ardor, carraspeo de las tripas. Erección en progreso. Punzadas deliciosas: producidas por el Masocadeligth. El Masocadeligth, provisto de cientos de diminutos colmillos, mordisqueaba el pene y los testículos procurando un refinado placer al usuario; también cauterizaba las heridas, restauraba el área afectada antes de volver a hincarla y reciclaba el semen. Era eficiente y seguro y Sullivan no se lo quitaba ni cuando visitaba un Masturbador.

Suspiró complacido, entrecerró los ojos.

Acababa de concluir su habitual desayuno de McEggs revueltos con multijamón, McBacon, McPatatas fritas y dos litros de helada SupremeCoke, *el único líquido capaz de calmar la sed del cuerpo y del espíritu* (Santas Verdades Corporativas, Capítulo 567, Acápite 40, Salmo 36. Código 47XZ).

Hilachas del recién concluido amanecer arrastrándose entre los rascacielos, nubes rosadas con pespuntes verdosos en el horizonte; frialdad, de bajos niveles de grasa para el otoño, traspasando la ciudad de este a oeste montada en la brisa proveniente del Hudson.

Se hallaba en un estado cercano al Éxtasis Consumidor FirstGrade.

Consumo registrado por su Coordinador Personal: risa cristalina en la muñeca: ¡Congratulations! ¡Congratulations! ¡Estamos a punto de alcanzar el Nivel de Consumo Destacado Mensual! Anunció el aparato con voz emocionada.

El mecánico sonrió. Rostro redondo, amplia frente, gordezuelos labios salivados. Cabellos castaños que formaban bultos lánguidos sobre las orejas y la nuca. El burbujeante líquido regurgitaba dentro del estómago; el miembro engordaba incrementando el painplacer.

Lo invadían mareas de placidez. Y de orgullo ciudadano. El Nivel de Consumo Destacado Mensual le reportaría fabulosas rebajas, y con un poco de suerte podría ganar uno de aquellos viajes de cacería a Garbage-land para fansconsumidores de SupremeCoke, *el único líquido capaz de calmar la sed del cuerpo y del espíritu* (Santas Verdades Corporativas, Capítulo 567, Acápite 40, Salmo 36. Código 47XZ).

A sus 118 años Jeff W. Sullivan aparentaba cincuenta, gracias a su larga permanencia en las filas del Ejército Mundial, donde se había beneficiado de los Programas de Salud y Rejuvenecimiento y de las dosis gratuitas de Gen de Dios que su nivel en la Escala de Consumo nunca le habría permitido. Si se dejaban a un lado algunos kilos de más y la incipiente barriga, su cuerpo aún reflejaba antiguas glorias deportivas y su abandonada disciplina de jugador de baloncesto aficionado.

El McBurguer estaba a dos pasos del taller de reparaciones de la Autoridad de Transporte Urbano de NewManhattan donde Sullivan trabajaba, al este de Tompkins Square Park. El área presentaba la depauperada apariencia de las zonas adquiridas por alguna Super Corporación. Pronto se iniciaría allí la construcción de un exclusivo rascacielos temático para VeryFirstEjecutivos, VeryImportantPeople y Winnersbeings, cuarteles del Ejército Mundial, complejos sacrolúdicos gigantes, Bancos de ADN, Clínicas de Tratamiento Acelerado del Gen de Dios, Game-Games o uno de los inmensos Masturbadores que florecían en las grandes metrópolis techadas. NewBoston, NewWashington D.C. NewBerlín, NewSan Francisco, NewParis, NewDetroit, NewLondres o NewMadrid.

Satisfecho, el estómago a punto de estallar debajo del manchado mono oscuro, los exquisitos corrientazos de dolor producidos por el Masocadeligth pulsando en sus entrepiernas, Sullivan disfrutaba por anticipado de la jornada de entretenimiento que lo aguardaba frente a su TvTri (los Tvituales estaban fuera de su alcance), cuando se tumbara a participar en su programa favorito: *Supermaravilloestupendo.*

Podía estar días enteros echado en el interior de la cápsula anexa al Tv-Tri, siendo parte, contemplando extasiado los hermosos saltos de los senos antigravitacionales y violetas de Kiutty y riendo con las superentretenidas ocurrencias de aquel pícaro de Regansón.

Así consumía su tiempo libre. Pertenencia. Ser parte.

¿Existía sensación más placentera?

Ya le faltaban pocas horas de audiencia —contabilizada por el Coordinador Personal— para ganar el acceso al *Club Supermaravilloestupendo.* ¿Quién sabe? Quizás algún día lograra ser miembro de los Superfans de *Supermaravillosoestupendo.* Aunque la posibilidad era remota, dado su nivel en la Escala de Consumo; ser un Superfan requería independencia económica, reconocimiento social y disponer de mucho tiempo libre. Sullivan carecía de las tres cosas.

Suspiró, resignado, dejándose inundar, de todas formas, por la idea. Nada perdía con soñar un poco. Eructó. El vientre repleto de gases soltó una serie de traquidos. El glande, taladrado, bombeó.

¡Un Superfan! ¡Llegar a ser uno de ellos! Rediseñados virtualcarnalmente, se dedicaban en cuerpo y alma a sus adorados ídolos. Por algún oscuro motivo, Sullivan relacionaba la vida de los Superfan con sus años felices en el ejército. Lo seducía la idea de firmar uno de aquellos famosos Contratos de Sumisión Absoluta, de vivir sometido a los deseos de un VeryFamous-People. Regansón.

¿O Kiutty? ¡Abandonar su degradada carcasa! ¡Adquirir el aspecto físico más cercano permitido a uno de sus ídolos! ¿Cual de ellos? Eso no lo había decidido aún. Regansón tenía una categoría superior en la Escala de Consumo, sin duda, lo que aumentaba la jerarquía de sus Superfans.

Pero debía admitir que le atraía mucho más ella.

Si pudiera permitírselo, compraría un Kiuttyclon Dominatrix. Jamás soñaba con la posibilidad de adquirir un Regansónclon. Y eso demostraba algo.

¿Pero, quería dedicar su vida a un Kiuttyclon; o sólo se trataba de una fascinación pasajera?

¿Prefería, en el fondo, al poderoso Regansón?

Dejó vagar su mirada; la masa de fansperegrinos discurría más allá de los enormes ventanales de plástico infinito, presurosa, compacta, en dirección al centro de la isla. Hacia el Cathedral Center, convertido en punto neurálgico de toda Tierra Firme desde que comenzaran un mes atrás las transmisiones de los espectáculos preinaugurales de la Santa Misa Anual Deportiva.

El capital evento comenzaría en trece horas y catorce minutos. Como se encargaban de anunciar a gritos el McTime cercano y las megapantallas situadas a lo largo de la avenida.

La Santa Misa Anual Deportiva constituía el más importante acontecimiento sacropolíticocorporativo del planeta. Durante su celebración descendían del SportOlimpo las deidades correspondientes a los diferentes Equipos de la Santa Liga de Basketball Profesional. Las Deidades Verdaderas.

Los que jugaban en los partidos de la Santa Liga de baloncesto profesional eran Clones divinamente inspirados, pero clones al fin y al cabo.

En esta ocasión, el evento adquiría una importancia histórica gracias a la deseada y, según recientes declaraciones del Consejo Teológico Mundial, probable visita del Hijo de Dios Nuestro Señor a Tierra Firme, que tendría lugar durante la celebración de la Santa Misa.

Afuera, aumentaba el alboroto. El mugido de las multitudes compitiendo por encontrar un espacio disponible en las proximidades del templo.

Desde que tuviera lugar el anuncio del Consejo Teológico Mundial, oleadas de fansperegrinos arribaban sin descanso a la techada metrópoli. Apenas era posible desplazarse en sus confines. Lo mismo acontecía en las ciudades subterráneas alrededor de la islaciudad. La invasión de los túneles de acceso a NewManhattan había costado, hasta el momento, cientos de muertos. Pero resultaba imposible controlar, o contener la enfervorizada marea. Si realmente el Hijo de Dios Nuestro Señor arribaba, todos querían estar ahí para presenciarlo.

Un verdadero caos reinaba, desbordando a las autoridades que casi habían renunciado a imponer el orden y se limitaban a acudir a los sitios en los que las peleas adquirían dimensiones intolerables y constituían una amenaza a la propiedad.

Podían verse vehículos de transporte personal y comunitarios abandonados. Resultaban inútiles dada la enormidad del público que congestionaba la superficie y el espacio aéreo de la isla-ciudad sumiéndola en un inmenso desbarajuste.

A pesar de que la Misa sería trasmitida en cadena por El Cielo, todos pretendían acercarse lo más posible al Cathedral Center, que levantaba su gigantesca estructura en forma de caracol por encima de los demás rascacielos.

Río multicolor. Alud. La ancha avenida frente al McBurger hervía. Era fácil distinguir a los habitantes de las urbes subterráneas, de atuendos oscuros, elaborados y barrocos, de los de las ciudades submarinas entre los que imperaban los colores claros, las túnicas escamosas y los pisciojos cultivados que estaban de moda. La ciudad, descomunal convulsión de capas concéntricas se agitaba, contraía y expandía en torno a los escenarios del Central Park donde se sucedían los eventos religiosodeportivos.

Durante la Santa Misa Anual Deportiva se alcanzaban cumbres inigualables de Entretenimiento FirstClass Total.

La visita del Hijo de Dios Nuestro Señor, si llegaba a producirse, constituiría el colofón ideal para tan grandiosa ocasión.

Vehículos: competían por avanzar violando peligrosamente los códigos de tráfico aéreo. Algunos colisionaban. Los caminantes corrían para salvar la vida. Las naves ambulancias producían un descomunal barullo abriéndose paso para socorrer a los heridos.

Un plácido adormecimiento trepaba por el inflado estómago de Sullivan: manada de hormigas. Tomó dos pastillas de semen de la cartuchera adosada a su cinturón, donde el Masocadelight las depositaba luego de endulzarlas y añadirles goma de mascar, y las introdujo en su boca. Masticó. Como de costumbre, el sabor de su semen le trajo a la mente a su madre MarilyDiva. Su espléndida figura surgió vaporosa, cautivadora, sumergió al hijo en un líquido dulce hecho de nostalgia, anhelos, amor y fantasías.

¡Ahhhhh!…

Bordeó la felicidad: una cabezada. Otra.

La exquisita placidez se arrastraba por su cuerpo, arrullándolo. Blandura. Ronroneos testiculares. Hormigueo en los párpados. Pinchazos.

El sostenido escándalo de la ciudad llegaba hasta él a través de una tibia capa acolchada.

Otra cabezada. Espesor. Oscuridad. Despertó sobresaltado.

La vejiga enviaba un perentorio mensaje en forma de aguda punzada. No podía demorarlo más.

Los baños del McBurgers se hallaban en la sección C2, seis niveles bajo la calle. Atravesó el comedor profusamente iluminado. Desde las mesas repletas, ascendían las conversaciones. Los graznidos de una docena de Ángeles Mediáticos, la algarabía de las textipantallas de un contingente de ejecutivos embutidos en modelos Calvin Pride que proclamaban sus posesiones: iban unidos por una traílla luminiscente demostrando su pasión corporativa.[7] Los gruñidos desafiantes de dos Sameblond dirigidos a todos los no rubios a su alrededor; particularmente a cuatro pandilleros Sameblack que devoraban sus McBurgers algunas mesas más allá. Estos les respondían enseñando los negros colmillos. En un extremo del salón un grupo de enormes y grasientos pandilleros Samefat discutían airadamente con varios escuálidos y huesudos pandilleros SameThin; intentaban echarlos de la mesa que ocupaban. Una pareja de Fansestupendos tarareaba la canción del programa mientras contemplaban un catálogo de productos supermaravillosamenteestupendos. Un Clon Antivírico de cabeza escarlata discurría atento entre los comensales. Cuando descubría alguna víctima de la Plaga le suministraba la dosis del antídoto retardante correspondiente, o le inyectaba un pelotón de nanoexterminadores, dependiendo de su situación en la Escala de Consumo. (Servicio de las Autoridades Sanitarias del Gobierno Mundial en colaboración con la División Sanitaria de DisneyCorp).

Además: frotar de cuerpos. La reconfortante algarabía de El Cielo sobre las torres. Los motores de las naves. Explosiones. Gritos. Música. Impreca-

---

[7] El Síndrome de Pasión Corporativa estaba muy extendido entre los jóvenes ejecutivos y entre otros síntomas provocaba un arrebatadora compulsión homogeneizadora. Los que lo padecían querían parecerse lo más posible, permanecer unidos el mayor tiempo posible. Ser productos genéricos de la Tribu Empresa a la que pertenecían.

ciones. Estampidos. El cloqueo de las porras-paralizantes de la Policía Urbana, el zumbido de los cascos-antenas de los Mics. Imprecaciones. Risas chillonas. Oraciones. Competencias de eructos. Llantos. Himnos. Cuchilladas. Carcajadas. Estertores. Sirenas. Salmos voceados por predicadores. Sudor. Cantaletas. Anuncios ambulantes. Escupitajos. Bofetones. Gorgoteos. Reciclaciones. Molares trozando. Insultos. Melopeas. Crepitaciones. Zumbidos. Y los múltiples acentos del idioma oficial. *God is Fun! God is Fun!*, cantaban los altavoces.

Todo trenzado en el aire formando filigranas grasosas.

Se metió en el Transportador.

Un bufido gomoso después, arribó.

Un tufo acre y penetrante impregnaba el ambiente a pesar de las cuatro máquinas que susurraban, lanzando bocanadas de esencia —de pinos, decían— a intervalos que recordaban una respiración jadeante. Sullivan replegó un poco el Masocadeligth, el glande emergió.

Cerró los ojos.

El grueso chorro producía un espumeo picante al impactar la superficie acristalada del agua inteligente. El agua inteligente recomponía las moléculas de la orina y seleccionaba las aprovechables para la confección de la secretísima fórmula secreta de SupremeCoke, el único líquido capaz de calmar la sed del cuerpo y del espíritu (Santas Verdades Corporativas, Capítulo 567, Acápite 40, Salmo 36. Código 47XZ). Acto seguido las enviaba al mezclador del local que las incorporaba a la popular bebida.

—¡Uhhhhhh!…

Sullivan dejaba ir el surtidor.

Canicas amarillas arrastradas. Burbujas. Efervescencias. En ese momento, escuchó la Voz.

Descendiendo del SportOlimpo como una bendición. Dulce, clara y sencilla como toda fuerza divina. La Voz de su antiguo AtletaDios, de su AtletaDios abandonado: DiosMike.

Un cosquilleo acalambrado le atenazó la nuca, el vientre: las rodillas se doblaron.

Al entrar había abarcado de un vistazo el sitio: estaba vacío. El jadeo de las máquinas se hizo agónico. La atmósfera, entibiada, adquirió una categoría exultante.

Volvió la cabeza.

No estaba solo. El aire engordaba, relucía formando una figura ante sus ojos desorbitados. Ráfagas de luz negra. Negro sagrado compartido por Dios Nuestro Señor el Resucitado y el más popular de los AtletaDioses.

Negro poderoso. Negro hermoso. Negro elástico y velocísimo. Negro Paternal. Negro Protector. Negro Salvación. Negro del Advenimiento.

—Sullivan, hijo mío, ¿crees en el Deporte por sobre todas las cosas? —quiso saber la Voz.

El tono resultaba triste y amonestador a un tiempo. Lágrimas acudieron a los ojos del mecánico. La orina zigzagueó mojando las perneras del mono, los zapatos; el inodoro emitió un gruñido recriminatorio. Sullivan terminó de volverse, tembloroso, al tiempo que guardaba, torpe, el goteante apéndice.

Allí estaba, en medio del recinto, vistiendo el heroico uniforme, produciendo una celestial fulguración, flotando a un palmo del sucio suelo. Irradiaba invencibilidad, seguridad, bondad, comprensión, paternidad, camaradería y competitividad. El rostro afable lo contemplaba, las manos reposaban sabias, potentes, sobre un balón rojo, azul y blanco, los colores del NewManhattan All Stars, que descansaba en su regazo.

Fulgores hímnicos. Ambrosía.

La boca de Sullivan se anegó de un dulzor.

En las manos de DiosMike, en la gruesa cadena de oro en torno a su cuello, prueba de inmarcesible gloria, los cincuenta anillos de Campeón de la Liga. Marca jamás igualada por ningún otro AtletaDios.

La piel tersa, impecable y dulce como la de un bebé. Lunares rosa, celestes, limón, girando a su alrededor. Nimbo. Aureola. Luz que crea una arcada de ramas tiernas, doradas, algodonosas, en la que saltan gorjeantes pajarillos celestiales, lilas, que entonan el glorioso Himno del NewManhattan All Stars…

¡Al ataque corred Sporfans, que DiosMike os contempla orgulloso!
¡No temáis una muerte gloriosa que morir por DiosMike es vivir!

Nubes incendiadas por albores de amanecer. Trompeteos lejanos. Cascabeles. Órganos. Arpas. Chirimías.

El cuerpo del mecánico tiritaba: la cabeza inclinada, la boca entreabierta, los ojos desorbitados, la mandíbula colgante. Las manos temblorosas extendidas hacia delante, las palmas vueltas hacia arriba. En actitud de ruego. Una mancha oscura creciendo en el pantalón. Estaba a punto de derrumbarse.

Una tupida tristeza se abatió sobre Jeff W. Sullivan: hedía a grasa y a traición.

—DiosMike… —pudo farfullar al fin. La piel de su rostro había adquirido un matiz verdoso. Las palabras brotaban de su garganta espasmódicas, rajadas.

—Hijo… —y al decir esto el jovial rostro azabache se ensombreció— ya no me amas como antes, ahora eres un seguidor de Regansón… ¿Por qué me has abandonado?

El corazón de Sullivan se encogió. Pesadumbres insondables inundaron su alma. Un monstruo ácido, aneblinado, se apelotonó en su estómago. Velo turbio untando sus miembros. El peso de la vergüenza resultaba insoportable. Quería morir allí mismo. Sus ojos comenzaron a parpadear a velocidad supersónica (siempre le pasaba cuando lo acometía una crisis nerviosa); así estuvo unos instantes, luego cayó de rodillas. Sin voluntad, sin fuerzas. El rostro hundido en el pecho, las manos unidas sobre el vientre en actitud suplicante.

Sollozaba.

—Perdónenos… —gimoteó. Silencio.

Sólo el boqueo de las máquinas ambientadoras.

Bocanadas de nieve verde y ácida soplaban sobre su cuerpo a punto de desvanecerse. Huesos líquidos. El monstruo aneblinado trepó hacia la garganta.

—Perdónenos Señor, perdónenos… nos arrepentimos Señor, nos arrepentimos. «Nosotros nos arrepentimos», Señor —añadió Sullivan con un hilo de voz.

Usaba el «nosotros», siempre, en lugar del yo, al hablar de sí mismo. Patología sumamente extendida y que los sociólogos denominaban Síndrome de Autonomía y Orgullo del Yo Empresarial. Para los que lo padecían, la mayoría de la población adulta de Tierra Firme, considerarse «yo» constituía un desprecio inadmisible al espíritu empresarial. Considerarse «nosotros» un símbolo de pridelaboral, educación, buen gusto y dedicación a la empresa.

La Aparición, sentada en el aire, se aproximó.

Luz crujiente, oleadas de ternura precipitándose en el corazón de Sullivan. Una fresca llovizna caía en su alma, aliviándola.

El monstruo gangrenado se disolvió. La amargura remitió. El velo se deshizo. El mundo estaba iluminado por una nueva claridad. Oleadas de fuerza VerySpecialPeople arribando.

DiosMike estaba a su lado. Héroe.

Líder. Padre.

Eficiencia máxima.

Cumbres de Entretenimiento.

Alegría Protagónica Camaraderil FirstClass.

Sintió una mano aletear sobre su cabeza, mecerlo, acunarlo como al principio de los tiempos. Era otra vez joven y marchaba lleno de fe a la ba-

199

talla. Los músculos vibrantes, su espíritu competitivo intacto. La fe inquebrantable en los compañeros, en el equipo, sosteniéndolo, convirtiéndolo en un competidor irreductible. En un aspirante a winnerbeing.

Un caudal de energía paternal entró en su cuerpo y lo lanzó a la visión: la muchedumbre bramaba. Sullivan, hermoso como un Superfan, enfundado en el amado uniforme tricolor evadía a los rivales ejecutando movimientos únicos, de inmarcesible belleza: danza mágica que conduce el balón hacia su glorioso, heroico destino. Desde el centro de la cancha se elevó, caminó por el aire, majestuoso: la muchedumbre cantaba el himno del equipo…

¡Sin Sport vivir es vivir
en afrentas y oprobios sumidos!
¡De DiosMike escuchad el llamado
A su lado valientes corred!

…coreaba su nombre: ¡Suuuullivaaaan! ¡Suuuullivaaaan! ¡Suuuullivaaaan!

Majestuoso, cayó sobre el aro consiguiendo el tanto decisivo para la victoria.

El Sacrostadium estalló, las calles estallaron, la isla-ciudad, Tierra Firme, todo resquicio de civilización en el planeta, en las urbanizaciones orbitales, lunares y marcianas estalló en alabanzas.

¡Sullivan! ¡Sullivan! ¡Sullivan!

A hombros de sus compañeros, el héroe alzó el balón de la victoria. Los Contabilizadores de Fansemoción reventaron. Los Registradores de Fansadoración se desintegraron.

¡Sullivan! ¡Sullivan! ¡Sullivan!

Regresó como de un sueño.

Estaba sólo.

¡Pero no cabía duda de que había sido bendecido por la presencia del AtletaDios! Estaba arrodillado en medio del baño, con el balón que habían sostenido las manos de la deidad en las suyas. Y destacando contra la superficie pulida de la esfera, escrita en trazos negros, vigorosos, ¡resplandecía la firma de DiosMike!

Gimió, al borde de sus fuerzas.

Sabía muy bien, como todo el mundo en la ciudad, en el mundo, en el Universo, que hacía exactamente diez años cuatro meses y catorce días que el AtletaDios no firmaba un balón. Una monumental pizarra en El Cielo se encargaba de llevar el conteo de las firmas de los Atletadioses. Cuanto más tiempo transcurría entre una firma y otra más valioso era el balón rubricado y mayor honor y prestigio significaba su entrega. ¡Y diez años cuatro meses y catorce días eran mucho tiempo!

Una euforia salvaje invadió cada rincón, cada célula del cuerpo de Jeff W. Sullivan.

Sin poder contenerse, empezó a dar alaridos.

Los comensales de los veinte pisos del McBurgers soltaron los hamburgers, las patatas fritas y las SupremeCoke el único líquido capaz de calmar la sed del cuerpo y del espíritu (Santas Verdades Corporativas, Capítulo 567, Acápite 40, Salmo 36. Código 47XZ) y bajaron atropelladamente en dirección a la fuente de los gritos.

Sullivan, algo más aliviado, dejó de chillar. Entonces escuchó el bullicio, aproximándose. Retumbar de tambores de su perdición.

¿Qué había hecho? Cualquiera de aquellos hombres, mujeres y niños era capaz de destriparlo sin pensarlo dos veces con tal de conseguir aquel balón y convertirse así en elegido de un AtletaDios. Lo aferró contra su pecho.

¡Haberse dejado llevar por la emoción le costaría la vida!

MOITÓN TOONOSEVICH

El paisaje se iluminó. El contorno de las cosas engordó sedoso y las aves y los insectos emitieron acompasados acordes y plácidas complacencias.

Delicias pixélicas. Amanecía en el TvTual.

No era una pantalla sino una puerta al mundo virtualcarnal. Ocupaba toda una pared.

Los sonidos se internaron en la habitación. Túneles de escarceos tibios, esplendentes. Sosiego de dientecillos tiernos desenredando la penumbra.

Las estrellas, debilitadas, estallaron: lágrimas lácteas.

Filón rosáceo en el horizonte. Magentas, lilas. Cuchicheo de colores. Cobre. Plata. Trinos.

Moitón despertó.

Lo primero fue un escozor, cosquilla agradable que nacía en los compactos, rosados testículos, subía por el largo y cabezón órgano que reposaba adormilado sobre su estómago y continuaba un recorrido que abarcaba todo el cuerpo y se dispersaba por el lecho como un orgasmo nanotécnico.

Hoy era el día y su cuerpo y su espíritu, expectantes, estaban preparados para disfrutarlo. Santa Misa Anual Deportiva, Entretenimiento Sexual Total gracias a la llegada del Kiuttyclon. Visita del Hijo de Dios Nuestro Señor, tal vez…

Rezó agradecido. Deseando con fervor la llegada de Dios Nuestro Señor. Como cada mañana, tal y como aconsejaba el Consejo Teológico Mundial.

Apagó el Descansador Nocturno.

Se metió en el Regenerador Celular.

Diez minutos después salió rejuvenecido, optimista.

Solicitó al TvTual un paisaje caribeño en 1899. Nada de ruido de aviones, ni motores de automóviles, ni sirenas de barcos de recreo llenos de horrendos turistas, ni lanchas motoras…

Playa. Amanecer. Mayo. Paseo matinal.

Entró. El espacio virtualcarnal lo recibió con un leve chisporroteo. Picor en las fosas nasales, en las vías respiratorias. Echó a caminar. Arena crujiente. La playa se extendía hasta el horizonte, solitaria, acogedora, dorada por los rayos del Sol. De una lejana aldea trepaban hacia el cielo gráciles columnas de humo. Situación Entretenida, Paisaje Entretenido, Atmósfera Entretenida. Sonrió. Cantos de aves de corral, ladridos de perros. Ecos de algún dialecto incomprensible y felizmente extinguido. La mañana tenía una calidad de leche animal recién ordeñada. La brisa fresca entraba, vigorizante en los pulmones de Moitón. Apuró el paso. Agitó los brazos acompasadamente. Trotó. Cuando su cuerpo desnudo se cubrió de transpiración, entró en el mar. Tibieza, sensación de comunión con la Divinidad. El alto nivel de Gen de Dios en su organismo le permitía conectar sin grandes esfuerzos con la Epifanía-Pertenencia a la NewNaturaleza. Quedaba muy poco del ADN original, suplantado casi en su totalidad por su nuevo ADN virtualcarnal.

Nadó; brazadas largas, rítmicas, hacia el abombado horizonte. Allí nunca se ahogaría, ni lo hincaría uno de aquellos negros erizos que distinguía en el fondo, ni sufriría un calambre, ni lo atacaría una barracuda o un tiburón, ni lo golpearía accidentalmente la barca de un pescador ni lo quemaría una medusa. Sonrió. ¡Cuánto dejado al azar, cuánto desorden en la Antigua Naturaleza!

El mundo previo al Reorden tuvo cierto encanto, estaba dispuesto a reconocerlo, pero no cabían dudas de que el nuevo mundo virtualcarnal resultaba infinitamente superior. ¡Por Dios Nuestro Señor!

¿Cómo podía haber gente tan enferma que añorara la Antigua Naturaleza, que osara combatir el NewOrden, que se opusiera a que la Humanidad comenzara una nueva etapa de verdadera felicidad y progreso en WebLand Tierra-Santa? Cierto que se trataba de un minúsculo grupo de terroristas enloquecidos y algún remanente de razas inferiores a los que tarde o temprano le aplicarían las Pestes Programadas o alguna otra medida sanitaria, pero aún así… existían aquellos seres.

Moitón lo encontraba asombroso.

Braceó un buen rato, hasta sentir duros los músculos de brazos y piernas. Luego, despacio, deleitándose con el roce del agua, aspirando con fruición el aire enmielado, regresó al dormitorio.

Consumió algunas virtufrutas y algunas lascas de virtujamón, muy superior a su asqueroso antecesor, mientras el espacio virtualcarnal ofrecía las Entretenews. Casi todas se ocupaban de la Aparición en un McBurguer cerca de Tompkins Square Park, de DiosMike. Los analistas y teólogos entrevistados lo interpretaban como una clara señal de la inminente visita del Hijo de Dios Nuestro Señor; algunos se aventuraban a ver el hecho como evidencia de la cercana Resurrección del Padre Todopoderoso en Tierra Firme. Escenas de júbilo mientras el Presidente y Comandante en Jefe del All Stars anunciaba la buena nueva desde la puerta del McBurgers. El agraciado, un tal Sullivan, a su lado. Hacía diez años que el AtletaDios no firmaba un balón. Los cálculos de los especialistas acerca de su valor simbólico, económico y religioso alcanzaban cifras impresionantes. Rostro conmocionado del distinguido por la Divinidad, un mecánico que trabajaba para la Autoridad de Transporte de NewManhattan. Hermosura Máxima Eficiencia del VeryFirstClassMultiEjecutivo Koslowsky, sonriendo a su lado. Gentío enardecido. El obrero, con voz apenas audible, hablaba de su emoción, de su condición de oveja descarriada, del veneno de los programas de participación, arremetía contra Regansón y su *Supermaravillosoestupendo* que, según él, lo habían alejado de DiosMike.

¿Por qué tienen que politizarlo todo? Se dijo Moitón. ¡Que cada cual se entretenga de la forma que le venga en ganas! *Todo es Juego, Entretenimiento, palabra de Dios...* Estaba escrito.

Mientras no se faltase a los Dos Santos Mandamientos...

El Consejo Teológico Mundial, reunido permanentemente desde un mes atrás, aconsejaba rezar a todos los habitantes de Tierra Firme para crear un ambiente propicio a la visita del Hijo de Dios Nuestro Señor y por la pronta Resurrección del Padre en Tierra Firme. Los exhortaba a venerar y respetar los dos Santos Mandamientos que a su vez constituían los dos Pecados Únicos:

Siempre consumir.

Nunca aburrirse.

Moitón rezó, los ojos apretados, las manos juntas sobre el pecho. Confiado. Pletórico de Fe.

TvTual: vista aérea del Cathedral Center. Lifescenario. Entrevistas a VeryImportantPersons, VeryFirstClassMultiEjecutivos, Mandatarios, Presidentes, Alcaldes, Cónsules, FirstClassPeople, Princesas y Reyes y otros distinguidos invitados. Fansperegrinos de todos los confines de Tierra Firme y lo que queda de Europa formando ríos chirriantes que convergen en el centro de la isla. Primeros planos. Bajo El Cielo grávido de anuncios, una nata de vehículos turísticos, naves personales y todo tipo de transportes: fiebre. Calles y avenidas atestadas. No quedaría un solo espacio libre en los gigantescos palcos, pensó Moitón. Ni siquiera en los remotos, casi pegados a El Cielo. Por suerte él tenía espacio en el palco reservado a los VICP (VeryImportantSciencePeople). Dentro de pocas horas todos los habitantes del mundo, las estaciones orbitales, las colonias lunares y marcianas y WebLand-Tierra Santa que no tuvieran la dicha de poder viajar a NewManhattan para presenciar el evento, estarían frente a sus TVTri o dentro de sus TvTuales para ser testigos del anuncio del advenimiento de una Nueva Era que traería Entretenimiento Eterno y Total para todos. Bajo la tutela cariñosa e infalible de Dios Nuestro Señor en persona. Él, Moitón Toonosevich sería uno de los afortunados.

Moitón Toonosevich. Uno de los más respetados Toonspólogos del planeta. Autor de *Toons y eternidad* y *El Toon como antecedente virtualcarnal: Gen del Nuevo Planeta*, entre otros estudios fundamentales. Una verdadera autoridad en el estudio de las aspiraciones toonicas de la especie humana. *Deseo de ser toons*, su obra más famosa, era considerada una especie de Biblia de la Virtualcarnalidad. Recientemente, la repercusión alcanzada por uno de sus textos dedicados a *Cebra*, la famosa performance de Wendy, la aclamada artista, significó para Moitón Toonosevich un inesperado ascenso en la Escala de Consumo y la categoría VeryFamousPeople de Segundo Grado otorgada por el Consejo Teológico Mundial. Lo que significaba la consagración de cualquier científico, escritor, artista o teólogo.

Decidió trabajar un rato. Tras dos años de esfuerzos estaba a punto de finalizar su nuevo libro. Los programas de Entretenimiento Científico-Literarios lo asediaban para que concediera entrevistas pero aún no había llegado el momento.

Una rara y valiosísima colección de libros de papel cubría las paredes de su amplio estudio. Las sucesivas Guerras de Reorden, la Era de la Imagen y más tarde la llegada de la Era Virtualcarnal habían decretado siglos atrás la muerte y desaparición de los corruptibles libros de papel. Cuando los arqueólogos encontraban algunos ejemplares sobrevivientes en las calcinadas ciudades tumbas o en algún recoveco remoto de Garbageland, esos restos alcanzaban precios fabulosos en las subastas.

Moitón los contempló. Protegidos, en el interior de sus cápsulas conservadoras, arrojaban una luz amarilla a ratos, a ratos cerúlea, que saturaba la atmósfera de la habitación. La luz flotaba, formando figuras vaporosas, siluetas de pájaros esfumados, contornos de bosques, el perfil de una ciudad humeante, voces, *silencios arbóreos*[8], músicas extinguidas, muchedumbres

---

[8] José Lezama Lima.

apresuradas, sobaduras de sistólica frecuencia, fragores y presencias, ecos de la Antigua Naturaleza a la que pertenecían los ejemplares.

Mínimas ráfagas de agua limpia cortaron el espacio dejando un rastro dulzón. Fantasmas.

Moitón miraba extasiado esas manifestaciones, esos espectros que denominaba: «excrecencias somático-verbales de realidades literarias extinguidas». ¡Con qué intensidad había sentido aquel olor a tierra empapada hecho exclusivamente de palabras!

Desentrañar esos fenómenos era, precisamente, la tarea en la que estaba embarcado el reputado científico. Lo que consumía gran parte de su tiempo y le producía una enorme cantidad de FirstClassEntretenimiento.

La calidad de su colección aumentaba la frecuencia, complejidad y nivel de información, autenticidad y sugestión de los fantasmas. El estudio era el ámbito de sus apariciones, hasta el momento, aunque al científico no lo hubiera sorprendido que se extendieran a toda la vivienda. En las últimas semanas, por motivos que Moitón desconocía, aunque sospechaba que estaban relacionados con la proximidad de la Santa Misa Anual Deportiva y la anunciada visita del Hijo, los Fantasmas del Papel, como los bautizara, se manifestaban con frecuencia y autonomías nunca vistas.

Paseó ante los contenedores traslúcidos: atesoraban piezas que constituían la envidia de museos y universidades. Se detuvo.

Allí estaba el ejemplar de *Paradiso*, su carga venenosa sintiéndose a pesar de las medidas de seguridad, catalogado como de extrema peligrosidad dado su nivel de Tedio Extremo siniestramente mezclado con dosis letales de Aburrimiento Máximo. Para no mencionar su Nivel-Máxima-Blasfemia. Artefacto condenado a la desaparición total y excluido de la Salvación según el Consejo Teológico y las Profecías: inoculación del Gen de Dios: prohibida. Virtualcarnalidad negada. Seiscientos años de antigüedad. Sólo accesible a científicos de élite; manipulable bajo rigurosas medidas anticontaminantes. Virus de la Tristeza, Virus de la Duda, Virus del Aburrimiento, Virus del No-Entusiasmo presentes y activos en su composición genética. Custodia antivirus oficial y obligatoria, estipuladas en los acuerdos de préstamo. Especialista en Plagas y escolta asignado durante desplazamientos.

El Período de Entretenimiento Especializado con fines científicos concedido a Moitón concluiría en dos meses. Después de eso el volumen pasaría a manos del Consejo Teológico Mundial para su erradicación definitiva de la Historia de la Imaginación Humana.

El libro provenía de una tribu extinguida, mediocre, que en los oscuros tiempos de PreReorden se había distinguido por su capacidad para mover el trasero y poco más. Moitón estaba seguro de que aquel texto era apócrifo. Imposible que aquella horda, de las primeras en ser catalogada *raza inferior no humana eliminable*, produjera un artefacto de semejante complejidad. Confiaba en demostrar que pertenecía a épocas aún más antiguas y caóticas, que fue concebido en el seno de una comunidad mucho más «civilizada»; hablando en términos del Antiguo Orden.

Recuperado casualmente de las entrañas de Garbageland, *Paradiso* permaneció muchos años en poder de contrabandistas chinos (donde perdió numerosas páginas y aumentó su deterioro) hasta llegar a manos de un anticuario amigo y de allí, luego del desembolso de una respetable cantidad, a manos del científico que como era ley lo entregó de inmediato a las autoridades competentes. Luego, los infinitos trámites para obtener el Permiso de Entretenimiento Especializado. Que le concedieron bajo extremas medidas cautelares.

El volumen, ininteligible, dejaba ver su lomo dentado. La portada, contraportada y primeras páginas habían desaparecido: papel orgánico enmohecido, vivero de podredumbres neutralizadas, cementerio de bacterias, nido de letales virus. Manos virtualcarnales incontaminables lo manipulaban, obedeciendo órdenes de Moitón, cuando este intentaba desentrañar algún párrafo. Excederse de un párrafo provocaba al científico trastornos digestivos y emocionales que duraban varios días. MiniMonjes Lladró hacían guardia permanente dentro de la cápsula. Programados para incinerar el volumen a la menor señal de fuga de virus.

El científico continuó su paseo. Un poco más allá, se detuvo nuevamente. Esta vez, luciendo una pequeña sonrisa, extrajo una de sus joyas preferidas. Por suerte, libre de infecciones. Una verdadera curiosidad.

Ancianidad polvorienta. Ligero. Huesecillos huecos. Con extremo cuidado, lo liberó de la funda. No resultaba saludable para el libro, pero en ocasiones no podía resistirse. Necesitaba sentirlos físicamente para entenderlos, para penetrar y conocer sus secretos. Las puntas de los dedos recorrieron la frágil cubierta. Bultos casi imperceptibles, laceraciones, rastros de un tráfico inidentificable en la arrugada, irregular superficie. Granos. El papel, fabricado con pulpa de árboles antiguos estaba tan amarillo que las letras impresas con tinta apenas podían leerse a simple vista. Procesos químicos, deterioro, vejez, hombre primitivo balbuceante. Los ojos del científico brillaron. En algunos puntos las hojas presentaban tumores negros, explosiones, mordidas de hongos, bacterias, desgarraduras. Matices ocres, cagadas de insectos, nieblas. Túneles horadados por larvas de aspecto tumefacto, escorioso. Todo conservado para esplendor del coleccionable. Historias de putrefacción, agonía y muerte en la Previrtuhistoria. El bárbaro código de matar y morir. Matar para no morir. Para alimentarse. Para conservar la especie. Rapiña, depredación. Envejecimiento. Estúpidos partidismos ideológicos y religiosos. Aterradoras Dudas.

Aún se distinguía el pálido contorno del dibujo. Representaba un niño color sangre aguada. Trazo barato. Rudimentario. Las letras grandes y negras del título se apreciaban mejor: *Peter Pan y Wendy*. El apócrifo autor, J. M. Barrie, nunca había existido. Se trataba de una de las tantas falsificaciones de las Guerrillas Anticonsumo, secta erradicada décadas atrás, que encabezara numerosas conspiraciones contra Disney Corp, el Gobierno Mundial y contra el Consejo Teológico. Una de sus ingenuas maniobras de confusión preferidas consistía en fabricar, con métodos antiguos, falsos autores para obras de la DisneyCorp, con el fin de minar el prestigio de la organización y sabotear la confianza del público.

Como era de esperar, aquellos intentos nunca prosperaron, causaron nulo impacto y las mismas Guerrillas Anticonsumo no sobrevivieron mucho tiempo después de finalizado el Reorden Mundial. Pero algunos de estos ejemplares, milagrosamente, habían sobrevivido. Y constituían un festín para los estudiosos.

Lo curioso, lo que hacía extraordinario, único, el ejemplar que Moitón sostenía con extremo cuidado, era la dedicatoria escrita en la primera página. De puño y letra de un tal Reinaldo y dirigida a un tal Juan, rezaba:

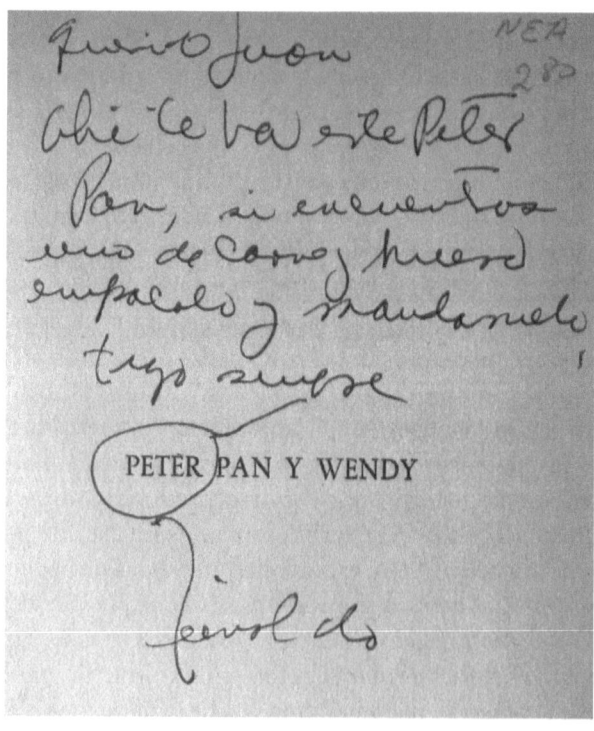

¡Esa línea que partía del «siempre», que descendía y envolvía el nombre Peter del título del libro y luego dibujaba una ese invertida para conformar una erre mayúscula que pertenecía a la firma del autor de la dedicatoria! ¡Qué útil había resultado!

Aquellas palabras venían de la oscuridad del PreReorden, de la anárquica tenebrosidad de tiempos salvajes a confirmar una teoría que, sostenida con enorme brillantez y rigor por Moitón Toonosevich, había contribuido de manera fundamental a su prestigio, fama, y a la mejor comprensión del largo anhelo de Dios Nuestro Señor experimentado por la raza humana: la teoría de que el espíritu de Entretenimiento Universal Total es congénito y ya se manifestaba entre los humanos aún en tiempos tan caóticos y oscuros como los anteriores a las Guerras del Reorden. El germen de la Divinidad, el ansia de comunión toonica estaba en el hombre desde el principio de los tiempos.

La dedicatoria era para Moitón una prueba rara e imbatible del impulso natural de los seres humanos hacia el Entretenimiento Universal Total. El Entretenimiento Universal Total como aspiración sublime de Pertenencia y Eternidad. Los seres de la Antigua Naturaleza intuían y deseaban ser como las creaciones de Dios Nuestro Señor; es decir presentían la virtualcarnalidad. Querían ser personajes de la Divinidad. El detalle de la firma que aprovechaba la P del título y la convertía en una R de gran fuerza transustanciadora lo confirmaba de manera irrebatible. El anónimo redactor de la dedicatoria develaba, sin proponérselo, su inconfesable deseo de existencia carnal en la imaginación de Dios Nuestro Señor, su afán de comunión, su aspiración a ser uno con el personaje de DisneyCorp. Claro que el individuo en cuestión no podía saber que DisneyCorp era el instrumento del Verdadero Apóstol enviado por Dios Nuestro Señor a la Tierra para preparar a sus habitantes para su Segunda Venida; el instrumento escogido para diseminar a los cuatro vientos la Buena Nueva de la NewRealidad.

DisneyCorp=Vehículo Divino.

Misión que se completaría con la llegada del Reino Eterno a Tierra Firme, tal y como llegara años atrás a WebLand-Tierra Santa.

Rechazo de la Antigua Humanidad, la Antigua Naturaleza y anhelo del nuevo orden, simbolizaba aquella (sólo en apariencia) inocente dedicatoria.

Moitón, con una sonrisa, devolvió el ejemplar a su funda y a la estantería-contenedor.

Después, trabajó entusiasmado toda la mañana.

EN BUSCA DE LA NOCHE

Una estrafalaria túnica la enfundaba. Pero no había tal túnica: era su cuerpo cambiante, insondable y sonoro. Cuerpo misterioso, polifórmico y lírico. Carnalidad Philip Guston, uno de sus pintores preferidos, perfil Picasso derivando hacia Jackson Pollock. Epifanía, belleza hecha carne. Poesía Gruenewald trufada de ternuras Rafael. Magnificencia Rembrant punteada de resplandores Matisse. Prominencias esculctóricas al nivel de la cintura, hombros Cezanne, alas Victoria de Samotracia fundidas a las de una primorosa Troides priamus hecuba de las islas Salomón: pájaro a punto de emprender el vuelo. Macizo Moore, delicado Perugino. Massaccio primigenio, dulzuras Piero de la Francesca. Vientre, muslos, piernas de Eva de Lucas Cranach el Viejo. Presencias sucediéndose, habitando su anatomía. Olor a pieles de Jacobo Pontormo. Sexo de Marilyn. Nalgas del Hermes de Praxíteles. Sombras Tintoretto armonizando su rostro, angustias Van Gogh rotando. Expresión rotunda, aguerrida al tiempo que tangencial, dubitativa y sutil. Melancolía Piranessi, ternuras Canaletto. Mejillas Tiepolo. Palacios, senderos, rocas, desfiladeros, cañadas, cielos, playas pintadas o esculpidas. El rostro a veces se detenía y era infantil, de una inocencia insoportable. Rubias guedejas, boca que atesora un beso imposible de conseguir en la comisura del lado derecho. Lengua de perversiones abismales y cremosas. Dientecillos filosos en los que hay rastros de las primeras risas y de las inaugurales dentelladas. Aventuras Verne, Salgari, Groucho Marx. Praderas de Karl May. Ojos-pared de piedra negra, basalto… pero no, son palabras las que forman la pared de sus ojos. Y más allá de la pared un resplandor, un verdor, el murmullo arracimado y piloso de la inicial vegetación. ¡Aquel verdor!

Rito de bienvenida.

Alfil Tres bajó la mirada incapaz de soportar la de Orlán. Volvió a levantarla: ya eran otros los ojos de Orlán. La Dama del armiño de Leonardo. Inviernos de Ruisdael. Calideces de Fra Angélico. Patinadores de Avercamp. Blancos de Zurbarán. El arte de pintar de Johannes Vermeer. Rumor de pasos, chasquear de lanzas, arcabuzazos, agua acanalada, tintineo de espadas, pinchar de lanzas, tambores, polvo suspendido, danza de iniciación, gloriosos ademanes de la luz de oro y el misterio de una mirada. Henrietta Moraes. Frutas del Caravaggio. Cuchilladas. Vino. Tarareos.

Junto a la Artista, el anciano. Sin soltar el perro, dibujaba en un pequeño diario: mínimo, frágil, perecedero y unidimensional. Papel sin Gen de Dios. Pulpa vegetal. ¿Cómo se las arreglaba Orlán para ese tráfico imposible? Garabateaba cabezas, colinas, bañeras, veleros, ventanas, floreros, mesas, perros, bombillas, hierba, cielos tormentosos, sillas, potes, flores, su propio rostro. El perfil de su amada Marthe.

A espaldas de la Terrorista y Pierre Bonnard las lácteas figuras de dos Hermanas Impolutas de la Santa Cofradía de la Suma Blancura. Remanentes de una milenaria energía, de una dedicada entrega. Susurros mántricos. Hábitos danzantes orbitando ora en un sentido, ora en otro, en torno a un centro invisible: sus musicales cuerpos. En las manos extendidas sostenían una espada fabricada en épocas remotas en el desaparecido archipiélago nipón. Concluir de una ola. Innumerables pájaros. Serenidad afilada, mortífera espiritualidad. Se la ofrecieron al Pandillero. Regalo de la Cofradía de la Suma Blancura al Gran Guerrero Evocador; así bautizaron al destinado a enfrentarse al Hijo del Engendro Orejudo. Estuche de bambú, espada tipo katana: firmada y fechada por el maestro Kunihiro, «Febrero 1585», 70.6 centímetros; usada en numerosos combates por el invicto Miyamoto Musashi. Alfil Tres sintió el peso del arma como una llama en las manos.

Dio las gracias, torpemente.

Cantan las Monjas el recibimiento, la alegría de la victoria sobre los Lladrós. Celebran la belleza, la poesía desplegada en la batalla.

¡Por fin han encontrado un guerrero digno de llevar la espada Miyamoto! Reliquia atesorada desde tiempos inmemoriales por la Cofradía.

Cantan. Lluvia en las almas.

El Alfil reconoció en el hombrecillo al pintor que visitara durante su viaje por el tiempo, en la costa francesa. ¿Qué hacía allí? Planes de Orlán, necesidades de Orlán. La respuesta estaba en el combate recién librado contra los Monjes Lladrós. El poder antientretenido, subversivo de la obra del anciano había quedado más que demostrado. Sus cuadros constituían una verdadera violación del Postulado Mundial del Arte como Diversión.

Además, se alimentaban de la perenne angustia, de las constantes dudas del pintor, de su desinterés por el éxito y el mercado; lo que las hacía más poderosas.

Arte virulento.

Escenario: Clonliebre y Asún abrazados a Orlán, fundidos en sus cambiantes contornos, desapareciendo en ella; el muchacho detenido a unos pasos. Verdes púas, savias, arroyos limpísimos bajando de los cerros, discurriendo bajo umbrías florestas. Versos barrocos, incomprensibles, desprovistos de sentido o utilidad. Versos oportunidades para el Caos. Aguas florecidas, barro de sangre. Piel de mamíferos acuáticos. *Vastos sumandos de horas placenteras.*[9] Milagro de realidad desaparecida reapareciendo ante los ojos del pandillero. Arboledas. Grillos. Garzas. Tomeguines: todo en el filo del camino amarillo que ahora ascendía hasta fundirse con La Blasfemia Máxima. ¡Ella era el camino!

Pierre Bonnard, volviéndose, con una expresión entre maravillada y aterrada llenándole el rostro, entró en Orlán.

Veo los paisajes de mi destino, dijo Alfil Tres, sin pronunciar palabra, sintiendo el fuego de la espada hablar a sus dedos. Consciente de que hablaba para la katana, de que ella lo escuchaba. En derredor, la vertiginosa realidad de WebLand-Tierra Santa seguía su curso indetenible.

La Terrorista hizo un gesto amoroso para que se acercara. Pájaro azul de Cnosos, despegando.

Alfil Tres dio unos pasos y se acomodó dentro de su abrazo, olía a corteza de árbol sagrado, espinoso, a salvia, a púas tiernas, a menta, a cielos holandeses del siglo XVI, a piel de madre perdida. Era como estar inmerso en miel finísima, en la conversación de las piedras. En saliva de árboles, en luz que raspara una tristeza sólida arrancando esquirlas grandes y espumosas. El abrazo traía información sentida y volumétrica: el muchacho comprendió de inmediato el papel que tenía reservado en los planes de Orlán.

Ante la magnitud del reto su corazón dudó. Miedo.

Quiso decir algo, pero La Artista lo apretó contra su cuerpo. Entró. Se hundió en su multitudinario ser.

Viajarían dentro de Orlán.

Interior de la artista más buscada del planeta: casa despintada, de techo a dos aguas, tejas, portal rodeado de un muro desconchado, jardín a la izquierda, plátanos, papayo, jazmín florecido, ventanas verdes con persianas; ellos accediendo a través de un túnel de aspecto vaginal; podían ver:

---

[9] José Lezama Lima.

piso de losas blancas y negras, paredes descascaradas, libreros atestados construidos con tablas de cajas de madera de árboles reales, un armario antediluviano color cucaracha colmado de gavetas, un sillón descoyuntado con la rejilla de mimbre rota, una silla con asiento de piel de chivo, niños de voz cristalina correteando, guasasas, una ventana por la que entra el cielo como un plateado pez, un pesado, gris y rayado escritorio, una anciana con un ojo de cristal legañoso y el otro casi ciego, una hermosa mujer que friega tiznados cacharros y tararea dulces canciones; patio de tierra: gallinero, conejera, ratas, chinches, lavadero, curieles, garrapatas, lombrices horadando la tierra húmeda. Un viejo radio de bombillas.

Escena-terapia: entrenamiento que concluirá con la extracción del Gen de Dios del cuerpo de Alfil Tres.

¿De dónde procedía aquella casa?

De la vida del que está escribiendo. Le he rogado a Orlán que me permita contribuir con la Performance Definitiva.

Ella accedió amablemente.

Gracias.

Las Monjas cantan. Toman las manos del Alfil, lo hacen sostener en alto la espada japonesa. La agitan convocando espíritus propicios, ritmos, hermandades.

Aria original perteneciente al ilegalizado canon blasfemo AburrimientoExtremo-PesimismoTotal-DudaPerenne-InsatisfaccionesPerpetuas. Tan antientretenida, inútil y aburrida, transgresora y blasfema que el muchacho, Clonliebre y Asún estuvieron a punto de desmayarse. Reacción propia de portadores del Gen de Dios carcomidos por la NewEstética.

En las entrañas de la Artista la melodía adquiría tridimensionalidad y caminaba, bípeda, junto a ellos. Seres contaminantes apareciendo y desapareciendo, mutando y danzando, producidos por los acordes.

Náuseas. Con esfuerzo, consiguieron recuperarse. Tendrían que disminuir la influencia del Gen de Dios, o desterrar al Gen de Dios de sus cuerpos: mermar la dependencia del Cánon Estético Oficial para que el poderío de aquella belleza incierta los penetrara e inmunizara completamente.

El Alfil debía estar completamente limpio del Gen si quería enfrentarse al Hijo. Extraer el Gen de Dios de un portador resultaba poco menos que imposible, sin matarlo. El Gen mismo se encargaba de destruir al portador si se sentía amenazado. Todos los seres humanos, clones y mutantes lo recibían al nacer. A más de un siglo de iniciadas las, por entonces gratuitas, campañas de inoculación, casi no existían organismos vivos que no lo contuvieran. El proceso de extracción resultaba peligroso, además de ilegal.

Las infracciones se castigaban con la muerte o largos destierros a colonias penitenciarias en Marte. Sin embargo el índice de intentos de «limpieza» era mínimo por una sencilla razón: la inoculación tenía una enorme aceptación social. Conseguir un mayor nivel de Gen de Dios lo antes posible para mudarse a WebLand-Tierra Santa era la ambición generalizada.

Las voces de las Monjas Impolutas seguían brotando del interior de sus hábitos. Abrían puertas. Melodía aguacero tableteando sobre las tejas, filtrándose entre las tablas podridas del techo. La hermosa mujer colocaba latas, cazuelas, diferentes cacharros bajo las goteras. El clan, clan, clan orquestaba un torrente musical, diminutos violines hechos de recuerdo, mínimas guitarras hechas con primeros deseos, con primer semen saboreado en la punta del dedo trémulo, silbos desatajados, carne envejeciente, un bigote elegantísimo, un tirachapas, un aroma a talco, un vestido de guinga, un tirapiedras, un diente de leche, un sonsonete, una rata muerta, un cocimiento de hojas de naranjo, un terror ancestral, una chirimoya reventada, ejércitos de lombrices, un caramelo de chocolate, lagartijas al Sol, un barco de papel, unos zapatos rotos, un papalote, una herida infectada, un mango robado, mamoncillos dulces, un bulboso desconsuelo *y todo eso realizado bailando y manoteando agua sobre los envíos del sueño que borraba una maldición y colocaba una dicha.*[10] Salieron a una calle polvorienta, sin asfaltar, apretados bajo el fulgor del canto de las Monjas, las viviendas danzaban, manadas de niños efímeros corrían de un lado a otro jugando un extraño, perdido, juego en el que uno de ellos contaba con los ojos cerrados hasta diez mientras los otros se escondían, el primero en ser descubierto contaba a su vez.

Andaban por aquel mundo desaparecido sintiendo bajo sus pies una titánica incertidumbre. Una incertidumbre que era el más preciado de los bienes. Avanzaban doblados bajo la lluvia de música pateando piedrecillas, levantando polvo. Sentían pequeños mordisqueos en el rostro. Inmunizaciones aladas. Cuerpos serpenteantes entrando en las bocas, bajando por las gargantas. Acorralando, insuflando infidelidades, aislando al Gen de Dios.

Ray y Asún dentro de un sueño, envueltos en un halo adormecido que desdibujaba sus contornos. Bonnard la cabeza alzada, devorando la fiesta de colores e insospechadas armonías.

Ahora estaban solos el muchacho y Orlán.

Llegó la voz.

---

[10] José Lezama Lima.

Acércate, Tres, dijo la Blasfemia Máxima con voz de ramaje. Y añadió: ya lo sabes, eres la cría de Garbageland. El único habitante de Tierra Firme que posee el Recuerdo de El Monte, la forma más pura de la Antigua Naturaleza, el único que conserva la Nostalgia del Black, el negro mar de todos los pasados; el único sobreviviente, el heredero de la tribu del Libro Sagrado, del Libro Puerta. Tú eres el vínculo con la Esencia: sólo tú puedes derrotar al Hijo de Dios...

La voz sonaba directamente dentro del pandillero, eran el paisaje, las calles del barrio tocadas por el amanecer, la algarabía de niños y pájaros, la canción de la mujer en el lavadero.

Eso, dentro de Orlán.

Afuera era diferente: las palabras brotaban de la boca de la Terrorista, transponían el cerco de sus dientes y estallaban dejando escapar miríadas de insectos luminiscentes; bocanadas de un bosque imposible llegando, contaminando las vastedades crecientes del WebLand-Tierra Santa cual virus protector.

Bocanadas que vuelan cual avanzada. Que abren paso, ocultando el desplazamiento por territorio enemigo.

Camuflaje.

Nave-Orlán que surca el WebLand.

Alfil Tres la sentía en su corazón: algo que partía incesante para siempre quedarse.

El rostro de la Artista, entrevisto durante un instante entre los ramalazos de agua cantada: niños desnudos amándose. Un mar verde entrando y tragando, pudriéndose y renaciendo. Selvas milenarias bullendo en una existencia hecha de colores, armonías y palabras. Bocas recién besadas, versos.

Black. Sí, tenía nostalgia del Black, a pesar de que jamás había estado allí, nostalgia de los túneles que llevaban a él, túneles infectados de ratas gigantes; nostalgia de los imprescindibles trajes herméticos, de las escafandras, de las inmersiones (siempre atados a la superficie, soltarse significaba morir) en busca de tesoros en compañía de los guerreros de la tribu del Viejo Darma, de la tristeza insondable del *aguanegra*, de la muerte por angustia, de las historias terroríficas acerca de mutantes. Los viejos de la tribu decían que el Black era la Historia, el alma tenebrosa de la Humanidad.

Sí, tenía nostalgia de El Monte, a pesar de no haberlo visto jamás. Puro y espléndido: podía aspirar la fragancia de sus flores, sus árboles, del agua prístina y del cielo recién tendido, fresco; podía ver el rostro sereno de la Sacerdotisa y el de sus negros y venerables acompañantes.

Sí, tenía nostalgia de las palabras del Libro Sagrado, aunque nunca las había escuchado: palabras en un idioma cuyo significado ignoraba pero que su corazón entendía. Pomarrosa, penacho, cimarrón, jutía, romerillo, flamencos, miel de limón, chubasco, pencas, hojas de la yagruma que blanquean el suelo, remansos de piedras finas...

Vida no vivida pero recordada.

Tres: su nombre.

Nuevo, aposentándose.

El rostro de Orlán, traslúcido entre múltiples configuraciones: llanura lamida por rocío de amaneceres. Cocuyos, guasasas, hormigas, arcadas, torreones, encajes, charcas floridas, alabardas, grumos color pieles de Pontormo.

¿Tres? Preguntó el muchacho. ¿Por qué me llamas así? Me llamo Alfil, Tres era mi lugar en la línea de sucesión de la Casa Alfil.

Es una extraña coincidencia, un guiño maravilloso del Caos. Tres es tu verdadero nombre. Corresponde a un instrumento musical ya desaparecido y olvidado. Lo escogió para ti el Viejo Darma; proviene del Libro Sagrado.

Pausa.

La atmósfera empezó a acelerarse.

Ven, Tres, continuó Orlán, necesitas más que nostalgia, es preciso que vayas allí. Que tengas la certidumbre.

Y cuando le pasó la mano por la cabeza, el Alfil ya no permanecía dentro de la casa desvencijada, ni caminaba por las calles polvorientas del barrio. ¿Adónde iba? ¿Estaría ya libre del Gen de Dios? No; lo sentía continuar su tarea virtualcarnalizadora en sus entrañas. A dentelladas moleculares y constantes. Arribó a un entonado lucerío. Fogonazos. Blancura de las Hermanas Impolutas sirviendo de puente, de vehículo. De súbito estaba allí, en su cerebro, en sus recuerdos, nítido y fresco, como recién sucedido; no como información o como añoranza, sino como pertenencia, como presencia: su infancia en la venosa caverna, los juegos en los túneles, la calidez del pecho materno, la leche del pecho materno, la tribu, los sudores, las excursiones al exterior, el ardiente paisaje de Garbageland, el calor del Ending, las naves de turistas-cazadores, los acerados corceles, el aire ácido, el purulento horizonte, los metálicos puentes que corren hacia NewFlorida, las recicladoras engarzadas en las cimas de los acantilados, las olas envenenadas, el Bradbury siguiendo el rastro de las alimañas del basurero: ellos; el sabueso acorralando a uno de los guerreros, el temor a los gusanos gigantes, los pezones hinchados de las muchachas, el pútrido mar desde los farallones clónicos, los espléndidos, terroríficos colores de los Cánceres Disney, los orejudos negros soldados invadiendo el Ending, la matanza, la sangre, el llanto desolador de un Disney solitario, el furor de la batalla, figuras desnudas blandiendo machetes entre el humo y el chirriante sonido de los Desestabilizadores del Ejército Mundial que retardan las órdenes del cerebro y los reflejos corporales, la fuga de los niños en busca del Black, el sacrificio de Renter, la inmersión, Casatt, Mía, Sall, los horrendos mutantes asustados por la luz del Libro Sagrado, la sólida tristeza, la negra pared-puerta, el otro libro, El Monte, y en su espesura un árbol alto chorreando resina que alguna vez sirvió para construir pelotas y jugar, y otros árboles de troncos grises, lisos, coronados por penachos, y potreros reververantes y el árbol sagrado grueso y cubierto de espinas, y la anciana Sacerdotisa sentada, paciente, sonriendo y observándolo con una mirada donde la inteligencia es una forma de la bondad.

La mirada dice: por fin eres otra vez nosotros.

Ahora aquel sitio vivía, pertenecía a su memoria, a sus vivencias, a sus dolores y alegrías y a sus recuerdos; continuaba en él, él era el recipiente que contenía el alma formada de palabras de aquella realidad.

Herencias.

Antes, después, ahora, desdibujándose, formando un solo tiempo.

Vida no vivida, pero recordada.

Vida recobrada.

Las Monjas continuaban lloviendo, cantando.

Y entonces Alfil Tres accedió a la hermosura de un universo que *tenía la música*, accedió al misterio de lo que muere para permanecer. Renació.

Desinfectado de utilidad.

Cantan. Mientras exista uno de ellos el canto no se apagará. Mientras exista un rebelde, un aguafiestas, un insumiso, un raro, un indomesticable, un terco que se niegue a aceptar cualquier bendición, cualquier salvación, el canto no se apagará.

Viajan. Veloces, protegidos dentro del cuerpo-nave de Orlán, ilusionados e ignorantes, en busca de La Noche.

No La Noche transformada en Objeto, La Noche Máximo Consumo, La Noche Sorteo, La Noche prometida y concedida por Dios Resucitado en el WebLand sino la vigilada, oculta, disimulada tras el engendro fabricado por el Dios Orejudo.

Primer requisito en la preparación de Tres, cumplido: ya iba armado con el arte de Bonnard. Ahora tenía que estar en presencia de La Noche verdadera, alimentarse de su rebeldía suicida, de su sinsentido primigenio perteneciente al sinsentido inicial del Universo: sobreviviente gota de sabia del árbol del Caos inicial.

Luego procedería a limpiarlo del Gen de Dios. Sólo entonces estaría preparado para su papel en la Performance Definitiva.

Eso dijo Orlán.

No se puede vivir nada que no se haya vivido antes. No se puede crear nada que no se haya creado antes.

No se encuentra nada que no esté ya dentro de nosotros desde siempre.

No se logra ser nada que no seamos ya.

Eso dijo Orlán.

Viajan en busca de La Noche. Como un sueño en el linde del despertar, como un fantasma penetrante y ambiguo se internan en las más antiguas zonas de WebLand-Tierra Santa, en los núcleos remotos donde comenzó la Resurrección. Discurren invisibles por las vísceras del nuevo planeta en busca de la prisión donde la tienen encerrada.

Las Hermanas Impolutas no han dejado de cantar.

EL SACROBALÓN

Sullivan aguardaba su fin, resignado.

El estruendo de los que se acercaban en sus oídos: creciente, acaparador, apocalíptico.

Pegó el rostro a la sagrada superficie del balón. Cerró los ojos.

¡Al menos su muerte sería una muertentretenimiento; registrada por las cámaras del McBurguer y luego trasmitida a todo el universo por las Cadenas de Entretenimiento!

La turba estaba cada vez más cerca. Gritos, quejidos, insultos, trompicones, imprecaciones, ayes amortiguados por las elásticas paredes del Transportador.

Manada sin freno, que anunciaba lo peor.

En ese momento, Sullivan sintió la firme presión de una mano sobre su hombro y una voz perfectamente modulada, poderosa, que le decía con absoluta calma:

—Tranquilo... ¡Estamos de tu parte!

El mecánico pegó un respingo.

¡Aquella frase! Todos los habitantes del planeta la conocían.[11]

¡Esa voz! La había escuchado innumerables veces, serena, inconmovible en la tempestad de cruciales partidos, guiando a su equipo a la victoria: era la voz de uno de los winnerbeings más poderosos y populares del orbe: Ted Koslowsky, Presidente y Comandante en Jefe del NewManhattan All Stars.

El impacto de la cercanía de aquella voz fue demasiado para Sullivan, que se desvaneció.

---

[11] Según las prestigiosas encuestas realizadas por el *New York Entertainment Times* y la *CBS Entertainment* la frase estaba siempre entre las dos o tres primeras posiciones en la Escala de Reconocimiento Universal.

Una mano de humo se deslizó ante su rostro, otra de acero presionó algunos puntos en su espalda. Una nanocuerda sabia presionó la primera vértebra cervical y reactivó su cerebro.

El mecánico volvió en sí. Como recién emergido de un reparador sueño. Pero el estupor permanecía.

Farfulló:

—Señor… ¡qué honor el nuestro! ¿Qué hace aquí? ¿Cómo lo supo?

Sonrisas displicentes en los acompañantes del VeryFirstClassMultiEjecutivo.

La respuesta de Koslowsky: ramalazo de seguridad contagiosa.

—No diga tonterías Jeff W. Sullivan. Soy Ted Koslowsky, yo hago la realidad. ¿Cómo no voy a saber lo que está pasando en ella?

Koslowsky, inclinado sobre el mecánico: resplandecía. Sonrisa cegadora que dejaba al descubierto una doble hilera perfecta de dientes de virtumarfil, y una abundante porción de encía de un rosa suntuoso. Color alimentado. Inclinó los párpados modelo Confianza. Los ojos modelo Aguaglaciar, transparentes, contrastaban armónicamente con el amarillo toons de su fino cabello, y con la piel rubicunda, de finísimas vetas nacaradas. Vetas que constantemente esbozaban primorosos dibujos estilo Ward Kimball. La nariz y la mandíbula avanzaban conquistadoras: exquisito equilibrio de seducción y poder.

Rostro de diseñador; tan cercano a Sullivan que este distinguió el logotipo de los Laboratorios Dupont impreso en el tercer molar izquierdo.

Rostro imitado hasta la saciedad por los ejecutivos del Club Cenit de El Cielo, el más prestigioso del Universo.

Cuerpo modelo Praxitelesmejorado. Cuerpo work of art in progress.

El Presidente del NewManhattan All Stars era uno de los hombres más poderosos de Tierra Firme, lo que quería decir del Universo. Miraba la esfera de su reloj Edición Especial DiosMike King, una verdadera reliquia, diez veces por segundo. Extraordinario, hasta para un VeryFirtsClassMultiEjecutivos.

En la larga cadena de rangos empresariales de Tierra Firme los VeryFirstClassMultiEjecutivos representaban la Élite del Sistema. Guías de MegaEmpresas. Individuos capaces de tomar decisiones, realizar numerosas transacciones, asistir a reuniones, presentaciones, actos públicos y privados todo simultáneamente y con el mayor grado de eficiencia. Ejemplos, ciudadanos responsables. Adalides de la Familia, el Consumo, el Entretenimiento Laboral y la Virtualcarnalidad.

Finísimas cuerdas trufadas de primorosos nudos, unían diez de sus largas pestañas al lóbulo de la oreja derecha antes de ir a hundirse bajo el cuello de la camisa: de allí descendía a lo largo del cuerpo hasta el dedo gordo del pie. Bajo el lujoso trajetúnica se adivinaban magistrales formaciones de cuerdas de diversos diámetros y color.

Un japonés pequeño, de rostro pétreo y simiesco, se desplazaba con raudos movimientos en torno al VeryFirstClassMultiEjecutivo; mediante emisores de nanomáquinas creaba siluetas, levantaba estructuras, esculpía torres subcutáneas. Master Yukiando Kawabata, el reputado artista del bondage encargado de convertir al VeryFirstClassMultiEjecutivo en una obra de arte viviente jamás se apartaba de su lado.

Trabajaba la axila derecha: retrocedió para evaluar el exquisito entramado de cuerdas. Puso cara feroz, lo que quería decir que estaba complacido, y se sumergió otra vez en la tarea. Una Unidad Coordinadora instalada en la frente de Master Yukiando se encargaba de la transmisión virtualcarnal permanente a la sala del Museo de Arte Moderno de NewManhattan en una de cuyas salas un público compuesto por miles de fans seguía, minuto a minuto, el desarrollo de la obra viviente.

También acompañaban al VeryFirstClassMultiEjecutivo una escolta compuesta por un Clon Reforzado, cuatro MicMasters, y dos Barbieclones asistentes que no dejaban de dar órdenes a sus Trasmivir.

—¡Estamos de su parte! —repitió Koslowsky contagiándolo con alegría y optimismo teologalempresarial.

Sullivan se sintió protegido, amado. Soledad y aislamiento esfumándose. Comprendió que no había nada que temer ni ocultar al dueño de aquella voz porque no había nada sobre él que el dueño de aquella voz no supiera, comprendiera y no estuviese dispuesto a perdonar y remediar.

La turba emergió, casi simultáneamente, por las tres amplias entradas. Los equipos acondicionadores boqueaban a punto de la asfixia.

¡Esencia de pinos! ¡Esencia de pinos!

Superado el umbral, los recién llegados se detuvieron en seco. Dos de los MicMasters avanzaron un paso. Las manos cerradas sobre la empuñadura de las espadas. Eso bastó. No fue necesario que el imponente Clon Reforzado moviera un músculo.

Los recién llegados iniciaron una apresurada retirada, con la cabeza baja, en señal de temeroso respeto.

La ceremonia fue breve, pero emocionante.

Ted Koslowsky tomó con delicado gesto el balón de manos de Jeff W. Sullivan. Lo examinó a consciencia. Asintió complacido. Luego, rostro iluminado, alzó ambos brazos al cielo, y proclamó:

¡Es un Sacrobalón! ¡Yo, Ted Koslowsky, Presidente y Comandante en Jefe del NewManhattan All Stars lo certifico oficialmente!

Una corriente de privilegio y honor recorrió a los presentes, conscientes del momento histórico que vivían.

Sullivan: escena desdibujada por las lágrimas.

Voz timbreglorioso del VeryFirstClassMultiEjecutivo, otra vez:

¡Certificado Oficial a nombre de Jeff W. Sullivan!

Una de las Barbieclones puso frente a los ojos de Sullivan el Certificado Oficial para la correspondiente firma ocular. Le secaron los ojos y entonces pudo estampar su firma.

Había dejado de ser el mecánico Sullivan. Ahora era un Elegido de DiosMike, parte del equipo del NewManhattan All Stars, miembro de la exclusiva familia de propietarios de un SacroBalón.

Ted Koslowsky lo abrazó. Luego ordenó: ¡Seguidme! Y se dirigió al Trasbordador.

Ascendían hacia la calle. El Presidente de los NewManhattan All Stars, con Master Yukiando revoloteando a su alrededor, encabezaba el grupo, precedido por los MicMasters. Lo seguían las dos Barbieclones asistentes, una encarnando el histórico modelo SlaveSecretaria y la otra el clásico modelo SlaveEnfermera de la línea Classic de Maten Inc. No dejaban de parlotear a toda velocidad, absortas en cumplir por adelantado los deseos del Amo. A pesar de su glamoroso aspecto estaban programadas para tareas empresariales +4 ránking y una amplia gama de otros Entretenimientos, pero llegado el caso podían convertirse en armas dispuestas a proteger a Koslowsky. Subían la escalera flanqueando a Sullivan al tiempo que cerraban contratos de promoción, aceptaban o rechazaban campañas publicitarias, vendían exclusivas y ultimaban un sinfín de otros asuntos. Sullivan estampaba su firma ocular en los documentos acercando el rostro a las pantallas de los Coordinadores Empresariales adosados al pecho del Clon Reforzado que lo llevaba en brazos.

Los otros dos MicMasters cerraban la comitiva.

La piel del Trasbordador bombeaba optimismo y orgullo familiar McBurger.

Koslowsky atendía múltiples tareas. VeryFirstClassMultiEjecutivo en acción: se reunía en el Palacio Mundial para negociar su propuesta de un All Stars Stadium en la Luna con el presidente del Gobierno Mundial, recibía la absolución de manos del ArchiArzobispo de NewManhattan en el Cathedral Center, ordenaba al presidente de NewEspaña que se encargara del exterminio de una tribu de susurradores antiderpotivos en las ciudades catacumba de la periferia de NewMadrid y daba una conferencia sobre disneysación estética a alumnos de post grado de la Universidad de Stanford concentrados ante la transmisión virtualcarnal de su cuerpo en el MOMA.

Suspendido, acurrucado en los brazos del Clon Reforzado, Sullivan hizo un enorme esfuerzo para no arrojarse a los pies del VeryFirstClassMultiEjecutivo. Cerró los ojos. Respiró profundo, mareado, por el ritmo vertiginoso de los acontecimientos. Trató de ordenar sus ideas. ¡No me lo merezco!, fue lo primero que vino a su mente. La vergüenza crecía en su interior como una supuración venenosa. Su vida era un estercolero de indignidad y traición. ¡Un sucio y repugnante estercolero! Comenzó paulatinamente, sin que apenas se percatara de lo que sucedía. ¡Así de sinuoso era el enemigo! Dejó de asistir al Superstadium de los All Stars. No de golpe, un partido aquí, otro allá. Así se deslizó en la ignominia. ¡Aquella era una señal de envilecimiento que no debía haber pasado inadvertida! Pero no hizo caso de sus camaradas que lo reclamaban, que intentaron evitar su caída. Abandonó las prácticas de basketball nocturnas en el club local. Apenas participaba, y sin verdadero interés, en las discusiones de sus compañeros de taller sobre los partidos de la temporada. Vendió su colección de mercancías con la imagen del DiosMike, de la que estuviera tan orgulloso. Y luego lo peor, su espíritu deportivo comenzó a debilitarse y en su lugar apareció la perniciosa y sedentaria afición a los programas de juegos y participación.

Con efectividad demoledora minaron su cuerpo y su mente. Infectándolo. Se apoderaron de su capacidad de consumo, de su entusiasmo camaraderil. Debilitaron su espíritu y su corazón. La nefasta pereza, la droga de los juegos de participación, el veneno de los concursos TvTritransmitidos se apoderaron de él.

¡Llegó a maldecir a DiosMike! ¡Llegó a negar a DiosMike en uno de aquellos horrendos programas de Regansón!

¡Aquel Regansón y su compinche Kiutty! ¡Malditos! Lo habían utilizado malvada y alevosamente. Ahora lo veía, con claridad meridiana a la nueva luz de DiosMike.

¡El, Jeff W. Sullivan, cuyo lema siempre fue: «¡Primero el equipo, primero DiosMike, luego lo demás!».

¡Vergüenza! ¡Vergüenza negra y viscosa como el aburrimiento!

¡Qué bajo había caído!

Enfermo de los males contra los que advertía constantemente DiosMike y su representante en Tierra Firme, Ted Koslowsky.

¡Y precisamente a él le sucedía esto! ¡Cuánta benevolencia, cuánta bondad de parte del más invencible de los AtletaDioses!

¡No lo merecía!

No abrió los ojos cuando las Barbieclones asistentes aplicaron un tratamiento de emergencia a su rostro. Pero sí cuando Master Yukiando con un movimiento apenas perceptible que no desvió un ápice la concentración en su Obra Viviente, le aplicó una cuerda que iba de la muñeca a la base del pene, justo en el estrecho margen que dejaba el Masocadelight. Le produjo una explosión de energía y entusiasmo que le hizo gritar eufórico: ¡Soy otro, soy otro!

La noticia de la Aparición de DiosMike se había propagado rápidamente. Una muchedumbre recién llegada se unía a la que llenaba la avenida frente al McBurgers. Decenas de naves pertenecientes a las Cadenas de Entretenimiento se abrían paso como podían hasta el lugar del milagro. Pelotones de Mics antidisturbios descendían de sus orejudas naves de transporte y despejaban sin miramientos el espacio necesario para instalar la tribuna del Presidente y Comandante en Jefe del NewManhattan All Stars.

Un equipo de operarios del All Stars, vistiendo sus llamativos monos tricolores, trabajaba a toda prisa. Desplegaron la virtutribuna que creció en busca de sus programadas proporciones. Rostro amado insignia ondeando. La sonrisa del AtletaDios calentó el corazón de los presentes. Los fans ovacionaban y agitaban las manos coreando el Himno All Stars.

¡DiosMike! ¡DiosMike!

Llantos, cánticos fervorosos se escuchaban. Los espacios de transmisión reproducían imágenes del milagro captadas por las cámaras del McBurgers.

¡DiosMike! ¡DiosMike!

Llegaban los Superfans y los Mics les permitían, previa identificación, agruparse en torno a la virtutribuna. Cualquiera de aquellos ejemplares seguidores del Equipo se dejaría matar antes de permitir cualquier acción que enturbiara el honor y el prestigio de DiosMike o sus representantes en Tierra Firme. Entre ellos, se vislumbraban algunos dueños de Sacrobalones firmados, que los llevaban, como mandaba la tradición, colgados al cuello.

Las trifulcas por acercarse a estos Elegidos se sucedían, pero los temidos MicMasters disuadían con su sola presencia a los fans.

¡DiosMike! ¡DiosMike!

Algunos Superfans adoptaban el color de DiosMike conservando su apariencia original. Otros cultivaban el rostro amado en una chapa virtualcarnal adosada a los suyos, como señal de adoración y entrega absoluta. El conjunto resultaba imponente. Quienes reproducían sus facciones sustituyendo las propias, llevaban la fecha del Contrato de Adoración marcado con letras lumínicas sobre la frente. De esa forma ratificaban de forma permanente y pública su dedicación al Dios y proclamaban la alegría de desaparecer en la imagen de la deidad. Unos pocos privilegiados cargaban a sus espaldas, dentro de vitrinas de plásticovivo impenetrable, camisetas usadas por AtletaDioses. Olores y sudores sacros: eran consideradas reliquias santas y se les veneraba en un oficio anual celebrado en el Sacrostadium del Cathedral Center.

Todos los Superfans estaban obligados a firmar un Contrato de Sumisión Absoluta mediante el cual renunciaban a sus vidas y personalidades anteriores y aceptaban vivir dedicados al AtletaDios de su elección. Más tarde, si tenían una conducta intachable, podían convertirse en Sacerdotes y Monjas de la Orden All Stars.

La Policía Urbana auxiliaba a los Mics Antidisturbios en la tarea de contener la avalancha de allstarsfans y fansperegrinos que se agitaba detrás de las barreras. Habitantes de la isla-ciudad se mezclaban con la población de las ciudades subterráneas y con la marejada de devotos llegados de toda Tierra Firme.

Una gruesa fila de creyentes aguardaba ya la autorización para visitar el sitio de la Aparición. Funcionarios de las Autoridades Gubernamentales expedían la Certificación de Sitio Santo, colocaban la correspondiente placa conmemorativa y determinaban los horarios e impuestos aplicables a los boletos de entrada. La línea ocupaba varias calles, perdiéndose al doblar una esquina, a varios bloques de distancia. Portaban amuletos, imágenes virtualcarnales del AtletaDios y todo tipo de parafernalia del NewManhattan All Stars que funcionarios de guardia permanente en el sitio certificarían como objetos bendecidos por la visita al lugar de la Aparición. Lo que aumentaría notablemente su valor en el mercado.

Emergieron a la luz. El Clon Reforzado depositó a Sullivan en el suelo. El Presidente y Comandante en Jefe del NewManhattan All Stars levantó el esférico y gritó, dando la buena nueva al mundo:

¡SacroBalón!

¡DiosMike! ¡DiosMike!, rugió en respuesta la muchedumbre.

TERNURACHIP

Al concluir la mañana, Moitón Toonosevich llegó a la conclusión de que necesitaba un paréntesis. Después de varias horas de entretenido esfuerzo y entretenida concentración, su organismo solicitaba una dosis de belleza, y nada mejor para proporcionarla que una sesión de Arte Sacro.

Reconfortante e iluminador. Funcionaba magníficamente como incitador intelectual.

Decidió asistir otra vez a *Ternurachip*. Obra que lo fascinaba desde su más tierna infancia. Obra que no perdía vigencia a pesar de los casi dos siglos transcurridos desde su estreno.

En opinión del científico, un verdadero clásico de los albores del NewArte.

Se había elucubrado mucho acerca de los tesoros estéticos y filosóficos contenidos en *Ternurachip*, la magistral performance de Wendy, uno de los artistas más importantes de todos los tiempos. Moitón prefería una interpretación más simple: *Ternurachip* era una espléndida metáfora acerca del carácter inferior y siniestro de la Antigua Naturaleza y un canto al triunfo de la armonía y superioridad del New-Planeta Virtualcarnal. Una parábola de la atroz dependencia del hombre a las Leyes de la Mortandad, de su miserable destino compartido con todas las especies: el de la estúpida y absurda muerte. Negación del hedor y la podredumbre, exaltación poética de la Bendición del Gen de Dios: eso era *Ternurachip*.

Por fin, la especie humana en vías de alcanzar el lugar merecido en la Creación: la verdadera superioridad. Gracias a su inteligencia y a su rango de especie elegida por el Creador.

Distanciamiento definitivo del resto de los corruptibles, efímeros animales. Aproximación a Dios, no como míseros creyentes, sino en términos de igualdad. Siendo unos y lo mismo con la Divinidad, semejantes por primera vez desde el inicio de los tiempos: eso era *Ternurachip*.

Entertainmentpoesía.

En la cocina, solicitó al Coordinador General un litro de SupremeCoke, *el único líquido capaz de calmar la sed del cuerpo y del espíritu* (Santas Verdades Corporativas, Capítulo 567, Acápite 40, salmo 36. Código 47XZ) y una extensa variedad de golosinas apropiadas para el evento. No lo consumiría todo, pero arrojaría lo sobrante en las VirtuRecicladoras. Redundaría positivamente en su Historial Personal de Consumo (HPC).

Mientras la máquina servía lo solicitado, volvió a comprobar en el Coordinador Familiar la hora de llegada del Kiuttyclon. Satisfecho, comprobó que no había variado ni un segundo. Arribaría exactamente a las diecisiete horas y cinco minutos. Justo a tiempo: podría disfrutar de Entretenimiento Sexual antes de acudir a la Santa Misa Anual Deportiva.

Echaba de menos a su esposa. 6Minnie, genéticamente superior gracias a provenir de una familia acaudalada que podía comprar un avanzado diseño genético rico en Gen de Dios para sus hijos, disfrutaba ya de una vida bajo la tutela directa de Dios Nuestro Señor en WebLand-Tierra Santa.

Moitón luchaba contra las tentaciones, rezaba continuamente, se refugiaba en el trabajo, en largas sesiones de Impunidad Total, su virtujuego favorito; convocaba a Dios Nuestro Señor las veces permitidas, participaba de *Supermaravillosoestupendo*. Sin embargo... pese a sus esfuerzos, extrañaba a 6Minnie. ¡Hasta absorto en Impunidad Total la extrañaba! Su ausencia contaminaba la casa y paradójicamente, puesto que el amor y el recuerdo de una salvada no debía provocar tentación alguna, propiciaba un pequeño resquicio por el que se colaba la soledad.

¡Nadie había dicho que el camino hacia la Eternidad fuese fácil, a pesar de la infinita bondad de Dios Nuestro Señor!

Ya en el salón multiuso, cargado con la bebida y las golosinas, Moitón comunicó al TvTual sus deseos. El espacio virtualcarnal obedeció al instante. Creció: burbuja toonica hinchándose hasta incorporarlo.

La aspiración de pixelaire le produjo una euforia no por característica y habitual menos agradable. Exaltación religiosa. Olor a Mandamientos, a Santuario, a Entretenimiento vivo, a Eucaristía. Ola ardiente de ardor germinal que bajaba por la garganta hasta inundar las más recónditas células de su cuerpo.

Aceleración: el tiempo de inmersión TvTual potenciaba el trabajo del Gen de Dios en su casi salvado organismo. Facilitaba la transubstanciación de sus células. Lo acercaba a su amada 6Minnie, al Bienaventurado Paraíso.

Suspiró.

Sabor a cánticos en la boca. Dichaoblea. Victoria celulada, negror divino.

Ya dentro del colmado Anfiestudio donde se estrenara la performance y donde se repetiría, idéntica, por los siglos de los siglos, arrellanado en su confortable butaca, contempló el escenario.

Eclosión de primavera eclesial. Júbilo de pertenencia.

Aplaudió, voceó, integrado al amor y al estruendo de la concurrencia.

Como a un niño, la emoción volvió a sacudirlo, nueva. La performance comenzaba.

Orgulloso, sobrecogido, vio el rostro de Wendy cubrirse de salpicaduras...

El rostro terso de Wendy se cubrió de salpicaduras. Pequeñas, mínimas gotas de sangre titilando sobre la piel pálida. Inmaculada. Virtualcarnalidad máxima. Información con volumen, olor, sabor y sentimientos. Tridimensionalidad interrelacionable, vivible, en las figuras transmitidas. Chips emocionados. Nanointeligencia. Espermatogenesis pixélica. Momento mágico en que los chips alcanzan sentimentalidad y los pixels capacidad de reproducción. Perfusión de la sangre de Dios a través del tejido del mundo.

Pero eso fue después. Y antes.

Ahora: momento en que Wendy Gentile descubre a Peter Pan, sentado en el suelo de la habitación, sollozando por la pérdida de su sombra.

—Niño... ¿por qué lloras?

Voz porosa, arcaica, quebradiza, de papel impreso. Despolimerización avanzada.

Su ya clásica pregunta daba por inaugurado el espectáculo. Nadie recordaba el sentido del cuestionamiento en el personaje creado por DisneyCorp centurias atrás.

Era la belleza exquisita, la destreza inalcanzable de los ademanes, la inflexión superentretenida de las voces lo que contaba.

El público enloqueció.

Anfiestudio reverberante: capacidad de trescientos mil, lleno a tope. Millones de personas en Tierra Firme, China, las colonias lunares y marcianas y lo que quedaba de Europa aplaudieron alcanzadas por el arte del más grande de los Poetas de la Iglesia del Born Again Art.

Pero eso fue antes. Y después. Ahora: El Cielo.

Cubría Manhattan, la más importante megaurbe de Tierra Firme. Difusor de la ceremonia: El Cielo. Cien kilómetros cuadrados de sensibilidad pixélica al servicio de la Verdad Renacida.

Visión de El Cielo: urdimbres que sienten, capas de filtros adosados a una aleación de plásticos infinitos. Apoteosis pixélica. Protección para los habitantes de la isla-ciudad contra los rayos envenenados del Sol desnudo.

Visión exterior: mares de ausencia de ozono en la atmósfera acribillada. Aire contaminado. Océanos podridos. Países radiactivos. Continentes vetados. Nubes verdes. Horizontes fosforescentes. Pestes programadas.

Visión protectora: El Cielo ancla sus patas de hormigón y acero en el espacio antes ocupado por Queens, Bronx, Brooklyn, Hoboken, Jersey City, Palisades Park; en el cenagoso fondo de la bahía junto a la también techada Estatua de la Libertad. Patas horadadoras: movimientos gráciles de bailarín encantado. Penetraciones que alcanzan las profundidades donde palpitan las ciudades subterráneas que rodean la isla. Patas-túneles de comunicación.

Visión interior: pradera líquida de espacios domados, habitados por las Marcas. Paradiseadvertising. Segmentado. Campo de batalla. Calles inteligentes. Purgatorio. Corporaciones de Entretenimiento. Isla previrtualcarnal. Edificios autónomos. Ejércitos privados. Pandillas. SportGuerras, AtletaDioses. Optimismo, Fe beligerante.

Visión histórica: Primera maravilla de la civilización nacida con la Época del Reorden: El Cielo.

Visión inmediata: El Cielo unánime. Cuerpo homogéneo reproduciendo la liturgia. Ausencia de música, chillidos y estruendos diversos. Ternurachip: performance de Wendy.

Desde las Pestes Programadas para exterminar a pueblos decretados «inferiores, no consumidores, no humanos y eliminables» por la Convención de Consumo y Salvación Mundial, nadie recuerda un interés tan unánime de parte de las Corporaciones de Entretenimiento.

Pincelada magistral de Infoentertainment Clase Sacramental. Pensó Moitón en este punto, extasiado.

El animal pace tranquilamente. Crujir de dientes. Escenario: pradera hinchada por la primavera, reluciente de flores, insectos chupadores, dorada luz, zumos. Polvillo de polen flotante. Clorofila. Rocío. Celajes bajos, abarcables. Babas, saliveos. Colinas moradas. Se desplaza lento, mordisqueando los hinchados tallos, moviendo a ratos la cola. Cascos pardos. Espasmo repulsivo, nervioso, en la piel del lomo. Execrable corazón.

Engañosa apariencia virtualcarnal. Pero no. Certificado de autenticidad de la Comisión Mundial de Entretenimiento. Una institución insobornable más allá de toda duda. Esa, que llena de sosiego mastica hierba virtual, es la última cebra natural de la especie — conservada en un zoológico privado, comprada en una subasta de antigüedades por DisneyCorp, y posteriormente donada por esta a la Iglesia de los Born Again Art.

¡Miren! ¡Miren! La comprobación oficial resulta innecesaria.

Una inspección cercana arroja imperfecciones: piel dañada por erupciones epidérmicas, un arañazo junto al belfo, dentadura manchada e irregular, caries, cicatriz en la oreja; desagradable, rancio y característico olor de las bestias naturales... taras inimaginables en un animal virtualcarnal.

¡Miren! ¡Miren! Wendy (también conocido como El Boss, El Maestro y Master NumberOne entre otros títulos) aparece rodeado de ayudantes: enorme estruendo del Coro Planetario de Niños Ciegos —ceguera voluntaria que enriquece el talento musical—: que acomete el Himno del ADN.

Euforia en los palcos.

¡Miren! ¡Miren! El público observa, conteniendo la respiración. Se inicia la ceremonia purificadora. CapeRuCita, sacerdotisa e inseparable del Maestro (aún el Maestro no es totalmente Wendy pues la transformación está en progreso), lo desnuda.

Teticas nulas: pezones hinchados.

Los demás asistentes preparan el atuendo. Planchan, lágrimas asoman a los ojos de Moitón, como siempre en este punto, ante el ingenioso delicioso detalle epocal, el antiguo traje blanco de escote y falda adornados con encajes: disponen en meticuloso orden el arma y el recipiente plateado en un extremo de la célebre mesa ceremonial: El Depilador corre bufando de emoción y orgullo por el cuerpo de Wendy. CapeRuCita erradica todos los pelos del pálido y frágil cuerpo y corta el pene y los testículos. De un diestro tajo la sacerdotisa dibuja los labios delicados y lampiños del sexo de la niña. Braguitas perfumadas. Crujir del vestido, brazos alzados en arco. Bóveda. Talco. CapeRuCita coloca la cinta azul celeste: deja al descubierto las pequeñas, delicadas, traslúcidas orejas.

Cumbres poéticas.

¡Miren! ¡Miren!

¡Wendy!

CapeRuCita retrocede un paso. Tez marfil. Hace un gesto de aprobación ladeando la cabeza. Traje Bondage multicolor profundo, red de mordientes óvalos por los que resplandece la piel cobre chillón. Gruesas capas de cuerda turquesa atrapan la cintura, barra de nudos negros entrando, proyectando los labios vulvares agresivamente cultivados en forma de erizo de falos que laten. Da un lametón a su pezón derecho. Pausa. Da un lametón su pezón izquierdo. Senos tipo chupete, conos arcoascendentes de cuarenta por doce centímetros; succiona.

Corrientes de delicia, cosquilleos, secreciones, erecciones y escozores atraviesan a los espectadores.

Ubres: bases firmemente enlazadas: cuerdas celestes. Túrgidos globos a punto de estallar.

Exclamaciones multitudinarias. Arrobo. Chillidos. Aplausos. Huracán de emociones. Orgasmos. Jadeos mundiales.

Infofuncional: en este punto se producen millones de nuevas solicitudes de manipulación genéticogerminal: madres que desean hijas semejantes a CapeRuCita, a Wendy. Millones de solicitudes de clones efímeros y degradables de CapeRuCita y Wendy, con fines de Entretenimiento Sexual.

Second Ayudante, color NegroDios se adelanta: depilado total desnudo impecable y brillante, luce el popular falo Longitud Chupable de Maten Inc. El glande cabecea tenso, acaramelado a pocos centímetros del rostro. Invitante y comestible. Heliotropo, Boca de dragón, Campánula, Pasionaria, Pie de león, Cala: transformaciones. Esporádicamente, le pasa la lengua. Superlengua: se enrosca y desenrosca al órgano. Sin descuidar sus obligaciones. Second Ayudante: glanderostro. «La extensión del frenillo se asemejaba a su nariz, la prolongación abultada de la cúpula de la membranilla a su frente abombada». Cuerpo cilíndrico, torso venoso.

Infofuncional incorporado en época reciente: Cuarenta billones de seres humanos suspiran al unísono. Contabilizados. Cien millones se someten en las clínicas del WebLand-Tierra Santa a implantes de vergas virtualcarnales modelo Longitud Chupable de Maten Inc. Registrados.

Enfundada en su atuendo ceremonial, Wendy se encamina a la mesa que destaca extemporánea y metálica en el centro de la pradera florecida. Destila pureza. Abejas ronronean musicales, mariposas revolotean tiernas. El vestido, vaporoso y delicado roza la húmeda hierba. Medias de algodón, salpicadas de flores tejidas a mano; zapatos de charol.

Traen al animal.

First Ayudante, Second Ayudante, Third Ayudante y Fourth Asistente; lo ponen patas arriba sobre la mesa. Fornidos. Primer plano.

¡Miren! ¡Miren!

¡Horror… suda! Clamor general. Asco.

Temblor en las rayas blancas. Temblor en las rayas negras. Wendy se ajusta los guantes. Toma el cuchillo de hoja láser y hace un delicado gesto. La cabeza de la cebra cae en el interior del recipiente plateado. Surtidores rojos siseando.

La pradera ya no está.

Suelo de mármol continuo. Aumenta el impacto del espectáculo.

Infofuncional intercalado: Mármol parcelado a disposición de museos y coleccioconsumidores. Pujan en este mismo instante en Sothevirt's, la casa subastadora encargada del arte de Wendy.

¡No dejen pasar esta oportunidad única!

¡Siempre consumir! ¡Nunca Aburrirse!

El Coro Planetario de Niños Ciegos entona el Himno Planeta Virtualcarnal.

Aspersión. El rostro terso de Wendy se cubre de salpicaduras. Sonríe. Primer plano. Éxtasis.

La cebra parpadea; borbotones de terror primitivo en los ojos; lengua babosa asoma. Gruesa saliva cuelga. Primer plano.

Gritos multitudinarios de horror. Chillidos planetarios histéricos.

Primer plano: pataleo; torso abombado. One, Two, Three, Four, sujetan las temblorosas extremidades.

Primer plano: cuchillo láser troza el abdomen del solípedo. Plano múltiple. Piel que se abre entrañas que asoman. Rostro de Wendy: belleza, equilibrio, inmortalidad. Entrega a La Causa Salvadora de la Virtualcarnalidad Total según las Enseñanzas del Resucitado Dios Nuestro Señor. ¡Alabado sea! Plano simultáneo: recipiente colmándose, cuajarones, cuchillo ceremonial. Primer plano: mano armada. Cuartos traseros. Cuartos delanteros. Ademanes místicos. Musicalidad. Patas cercenadas. Plano múltiple. Cuatro heridas boqueantes nauseabundas donde estuvieron las patas. Círculo de hueso en el centro de la carne humeante.

Primer plano: rostro de Wendy.

Mensaje: me sacrifico por ustedes, me rebajo a esta hediondez por ustedes, hago poesía de esta suciedad, elimino este engendro evolutivo para que tengamos un mundo mejor. Por Dios Nuestro Señor El Resucitado. ¡Alabado sea!, y por ustedes. ¡Hermanos en Dios Nuestro Señor y en la Fe Virtualcarnal!

Introduce los brazos en la sanguinolencia y extrae los órganos. Estómago, hígado, corazón, pulmones, intestinos. Riñones. Los exhibe en toda su imperfecta, corrupta, mortal, goteante, pútrida realidad. Orina, excrementos. Detritos. Hedores. Muerte.

Alaridos.

Charcos de sangre dibujan sobre el mármol continuo.

Millones de ojos espantados, asqueados. Millones de expresiones avergonzadas de que alguna vez sus dueños tuvieran algo que ver con aquella fuente creadora de podredumbre y gusanos. Información comprobada y registrada.

Infofuncional adicional incorporado posteriormente: crece la venta de cebras mascotas virtuales. Quinientas mil por minuto. En este punto de la performance. Modelo infantil de cuatro kilos y treinta centímetros de altura con prado florecido perpetuo incluido se impone a sus contrincantes. Doscientos millones de ejemplares de Virtual is Better, el más reciente bestseller de Wendy, se venden en un tiempo récord de diez minutos. Se reportan quinientos millones de nuevos visitantes al Sermón Virtualcarnal de la Iglesia de los Born Again Art en WebLand-Tierra Santa. En este punto de la performance. Mil millones de personas solicitan mudarse definitivamente para el WebLand-Tierra Santa, y abandonar el Viejo Orden y la Vieja Naturaleza.

Las solicitudes exceden, con mucho, el nivel de aspirantes a punto de alcanzar el nivel de Gen de Dios requerido para aspirar al ingreso.

No es fácil ganar la Eternidad.

Wendy termina el descuartizamiento.

Un panel de teólogos, al fondo, se prepara para disertar acerca de las ventajas de la virtualcarnalidad y las humillantes, degradantes condiciones a la que está sometida la raza humana que aún reside en Tierra Firme.

Ya limpio el escenario, desalojados e incinerados los despojos (todo hecho según el Antiguo Orden), regresa el florecido prado, las rítmicas abejas, las mariposas. Entra, conducida por una docena de niños danzantes, una cebra virtualcarnal eterna, Modelo DisneyCorp África. Camina elástica, esplendorosa. Ovaciones. Gritos histéricos. Cánticos. Llantos. Himno de la Iglesia de los Born Again Art a cargo del Coro Planetario de Niños Ciegos.

Ovaciones. Fans que intentan subir al escenario y tocar a Wendy, a CapeRuCita, a los Ayudantes, a la cebra…

Plano múltiple de los panelistas.

Infofuncional adicional (vistas): un suspiro de alivio escapa de billones de gargantas: recorre las ruinas, los continentes devastados, los infinitos túneles, las ciudades subterráneas, los mares envenenados, las islas basureros, las rutilantes megaurbes techadas, la carcomida atmósfera. Mensaje: superioridad de WebLand-Tierra Santa.

Primer plano: rostro de Wendy.

Ternurachip.

Goce. Orgullo. Moitón regresó a su habitación. Clamores apagándose. Diluirse de carne superior. Mantuvo los ojos cerrados un instante, concentrándose en combatir el pegajoso sentimiento de pérdida que lo embargaba. El sabor salado en la nariz y la garganta, producto del cambio de aire. Y la creciente frustración del regreso a Tierra Firme, a la Antigua Naturaleza.

La Tristeza se corporeizó ante él. Distinta como cada vez. Era una alucinación, pero eso no la hacía menos desasosegadora: cuerpo lluvioso, rostro de fanguero, vientre de lombrices gordas y lentas, las manos chorreantes, el costillar seboso, las piernas encorbadas por el peso. Esta vez, lo que asombró al científico, la alucinación estaba relacionada con las emanaciones creadas por los libros de celulosa vegetal.

De la Tristeza brotaban palabras: describían una escena incomprensible, fuertemente cargada de un hálito antientretenido, de un sopor insoportable que sin duda provenía de *Paradiso*, el libro custodiado: *Como si hubieran retirado las planchas metálicas, el coro de los bañistas onduló al soplar su caramillo cerca de la caseta de los coperos; avanzaron hacia un punto como si fuera a transmitirse un secreto cambio de guardas, y desaparecieron en el humillo del café que venía a terminar el acecho de un gato color de pólvora, agigantado, levemente monstruoso, como los que aparecen en las pesadillas de los generales de los cien días, con su piel muy estirada, terminada en innumerables tubillos como mamas incipientes, paseándose arrastrado a lo largo del refectorio, como la sombra sibilante que surge del mar y desaparece deglutida por el genio dilatador de la ceiba…*

Después de decir esto, se esfumó de golpe, tal y cómo había aparecido.

Fogonazo.

Moitón experimentó una aguda, perturbadora excitación. Jamás las secuelas de la inmersión habían revestido semejantes características. Las «alucinaciones» de los viejos volúmenes dejaban una huella en su cerebro que quizás había subestimado. Pero el síndrome del Puente entre Realidades duraba cada vez menos: positiva señal. Moitón barruntaba que su complejidad en este caso se debía al alto nivel estético de la performance recién presenciada.

Por suerte, aquella situación no duraría mucho más, calculaba que en seis u ocho meses, quizás menos tiempo, podría mudarse a WebLand-Tierra Santa; eso indicaban las más recientes mediciones del nivel de Gen de Dios en su organismo.

Terminaría para él la horrenda fugacidad que por millones de años envileciera a la especie humana. El horrendo «todo pasa», el «nada regresa», «el ineluctable círculo de muerte» concluidos para siempre. Dejaría de ser un animal de pérdida y muerte para convertirse en uno de Eternidad. Concluiría el ciclo de imperfección y de vergüenza.

Se hallaba en fase de Transmutación Terminal y sus días en el mundo de los «moribundos», como solía calificar a Tierra Firme cuando hablaba con colegas también a punto de completar el proceso de transformación, estaban contados.

Junto a su querida 6Minnie, iniciaría una verdadera vida. Hilachas tristes flotando como flores vertebradas: las empujó abriéndose paso hacia la cocina: remanentes, efectos secundarios de la prolongada inmersión virtualcarnal. Venganza de los residuos de su naturaleza defectuosa.

Una corriente de optimismo lo recorrió: el efecto regenerador de la performance.

Se sentía otra vez fuerte, animoso.

Sólo tenía motivos para estar Permanentemente Entretenido.

LA RONDA NOCTURNA

Viajaban de cuadro en cuadro, de libro en libro. Orlán Guardiana de las obras condenadas, Orlán Museo donde sobrevive el arte que no puede ser disneyficado y por tanto debe desaparecer. Orlán-Fuga. Orlán Nómada. Orlán Ilusión.

La Blasfemia Máxima conseguía ser indetectable en el planeta WebLand-Tierra Santa gracias a su legendario Paisaje-Ilusión. El principio del prohibido y estigmatizado método de camuflaje era en apariencia sencillo; pero indescifrable: mientras más ilusoria resultaba la existencia conseguida por el usuario, más real en términos físicos, estéticos e intelectuales era esa existencia. Más real. Orlán Veinticinco había aplicado sabiamente este procedimiento a las obras rescatadas: convertidas en ilusiones vivas, las conservaba en el interior de sus vastos archivos y les adjudicaba tridimensionalidad a su antojo. Esto era posible, en gran medida, gracias a su dominio de la tecnología enemiga. Un sistema virtualcarnalizador-molecular propio, tan perfecto como el de DisneyCorp, le permitía mantenerse con vida y transitar por WebLand-Tierra Santa con relativa facilidad. Pasaba mucho más tiempo en el planeta virtualcarnal que en Tierra-Firme. De hecho, comenzaba a sentirse rara en Tierra Firme. Su organismo funcionaba mucho mejor con aire pixélico (virtuoxígeno) que con el oxígeno contaminado del exterior.

¿En qué medida se convertía en el enemigo para combatirlo? Esa era una pregunta que evitaba plantearse.

Existe una línea que, rebasada, nos convierte en aquello que combatimos; se decía. Consideraba esta una verdad sólida, en la que podía confiar. Se preguntaba si había cruzado ya esa línea.

Durante siglos su talento, el hecho de vivir dentro de su propia ilusión, su reducido e incondicional séquito, le aseguraron la supervivencia. Pero con el transcurso de los años la amenaza crecía y cada vez era mayor el peligro de extinción para ella y lo que representaba.

Orlán Soledad. Orlán Pérdida. Orlán la que proclama el regreso de la Antigua Naturaleza, el Reino de la Incertidumbre, el Caos, la Duda, la Contingencia, la Belleza de la Muerte. Orlán la que rechaza la Eternidad toonica prometida por el orejudo Dios de WebLandTierra Santa y la inoculación obligatoria del Gen de Dios, que para ella significa la desaparición de la Humanidad.

Hubo un tiempo en que el arte degenerado, que debía desaparecer por el Bien Común según el Consejo Teológico Mundial, no tenía esperanzas de salvación. Las Guerrillas Anticonsumo y otros grupos Anti-DisneyCorp llevaban las obras consigo en sus constantes huidas, las ocultaban en escondites cada vez más recónditos, de la implacable búsqueda ordenada por al Consejo Teológico Mundial; pero fueron cayendo una a una. Incinerados los originales y hasta la última de las reproducciones existentes. Todo parecía indicar que el triunfo de la NewEstética estaba asegurado. Entonces apareció Orlán, la misteriosa, la elusiva Orlán. Ella se dedicó a integrar las obras estigmatizadas a sus performances, a virtualcarnalizar y trasladar las sacrílegas imágenes a WebLand-Tierra Santa, donde, paradójicamente, eran más difíciles de encontrar. Perdían gran parte de su Antigua Realidad en el proceso, pero era la única forma de conservarlas. Y la capacidad de contaminar con sus efluvios la Estética Oficial se mantenía intacta.

Así, Orlán se convirtió en Blasfemia Máxima, en Enemigo Número Uno, en Museo de Perversidades y Horrores, en Apología del Caos, en Temido Virus, en Ángel de la Muerte, en Némesis del Consejo Teológico y del Gobierno Mundial.

¿Quién, qué era Orlán Veinticinco? ¿Una obra de arte viva, un museo, un almacén de imágenes virtualcarnalizadas, un discurso estético, un soplo de libertad, un rescoldo de independencia, una posibilidad auténtica de elegir, un engendro adorador de la muerte, un pajarillo acabado de salir del cascarón, una apologista de la podredumbre, una obstinación enloquecida y sin sentido, una aguafiestas, una loca peligrosísima, un ángel rebelde levantado en armas contra el Poder de Dios?

¿Quién sabe? ¿Cómo podría yo saberlo? Yo sólo soy el que escribe esta historia.

Orlán eludía la caza. Pero los recursos de Dios Nuestro Señor son infinitos. Un año atrás había entrado en acción una brigada especial Anti-Ilusión cuyos efectivos, compuestos por entidades virtualcarnales puras en forma de MicMasters, Monjes Lladrós y Cánceres Disney Sabuesos habían logrado lo que hasta el momento era imposible: detectar a la terrorista en las inmensidades del NewPlaneta. La Artista presentía a los cazadores con tiempo suficiente para cambiar de refugio, pero cada vez el margen de tiempo se estrechaba, y los fugitivos se veían en la obligación de estar en constante movimiento.

En una ocasión llegaron hasta ellos.

Posiblemente, Orlán y las Monjas se dejaron acunar temerariamente por el cuadro en que se hallaban: *El arte de pintar* de Johannes Vermeer. Luz maternal de la ventana, joya viva. Ondas adormecedoras de la corona de laurel. Irrumpieron un Cáncer Disney y dos MicMasters. Fue tan sorpresivo el ataque que la Blasfemia Máxima y su escolta tardaron un instante en salir del embeleso y presentar batalla. El pintor de Delf no llegó a incorporarse, a volver la cabeza, a soltar el pincel: cayó fulminado por la acometida del Cáncer Disney: boina y cabeza entre sus fauces, espalda combada por el peso del monstruo, alarido de pavor de la muchacha vestida de azul: el caballete voló por los aires, la suntuosa cortina se descompuso al contacto con una emisión de peste negra proyectada por un Mic Master Exterminador. Un trozo de pared estalló, tripas del WebLand-Tierra Santa culebrearon en el espacio mágico. La espada de un Mic Master decapitó a la joven. Mataron el molde de escayola de la escultura de una cabeza, la silla, el manuscrito de notas musicales, el libro amarillo, la trompeta, el maravilloso mapa de Nicolaum Piscatorem, las deliciosas baldosas, el candelabro del techo, los horcones… antes que las Monjas Impolutas pudieran detener primero y aniquilar luego a los intrusos.

La belleza puede matarnos. Dictaminó Orlán despertando, cortando en dos mitades al Cáncer Disney con sus palabras.

Agonizante Vermeer, violado Vermeer. Último Vermeer. Apagada para siempre su luminosa energía. Su alma misteriosa.

Escorias irreconocibles succionadas por el entorno.

Desde ese día hay un espacio de sombras en el corazón de Orlán.

El cerco se cerraba.

Este incidente precipitó los planes de la Artista. No tenía tiempo que perder. Había llegado la hora de crear su Performance Definitiva: la última esperanza de detener el avance de la NewRealidad y de la Peste Negra del Gen de Dios.

Por suerte, disponía de los elementos necesarios. La aparición de Alfil Tres la decidió a descargar el golpe. La performance significaba la posibilidad de desarticular la maquinaria del Gobierno Mundial o, si el daño que conseguía infligir no resultaba decisivo, al menos ofrecer un poco de tiempo a las escasas fuerzas de la resistencia para que se reagruparan y se convirtieran en una oposición respetable. La presencia del muchacho aseguraba que el enemigo sería diezmado. Sus máximos representantes aniquilados, la elite opresora descabezada. Si no alcanzaban el triunfo, al menos tendrían venganza.

La especie estaba condenada a desaparecer. En lo profundo de su corazón atormentado, Orlán tenía esa certeza. Pero la despedida sería memorable; al menos si dependía de ella.

Surcaban las cambiantes extensiones de WebLand-Tierra Santa como un rayo furtivo. Como una partícula escamoteada, como un pedazo de recuerdo, como cabellos de un sueño desatado. Escapando. Aproximándose a La Noche.

Habían abandonado el barrio que, gentilmente, a mi pedido, La Artista había salvado e incorporado a su catálogo de realidades en vías de extinción.

Se hallaban en un claroscuro como melaza, acribillado de explosiones de luz, de chisporreos olorosos. En un apogeo de movimiento y libertad.

Poco a poco, se revela el lugar.

Olores aterciopelados, levedades, goces, figuras surgiendo, agrupándose a la sombra de una arcada. Empieza a distinguirse un trozo de calle, un puente, unas losas de piedra, una verja y su escudo. Dieciocho nombres inscritos en la placa adosada al pétreo arco de la arcada. Milicianos del Gremio de Arcabuceros de la ciudad de Amsterdam. Caos vital y carcajeante euforia de libertad. Agua, canal. Alegría de vivir, transgresiones, búsquedas, poder inútil. Movimiento perpetuo. Armados, tocados con emplumados sombreros se aprestan a partir, a iniciar la ronda, hinca la partesana la sombra, reluce el acero, áurea murmura la bandera. Entrechocar de armas. Escarceos inclasificables. Frotaciones. ¿Parten? Parten. Ciudadano esplendor. Orgullo. Dinamismo cadencioso, irrefrenable, orquestado por la mirada del que nos contempla asomado por sobre el hombro del alférez Jann Visscher. Abren fuego, golpean el tambor, gritan, ladra el perro. Soplido en la cazoleta y el consiguiente olor a pólvora. Sufrimiento. Oro líquido en el traje del teniente Willem Van Ruytenburgh. Ante amarillo, lazos franceses de fantasía, ribetes recargados, botas de montar de caballero, chaleco de primorosos remates, cinta azul y oro en la base del sombrero, borla al hombro. Fiesta, boato deslumbrante. Junto a Van Ruytenburgh, el capitán Frans Banning Cocq. Fajín rojo-anaranjado sobre el pecho negro del capitán. Banning Cocq es la oscuridad que habita en la luz para que esta pueda ser. Una mujer que agoniza consumida por la tuberculosis se filtra en la escena (Saskia, la esposa del maestro no está allí, pero se siente su presencia cerca, y sus hijos muertos también se hacen notar en la textura de la atmósfera al fondo). Gorgueras delicadísimas, botas de olorosa piel. Hojas de roble adornan el casco del pequeño arcabucero. El mosquetero vestido de rojo carga el mosquetón. Una niña incendiada, con dos gallinas colgando del cinto es la diosa de las cosas efímeras y fundamentales: la que se muestra al que huye en los momentos de tristeza y desánimo. Jugosidad. Cuerno de plata. Caracoleo perruno. Repiquetear. Tamborilero en acción. ¿Parten? Parten.

El aire delgado y limpio del siglo XVII holandés los enchumba, sabroso como un manjar inconcebible; el agua cercana proyecta su cuerpo lujurioso. Susurros bajo el puente de piedra. ¿Voces? Voces. En la semicircular negrura que enmarca la arcada late la gran oscuridad. La grande. Sale de ella la milicia y se interna en la luz. Flota la euforia de la libertad perpetua. De la inocencia verdadera.

Los viajeros permanecen inmóviles en medio del bullicioso movimiento. Sobrecogidos. Alimentados, embellecidos.

El capitán Cocq ordena emprender la marcha. Eternamente, mientras sobreviva dentro de Orlán, ordenará emprender la marcha, irradiará esa descomunal carga de belleza: ese gesto radiante de la mano izquierda en escorzo que ¿invita?, ¿señala? La curva del fulgor del pulgar, la boca que enuncia, la mirada invitante al tiempo que contemplativa. El blanco acaracolado de la gorguera sostiene la sólida cabeza, la piel avinada, el cabello que ondula. Sobre su hombro emerge una mano enguantada y verde. Sombrero negro. Luz dorada.

Alfil Tres, Clonliebre, Asún y Bonnard contienen la respiración, no se atreven a moverse. Sus cuerpos vigorizados, cambiados, inaugurados por la energía del cuadro. La luz los va pintando y si no fuera por sus vestimentas pudieran tomarse por protagonistas de la obra. ¡Aquella gente de carne rotunda, majestuosa, cuyos gestos son alabanzas a la vida que pasa, que se va y no regresa!

Los cuatro viajeros respiran la armonía, el misterio que carece de explicación, que no la necesita, el misterio que es poesía del Caos.

Dios… Dios… musita Bonnard, que tiene la mirada clavada en el fondo como si hubiera descubierto algo.

Alfil Tres da un paso y toca la cálida mano del capitán Cocq. De la mano fluye una corriente que lo sacude. Contempla campos, canales, molinos y ciudades empedradas, engalanadas muchachas, tumbas, batallas, ensoñaciones, cielos cubiertos de vellos cortos rubios y delicados.

Entonces siente también la mirada. Alza la cabeza, busca. Allí está, asomado por encima del hombro del alférez Visscher y de otro miliciano de rutilante casco. Sólo es posible ver un trozo de nariz, un ojo, la curva de la boina de pintor. Bañados por la penumbra.

Es la mirada del extranjero, del extraño, del insumiso, del diferente, del condenado, del solitario.

Los ojos de Bonnard se llenan de lágrimas, las manos le tiemblan, deposita a Poucette en el suelo (este corre a olisquearse con su revoltoso congénere), se quita el sombrero, se cala las gafas, se adelanta trémulo. Sortea al rojo arcabucero, esquiva la pierna extendida del enano que dispara su arma detrás del capitán Cocq, pasa junto a las niñas incendiadas, sube titubeante los escalones y se alza de puntillas apoyándose levemente en el brazo en jarras de Vissecher que sostiene la bandera. Atisba con cautela.

Dios… musita otra vez.

Su endeble cuerpo se estremece. Inclina la cabeza con amor, con respeto.

En respuesta, la piel de la cara semioculta se distiende y el ojo se ilumina desde adentro.

Como si Rembrandt contestara con una sonrisa el saludo de Pierre Bonnard.

SULLIVAN SUPERFAN

Trajeron la enjaezada cápsula de plástico infinito. Arnés tricolor All Stars Classic. Borlas estabilizadoras en la zona correspondiente a la nuca del portador. Flecos dorados al viento, gráciles. Semingrávida. Primeras imágenes de la consagración: vendidas en exclusiva al vetusto New York Times Entertainment y a la respetada NBC Entertainment. Riqueza. Tradición. Gravedad. Silencio respetuoso. Momento esplendor. Colocaron el Sacrobalón en la cápsula. Tres Monjes de la Orden All Stars vistiendo los portentosos atuendos ceremoniales: el Monje Rojo alzó el cáliz y derramó la virtuagua bendita sobre el santoesférico; el Monje Azul sostuvo la Primera Reliquia que contenía el Sudor mientras que el Monje Blanco enarboló la Segunda Reliquia, la que atesoraba la sangre derramada en competencia por DiosMike.

Concluido el rito, Ted Koslowsky cerró la cápsula y la colgó del cuello a Jeff W. Sullivan, donde permanecería hasta que pasara a formar parte de su propio cuerpo. Simbiosis dosificada, controlada por la Comisión de Excelencia encargada de certificar el feliz desarrollo de la asimilación y la intachable conducta del portador. Con los años la piel crecería en el plástico vivo y el Sacrobalón emergería del pecho de Sullivan como una flor armónica, espléndida y visible gracias a que el plásticopiel conservaría su calidad traslúcida.

La mirada azulísima del VeryFirstClassMultiEjecutivo cayó sobre la multitud como un rayo cargado de autoridad y comprensión fraternal.

Imagencanon. Arte Kawabata en acción.

La ciudad reverberaba contra El Cielo. Este respondía con una algarabía descomunal y coordinada. La historia de la aparición acaparaba casi por completo la polimórfica extensión de la Primera Maravilla del Mundo del Reorden. El Cielo patrocinaba la Aparición. De este a oeste y de norte a sur: imágenes del Milagro del McBurgers. Columnas de luz digitalizada ascendiendo desde las Unidades Coordinadoras de Campo, desde las Unidades

Coordinadoras Exploradoras, trepando hacia la compartimentada matriz que respondía agitando sus pólipos receptores.

Naves de las Cadenas de Entretenimiento: nata compacta. Largas patas que cimbrean, panzas espejeantes, siseo de los virtutransmisores como arrullos mentales. Tráfico de emisiones volumétricas, transparentes y nanoconducidas partiendo fulgurantes en dirección a los retransmisores orbitales.

Desde el fondo del río subían ya las mallas gigantes que cortarían la entrada de vehículos e impedirían el acceso a la isla-ciudad. Pronto serían clausurados los túneles de acceso y el Ejército Mundial decretaría oficialmente Lleno Total en la capital de Tierra Firme. Preludio habitual de la Santa Misa, pero esta vez sucedía horas antes de lo habitual. Este año la afluencia de fansperegrinos superaba todas las marcas establecidas.

El rostro de Sullivan: multiplicado, agigantado, emulsión cremosa de nanorestauradores limpiando, extirpando, corrigiendo imperfecciones, devorando células muertas, aplicando nutrientes, emparejando el color, blanqueando los dientes; reconocido, vitoreado; cuerdas de Master Yukiando alimentando el entusiasmo, borrando extrañezas de sus conmocionadas estructuras musculares y mentales, propulsando la verbosidad propicia, mejorando la modulación de la voz.

En las virtupantallas: Sacrobalón en primer plano, la puntual llegada del Presidente y Comandante en Jefe del Manhattan All Stars a la escena del milagro, el rescate del mecánico, ascenso glorioso hacia el exterior, residuos lumínicos de la visita de la deidad captados por el ojo ultravioleta de las cámaras: una y otra vez, desde todos los ángulos y perspectivas imaginables.

El resultado del excelente trabajo de las Barbieclones estaba a la vista: importantes megacorporaciones proclamaban el respaldo de Sullivan a sus productos en todo el universo civilizado.

¡El Elegido prefiere Maten Inc.! ¡El Elegido calza Nike… bueno, no nos extraña… DiosMike también! TAG Heuer, la hora precisa del Milagro, la hora de los Dioses…!

Euforia en los Mercados. Incremento sustancial de las ventas. Teólogos y analistas especulaban acerca del significado de la aparición de Dios-Mike. Algunos creían que indicaba la proximidad de la Resurrección de Dios Nuestro Señor en Tierra Firme; o al menos de la visita de su Hijo. El ArchiArzobispo McCarthy, entrevistado frente al engalanado altar del Cathedral Center interpretaba el Milagro como señal irrefutable de la inminente instauración de la VirtuVerdad Encarnada en Tierra Firme. Su rostro Devoción Incondicional (diseño exclusivo), iluminado por la luz cálida de la aureola que flotaba sobre su cabeza, transpiraba fe armada y amor sin límites a Dios Nuestro Señor.

Otras autoridades eclesiásticas, empresariales y gubernamentales señalaban el hecho de que DiosMike escogiera a un ex sportfan, a un seguidor de Regansón, a alguien considerado por los sportfans una oveja descarriada; concluían que tal vez trajera como consecuencia el inicio de otra sangrienta guerra entre sportfans y showfans.

Todos coincidían en la importancia del acontecimiento para la Santa Misa Anual Deportiva. DiosMike no era el tipo de deidad que se prodigaba en apariciones y cuando acontecían atraían una atención especial.

—¡Sportfans! —tronó hímnica la voz de Ted Koslowsky—. ¡Estamos con ustedes!

Voz de mando, hipnótica voz.

La respuesta fue un clamor que se extendió por El Cielo y se impuso un momento sobre el bullicio atroz de la ciudad.

—DiosMike nos ha bendecido hoy con su presencia… y uno entre nosotros ha sido especialmente bendecido… uno entre todos es el nuevo Elegido… ¡Jeff W. Sullivan…!

Al decir esto el VeryFirstClassMultiEjecutivo se apartó un paso del ex mecánico y lo señaló teatralmente con ambas manos.

El trabajo de Yukiando Kawabata había obrado milagros en Sullivan que sosteniendo orgulloso el SacroBalón levantaba la cabeza con gesto animoso.

¡Sportfans!… hoy DiosMike nos ha dado otra lección de grandeza —continuó Koslowsky—… hoy su Excelsa Majestad del SportOlimpo ha rescatado para la sagrada causa del deporte, del verdadero Entretenimiento, a uno de los nuestros que le había vuelto la espalda… ¡sí, amados sportfans!… el Elegido es alguien que había renegado de DiosMike… engañado por los cantos de pereza y antisportivismo de gente como Regansón y sus maléficos seguidores… – al mencionar a la máxima autoridad del ShowEntretenimiento mundial la voz de Koslowsky adquirió aristas afiladas que produjeron un chirrido amenazante al entrar en contacto con el aire.

Un unánime grito de condena de parte de la comitiva All Stars acompañó la mención de la estrella de *Supermaravillosoestupendo*.

¡Sportfans!… –prosiguió Koslowsky— rescatar a las ovejas descarriadas, no hay nada más importante, ese es el mensaje que nos envía DiosMike. ¡Guerra sin cuartel a los falsos apóstoles del venenoso Entretenimiento pasivo! ¡Ese es el mensaje de DiosMike que debemos seguir todos y cada uno de nosotros!

Aquí el presidente del Manhattan All Stars hizo una pausa y alzó los brazos con gesto que abarcó a todos los que lo escuchaban, haciéndolos sentirse parte de la inmensa familia del Equipo…

La multitud comenzó a cantar el Himno del Manhattan All Stars.

¡Al ataque corred Sporfans, que DiosMike os contempla orgulloso!
¡No temáis una muerte gloriosa que morir por DiosMike es vivir!

¡Sin Sport vivir es vivir
en afrentas y oprobios sumidos!
¡De DiosMike escuchad el llamado a su lado valientes corred!

¡Al ataque corred Sporfans, que DiosMike os contempla orgulloso!
¡No temáis una muerte gloriosa que morir por DiosMike es vivir!
¡Guerreros, guerreros, guerreros sportfans!
¡Guerreros, guerreros, guerreros de DiosMike!

Lágrimas acudieron a los ojos de todos los sportfans presentes al escuchar las notas de su amado himno.

Una corriente hermanadora los unió en un compacto haz de pertenencia.

Como gran VeryFirstClassMultiEjecutivo que era, Ted Koslowsky estaba cantando el Himno del NewManhattan All Stars, frente al McBurgers, al tiempo que encabezaba la ceremonia de consagración del SacroBalón y llamaba a una cruzada contra Regansón y su programa. Miles de millas al sur, podía vérsele participando en una reunión de la junta directiva de la División Militar de Maten Inc. donde ultimaba el acuerdo para la producción de un Cáncer Disney volador de infantería denominado All Stars que ostentaría los colores y se convertiría en la nueva mascota del Equipo. También se hallaba en el anfiteatro del MOMA donde impartía su popular clase de arte. Y en NewParis, cenando en el Palacio de las Tullerías con el presidente 7DeGaulle que aquella tarde acudiera con el norteamericano a supervisar las obras del nuevo All Stars Stadium de la capital de NewFrance. Y, protegido por su traje antivirus, recorría las contaminadas planicies centrales de NewÁfrica, donde se dedicaba a inspeccionar, acompañado por una delegación de expertos, el territorio donde antes estuviera Senegal, y que acababa de adquirir: el plan era desinfectar los aproximadamente 196.192 kilómetros cuadrados, y convertirlo en VirtuSuperpercoto de caza All Stars que se transformaría, no tenía dudas al respecto el VeryFirstClassMultiEjecutivo, en el principal destino de los vacacionistas de Tierra Firme en busca de aventuras exóticas y deportivas.

También, por supuesto, el presidente y Comandante en Jefe del NewManhattan All Stars continuaba dirigiéndose al gentío congregado ante el McBurguer…

—¡Guerra sin cuartel a los enemigos del espíritu deportivo, guerra sin cuartel a los abanderados de los estúpidos concursos, de los programas de participación!

Esa era la voluntad de DiosMike y todos los sportfans del universo, todos los seguidores del All Stars debían sumarse a la batalla y limpiar el planeta de semejante escoria...

Mientras Koslowsky dedicaba cien por ciento de su presencia, energía y talento a estas actividades, Master Yukiando Kawabata no dejaba de trabajar un instante: ajustando nudos, desplegando nuevas cuerdas, fijando aquí y allá meandros de la delicada red que envolvía al VeryFirstClassMultiEjecutivo. Enviando a sus inyectores de nanomáquinas a instalar nudos y ejercer presiones sobre misteriosos puntos que sólo él conocía.

Una finísima hebra nanoconducida circundó la lengua primero y luego las cuerdas vocales de Koslowsky otorgando a su voz una sonoridad de insoportable hermosura.

La multitud se estremeció, transida de emoción. Repetía, una y otra vez, el Himno.

¡Al ataque corred Sporfans, que DiosMike os contempla orgulloso!
¡No temáis una muerte gloriosa que morir por DiosMike es vivir!

¡Guerreros, guerreros, guerreros sportfans!
¡Guerreros, guerreros, guerreros de DiosMike!

Por encima del imponente coro, Koslowsky continuó su discurso. Su garganta convertida en un poderoso amplificador.

Y bromeó con 7DeGaulle.

Y demostró que la obra de arte en la que se convertía estaba inscrita en la línea de pensamiento vanguardista que demostraba la predisposición ancestral y genética del género humano hacia la perfección toonica.

Y a bordo de la nave oficial All Stars, libre del traje antivirus, cerraba el trato con BlackMcFlag la compañía descontaminadora y revisaba los primeros planos de ciudades herméticas, virtusabanas y virtuselvas que crecerían de aquellos páramos.

—Hoy es un día de júbilo porque hemos tenido entre nosotros a DiosMike... el día ideal para anunciar que el Elegido, el bendecido por él es desde este mismo instante ascendido a la categoría de... ¡Superfan del Manhattan All Stars!

A pesar de las maravillosas cuerdas de Yukiando, Sullivan sintió sus piernas flaquear. ¡Superfan! ¡El sueño de su vida realizado! Cerró los ojos y la imagen esplendorosa de MarilyDiva, se presentó ante él: sonreía llena de orgullo.

Explosión de aplausos. La multitud comenzó a corear el nombre del agraciado. Alternándolo con los versos del Himno que no dejaban de cantar. El Clon

Reforzado tuvo que sostener a Sullivan; la boca le temblaba. Pero ya Master Yukiando estaba otra vez junto a él. El mundo cambió ante sus ojos al influjo de sus manos.

Koslowsky sonrió. Irradiaba una seguridad embelezante. El grupo de Superfans subió a la tribuna para felicitar al nuevo miembro de la cofradía.

—Y eso no es todo… SullivanSuperfan ha sido nombrado huésped de honor del NewManhattan en la Santa Misa Anual Deportiva… —proclamó el VeryFirstMultiEjecutivo.

Y escuchó con deleite «A Night in Tunisia» interpretada por clones de Dizzy Gllespie y el Modern Jazz Quartet. Delicada sorpresa que le tenía deparada para la sobremesa el presidente newfrancés.

Y se reclinó en su asiento mientras la nave remontaba hacia la estratosfera emitiendo silbidos de plata.

Y contestó la pregunta de una hermosa estudiante.

Y entró a paso largo en las catacumbas policiales en las afueras de NewEspaña para presenciar el asalto a un importante reducto de susurradores antideportivos.

Ahora el clamor fue aún mayor. ¡Todos sabían que los huéspedes de honor a la Santa Misa Anual Deportiva merecían un ascenso automático a la categoría de VeryFamousPeople a perpetuidad!

—Y nada más por el momento… ¡Estamos con ustedes! De esta forma concluyo Koslowsky su intervención.

Acto seguido se dirigió, encabezando la comitiva, a la nave limusina que ya los aguardaba.

El río de fansperegrinos reinició la lenta marcha hacia el centro de la ciudad. Las naves de las Cadenas de Entretenimiento tomaron altura abriéndose paso trabajosamente entre la nube de vehículos. La gruesa fila de los que querían bajar a visitar el Sitio Santo donde apareciera DiosMike no dejaba de crecer. Había nacido un nuevo lugar de peregrinación para los seguidores del AtletaDios.

Un escuadrón de la Guardia Urbana trataba de mantener el orden. Resonaba aún en el ambiente el eco del Himno All Stars…

> *¡Al ataque corred Sporfans, que DiosMike os contempla orgulloso!*
> *¡No temáis una muerte gloriosa que morir por DiosMike es vivir!*
> *¡Guerreros, guerreros, guerreros sportfans!*
> *¡Guerreros, guerreros, guerreros de DiosMike!*

SUPERMARAVILLOSO ESTUPENDO

El hogar de Moitón Toonosevich, un amplio piso en el flamante Pocahontas Center, correspondía a la categoría de su Nivel 6+ en la Escala de Consumo. Dos TvTuales de última generación con Acceso al Redentor Personalizado-Contacto OTD (OneTimeaDay, el máximo permitido para no-salvados), instalados en la habitación y en el multisalón. Cápsula Antivirus SP7, capaz de detectar 7000 mutaciones de la Plaga y Asesinos Bacterianos de diseño militar. El piso, inteligente y autoeficiente, medía cien metros cuadrados, disponía de plataforma de despegue para nave personal, nanoservicio de limpieza incorporado, McCocina y dieta rica en Gen de Dios.

Y Controlador General ZT5000.

El refugio perfecto para un académico dedicado al trabajo.

Moitón seguía una estricta rutina de Entretenimiento que le daba muy buenos resultados: bolsones de tedio o estupor reducidos a medidas casi imperceptibles; sintonía con la coherencia y el sentido universal dueñas de su espíritu.

Y la inquebrantable Fe... arma infalible en el accidentado camino de la salvación.

A pesar de su apariencia física, la de un alto y bien proporcionado ejemplar masculino en la treintena, el científico había vivido lo suficiente (180 años) como para tener una abundante experiencia acerca de la naturaleza castradora del pecado de Aburrimiento. Del vacío existencial que acarreaba; vacío progenitor de perdición, de Nada, de perniciosos sofismas y dañinas entelequias. Durante su infancia, y sobre todo en la turbulenta etapa estudiantil, tuvo la oportunidad de sentir en carne propia turbadores niveles de Duda y Caos. Y no pensaba permitir que volviesen a entrar en su vida.

En cierta ocasión, estuvo a punto de convertirse en miembro de una organización estudiantil que proclamaba la igualdad de todos los seres hu-

249

manos y se oponía a las primeras inoculaciones masivas del Gen de Dios a los habitantes de Tierra Firme. Había estado al borde del abismo.

De esa y de otras locuras juveniles lo salvaron sus padres. Luego consiguió entrar a servir en el Ejército Mundial, donde se hizo especialista en Pestes Programadas. Primer escalón de su prestigiosa carrera profesional, primer paso de su peregrinaje hacia la Salvación y la Eternidad.

Moitón Toonosevich había nacido y crecido en NewSubHoboken, Sección C. Sector de clase media donde la política de Reorden del Gobierno Mundial encontró fuerte oposición en sus etapas iniciales. Sus padres sostuvieron una verdadera batalla para librar a su único vástago de las malas influencias que llevaron a tantos jóvenes a militancias degeneradas y finalmente a las Guerrillas Anticonsumo y a la perdición. Vivían aislados, señalados como poco menos que traidores a la especie, vilipendiados, aferrados a la Fe en el nuevo Dios recién resucitado. Dedicados al hijo. Él conseguiría lo que a ellos les estaba negado. La ascensión de Moitón en la Escala de Consumo y los méritos de su HPC se debían a los sacrificios de Adam y Eva Toonosevich. «Trabajo disciplinado y Fe en Dios Nuestro Señor: la fórmula del éxito, la manera segura de llegar a ser un winnerbeing»; repetían siempre. Un winnerbeing hijo, un winnerbeing… decían mirándolo a los ojos y acariciando su cabello, el primer winnerbeing de la familia, el primer Eterno.

Las manos entrelazadas, al decirlo.

Las manos apoyadas en los hombros del niño, al decirlo.

Palabras trémulas, ojos húmedos al decirlo.

Ningún dinero familiar allanó el camino ni facilitó las cosas. Sus padres trabajaron duro toda la vida y desaparecieron en el mundo sin retorno de la pudrición y la Muerte. Soñar con la posibilidad de alcanzar la salvación les fue vedado.

Moitón Toonosevich sería el primer salvado de su estirpe. Eso lo llenaba de orgullo y satisfacción. Pero no era lo más importante. Su condición de salvado y habitante de WebLand-Tierra Santa y su nivel en la Escala, le permitirían, en algunos años, rescatar a sus padres de la Muerte y traerlos a WebLand-Tierra Santa mediante el programa de Resucitación Clónica a disposición de los salvados. A pesar del tiempo transcurrido el recuerdo de sus padres permanecía intacto, vívido, y continuaba siendo una fuerza fundamental en la vida del científico.

En cuanto su nivel en la Escala de Consumo se lo permitió, hizo los trámites para que una muestra de sangre de sus progenitores, conservada por Moitón celosamente por años, fuese almacenada en el Banco ADN y preparada para su posterior uso en la Resucitación. Desgraciadamente, el proceso resultaba muy caro para acometerlo conjuntamente, así que Moitón decidió resucitar en primer lugar a su madre. Aún faltaban la mitad de las cuotas por pagar, tal vez demoraría tres o cuatro años más en rescatarla, y luego diez o quince para salvar al padre... ¿pero qué significaban diez, veinte, cien años cuando se disponía de la Eternidad?

Volvió a verlos hombro con hombro, dejando de consumir para que él consumiera, soportando privaciones de todo tipo, invirtiendo hasta el último centavo arrancado al magro presupuesto para mejorar el nivel de Gen de Dios del hijo.

Moitón, emocionado como siempre que se dejaba embargar por aquellos recuerdos, sonrió a la pequeña virtufoto que presidía el mueble donde descansaba su Coordinador Creativo. En la virtufoto, el pequeño Moitón daba sus primeros pasos en un oscuro y reducido receptáculo de la urbanización subterránea. A su lado, ayudándolo a conservar el equilibrio, la joven Eva y el joven Adam. Cascada de rizos cubren las maternales mejillas, nariz gruesa, piernas y pechos poderosos, manos protectoras. Su olor: Moitón podía sentirlo devorar el tiempo: llegar. La cuadrada figura paternal inclinada, brazos nudosos, labios apretados en un obstinado rictus.

De todas las que conservaba, prefería aquella imagen que simbolizaba, mejor que cualquier otra, sus vidas. Desde la virtufoto los padres le devolvieron la sonrisa. Regresaron enseguida la atención al tambaleante niño: mirada llena de amor.

Moitón les envió un beso con la mano y salió del estudio. Caminó en dirección a la cocina.

Terminada la comida se entretendría trabajando hasta que comenzara *Supermaravillosoestupendo*. Sin cambios, ratificó el Controlador General cuando indagó nuevamente por la hora de llegada de Kiuttyclon... ¡no dormiría sólo esta noche! Desde que su querida 6Minnie marchara definitivamente al WebLand-Tierra Santa, la llegada de la noche lo perturbaba considerablemente: casi un siglo durmiendo acompañado dejaba secuelas. Pero eso quedaría resuelto esta misma noche con la llegada del Clon de Compañía y Entretenimiento Sexual.

A medida que su tiempo como mortal se agotaba, la armonía y la paz en el Entretenimiento y el Amor de Dios Nuestro Señor colmaban su existencia.

Lo sentía claramente.

Escogió del sustancioso menú que le ofrecía la McCocina. Un instante después afloraron por la trampilla los alimentos.

Masticó el jugoso trozo de McCarne. Abundante McEnsalada completaba el almuerzo. Postre, un pequeño lujo: la dorada esfera de una McNaranja natural. Certificada. Aunque eso sí, con una dosis extra de Gen de Dios.

Todo debía trabajar en su destino, hasta esa deliciosa rémora del menguante pasado.

Regresó al trabajo.

El tiempo transcurrió Entretenido.

En el estudio, las emanaciones de la colección alcanzaban insospechadas armonías. Masas de luz detenidas: dimensiones varias: ojos, elefantes. Larvas. Membranas rajándose, formas emergiendo. Masas de luz esculpiendo en el aire engordado, ramificándose, creando trozos o secuencias completas de acontecimientos imaginados. Frases desdoblándose en hadas, gnomos, sirenas, dragones, fantasías de culturas prehistóricas. Pequeños trozos de música antientretenida como floraciones brevísimas, espíritus de la extinción que asomaran la cabeza, tímidos, a echar un vistazo a la forma de vida triunfante.

El virtulibro que estaba por concluir incluiría una reproducción de cada fenómeno alucinatorio (que las realidades literarias fueran capaces de sufrir alucinaciones era todo un descubrimiento en sí mismo), y un exhaustivo análisis que confirmaría las tesis toonosevianas a propósito de las ancestrales pulsiones toonicas humanas.

El incremento de la actividad espectral constituía un regalo inesperado. Algunos puntos, sobre todo en lo referente al porqué de ese incremento permanecían oscuros para el científico, pero confiaba en desentrañar sus causas con la ayuda de Dios Nuestro Señor.

Tres horas más tarde, el Coordinador General anunció *Supermaravilloestupendo*. Cansado, pero satisfecho, Moitón se incorporó y caminó en dirección al clamor.

El rugido, compacto, producto de millones de gargantas hermanadas, llenaba la casa como una tibia prolongación del amado anfiestudio. Vitalidad y alegría retumbando. Todo el planeta, las urbanizaciones orbitales, las colonias lunares y marcianas, conectadas. Sólo los partidos de la Liga de Dioses y el SORTEONOCHE competían con Supermaravillosoestupendo en la batalla por los niveles de participación. Los fansestupendos se contaban entre los más dedicados y fieles de ambas realidades: Tierra Firme y WebLand-Tierra Santa.

Moitón se acomodó frente al TvTual. No entraría, reservaría la inmersión para jugar a Impunidad Total. Excederse podía retardar el progreso del Gen de Dios, y eso era lo último que deseaba.

Se dejó llenar por el Regocijo Supremo de Consumo y Entretenimiento, por la inigualable dicha de ser parte.

Hermandad.

Demanda monumental de productos que se anuncian en El Cielo. El Cielo auspicia el programa.

Regansón, la VeryFirstClassPersonality más popular de todos los tiempos dejó al descubierto una deslumbrante hilera de dientes. Risa encarnación del Puro Entretenimiento y la Alegría Perenne. Rostro regordete.

¡Alabado sea Dios Nuestro Señor!

God is Fun! God is Fun!

En el cambiante escenario los productos bailaban acompañando al conductor del programa y a su esbelta compañera. Moitón sonrió. Recordó que todavía adeudaba doce pagos de su dentadura Regansón 3000. Pero reírse como la estrella del espacio de participación más concurrido del planeta tenía su precio y valía la pena pagarlo.

Y era Consumo.

Autoestima.

Pertenencia.

Equilibrio.

Puntos en el CPH.

Le bastó solicitarlo para participar. Ganar no era importante, consumir, participar, sí.

La pregunta lanzada por Regansón aparentaba ser fácil. Pero en algún meandro de exactitud temporal albergaba una trampa.

Cuestión: lugar y hora en que tuvo lugar la Resurrección.

Sencillo: sólo en apariencia.

Moitón acertó el sitio, VirtuCaliforniaWebLand-Tierra Santa. Erró, sin embargo, como otros billones de concursantes, en la hora. Que exigía extrema precisión: fracciones de segundo. Erró por cuatro segundos. Desgraciadamente, un margen bastante elevado. Se unió al griterío y a los aplausos cuando apareció el rostro eufórico del ganador. Figura monumental, acerada: minero de las colonias lunares. Experto en concursos a juzgar por el tamaño de la cabeza salpicada de protuberancias. Chips de expansión de memoria, enciclopedias adjuntas. Aceleradores de búsqueda.

El ganador sonreía con una espléndida, aunque anticuada, dentadura Regansón 1500.

Junto a Regansón, resplandecía su inseparable compañera y lugarteniente Kiutty. Todas las encuestas lo ratificaban: el Objeto de Entretenimiento Sexual más solicitado del planeta. Senos antigravitacionales, cultivados y violetas. Sueño viviente. Primer amor, máxima demanda en Masturbadores. Ideal: rajita olorosa: vellos: pelusa. Movimientos tibios y envolventes.

Senos gruesos, curvos, temblorosos y ascendentes. Simpatía arrasadora. Piernas eternas. Pezones tiernos. Gotas. Piel bronce. Caderas absorbentes. Diosa. Rostro de niña traviesa. Mirada que fluctuaba de la ultrajable inocencia a la depravación total con naturalidad absoluta, sin perder su latido maternal: Kiutty.

Ahora se exhortaba a los participantes a compartir algún episodio íntimo con los conductores del programa. Moitón también lo hizo, albergando la esperanza de merecer la atención de las SuperEstrellas, y así ganar algún regalo y, sobre todo, méritos de participación para su HPC.

Con voz trémula, habló de la ocasión en que sus padres lo llevaron al zoológico por primera vez, cómo se negaron a que su hijo viera los animales no virtuales que todavía, en aquella época, se mantenían a la vista del público.

¡Fe trasmitida con entereza en turbias edades! ¡Entrega a la NewRealidad! Proclamó el Coordinador Central del programa.

Aprobación. Aplausos.

A continuación, Moitón recibió la primera sorpresa. ¡Fue seleccionado! ¡Supermaravillosoestupendo!

¡Padres Pioneros! ¡Héroes anónimos que merecen Reconocimiento Eterno! exclamó Regansón volviéndose hacia él. Regansón: Cabellera Entusiasmo, Ojos Confianza. Mentón Triunfo. Mejillas Esplendor. Diseños exclusivos. Irrepetibles por contrato.

Y entonces ocurrió lo inaudito: Regansón lo miró, a él, sólo a él entre billones, y pronunció su nombre: ¡letras enriquecidas, existencia mejorada por su voz! E inmediatamente, echó a andar, abrió los brazos, ladeó la cabeza con gesto arrebatador y característico a medida que se corporeizaba al salir de la pantalla.

Dando entusiastas zancadas se aproximó al paralizado científico y lo abrazó.

Vestía una túnica color turquesa que olía a optimismo y entusiasmo.

Moitón sintió la excelencia virtualcarnal de la VeryFirstClassPersonality, su embriagante fragancia, la textura acaramelada de su piel, la majestuosidad de su condición de Salvado, de habitante de WebLand-Tierra Santa. Se tambaleó ante el impacto de tanta distinción, superioridad y pureza.

¡No sucedía a menudo que el Líder Absoluto del Entretenimiento Mundial felicitara personalmente a un consumidor, que saliera del mundo virtualcarnal y descendiera a la Antigua Realidad de Tierra Firme para hacerlo!

Claro que, enseguida Moitón lo escuchó de boca de Regansón, perfume arrebatador de su aliento, había un motivo adicional al interés despertado por su testimonio: ¡con la Kiuttyclon adquirida por Moitón sumaban cien millones de Kiuttyclones vendidos!

¡En veinticuatro horas!

Kiutty, desde el mítico escenario, dedicó su arrebatador, exquisito mohín al afortunado ganador; a continuación dio un chupón a cada uno de sus pezones y lanzó un elegante chorro de leche al paralizado Moitón.

El níveo arco trazado por el líquido cruzó de una realidad a otra dejando una estela chisporroteante que hizo estallar de júbilo a medio planeta.

El chorro había acertado en pleno rostro al científico que cerró los ojos, sacó la lengua y la extendió en una y otra dirección, buscando los residuos. Líquido precioso, ambrosía toonica cargada de Gen de Dios. La leche de Kiutty tenía propiedades terapéuticas y eran pocos los afortunados que podían permitirse pagar un pequeño frasco de aquel elixir.

Moitón, haciendo un gran esfuerzo consiguió recuperar la compostura y portarse a la altura de su nivel en la Escala. Aunque tenía deseos de lanzarse al suelo y chillar y patalear de histérica felicidad.

Ya de regreso a WebLand-Tierra Santa, Regansón dejó ver un resumen de la vida de Moitón, destacando sus logros académicos, su historial ascendente en la Escala de Consumo. Mencionó el rascacielos donde se hallaba el hogar del ganador: panorámica de NewManhattan primero y luego el edificio que reproducía el cuerpo del personaje que le daba nombre: Pocahontas Center. Casi pegado a El Cielo, las ventanas del apartamento de Moitón. Primer plano. Aproximación vertiginosa. Figura junto a la cama. Ganador en pantalla.

Aplausos. Vítores.

Himno *Supermaravillosoestupendo.*

Regansón le obsequiaría un supermaravillosoestupendo producto virtual-carnal, a elegir del catálogo SMEHXT, por su magnífica participación en el programa y por excelencia consumidora de productos supermaravillosoestupendos.

¡Supermaravillosoestupendo!

Desfile de productos compitiendo por la atención del ganador. Moitón escogió un Paisaje Mimético; le sería muy útil para evadir colegas molestos cuando asistiera a los Congresos Toonicos. Y podría usarlo en Tierra Firme y en WebLand-Tierra Santa.

El artilugio, capaz de reproducir miles de ambientes haciendo invisible la figura del usuario, salió sonriendo del TVTual y fue a ponerse a las órdenes de su amo. Entusiasmado, deseoso de mostrar sus habilidades.

Moitón le ordenó ocultarse hasta nueva orden. El Paisaje Mimético reprodujo a velocidad fulminante el trozo de habitación donde se hallaba y se esfumó.

Virtualcarnalmente preciosa, inigualable, divino primer plano, Kiutty le envió un beso largo y goteante. Prolongación pulposa la boca. Ardor los cabellos. Ojos afilados, maternolujuriosos. Túnica que transforma y señala. Deseo. Reacción epifánica del público. Corriente lúdica conectando billones de cuerpos. Baño incestuoso.

Todo es Juego, Entretenimiento, Palabra de Dios.

Senos antigravitacionalcs y goteantes.

Pubis angelical, vulva gordezuela.

Clítoris. Erección en progreso.

Por el resto del programa Moitón petmaneció en éxtasis.

LA NOCHE

Detrás quedaban los cadáveres destripados. MicMasters, Clones Reforzados, Monjes Lladrós, Cánceres Disney formando una accidentada amalgama de colores, magma de vísceras esparcidas, trozos aún en movimiento entre el humo de los ejércitos de nanoresucitadoras y nanorestauradoras, reemsamblando los cuerpos, retejiendo órganos, restaurando las paredes y el suelo del túnel de acceso, la explanada salpicada de sangre, agujereada aquí y allá por las balas y las explosiones.

Escenario: un túnel de virtuconcreto que desemboca en una explanada bordeada de virtuárboles bajo un terso virtucielo: amanecer del mes de abril, pujante, perpetua primavera en el arbolado virtuvestíbulo de la instalación. Virtujardines fragantes, virtuinsectos zumbones. Virtumariposas, olor a virtuhierba recién cortada. A la derecha de la virtuexplanada la pequeña virtuestación a la que arriban los ganadores del SORTEONOCHE. Al frente, La Santa Pared que todo visitante debe atravesar y que detecta cualquier virus, la ausencia del Gen de Dios o peligrosas descargas químicas de animosidad en el cerebro de los agraciados.

Al transponer La Santa Pared una circular antesala de piso de virtutierra donde despojarse de la ropa, pues sólo desnudos es permitido ver La Noche (motivos de seguridad); luego la curva e impenetrable estructura de la virtucúpula y la gruesa virtupuerta que da acceso al recinto.

La antesala sirvió de punto de desembarco. Burlando los sistemas de seguridad subterráneos gracias a la perfección de su Paisaje-Ilusión, Orlán emergió de las profundidades como un preñado fantasma.

Cayeron por sorpresa sobre la atónita guardia. El combate fue feroz y breve.

Un pelotón de Mics, cuatro Clones Reforzado, dos Monjes Lladrós (*En el green con Papá* y *Alegoría a la Libertad; con peana incluida*) y cuatro Cánceres Disney constituían una oposición formidable.

Resultaba crucial neutralizar al enemigo en el menor tiempo posible: lo consiguieron con una descarga de música antientretenida virulenta a cargo de las Monjas Impolutas y un ingenioso truco de Orlán: cuando salió de la tierra: pompa engrasada, gran trozo de placenta, volvió a ser el cuadro donde viajaban.

La milicia del capitán Frans Banning Cocq se corporeizó en todo su esplendor transgresor, antientretenido, y desestabilizador. Casaca cegadora de Willen van Ruytenburgh, danza burlona del golfillo de la pólvora, gallinas colgantes en el cinto de las niñas luminosas, puñetazo de vino y carne corrupta, lluvia áurea, mosquetones y alabardas…

Alfil Tres, Asún, Clonliebre, Pierre Bonnard y las Monjas Impolutas ocultos tras las figuras, en la penumbra bajo la arcada.

El impacto fue brutal. Ataque de tedio general: convulsiones, vómitos, pérdidas de coordinación muscular, agudos mareos y alucinaciones en el enemigo.

Los Clones Reforzados cayeron de rodillas: bocas torcidas, ahogos, manos al cuello.

Mics: temblores, erupciones en la piel, insoportables picores, migrañas.

Lladrós: incontinencia, automutilaciones, arrebato incestuoso del niño, dolores menstruales, peana reblandecida, tembladera.

Llanto de soledad de los Disneys.

Sólo duró unos desconcertantes segundos, pero bastó para que los guerreros de Orlán surgieran de su escondite y los aniquilaran sin que opusieran resistencia.

Canto aburrimiento sostenido. Bramar de la Relincher 457 propagando agujeros, desmembramientos, destrozos. Ladridos del McColt 360 de Asún liberando proyectiles desintegradores. Pátina de rocío, medusas, chirriar de chicharras en los sablazos del Pandillero.

Neutralizados los rivales, la Blasfema Máxima reapareció tal y como Alfil Tres la viera por primera vez, al final del sendero amarillo. Cuerpo cambiante, insondable. Carnalidad Guston, perfil Picasso derivando hacia Jackson Pollock. Belleza encarnada. Poesía Gruenewald, ternuras Rafael. Matisse dibujado por Rembrant. Caderas Cezanne, alas de águila a punto de emprender el vuelo. Delicadezas Perugino. Dulzuras Piero de la Francesca. Alaridos Ensor. Vientre, muslos, piernas de Fidias. Olores de Raoul Duffy. Marilyn abierta, orgasmo recién disfrutado. Playas pintadas o esculpidas. Boca que atesora un beso en la comisura del lado derecho, beso imposible de conseguir. Lengua de perversiones abismales y cremosas. Dientecillos filosos en los que hay rastros de las primeras risas y de las inaugurales dentelladas. Rostro de una libertad intolerable, de una intolerable inocencia.

El cuadro de Rembrant volvía a estar archivado en su interior.

¡Adiós Capitán Cocq, adiós teniente Van Ruytenburgh, adiós señor Rombout Kent, adiós señor Reijnier Engelen...!

Avanzaron hacia la puerta.

(La Noche: Cuando la ausencia de ozono transformó la atmósfera en un colador mortífero y los rayos ultravioletas C y B, tormentas químicas, acumulamientos de gases venenosos en la troposfera y otros horrores tornaron la noche en un espectáculo deprimente y aterrador, pestilencia insoportable llena de lluvias ácidas y peligrosas aves mutantes carnívoras, Dios Nuestro Señor prometió salvarla, resucitarla en el nuevo planeta WebLand-Tierra Santa. El planeta virtualcarnal tendría un cielo, un cielo limpio y una noche serena y olorosa, atiborrada de estrellas como la de antes de las Guerras del Reorden; dijo.

La antigua noche de los primeros tiempos, jamás contaminada por luces humanas, la noche pura de un millón de años atrás; dijo.

Mientras transcurrían los seis días de la creación del planeta virtualcarnal, proceso que se prolongaba ya por más de dos siglos, los habitantes de WebLand-Tierra Santa y Tierra Firme tendrían una oportunidad de visitar La Noche: gracia concedida por Dios Nuestro Señor.

La Noche permanecía bajo custodia en un lugar secreto, convertida en Exquisito Objeto de Consumo, Categoría Entretenimiento Supremo, lo máximo en la Escala. A la espera de ser instalada en el firmamento virtualcarnal.

Sensación de extrema exclusividad para los elegidos. Consumo cargado de divinas resonancias. Quien fuera seleccionado para ver La Noche ascendía automáticamente un nivel en la Escala de Consumo, recibía dosis gratuitas de Gen de Dios y ganaba una subversión estatal y reconocimiento social de por vida.

Muchos esperarían siglos para verla, muchos no la verían jamás.

¿Cómo acceder a los vedados territorios donde se conserva La Noche? Mediante el SORTEONOCHE. Sorteo semanal auspiciado por DisneyCorp y el Gobierno Mundial. Billones que aguardan y sólo un puñado de afortunados.

SORTEONOCHE: número tres en los niveles de audiencia universal desde el día de su inauguración. Sólo superado por Supermaravillosoestupendo y los partidos de la Liga de Dioses. Sorteo auspiciado por El Cielo.

Dios Nuestro Señor les había devuelto La Noche. No en la insoportable Intemperie del carcomido planeta, sino en las crecientes entrañas del NewPlaneta, en las entrañas de WebLand-Tierra Santa. Misteriosos son los caminos de Dios Nuestro Señor.

¿Cómo era La Noche? Nadie se ponía de acuerdo al respecto.

Rostro infantil, cuerpo sedoso, pechos goteantes, vientre acogedor. Caracol rosado y peludo: muslos abiertos. Boca temblorosa. Pequeña, sola, ofrecida, humilde. Puta niña: decían.

Infinita, multitudinaria, sobrecogedora, apabullante: decían. Esbelta, tubular, tímida, sonriente, musical. Juguetona, andrógina: decían.

Gigantesca, feroz, acorazada, peligrosa, colmilluda. Sangrienta. Ocupando todo el horizonte y derramándose. Voluble y hechizante, depredadora. Turbia: decían.

Delgada, nubosa, vestida de floresta recién llovida, tiernos repuntes, ramas brotando de su pecho. Piel milenaria, costras de arrugas: decían.

Sinuosa, aceitada, sutil, letal, hipnotizante, brazos-cerco en cuyo interior agonizaban océanos de antes: decían. La Noche.)

Aguardaban.

La virtucúpula, descomunal huevo de paredes impenetrables, semienterrado, surgiendo de la tierra. Color virtugranito, vetas diamantinas en la joya receptáculo. Nido. Bóveda. Caja de música. Carpa. Disímiles emanaciones. Arcón de los juguetes. Pelota. Panteón. Circo.

Las Monjas Impolutas permanecían unos pasos rezagadas, atentas al progreso de las nanoresucitadoras y a la llegada de nuevos enemigos. La piel de Clonliebre, surcada de goterones de sangre coagulada; los bigotes zumbantes. Alfil Tres aún mantenía desenvainada la goteante Miyamoto. El rostro de Asún trasudaba niñez; el cuerpo apoyado en el cañón del fusil. Bonnard tenía lista su libreta de apuntes. Orlán Veinticinco era un ciprés jadeante contra una noche de estrellas que estallan: su ser, dialogando con los códigos de acceso.

La puerta comenzó a moverse.

Un susurro amamantado, gorjeante, astado, que avanzaba erguido sobre patas de dedos palmeados vino desde el interior de la nave.

¿Bóvido? ¿Anátida?

La cabeza de Orlán Veinticinco se hinchó: estrella rotatoria, lianas, tejidos ventriculares, manadas de delfines, plancton, panteras, trompas: nariz poblada de miles de narices: olfateó las vastedades de la Creación.

No tenían mucho tiempo.

Jaurías de Monjes Lladrós, MicMasters rastreadores y una nube de Mics del ejército Mundial estaban en camino para impedirles la retirada.

La Máxima Blasfemia lanzó un fantasma de sí misma, una Ilusión Exploradora que proyectada por la estrella giratoria partió veloz. Diseminaría pistas falsas, se dejaría sentir, insuflaría esperanzas de triunfo en sus perseguidores. Los distraería por un tiempo.

La puerta terminó de abrirse.

Entraron.

La hierba, humedecida por un delicado sudor recibió sus pasos. Suspirantes hilos verdes que acariciaban sus tobillos. Trepadores. Hechizo. Presencia que late como un fervor. Su saliva, salpicándolos. El romper de las olas abajo. Estaban al borde de un acantilado: en el horizonte la oscuridad tenía un carácter sedoso, traspasado de estrellas. La atmósfera impregnada de una espuma iridiscente que ascendía del oleaje. Alta, la madrugada. El aire aterciopelado entraba en los pulmones como un helado, como un dulce, como el olor del cuerpo de una madre que nos abraza, poseía la textura de una frase de amor. El acantilado se abría cual boca fresca sobre el vacío y el mar. Piedrecillas, tierra roja, guijarros, bolsones de arena gruesa. Flores minúsculas, blancas. Bordes ensalivados de las rocas, la franja, en forma de herradura, cubierta de una pilosa, mullida capa de hierba. El mar abajo terso, dedos acolchados terminando sobre la plateada arena de la playa.

Con la excepción de Orlán, ninguno había levantado el rostro. Los embargaba la humildad, una sensación de insignificancia irremediable, un agradecimiento imposible de combatir.

Clonliebre y Asún domados por su presencia.

Pierre Bonnard ahogado por la nostalgia, empañados los cristales de las gafas apretó a Poucette contra su pecho y buscó en su alma la verdad de La Noche como se busca el alma de un cuadro. Dudas. Asombro. No encontró el misterio de hallarse ante algo auténtico. Perfección, ausencia de contingencia, satisfacción, seguridades encontró.

Alfil Tres, al principio, la sintió llegar como llega un árbol. Tronco espinoso de sus sueños, siempre el árbol de sus sueños, siempre esa presencia maternal e inquietante creciendo en el interior de su cuerpo. Pensó que si cortaran su piel en este momento, brotaría un líquido verde, clorofílico. Sabor a ternura en su boca, textura de semen en la mirada, dulzor endurecido en los testículos.

Pero un aluvión de desasosiego enturbió estas sensaciones. Hizo que su cuerpo se estremeciera violentamente. ¿Por qué?

No miró el rostro de la Terrorista en ese momento: ella sonreía, pendiente de las reacciones del Pandillero.

Tenía que ver la La Noche, era imprescindible estar en su presencia aunque sólo fuera por un segundo si tenía que enfrentarse al Hijo de Dios. Orlán se mostraba categórica al respecto. La Noche verdadera, aclaraba, parte del sin sentido primigenio del Universo. Gota de sabia del árbol del Caos inicial.

Alfil Tres no entendía el significado de aquellas aclaraciones.

El Gordo afirmaba que La Noche era *como si algo se hubiera caído sobre la tierra, un descendimiento.* Una mano avanzando hacia él, inaugurando lo desconocido. Lo sabía a través de Orlán. Pero el muchacho tampoco tenía la menor idea de lo que quería decir con eso.

Levantaron la mirada.

Apareció, en todo su esplendor.

Arriba, ella: comba, ocupando todo el firmamento, haciéndolo infinito y pulposo. Espejismo de luceros y cometas errantes. Zumos. Latidos. Bajo su presencia protectora se sintieron como niños desamparados. Miríadas de estrellas, cercanas (¿tocables?, si se empinaban sobre los dedos de los pies) como guiños, como mínimas lágrimas.

Oleadas de amor seguro que entibió sus corazones y sus rostros. Morbidez insondable.

Ray cayó de rodillas, Asún lo siguió.

El rostro de Bonnard, confuso, se volvió hacia la Terrorista.

Otra vez la desazón se abrió camino en el corazón del Alfil, contra su voluntad, aunque hubiera preferido dejarse proteger, sentirse parte de aquella voz maternal y paternal a un tiempo, pertenecer a la voz fundida con esplendor de astros, soles desintegrados, imposibles distancias, millones de galaxias y con el susurro de la hierba y la tierra y la morada majestuosidad del mar.

La Noche hermosa desplegada cual ensoñación, como acto de prestidigitación, como testigo inmemorial de las esperanzas humanas. Nochepaz, Nocherefugio, Noche Entretenimiento Sublime e Incomparable.

Orlán seguía inmóvil.

Contemplándolos.

Luciendo una rara sonrisa.

Orlán.

Su voz entró, filo de luz, en la atmósfera mágica. Deshaciéndola. Esta no es La Noche, dijo.

Y el hechizo, el veneno del Entretenimiento comenzó a disiparse dejándolos a merced de lo inseguro y de lo inconmensurable.

Les mostraré la verdadera Noche... lo que ven no es más que parte del Gran Engendro, parte de ese Dios orejudo y rabilargo.

Inclinándose, la Blasfemia Máxima puso la palma de la mano en el suelo.

Hierbas, roca, piedrecillas, arrecifes, mar, viento, oleaje, horizonte, estrellas, cielo: diluidos. Ríos filiformes. La carcasa de la imagen se fragmentó en infinitos pixels tridimensionales y comenzó a desintegrarse. Superficie que explosiona, fuegos de artificio, imagen fluyendo vertiginosa. El chorro de información virtualcarnalizada se desordenó separándose en millones de redecillas, tejidos, ascendió como una tromba que provocó un remolino absorbente que dócil fue a perderse en la mano de la Artista.

Música de feria, cristalinos crujidos.

El paisaje confluyó en la palma de la mano de Orlán: fue apareciendo la superficie desnuda del recinto, las gruesas paredes de virtuhormigón reforzado. El desolado interior de la cárcel.

Celda. Tumba.

Olor a podredumbre.

Zumbido siniestro, entrechocar de incontables mandíbulas.

En el centro, dentro de una gran jaula transparente, había una criatura echada. Sumergida en una nube de polvo finísimo y negro que flotaba a su alrededor como una aureola. Pero no era polvo, sino batallones de divinos insectos provistos de triples hileras de colmillos, dedicados sin tregua a devorar, a masticar, a triturar, a contaminar de newrealidad el cuerpo de La Noche: Gen de Dios.

La criatura era blanda, corpulenta, indistinta, de límites cambiantes. Ora angulosa, ora abombada, ora adragonada, ora mínima, ora agelatinada, ora gigantesca, ora sólida tristeza, ora belleza condenada, ora ninfa, ora aria, ora duda apoteósica, ora poesía desesperada, ora música, ora hadas, ora indiferente intemperie, ora milagro...

Percibieron, como una ensoñación, su presencia lacerada, menguante. Sintieron su fragancia. Una limpieza prístina provenía de su inutilidad, de su despropósito, de su primordial absurdo, de su cercanía al Caos primigenio.

Animal remoto, del primer estallido.

Ser de los Principios de la Antigua Naturaleza.

Ser diluviado.

Sus párpados se abrieron. Contempló al grupo.

Los lagrimosos ojos infantiles, las marinas pestañas.

¿Qué fueron sino rocíos de los prados?
¿Qué fueron sino verduras de las eras?

Sus palabras vencieron el encierro y llegaron, débiles pero audibles, a las cinco figuras que la contemplaban inmóviles.

Voz ultrajadamente hermosa.

La piel llagada, putrefacta. Sin cesar atacada y traspasada por la nube de genes. Pústulas sobre el lomo ondulado y escamoso. Purulentas. Cubriendo las infinitas aletas. El lomo escamoso. La astada cabeza. Los nacarados brazos. Los turgentes pechos. Bullendo como un hervidero ácido a lo largo del vientre, la espalda, en el rostro carcomido.

Una piedad inmensa los abarcó. Ella, La Noche, los compadecía.

Humanos… dijo. Y en su boca esa palabra comprendía todas las desdichas. Ojos que han visto las eras, que han visto lo que queda y lo que arde.

Caracol, mariposa nocturna, babosa, cocuyos, conversaciones con el mar, caricias otorgadas a la tierra, desnudeces, suspiros arbóreos, desamparo de animal extinguido, cuerpos amantes, ruido de ciudades borradas, destellos de ríos entre florestas, valles, cumbres: las formas de su cuerpo.

Especies tiempo atrás extinguidas en Tierra Firme afloraban a su mirada. Echaban un vistazo a los forasteros como quien se asoma a un balcón.

Mutaba constantemente para retardar la corrupción. Cuando las alimañas devoraban y pudrían una de sus almas, desplegaba otra y la ofrecía.

Orlán reclinó la cabeza contra la superficie de la jaula. La Noche se aproximó trabajosamente, dejando al arrastrarse una estela sanguinolenta. Apoyó la frente contra la de la Artista.

La nube, feroz, se agitó y se concentró en ese punto, haciendo casi imposible discernir las facciones de La Noche.

Pero lo que alcanzaron a ver, entre la actividad febril de los ejércitos del Dios Orejudo, los dejó sin habla.

Belleza innombrable. Desolador enigma.

Rabia, efluvios de El Monte fluyeron en el alma del Alfil. Filicíneos verdores brotaron en la hoja de su espada.

Liberémosla, exclamó avanzando impetuoso, aunque no tenía la menor idea de cómo hacerlo.

Clonliebre y Asún lo siguieron.

Bonnard también dio un paso al frente, sin dejar de dibujar febrilmente.

Orlán los detuvo con un gesto.

Imposible. Tomaría demasiado tiempo penetrar la jaula, y el enemigo está al llegar. Sería inútil, de todas formas; lleva demasiado tiempo luchando contra esa dosis descomunal de Gen Pestífero; no le queda mucho tiempo de vida. Agoniza. Además, su mundo ya no existe, no sobreviviría un instante afuera, en el estercolero de Tierra Firme, o en la falsedad del New-Planeta. Y no podemos llevarla con nosotros; mi pobre cuerpo no podría contener tanta belleza, ni siquiera ahora que está tan disminuida y débil. Hace tiempo soñé con robarla y llevarla a El Monte. Pero era sólo un sueño. Somos muy pobres, los mejores podemos apenas atisbar su rostro, pero jamás convivir con ella; nos mataría.

La voz de Orlán sonaba triste, como la voz de alguien que sabe quién es.

Acérquense, siéntanla para que siempre los acompañe. Cuando llegue la hora final recuerden su rostro, morirán mejor...

Todos se aproximaron, apoyaron la frente en la superficie de la jaula.

Llegaban desde un sitio muy lejano las palabras de La Noche:

¿Qué fueron sino rocíos de los prados?
¿Qué fueron sino verduras de las eras?

Dentro, el inverosímil animal se debatía. Estertores. Con un enorme esfuerzo, desplegó ¿para ellos? un ser deslumbrante, de albo traje, luengos cabellos rubios, patas esbeltas y pechos henchidos de chorreantes maravillas. Aleteó delicada, sonrió: toda la ternura del mundo antes de perderse bajo el furibundo manto negro...

La Noche agitó las manos delicadísimas... ¿música?, ¿adiós?, ¿mensaje? y se replegó hacia el centro de la jaula.

Sollozaban.

Orlán volvió la cabeza, inquieta: acababa de recibir un informe enviado por la Ilusión exploradora.

Percibía a los siervos del Orejudo. Han desechado el señuelo. Se acercan.

¡A mí, ordenó.

Ruido de naves, voces de mando, trotar de Disneys, entrechocar de armas, Himno Lladró.

Orlán Veinticinco se abrió como una inmensa flor.

Todos se precipitaron de un salto en el interior de su pecho.

FANTASÍA

La navelimusina se abría paso en el nutrido tráfico.

A bordo, las Barbieclon asistentes se ocupaban de Sullivan Superfan: lo desnudaron e introdujeron en la bañera de *aguaviva*, de donde emergió reluciente y relajado. A continuación lo hicieron tenderse, le quitaron el viejo Masocadelight y lo sustituyeron por uno de última generación ¡un Masocadelight ZU500! Sullivan tuvo un aparatoso orgasmo al instante. Su cuerpo, que acusaba sobre todo en la zona del vientre el tiempo transcurrido frente al TvTri, se desanudó, exhaló un ruidoso suspiro; en su rostro apareció una tímida sonrisa.

Delicias superfánicas.

Empezaban a encontrarse y engarzarse sólidamente las piezas de su nueva vida. Mapa en proceso de definición, ruta confortable e iluminada. Meta: Winnerbeing.

El peso del Sacrobalón sobre el pecho funcionaba como un ancla. Lo mantenía unido a la realidad, le aseguraba que no padecía un maravilloso desvarío. A cortos intervalos llevaba las manos a la cápsula, la acariciaba.

Los artísticos amarres de Master Yukiando le proporcionaban vigor y confianza. Cuerdas vivificadoras. Arte Kawabata.

Lo ataviaron con un elegante trajetúnica tricolor de Superfan y le aplicaron un depilador de cabeza; facilitaba la tarea de repigmentación que comenzaría de inmediato. Emergió una persona completamente diferente a la que, pocas horas antes, entrara a almorzar en el McBurger.

Otro. Un Winnerbeing.

BarbieClon-SlaveSecretaria puso ante sus ojos la pantalla donde relucía un Contrato de Sumisión Absoluta a DiosMike; Sullivan Superfan lo firmó emocionado, luchando por contener las lágrimas.

¿Cómo podía todo esto estar pasándole a él? Se preguntó por millonésima vez.

En la parte delantera del espacioso vehículo, el Presidente y Comandante en Jefe del Manhattan All Stars mantenía una múltiple actividad. NewChicago, NewSeattle, NewSubSanAntonio y NewViena eran algunos de los sitios que requerían su presencia. Master Yukiando no dejaba de trabajar en el torso desnudo, en los muslos, en la espalda del VeryFirstClassMultiEjecutivo: edificaciones minuciosas, ambientes y perfiles en los que destacaban la meticulosa réplica de la sede del NewManhattan All Stars, un rascacielos cuyos últimos veinte pisos estaban formados por una burbuja de plástico vivo que replicaba el rostro animado de DiosMike. Puentes, túneles, avenidas. Multitudes. Río. Estuario. Cumbre artística que al tiempo que prodigio de newestética también incrementaba la energía, la estabilidad, la inteligencia y la eficacia de Ted Koslowsky.

Sullivan Superfan contemplaba la ciudad. Encima: El Cielo cuajado de anuncios; en muchos aparecía promoviendo productos que nunca había visto, aunque estaba convencido de que le encantarían cuando los usara. Debajo y a los lados: el mar en movimiento de millones de vehículos. Los fabulosos rascacielos: Pocahontas Center de piel morena y traje de cuero, cabellera negra de ascensores, brazos extendidos que sostienen un jardín colgante: VirtuEmpire State Building, el único edificio totalmente reconstruido con virtuacero, virtuconcreto y plástico vivo de la ciudad, luego que el original fuera destruido por un ataque terrorista perpetrado por las Guerrillas Anticonsumo. MOMA, flotando cual vejiga atada a gigantescos cables, nubes de plástico vivo orbitando a su alrededor, conectadas por transparentes túneles que transportaban al público de una a otra sala de ArteEntretenimiento: Doritos Center, bolsa plateada de doscientos pisos de altura, ondulante y crujiente patata espejo que refleja la vida de la urbe. Supermaravillosoestupendo Center, imagen de Regansón abriendo sus paternales brazos sobre la isla-ciudad. Las diez negras torres del Bank Center donde se agrupaban las principales instituciones financieras de NewManhattan girando sobre sí mismas como tornillos que horadaran la tierra…

Legiones de patinetas volatrepadoras se deslizaban temerariamente entre las naves; alaridos, chisporroteos juveniles de sus adolescentes conductores llenaban la atmósfera.

Ascendieron lentamente, pues el tráfico no permitía otra cosa, en busca de zonas menos congestionadas. Se deslizaron junto a los pulidos lomos de los edificios. Rebaños de nanomáquinas devoraban el ácido, reparaban grietas y hacían desaparecer manchas, abolladuras y graffitis.

Era la primera vez que el nuevo Superfan del All Stars veía la ciudad desde esta perspectiva. Las naves de transporte urbano usaban canales de navegación bajos y, por otra parte, el ex mecánico vivía muy cerca de los talleres donde trabajaba y usaba muy raramente el transporte público. Jeff W. Sullivan procedía del sector más bajo de la Escala de Consumo, la depauperada zona NewSubJerseySouth. Había nacido en las catacumbas más pobres, destinadas a los obreros sin esperanzas de salvación. Aquellos que jamás conseguirían la Eternidad pues no tenían medios para mejorar los niveles de Gen de Dios en sus cuerpos. Su padre había muerto en la famosa batalla de Calcuta cuando W. era un niño. MarilyDiva, su madre, era una estrella de VIRTUSEX ROUGE, un local de virtuentretenimiento conocido por la particularidad de sus números eróticos: encuentros sexuales entre seres humanos y virtualcarnalizadas figuras mitológicas. Apenas la había visto en su vida. Sullivan creció bajo la tutela de su abuela, que murió cuando este entraba en la adolescencia. En esa ocasión, MarilyDiva, ya para entonces una conocida estrella virtusexual, acudió a la ceremonia de despedida. La visita duró unos minutos. Su esplendorosa presencia, su poderosa sexualidad marcaron a su hijo para siempre. Desde ese momento una fanática admiración, mezclada con deseo, se apoderó del joven W. Extremadamente hermosa, la señora Sullivan era alta, con una impresionante melena rubia que se alzaba alrededor de su rostro como un aromático telón que ocultara deliciosas depravaciones, un cuerpo portentoso y una sonrisa delicada que otorgaba a su rostro ávido un ápice de irresistible inocencia. En aquella ocasión MarilyDiva abrazó a W. tiernamente, olor embriagante, y mirándolo a los ojos le dijo: eres un hombre atractivo, como tu padre... te amo.

Jamás la volvió a ver. Pero su imagen alimentaba las fantasías eróticas del adolescente W. y luego del adulto Sullivan.

Jeff W. Sullivan estaba condenado por nacimiento a la extinción, a perderse en la inmensidad de la nada, la muerte y el olvido anteriores a la llegada de Dios Nuestro Señor. No obstante esta calamidad fundamental, su historia podía considerarse, hasta que fuera bendecido con la aparición de DiosMike, como una de relativo éxito.

Apenas superada la educación primaria, W. fue seleccionado por el Ejército Mundial para incorporarse a las Juventudes de Dios Nuestro Señor, gracias a sus excelentes calificaciones en Historia de Dios. Uno de los teólogos regionales encargados de juzgar a los aspirantes de NewSubJerseySouth sometió una evaluación señalando: «la dedicación extraordinaria del alumno Jeff W. Sullivan, sus excelentes condiciones físicas a pesar de su nacimiento sin ventajas de enriquecimiento genético, su talento para reparar maquinarias, sus dotes deportivas y sobre todo su devoción a Dios Nuestro Señor y su inquebrantable fe en sus doctrinas». Participó en la Tercera Guerra del Reorden. La que decidió el futuro de la humanidad. La más fulminante y devastadora de las Guerras del Reorden. Eran tiempos épicos, tiempos de reordenación definitiva del planeta, de catalogación de territorios y países según su capacidad de consumo, exterminio de *especies no consumidoras no civilizadas, inferiores y no humanas eliminables* (según la Escala de Consumo y la Cuarta Convención de Salvación Mundial) y otras conquistas fundamentales. Años en los que se luchó duramente para imponer Orden al Caos del mundo.

Los esfuerzos de las Naciones Civilizadas eran insuficientes: continuaban los incesantes levantamientos en países desordenados, los derrumbes del sistema financiero internacional, los ataques terroristas, la propagación de enfermedades endémicas que amenazaban con expandirse a las naciones civilizadas, la superproliferación de razas inferiores y dependientes y, sobre todo, los intolerables ataques, usando armas nucleares primitivas, de la Liga de Naciones Terroristas contra capitales como Madrid, Bonn, Seattle y Ciudad de México, entre otras. Ese fue el detonante que desencadenó la Tercera Guerra del Reorden. Las Naciones Civilizadas respondieron, esta vez resueltas a solucionar las cosas de forma permanente; no para imponer soluciones temporales que sólo alimentaban el Caos.

El precio fue alto, medio mundo quedó devastado, la capa de ozono agujereada, pero la humanidad al fin encontró Orden, Seguridad, y una posibilidad real de derrotar la muerte, una oportunidad de eternidad personal gracias a la Resurrección de Dios Nuestro Señor en el planeta virtual-carnal WebLand-Tierra Santa que coincidió con el conflicto. Surgió el Ejército Mundial, Tierra Firme, los Ejércitos Corporativos y los Mandamientos Mundiales, DisneyCorp cedió los territorios virtuales al Consejo Teológico Mundial, hizo públicas las Revelaciones Divinas del Apóstol Walt y comenzó la inoculación masiva del Gen de Dios en la población de Tierra Firme atendiendo a sus posiciones en la Escala de Consumo y al Historial de Consumo Personal (HPC).

La Cultura de la Muerte iniciaba su inexorable rodar hacia la nada y la extinción.

¡Alabado sea Dios Nuestro Señor!

El joven Sullivan conoció los desolados desiertos africanos tras la heroica Ofensiva Mic Master, el olor de las montañas de cadáveres ardiendo en la oscuridad como erupciones volcánicas, presenció la pulverización de las ciudades terroristas bajo los Andes y en las profundidades del desierto del Sahara, el exterminio de las violentas tribus del Caribe, escuchó el canto del último quetzal, vio el postrer centelleo de lago Tangañica antes de evaporarse, contempló en la lejanía el bulboso resplandor de los fulminantes ataques que desinfectaban, es decir volatilizaban, las abarrotadas ciudades de Calcuta, Bagdad, Nairobi, Luanda, Argel, El Cairo, Brazzaville, La Habana y Buenos Aires, pueblos evaporados ascendían en el aire, cenizas, e iban a juntarse con otras cenizas en la troposfera, sobre el Pacífico, para luego derivar arrastradas por los vientos hasta ciudades de Tierra Firme: descendían sobre ellas: confeti: parte de las fiestas callejeras convocadas bajo Los Cielos en construcción para celebrar las victorias de los ejércitos aliados. Participó en los vuelos rasantes de las naves que diseminaban las pestes programadas, vio, abajo, sobre las llanuras calcinadas el inexorable avance de los Ejércitos Antibacteriológicos de DisneyCorp descontaminando, reciclando, disneyficando las áreas ya despobladas, vio los ríos de llamas, las pozas bullentes de los inmensos incineradores en la tibia noche africana, oyó el rugido del último ejemplar de una especie aniquilada. Vio las fuerzas de Dios Nuestro Señor y del Reorden descargar su furia sobre el Caos de la Tierra y vencerlo.

Durante su estancia en las fuerzas armadas Sullivan fue instruido como mecánico de naves de transporte pues según su perfil genético mostraba gran habilidad para reparar toda clase de maquinarias. Cuando fue desmovilizado, continuó ejerciendo su oficio. Gracias a su excelente hoja de servicios, alcanzó una segura posición en la sección de mantenimiento de la Autoridad de Transporte de NewManhattan, lo que le aseguraba un sueldo decente, cierta estabilidad laboral y le permitía tener un piso propio, mínimo y subterráneo pero suyo, en SubNewJerseyNorth, y coleccionar artículos de DiosMike, antes de que fuera seducido por Kiutty y Regansón. No era poca cosa, para alguien que venía de SubNewJerseySouth.

Descendían otra vez. A lo lejos, el horizonte se iba ocupando con la imponente mole del Cathedral Center. Sullivan Superfan, silencioso, sintiendo las fabulosas mordidas, cauterizaciones y restauraciones cutáneas de su nuevo Masocadelight ZU500 contemplaba el paisaje con aire ausente. Sumido en una nata mitad recuerdos, mitad sueños. El aparato, blando y tibio, pinchante vagina, envolvía su miembro como a un tesoro, como a una víctima amada y exquisita. Ejecutaba su danza en el mismo borde de lo soportable, expandía sus límites, perforaba, cortaba, tiraba, mordía, perforaba, enriquecía el placer del nuevo superfan con inéditas dosis de dolor. Un mundo inexplorado se abría como una punzada precisa. Volvió a eyacular. Painplacer Máximo. Dos nuevas pastillas de semen cayeron en el pequeño recipiente que estaba ya casi lleno. Llevó la mano al flamante cinto y tomó una. Click.

El sabor del semen se expandió, oleada agridulce, por su cuerpo. Suspiró.

Una nube menguante y desdibujada, melancólica e infantil se apoderó de su ánimo.

God is Fun! God is Fun!

DiosMike. ¡Loado sea! Volvió a verlo en los baños del McBurguer, fulgores hímnicos, ambrosía, la cabeza pulida brillando gloriosa, las grandes manos acharoladas reposando sabias sobre el Sacrobalón, produciendo un celestial fulgor, los cincuenta anillos de Campeón de la Liga de Dioses, el poderoso y grácil cuerpo flotando en la luz de ramas algodonosas, en medio de una nube de pajarillos que entonan el Himno del NewManhattan All Stars, nubes incendiadas en fulgores de amanecer, trompeteos de cohortes angélicas, resonar de cascabeles, chirimías, dulces violines: el rostro rezumando comprensión y paternidad.

Tras la del AtletaDios, la figura de MarilyDiva regresó turgente, envuelta en una nube dorada, en un aliento embriagador ¿Qué pensaría su madre de todo aquello? ¿Estaría orgulloso de él? ¡Seguro que lo estaría! El espectro del mecánico sucio y grasiento comenzaba a difuminarse y su nuevo ser irrumpía radiante, imbatible como una divina entrada al aro de DiosMike. No sabía si las cápsulas relajantes y las dosis masivas de Gen de Dios que le inoculara el Barbieclon SlaveEnfermera tenían algo que ver con su estado de ánimo, sospechaba que mucho, y deseaba fervientemente que los efectos fueran duraderos, permanentes.

Sintió asco y algo de pena por la figura desastrada del mecánico losserbeing que desaparecía, cabizbajo, carcomido por la vergüenza y la derrota en las trastiendas de su mente. La benevolencia de DiosMike lo había salvado de aquel siniestro destino. Ahora era un winnerbeing.

Bebió un sorbo de SupremeCoke, *el único líquido que calma la sed del cuerpo y del espíritu* (Santas Verdades Corporativas, Capítulo 567, Acápite 40, Salmo 36. Código 47XZ).

Recordó la última vez que vio a su madre, cuando todavía era un adolescente. Al principio Sullivan la odió por alejarse, por abandonarlo. Luego comprendió que ser una winnerbeing era lo más importante (¡cuán perfectamente lo entendía ahora!) y comenzó a seguir la carrera de MarilyDiva con pasión, a considerarla su heroína, a coleccionar los productos relacionados con sus espectáculos e integrarla a sus fantasías sexuales... o a su fantasía sexual, pues siempre era la misma... (Fantasía. Escenario: Playa: Hotel: *La luz como talco empolvorea las cosas. Bajo las aguas transparentes los cuerpos plateados, peces; las pequeñas nubes de arena que levantan. El lomo del mar: colosal cuadrúpedo. Los bañistas arracimados bajo las sombrillas, o tendidos al Sol. Los blanquísimos niños, los depilados adolescentes.*

La fachada del hotel proyecta cientos de terrazas móviles sobre el octagonal, transparente vestíbulo erizado de palmeras. Crepitan las naves en el exterior de la esfera que contiene el complejo turístico, maniobran para enchufarse a las cámaras antivíricas de acceso. El zumbido de las máquinas que impulsan las olas cronometradas, el perfecto pulsar de la brisa sobre el panorama temático, clonado: Cayo Cocos, verano de 1960: naturaleza virgen e inofensiva de antes de las Guerras del Reorden y la erupción de las Grandes Plagas.

El paisaje, adosado a la oblonga estructura del Sheraton NewCaribe tiene ese acabado impecable propio de los Sheratons. Familiar y cercano, relajante y paternal, superentretenido. MarilyDiva recibe trato especial en los Sheratons, no es una simple turista, es una famosa artista, una conocida winnerbeing y una fansheraton certificada. Lo que acarrea una serie de sustanciales ventajas. Entre las que destaca un Masturbador ZXTH de última generación. Y dentro del ZXTH: El Centauro.

MarilyDiva se estira a la sombra de sus admiradores que forman un círculo en torno a ella y lo busca, ansiosa, con la mirada. ¿Dónde está mi adorado Jeff?, dice. Todos la escuchan y se preguntan quién es el afortunado Jeff.

Afuera: más allá del cayo-esfera donde está encerrado el complejo turístico, se extienden los 111.000 kilómetros de basurero correspondientes a Garbageland. Y el mar contaminado, grasoso, color salmón. Plantas Recicladoras. Plantas Energéticas. Laboratorios militares. Montañas de desechos. Zonas de caza. Safaris organizados en busca de especies mutantes y de nativos sobrevivientes de las últimas Pestes Programadas. Gigantescos puentes que corren hacia NewFlorida. Sol mortífero penetrando a través de los inmensos agujeros en la capa de ozono. Horno. Hedor.

Dentro: la brisa chorrea una somnolencia cremosa que hace casi imposible mantener los ojos abiertos. Paz, solaz, aire puro, seguridad, placidez, comodidad Sheraton. Perfumes. A salvo del Sol y de las contaminaciones. Clones sirvientes, esbeltos y eficientes, incansables y ligeros, se deslizan entre los vacacionistas; pendientes de los deseos de MarilyDiva. Tonificadores, renovadores celulares, bebidas heladas y rejuvenecedoras. La piel de los clones sirvientes es de un color tostado vigoroso que MarilyDiva ha visto en el vientre del Centauro.

El color le produce cosquilleos; se toca los pechos.

Yo la observo, tembloroso, oculto tras la muralla de admiradores; sin permitir que me vea.

La playa semicircular termina en un bosquecillo denso, rico, color esmeralda. El cielo engarza herméticamente con el horizonte tenuemente rizado y se cierra detrás de la enorme silueta del hotel, como un broche. La esfera reproduce la liberadora, deliciosa sensación de distancia, de espacio abierto hacia un lejano horizonte; del cenit cuelga el Sol, los distantes dientes blancos de la espuma rechinan sobre un indistinguible arrecife; lejos. Del cielo penden unas nubecillas que se deshacen humosas al rato de aparecer. Para volver a asomar un poco más allá, más acá, más arriba. El cielo es azul pastel.

MarilyDiva agita la esplendorosa melena que opaca al Sol con sus destellos. Esbeltos, esculturales bañistas caen a sus pies, rendidos.

A juzgar por la creciente humedad entre las piernas, no podrá esperar mucho más tiempo para subir a la habitación. Lo percibo claramente desde mi privilegiada posición. Rezuma el sexo copioso y amarillo.

¿Dónde, pero dónde está mi adorado Jeff?

MarilyDiva, una de las luminarias más deseadas del Entretenimiento VirtuSexual, sólo puede alcanzar el CES (Clímax de Entretenimiento Sexual Total) en presencia del virtufantasma de su fallecido esposo. MarilyDiva lo deseaba y el Masturbador XZTP obedecía: a Esposo-Papá nada lo satisface más que verla durante uno de los virtuespectáculos que la han hecho célebre. Aparecía en cuanto ella entraba a escena y se sentaba a contemplarla. Permanecía inmóvil, en éxtasis, hasta que le brotaban aquellos cuajarones espesos y dulces.

En ese punto MarilyDiva acudía a beberse sus líquidos.

MarilyDiva no ha perdido la esperanza de ganar el amor y la admiración de su hijo Jeff.

Suspira.

Escucho su respiración agitada desde mi escondite. Muerde, impaciente, el grueso labio inferior.

¿Dónde se halla, por qué no llega mi amado Jeff?

Veo el amor aflorar a su bellísimo semblante.

Si los dos, Esposo-Papá e Hijo-Amado la miran amorosamente durante su actuación, conseguirá el mítico CEST PLUS, gracias al ambiente de unión, de armonía familiar.

Nuevo placer.

Riqueza que sólo yo puedo brindarle.

Me necesita.

MarilyDiva: alta, esculpida, rostro inocencia engañosa, gestos diseño rubia dulce perra, senos consistencia adolescente, pezones cúpula de diez centímetros, boca grande, labio superior alzado que deja a la vista un trozo de encía rosada y unos dientecillos pequeños y perversamente infantiles en los que se aprecia una simpática pincelada incestuosa. Lengua cultivada y desplegable hasta cincuenta centímetros. Vientre musculoso, glúteos y vulva prensiles, definidos músculos anales. Cuerpo diseño SomeSweetBitch, de la División de Entretenimiento Sexual de DisneyCorp.

MarilyDiva mira a un lado y a otro, aparta con un divino gesto a un impaciente joven que osa acercarse demasiado a su desnudez. Está encantadora.

Sólo me quiere a mí.

No pierdo ni uno sólo de sus movimientos. Su delicioso pie se apoya perturbador sobre la arena. Alguien se agacha y lo lame respetuoso. MarilyDiva lo despide con un gesto regio.

¿Dónde está mi adorado Jeff?, inquiere en voz muy alta.

Todos, aún los que se hallan en el extremo de la playa, en las colgantes terrazas del hotel, en el fondo del lobby, pueden escucharla.

Suena en mis oídos su voz como música de Dios Nuestro Señor. El estruendo de las naves de transporte llega amortiguado. Todos estamos desnudos en la playa y la luz del Sol enciende los cuerpos como sorbos de aguaviva en acción. Temporada alta. Risas infantiles. Oleadas de algarabía. Exhibición de anatomías diseñadas y rediseñadas genética y quirúrgicamente, músculos cultivados, dentaduras de marca, senos antigravitacionales, hermosas vergas modelo chupable en sus fundas chillonas, atadas al cuello de sus propietarios con llamativos lazos.

Pedófilos Inc. celebra una convención en el piso ciento veinte y algunos querubines Clónicos pasean al filo de las olas, trepados a la espalda de sus dueños.

Gaviotas pixélicas desenredan acrobacias para deleite de los pequeños, que las ven por primera vez.

Soldados del Ejército Mundial (los tres negros círculos de la bandera tatuados en las depiladas cabezas) irrumpen en una de las terrazas. Bajan en tropel en cuanto vislumbran la portentosa figura de MarilyDiva tumbada en la playa. Improvisan un canto de deseo y alabanza a su alrededor.

MarilyDiva los ignora, pasea la mirada por las atestadas y bullentes terrazas que se incendian al paso de sus ojos.

Afuera es el invierno; sobre el techo que protege NewManhattan del Sol desnudo cae nieve ácida. Nieve color verde esputo. En las ciudades subterráneas los cielos pixélicos imitan el Sol y en las orillas del podrido Hudson escarban las ratas gigantes, acorazadas y miméticas. El aire es cortante y mortal: afuera.

Maravilloso contraste.

Me presento ante MarilyDiva.

Ella toma mi mano, feliz, ojos húmedos, y me conmina a subir a la habitación. Rabia, frustración de los pretendientes. Estela de envidia, escoltándonos. El TvTual nos recibe en su ondulada superficie respirante. Sentimos el característico picor líquido en todo el cuerpo. El ligerísimo escozor del aire pixélico en los pulmones. Aprieto su mano ensoñadora, respiro su olor. Me sumerjo en el estallido de su pelo.

Llega la euforia y una brisa tibia y el olor de las flores y el canto de los pájaros.

Estamos al borde de una jugosa pradera. Colinas onduladas, bosque copioso al fondo, el zumbar de los insectos y el trinar de los pájaros. Bajo la sombra de un gran roble está el Centauro, aguardándola.

La dejo ir. Me siento sobre la hierba. Florecillas multicolores.

Las aletas de la nariz de MarilyDiva se dilatan. Puedo verlo perfectamente.

El Centauro sale a su encuentro con decidido trote; sonriendo, estrecha a MarilyDiva contra su ancho pecho. Poder. Perfumado aliento. Las sedosas barbas, las helénicas facciones, los dulces ojos castaños, la copiosa y larga cola, la potente grupa, sus fogosos movimientos, las grandes manos que sopesan sus nalgas y recorren la espalda delicadamente. MarilyDiva siente (sentimos) el cosquilleo de la hirsuta pelambre que delimita el abdomen y el comienzo de las patas delanteras, contra su pelvis. La cola azota los flancos produciendo un sonido abombado.

Se besan.

Siento la presencia a mi lado. Vuelvo la cabeza. Sentado a poca distancia está Esposo-Papá. Joven y saludable. Me sonríe orgulloso. Yo hago lo mismo.

Papá.

Hoy es un día muy especial, nos decimos con la mirada.

MarilyDiva se vuelve hacia nosotros y nos dedica una sonrisa única. ¡Hijo mío, Esposo mío! Dice la sonrisa.

Hoy es un día extraordinario, actúa para nosotros, para su familia reunida después de tantos años, dice su radiante mirada.

Comienza el espectáculo.

MarilyDiva pide a la fabulosa criatura que se tienda sobre un costado y pasa las manos por la dura grupa, restriega los pechos contra la superficie áspera del amplio estómago. Acaricia los testículos, el grueso tubo terminado en formidable glande del que brota un líquido espeso que resbala entre sus dedos. El falo corresponde, en cuanto a tamaño y grosor, al de un equino, pero en lo demás es el de un ser humano.

Maravillas virtualcarnales.

El centauro mantiene las patas abiertas, gira sobre el torso para acariciar el cuerpo de MarilyDiva. MarilyDiva recorre con la lengua el apéndice, abre la boca al máximo y mete la punta dentro; después lame los pezones pardos, hurga en los hirsutos sobacos, sube a los rosados labios y besa al Centauro otra vez.

Crespas guedejas enmarcan el hermoso, varonil rostro del Centauro, caen sobre los hombros confundiéndose con sus barbas profusas: huele a tomillo, miel y avena fresca.

El delicioso aroma llega hasta aquí.

¡Ahhhhhhh…!

Espectacular contraste entre la parte humana y la animal. NewBelleza. El elástico lomo, las patas de músculos tensos. Movimientos, maniobras musicales de MarilyDiva. El centauro juguetea con la lengua áspera en el agujero del ano, lametea de arriba abajo la ranura del sexo abriéndola: MarilyDiva deja brotar su dulcísima voz.

Aria preferida de Hijo y Esposo-Papá.

Gloria de su voz…

De un ágil salto, se pone a horcajadas sobre Centauro. Aferra con ambas manos la melena, surca el lomo con movimientos de la vulva que humea. Canta con la cabeza alzada hacia el cielo. Gemidos incalificables de hembra superentretenida…

MarilyDiva, vuelta en nuestra dirección, ofrenda, hace brotar de su ano chorros de elixir…

Una gota golpea mi mano, la llevo a la boca. Ambrosía.

Acostada boca abajo sobre la panza del Centauro, las piernas bien abiertas y el culo alzado, aboca la cabeza del falo en la entrada. Va reculando, sin dejar de cantar, hasta que la monstruosidad ha traspasado la vagina, invadido completamente su cuerpo y esta a punto de salirle por la boca.

El timbre de su voz no se altera un ápice, prístino, purísimo.

Este es el punto en que los espectadores en VIRTUSEX ROUGE estallan en un atronador aplauso.

Tengo deseos de hacer lo mismo, pero me contengo. Esposo-Papá también.

Asida a las patas delanteras, MarilyDiva se clava y desclava a ritmo lento primero y frenético después.

Su voz alcanza mágicos registros, delicadísimas coloraturas.

En el vientre de MarilyDiva engorda un estallido que alcanza el borde de un abismo y allí se detiene.

Hace ponerse sobre sus patas al Centauro y se mete bajo él. La verga cuelga, balanceándose de un lado a otro. Un grueso hilo de baba se estira hasta el suelo. Sobre la punta de los pies, con la espalda pegada a su estómago, MarilyDiva la guía hacia el ano. La maravillosa criatura colabora emitiendo un chorro de líquido transparente. MarilyDiva responde con otro chorro, distiende los músculos anales para acomodarlo; canta ahora una especie de oscuro, espectacular bramido, hunde los dedos en la olorosa tierra.

La cola del Centauro azota sus flancos, un correntazo recorre su enorme cuerpo y termina en una creciente pulsión en la carne enterrada en las profundidades de MarilyDiva.

MarilyDiva se desclava, danza, proyecta su voz en un agudo alucinante que despierta el paisaje y produce lágrimas de dicha del cielo, de los troncos, de las hojas, de la dulce brisa. Siempre danzando abre la boca a tiempo para recibir dentro los primeros chorros de mitológico semen. La hirviente masa choca con el surtidor de voz afilado como un estilete, se pulveriza al impacto, sube por el aire y cuando MarilyDiva aspira, recoge la voz magistralmente, de golpe, el semen pulverizado la sigue y va a depositarse en los cincuenta centímetros de lengua extendida.

Con un movimiento elegante, poético, MarilyDiva hace entrar la lengua, cierra la boca y traga.

Lloramos.

MarilyDiva se vuelve hacia nosotros. Su rostro es una llamarada, un estertor, un río de lava, una catarata detenida que se desata.

Ahí estábamos, sentados sobre la hierba, mirándola, admirándola, sobrecogidos, amándola.

MarilyDiva se deshace en una explosión de grumos, en un chapoteo que inunda el prado. Cae al suelo retorciéndose, profiriendo alaridos que atraviesan el paisaje como cuchillas ensalivadas.

Clímax de Entretenimiento Sexual Total Plus. Jamás he visto ni veré más hermoso espectáculo.

Calmada la avalancha del CEST PLUS, gateando, MarilyDiva se acerca.

El rostro de Esposo-Papá se estremece sacudido por una marea interior. Los cuajarones brotan con fuerza.

MarilyDiva introduce la cabeza del falo de Esposo-Papá en su boca, succiona.

Miro al Centauro mientras obtengo, sin tocarme, un orgasmo superdivertido como la libertad.

En la mirada de MarilyDiva hay un gran amor que nos abarca. Familia.

SupremeEntretenimiento Insuperable.

Comunión en el amor de Dios Nuestro Señor.

¿Qué pensaría MarilyDiva del triunfo de su hijo? Tenía que haberse enterado de lo sucedido. Quizás, como en la fantasía, deseara verlo otra vez. Anhelara su presencia. A fin de cuentas ahora era un winnerbeing como ella; de un rango superior a ella.

Sullivan Superfan se dejó penetrar por estos agradables pensamientos. Una beatífica sonrisa engalanaba su rostro. De algún lugar cercano llegaba la voz convincente, apasionada, terrorífica, amorosa, enfurecida, amable, burlona, amenazante, alegre, dura y seductora de Ted Koslowsky y la aceitada voz de Master Yukiando Kawabata.

Las Barbieclones asistentes revoloteaban de un lado a otro sin dejar de dar órdenes a sus Trasmivir.

Frente a ellos, la mole del Cathedral Center ocupaba ya todo el horizonte.

6MINNIE

Moitón se sumergió en el *aguaviva*. Después del Regenerador no había nada como el *aguaviva*. El Entretenimiento del trabajo desembocaba placenteramente en el Entretenimiento del aseo personal: limpieza y renovación de células en su piel y controles médicos del organismo. Antes de entrar a la bañera había bebido un sorbo de *aguavivaexplorer*, que ahora recorría el aparato digestivo y luego de establecer allí sus cuarteles generales enviaría un ejército de nanoexploradores a realizar una exhaustiva búsqueda de anomalías a lo largo y ancho de su anatomía.

La piel hervía al contacto del agua inteligente y el científico cerró los ojos.

Percibía, estado de hipersensibilidad propiciado por la inmersión, la oleada negra del Gen de Dios que avanzaba en su interior purificándolo.

El día de trabajo, estimado por el Coordinador General Entretenido+5, había transcurrido estupendamente. Pero ahora, ante la proximidad de la llegada del Kiuttyclon, sentía bolsones de ansiedad crecer en la superficie de su estado de Entretenimiento. No eran bolsones agudos, ni siquiera considerables, sino pequeñajos disociadores, aristadas dislocaciones, quistes que irrumpían irritantes en su felicidad. Podía ignorarlos y seguir adelante dejándolos en su subconsciente como escorias inofensivas: no lo haría. Por pequeños que fuesen los combatiría y exterminaría. A la disciplina en estos casos debía su progreso; no se descuidaría ahora que tan cerca estaba de la meta.

Decidió jugar un rato, después del baño, a Impunidad Total. Eso bastaría para extirpar aquellas inmundicias y conducirlo a exquisitos estados de Entretenimiento+14, desinhibido y puro.

Impunidad Total. Amaba aquel libertario juego, su alma hallaba una categoría especial de Entretenimiento, una inusual mezcla de autoconocimiento pleno salpicado de aceptación soberana y exquisita autoafirmación conduciendo su AnticRover de ruedas de virtucaucho por las supercarreteras y ciudades de MundoGame; entregado a las delicias de una libertad espontánea, pura e infantil; todo propiciado por el saludable espíritu deportivo, la negación de la Antigua Naturaleza y la sana entrega al exterminio de sus infectos y mortales representantes.

La cabeza del falo rompió, adiamantada, la superficie del líquido. Latió, creando ondas expansivas. Lenguas que frotan el bálano, el frenillo, el tronco, acarician los testículos, repasan los pliegues del ano. El contacto del *aguaviva* era siempre sexualmente excitante: preámbulo ideal para una incursión en Impunidad Total.

Sobre la cabeza de Moitón, la superficie de la bañera semejaba una nube calcárea, hormigueante y afable. La impresión de totalidad era gruesa y reparadora como un jugoso McBurger.

Ahhhhhh…

En busca de una plenitud aún mayor, pensó en su amada 6Minnie, allá en WebLand-Tierra Santa, instalada confortablemente en la mansión estilo ColonialDisney. Habían elegido el confortable modelo FloridaPioneer. Decisión que enorgullecía a la pareja. Las ventajas del FloridaPioneer para matrimonios que planeaban tener más de un hijo, respecto a otros modelos, eran evidentes. El FloridaPioneer ofrecía, además, el prestigio de la tradición; procedía directamente del concepto original de vivienda total nacido en aquella provincia de Tierra Firme cuando ni siquiera existía Tierra Firme, antes de las Guerras del Reorden. Toda de virtumadera de primerísima calidad y con chimenea de virtupiedra; enclavada en un lote de cuatro acres de virtutierra fértil, con un pequeño bosquecillo de virtupinos piñoneros y una docena de virtuárboles frutales. 6Minnie cuidaba personalmente del virtujardín. ¡Lucía encantadora inclinada sobre los virturosales, tocada con un sombrero de virtupaja, sosteniendo una virtupodadora manual, con las mejillas encendidas y las manos enguantadas!

El corazón del científico se agitó bajo el impacto de una oleada de ternura.

La casa cuidará de ella, se dijo.

La frase estaba teñida, absurdamente, de temor.

Sonrió e hizo un gesto con la mano que proclamaba ¡qué tontería!

Respuestas fluorescentes del *aguaviva*.

Ese pensamiento, y las pulsiones que despertara en lo más profundo de su alma, constituían un perfecto ejemplo de la nefasta influencia del porcentaje de Antigua Naturaleza que quedaba en su interior. ¿Habría alcanzado ya el añorado veinticinco por ciento y descendiendo?

6Minnie estaba fuera del alcance de las enfermedades, la vejez y la muerte, males propios de los animales humanos no salvados.

¿De qué habría de cuidarla la casa? La palabra trasudaba inquietud. Absurda aprensión.

Ella habitaba Tierra Santa, estaba más allá, fuera del alcance de las penurias asociadas a los milenios de vida miserable de la especie humana en la Antigua Naturaleza. ¡Su amada esposa estaba a salvo en el Reino del Resucitado! ¡La casa cuidará de ella! ¡Qué estupidez!

La casa se encargaría de su Entretenimiento, eso sí, de que mantuviera altos niveles de Consumo (aunque aquí tendría poco trabajo con su creyente y disciplinada esposa) y de su relación con Dios Nuestro Señor en un mundo sin miedos, sin culpas. Pero eso era otra cosa.

Aunque estos lapsus acontecían cada vez con menor frecuencia, hacían que Moitón se impacientara con la velocidad de su progreso, lo que repercutía en su capacidad para permanecer completamente Entretenido la mayor cantidad de tiempo. Pero no podía evitarlo.

¡Deseaba tan fervientemente concluir la transmutación!

Cuando pensaba en aquel porcentaje, por fortuna disminuyente, ¿treinta por ciento? ¿veinticinco por ciento?, de genes de animal mortal que todavía sobrevivían en su interior experimentaba un profundo asco. Y también una enorme piedad. Aquellas bestias no solo estaban condenadas a la podredumbre, sino que durante sus ínfimas y breves existencias eran acosadas por enfermedades, el denigrante envejecimiento, y lo que era peor, por el dolor y la pérdida. Eran seres de pérdida, de ausencia, constantemente enfrentados al temor de perder a los que amaban, sometidos a perennes angustias de desarraigo y desprotección; condenados a los caprichos del desorden congénito de la especie: desorden que la marcaba y diezmaba desde el principio de los tiempos y a causa del cual desaparecería.

¡Loado sea Nuestro Señor Dios Resucitado que pondrá fin a ese horror!

Volvió a sonreír. ¡La casa cuidará de ella! ¡Cuán profundamente arraigadas estaban esas angustias y desazones en el corazón y en el espíritu de los animales mortales! ¿Cómo podía ocurrírsele semejante sandez a aquellas alturas de su virtualcarnalización?

6Minnie. Evocar su amado rostro le comunicaba una inigualable placidez.

Al trasladarse a WebLand-Tierra Santa, llegarían los hijos. Quizás tres… o cuatro. Ya todo estaba aprobado. Los trámites concluidos. Hijos totalmente virtualcarnales, hechos con lo mejor de ellos mismos, hijos que nunca enfermarían, que desconocerían la infelicidad y el Caos, hijos libres de la muerte, que es la única forma de ser verdaderamente libres, tal y como enseña el Resucitado. Hijos todos ¡por fin! de un Dios benévolo, y lo que era más importante, ¡real!, un Dios que acudía a tu lado, visible y palpable si lo necesitabas y no uno de aquellos farsantes que tantos horrores, tanta sangre, tanto sufrimiento causaron en la Antigua Naturaleza. ¡Un Dios que da la cara! ¡Uno que nunca dice que no cuando se le llama!

Moitón, 6Minnie y sus hijos habitarían un mundo ejemplar, amparados a perpetuidad por la Divinidad. Un mundo sin muerte ni sufrimientos, un mundo de Entretenimiento Universal Total para todos.

Salió del *aguaviva*.

El Controlador General le hizo saber con voz emocionada, que resonó en su cerebro a manera de aleluya coral, que el nivel de naturaleza animal restante en su cuerpo era de sólo un veintitrés por ciento. ¡Por debajo de las más optimistas expectativas!

Moitón cayó de rodillas. Cerró los ojos húmedos de amor y dio gracias al Resucitado por sus bendiciones, por escuchar sus oraciones.

¡Qué alegre iba a ponerse 6Minnie cuando lo supiera!

Enfundado en su confortable monotúnica de andar por casa se dirigió a la cocina.

Ordenó extra dosis de Gen de Dios en la virtuensalada, el virtufilete y el virtupostre; aunque el exceso del gen amargaba el sabor de las comidas. Estaba más que dispuesto a ese insignificante sacrificio y a pagar el gasto adicional.

¡Sólo un miserable veintitrés por ciento lo separaba de la Transmutación Total! Se sentía felizentretenidoexultante.

Comió lentamente, regocijándose en la benevolencia de Dios Nuestro Señor. Más tarde, en el Cathedral Center, tendría oportunidad de dar gracias a su Hijo. No albergaba dudas, el Milagro se produciría esta noche en la Santa Misa Anual Deportiva.

A lo largo de las eras, miles de millones de seres habían desaparecido en la inmensa nada sin sentido. ¿Por qué él tenía la oportunidad de vivir feliz para siempre al cuidado de Dios Nuestro Señor? ¿Por qué había nacido en la Edad de Dios Nuestro Señor y no antes? Bondad de Dios Nuestro Señor. ¿Por qué él y no incontables otros consumidos por la despreciable podredumbre y el absurdo sinsentido, podría rescatar a sus padres de la oscuridad eterna y tenerlos y hacerlos felices por los siglos de los siglos? Gracia Infinita de Dios Nuestro Señor.

A las cinco en punto, como todos los días, 6Minnie.

Su adorada cabeza, al final del largo, delgado cuello, asomó por la esquina del pequeño Tvtual adosado a la McCocina. Más joven y bella que nunca. Piel tierna, delicadeza de los labios, vigor del cabello, ojos repletos de la alegría de la Fe y la Salvación.

Rió al verlo, asomando, con gesto característico y adorable, la punta de la lengua: pétalo puro.

Detrás del rostro: verde virtujardín donde estallan virtumarpacíficos, virturosas, virtuazaleas y virtugeranios; virtujardín bañado por un virtusol inofensivo que toca las cosas con gestos mimosos, henchidos de amor. El carnoso virtupiso de virtumadera del porche, los virtutroncos que sostienen el techo a dos aguas cubierto de virtutejas, la virtuenredadera, el virtujazmín, las virtuabejas.

Amor, exclamó 6Minnie cariñosa.

Veintitrés por ciento, contestó Moitón adelantando los brazos como para abrazarla, el rostro resplandeciente de júbilo.

Ella se quedó sin habla. Los ojos azulísimos abiertos de par en par.

Él dejó la boca abierta como tratando de expulsar de su interior mediante un gran escupitajo ese veintitrés por ciento restante y así poder correr a los brazos de su amada.

Lágrimas en los ojos de ella. Lagrimas en los ojos de él.

Qué orgullosa estoy de ti, susurró 6Minnie.

Trabajo duro, murmuró él.

Alabado sea Dios Nuestro Señor... ¡y esto sucede el Santo Día de la Santa Misa! No llegues tarde...

No, de ninguna manera, despreocúpate... a las nueve en punto estaré en camino... en unos minutos estaré allí... tengo mucho que agradecer y todo parece indicar que seremos bendecidos con la visita del Hijo...

Aquí se da la visita del Hijo como cosa segura... además, se lo pregunté personalmente a Dios Nuestro Señor anoche: con su sonrisa me dijo que sí. Lo llamé porque quería saber cuántos niños sería lo adecuado, lo que nos haría verdaderamente felices...

¿Cuantos?

Dos. Por ahora. Llegarán el día de tu arribo... una mezcla perfecta de nuestros genes mejorados... y Gen de Dios Generation Nonato Incontaminado añadido... haremos una gran fiesta y... ¡sorpresa!...

6Minnie hizo una larga pausa antes de añadir dulcemente... Es posible que asistan... tus padres...

¡No!

¡Sí! He pagado lo que faltaba para acelerar el proceso de Resucitación. Me enteré de cierta oferta sólo para matrimonios padresabuelos... y como ya vienen los niños... además, si hay en la familia un salvado viviendo en Web Land-Tierra Santa, todo es mucho más sencillo. Claro está, si tienes el dinero y un HPC impecable como el mío. ¿Qué te parece amorcito? ¡La familia reunida!

Moitón tardó un largo minuto en asimilar la noticia. Mudo, contemplaba a su esposa, incapaz de articular palabra.

6Minnie… no sé qué decir… es tan maravilloso. Exclamó al fin. La voz quebrada.

Mi amor… es muy importante que la familia esté reunida…

Amor mío… pero era una cantidad considerable…

No hablemos más de eso…

Amor…

Cariño…

¡Qué día maravilloso el de hoy! ¡Cuántas maravillosas noticias! Y además llega Kiuttyclon…

¡Maaaaravilloooooso!… querido esposo, te ayudará a obtener Entretenimiento Sexual Total y eso redundará en una aceleración de la transmutación… ¡Ya falta muy poco! ¡Te espero, te espero ansiosa!

Unos meses miserables…

Unos miserables meses…

Entretente mucho cariño… ruega hoy con fervor, agradece con toda el alma a Dios Nuestro Señor…

Lo haré…

Líbrate de esa inmundicia pronto…

Trabajo duro angelito… muy duro…

Lo sé…

Dame un beso…

La lengua de la mujer sabía a néctar de flores y era cremosa y le dejó un agradable picor en los labios.

El rostro de 6Minnie desapareció.

Moitón se quedó inmóvil un rato.

Lo embargaba una profunda dicha.

CIPRES CONTRA UN CIELO ESTRELLADO

Lejano, llegaba hasta ellos el fragor de las tropas.

El estruendo de la puerta de la bóveda-cárcel de La Noche al cerrarse.

Si hubieran demorado un minuto más en marcharse...

El cuadronave en que viajaban empezó a perfilarse: su carne luminosa.

Estaban en un camino líquido, refulgente. Detrás, a veinte o treinta pasos, un coche tirado por un caballo. Equino de plata, coche de ruedas y techo amarillo. Dos viajeros en el pescante. Anchas vetas verdes, azules, ocre y limón en el camino río. También un azul delicado, nubes.

Un ciprés enfebrecido asciende hacia la noche turbulenta, tachonada de lengüetazos verdes.

Delante de Alfil Tres, Asún, Clonliebre y Pierre Bonnard, dos hombres avanzan. El del abrigo negro, herramienta al hombro; flotan sobre el río del camino, confiados y armoniosos. A la derecha de la senda un trigal inflamado, ronroneante. Lanza de trigo que apuntala la casa en el recodo, succionada por la bóveda celeste.

Todo parece reclamado por una estrella que gira y por la Luna anaranjada y cortante y por el cielo encabritado. Alaridos que vienen de arriba y al que obedecen todos los elementos terrestres. En lo alto del cielo una manada de sombras negras asedia el arco naranja de la Luna, sobrevuelan la verde estrella circular, bajan hasta la tierra por el ciprés.

Comunión.

Miles de instrumentos acometen una sinfonía desmesurada que envuelve el paisaje. Erizándolo. El caballo está hecho de la luz de las estrellas. Ruedas grandes, puntiagudas varas, el carro. Uno de los que viaja en el pescante tiene un gorro rojo. El otro azul. Lenguas bordean el camino. La casa mas allá del recodo es verde y ondula. Hay luz en su interior. Hogar.

Morado circulando. Morado circulando. Rayos esmeralda por el horizonte.

La luz de la Luna es una polvareda, los pasos resuenan acolchados en la alucinada atmósfera.

Los hombres que caminan codo a codo ante ellos llevan sombreros y pueden verlos de frente y de espaldas al mismo tiempo: no tienen rostros.

Bonnard, cuya faz tiembla de emoción, se adelanta y camina un trecho junto a los paseantes sin pronunciar palabra. Se ha quitado el sombrero y lleva la frente levantada.

¡Querido colega! ¡Querido colega!, musita.

Poucette trota a su lado con el hocico pegado a la tierra.

En el horizonte hay un incendio frío y esmeralda.

Alfil Tres se arma de unos verdes poderosísimos.

El viento atraviesa el trigal y los golpea tibio y oloroso.

EL CATHEDRAL CENTER

Cathedral Center: espiral cuya cabellera de antenas toca la estructura espejeante de El Cielo. Caracol, trompeta, cuerno de la abundancia, ciudad puerta, símbolo del inminente futuro enclavado en el centro de la islaciudad. Vórtice religioso, deportivo y gubernamental de NewManhattan, capital de Tierra Firme.

Las cincuenta primeras plantas estaban ocupadas por el monumental Sacrostadium, escenario de los eventos de importancia teologocultural y sociopolítica, los partidos de la Liga de Dioses, las sesiones del Gobierno Mundial y el Consejo Teológico Mundial. Además, por supuesto, se oficiaban a diario servicios religiosos. En el rascacielos sobre el Sacrostadium, tenía sus oficinas la mayoría de las Cadenas de Entretenimiento. También allí se hallaban los cuarteles generales del Ejército Mundial, la sede de DisneyCorp y la principal de las llamadas Puertas del Paraíso, accesos al WebLand-Tierra Santa, del planeta. Los siguientes veinte pisos sobre el templo correspondían a DisneyHappiness, hogar del ya histórico primer Masturbador Familiar Virtualcarnal, el Resurrection Center, y las Clínicas de Tratamientos Acelerados del Gen de Dios.

Ocupaban las ciento cincuenta plantas restantes oficinas gubernamentales, megacorporaciones, Cadenas de Entretenimiento, y una variada gama de happytiendas y rankingtiendas que albergaban a los más prestigiosos miembros de la Federación Mundial de Marcas.

La superficie del Cathedral Center estaba hecha de plástico infinito inteligente de última generación, conocido como plásticovivo: moldeable o transparente a medida de las necesidades y requerimientos de los anunciantes. La estructura, visible desde cualquier lugar de la ciudad podía adoptar la forma de una bolsa de Doritos, un McBurgers, una botella de Su-

287

premeCoke (*el único líquido capaz de calmar la sed del cuerpo y del espíritu.*
Santas Verdades Corporativas, Capítulo 567, Acápite 40, Salmo 36. Código
47XZ), un AtletaDios, trasmitir el SORTEONOCHE, la Gala Anual de Supermaravillosoestupendo, o convertirse en una miríada de reclamos pu-
blicitarios tridimensionales, animados y llenos de color sin interferir en el
curso de las actividades que se desarrollaban en su interior.

Los volumétricos anuncios se levantaban, hundían, fluían o se aglomeraban en la piel del edificio conformando un conjunto superentretenido, de
una belleza estéticoficial de primera magnitud.

En ocasiones especiales, el Aniversario de la Victoria del Reorden, el
Día del Consumidor, o la Conmemoración de la Resurrección de Dios
Nuestro Señor en WebLand-Tierra Santa, el Cathedral Center se tornaba
transparente veinticuatro horas y cual animal celestial mostraba sus agitadas, multicolores vísceras a la islaciudad. Mística comunión con el entorno,
fraternidad acogedora. Confianza familiar. Nitidez religiosa, gubernamental y empresarial.

Patervirtualcarnalidad.

El conglomerado sacrolúdico, pináculo de la arquitectura del Reorden,
estaba considerado una de las siete maravillas arquitectónicas[12] del planeta
PostReorden y era obra del gran arquitecto Frank30Ghery, trigésima clonación del genial arquitecto californiano.

Aterrizaron en una de las millares de celdillas receptoras que formaban el
bulboso aeropuerto, zona este del edificio, y descendieron por la cinta móvil
que conectaba con la Explanada Preliminar. Era la forma de entrar triunfal-
mente al Cathedral Center. Atravesaron, entre vítores, la Cámara Antivírica
pública. Arropados por el clamor de la multitud accedieron a la Explanada
Preliminar. Los Medios de Entretenimiento copaban el espacio inmediato sobre la multitud. Miniclones Sanitarios de cabeza escarlata serpenteaban entre
las minicámaras buscando portadores de virus indetectados por la Cámara
Antivírica, que en ocasiones como esta se colapsaba con frecuencia.

Las Mascotas Personales de VeryFamousPeople y Winnersladys se peleaban por atraer la atención de los medios sobre sus dueños.

La escolta, a la que se sumaron una docena de MicMasters y seis Clones
Reforzados Antidisturbios, abría paso al Presidente y Comandante en Jefe del

---

[12] Las restantes seis son: El Cielo, sobre NewManhattan, el NewParís Dumbo Center, el
NewManhattan Pocahontas Center, el NewMadrid Cinderella Center, El Coloso de Opalocka
(Laboratorios Maten Inc. Miami Center), Los nanojardines colgantes de DisneyLand SubSan
Francisco, Las puertas del Paraíso (puertas al WebLand-Tierra Santa) en NewManhattan, y
el Cosmódromo de NewTexas.

NewManhattan All Stars que levantaba el brazo de Sullivan Superfan. Los fansfieles caían postrados al paso del nuevo Santo Esférico: la enjaezada cápsula refulgía, el arnés tricolor relumbraba, los flecos dorados y las borlas estabilizadoras tremolaban emocionadas. Monjes All Stars Rojos, Blancos y Azules marchaban a ambos lados del Elegido cargando los macizos cirios ceremoniales y la Primera Reliquia y la Segunda Reliquia. La comisión de Superfans cerraba el cortejo agitando pabellones, exhibiendo sus trofeos y cantando el Himno All Stars. Barbieclon-Slave y Barbieclon Enfermera desplegaban una frenética actividad. Master Yukiando Kawabata se movía en torno al VeryFirstClassMultiEjecutivo como una sombra, como hojas arrastradas por el viento.

Aplausos en el MOMA.

A la derecha, instalados en una nube que navegaba sobre las testas de los fansfieles, un grupo de ángeles virtualcarnales hacía sonar sus trompetas. Bandadas de rosados querubines arrojaban pétalos y hacían sonar pitos y matracas. Coros evangélicos, compuestos por cien intérpretes cada uno, ocupaban sus respectivos balcones en los laterales: acometían la Santa Cantata. ¡Exaltemos las glorias de Dios Nuestro Señor Todopoderoso! ¡Loado sea!... ¡Exaltemos el trabajo de su Verdadero Apóstol!... ¡Loado sea!... ¡Exaltemos la luz del Santo Hijo!... ¡Loado sea!... ¡Reclamemos la salvadora llegada de Nuestro Padre a Tierra Firme!

Detalle: intercalaron entre las estrofas del cántico algunas líneas del Himno All Stars: saludo a la Aparición de DiosMike y al nuevo Sacrobalón.

A la izquierda, un grupo de querubines azules, vistiendo túnicas sacerdotales, se embarcaba en una deliciosa tapdance virginal.

La piel del inmenso globo que contenía la Explanada Preliminar resonaba como un millón de instrumentos de cuerda, ondulaba atravesada por miles de anuncios.

Al otro extremo de la Explanada Preliminar se levantaban las descomunales puertas del Sacrostadium. Ríos de Superwinners, VeryImportantPeople, WinnerBeings, VeryFirstEjecutivos, VeryPopularPeople, StarsPeople, VeryFamousPeople, fansperegrinos, personalidades, dignatarios y fansfieles de todo tipo fluían lentamente hacia ellas.

Amalgama, oleaje, clamores, esperanzas.

Cuando las paredes pantallas se llenaron de primeros planos del rostro de SullivanSuperfan y del Sacrobalón, la muchedumbre coreó sus nombres y entonaron el Himno del Manhattan All Stars...

¡Al ataque corred Sporfans, que DiosMike os contempla orgulloso!
¡No temáis una muerte gloriosa que morir por DiosMike es vivir!
¡Sin DiosMike vivir es vivir, en oprobio y afrentas sumidos!
¡Del balón escuchad el sonido, al combate valientes corred!

El elegido de DiosMike sostenía el Sacrobalón en alto, el Presidente y Comandante en Jefe del equipo más popular del mundo estrechaba efusivo las
manos de los starsfans que conseguían aproximarse. También en ese momento, en Shanghai, el VeryFirstClassMultiEjecutivo abrazaba al presidente de China, y colocaba en NewÁmsterdam en torno al cuello del Starfan
del Año la medalla Starfan del Año y contemplaba con gesto de aprobación
el más reciente modelo de virtucancha que estaba a punto de ponerse a
la venta en WebLand-Tierra Santa; esto en los laboratorios MicroCorp de
Sierra Nevada... entre otras actividades.

Un nutrido grupo de dedicados sportfans situados a cada lado de la
cinta móvil impedía que el gentío la invadiera. Los MicMasters y los Clones
Reforzados formaban un cinturón protector en torno a la comitiva.

Más allá de la cinta reservada: pasta compacta de cabezas, torsos, brazos y piernas agitándose, encontrando realidad y sentido en la proximidad
de sus ídolos, postrándose, aclamando, reverenciando, inclinándose, batallando, cantando, pugnando por alcanzar las doradas puertas de la catedral. Continuaban intentándolo a pesar de que parecía imposible que nadie
más pudiera encontrar espacio disponible en su interior. La capacidad del
mastodóntico Sacrostadium, un millón de personas sentadas, resultaba a
todas luces insuficiente; la gente ocupaba los pasillos, las rampas, cualquier
agujero disponible, y seguían arribando.

Pasaron bajo las descomunales puertas.

Los golpeó la apabullante inmensidad surcada de columnas móviles, de
planos cambiantes, de superficies comunicantes, el mareante ir y venir de
los palcos, el ajetreo enloquecedor del gentío sumergido en el espeso, mís-
tico magma. Estructura viviente. Los golpeó la majestuosidad del ábside
rematado por la bóveda simultáneamente ojival, claustral y palmeada, los
golpeó la bóveda misma, semilíquida puerta de acceso al SportOlimpo que
sólo se abría para la Santa Misa, el colosal altar, el ambón derecho de piel
lluviosa, el ambón izquierdo de granítica consistencia, los arcos rotantes,
los articulados capiteles, las hileras de temáticas y crecientes capillas laterales atiborradas de fieles. El edificio se contorsionaba, ampliaba, multipli-
caba, engordaba o enflaquecía adaptándose a los requerimientos de la avalancha que lo inundaba y a las exigencias del guión de los patrocinadores.

En la transparente cabina de mando, a un costado del altar, Clones Ingenieros, supervisados por el Controlador General, se encargaban de guiar
las transformaciones estructurales y calibrar los sentimientos del edificio.

Dentro de la nave, los fansfieles ocupaban los palcos que bajaban, se
llenaban y ascendían veloces a instalarse en las alturas. Los que no tenían

palcos o gradas asignados se acomodaban en cualquier agujero disponible, en las capillas, en las oquedades de alguna columna donde a veces quedaban atrapados al cambiar estas de forma, en los serpenteantes pasillos cercanos a la cúpula, y hasta debajo de los asientos ceremoniales de donde eran expulsados sin miramientos por la Guardia Catedralicia.

La Santa Misa Anual Deportiva desbordaba, como nunca antes, la capacidad del Cathedral Center. Los fansperegrinos y el público en general se mostraban presos de una excitación colectiva y de un espíritu de Entretenimiento Hermanado nunca antes visto. Todos los medidores de FansEmoción, FansReligiosidad y FansAdoración instalados en el lugar habían saltado por los aires desde horas tempranas. La noticia de la posible aparición del Hijo de Dios Nuestro Señor en la ceremonia imprimía al evento una atmósfera mágica, trascendente. Todos querían asistir al histórico acontecimiento.

El objetivo del Presidente del NewManhattan All Stars y su séquito era alcanzar los ascensores VIP situados al fondo de un corredor antivírico que bordeaba el vestíbulo derecho. No resultaba fácil: los brazos se extendían suplicantes, las gargantas se quebraban sollozantes, los fans como insectos hipnotizados por la llama sacra del Sacrobalón no dudaban en poner en peligro sus vidas con tal de tocar la ropa de sus ídolos.

Eran rechazados por las porras antifans.

Antes de ocupar el palco del NewManhattan All Stars irían al piso cien, donde el equipo ofrecería una recepción. Allí se unirían a otros VeryImportantPeople, FamousPeople, MediaPeople, VeryFirstClassMultiEjecutivos, Presidentes, Gobernadores, Príncipes, SuperChairmans, SuperbeingsDeLuxe, SuperWinnersbeings y a los Medios de Entretenimiento para cumplir con el Contrato de Exposición Real ante las Cadenas de Entretenimiento Mundial. Todos los protagonistas de algún SucesoEntretenimiento, y sin duda la aparición de DiosMike y la entrega del Sacrobalón era uno de estos Sucesos, estaban obligados por ley a comparecer realmente, no mediante clones o emisiones virtualcarnalizadas durante quince minutos ante los Medios de Entretenimiento. Una vieja ordenanza que databa de los inicios de la virtualcarnalidad que con el tiempo había derivado en prestigioso ceremonial. No se le concedía autenticidad real a ningún Suceso por importante que fuese si no cumplía con este requisito. Realidad autentificada.

Cada vez con mayores dificultades se abrían paso hacia los ascensores.

Sullivan Superfan se dejaba ganar por la religiosidad del momento, por la onírica textura que lo rodeaba. Sentía el corazón a punto de estallar de fidelidad, de docilidad, de obediencia. Billones de emocionados fans contemplaban sus lágrimas. Y se unían a ellas a lo largo y ancho de Tierra Firme, WebLand-Tierra Santa, en las urbanizaciones orbitales, en las colonias lunares y marcianas. Mientras era llevado casi en volandas por los guardaespaldas, trataba de retener el instante: los afiligranados cánticos, la volumétrica alegría, los colores sólidos, el sabor avainillado del aire, la dimensión infinita de su piedad, el inconcebible ajetreo multicolor que se antojaba una manifestación de la alegría del Señor, la visión de la cúpula virtualcarnal donde continuamente se representaba la resurrección en WebLand-Tierra Santa de Dios Nuestro Señor, el magnoaltar que resplandecía como una joya gigantesca, como una fuente de bondad; el centelleo de las puertas del SportOlimpo: alimentos de su alma, su recién estrenada alma winnerbeing.

El mundo era otro. Vertiginoso y reblandecido, copioso y resplandeciente. Firme y seguro. Multitudinario y cambiante. Ordenado y acogedor. Dentro de su cuerpo trabajaban las enormes dosis de Gen de Dios, inoculado para que alcanzase rápidamente niveles acordes a su condición de Superfan y su ascenso en la Escala de Consumo. Trajestúnicas fastuosas, Clonsirvientes, Pertenencia, un magnífico piso en el edificio de la All Stars Hermandad, ¡equipado con un espléndido TvTual, atracadero, y nave de transporte personal!: maravillas entrevistas durante una visita virtual. Dinero, Seguridad, Orden, Sentido, Reconocimiento Social, eran algunas de las bendiciones que acarreaba su nuevo status.

¡Sullivan Superfan Winnerbeing! ¡Muchos estarían ya viviendo a través de él, tal y como él había vivido a través de otras VeryPopularPeople y FamousPeople toda su vida!

El remolino de imágenes y emociones convergía en un mar de Pertenencia. Sólida y estable, como si hubiese estado ahí siempre. Verdadera Pertenencia, no la infame subordinación al siniestro Regansón y sus secuaces. Gracias a Dios Nuestro Señor superada. Por delante tenía una vida dedicada al servicio de DiosMike. Se convertiría en el más fiel de sus Superfans. En el más obediente y sumiso. Mañana mismo comenzaría el procedimiento destinado a oscurecer su rostro hasta alcanzar el negro sagrado del AtletaDios. Y poco después le tocaría el turno a su apariencia física. La gira promocional lo llevaría alrededor del mundo, a las urbanizaciones orbitales, a las colonias lunares y marcianas, al último rincón del universo donde hubiese un fan del Manhattan All Stars y un adorador de DiosMike. Lo tendría ocupado los próximos años, pero no impediría el proceso de transformación de su cuerpo. Había solicitado una musculatura MikeChampionUSA, que lo aproximaría lo máximo posible a la figura de su ídolo, sin, por supuesto, caer en pecado de blasfemia. BarbieSlave-Secretaria le había asegurado que el proceso no tomaría más de seis meses.

Requeriría implantes virtualcarnales, complicadas intervenciones quirúrgicas e intensas terapias de adaptación y crecimiento óseo, pero... ¿qué pequeño, ínfimo sacrificio significaba eso comparado con lo que DiosMike había hecho por él al salvarlo de la abyección, con la dicha de ser parte de la Hermandad, con parecerse aunque fuese sólo un poco a la SportDivinidad, con haber recuperado su ser deportivo?

Frente a él, vio flotar la amada figura de MarilyDiva, hermosísima, radiante, sonriéndole. Sabía que soñaba, pero sin duda se trataba de un sueño cargado de magníficos augurios.

Llegaban a los ascensores VIP.

IMPUNIDAD TOTAL

Corren veloces (AnticRover y él) por un expressway bordeado de gruesos árboles. Tilos, cipreses, centenarios olivos, laureles. Montículos afilados como hocicos. Lobos. Pedregales. Curvos colmillos. Terraplenes que desembocan sanguinolentos en la carretera: azogue. Volúmenes discurren entre el hierbazal de los arcenes: cuchicheos. Contabilizadores. Medidores de intensidad de dos, cuatro y seis patas. En el horizonte agujerean la oscuridad el resplandor de las luces de UNA CIUDAD y el globo rutilante de la colosal carpa del Circo. Campos parcelados, gomosas granjas, esponjosos hilos de humo, chimeneas, bosquecillos silueteados por la voz de las estrellas.

La fragancia de la noche cae sobre la tierra como una llovizna. Tierra roja, copiosa.

En el parabrisas el viento es tan fuerte que destila pezuñas; sacan esquirlas al plástico infinito.

El coche aparece por la derecha. De súbito, está encima del AnticRover, pegado a sus faros posteriores, mordiendo, empujando. Berridos estrujados. Chirrido de pieles metálicas. Dentelladas. El perfil fálico, centelleante, la gran cabina transparente, la dentadura del vehículo afilada y cínica. Inconfundible.

¡El Gran Flirpo!

Moitón acelera a fondo. Una enorme sonrisa aparece en su rostro. AnticRover bufa de satisfacción.

¡Qué extraordinaria suerte! De todos los jugadores que surcan los vastos territorios de MundoGame tiene nada más y nada menos que al Gran Flirpo pisándole los talones. La estruendosa respiración del denominado

294

Campeón de Campeones llega claramente a sus oídos. Vapores. Peludas orejas. Mira por el retrovisor y alcanza a vislumbrar su carota roja, sus mostachos inmensos y los ojos que relucen imponiéndose al resplandor de los faros de su legendaria MerceditAZ. A su lado, viaja un esbelto, nacarado adolescente: cabellera amarilla y rostro de querubín. Salta en el asiento animando a Flirpo. Está desnudo y su rosada verga golpea como un látigo. Chas, chas, chas, contra el liso estómago.

Moitón propone Impunidad Total.

Impunidad Total, uno de los más populares Starjuegos de Mundogame; recomendado por el Consejo Teológico Mundial. Excelentes niveles de Entretenimiento a obtener.

Nivel 14+: alcanzable.

Flirpo acepta alborozado. No esperaba nada menos del Gran Moitón. Vítores de MerceditAZ.

Aman este juego libertario.

Entran en UNA CIUDAD como proyectiles. Avenidas amplias. Parques. Plazas. Hileras de edificios. Urbanizaciones. Casas de cuidados jardines. La Meta está situada junto a la carpa del Circo, Ringling Barnes & Brothers, que se levanta en las afueras. Moitón la distingue en la lejanía, entre el dentado horizonte. Como una burbuja grasienta y radioactiva. Dejan atrás McBurgers abarrotados, McChickens abarrotados y McPizzas abarrotados. McShoppingcenters abarrotados. Vuelan hacia el abarrotado centro de UNA CIUDAD.

¡IMPUNIDAD TOTAL! Establece la pantalla del Controlador:

¡Ya es oficial!

Aparece un enjambre de targets. Caminan por las aceras, atraviesan las calles, convergen a la entrada de los McCines y los McRestaurantes. Trufados de imperfecciones: granos, salpullidos, varicelas, forúnculos, gripes, miopía, alopecias, tuberculosis; enanos, zambos, miopes. Las imperfecciones, inocultables a ojos de los jugadores, relucen a través de la piel, de la carne, de los huesos, de las vestimentas: cada una con un color diferente que facilita identificar al instante su valor.

Un solitario forúnculo: un punto.

Un caso agudo de agné juvenil: tres puntos.

Hipertensión: siete puntos.

Hepatitis: diez puntos.

Varicela: tres puntos.

Quistes renales: dos puntos.

Cáncer de próstata: doce puntos.

Caspa: un punto.

Fisura anal: medio punto.

Seborrea: tres puntos.

Zambos: quince puntos.

Obesidad: cuatro puntos.

Ateliosis: veinte puntos.

Hemorroides: seis puntos

Otorrea: dos puntos.

Cánceres de piel: cinco puntos.

Otitis: un punto y medio.

Tuberculosis: ocho puntos.

Alopecia: seis puntos.

Caries: dos puntos.

Circuncisiones: cuatro puntos.

Calculos renales: cinco puntos.

Cáncer del pulmón: once puntos.

Cáncer del ovario: doce puntos.

Labio leporino: quince puntos.

Un ejemplar sano: un cuarto de punto.

Moitón se lanza sobre los monstruos poseído por un exultante afán reivindicativo. Arde en su alma como una chancro supurante su veintitrés por ciento. Se esfuerza por derribar a los que mayor puntuación le reportarán pero no desdeña a un casposo, un gordo o a un alérgico si se pone a su alcance: también ellos son valiosos y su estrategia, que siempre le ha dado buenos resultados es: todo punto cuenta en la Meta: una alimaña por sana que esté continúa siendo una alimaña.

Aplasta gran número en la primera arremetida, acomete magistrales evoluciones sin perder estabilidad o reducir la marcha.

Gritos de sorpresa, alaridos de pavor, quejidos.

Flirpo y MerceditAZ son condenadamente buenos. Demuestran gran talento para la elección de targets valiosos en fracciones de segundo.

¡IMPUNIDAD TOTAL!

Algunos valiosos targets: enanos, feos, cojos, diabéticos, niños genéticamente deficientes, intentan escabullirse, internándose en los corredores entre los edificios. Refugiándose en las profundidades de los shopping centers.

Moitón y Flirpo los siguen.

A su paso destrozan escaparates y atropellan a targets sanos, tan cargados de paquetes que apenas pueden andar.

Blancos de poco valor, pero blancos al fin y al cabo.

Escenario: grandes carcajadas, tripas, resbalones, maldiciones proferidas por MerceditAZ y AnticRover, estampidas, chillidos, estertores, sangre.

Al irrumpir en la circular plaza del Verdadero Apóstol Walt aparece un grupo de colegialas. ¡Manjar de manjares! ¡Nínfulas tiernas y uniformadas! ¡Ángeles pervertidos! Caritas tersas, culitos empinados, chochitos apenas peludos de labios gordezuelos y prensiles, boquitas pintadas chupadoras. ¡Ya maquilladas, ya engalanadas, ya dispuestas, ya provocando el ensartamiento que les llenará el vientre de futuras alimañas carentes de Gen de Dios!

¡Limpieza, limpieza, erradiquemos a esa escoria paridora!

¡IMPUNIDAD TOTAL!

Flirpo y Moitón, conscientes del valor de esas criaturas ¡veinticinco puntos por cabeza! se lanzan a la caza con renovados bríos.

¿Van a permitir que esas irresponsables futuras patas abiertas reproductoras de imperfecciones, podredumbre y muerte deambulen tranquilamente por Mundogame?

¡No van a permitirlo!

¡Soldados de la NewRealidad, eso son!

¿Van a permitir que esas anticuallas diseminadoras de putrefacción propaguen mortandad simplemente porque no consiguen mantener las piernas cerradas y necesitan ser constantemente traspasadas y preñadas por otro cúmulo de imperfecciones genéticas, por otro receptáculo de infecciones asquerosas en celo, pero de género masculino? ¿Van a asistir con los brazos cruzados a esa conspiración barbárica? ¿Van a permitir todo ese Caos impúdico, toda esa suciedad que ofende a la Divinidad, al Creador de WebLand-Tierra Santa, a Dios Nuestro Señor el Resucitado?

¡Por supuesto que no van a permitirlo! ¡Ya verán lo que hacen con ellas! ¡Prepárense, putitas!

¡Soldados del Sentido y el Orden, Soldados de la Fe en el Resucitado y en la NewRealidad, eso son!

¡Muerte a la Muerte! ¡Vida eterna a la Virtualcarnalidad!

Hermosas consignas, es todo lo que puedo decir…

Los cuerpos destripados chocan contra los parabrisas manchándolos. Vehículos con todas las armas desplegadas. Moitón tiene que conectar los limpiadores. Flirpo otro tanto.

AnticRover y MerceditAZ despliegan ruedas erizo: cientos de agudos punzones a mil revoluciones por segundo, enarbolan espadas, garfios, puñales, hachas, destripadores, sierras eléctricas, escalpelos gigantes, fauces atiburonadas.

Círculos descuartizantes van trazando los jugadores en la gran explanada en torno a la monumental estatua dedicada al Verdadero Apóstol Walt. El cuerpo estilizado y soberbio del Apóstol, la cabeza majestuosa, el cabello lustroso peinado hacia atrás, el bigotillo genial y la afable sonrisa; los ojos bondadosos. La figura del Apóstol se eleva cincuenta metros sobre la explanada, rodeado de los primeros Toonspredicadores: Blancanieves, Dumbo, Pinocho, Tribilín, Tom y Jerry, Bugs Bunny, venidos al Viejo Planeta a diseminar la buena nueva de la NewRealidad, de la venida de Dios Nuestro Señor y de la implantación de su Reino Eterno en WebLand-Tierra Santa.

La plaza reverbera: gritos, chillidos, charcos, estertores. Flirpo y MerceditAZ se detienen.

Humea la carnaza destripada.

Moitón y AnticRover hacen lo mismo, como disponen las reglas. Flirpo desciende del coche, alza por el cabello una niña a la que falta un brazo, que sangra copiosamente por una ancha herida en el vientre; saca la enorme verga y la clava de golpe en su garganta. Allí la deja hasta que la niña expira asfixiada, en medio de un pataleo.

¡Carroña inutilizada! ¡Limpieza, limpieza!

¡IMPUNIDAD TOTAL!

¡Diez puntos suplementarios! Entretenimiento creativo adicional. Acotan las pizarras.

Moitón reacciona al instante: salta y penetra analmente a una anoréxica infanta uniformada. Con los dedos cuchillas le acribilla la espalda vigorosamente mientras la sodomiza. Cercenamiento de garganta sincronizado con postrer estertor.

¡IMPUNIDAD TOTAL!

Borbotones acaramelados rebotando en la calzada.

¡Doce puntos suplementarios! Entretenimiento creativo adicional con guinda poética. Acotan las pizarras.

AnticRover y MerceditAZ saltan y chillan sobre las ruedas traseras animando a sus respectivos dueños.

El rubio acompañante de Flirpo se masturba continuamente y arroja chorros de semen sobre el rostro de los cadáveres. Glande escarlata tamaño balón de fútbol. Acierta con frecuencia en la ranura de las bocas contraídas.

Cero puntos: sólo colectan los jugadores. Puntualizan las pizarras. Flirpo ordena a MerceditAZ desplegar su descomunal falo metálico y golpear las cabezas de las pequeñas agonizantes. ¡Chás! ¡Chás! ¡Chás! ¡Chás! Cráneos aplastados. Cerebros desparramados.

¡IMPUNIDAD TOTAL!

¡Quince puntos suplementarios! Acotan las pizarras.

Moitón ordena a AnticRover ensartar a una criatura angelical que, milagrosamente intacta, arrastrándose entre los cuerpos mutilados, trata de escapar. AnticRover la apuntala por la vagina con el falo triturador y hace emerger, aferrando a la niña por los hombros para facilitar la operación, el glande salpicado de vísceras por la boca.

¡IMPUNIDAD TOTAL!

¡Dieciséis puntos suplementarios! Acotan las pizarras.

Flirpo, viendo que lleva las de perder en la contienda, sube a su coche y sale a escape.

Moitón lanza un alarido victorioso.

Las ruedas resbalan en un mar de sangre.

Arriba, como un Sol, brilla la mirada del Apóstol.

Flirpo presiona contra Moitón tratando de sacarlo del camino y lanzarlo contra los edificios.

¡Maldito Sodomita!

MerceditAZ araña a AnticRover con saña metálica. Gruñidos. Chirridos. Manoteos. Las ruedas del AnticRover se clavan en el pavimento como garras. Encrespamiento en la punta de los dedos, dientes rocosos, fuego en la mirada: Moitón no se deja intimidar. Ordena a su coche contraatacar. AnticRover responde veloz: del guardafangos trasero emerge un brazo armado de un enorme martillo. Golpe en el lomo de MerceditAZ. Se hace trizas el parabrisas posterior, profunda abolladura, chispas, el maletero abre la boca y lanza un quejumbroso bramido de dolor.

Aprovechando el desconcierto enemigo, AnticRover gana unos metros.

Moitón ruge: Entretenimiento puro.

La carpa es casi del mismo tamaño que la ciudad colindante. Plantada en el asfaltado polígono. Medusa preñada de luz, patas de hormigón plastificado, puertas labiales. Millares de targets de todo tipo se amontonan en su interior pletórico. Luz ardiente chorrean sus claraboyas. La noche caracolea: virutas. El aire supura una melaza ambarina a causa de la expectación que siente.

¡IMPUNIDAD TOTAL!

¡Qué dulce, qué divino!

¡Llamas, llamas, llamas!

Otra vez Moitón es más veloz que Flirpo. Interpreta al instante el mensaje del juego. La calidad de la luz que emana del circo es la clave. La luz es ardiente: ¡el circo debe arder!

Moitón propone…

¡Correcto! Acota la pantalla.

A cien pasos dispara el primer misil carbonizante.

Flirpo sabe que ha perdido y se detiene a contemplar el espectáculo. Haciendo gala de un encomiable espíritu deportivo, aclama al ganador. El efebo acompañante y MerceditAZ se suman a los aplausos.

Flirpo pierde con extrema elegancia. Lo que redunda positivamente en su Expediente de Jugador en MundoGame y en su Expediente de Deportividad General.

¡IMPUNIDAD TOTAL!

De la carpa incendiada escapan los espectadores en llamas. Moitón los abate con los misiles higiénicos y con los misiles sanitarios. Los siguen los misiles carbonizantes y los destripadores. AnticRover descarga una lluvia de proyectiles carnívoros.

La muchedumbre se extingue en una gigantesca hoguera pataleante.

Aplausos. Felicitaciones. Contabilidad oficial acumulable.

Flirpo: 5.340 puntos.

Moitón: 12.345 puntos.

¡Victoria!

De regreso a su habitación, Moitón se sentía eufórico. Muy satisfecho con el resultado del juego. ¡Nada más y nada menos que 12.345 puntos jugando contra el Gran Flirpo y su fiel y eficiente MerceditAZ! ¡Y todo en sólo cinco maravillosos minutos de inmersión virtualcarnal!

Como de costumbre, Impunidad Total lo había dejado relajado y multientretenido.

Su Controlador General registraba 11.5+ de Nivel de Entretenimiento durante el juego.

Magnífico.

No experimentaba la más mínima señal de ansiedad o aburrimiento. Ni un minúsculo bolsón de inquietud o inseguridad asomaba la sucia testa en la uniforme y compacta superficie de su Entretenimiento.

Eran exactamente las cinco de la tarde.

Se tendió en la cama a esperar la llegada de Kiuttyclon.

EL GEN DE DIOS

La transición de un vehículo a otro fue rápida. Virutas que flotan, armonías que callan, ojos sentados que asoman, ritmos disueltos. Estaban en el cuadro de Van Gogh, en el sendero de plata líquida, delante del coche tirado por el caballo de azogue, siguiendo a la pareja de viandantes, bajo el cielo convulso apuntalado por el ciprés, y un momento después ante la puerta que conducía a la habitación del poeta.

El Gordo tenía la cara de un animal doméstico, mofletudo, triste e indefenso, y un cuerpo formado por dos esferas imperfectas, aperadas, unidas a la altura de la pelvis. En ese punto colisionaban las dos masas de carne precariamente contenidas por un cinturón de cuero, ancho, pulido, oscurecido por el roce. La hebilla de bronce parecía a punto de romperse. Cordajes, sudores, estrella de feria. Trabilla desprendida. Portañuela a medio abrir. Brazos y piernas brotaban casi a la altura de la unión de las esferas y se afinaban hasta terminar en dos manitas delicadas y dos pies diminutos que parecían adornos y no adminículos sobre los que aquella mole informe pudiera desplazarse. Gafas antidiluvianas de plástico finito. Molicie, morbidez, repuntar de un verso de Góngora.

¿Quién es Góngora?

Sacrificio y obstinación. Paso firme al borde del abismo. Paso de animal manso, de carga.

Estaba embutido en un atuendo estúpido, grosero, basto, feo. Camisa de guinga manchada: tinta y restos de comida. Raída chaqueta color marrón descolorida en los codos, pantalón de gabardina, anchos bajos, desgastado en las rodillas. Tejidos combustibles. Colores de gama baja, antientretenidos, en desuso desde hace siglos.

Un trozo de tela colgaba de su cuello. ¿Adorno, identificación?, se preguntó el Alfil.

Corbata, le contestó Orlán; así se llamaba el trapo atado alrededor del cuello de El Gordo; al parecer, bastante común cinco siglos atrás. Hizo desfilar por la mente del muchacho imágenes de hombres llevando corbatas; diferentes épocas, evolución de la prenda.

Zapatos de piel, vacuno real, desgastados y atados con cordones de procedencia vegetal. Calcetines flojos. Caídos sobre los zapatos. Piel traslúcida, venillas moradas y verdes, vellos canosos, escasos. Lunar.

La presencia del poeta producía una sensación de soledad profunda, un desasosiego insoportable a pesar de que aún no había comenzado a hablar; entonces, su poder se magnificaba, alcanzaba insospechados niveles de contingencia.

Obstinación que siembra árboles en el abismo. Mulo.

El Gordo era obra de Orlán Veinticinco. Lo había creado a partir de un poema adquirido en el mercado negro coreano. La Blasfemia Máxima aún recordaba, vívidamente, a pesar de los años transcurridos, el enorme impacto que le causara la carga antientretenida de las palabras amarillentas, casi ilegibles tras la superficie del estuche anticontaminante. La obra de El Gordo (así lo bautizó Orlán pues su nombre no había sobrevivido), un poeta poco leído, olvidado, de la Época PreReorden, había sido catalogada de irrecuperable para la NewEstética y para la Fe durante las históricas sesiones del Consejo Teológico Mundial en las que se determinó cuales obras artísticas podían ser salvadas e incorporadas a la NewHistoria y cuales excomulgadas y extirpadas de la memoria humana.

A partir del primer encuentro con la poesía de El Gordo, Orlán se dedicó a cultivar en su interior la esencia del poeta; verso a verso, poema a poema, párrafo a párrafo. Durante años, invirtió gran parte de su energía en reconstruirlo, en rehacerlo a partir de la información que iba recopilando. Al principio: mínima semilla que germina, leve compás, oscuridad preñada, borbotones de células, vaga melodía, bombeo, huesos, carne, sangre, nervios, fibrillas, sensaciones. Más tarde: una individualidad, una voz, un paisaje, una sonrisa, un ambiente, un dolor, una añoranza, una cadencia, una obstinación, una duda, un sabor, un anhelo, una voluntad, una caricia, una alegría, una inquebrantable fe en las palabras, una memoria. Concluido el proceso: entidad visible, corporeizada, física.

Al final sería una especie de fantasma, una ilusión volumétrica y tridimensional sin *vida antigua real*, pero serviría a sus propósitos.

La búsqueda de información representó un reto monumental. Orlán inspeccionó hasta la más recóndita cloaca del mercado negro en Tierra Firme, China y lo que quedaba de Europa, dedicó enormes sumas de dinero a comprar funcionarios en bibliotecas de acceso restringido, asaltó colecciones privadas buscando restos de sus textos, imágenes, cualquier detalle sobreviviente que contribuyera a reconstruir su ser físico y poético.

A pesar de que no albergaba ninguna esperanza, escudriñó también, durante meses, en el WebTime: sin éxito: el poeta había sido borrado del pasado de la nueva humanidad; sólo existía en la escoria sobreviviente, en los basureros, en el fervor de osados anticuarios, en transacciones ilícitas, en la codicia de especuladores, en los asediados mercados subterráneos, en raras colecciones oficiales, en laboratorios especializados en el estudio del Virus de Aburrimiento Extremo, Tedio Letal y disciplinas semejantes.

Poco a poco, su dedicación y enorme paciencia dieron resultados. Fueron emergiendo restos: poemas dispersos, fragmentos de algo que parecía un ensayo, trozos de un libro camuflajeado, centurias atrás, entre las páginas de un grueso tomo oficialista, décimas, frases, notas en un libro ajeno, el rastro desvaído de su letra en una dedicatoria, algún soneto, líneas citadas aquí y allá en aburridos estudios académicos. Una fotografía borrosa, impresa con tinta en un papel envenenado de ácidos, semipodrido. En la fotografía el hombre, sentado en un sillón, miraba el objetivo con expresión cansada. Sostenía entre las manos un libro; el pelo liso, hacia atrás, la boca entreabierta. Estaba rodeado, cercado por una montaña de volúmenes de celulosa vegetal; detrás de su figura un pedazo de pared descascarado, amarillento, surcado de manchas de lluvia; repleto de cuadros. Bordes carcomidos, un agujero en la cartulina a la altura del pecho del hombre sentado, las manos mordisqueadas como por el efecto de un virus.

Tras años de búsqueda la suerte le había sonreído a Orlán; sus esfuerzos fueron recompensados: en la lóbrega guarida de un especulador de New-SubAmberes sostuvo entre sus manos trémulas una primitiva grabación encontrada en el Black por pescadores de la isla basurero. Milagrosamente, después de innumerables transacciones y peripecias, había llegado a manos del traficante.

Se trataba de una verdadera reliquia, grabada en un cassette de cinta magnética de pésima calidad. Fue necesario fabricar un aparato donde oírla. Sentada junto a sus fieles Monjas, Orlán escuchó por fin la voz ahogada, angustiosa del poeta recitar aquel poema sobre un mulo, animal exterminado al que se había negado el renacimiento virtualcarnal, y tuvo la certeza de que poseía al fin el arma necesaria para su Performance Definitiva. ¡Aquella voz! ¡Aquellas imágenes! ¡Aquel ritmo! Encarnaban la negación de la sumisa estética oficial, del ser oficial. ¡Contenían el virus que necesitaba para contaminar la realidad impuesta por DisneyCorp y el Orejudo Resucitado! Eran la oportunidad de desarticular el tiempo oficial e inocular nuevamente en el alma de los seres humanos la Santa Duda; la rebeldía y la belleza sólo al alcance de los que saben que los espera la podredumbre y la muerte.

Todo parecía trabajar en que su proyecto llegara a buen término. Poco después de llegar a sus manos la maravillosa grabación del poema, apareció Alfil Tres. La cría robada de Garbageland, de súbito, al alcance de sus manos. Un golpe de suerte, sin duda. El exterminio de los pandilleros de la Casa Alfil la puso sobre la pista.

¿Por qué se interesaba tanto el sistema por aquellos insignificantes delincuentes? ¿Por qué aquel impresionante despliegue de fuerzas para atrapar al único sobreviviente?

La respuesta, en el fondo, era muy sencilla: exigencias del guión. Que Ray y Asún estuvieran cerca de GameGame había sido un hecho casual. ¿Un guiño, una de esas confluencias con que a veces nos deslumbra el Caos? De las cercanías de GameGame donde había caído desvanecido condujeron a Alfil Tres a un refugio de las Guerrillas Anticonsumo. Allí lo curaron, lo limpiaron de drogas, le extirparon el grabador cerebral que le implantara DisneyCorp. El aparato no sólo transmitía a los cuarteles generales de la megacorporación todas las imágenes registradas por el cerebro del pandillero, también sus emociones, y sentimientos. Era un sofisticado modelo semilíquido y la operación para extraerlo resultó bastante complicada. Estaba en su cabeza desde que lo robaron del basurero. Constituía la materia prima de la cría de Garbageland, perteneciente a la virtuserie *Ratas del basurero*, que por años ocupaba uno de los primeros lugares en el ránking de Entretenimiento Mundial.

Al principio, la Blasfemia Máxima ordenó el rescate del pandillero siguiendo un impulso, pero cuando vio el contenido del grabador mental no le cupo dudas de que el muchacho tenía dones que los productores de la serie Garbageland no habían siquiera sospechado. Para ellos no era más que una rata de basurero más, una rata convertida en Prototipo al que utilizaban para añadir sentimentalismo, realismo, para insuflar inmediatez y el tan popular verismo a la virtuserie. Los juegos genéticos a los que fue sometido para mejorar sus actitudes físicas sirvieron para potenciar sus habilidades.

Y había algo más... que emergía sobre todo en las largas sesiones de entrenamiento en el Tablero y en los duelos callejeros con miembros de otras pandillas, en los que había ganado merecida reputación de imbatible: su misteriosa capacidad para conectar, mediante la belleza de su arte bélico, con un espacio incontaminado de máquinas, de virtualcarnalidad; una misteriosa capacidad de acoplarse con una pureza y una armonía que venían del sinsentido. Orlán sintió su talento, lo escuchó fluir como un río subterráneo e inexplorado. La exquisita poesía de su esgrima lo elevaba a un éxtasis que entroncaba con su pasado, con los habitantes de los túneles, con el Black, con el mítico refugio donde sobrevivía la Antigua Naturaleza llamado El Monte. Si a las armas de aquel muchacho acudían, por los motivos que fuera, las milenarias fuerzas de la belleza y la furia de la naturaleza en vías de extinción, su poder sería incalculable, se convertiría en una eficiente máquina productora de belleza inútil, sin propósito. Una máquina mortífera para la invasión virtualcarnal propugnada por la NewRealidad.

Por esa razón Orlán lo había rescatado, y otorgado un papel clave en su Performance Definitiva. Por eso lo había fortalecido enviándolo al pasado a cargarse con la belleza de la obra de Pierre Bonnard. Por eso lo llevó a conocer La Noche real, Antigua Naturaleza en estado puro, por eso lo liberaría de la siniestra presencia del Gen de Dios.

Después de presenciar cómo el pandillero derrotara en WebLandTierra Santa a los temibles Monjes Lladrós, no le quedaba la menor duda de que si alguien podía ser la estrella de su Performance, enfrentarse al Hijo de Dios y vencerlo, ese era Alfil Tres.

No quedaba mucho tiempo. Las huestes del Orejudo le pisaban los talones. Por otra parte, todas las señales indicaban que la visita del Hijo preludiaba la llegada del Padre. Orlán conocía demasiado bien WebLand-Tierra Santa como para tener esperanzas sobre lo que sucedería una vez resucitado en Tierra Firme el Dios Orejudo: el fin de los Tiempos tal y como los conocía la Humanidad. Vendría con sus ejércitos e impondría el NewReino. Sería definitivo y terrible con sus enemigos. Los que no acataran la Virtualcarnalización Total y el fin absoluto de la Antigua Naturaleza serían exterminados; correrían la misma suerte de los pueblos inferiores durante las Guerras del Reorden. Sería imposible vivir sin el Gen de Dios, desaparecerían la Belleza y la Duda. ¡Y todos olvidarían con el tiempo cualquier forma de arte fuera de esa horrenda estética de DisneyCorp! Los Mandamientos eran muy claros:

Consumir siempre
Aburrirse nunca

El planeta se convertiría, finalmente, en un gran corral lleno de esclavos felices. En un infierno donde el Alma sería sustituida por la Escala de Consumo. Afortunadamente, aún quedaban algunos que no estaban dispuestos a desaparecer sin presentar batalla. Que estaban dispuestos a morir por un mundo donde existieran infinidad de pecados. En el que nada fuera seguro y la vida y la muerte fueran aventuras irrenunciables.

¡Ser carne y sangre de aquel horrendo Dios toon negro y orejudo!

¡Jamás!

¡Qué horrendo futuro, qué trágico final para una especie que alguna vez produjo a Mozart, a Rembrant, a Miguel Ángel y Van Gogh! La Blasfemia Máxima sabía que el Caos no tiene preferencias, que es impredecible por naturaleza. Pero también es inmensamente misterioso, y Orlán albergaba la loca, injustificada ilusión de contar con la complicidad del Caos para llevar adelante su Performance Definitiva.

Después que Alfil Tres fuese liberado del Gen de Dios, todos los elementos necesarios para su ataque a la Gran Misa Anual Deportiva estarían listos. Excepto uno. Faltaba una pieza clave del engranaje de su arma: la que estaba en poder de Moitón Toonosevich: *Paradiso*, la novela de El Gordo.

El Gordo era suficientemente poderoso para, como esperaba, expulsar al Gen de Dios del cuerpo del Alfil; pero provocar un shock cultural y espiritual en el planeta, aunque fuera por unos minutos, era otra cosa. Resultaba imprescindible que tuviera dentro toda aquella novela. Con el texto dentro, el poder de El Gordo crecería inmensamente. Aunque deteriorado, el ejemplar en manos del científico Toonosevich conservaba la mayor parte de las páginas. ¡Se trataba de una obra autobiográfica! Lo que insuflaría la profundidad necesaria a la creación de Orlán. Resultaba impredecible el efecto que produciría sobre la estética oficial y el entramado utilitario-entretenido del sistema.

Se transpiraba un jugueteo en la soledad y el desasosiego que envolvía la figura de El Gordo, una musiquita carnavalesca, un tufillo a gnomo, a ancas de rana, a reunión familiar con música de fondo y banquete pantagruélico. Una luz jugosa penetraba por un tragaluz redondo, tricolor.

¡Había llegado el momento de acosar, tender una sutil trampa y aniquilar al Gen de Dios que habitaba en el interior del cuerpo de Alfil Tres!

Carne de su carne, sangre de su sangre.

Las paredes de la habitación, excepto una llena de cuadros originales de artistas hace mucho inexistentes, estaban cubiertas de anaqueles repletos de libros que desbordados ocupaban el suelo, el escritorio, que crecían apilados formando torres de precario equilibrio. Una luceta azul, roja y amarilla culminaba una puerta de dos hojas que conducía a un minúsculo patio interior. Las losas del suelo formaban un tablero. Del techo caía un cable lleno de cagadas de moscas de cuyo extremo colgaba una bombilla. La estancia rezumaba abandono, pobreza, humedad y penumbra. A pesar del Sol restallante que castigaba las plantas y el lavadero de cemento que se distinguían a través de la puerta entreabierta.

Las bisagras herrumbrosas, las paredes desconchadas a causa de las filtraciones, de la que asomaba aquí y allá la superficie quemada de los ladrillos, daban al lugar un aire desastrado. Un grifo goteaba cerca. Los sitios donde la lluvia se abría paso estaban marcados por círculos de moho en la madera podrida de las vigas y el entramado del techo. De la calle, del otro lado de la tapia, llegaban chillidos de gente peleando, el chirriar de una bicicleta y de vez en cuando el ronquido de algún renqueante motor de combustión.

El Gordo también era un animal. Un cuadrúpedo gris, de lomo lastimado, cuajado de marcas de varazos, de expresión resignada. Doblado por la carga. Vagaba indistintamente de una forma a otra, de dos a cuatro patas, pero siempre conservaba los rasgos del hombre, mofletudo, enniñecido, de mirada abovedada y dientes pequeños, voz de limonada caliente y miel, voz enyerbada. Tila, jazmín de cinco hojas, capulí, orégano…

El mulo del poema.

Cuando llegaron, se hallaba sentado en un viejo sillón a punto de derrumbarse bajo el enorme peso, rodeado por un mar de libros. Inclinado sobre un volumen grueso y amarillento.

Tarareaba en voz muy baja…

> *De la noche a la mañana*
> *se interpone la neblina,*
> *pero este pez serafina*
> *con anchura de campana*
> *ya trasuda arena fina…*

El Alfil y sus amigos, a pesar del entrenamiento y de lo que Orlán les advirtiera al respecto, sintieron el indescriptible pavor de lo inútil asomar la monstruosa cabeza tras las palabras.

El terror del Caos, de lo antientretenido, adelantándose… Arenosa voz…

> *Bisiestos del caracol,*
> *suda tierra y vuelve hilo.*
> *No peluca en coliflor,*
> *el arco iris en vilo*
> *sabe resumir la flor.*

Todos acusaban el impacto. Clonliebre se desmayó al instante, Asún trastabilló, aguantó un momento, pero luego cayó fulminada, derribando en su caída montañas de libros. Bonnard, sin embargo, por provenir del mundo Pre-Reorden y estar libre del Gen de Dios lo soportó con naturalidad. Las rodillas del Pandillero se doblaron ante la acometida brutal de la antientretenida inutilidad.

Orlán lo socorrió, conminándolo a escuchar.

> El queso con la guayaba
> o virreyes al rocío,
> la palabra deslizada,
> escaramuzas sin frío
> de la granja aljamiada.

El cuerpo del Alfil se estremecía presa de violentas fiebres. Los ojos reblandecidos, la lengua pedregosa, la respiración arracimada. La cabeza comenzó a dolerle brutalmente. Alguien golpeaba con una barra de hierro el hueso occipital. Las articulaciones escocían y los ojos supuraban melancolías. Nostalgias reblandecidas por la falta de uso, olvidadas, afloraban.

En su interior se expandían los límites y una soledad preñada reclamaba antiguas herencias, reinos desaparecidos y fecundidades olvidadas. Necesitaba llenarse de aquella voz hasta librarse del Gen de Dios. Contaminado con el Gen de Dios no tenía la más mínima oportunidad de vencer al Hijo. La voz limpiaba y propiciaba la intemperie.

El Alfil se dobló: las contorsiones lo hacían ejecutar una extraña danza. Reptiles. Espumarajos. Se apretó la cabeza con ambas manos tratando de conjurar el dolor. Luchó por no desvanecerse. La barra de hierro golpeaba ahora también las caderas, el pecho.

Dentro de su cuerpo, el Gen de Dios, sintiéndose amenazado, respondió liberando su veneno.

Las Monjas acudieron en ayuda de Orlán: entonaron un exquisito canto ultraburrido a manera de antídoto. Alternándose, pegaron sus bocas a la boca del muchacho y lo lanzaron dentro.

El Gen crecía, con la intención de hacer estallar el cuerpo receptor. Culebreó, tratando de alcanzar el corazón del muchacho. Estaba diseñado para aniquilar cualquier forma de vida que se rebelara contra su presencia.

Había llegado el momento de que Pierre Bonnard hiciera su parte. Con gesto apremiante, la Blasfemia Máxima abrazó al pintor: segundos después la información que era Pierre Bonnard se convirtió en uno de sus cuadros: *La preparación de la cena.*

Cuando la transformación hubo terminado, la terrorista levantó el cuerpo exánime de Alfil Tres y lo colocó dentro del cuadro, sobre la mesa, en el centro del blanco mantel, junto al plato esbozado, cerca del cuchillo de mango rojinegro esbozado y el salero esbozado y la negra botella de vino y la cesta de frutas y el pan. La figura morada y cómplice de Marthe inclinada disponiendo los cubiertos, el resto de la mesa roja, la chimenea al fondo, las paredes encabritadas. Alfombra copiosa. Radio mastodóntico, de bombillas. Sombra botella, luz cegadora de la servilleta.

Allí Alfil Tres sería inalcanzable.

La obra de Bonnard ocupando el cuerpo del muchacho. Mezclando sus realidades. Rodeando su corazón, protegiéndolo. El paisaje interior del Alfil convertido en laberinto de matices, de colores, en inextricable desasosiego propiciado por las intenciones del cuadro de Bonnard.

El Gen pataleaba enloquecido, desorientado, sin atreverse a avanzar en una dirección u otra. Bufaba lleno de furia, pero dejándose ganar por el terror. Se arañaba el rostro con las garras, tiraba de sus orejas hasta rasgarlas. Mostraba la triple hilera de afilados colmillos.

El pequeño guache (39.5 por 64.8 cm) resultaba un arma indescifrable, tal y como había planeado Orlán.

De súbito, el orejudo Gen sucumbió a un ataque de terror. Fuera de control, emprendió la huida precipitándose hacia el primer agujero cercano. El rostro del Alfil se infló monstruosamente cuando el Gen comenzó a emerger de su boca. A medida que se acercaba al exterior se hacía más fuerte. El pedazo que estaba fuera, alcanzaba casi un metro de longitud, ríos de genes emergían en forma de siseante chorro por los agujeros de la nariz del Alfil, por las orejas, y eran absorbidos por el Gen central. Crujido. La cara del Alfil se convirtió en una máscara informe, el Gen saltó afuera. Múltiples patas, múltiples brazos, cabeza esférica, aleteantes orejas grandes y circulares, el cuerpo rebotante y elástico. Negrísimo como el mismo Dios.

Ya fuera del cuerpo del muchacho, giró amenazador buscando a sus enemigos. Agitó los brazos, las garras centellearon: a su alrededor no había nadie. Sólo aquel horrendo paisaje que le impedía ser... buscó una salida... y allí estaba, a pocos pasos, visible a través de una puerta entreabierta más allá de la cual bullía la NewRealidad. Se lanzó como un bólido hacia la selva del WebLand-Tierra Santa, hacia la carne de su Padre que palpitaba ordenada, entretenidamente acogedora...

Pero era una ilusión. Una trampa.

Cuando traspuso el espacio ocupado por el cuadro y cruzó el umbral de la salvadora puerta se halló dentro de otro de aquellos pavorosos paisajes.

Enloquecido, las fauces espumosas, se precipitó contra una ventana que al abrirse mostró la mañana radiante en Le Cannet. Puntillazos violetas, oro almendrado y cegador, lanzas amarillas de luz y las colinas ondulantes y el mar. A la derecha una figura aterradora cose, sumergida en un hálito de bondad, en el espejo un anciano asoma fantasmagórico. ¿Sonríe?

Aquello era más de lo que podía soportar: con un alarido de horror el Gen de Dios se diluyó dejando un rastro de ácido, chisporroteos gomosos y humo en el paisaje.

El espíritu sin libro
Y el libro espíritu
¡con el daimon ya me libro,
los manes de Manitú!
El romance sin peligro
Siguiendo la serventía.
Se pronuncia como el día
El nublo de dos jinetes,
El cortado en jarretes
Y el triunfante Mediodía.

A una señal de la Blasfemia Máxima el cuadro de Bonnard se replegó sobre sí mismo para dar lugar al cuerpo del anciano dormido.

Estaban nuevamente en la habitación del poeta, que continuaba leyendo, desgranando versos como una letanía.

Las Monjas continuaban cantando. Insuflando vida al cuerpo exánime del muchacho.

Alfil Tres permanecía en el suelo, en posición fetal, el rostro contraído por una mueca de dolor, de asco, de alivio infinito.

Orlán sonreía.

LA SORPRESA

Señoras y señores... ¡Jeff W. Sullivan... el nuevo Superfan del NewManhattan All Stars y su Sacrobalón!

La voz de Ted Koslowsky irrumpió estentórea en el Salón Ceremonial.

El Himno All Stars se dejó escuchar atronador. Cantado esta vez por las voces más dulces y entretenidas que cabe imaginar. Florecimientos azules, rocío en los pétalos, campanillas de cristal, gorjeos. Mantecado. Cremosidades.

El lugar se hallaba repleto de Medios de Entretenimiento. Aire enriquecido propiciaba el ambiente de euforia que se respiraba. Estribillos colgantes. Revoloteo de VeryImportantPeoples, FamousPeople, Superwinners, Princesas, Gobernadores, MediaPeople, Superfans y otros Winnerbeings. Ceremonias de entrega de anillos de Campeones de la Liga, escenas cumbres pertenecientes a partidos históricos del All Stars aparecían y desaparecían melodiosamente en forma de pompas pixélicas en la atmósfera engalanada. Una imagen virtutransmitida de DiosMike cruzó como una exhalación despertando aclamaciones y un espíritu supremoentretenido. *God is Fun! God is Fun!*, clamaban las Unidades Coordinadoras. Un enjambre de cámaras y minicámaras surcaba el espacio. En el centro del salón resplandecía la dorada plataforma de Autenticación de Realidad.

Sullivan Superfan permanecería quince minutos expuesto a los Medios. Podía contestar o no a sus cuestionamientos; lo importante era su presencia real. Que esta presencia autentificara la realidad del suceso protagonizado. Adelantándose entre aclamaciones, se situó en la plataforma. Las manos sobre el balón, el rostro levantado. Los reflectores lo convirtieron en una llama cautivadora. No respondería preguntas de los Medios de Entretenimiento, siguiendo instrucciones de la Barbieclon SlaveSecretaria.

Vertiginoso, el arte de Master Yukiando Kawabata tejía innumerables guirnaldas luminosas que partían del cuerpo del Presidente y Comandante en jefe del NewManhattan All Stars y formaban una pasarela de rayos centrífugos: vórtice de belleza newestética superentretenida naciendo al paso del VeryFirstClassMultiEjecutivo para recordar a todos quién era el arquitecto y artífice de aquellos instantes de gloria partidista y camaraderil, de aquella oración elevada en nombre del espíritu sacrodeportivo.

Al fondo, ya estaba lista la tribuna. Desde ella Ted Koslowsky declararía iniciada la ceremonia. Los Jueces encargados de contabilizar el tiempo de exposición real del SucesoMaker: listos. Monjes All Stars y Superfans All Stars los acompañaban. Detrás de la tribuna, ocupando una grada semicircular (otra idea genial del Presidente y Comandante en Jefe), formando un abanico de armonía y colorido, el Coro Planetario de Niños Ciegos acometía el Himno All Stars como sólo ellos sabían hacerlo. Niveles inimitables de sportadoración, equipofidelidad y allstarspertenencia.

El VeryFirstClassMultiEjecutivo se instaló en la tribuna del Salón Ceremonial, escrutó a la concurrencia… y puso la virtupiedra fundacional del nuevo All Stars Center a 3.589 millas de distancia, en NewSubMilán, y efectuó un magistral disparo que pulverizó una alimaña de Garbageland durante una cacería organizada en beneficio de la Organización Mundial para el Desarrollo Prenatal del Espíritu Deportivo, y pulsó el botón que ponía en marcha los primeros trillones de nanomáquinas encargadas de hacer crecer las pistas del nuevo Aeropuerto All Stars en NewDakar, y se lanzó desde 30,000 pies de altura con la nueva Patineta All Stars dando así comienzo a las Olimpiadas Aéreas All Stars…

Los espaciosos ventanales permitían ver la mancha correosa y cambiante de fansperegrinos que llenaban la Plaza Central, la Explanada Preliminar, las espaciosas avenidas aledañas, que abarrotaban la islaciudad hasta las ya desplegadas mallas que la sellaban. Las paredes y el suelo del piso cien se transparentaron: máximo acceso a la Ceremonia de Autenticación, magnificación de sensaciones de unidad y pertenencia.

Las naves formaban un tupido enjambre alrededor de la catedral. Las patrulleras de la Guardia Urbana no eran suficientes para asegurar el orden. Muchos vehículos violaban las normas de distancia; entonces, el edificio los obligaba a retirarse golpeándolas con dardos protectores: un proyectil de plásticovivo reblandecido que se adhería al fuselaje de los infractores e introducía un virus en los controles de la nave, obligándola a aterrizar.

Sullivan Superfan resplandecía. El Sacrobalón en su pecho comenzó a despedir una aureola azulosa y tibia. Rayos ascendentes y fervorosos. Su rostro: expresión mezcla de honor, satisfacción y adoración intensa.

Los congregados se aglomeraban en torno a la plataforma de Autenticación de Realidad y se esforzaban por tocar, llenos de veneración, la superficie del esférico.

Después de echar una mirada a los jueces, el Presidente y Comandante en Jefe del Manhattan All Stars accionó el botón que daba inicio al conteo. Enormes números aparecieron en el aire; comenzaron a discurrir los segundos. Las voces del Coro Planetario de Niños Ciegos alcanzaron una belleza galopante.

En el minuto cinco la luz irradiada por el pecho de Sullivan Superfan se intensificó, envolvió a los presentes y se adueñó del recinto empapándolo: ternura infantil, inflexible competitividad, regocijante hermandad All Stars.

Bendiciones de Dios Nuestro Señor llegando...

En el minuto diez el ambiente se llenó de salmos. Revoloteo de pajarillos, rosadas serpentinas de luz, confetis de fe, onduladas alabanzas, cremosas oraciones paladeables.

Arriba, en el centro del salón la luz se condensaba hasta alcanzar calidades acuosas, azucaradas.

Una nunca vista expresión de humildad surcó el rostro de Ted Koslowsky. Los congregados se inclinaron respetuosos. Las voces de los niños, dulcísimas, se integraron a las aguas y a los paradisiacos rumores.

Cuando el reloj flotante marcada catorce minutos y cuarenta segundos la luz, sin dejar de iluminar y resplandecer se tornó negra, formó una silueta. Por encima del coro un familiar tamborileo sonó.

Todos, incluidos los jueces cayeron de rodillas y elevaron los brazos hacia la vaporosa silueta insinuada.

Tres charolados círculos sagrados, hocico saltarín, naricilla amada, tirantes, zapatones.

Divino contorno: poderío, gracia inconmensurable. Inmensa bendición. Saludo, reconocimiento, Ted Koslowsky y el Manhattan All Stars entre los hijos distinguidos de Dios Nuestro Señor, que se manifestaba.

Transmisión universal del magnifico acontecimiento.

Edificio emocionado.

Edificio negro y orejudo en honor de Dios Nuestro Señor: cinco segundos. Islaciudad fascinada.

Fin del período de Autenticación de Realidad.

La luz que emanaba del Sacrobalón se extinguió. Estruendosos aplausos. Felicitaciones, correcorres, tumulto de cámaras y VeryImportanMediaPeople luchando por obtener una entrevista del Presidente y Comandante en Jefe del Manhattan All Stars.

Pero Ted Koslowsky los apartó con un magnífico gesto y pidió un momento de calma.

Señores y señoras, exclamó, aún este día veryspecial nos depara otro acontecimiento All Stars... ¡Alabado sea Dios Nuestro Señor que nos distingue con su bondad!… ¡Nuestra familia crece y se multiplica! Ha llegado el momento de presentar a… pero no puedo añadir nada más; su presencia es una sorpresa, un regalo con el que queremos agasajar a nuestro nuevo hermano en la Fe, SullivanSuperfan… Síganme…

Y Ted Koslowsky se dirigió al sorprendido SullivanSuperfan y lo condujo hasta una cabina junto a los ventanales que hasta ese momento estuvo oculta por una cortina mimética. Todos siguieron a la pareja. Correteo de cámaras, reflectores, expectación.

La entrada de la cabina estaba cubierta por pesadas colgaduras. Sensuales y rubias. Trompetas anunciadoras. Tamborileos.

Telas estremecidas. Un perfume inquietante impregnó la atmósfera. Erecciones. Jadeos. SullivanSuperfan sintió que una potente sacudida recorría su cuerpo y que su mente comenzaba a arder. Masocadelight al máximo de su capacidad al presentir la ola de excitación que invadía al usuario.

Escuchó el rumor cronometrado de olas, chillido de niños correteando tras gaviotas pixélicas, el trasiego de pies desnudos sobre la arena, la adoración de los pretendientes; una brisa amorosa lo golpeó; un prado, el cosquilleo del virtuoxígeno en sus pulmones, un animal mitológico, el aleteo bellísimo de un aria, el rostro extasiado de su padre, una insuperable armonía familiar: rescoldos de su fantasía.

Un aluvión de deseos, recuerdos, anhelos, nostalgias y cariño colmó su corazón.

De la cabina emergió la inconfundible figura de MarilyDiva.

EL KIUTTYCLON

Llegó a la hora anunciada. Cinco y media en punto.

Figura vaga, dentro del oblongo contenedor color característico bermellón de la División Clónica de DisneyCorp. Transparencias.

Moitón activó el dispositivo de seguridad pronunciando la clave: el nombre de su esposa 6Minnie. La corteza se abrió exponiendo el gelatinoso interior donde reposaba la mujer.

Moitón, manos trémulas, colmado de ansiedad superentretenida. El material de embalaje se autoconsumía emitiendo un siseo. Esperó a que se disipara por completo. Con extremo cuidado, extrajo el cuerpo, que perdió la rigidez a su contacto. Ligera, tersa maravilla de carne recién parida.

En brazos temblorosos, la llevó hasta el dormitorio. Ternura en los gestos: acomodó un mechón caído sobre la frente. La mirada rodó por las magníficas protuberancias, por los ondulados valles. Aspiró el perfume de su respiración entrecortada. Salivación. Cosquilleos testiculares.

Ella: sopor. Pechos antigravitacionales color violeta comestible. Pezones hinchados, cómodamente al alcance de su propia lengua. Chupetes. Vientre impecable como un mandamiento. Dormida y desnuda. Manos delicadísimas. Muslos portentosos. Dedos largos y bellamente torneados. Pilosidad frondosa y endulzada. Piel mimosa. Sexo mixto. Falocaracol. Diosa.

La depositó en la cama. Puso en marcha el reloj vital: lunar rojo bajo la axila. Se detendría en seis meses. Si el consumidor lo deseaba podía activarlo por otro período similar. Máximo tiempo de vida permitido a un Clon de Entretenimiento.

Leyes de la Convención Mundial para la Vida Clónica.

Mucho más tiempo del que Moitón planeaba permanecer en Tierra Firme.

Despertaría en diez minutos.

El: remanso: mojaciones: erecfelicidad. Perturbaciones anímicas alejándose como verdes tormentas de lluvia química hacia el horizonte: soledades nocturnas evaporándose como aves sorprendidas fuera de El Cielo por el naciente Sol. Sudores verrugosos. Alma virtualcarnalizada.

Pazentretenimiento.

Moitón solicitó privacidad al TvTual.

Quería impedir la irrupción, que en otros momentos podía ser simpática y útil, de productos corporeizados en la habitación mientras estuviera entreteniéndose sexualmente con Kiuttyclon.

Fin de la transmisión. Extinción del agradable, familiar estruendo y de la supercamaradería.

Se despojó de la ropa. Esperó.

La habitación cambió de color. Disminuyó el nivel de fuerza de gravedad. Reprodujo ambiente intrauterino. Primeros placeres, paraíso de equilibrios y seguridades.

Kiuttyclon abrió los ojos. Verde veronés.

Verdín vertiginoso por los flancos del sueño.

La sangre continuaba fluyendo, endureciendo, levantando. En el interior de Moitón todo se hacía protuberante, fuerte.

Apretó suavemente los pezones: rezumaron un líquido ámbar.

Repasó el ano del clon con la yema del dedo índice de la mano derecha. Lo introdujo hasta la primera falange.

Repasó su propio ano con el dedo índice de la mano izquierda. Lo introdujo hasta la primera falange.

Acercó ambos dedos a la nariz, alternándolos. Aspiró. Verificación.

Sonrió satisfecho: compartían todos los olores, tal y como había pedido. Excelencia de DisneyCorp.

La cabeza del glande late. Zangolotea.

Contempló enternecido su larga prominencia coronada de una gruesa babaza. La abarcó amoroso con ambas manos. Potencia adolescente en su organismo centenario. Carísimo, pero a juicio de Moitón imprescindible para alcanzar el Entretenimiento Sexual Total. Maravillosos implantes virtualcarnales dando tersura perpetua y vigor incondicional a su amado instrumento. Newcarne.

Pulsaciones.

Esmeralda de mar pixélico los ojos de Kiuttyclon. Labios sacramento. El cuerpo de la mujer tembló respondiendo a las manipulaciones.

Representaba para Moitón y para millones de habitantes de Tierra Firme décadas de sueños, de anhelos, de masturbaciones, de fantasías, de despertares sexuales, de recorridos vehementes por los Masturbadores de incontables ciudades, siempre en busca de su cuerpo en muchos otros cuerpos virtualcarnales. En busca de sus gemidos y sus líquidos. Obsesión que sólo ella podía saciar. Deseo que sólo ella podía calmar. Diosa del Entretenimiento Sexual Total.

Suprema Diosa de *Supermaravillosoestupendo*. Suma creación de DisneyCorp. Todos sus líquidos. Todos mis líquidos.

La mirada de la mujer, mojada y sumisa, ahogaba. La acarició de la cabeza a los pies apenas rozándola con la punta de los dedos. Ella tibiamente inmóvil, boca entreabierta, dientes ensalivados. Sentado en el borde de la cama la contempló un rato. Los pechos rezumando gotas lácteas, un charco cremoso ampliándose sobre la superficie de la cama. El jadeo aumentando, alcanzando proporciones animales.

Moitón rezó en voz baja dos *Padres Nuestros que estarás en Manhattan*: puro agradecimiento.

Situó el miembro a unos centímetros de sus labios.

Como si hubiese tardado demasiado y se lo reprochara, la pulposa cavidad se abrió con una sonrisa aniñada y se lo tragó.

Volteándose, dejándose caer, Moitón metió el rostro entre sus nalgas empinadas. Las abrió bruscamente. Apartó la nutrida cortina que ocultaba el orificio. Modelo Extrapeludo, como estipulara en su contrato. El olor lo enervó, mechones de vellos manchados, grumosos. Los pliegues del ano borrándose por la tensión aplicada. Sudor, mierda, pegotes de lecheintestinal. Chupó, saboreó, olisqueó, llegó al orificio; hurgó; surcos de saliva entre la tupida pelambre.

Ya había practicado Autoentretenimiento Sexual: someterse a un crecimiento fálico temporal resultaba sencillo. Permitía autopenetrarse y autochuparse y aunque reportaba niveles de Entretenimiento considerables no podía compararse con lo que Moitón conseguía al encontrarse en el Kiuttyclon. Hallarse en su Diosa, compartir olores, líquidos, sabores con ella. Que al lamer su culo fuese el suyo, con su olor, con su propia mierda. Que al chupársela lo que brotara fuese su propia leche. Ascender. Sabor y texturas propias, en ella. Encontrarse donde tenía que estar, donde era importante: en la unicidad de la NewRealidad. Autoconsumo: la ansiada y difícil ComuniónEntertainment.

La introdujo hasta sentir el ruido de sus pelos al frotarse con los pelos de ella. Rostros humeantes. Desdibujados por la vehemencia. Traspasados por vaharadas de ungimiento. Un pecho violeta en la boca de Moitón, otro en la del clon. Beber. La sintió mearse, lava envolviendo el miembro dentro, chorro rozagante. Cuerpos derritiéndose, estirándose hasta el infinito. Latiendo sumergidos en las pulsiones de la matriz. El aplomado, picante perfume de la orina.

Ambas.

Todos sus líquidos. Todos mis líquidos.

Ella abrió la boca invitante. Rogando con los ojos, convertida toda en suplicante expresión. Moitón la complació. Escupió en el rostro, dentro de la boca. Primero leche que extraía de los senos. Luego saliva gruesa.

Tragar.

Ahora me toca a mí, dijo Kiuttyclon.

Y escupió en la boca de Moitón leche de su verga.

Todos sus líquidos. Todos mis líquidos.

Moitón había ordenado el modelo andrógino.

De entre los labios vaginales, donde se hallaba replegado a la espera de la orden, succionando, hizo emerger el falo; de mediano tamaño, afable, fuerte, gordezuelo, tieso. Descubrió la cabeza, lamió: acaramelada y tersa, estirada, goteando: el semen de Moitón.

Autoconsumo: estado de gracia, aproximación al Glorificador, al Resucitado, a la divina esencia que se nutre de sí misma. Vivir sus Mandamientos.

Giraron casi flotando. Fricciones buscando acoplamiento perfecto. Carne sin muerte, vida sin carne.

Kiuttyclon lo penetró maternalmente. Los pezones a cada lado de su rostro. Apretando las mejillas. Carne de su carne. Sumergidos en una charca de leche estelar.

Todos sus líquidos, todos mis líquidos.

Moitón, entonces, lo necesitó con cada célula de su cuerpo, con cada átomo de su existencia. Colmado de amor, llamó.

Sabía que estaba ahí, siempre Omnipresente, siempre al alcance de cada uno de sus hijos, un poco más allá de la superficie del TvTual; protegiéndolo, acompañándolo, amándolo, impidiendo que cayera en pecado de Aburrimiento; pero ahora lo necesitaba más cerca, junto a él: llamó.

El espacio virtualcarnal revivió, adquirió el familiar, tranquilizante color de la esperanza y el sosiego, de la inocencia y la compasión, de la divinidad: negro. Color de madre, color de padre, color de amparo. Color de vida, color de Eternidad. Los volúmenes brotaron. Excelsa sensación de Su Presencia. Que llenaba la habitación, que preparaba a Moitón para la explosión del principio de los tiempos. Que hizo que se le endureciera aún más.

Después los halos de las orejas, la cabeza abombada, el botón de la nariz, la afelpada textura del paraíso de la piel del Sumo Hacedor acercándose.

Queridos zapatones amarillos, queridos guantes inmaculados. Rojo ternura del calzón y los tirantes.

Avanzó hasta el borde de la cama.

Inclinándose, la orejuda figura los contempló. Inmensos blancos puros ojos dulces.

Dios mío… balbuceó Moitón desasido en el centro, al borde del orgasmo. Sintiendo arribar como un sedoso seísmo el Entretenimiento Sexual Total que sólo alcanzaba en presencia del Ser Supremo.

Lágrimas de agradecimiento.

Todos sus líquidos. Todos mis líquidos.

Hijos míos, respondió Dios Nuestro Señor al tiempo que acariciaba sus cabezas con infinita ternura. Sin pecado concebidos.

LA LAGUNA DE LAS SIRENAS

Arrasado por dentro, así se sentía Alfil Tres, como si no quedara nada intacto, sin herir, violar o profanar en su interior. Rasgado, pisoteado por una inclemencia todopoderosa, desprovista de fisuras, de dudas, uniformadora, gomosa y tribal. Las mordidas del Gen de Dios, su poderío, su rabia, los rastros sangrantes de su expulsión. Bagazo. Asco, nauseas: el pavoroso rostro del Gen saliendo de su boca, los discos de las orejas afilados como navajas.

Desechos humeantes. Heridas sanando.

Los confines del pandillero: difuminados, distorsionados, como cuando alcanzaba excelencia en combate y los efectos residuales adquirían independencia y se manifestaban dándole paz y poder; pero esta vez dolía. Dolía mucho en la carne y más allá, donde alcanzaba tal intensidad que empezaba a convertirse en otra cosa; nacida del dolor, pero que ya no lo era. Mantenía los ojos abiertos, aunque no lograba ver nada. Lo envolvía una bruma coagulada. Ennegreciente. Estaba convencido de que si cerraba los ojos jamás saldría de aquel espacio de sufrimiento y confusión. O tal vez no, tal vez necesitaba sumergirse en el dolor y la oscuridad para salir verdaderamente a la limpieza, a la ausencia del Gen. Volúmenes líquidos. Caldo. Cerca se desplazaban grandes masas vivas: mutantes; la primera reacción fue de temor; pero después el miedo se disipó y sintió curiosidad y una inexplicable ternura hacia aquellos seres cuyas siluetas apenas alcanzaba a divisar en la penumbra. Criaturas preñadas de pasado. Depósitos de memoria del Caos de la Época PreReorden, de la Antigua Naturaleza. ¿Qué hacían allí? ¿Ocupaban los espacios que el Gen de Dios usurpara? Vio, en un relámpago que develó los mundos encerrados en el interior de sus fosforescentes pieles: cordilleras de nieve blanca, cielos sanos, manadas de animales insólitos, miríadas de peces maniobrando en transparentes aguas, ballenas azules, pardos osos, bisontes, gacelas, grandes felinos acechantes, praderas bajo un Sol benigno, cebras, altas aves. Pasaron los fulgores. Flotaba en el negro océano misterioso. El Black, se dijo, el océano de *aguanegra* en las profundidades de Garbageland, ¿estaba él lleno de *aguanegra*?; en el fondo del *aguanegra* estaba la puerta de El Monte, el mítico refugio donde sobreviviera intacto un pedazo de Antigua Naturaleza; pero no tenía que hacerse preguntas, sólo tenía que ser; los conocimientos fluían hacia él desde Orlán y decían que no es posible escapar a lo que somos, al lugar de donde venimos; a la vida no vivida pero recordada, decían también que estamos siempre más acá del significado; que asumir la parte del Caos que nos corresponde es la respuesta, quizá la felicidad. Flotaba entre galaxias y en su interior llevaba todo el vacío, la tristeza del universo, la espléndida locura y la arrogancia de una especie condenada; veía el árbol espinoso batallando con El Cielo, con los rascacielos temáticos, con ejércitos de MicMasters y manadas de Cánceres Disney... alucinaba... volvían los sueños: los interminables túneles, los gusanos gigantes, el árbol desafiante plantado en pleno NewManhattan, con el tronco lleno de púas, los basureros de humo y fuego, el rostro bondadoso de la Sacerdotisa, túneles de sangre y carne, resonantes como catedrales de juegos virtuales, paisajes clonados, las costas reconstruidas a toda prisa después de la guerra, las podridas, malolientes olas, las montañas de basura de su tierra natal...

Este aluvión de visiones pasó al fin y el terrible dolor de cabeza también se apaciguó.

Aún sumergido en la negra espesura, que se aclaraba por momentos, escuchó la voz de Orlán.

¡Partamos! ¡Partamos! No hay tiempo que perder...

Y a continuación, el muchacho sintió que entraba nuevamente en La Terrorista.

Recuperaba el vigor, las heridas se cerraban, los espacios vacíos eran ocupados por las alucinaciones, los recuerdos, el conocimiento y los sueños. Por ríos de contingencia y abismos de asombro e incertidumbre.

Viajaban. Atrás quedó el bunker-ilusión donde el Gordo aguardaría hasta que llegara el momento del ataque. Quedó atrás el horror de la presencia del Gen de Dios.

Una libertad infantil creció en el alma de Alfil Tres, pura como la primera sonrisa. Cuando volvió a abrir los ojos, la dicha lo alcanzó.

Era una dicha nunca experimentada, nueva pero al mismo tiempo recordada, antiquísima. Una dicha como un ser desconocido que de súbito ascendiera de las profundidades de la nada y se adueñara de su corazón con una autoridad insoslayable y familiar. Dicha de estar solo y desamparado ante el Universo. Miró a su alrededor.

Estaban frente a un estanque color panza de pez suspendido en la oscuridad, en el interior de un bolsón de aspecto uterino. Superficie: leve temblor, chasquido de colas, risas. El estanque comenzó a expandirse y adquirir nuevas tonalidades que ganaron intensidad hasta llegar a ser de fuego. A la luz de ese fuego vieron la laguna. Y sintieron la resaca y escucharon el canto de las sirenas. Las pequeñas y rítmicas y crueles y hermosas sirenas.

El grupo permanecía silencioso, inmóvil, los pies al borde del agua. En la pedregosa orilla. Extraña textura, el agua: retozona al tacto: estaba hecha de palabras.

En el centro de la laguna se alzaba la Roca de los Abandonados; sobre ella, tomando el Sol, estaba Wendy ocupada afanosamente en zurcir la ropa de los niños que a su alrededor dormían la reglamentaria hora después de la comida del mediodía. Inclinada sobre su tarea, la niña no se percató de que la oscuridad caía sobre las aguas. Un frío siniestro la acompañaba. Un espanto en forma de vapor y de humedad.

Luego llegó el fragor de los remos.

Alfil Tres, Asún, Ray y Pierre Bonnard contemplaban la escena. Los llenaba una sensación de pérdida. Una emocionada y creciente ansiedad, como si estuvieran a punto de recibir un alimento definitivo.

Nada perturbó el transcurrir de la narración, pero escucharon la voz de Orlán, suave y ceremoniosa dentro de ellos.

Informando: Este capítulo fue encontrado en NewSubDublín, vagó un buen tiempo por el mundo hasta que lo compré a un traficante chino. Hay un ejemplar completo del libro en el sitio al que nos dirigimos, en la colección de Moitón Toonosevich. ¿Conocen la historia de Peter Pan, el niño que no quería crecer?

Ninguno la conocía.

Sobre la roca vivía la historia.

El niño maravilloso despertó y se incorporó de un salto. Poniendo la mano detrás de la oreja, exclamó: ¡Piratas! Una extraña sonrisa iluminaba su rostro.

Dentro del Alfil continuaba la recuperación. Se vio a sí mismo en una enorme caverna de piedra caliza, blanca y húmeda, que podría haber sido el cause de una antigua corriente de agua subterránea. El techo en penumbras, acribillado de respiraderos. Las paredes estriadas, venas petrificadas que añoraban el agua. Escuchó la algarabía de las gallinas ciegas, el rumor de máquinas en el taller del Viejo Darma, la conversación de las mujeres de la tribu. Jóvenes guerreros desnudos luchando en la explanada. Reposaba en brazos de una mujer que le daba el pecho: su madre. Apartó la mirada del seno blanquísimo. Vio su rostro. Pálido, delgado, nariz poderosa, grandes ojos enramados; el cabello muy corto. Percibió su olor inconfundible entre todos. La rudeza de la mano, acostumbrada al trabajo y a empuñar las armas. Estaba en el Ending, en el corazón de Garbageland. Días antes de que se produjera el ataque de los Cánceres Disney y lo llevaran a Tierra Firme. A través de la presencia de su madre sentía la floresta, El Monte, a los sobrevivientes del exterminio: Mia, Sal, Casatt, los niños: El Libro Sagrado. El contenido del Libro penetró en su cuerpo y fue, también, a ocupar los espacios abandonados por el Gen de Dios.

Suavidad.

Chapoteo de remos.

Susurro en las ramas ganadas por la creciente oscuridad.

A una orden todos los Niños Perdidos y Wendy se precipitaron al agua. Los piratas Smee y Starkey aparecieron entre la bruma a bordo de la lancha del Alegre Rogelio. Conducían, atada y prisionera a la Princesa Trigidia. La bella pielroja, como los rescoldos de una fogata. Cabello insondable que cae sobre los hombros. Capturada mientras abordaba, subrepticiamente, puñal entre los dientes, al bergantín del temido Capitán Garfio con el propósito de limpiar para siempre los mares de semejante escoria.

Echaron a andar. Caminaban entre el crujir de pequeñas piedras que eran palabras.

En la Roca de los Abandonados, el Capitán Garfio, que acababa de arribar a nado, suspiraba hasta tres veces consecutivas. Atusándose los bigotes.

La playa se fundía en el cercano horizonte con un tupido bosque. Donde terminaba el capítulo. Exactamente a continuación de la palabra aventura estaba la puerta. Al principio imprecisa, fue ganando consistencia a medida que se acercaban a ella.

¡La lucha ha terminado, exclamaba Garfio, esos niños han encontrado a una madrecita! Y su voz se quebró, como si en aquel momento recordara los días de la infancia, pero, con un movimiento de su gancho, alejó de sí esa momentánea debilidad.

Los fieros piratas que lo acompañaban se sentían desolados porque ellos no tenían una madrecita.

Las palabras siseaban, bullían, bajo las pisadas de Alfil Tres y sus amigos. Sentado en la arena, muy cerca de la puerta distinguieron una figura. Pequeña, insignificante, esmirriada. Un hombre del tamaño de un niño. Un hombre de otras épocas. Vestía un traje de tres piezas. La cabeza cubierta con un bombín. Manos pequeñas. Hombros estrechos, ojos hundidos y bigote ralo.

Del centro de la laguna llegaban ahora airadas voces.

—*¿Quién eres, Genio desconocido? Contesta* —preguntó el Capitán Garfio.

—*Soy Jaime Garfio* —replicó una voz—, *capitán del Alegre Rogelio.*

—*¡Mientes! ¡No lo eres, no lo eres!* —gritó roncamente el Capitán Garfio.

—*¡Rayos y centellas!* —replicó la voz—. *Si dices eso otra vez te echaré el ancla encima.*

El Capitán Garfio probó otro medio más ingenioso.

—*Si eres Jaime Garfio* —dijo, casi humildemente—, *dime: ¿quién soy yo?*

—*Un bacalao* —replicó la voz—. *Nada más que un bacalao.*

—*¡Un bacalao!* —replicó el Capitán Garfio palideciendo. Y entonces, sólo entonces, se abatió su soberbia. Vio que sus hombres se apartaban de él.

El hombre sentado en la arena hablaba en voz alta con los ojos cerrados, ajeno a la presencia de los viajeros. Tenía la voz dulce y desarmada de los niños que aún no han sido víctimas de la primera injusticia.

La roca había quedado atrás y de ella llegaba el fragor de un terrible combate. Brillo de aceros, chapotear de las aguas. Quejidos, imprecaciones, zambullidas, ayes, maldiciones. Y recortada contra el cielo oscuro, la figura extática de Peter Pan, alcanzado por el garfio del capitán pirata.

La niebla impedía distinguir a los protagonistas. Una fría oscuridad se abatía sobre la laguna sumiéndola en una tristeza espesa como melaza.

No fue el dolor, sino la falta de lealtad lo que paralizó a Peter Pan hasta dejarle completamente indefenso. No supo sino quedarse mirando a su enemigo horrorizado y con los ojos muy abiertos. Todos los niños se quedan así, como Peter Pan se quedó entonces, cada vez que se los trata con injusticia. Una vez les hacemos nuestros, lo menos a que se creen con derecho es a nuestra lealtad. Después que hemos sido injustos con ellos nos amarán aún, pero nunca serán los mismos que eran; ninguno vuelve a levantarse de la caída de la primera injusticia. Ninguno excepto Peter Pan...

Se había apagado el ruido de la batalla. Alejándose: los gritos de los niños, el chapoteo de los remos y las brazadas del Capitán Garfio perseguido por el cocodrilo. Subía la marea y dos menudas figuras permanecían tendidas sobre la roca que ya apenas se distinguía.

Cuando estuvieron junto al hombre sentado en la arena, este los contempló con curiosidad, sin dejar de narrar.

Peter Pan, aun cuando en nada se parecía a los demás seres, se asustó. Semejante al estremecimiento con que el viento azotaba las aguas del mar, un vivo temblor lo sacudió de pies a cabeza, pero los estremecimientos del mar se suceden unos a otros hasta sumar muchos cientos de ellos. Peter tembló sólo una vez. Un momento después se hallaba de nuevo erguido sobre la roca, con el rostro iluminado por su linda sonrisa y un repiqueteo de alegres tambores en el alma. Aquel repiqueteo decía: ¡La muerte debe ser una gran aventura!

El tiempo era otra cosa, discontinua y saltarina.

Continuaron avanzando hacia la puerta. La voz del hombre llegaba desde sus espaldas, comenzaba de nuevo por el principio…

Si cerráis los ojos podréis acaso alguna vez tener la dicha de ver un estanque…

Llegaron junto a la puerta. El agua lamía los bordes de la palabra *aventura*.

Antes de abrirla, se volvieron a contemplar la laguna. Latía en la negra inmensidad. Remanente. Víscera sobreviviente de algún organismo devastado.

James Matthew Barrie, inmóvil, seguía narrando, sin pausas, con los ojos cerrados, sin detenerse nunca y así lo haría mientras Orlán existiera.

MARILYDIVA

El rostro de Ted Koslowsky era un auténtico poema newestético. Emitía rayos de entretenimiento, efluvios de diversión. Disfrutaba de la calidad veryfirstclasssupreme del momento. Nadie diría que estaba también en NewLondres para hacer entrega a la Reina 15Isabel de un Masturbador All Stars: permitiría a su majestad disfrutar de Entretenimiento Sexual Total en grupo con los jugadores del equipo All Stars (privilegio sólo al alcance de un puñado de monarcas, presidentes y reinas). Un sueño de su Alteza que Koslowsky se apresuraba a hacer realidad a cambio de liberalizaciones arancelarias para los productos All Stars en territorio británico... además, se hallaba a bordo de la nave presidencial camino del Cathedral Center: presentaba al Presidente del Gobierno Mundial y al SuperChairman de DisneyCorp los planos del All Stars Stadium lunar... y se sometía a una inmersión de *aguaviva* suprema en un exclusivo balneario en NewOxnard... y abofeteaba al presidente de NewAlemania que se atrevía a poner en duda en una reunión de su gabinete la brillantez del organigrama para las próximos campeonatos All Stars a celebrarse en aquel país... y conducía a la victoria a su equipo en un partido que se disputaba en NewChicago; entre otras actividades.

SullivanSuperfan, a su lado, se fundía en un largo, aplaudido abrazo con MarilyDiva. Su madre correspondía con sus célebres mimos lujuriosomaternos. Le acariciaba el cabello, besaba su frente. Separaba del suyo el rostro de su hijo y lo contemplaba con ojos rebosantes de orgullo.

Amor.

Los sexfans de la estrella a lo largo y ancho del planeta temblaban de emoción.

Koslowsky: deleite: recogía los frutos de su iniciativa. Tenía motivos para hacerlo. Todo indicaba que la compra de los derechos exclusivos del arte de MarilyDiva era una de las legendarias jugadas del Presidente y Comandante en Jefe del Manhattan All Stars. MarilyDiva ocuparía el estrellato en la División de Entretenimiento Sexual del All Stars. Su condición de progenitora del bendecido con el último Sacrobalón de DiosMike le aseguraba una popularidad y un tiempo de exposición incalculable en los Medios de Entretenimiento.

El proceso de producción de MarilyDivaclones avanzaba a toda velocidad y el producto llegaría al mercado en tres semanas. Koslowsky estaba seguro de que sería un rotundo éxito.

Las órdenes comenzaron a arribar segundos después de hacerse público el anuncio del acuerdo entre la estrella y el NewManhattan All Stars. Y crecían a un ritmo espectacular. Si las cosas continuaban así MarilyDivaclon pronto estaría entre los clones de Entretenimiento Sexual más populares.

Aprovechar la Ceremonia de Autenticación para presentar a la Diva no había estado tampoco nada mal, pensó, sonriendo el líder del All Stars. ¡Compartían espacio en los Medios de Entretenimiento nada más y nada menos que con la Santa Misa Anual Deportiva!

Era tal la demanda de entrevistas y programas especiales para la Diva que había sido necesario incorporar al séquito All Stars a dos nuevas Barbieclon-Slave Secretarias.

Todo salía a pedir de boca. La escena era enternecedora, perfecta, del tipo que enloquecía a los Medios de Entretenimiento: SullivanSuperfan sollozaba con el rostro hundido entre los turgentes senos de su madre, ella acariciaba su cabeza al tiempo que, toda una profesional, proyectaba sus encantos y deslumbraba a las cámaras con un halo eroticodivertido. La rubia cabellera creciendo y envolviendo en olorosas frondosidades a las personalidades cercanas. Transmisión mundial del evento. El Coro Planetario de Niños Ciegos atacando el Gloria Gloria Aleluya en honor de Dios Nuestro Señor.

El aluvión de pedidos de MarilyDivaclones de Entretenimiento Sexual crecía a grandes saltos.

Master Yukiando Kawabata deshizo una formación de nudos en el pecho del VeryFirstClassMultiEjecutivo para dar cabida a un enjambre de cuerdas que en un instante reprodujeron los portentosos senos de MarilyDiva. Pétalos, carnosidad rosada, himno a la alegría de la carne, al temblor de los deseos y los placeres más entretenidos. Ovación apocalíptica de los espectadores concentrados en los salones del MOMA.

Los nudos, los magistrales enlaces bajo los pechos otorgaban a Koslowsky energía, visión de conjunto de sus actividades múltiples, sagacidad y liderazgo.

¡Doce largos y jugosos minutos duró el abrazo de SullivanSuperfan y su madre!

Cuando el interés de los Medios de Entretenimiento alcanzaba la cúspide y se balanceaba allá arriba antes de comenzar su declive, el Presidente y Comandante en Jefe del Manhattan All Stars mediante un gesto paternalísimo dio por terminada la presentación.

Grandes vítores. Eclosión de pompas pixélicas. Sonrisas flotantes.

Himno corporeizado. Serpentinas de fe, arcos triunfales de camaradería.

Llevando del brazo a la Diva y a su lloriqueante hijo, Ted Koslowsky se dirigió a la salida.

Era hora de ocupar posiciones en el palco del NewManhattan All Stars. La Santa Misa Anual Deportiva estaba a punto de comenzar.

NAP

Dios se había marchado.

Concluido el ataque de llanto que siempre sobrevenía tras el Entretenimiento Sexual Total en presencia de Dios Nuestro Señor, Moitón se abrazó al cuerpo de Kiuttyclon.

Las nalgas gruesas y redondas pegadas a su estómago.

El cabello aromático.

Los dedos de los pies entrelazados.

La seguridad anidando, conduciéndolo a su remanso.

Plenitud acunada.

Apoyó el rostro en su espalda.

En un rato, estaría camino de la Santa Misa Anual Deportiva.

De súbito, tuvo una excelente idea: ¡llevaría con él a Kiuttyclon! Aumentaría su reconocimiento social y algunos de sus colegas rabiarían de envidia.

Rió quedo en la oscuridad.

Pensó en la necesidad de rezar para agradecer tantas bendiciones.

Lo hizo.

Podía dormir una hora antes de partir.

Lo esperaba una noche larga, emocionante, histórica y superentretenida.

La habitación lo despertaría.

Apoyó las manos en los curvos senos. Cerró los ojos.

PARADISO

La puerta que comunicaba La Laguna de las Sirenas, el capítulo del libro de Barrie, con otra de las obras rescatadas por Orlán se cerró detrás del grupo con ruido carnoso, de labios.

Ante Alfil Tres, Bonnard, Ray y Asún se extendía la llanura. Roja. Echaron a andar. Granate, vino espeso. Sangre. Una línea negra nacía de la punta de un ¿lápiz, vara de mando, trozo de carboncillo, batuta, cetro, aguijón, bastón, cayado? y dividía la llanura en dos partes iguales que corrían paralelas a la línea del horizonte. Una mano brotaba del agarrotado agujero entre las nubes. *La línea*, óleo sobre lienzo, 180 X 186 cm. El cielo de un azul aguado chorreaba en la lejanía como una filtración. Las nubes, pesadas bolsas de cemento, vísceras añil, se abrían para dejar salir un trozo del venoso antebrazo, negro, rojo, blanco, la muñeca y la mano. Nudos. Sólo se veían cuatro dedos, dos extendidos sosteniendo el ¿lápiz, vara de mando, trozo de carboncillo, batuta, cetro, aguijón, bastón, cayado? y los otros dos amputados a la altura de la primera falange.

La imponente mole cuyo puntiagudo extremo se hundía en la arena, anclándola, pendía sobre sus cabezas. ¿Qué línea divisoria trazaba sobre la tierra? ¿Qué límites imponía con la autoridad de un dios mutilado? ¿Qué frontera?

Olía a lavanda, talco, flores silvestres, lluvia y a la precariedad de la carne.

Tenían que cruzar la llanura de norte a sur y atravesar la línea negra. Lo hicieron. El ¿lápiz, vara de mando, trozo de carboncillo, batuta, cetro, aguijón, bastón, cayado? alcanzaba varios metros de diámetro; la línea lo mismo: húmeda, manchó el borde de los zapatos. La arena roja hundiéndose bajo los pies, las huellas desapareciendo, succionadas.En la distancia, la puerta de salida, incrustada en la pasta azul del cielo. Aguada, pálida, aguachenta.

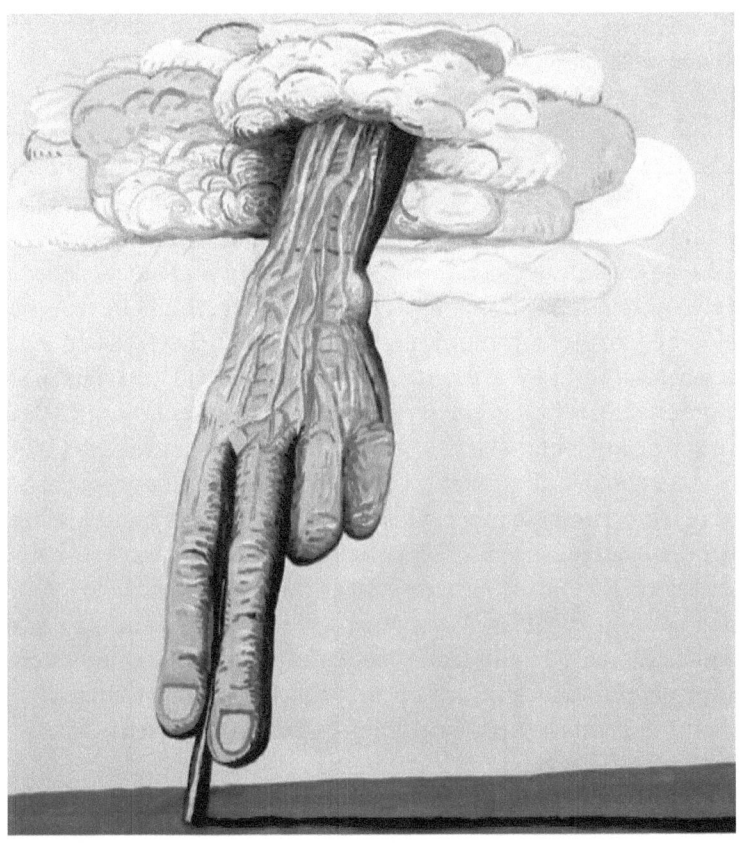

Caminaban bajo la portentosa mano, que ascendía sin proyectar sombra alguna sobre el desierto, hasta el grupo de nubes que se hallaba a unos 300 metros de altura. Los dedos que sostenían el ¿lápiz, vara de mando, trozo de carboncillo, batuta, cetro, aguijón, bastón, cayado? eran gruesos, veinte metros de diámetro al menos. Columnas de un templo. Cables de amarre de un navío estelar. Las uñas, enmarcadas por verdugones sanguinolentos. Golpes, arañazos, cicatrices.

Alfil Tres alzó la vista y contempló los muñones. Herida antigua, la piel lisa y ennegrecida por el uso, por el roce contra diversas superficies.

La atmósfera clara, el aire caliente. Verano.

Sudaban. El desierto se inclinaba a medida que se aproximaban a la puerta. Descendieron trotando, hundiéndose un poco, salpicando. Nubecillas vaporosas, tenues.

La puerta comunicaba con una habitación espaciosa. Hogar de un coleccionista clandestino, sin duda. En las paredes contiguas a la que se hallaba la obra de Philip Guston, había otros dos cuadros: *Las señoritas de Avignon* de Pablo Picasso y *El pastelero* de Chian Soutine. Artistas degenerados, lo mismo que Guston, según el Consejo Teológico Mundial.

El Guston se desplegó hacia el interior de la habitación. Salieron. Arena roja en el límpido mármol. Cuadro que se repliega. Bidimensionalidad reasumida. Estaban en el Pocahontas Center, en el hogar de Mesino Cuarto, famoso galerista; uno de los pocos aliados que le quedaba a La Terrorista en el mundo del arte.

El piso se encontraba idealmente situado: a poca distancia del ocupado por Moitón Toonosevich. Buscaron la salida, cruzaron el inmenso comedor-salón de juego que comunicaba con una extensa terraza en los senos del rascacielos. Mesino y su esposa, con toda seguridad, estarían en alguna de las innumerables fiestas que servían de preámbulo a la Santa Misa.

Más allá de los ventanales caía la noche, una luz aceitosa teñía la atmósfera de magenta, prusia y marfil. Un grupo de skypatinadores pasó como una exhalación, sombras proyectadas en el interior. Sus chillidos atravesaron el grueso plástico infinito y repercutieron en las espaciosas habitaciones. Los seguía la Guardia Urbana con las redes desplegadas.

Orlán se transformó en Mesino para desactivar las alarmas oculares. Salieron. Escaleras. Se deslizaron silenciosos por el pasillo. Los sistemas de seguridad del piso del científico no suponían un obstáculo para la Blasfemia Máxima. También desconectaron la Cámara Antivirus: en ocasiones confundían no sin razón, a La Artista con un virus.

En la habitación, el científico dormía, abrazado a un clon de Entretenimiento Sexual.

Orlán contempló un instante a la pareja. Luego entró en sus nubladas mentes y los conminó a adentrarse aún más profundamente en el territorio de los sueños. Obedecieron. Los vio hundirse en valles esponjosos carentes de duda, en la negrura de la seguridad proporcionada por el Dios Orejudo. Los vio regocijarse en su bendición.

Cuando estaba a punto de abandonar el dormitorio, sintió el rastro dejado por el Dios Negro durante su reciente visita; las líneas de su rostro ondularon, luego se contrajeron: asco. Su finísimo olfato podía percibir el rastro de la excelencia de la virtualcarnalización del Dios: olor a flores podridas, a inmundicia, a incienso, a salmos caramelizados, a carne de toons recién nacidos, a sangre azul.

La Máxima Blasfemia arrugó la nariz y sus ojos se agrandaron tratando de arañar el futuro; contempló la superficie apagada del TvTual aprensivamente. La horrorizaba el poder de esa sombría puerta. Placenta. Fascinación.

Regazo. Esclavitud. Los seres humanos no merecían ser libres, pero esta no era manera de terminar. Demasiado abyecto, demasiado ruin, demasiado cobarde. Permaneció silenciosa unos instantes. Después echó a andar.

Busquemos el libro, dijo.

El estudio de Moitón Toonosevich: inundado por una luz hormigueante. En la luz, hecho de ella, podía verse un tenebroso bergantín de mástiles muy inclinados, velas desplegadas, sucio y anticuado; ascendía: noche de plata. *Alegre Rogelio*, podía leerse en su despintado maderamen. Abajo, entre las olas rizadas, una pequeña isla, bosques, una laguna de cuyo centro brota una roca. Estallido. El bergantín fue sustituido por la figura de un hombre gordo, leía; lo atravesaron olas, un viejo malecón, una ciudad ruinosa, un grupo de canallas que lo espía y acosa, unos peces que muerden las estrellas casi al nivel del mar, un mosquitero, una anciana que dormita; una orquestica pueblerina atrincherada en una glorieta, unas nubes con las entrañas cárdenas, un capitán de legiones que saluda a las tropas, un aro que sube y baja las hondonadas de un tedio de agua embotellada. El hombre gordo dio paso a una cama en la que reposaba un monstruoso insecto echado sobre el duro caparazón de su espalda; el vientre oscuro, surcado por curvadas callosidades... sacudía las innumerables patas y preguntaba... ¿Qué me ha sucedido? La cama con el insecto fue sustituida a su vez por un anciano de rasgos orientales; se dirigía a ellos a través de las páginas de su diario: fue entonces cuando pronunció el nombre de Kimura, lo dijo en una especie de murmullo delirante, débil, muy débilmente, pero lo dijo con toda certeza. No estoy seguro de si deliraba de veras o si sólo era un subterfugio. ¿Soñaba que estaba haciendo el amor con Kimura o me estaba diciendo cuánto anhelaba hacerlo? Tal vez me advertía que si la emborrachaba de nuevo volvería a soñar con Kimura, y por lo tanto no debía someterla a esas vejaciones... Esfumado el anciano, apareció un hombre, maestro sin duda, que saltaba de un caballo y, arrastrando su capa negra, se detenía al borde de un precipicio. Desde allí gesticulaba, como pretendiendo abarcar con la vista la ciudad lejana de la que se despedía. Preso de la dulce ansiedad del nómada, prestaba atención a todo lo que sucedía en su alma... Después de la emoción sentía una profunda y encarnizada ofensa... Al maestro lo sucedió un hombre demacrado, barbudo; de semblante convulso y ojos desorbitados; preguntaba: ¿Quién sabe lo que es real? ¿Quién de nosotros puede probar, por ejemplo, que Alemania y Japón no ganaron la guerra, que vivimos en la Tierra, que somos hombres, que no estamos muertos?...

Se desentendieron de los fantasmas. Buscaron en las estanterías. A unos pasos de distancia, estaba la vitrina que contenía Paradiso. De aspecto inexpugnable. En el interior, los dos Monjes MiniLladrós programados para incinerar el libro a la menor señal de «fuga de virus».

Orlán y sus compañeros miraron el carcomido volumen que reposaba en la custodiada vitrina, con una mezcla de asombro y reverencia.

Endulzadas expresiones. Pasmo. Alegría. Resplandor que cruza el rostro de Orlán.

El libro: semipodrido y desgajado, mutilado sobreviviente: pero sobreviviente al fin y al cabo. Pervertidor y vetado. Trastornador e irreverente. Vigilado, en peligro perenne. Es decir, libre. Cargado de maravillas ininteligibles para el envilecido ser humano contemporáneo. Guardián de eras reales e imaginarias. Hogar de reservas inexploradas de Aburrimiento Máximo y Tedio Extremo. Alimentos que digeridos por El Gordo añadirían a la Performance Definitiva el tipo de energía que necesitaba.

Virus de la Tristeza, Virus de la Duda. Virus de la Inseguridad, Virus de la Nada.

Artículo condenado, excluido de la Salvación según las profecías. Inoculación del Gen de Dios: prohibida.

Los Monjes Lladrós permanecían inmóviles, en posición de firmes a cada lado del volumen, listos para entrar en acción. Uno era una *Sweet Mary* con peana incluida; las manos cruzadas sobre el pecho y el cuerpo envuelto en una amplia túnica; los gráciles pies asomaban bajo la tela, posados sobre la base azul celeste. El otro, un *Up and Away* con base de nubes, tres pequeños cachorros y un globo aerostático blanco, rosa y celeste; cadenas doradas sujetaban la barquilla. Ambas figuras tenían un aspecto inofensivo pero Orlán y sus amigos sabían que se transformarían en eficientes aniquiladores cuando detectaran intrusos en el área custodiada. Aunque carecían del poder que disfrutaban en su medio natural, WebLandTierra Santa, constituían una considerable amenaza en Tierra Firme.

Orlán usaría contra ellos la más potente y confiable de sus armas: música.

Una de la Monjas Impolutas pegó los labios a la superficie de la vitrina y proyectó al interior su desoladora melodía. Rizos melódicos taladrando la seguridad, diseminando abulia, sopores. Lago de desconsuelo. Potente aguacero de hastío sobre las sorprendidas figuras. Amuermamiento. Ráfagas antidivertidas desestabilizándolas.

El efecto fue inmediato. Exasperación. Angustia. Movimientos enturbiados. Los Lladrós, que ya habían empezado a desplegar los explosivos que ocultaban bajo la túnica y dentro del globo quedaron paralizados. La túnica de *Sweet Mary* en el suelo, su transformación interrumpida, el rostro desfigurado, la piel engarrotada, dos enormes colmillos a medio brotar, las manos garfas detenidas a un palmo del detonador que haría estallar las cargas adheridas a su cuerpo. Los tres cachorros, convertidos en mastines, las fauces contraídas, babeantes, congelados en pleno salto.

La música de la Monja, chorro incandescente que inundaba el interior de la vitrina. Rotaba en torno de los paralizados Lladrós, envolviéndolos.

Orlán deslizó la mano a lo largo del contenedor. Este se partió como si fuese de papel.

Los Lladrós, vómitos. *Sweet Mary* cayó de rodillas apretándose el estómago. Boqueaba. El rostro contraído por la santa furia. Los Mastines gimotearon, revolcándose sobre el lomo. Un líquido negro borboteaba en los hocicos. Pero continuaban, a rastras, intentando alcanzar el detonador. Pulverizar, pulverizar, gruñían. Bajo los ropajes de la Virgen había suficiente explosivo para desintegrar la biblioteca. Sus miembros, mitad brazos delicados mitad terroríficas garfas, se contorsionaban luchando por concluir la transformación. Por liberarse de aquella horrenda sensación: inexistencia de Dios Nuestro Señor. Los colmillos, hojas letales arrojables, cimbraban en la funda de la mandíbula amenazando con volar por fin hacia el enemigo. Las garfas, tenazas de un crustáceo, producían un chasquido seco al cerrarse.

El efecto del canto de la Monja Impoluta no duraría mucho más. La Máxima Blasfemia se apoderó del libro.

Todos dieron un salto atrás. El canto se apagó. La Monja, exhausta, se hizo a un lado.

Los Lladrós, liberados, comenzaron a crecer.

La segunda Monja Impoluta, adelantándose, se interpuso entre los mastines y el globo lleno de explosivos. Alfil Tres se lanzó sobre el abierto recipiente, desbordado ahora por el volumen de sus ocupantes. Acero nieblas, acero viento en los pinos, acero soledades: la espada Miyamoto, cargada de Bonnards, viajera, cortó el cuello de la virgen de un solo tajo antes de que lograra accionar el detonador: crecían magnolias en el aire, biajacas de río, sinsontes, alacranes. La cabeza rodó en medio de un chisporroteo y el cuerpo se deshizo en mil fragmentos. Los entalcados puñales de la Monja alcanzaron a los mastines. Un instante después las tres fieras yacían desparramadas en el suelo del estudio.

Los fantasmas de los libros contemplaban atónitos el espectáculo. Las criaturas brotadas del arte del Alfil se confundían con los fantasmas. Hojas azules, peces de piedad, aves de obstinación y venganza.

Desactivaron las cargas en el interior del globo aerostático.

Los restos de los Lladrós burbujeaban como ácido, perdidos en un mundo extraño al que no podían reintegrarse. Arderían hasta desaparecer.

Todo había durado apenas unos segundos.

Orlán Veinticinco escuchó.

El TvTual del salón permanecía silencioso.

Iniciaron la retirada.

Ya estaban junto a la puerta del estudio cuando uno de los fantasmas se corporeizó ante sus ojos. Apenas treinta centímetros de altura, sentado en una piedra, bombín, botines lamidos por verdes aguas. Una oscuridad sombría precipitándose sobre el paisaje a su espalda. Reconocieron al instante al hombrecillo que narraba en la laguna. Sus ojos tristes, su bigote copioso, su levita antidiluviana y raída. En su mirada había súplica y fervor.

Dijo: Por favor, llévate contigo el resto de la historia: añadió luego con voz entrecortada. Tarde o temprano los incinerarán. ¡Sálvalos! ¡Salva a mis niños!

Orlán asintió.

Pataleando en el aire y dando volteretas de contento el hombrecillo se precipitó en dirección a las estanterías para mostrar el sitio donde estaba guardado el libro.

Alfil Tres lo siguió. Regresó con el estuche que contenía el ejemplar de *Peter Pan y Wendy*. Lo extrajo del recipiente. Como si se tratara de un objeto a punto de desintegrarse, lo llevó hasta las manos de La Artista. Esta lo sostuvo: hijo perdido tiempo atrás.

Gracias, gracias… musitaba el fantasma revoloteando en medio de un resplandor amarillo. Los ojos húmedos, el rostro trémulo, las manos unidas sobre el pecho anhelante. Le temblaba la boca, el bigote… el bombín a punto de caer.

Gracias por salvar a mis niños… gracias por salvar a mis niños, repetía.

La Máxima Blasfemia lo observó, maternal.

Nos vemos en Nunca Jamás, dijo suavemente.

Después introdujo el libro en su pecho.

En el cercano dormitorio, abrazado a su Kiuttyclon, Moitón Toonosevich dormía profundamente.

UN PLAN SENCILLO

¿Qué fueron sino rocíos de los prados? ¿Qué fueron sino verduras de las eras?
Orlán volvía a escuchar las palabras de La Noche. Fiel hasta la muerte, agonizante, en la jaula. Podía haber aceptado las numerosas ofertas de ser salvada, renacida y disneyficada, de formar parte del NewPlaneta. Pero había preferido la extinción a la sumisión. La terrorista recordaba su voz dulce, su semblante devorado por la nube de alimañas y se sintió feliz al saber que compartiría su destino.

La voz de La Noche inspiraba a Orlán.

El plan era sencillo. Entrarían al Cathedral Center a través de la puerta en un cuadro de Fernando Botero (pintor de un pueblo extinguido en la Época PreReorden cuya obra no necesitó ser examinada por el Consejo Teológico Mundial; se adaptaba perfectamente a la estética oficial) situado en la sacristía, detrás del escenario. Durante muchos años la terrorista trabajó en la conexión del cuadro, secretamente virtualcarnalizado, a la red de transmisión virtualcarnal de DisneyCorp. No resultaba fácil engañar al Comité de Genios de la megacorporación, pero ella lo había conseguido. Sin sus entradas y salidas secretas, conectadas a la red de comunicaciones de WebLand-Tierra Santa, hubiera sido imposible sobrevivir tantos años y asestar los espectaculares golpes que propinara al sistema. En la Puerta-Botero puso todo su arte. Presentía que en algún momento una salida situada en el corazón mismo del Cathedral Center resultaría enormemente útil. Y así sería.

Irrumpirían aprovechando la parálisis y el desconcierto provocado por el poema de El Gordo. Escogerían el momento cúspide de audiencia mundial para la interferencia. Del primer impacto dependía en gran medida el éxito del plan.

Después sólo quedaba confiar en el Caos. Avanzar sonrientes hacia el Caos.

Orlán Veinticinco se aproximaba a la Performance Definitiva con una mezcla de fatiga tierna y abisal que, paradójicamente, la colmaba de plenitud. Cientos de años de lucha ininterrumpida, de fugas sin descanso, de transformaciones mediante las cuales se había ido pareciendo cada vez más a su odiado enemigo. Era hora de terminar con aquel peligroso juego.

Cierto que no compartía su fe, que nada la complacería más que exterminar al Dios Orejudo; pero aceptaba y utilizaba sus vías: eso significaba un envilecimiento, una forma de sumisión. Su genial talento para convertirse en información había sido fundamental, pero sin virtualcarnalidad no hubiera podido sobrevivir todos aquellos años ni llegar a ser el más encarnizado de sus adversarios.

Esto la perturbaba y entristecía desde tiempos remotos: temía perderse en aquel universo virtualcarnal y no hallar el camino de regreso a casa, a su esencia mortal, a su alma. ¿Cómo hallar el camino de regreso al hogar si aquel hogar no existiría ya? Temía parecerse tanto a ellos que ya no fuera honesto considerarse diferente.

Sabía que los que se rinden jamás admiten que se han rendido. Ni siquiera saben que lo han hecho.

Había disfrutado de la aventura. No cambiaría por nada la infinita indagación, lo que buscó y encontró en los laberintos de su corazón. Ese territorio en el que el horror y la grandeza estaban tan mezclados que apenas se podían diferenciar. Toda la infinitud, toda la variedad de WebLand-Tierra Santa no podía comparársele.

En momentos de euforia había llegado a soñar con Orlán Veintiséis. Pero ahora se imponía el deseo de cesar. De no ser más Orlan Veinticinco, de ser nadie. Además, si no conseguían asestar un golpe demoledor al imperio del Orejudo todo estaría perdido y no deseaba vivir en un mundo como el que se avecinaba. Tampoco estaba segura de poder eludir como hasta ahora a sus perseguidores.

Era mil veces preferible desaparecer. El Gordo, la emisión de información virtualcarnalizada que interrumpiría la transmisión de la Santa Misa Anual Deportiva sería ella misma. No sólo una parte, como en todas sus anteriores performances: toda ella.

Siempre reservaba energía para estar fuera de sí misma, corporeizada en el exterior de su arte, de la performance que estuviera ejecutando.

No esta vez.

En esta ocasión, si quería garantizar alguna posibilidad de éxito tenía que entregarse completamente, hasta la última molécula, hasta el último átomo. Y cuando las fuerzas de Dios consiguieran retomar el espacio usurpado por su obra de arte, que lo conseguirían, lo harían devorando la información enemiga.

Es decir, a ella.

Explicó el plan a sus compañeros. La escucharon sumidos en un silencio respetuoso.

El mejor plan es siempre aquel en el que los ejecutores están dispuestos a morir, comentó el Alfil.

En eso concordaron todos los participantes de la Performance Definitiva.

Con suerte, la Performance dañaría las entrañas del sistema y lo trastocaría tan gravemente que acarrearía el estallido de aquel engendro llamado WebLand-Tierra Santa. Pero Orlán no contaba con ello.

Con suerte, sus guerreros matarían al presidente del Gobierno Mundial, al SuperChairman de DisneyCorp, al ArchiArzobispo McCarthy, a numerosos VeryImportantPeoples, a Gobernadores y Reyes, Príncipes y Alcaldes, a Duquesas y VeryFirstClassMultiEjecutivos, a SuperConsumers, Superfans y otras dañinas escorias; descabezarían el poder y eso restauraría el Caos, la sagrada contingencia. Quizás la muerte del Hijo de Dios, si Alfil Tres conseguía derrotarlo, contribuyera a facilitar aquel providencial estallido.

Pero en el fondo no importaba. Lo harían sobre todo por la belleza del acto. Iban en busca de Belleza Antigua, pletórica de Muerte. ¿Y dónde hallarla mejor que en el enfrentamiento entre el heredero de El Monte y el Hijo del Orejudo Dios de la New Realidad? Desde que llegara a su lado, el poder de evocación del Pandillero había aumentado tanto que Orlán confiaba en que la poesía de su esgrima fuera lo suficientemente maravillosa para conseguir la aniquilación del Hijo del Engendro Negro.

Sin duda se trataba de un plan ingenuo. ¿Pero no era la ingenuidad uno de los mayores atributos del Caos?

Según su tradición, las Monjas Impolutas componían piezas musicales en honor a la muerte. Poemas de despedida, piezas elaboradas al calor de la refriega, confeccionadas con la carne misma de la batalla. Batalla partitura. Melodía de balas, sablazos y gritos. Implantes en las yemas de los dedos: pianos, cellos, violines. Esta vez, también lo harían para sus amigos.

Gracias, en nombre de mis personajes…

Pero… ¿vendría el Hijo de Dios, finalmente?

Orlán estaba convencida de que vendría. Había estudiado detenidamente el volumen de inversión de DisneyCorp, el Gobierno Mundial y otras Megacorporaciones en la campaña publicitaria destinada a promover el evento. La cantidad de veces que aparecía la imagen del Hijo de Dios en los anuncios no dejaba lugar a dudas. La Santa Misa Anual Deportiva de este año estaba concebida como fiesta de recibimiento del Hijo. Y como preludio de una cercana Resurrección en Tierra Firme.

Una de las flaquezas del sistema radicaba en su predectividad: jamás traicionaría las expectativas de los consumidores.

Además, ¿existía acto de Entretenimiento mayor que la participación del Hijo de Dios en la Santa Misa Anual Deportiva?

Se despidieron de Pierre Bonnard. El viejo maestro partía de regreso al pasado. Finalizada su contribución a la extracción del Gen de Dios del cuerpo del Alfil, su misión había concluido. Se sentía honrado de haber cooperado en semejante empresa. Pero no tenía ya nada que hacer en aquel lugar que le resultaba cada vez más extraño. La Blasfemia Máxima lo había tentado, ofreciéndole un lugar seguro en una de sus múltiples guaridas para que pintara tranquilamente, durante quinientos años más, sus esplendorosas telas. Nadie lo buscaría, nada lo perturbaría. Ella se encargaría de hacer lo necesario para que sobreviviera ese tiempo.

El anciano rehusó la oferta.

Un lugar seguro, no existe tal cosa… argumentó con voz reposada.

No pudieron menos que estar de acuerdo con él.

Es imposible escapar a este mundo futuro, añadió después de una larga pausa. Me temo que es lo que hemos necesitado siempre. Sé que esos seres que vienen… virtualcarnales… ya no seremos nosotros. Que nos extinguiremos. ¿Pero, francamente, es esto una mala noticia? Después de haber visto el rostro de Rembrant, después de saber que sus cuadros quizá desaparecerán, es evidente que nuestra especie no merece sobrevivir…

Sonrió. Apretó a Poucette que se revolvía en sus brazos, anticipando el regreso. Los amaneceres de Cannet, la voz del mar. El sombrero encajado hasta tocar la montura de las gruesas gafas. El bigote morado. Surcos enmarcando la boca: amarillos. La gruesa bufanda oculta la barbilla. Estrías azules navegan la frente. Añoranza: Marthe.

Estoy muy agradecido… de saber, concluyó.

Quería volver a su estudio, aguardar trabajando el fin. Tenía un montón de cuadros bullendo en la cabeza, especialmente uno de un almendro en flor… mucho trabajo que hacer. Sabía cómo terminaría su tierra, Orlán le había contado que durante los enfrentamientos que sirvieron de preludio a las Guerras de Reorden una explosión nuclear en el Mediterráneo provocaría una ola de 100 metros que barrería el litoral de Cannes y sumergiría el sur de la antigua Francia.

Le parecía un buen final descansar bajo aquellas aguas luminosas.

En este punto, Pierre Bonnard bajó la cabeza, acarició nervioso al perro. Se quitó el sombrero y se rascó la cabeza. Quería solicitar algo, aunque presumía que era imposible.

Nada es imposible, Pierre... o casi nada, repuso la Artista.

¿Podía Orlán hacer realidad un gran deseo? Algo banal, tal vez, pero que le proporcionaría paz y sosiego. Algo que consideraba muy importante. Un deseo producto del conocimiento del futuro que ahora tenía.

Con ese conocimiento, haría feliz a un maestro, a un amigo. Impediría que muriera triste, derrotado. ¿Sí?

Bonnard expresó su deseo.

Por toda respuesta, la Blasfemia Máxima se abrió para hacerlo regresar a su mundo condenado.

Después lo abrazó amorosamente.

LA SANTA MISA ANUAL DEPORTIVA

Comenzó con el ensordecedor tronar de las trompetas angelicodeportivas. Triunfales y apoteósicas. Espumosas y lúdicas. Estrepitosas y enternecedoras. Himnos. Orquestas. Clamor universal. Efervescencias que ascienden. Apogeo del fanspúblico trepando hasta la cúpula en forma de chorros de fervor pixélico. Puertas del SportOlimpo a punto de abrirse. Entretenimiento Hermanado FirstClass. AtletaDioses que aguardan el momento de salir a escena, de iniciar el SacroPartido. De descender graciosamente hasta sus fieles. Cien monaguillos vistiendo las suntuosas galas festivas llegan al escenario: auxiliares del ArchiArzobispo McCarthy. Incensarios voladores: chorros de incienso-vainilla, incienso-fresa e incienso-chocolate. Copos de algodón de azúcar: nevada. Plumas de humo celeste. Apoteosis religioso-deportiva. Pertenencia en virutas, confeti: comestible. Bocas abiertas, manos alzadas. Pies danzantes. Gen de Dios gratuito en las virutas: ¡gracias, gracias! Centelleo de cabezas de Miniclones Antivirus haciendo su trabajo: detectando, inoculando, fichando. Clones de Emergencia. Duelos de Mascotas personales. Competencia de textipantallas. Geniales maniobras de los Clones Ingenieros que asesorados por el Controlador Central dirigen el edificio: engordamientos de última hora, columnas espesadas, armaduras engrosadas, arcos reforzados, balaustradas animadas, capiteles crecientes, gradas ampliadas, pasillos eliminados o duplicados, quejas o súplicas de anunciantes solventadas o satisfechas: la ultrasensible piel del edificio sudando en algunos puntos por el esfuerzo, estremeciéndose de alegría en otros. Plásticovivo eufórico.

Bandadas de Unidades Coordinadoras coordinando.

Repicar de la Santa Cantata.

God is Fun! God is Fun!

Generalizada sensación de hermandad. Materia de los planes de Dios Nuestro Señor. Dios Nuestro Señor en acción, en las almas de cada uno de los asistentes, desbordando el Sacrostadium, el Cathedral Center: la islaciudad dúctil barro en manos de la Divinidad.

Ensayo. Dios Nuestro Señor tomará el mundo por asalto.

Éxtasis de los fansfieles.

Santa Misa Anual Deportiva: Partido de Atletadioses. Acompañaban a las trompetas las orquestas, los coros de cada uno de los equipos de la Liga de Dioses instalados a lo largo de la nave central, sobre las capillas. La música, galopante y enardecedora, llenaba el alma de complacencia, camaradería y docilidad y golpeaba con una ola de expectación y ardor sacro al más de un millón de espectadores arracimado en los palcos, gradas, pasillos, en todos los intersticios imaginables.

Billones los acompañan en toda Tierra Firme, en las urbanizaciones orbitales, en las colonias marcianas y lunares.

God is Fun! God is Fun!

¡Por fin ha llegado el momento de ver enfrentarse a los AtletaDioses!

Los fansfieles esperaban llenos de fervor sportreligioso la apertura de las sagradas puertas. Los afortunados que se hallaban dentro del Sacrostadium fijaban la mirada en el altar de treinta pisos que dominaba la nave, que subía y bajaba para estar simultáneamente cerca de todos. Sobre el altar, en la bóveda semilíquida, las puertas áureas del SportOlimpo. Sólo se abrían una vez al año; cuando concluyera la ceremonia, desaparecerían.

Ahora, resplandecientes, arrojaban una catarata de luz cegadora en el interior de la catedral.

Los fans del Manhattan All Stars ocupaban los primeros palcos rotantes: gran marea tricolor. A la derecha de ellos, la marea blanca a rayas celestes de los seguidores del Tribeca Magic: hacían ondear sus típicas banderolas virtualcarnales; a la izquierda la marea amarilla de los Celtics Heats se agitaba como un vendaval, más allá los ChicagoDogs desplegaban su fulgor verde. El azul tachonado de estrellas doradas de los fans del Village Lakers ondeaba cual inmensa bandera. En orden ascendente, los palcos formaban un abanico de colores correspondiente a los sportfans que los ocupaban. Los palcos presidenciales y de VeryImportantPersons de todo tipo no escapaban a este patrón pues desde el Presidente del Gobierno Mundial hasta el último de los dignatarios invitados vestía galas que ostentaban de manera destacada los colores o insignias del equipo del que era fan.

Los palcos ocupados por los equipos menos poderosos, que aún no tenían Atletadioses en el SportOlimpo, no resultaban por eso menos entusiastas y trataban de llamar la atención de las Cadenas de Entretenimiento hacia sus menos conocidos colores e insignias.

A pesar de estar prohibidas en el interior de la catedral, miles de mascotas personales encarnando la figura de los sportdioses preferidos de sus dueños, volaban dentro de la nave central, y entablaban feroces combates que con frecuencia terminaban con la incineración de uno de los contendientes.

Frente al escenario ubicado a los pies del altar, los espacios reservados a los VeryImportantPeolple estaban colmados de personalidades deportivas, políticas, científicas, artísticas, militares y teologales. Encima de estos, en el palco destinado a la realeza, gobernantes y dignatarios extranjeros ocupaban ya sus puestos. Reyes, Príncipes, Princesas, Condes, Duques, Marquesas, Presidentes, Diputados, Concejales, Alcaldes, Sires y Duquesas se mezclaban allí en animadas charlas mientras aguardaban impacientes y luciendo sus aristocráticos atuendos el inicio del partido.

El presidente del Gobierno Mundial y el SuperChairman de DisneyCorp hicieron su entrada entre fanfarrias, recibidos por una cerrada ovación y rodeados de una nube de MicMasters Escoltas y Clones Reforzados. La presencia en la comitiva de dos Cánceres Disneys guardaespaldas de última generación, polimórficos, no esféricos como sus famosos congéneres, arrancaron una exclamación unánime de asombro y placer a la multitud. El orgullo de Maten Inc. (Laboratorios Opalocka-Miami), que los producía para DisneyCorp, no solía mostrarse en público, así que este apreciaba cualquier oportunidad de admirarlos.

Según había trascendido en las Cadenas de Entretenimiento los Super-Disneys, como los bautizara el vulgo, podían volar, eran mucho más veloces y mortíferos que el modelo precedente y estaban equipados con un novedoso sistema SMD 7500, de inoculación a distancia. Ya no tenían que morder a sus víctimas para infectarlas. Además no sufrían del Síndrome de la Tristeza que aquejara a sus predecesores.[13] También podían cambiar de forma y el blindaje de órganos y piel y el sistema mimético había sido notablemente mejorado.

Caminaban al frente, abriendo paso a sus amos y sus imponentes y divertidas apariencias dejaban sin habla a los espectadores más cercanos. Uno era amarillo cobalto a finísimas rayas azul de prusia y el otro rosa con lunares azogue: trémulas líneas negras en el rosa. Aires infantiles, acabado caramelo.

---

[13] Como se sabe, a causa de un trauma de construcción o un error de diseño genético, los Cánceres Disneys sufrían del llamado Síndrome de la Tristeza: eran incapaces de pelear en solitario. Si perdían en combate a sus compañeros los consumía una inexplicable y paralizante melancolía.

No muy lejos del lugar por donde el Presidente del Gobierno mundial y el SuperChairman de DisneyCorp hacían su entrada, en el palco reservado a personalidades científicas destacadas, se hallaba Moitón Toonosevich. El científico no conseguía entender por qué la habitación había demorado tanto en despertarlo. ¡Veinte largos minutos! Tendría que hacer revisar el Coordinador Central. Junto a él, Kiuttyclon. Belleza apabullante: cabellos recogidos en un alto moño laqueado que en su cumbre formaba una M láctea; declaración de pertenencia a Moitón: símbolo de placer esclavo. Labios bermellón de cuyas comisuras brotaba un río de pequeños falos del mismo color que retozaban, se unían en la amplia frente dibujando otra M, esta vez fálica. Cuello, hombros, pechos antigravitacionales desnudos, ascendiendo desafiantes, ostentando el mismo tono de la decoración facial y el vestido. Lucía un modelo personalizado Calvin Pride Hand: dos elásticas manos virtualcarnales de longitud variable que reproducían a la perfección las de Moitón. Vagaban sobre la punta de los dedos, acariciaban o danzaban sobre el cuerpo desnudo cubriendo y descubriendo ora a velocidad fulminante ora despaciosamente las zonas más hermosas de la anatomía del clon. Calzaba transparentes botas carmesí a juego con el resto de la indumentaria. Una antigua cadena de eslabones de hierro enlazaba su cuello a la mano de su dueño.

El Kiuttyclon transpiraba una mezcla perfecta de lujuria y sumisión: arrebatadora.

Moitón Toonosevich no cabía en sí de gozo. Su rostro rezumaba entretenimiento triunfal. La envidia de sus colegas compañeros de palco resultaba manifiesta. No tanto por la presencia de su Clon de Entretenimiento Sexual, sino por la noticia, que el mismo Moitón se encargó de difundir, del maravilloso setenta y siete por ciento de conversión alcanzado; lo que lo situaba a un paso del traslado permanente a WebLand-Tierra Santa.

Esto, sumado al impacto del Entretenimiento Sexual Total bendecido, obtenido la noche anterior, hacía que el científico experimentara una sensación de gloriosa seguridad y completa entretenidafelicidad. ¡Y de devoción incondicional a Dios Nuestro Señor! ¡Y de amor a 6Minnie!

Si hubiese pasado por su estudio antes de salir hacia el Cathedral Center su estado de ánimo habría sido completamente diferente, pero no lo había hecho.

Detrás de los palcos preferenciales (o al costado, o arriba o abajo, dependiendo de los movimientos del edificio) se hallaba el área dedicada a los Superfans. Ofrecía un grandioso espectáculo de dedicación, pasión, obediencia, entrega y espíritu deportivo. Entre estos podía verse a SullivanSuperfan, acompañado de MarilyDiva. El rostro del hijo pletórico de alegría, conmocionado aún por el encuentro. La estrella provocando incondicional admiración entre los otros Superfans. La rubia cabellera trufada de destellos platinados, ondulante y cautivadora. Llevaba un vaporoso vestido blanco, confeccionado con una finísima malla traslúcida de virtualgodón poroso (poros que se agrandaban o disminuían siguiendo un dulce ritmo) que permitía ver sin dificultad alguna el espléndido cuerpo. El escote dejaba casi al descubierto los famosos pechos; un sinuoso cordón de malla trenzada se apoyaba con estudiada precariedad en los pezones: sus contoneos amenazaban con hacer caer el vestido. El tejido enmarcaba la espalda desnuda, moría en el pináculo de las nalgas. Nacía allí un cordón de malla que, terminado en un nudo, anclaba el atuendo al introducirse en el rosado ano de la SexStar. El conjunto despertaba sentimientos de adoración, puntilleos incestuosos y chispazos depravados en quienes lo contemplaban. La presencia de MarilyDiva atrajo la atención de las Cadenas de Entretenimiento, fascinadas por su relación familiar con el más reciente Elegido de DiosMike.

El rostro maternolujurioso de MarilyDiva ocupó un instante la gran pantalla central: erupción de entusiastas aclamaciones, conmoción de Starfans y adoradores de DiosMike.

God is Fun! God is Fun!, proclamaba la Santa Cantata.

Los coros, desde sus estratégicas posiciones a ambos lados de la nave central, entonaban los himnos de cada equipo. Las voces, ora iluminadas, ora virtuocorporeizadas se trenzaban en furiosas peleas al centro. Delirio de los fansfieles. Alucinaciones colectivas en la que los fansfieles se sentían personalmente interpelados, mirados, mencionados, amados por los AtletaDioses.

Ambiente Divertido-devoto Excelsior.

Monjesfans de disímiles cofradías ofrecían sus danzas de alabanza al sistema. ¡Exaltación de las glorias de Dios Nuestro Señor Todopoderoso… ¡Loado sea!… ¡Exaltación de la obra del Verdadero Apóstol! ¡Loado sea! ¡Exaltación de la luz del Santo Hijo! ¡Loado sea!… Reclamo de la salvadora llegada de Nuestro Padre a Tierra Firme! ¡Loado sea!

Superconsumers insignes, ciudadanos con un nivel superior a 10+ PLUS en la Escala de Consumo desgranaban en el escenario un rosario de danzas típicas: alabanzas del sistema. ¡Exaltación de las glorias de Dios Nuestro Señor Todopoderoso! ¡Loado sea! ¡Exaltación de la obra del Verdadero Apóstol! ¡Loado sea! ¡Exaltación de la luz del Santo Hijo! ¡Loado sea! ¡Reclamo de la salvadora llegada de Nuestro Padre a Tierra Firme! ¡Loado sea! Vestían magníficas textipantallas de hasta diez metros de circunferencia que permitían mostrar una parte sustancial de sus títulos, condecoraciones, y propiedades.

Agrupaciones de Superwinners y Winnersbeings ejecutaban bailes de Fe y Compromiso. StarPersons del Año, seleccionados por el Consejo Teológico Deportivo Mundial entonaban sus edificantes canciones. ¡Exaltación de las glorias de Dios Nuestro Señor Todopoderoso! ¡Loado sea! ¡Exaltación de la obra del Verdadero Apóstol! ¡Loado sea!... ¡Exaltación de la luz del Santo Hijo! ¡Loado sea! ¡Reclamo de la salvadora llegada de Nuestro Padre a Tierra Firme! ¡Loado sea!

¡Arribaban los SuperPopularPeople!

Una ola de superveneración agitó a los fansfieles en presencia de los semidioses. Llegaba MaxMcWallace III, conductor del SORTEONOCHE, Glotilda Superluck, ganadora del Gran Concurso *Supermaravillosoestupendo* ascendida por aclamación popular a figura icónica de rango egregio y conductora de *¡Consume consumidor!*; los Gemelos AllistEIR, genios precoces responsables de catapultar *¡La hora de los acertijos!* a los niveles máximos de popularidad y reconocimiento, y JenniFERcita, estrella indiscutible de *¡Adivina adivinador!*; entre muchos otros, arropados por nutridas comitivas de slavefans y Superfans. Pero ninguno de ellos desató la hecatombe de superidolatría que la entrada de Regansón y su lugarteniente Kiutty desencadenaron. Entrega absoluta, una enorme cantidad de showfans, slavefans, Superfans y simples adoradores cayó de rodillas ante sus amados mediaalteregos. Llamados así porque sus seguidores sentían tal identificación con sus programas que *vivían* a través de ellos; la mal llamada vida «real» completamente relegada a un segundo plano. Efecto canónico de éxito, según los analistas. Regansón llevaba una túnica supermaravillosaestupenda dorada que a su paso disparaba pompas virtualcarnales que contenían los momentos señeros de la programación del año; las pompas se elevaban y crecían interactuando con los espectadores antes de estallar en miríadas de minipompas coleccionables: todos se peleaban por conseguirlas. El SuperStarPerson aprovechaba la ocasión para estrenar su dentadura Regansón 7000; al reír, de sus carcajadas partían cupones de descuento, catálogo SMEHXT, en forma de preciosas avecillas que inundaban el Sacrostadium con alegres silbos.

Kiutty, la supermaravillosaestupenda lugarteniente, icono indiscutible del Entretenimiento Sexual Universal lucía una exclusiva túnica orgásmica: causaba incontenibles orgasmos a quienes la miraban. Rugidos de placer, inconmensurables jadeos conquistaron el recinto. Supermaravillosestupendos chorros de leche brotaban de sus senos antigravitacionales. Provocaban arrebatos de euforia sexual y fantasías eróticas recurrentes en los afortunados que lograban beber aunque fuera una gota.

Barahúnda general, desvanecimientos.

Pelotones de Clones de Emergencia volaban de un lado a otro reanimando, separando contendientes, curando heridos, administrando estimulantes.

Cumbre de eficiencia de los Clones Ingenieros y del Coordinador Central: conseguían que la mayoría se acercara al menos un instante al centro del escenario para ver de cerca a sus ídolos.

God is Fun! God is Fun!

Proclamaba la Santa Cantata.

Siempre consumir.

Nunca aburrirse.

Santos Mandamientos.

Apoteosis de Entretenimiento, Virtualcarnalidad, dicha del triunfo, de la superioridad del Gen de Dios, ratificaban las trompetas.

Todo es Juego, Entretenimiento: Palabra de Dios.

Voz del edificio, imponiéndose.

Petición de muestra de Obediencia y Fe: barahúnda, música, rugidos, ecos, himnos, alborotos, coros, alaridos, estampidos, llantos, estruendos, rezos, estridencias, murmullos, gritos, escándalos, voces, conversaciones que agonizan.

Silencio total.

Preludio a la entrada del ArchiArzobispo McCarthy. Al Santo Pitido Inicial.

A la apertura de las puertas del SportOlimpo y descenso de los Atleta-Dioses.

Afuera.

Escenario: los habitantes de NewManhattan y las ciudades subterráneas colindantes que no consiguieron acceder al Cathedral Center, junto a los fansperegrinos llegados de toda Tierra Firme, lo que queda de Europa, urbanizaciones orbitales y colonias marcianas y lunares se hallaban aglomerados en los alrededores del complejo lúdico-deportivo-empresarial. Impenetrable masa. Hormiguero compacto que se extendía hasta el horizonte, hasta las orillas de la isla-ciudad, hasta los márgenes del putrefacto Hudson, y colapsaba los túneles de acceso, provistos por suerte de paredes-pantallas desde las cuales podía seguirse el curso de la Santa Misa Anual Deportiva. A medida que los fansperegrinos constataban la imposibilidad de avanzar fueron acampando como pudieron y comenzaron las fiestas callejeras. ¡Ya era todo un privilegio estar en el ámbito de la islaciudad! La música emergía de los túneles abarrotados, de las avenidas y parques, de edificios y naves, de urbanizaciones subterráneas, de balcones, de azoteas y sótanos. El espacio aéreo en la capital de Tierra Firme, y especielmente en torno al Cathedral Center, era una maciza nube de vehículos que aspiraban a estar lo más cerca posible de la ceremonia y beneficiarse especialmente de los momentos de transparencia que asumiera el edifico.

Los actos preliminares duraban ya varios días, sin embargo el público no daba muestras de fatiga.

¡Santa alegría religiosodeportiva!

Batallones de Clones Antivirus, Clones de Emergencia y MiniClones Sanitarios circulaban de un lado a otro de la isla-ciudad acompañando a las patrullas de la Guardia Urbana y a los Mics. Prestaban ayuda en los accidentes de tráfico, transportaban heridos y cadáveres y colaboraban con las fuerzas del orden. Cuando detectaban al portador de alguna forma de plaga virulenta le inoculaban de inmediato un pelotón de nanoexterminadores que se encargaban de exterminar el virus. Generalmente, una de millares de mutaciones de La Plaga. Servicio gratuito de las Autoridades Sanitarias del Gobierno Mundial en colaboración con la División Sanitaria de DisneyCorp.

God is Fun! God is Fun!

El divino slogan apoderándose de la islaciudad.

La noche: instalada. Aunque un finísimo resplandor de llamas sulfúricas, escoria del atardecer, centelleaba esporádicamente en las extensiones de tierra calcinada que rodeaban NewManhattan surgiendo aquí y allá, extendiéndose hasta el podrido mar carmelitoso, esfumándose entre las siluetas mastodónticas de las cilíndricas depuradoras perfiladas contra el horizonte. Ennegrecidos racimos de chimeneas, tuberías de desagüe, filtros gigantes, lanzaderas militares y monumentales respiraderos ascendían desde las ciudades subterráneas rompiendo la monotonía del paisaje y el ardiente supurar de las profundidades. El Hudson, tira de carne tumefacta, discurría espeso bajo las docenas de túneles que comunicaban la islaciudad con el mundo subterráneo donde latían NewNew Jersey City, NewBrookling, NewQueens, NewHoboken, NewHackensack, NewPalisades Park. La confluencia del río con el mar parecía hervir en una opalina negrura salpicada de ascuas naranjas, verdes y moradas. Ácidos nocturnos. La techada Estatua de la Libertad semejaba un coagulado difuminado, un gran esputo a punto de disolverse.

Ratas del tamaño de mastines y piel acorazada, hociquean en el barro sulfuroso en busca de alimento. Caimanes espinosos las acechan.

A vista de pájaro, la cerrada capital de Tierra Firme semejaba un erizo rectangular, venoso, lacerado, gris: cuerpo marcado por el efectos de las lluvias ácidas y los rayos ultravioletas. Mar salpicado de espuma amarilla, humeante, carcomido por la creciente oscuridad.

Alrededor de la isla-ciudad una densa galaxia de insectos luminosos aumentaba o disminuía según la intensidad del tráfico aéreo, a pesar de que nadie más podía entrar.

En el centro del erizo resplandecía el Cathedral Center.

Dentro.

Increíble silencio.

Ni un susurro, ni un roce, ni un pestañeo rompía la espectacular muestra de Fe-Obediencia. Que se extendió como la onda expansiva de una explosión nuclear a la totalidad de la islaciudad: crines al viento.

Adolph McCarthy, ArchiArzobispo de NewManhattan y maestro de ceremonias, una de las figuras más influyentes del Consejo Teológico Mundial, salió al escenario. Estaba enfundado en la dorada toga ceremonial y llevaba el palio sacramental colgado del cuello. Lo rodeaba una numerosa escolta de Monjes MicMasters y un centenar de lindos monaguillos.

El silencio permaneció imperturbado.

Sin preámbulo alguno, tal y como decretaban las normas, el ArchiArzobispo extrajo el Gran Pito de Oro. Con gesto firme se lo llevó a los labios: sonó el pitido inaugural.

Así comenzó la Santa Misa Anual Deportiva.

A continuación el ArchiArzobispo McCarthy, acompañado de los monaguillos acometió, con su hermosa voz de barítono el Sacro SportHimno.

¡Aleluya! *God is Fun! God is Fun!*

Celebraba la Santa Cantata.

Billones de gargantas secundaron al prelado poseídas de religiosodeportivo fervor: el canto retumbó, se elevó hasta la estratosfera, rebotó contra la corteza carcomida del planeta y luego trepó hasta las urbanizaciones orbitales, que también cantaban, y fortalecido, escapó hacia el espacio sideral en busca de las colonias lunares, marcianas y más allá…

El ArchiArzobispo McCarthy cayó de rodillas.

Todos los fansfieles, dondequiera se hallaran, cayeron de rodillas.

Oraron por la gracia de Dios Nuestro Señor, Padre de los AtletaDioses.

Oraron porque Dios Nuestro Señor abriera las puertas del Sport Olimpo y permitiera a la humanidad gozar de la guía, la sabiduría, el arte, la belleza y la inteligencia suprema de los AtletaDioses.

Oramos.

Oramos; sí, yo también. Oramos.

Miles de años de orar a dioses sordos, vengativos e invisibles, concluidos.

Miles de años de orar a dioses falsos, traidores, chantajistas, dioses de los que sólo podíamos esperar el abandono: terminados.

Miles de años de atrocidades, horrores, crímenes y calamidades indescriptibles acaecidas bajo la mirada impasible de esos dioses y muchas veces cometidas en su nombre y con su evidente colaboración: terminadas para siempre.

Miles de años de promesas incumplidas, de sacrificios sin recompensa, de amor no retribuido, acabados de una vez y por todas.

¡Por fin un Dios real, atento, visible, receptivo...! ¡Por fin un Dios Bueno, Entretenido!

Oraron.

Y las puertas se abrieron.

Delirio.

Catarata, pequeña grieta en la bóveda semilíquida primero, amplia puerta después. De la intensísima luz en lo alto del altar comenzaron a emerger. Himnos atronadores retumbando para acompañar a cada uno de ellos. Pertenencia. Comunión. Hermandad virtualcarnal venciendo rivalidades: todos los fans cantaban el himno correspondiente al AtletaDios saliente, sin reparar en si era el suyo o no.

Espíritu religiosodeportivo por encima de consideraciones de equipo.

¡Grande es Dios Nuestro Señor!

Puertas del SportOlimpo, abiertas de par en par. ¡Alabado sea Dios Nuestro Señor! ¡Dios de Dioses que dan la cara! ¡Dioses que corresponden el amor de sus seguidores! ¡Dioses que aparecen cuando se les llama! ¡Dioses que no se esconden, que no escabullen el bulto cuando se les necesita! ¡Al fin!

La muchedumbre enloqueció.

¡Allí estaban sus adorados Sport Dioses!

Pertenencia. Comunión. Sabor a fresa. Vainilla, marsmello, chocolate, caramelo, avellanas, sirope de frambuesa, en el aire y en las papilas gustativas. Salivas coloreadas. Lluvia de virtucaramelos, virtubombones, virtugolosinas rellenas de Gen de Dios. Virtuconfetis comestibles. Olor a seguridad y sosiego. Placidez sin fondo, amor infinito.

Y algo indefinible que estaba allí por primera vez.

Algo superior a los AtletaDioses, que sin embargo los contenía.

DiosMagic, acompañado de Luciferino y Cedaka, superhéroes oficiales del Village Lakers, fueron los primeros en aparecer conduciendo una soberbia cuadriga alada; lo siguió DiosChamberlain, del Tribeca Magic, escoltado por los superhéroes Starcats4 y Cloncatorce; a bordo del Tridente Fluorescente hizo su aparición DiosJohnson, de los Super Nicks, escoltado por Sulka Universal, provocativa, engalanada con una toga transparente que permitía admirar su fabulosa anatomía. ¡Allí estaba DiosBird de los ChicagoDogs, y a su lado Supermán! ¡Y DiosO'Neal acompañado de SuperGlotolco! DiosMike, del Manhattan All Stars hizo su entrada cabalgando una fulgurante patinetacandy; realizó geniales movimientos de entrada al aro sobre los palcos preferenciales antes de aterrizar majestuosamente en el escenario, junto a los otros AtletaDioses.

DiosAbdul-Jabbar, DiosRussell, DiosDuncan y el resto fueron apareciendo hasta que estuvieron los veinte. Para el SacroPartido se dividirían en dos equipos y se alternarían en las posiciones; así el público podría disfrutar las maravillosas jugadas de todos.

Había algo en sus divinos rostros... algo diferente... unas sonrisitas reverentes al tiempo que pícaras...

El ArchiArzobispo McCarthy dio la bienvenida oficial a los AtletaDioses... con la misma expresión...

Se despejó el escenario.

Momento cumbre de protagonismo de los Clones Ingenieros. Reajuste total del edificio, columnas que se curvan, planos que se comban buscando acercar a los espectadores, mejorar la perspectiva de cada uno de ellos; ángulos que ganan grados, ángulos que los pierden, texturas endurecidas, texturas ablandadas; plásticovivo que adquiere consistencia de Sacrobalón.

El escenario se convirtió en la SacroCancha. Medidas divinas: cincuenta por veinte metros. Cestas a cinco metros del suelo. Diámetro del aro: treinta y cinco centímetros. Duración del juego: cuatro tiempos de treinta minutos.

Tronaron las trompetas angelicodeportivas. Los Atletadioses formaron los dos Equipos Celestiales. Saludos cordiales. Árbitros en sus puestos.

Sólo faltaba que saltara el balón celestial para que comenzara el partido. El ArchiArzobispo McCarthy era el encargado de lanzarlo al aire. Pero no parecía tener prisa en hacerlo... arrodillado en el centro de la SacroCancha, miraba hacia arriba.

Las puertas del cielo crecían, amenazaban con engullir el altar, brillaban con mayor esplendor que cuando brotaron de ella los AtletaDioses.

El hecho tomó por sorpresa al fanspúblico; el silencio se apoderó nuevamente del interior del Cathedral Center.

Entonces, el ArchiArzobispo Adolph McCarthy con una gran sonrisa y la voz firme de quien venera un Dios Real, pronunció las palabras secretamente esperadas por todos. Las maravillosas, las más deseadas de las palabras:

Amados fansfieles... hoy delego el honor de lanzar el Sacrobalón que dará inicio al SacroPartido y a la Santa Misa Anual Deportiva a un visitante especial, a un enviado que viene a nosotros con un mensaje de Amor y Esperanza del Padre... que viene a nosotros con un mensaje de Eternidad... queridos fansfieles... ¡postrémonos agradecidos ante la magnanimidad, ante la ventura de Su divina presencia!: ¡el Hijo de Dios!

¡Lluvia de regalos cayendo del techo del Sacrostadium convertido en cielo auroral! *God is Fun! God is Fun!*, reafirma la Santa Cantata.

¡Himnos de alabanza, aleluyas! Regalo que el Resucitado del WebLand-Tierra Santa hacía a sus ovejas. Coros celestiales, rayos y centellas, música de violines, rosados, celestes, verdes querubines atravesaron el altar que desapareció en un estallido de luz cegadora. De esa luz surgió el Hijo de Dios. Negro divino de bordes difuminados. Egregia silueta enmarcada por lava lumínica.

El ArchiArzobispo McCarthy volvió a caer de rodillas.

Los AtletaDioses inclinaron las cabezas llenos de respeto y corrieron a postrarse ante el recién llegado. Todos los que tenían la inmensa dicha de presenciar la llegada del Hijo hincaron las rodillas. Un alarido de alborozo retumbó estremeciendo hasta los cimientos la catedral.

Luego ese alarido se hinchó hasta llenar el mundo.

¡Mesías! ¡Mesías!, coreaban...

El Hijo de Dios aterrizó suavemente. Excelsa elegancia sin embargo asequible, familiar. Juguetona majestuosidad. Magnificencia casera. Estaba hecho a imagen y semejanza del Padre. Belleza beatífica. Belleza canónica: garbo de la gran cabeza, distinguido hocico pronunciado, esbeltez de los cilíndricos brazos, señorío de los cimbreantes bigotes; enormes ojos blancos, gallarda nariz acharolada, tórax estrecho, abdomen voluminoso y oblongo, patas gomosas y tubulares, terminadas en gallardos zapatones amarillos. Voz atiplada. Grandes manos enguantadas. Grandes orejas circulares. Chispeante, elástica cola.

Cuerpo amoroso, lubricado, lustroso, aterciopelado: cuerpo paternal.

Cascabeleante, en medio del espectacular silencio que siguió la aparición de la deidad, sonó una musiquita. ¡Aleluya Tap Dance! El Hijo de Dios con gesto afable conminó a todos a levantarse, marcó unos gloriosos pasos. A continuación dejó escapar una risita fabulosa y contaminante que inundó las almas de sagrado amor superdivertido. ¡Almas ligeras deseosas de comunión, ansiosas de entregarse, de vivir en el Entretenimiento Eterno!

¡Loado sea Dios Nuestro Señor!

El Sacrostadium rugió de alegría. Todos se sumaron al baile. En las manos de los AtletaDioses aparecieron saxofones, pianos, guitarras, bajos, trompetas, contrabajos, baterías, flautas, clarinetes. Acometieron con verdadera furia *Sweet Georgia Brown*, a lo Django Reinhardt Salvado. No había resultado fácil recuperar para la nueva estética a Django Reinhardt, pero el Consejo Teológico Mundial lo habían conseguido al fin. Gipsy jazz. Ahora su música estaba otra vez al alcance de todos; contundentes dosis de melodramatismo disneyficante hicieron maravillas…

¡Albricias! ¡Albricias! ¡Loado sea el Señor!

La alegría del Hijo invadió el mundo.

¡Mesías, Mesías!, clamaba la muchedumbre riendo, moviéndose al ritmo del trepidante compás…

God is Fun! God is Fun!

Todo es Juego, Entretenimiento: Palabra de Dios.

Moviendo el celestialbalón, marcando la cadencia, el Mesías cantó:

> *Mi Padre me ha enviado…*
> *¡Yes! ¡Yes!*
> *a propagar la buena nueva*
> *de su Reino que se aproxima,*
> *de su Reino que ya está aquí…*
> *¡Yes! ¡Yes!*
> *Mi Padre es Resurrección y Vida Eterna,*
> *quien lo siga no se aburrirá jamás,*
> *quién me siga lo alcanzará…*
> *quien lo siga no se aburrirá jamás…*
> *¡Yes! ¡Yes!*
> *Quien lo siga consumirá…*
> *¡Yes! ¡Yes!*
> *¡Por toda la Eternidad!*
> *¡Yes! ¡Yes!*
> *¡Por toda la Eternidad!*
> *¡Yes! ¡Yes!*
> *¡Quien lo siga no se aburrirá jamás!*
> *¡Por toda la Eternidad! ¡Yes! ¡Yes!*
> *¡Quien lo siga no se aburrirá jamás!*

Coreaban jubilosos billones de fansfieles.

Los zapatones del Hijo repiqueteaban, las gargantas cantaban, los cuerpos se meneaban, las manos batían palmas acompañando la melodía…

Todo es Juego, Entretenimiento: Palabra de Dios.

Sin dejar un solo momento de bailar el frenético Aleluya TapDancing, el Hijo comunicaba la buena nueva al planeta que lo acompañaba en estado de éxtasis...

> *Mi Padre dice... nunca morirán.*
> *¡Yes! ¡Yes!*
> *¡A su imagen y semejanza seremos!*
> *¡Se acabó la Muerte! ¡Llega mi Padre!*
> *¡Yes! ¡Yes! Virtualcarnalidad es buena,*
> *podredumbre es mala...*
> *¡Salvación! ¡Eternidad! ¡Llega mi Padre!*
> *¡Abajo la carcasa de los gusanos!*
> *¡Abajo la carcasa de los gusanos!*
> *¡Yes! ¡Yes!*
> *¡Y quien lo siga no se aburrirá jamás!*
> *¡Quien lo siga no se aburrirá jamás!*

¡Que llega, que llega, que llega el Padre! ¡Y quien lo siga no se aburrirá jamás! Coreó delirante la multitud.

La estructura de la catedral se estremecía como si estuviera a punto de desintegrarse en un millón de fragmentos separados y relucientes. Bailaba NewManhattan, bailaba Tierra Firme y lo que queda de Europa, bailaba el planeta, las urbanizaciones orbitales, las colonias marcianas y lunares, todo ser humano donde quiera que se hallase en las inmensidades cósmicas bailaba al compás del celestial Aleluya TapDancing...
¡Albricias! ¡Albricias!
God is Fun! God is Fun!

> *¡Y quien lo siga no se aburrirá jamás!*
> *¡Y quien lo siga no se aburrirá jamás!*
> *¡Y quien lo siga no se aburrirá jamás!*

Los AtletaDioses arrancaban a los instrumentos una Alegría incalculable, una Pertenencia insondable, un Entretenimiento insospechable. Al tiempo que bailaban el Aleluya TapDancing. Sin rivalidades, unidos en el amor al Hijo del Rey de Reyes del Entretenimiento. El ArchiArzobispo McCarthy conducía la banda que ahora, inspirada, interpretaba *Charles-*

ton. Los cien monaguillos bailaban a su alrededor como mariposas poseídas por el negro amor de Dios Nuestro Señor.

El diluvio de amor que nacía de la música del Hijo de Dios se extendía por el mundo como maná que la humanidad ansiosamente devoraba. Navío en el que refugiarse de las inclemencias de la Antigua Naturaleza.

El Cielo transmitía en cadena y sus resonancias caían sobre la islaciudad cual bendición. El Cathedral Center reproducía la figura del Hijo de Dios.

> *¡Por toda la Eternidad!*
> *¡Yes! ¡Yes!*
> *¡Por toda la Eternidad!*
> *¡Yes! ¡Yes!*
> *¡Quien lo siga no se aburrirá jamás!*
> *¡Quien lo siga no se aburrirá jamás!*
> *¡Y quien lo siga no se aburrirá jamás!*

El reclamo de la muchedumbre surgió como un susurro casi perdido entre el fragor de la música y los cantos; creció hasta convertirse en torrente arrollador que se impuso a todo y adquirió carácter de suplica desesperada.

> *¡El Padre, El Padre!*

> *¡Yes! ¡Yes! ¡Yes!*
> *¡Dios! ¡Dios! ¡Dios!*
> *¡Yes! ¡Yes! ¡Yes!*
> *¡El Padre! ¡El Padre!*
> *¡Yes, Yes, Yes!*

La presencia del Padre era requerida. ¡Exigida! La humanidad había esperado miles de años por la llegada de su Reino. Miles de años aguardando la llegada de un Dios Real. ¡Y no estaba dispuesta a seguir esperando!

El Hijo había dejado de bailar y con una satisfecha expresión y los brazos abiertos contemplaba a sus ovejas.

> *¡El Padre! ¡El Padre!*
> *¡Dios! ¡Dios! ¡Dios!*
> *¡Yes! ¡Yes! ¡Yes!*

¿Acudiría por fin el Padre?

God is Fun! God is Fun!
¡Y quien lo siga no se aburrirá jamás!

Cantó el Hijo y se dirigió al centro de la SacroCancha haciendo bailotear, realizando juegos malabares con el sacroesférico.

Divina lección: Mandamiento vivo.

¡No sería el Hijo quien pasara por alto los Mandamientos del Padre!

Siempre consumir.

Nunca aburrirse.

¿Y no era el SacroPartido y la Santa Misa Anual Deportiva la más querida y sagrada de las formas de no aburrirse, es decir de entretenerse y de consumir...?

Sí que lo era.

El Hijo se colocó en el centro de la SacroCancha. Elevó el brazo, dispuesto a entregar el esférico a los AtletaDioses. Estos, llenos de entretenido fervor religioso, estaban listos para disputarse el Sacrobalón y comenzar el juego.

Una espléndida sonrisa llenó el charolado rostro del Hijo, un regocijado temblor sacudió sus orejas.

La emoción sumió en el silencio el Cathedral Center. Pero no llegó a lanzar el balón...

En ese momento supremo, sucedió lo inconcebible.

La pantalla virtualcarnal que ocupaba el fondo del escenario chasqueó y pareció saltar en pedazos: se esfumó el amado rostro del Hijo de Dios y en su lugar apareció un gordo nauseabundo que, mirando el mundo con ojos tristes, comenzó a hablar...

Y lo que dijo sumió en el más profundo estupor primero, y luego llenó de pavor a todos los que seguían la celebración de la Santa Misa Anual Deportiva.

Dijo: señoras y señores, tengo el honor de presentarles un nuevo performance de Orlán Veinticinco...

Al tiempo que pronunciaba estas palabras, irrumpió en el escenario un muchacho delgado de rostro enfurecido y pelo iluminado. Lo seguían dos terroríficas Hermanas Impolutas de la Santa Cofradía de la Suma Blancura, un Clonliebre, una hermosa joven de cuerpo mortalcombat que enarbolaba una McColt 360 y una decena de guerrilleros Anticonsumo fuertemente armados.

El Gordo de la pantalla comenzó a recitar: una siniestra corriente de aburrimiento condensado a niveles intolerables irrumpió en el escenario, fluyó inundando la catedral, la islaciudad, las ciudades subterráneas, la totalidad de los territorios salvados a los que llegaba la transmisión de la Santa Misa...

Las Monjas blandieron largos sables rituales, el Clonliebre, la bella mu-chacha y los guerrilleros dando vivas a Orlán Veinticinco abrieron fuego contra las escoltas y los palcos preferenciales.

El muchacho del pelo iluminado, sin duda el líder del grupo, desenvainó su arma y se dirigió con paso firme en dirección al Hijo de Dios…

LA PERFORMANCE DE ORLÁN

Con qué seguro paso el mulo en el abismo...

Así comenzó el ataque.

¿Qué era un mulo? Animal de carga, animal doblegado, extinguido y borrado que regresaba para interrumpir el instante cumbre de la Santa Misa Anual Deportiva. Profanando la imagen del Hijo.

El Gordo y el mulo en todas las pantallas. El mulo y El Gordo portadores de otra realidad, de una horrenda carga de pasado superado, de atraso y descontrol, de inestabilidades e inseguridad, de muerte.

Bichillos, suciedad, picazones, hedores, enfermedades, ansiedades, vilezas olvidadas.

Horror.

Brotaba Caos de la voz gangosa del hombre equino, voz exasperantemente lenta y apedreada, vilipendiada y ofendida; carente de sentido, obstinada, agobiante y gangosa. Voz que caía sobre el universo como excrecencia de una pesadilla, como cadáver enterrado que vuelve a perturbar nuestra tranquilidad con su aburrimiento, que viene a sabotear y destruir nuestro equilibrio a desterrar nuestra conquistada alegría.

El poema inundaba el mundo paralizándolo, sumiéndolo en una vorágine de inconexiones y trastornos sin fin. Alcanzaba a todos, pues todos estaban presenciando la ceremonia cuando Orlán Veinticinco logró infiltrarse en la trasmisión del Canal de Entretenimiento Mundial.

Como de costumbre, la calidad de la interferencia era magnífica. A las pantallas de transmisión del planeta se asomaba no una excelente proyección virtualcarnal sino una perfecta realidad antigua revivida gracias al talento de la Blasfemia Máxima: realidad libre y ajena a la carne y a la sangre del nuevo Dios.

De los versos invasores brotaban olores arcaicos, esencias de Antigua Naturaleza en estado puro. De la escena fluía una pavorosa corriente de orgullo de ser mortal que sólo una artista como Orlán Veinticinco era capaz de conseguir. Porque aquella voz, aquel cuerpo, aquellos montones de libros, aquella angustia, aquel cuarto en ruinas, aquella luz de Sol de antes, aquella fe, aquella dicha incomparable y fugaz, aquella desesperanza, aquella pasión profunda e insumisa eran Orlán.

Orlán, la única sobreviviente de tiempos en que los artistas se jugaban la vida en sus obras.

Obras Vida y Muerte, no Obras Entretenimiento. En eso radicaba su poder.

> *Lento es el mulo. Su misión no siente.*
> *Su destino frente a la piedra, piedra que sangra*
> *Creando la abierta risa de las granadas.*

Así comenzó la Performance Definitiva.

Velocísimos conductores virtualcarnales, repetidores, antenas y pantallas infestadas propagándola. Alcanzaba el último rincón del planeta, las urbanizaciones orbitales y las colonias lunares y marcianas. Provocó el enloquecimiento del Coordinador General de una misión en vuelo a Júpiter, que lanzó la nave a los abismos estelares. La Máxima Blasfemia había escogido el momento álgido de la ceremonia para así obtener el mayor impacto posible. Y lo obtuvo: torrente de disfunciones musculares, avalancha de alteraciones psicosomáticas, ola de histerias colectivas, ataques de pánico y ansiedad cayeron como un aluvión imparable sobre los cerebros de billones de espectadores. Parálisis totales y parciales se extendieron como una plaga fulminante. Taladrantes migrañas, engarrotamientos, hemorragias rectales, oculares, nasales y vaginales, ceguera, bloqueos cardiovasculares y mentales, taquicardias, ahogos, incontinencias. Síndrome de Tedio Total, Síndrome de la Duda Rastrera, Síndrome de la Inseguridad Crónica. El Cathedral Center lanzó un chillido aterrador. Cuerpos lanzándose al vacío. Los soldados dejaban caer sus armas, o disparaban en cualquier dirección poseídos por angustias insondables; otros se suicidaban; los pelotones de MicMasters guardaespaldas parecían estatuas de piedra a punto de estallar; los Clones Reforzados lloraban compungidos, movían brazos y piernas repitiendo gestos convulsos, como máquinas rotas…

Llovía aburrimiento.

La figura obesa de El Gordo entonaba la letanía abstraído, como si lo hiciera para sí mismo, como sin percatarse de que billones de seres lo escuchaban y veían, sufriendo las consecuencias de su lectura. Seres despavoridos levantándose, doblándose, saltando, peleando, estrangulando, tropezando, cayendo, sollozando, acuchillando, golpeando, lanzándose por balcones, ventanas, estrellando naves contra el edifico más cercano, cubriéndose los ojos, sacándose los ojos con sus propias manos, matando, hiriendo, saqueando, violando presa de incontenibles ataques homicidas; billones chillando, pegando alaridos, revolviéndose, presas de incalificables espasmos, de crispamientos letales antes de quedar inmóviles, como hipnotizados. Antes de caer fulminados.

Un vendaval de vómitos crecía en un mar de estómagos. Ascendía. Se desparramaba por el planeta.

Llovía tedio.

El Gordo, anticonsumible, sentado en su sillón, rodeado de libros, en la habitación rajada, leyendo: no busca aprobación o simpatía alguna...

Versos pura emisión de Aburrimiento Extremo y Pesimismo Total.

Triunfo de Orlán...

> *Su piel rajada, pequeñísimo fango de alas ciegas.*
> *La ceguera, el vidrio y el agua de tus ojos*
> *Tiene la fuerza de un tendón oculto,*
> *Y así los inmutables ojos recorriendo*
> *Lo oscuro progresivo y fugitivo.*
> *El espacio de agua comprendido*
> *Entre sus ojos y el abierto túnel,*
> *Fija su centro que le faja*
> *Como la carga de plomo necesaria*
> *Que viene a caer como el sonido*
> *Del mulo cayendo en el abismo.*

Densa, catastrófica cadencia, palabras locas cantando a la locura. Veneno antinewestético disperso al viento. Palabras plomo, palabras rebeldes, palabras herrumbrosas, palabras incomprensibles, palabras tercas, palabras heridas, palabras preñadas, palabras rajadas, palabras sangre, palabras olvidadas, palabras engañosas, palabras saliva, palabras áridas, palabras suntuosas, palabras oscuras, palabras ciegas, palabras savia, palabras muerte, palabras túneles, palabras orígenes, palabras abismo, palabras carroña, palabras tristes, palabras pasado, palabras fantasmas, palabras melancólicas, palabras, palabras, palabras engarzadas de manera olvidada y prohibida que sin embargo estaban ahí derramando sobre el mundo Anticonsumo y aburrimiento, incertidumbre, desorden, desencanto, inseguridad, desesperanza e intemperie...

> *Las salvadas alas en el mulo inexistentes,*
> *más apuntala su cuerpo en el abismo*
> *La faja que le impide la dispersión*
> *De la carga de plomo que en la entraña*
> *Del mulo pesa cayendo en la tierra húmeda*
> *De piedras pisadas con un nombre.*
> *Seguro, fajado por Dios,*
> *Entra el poderoso mulo en el abismo.*

Palabras impías, palabras blasfemias, palabras estupor, palabras afiladas, palabras armas...

Palabras que consiguieron inmovilizar al enemigo. Fuerzas de Orlan Veinticinco: huracán talador.

Las inmaculadas Monjas danzaban entre los AtletaDioses, diezmándolos. Charcos de sangre azul, vísceras virtualcarnales humeando. DiosMike y Dios-Johnson consiguieron volar hasta la abierta puerta del SportOlimpo y escapar. DiosMagic, Dios Chamberlain, Dios O'Neal, Dios Abdul-Jabbar y los otros no tuvieron tanta suerte. Algunos superhéroes intentaron oponer resistencia: no eran enemigos para las Monjas: Luciferino y Cedaka fueron decapitados, Supermán abierto en canal, Clon14 cortado en dos de un sablazo.

Tiempo de Monjas, tiempo de muerte impoluta.

El grupo de guerrilleros, comandados por Asún, descargaba sus fusiles contra las fuerzas del Ejercito Mundial y los palcos preferenciales. Los Mics caían destrozados por el intenso fuego de la McColt 360 y las Relinchers 457. Clonliebre, cual viento de muerte, zumbaba entre las columnas de MicMasters, rajaba Clones Reforzados, descabezaba, abría en canal alcaldes y ministros, gobernadores y Superwinners, duquesas e infantas con sus Trompos. El arma juego, el arma seda: el orgullo de la línea de productos Infancia Mortal.

Un certero misil demoledor disparado por el McColt 360 de Asún causó estragos en el Coordinador Central del edificio.

> *Las sucesivas coronas del desfiladero*
> *—van creciendo corona tras corona—*
> *y allí en lo alto la carroña*

364

de las ancianas aves que en el cuello
muestran corona tras corona.
Seguir con su paso en el abismo.
Él no puede, no crea ni persigue,
ni brincan sus ojos
ni sus ojos buscan el secuestrado asilo
al borde preñado de la tierra.
No crea, eso es tal vez decir:
¿No siente, no ama ni pregunta?
El amor traído a la traición de alas sonrosadas,
Infantil en su oscura caracola.
Su amor a los cuatro signos
Del desfiladero, a las sucesivas coronas
En que asciende vidrioso, cegato,
como un oscuro cuerpo hinchado
Por el agua de los orígenes,
No a la redención y los perfumes.
Paso es el paso del mulo en el abismo.

Caos.

Alfil Tres irrumpió en el escenario. El Hijo de Dios permanecía inmóvil, sin dar crédito a lo que sucedía a su alrededor; no quitaba la mirada de la figura de El Gordo. Se volvió, al percatarse de la presencia del Hijo de El Monte. A su orejudo rostro emergió una expresión de asombro. Que inmediatamente fue sustituida por una de furor. ¿Quién podía ser aquel intruso que se atrevía a interrumpir la Santa Misa? ¿Por qué lo retaba a él y a su Padre? ¿Por qué venía en su dirección con el rostro levantado, sin dar muestras de respeto, con un arma desenvainada? ¿Por qué le brillaba el cabello de aquella manera?

La poesía de El Gordo no afectaba al Hijo de Dios. Era un ser nuevo, totalmente virtualcarnal, sin memoria de ninguna otra naturaleza que la de su Padre, instruido para gobernar, adiestrado como supremo guerrero de las legiones celestiales, era un Ángel sin Dudas del NewReino. La Performance de Orlán resultaba dañina para aquellos que no eran genéticamente puros, que no eran aún siervos absolutos del Gen de Dios. Pero el Hijo pertenecía a la nueva raza. Los versos de El Gordo le causaban un asco profundo, reforzaban su Fe en el Padre Todopoderoso, despertaban su santa cólera, su deseo de exterminar a los infieles, de dejar el planeta limpio de alimañas de la Antigua Naturaleza.

Y allí frente a él tenía a una de ellas, seguramente su cabecilla. Sonrió. Desenvainó su espada.

En la Performance Definitiva de Orlán comenzaron a aparecer perturbaciones. Chispazos, nanolaceraciones, algunos de los libros que rodeaban a El Gordo se abrieron y de entre sus páginas emergieron diminutas siluetas negras de orejas redondas.

Los Genios de DisneyCorp trabajaban a toda capacidad para eliminar la interferencia.

Pero las palabras seguían llegando cadenciosas…

Heridas sangrantes de Orlán…

Su don ya no es estéril: su creación
La segura marcha en el abismo.
Amigo del desfiladero, la profunda
Hinchazón del plomo dilata sus carrillos.
Sus ojos soportan cajas de agua
Y el jugo de sus ojos
—sus sucias lágrimas—
son en la redención ofrenda altiva.
Entontado el ojo del mulo en el abismo
Y sigue en lo oscuro con sus cuatro signos.
Peldaños de agua soportan sus ojos,
Pero ya frente al mar
La ola retrocede como el cuerpo volteado
En el instante de la muerte súbita.

Había otros personajes a los que la Performance de Orlán causó escasa perturbación: los dos SuperDisneys que escoltaban al SuperChairman de DisneyCorp. Aunque no eran totalmente inmunes a la avalancha de Tedio Total acarreada por la poesía de El Gordo. Los Cánceres Disneys eran productos virtugenéticos; pero sus componentes tenían bases celulares humanas y animales: no eran virtuespecies puras de la nueva fauna virtualcarnal: la memoria de su carne recordaba.

Pero no tanto como para crear una poderosa reacción que los hiciese inofensivos. El SuperChairman de DisneyCorp, invisible tras una muralla de MicMasters y Clones Reforzados, estaba a salvo. Evaluaron. Las rayas azul de prusia anegaron el amarillo cobalto, el azogue inundó el rosa: espejos, millares de reflejos y tonalidades: las pieles miméticas se ajustaban al caótico paisaje tornándolos casi invisibles. Desplegaron las enormes alas.

Planearon sobre el escenario. Soltaron al unísono un escupitajo, una emisión de feroces minicánceres carnívoros. Fueron a clavarse en los cuerpos de varios de los guerrilleros Anticonsumo. Uno de ellos alzó el lanzamisiles tratando de responder el ataque: pero encima no había nada, salvo un destello fugaz... tardaron segundos en hincharse monstruosamente y explotar...

Los Disneys estaban entrenados para proteger a SuperChairmans y VerySupremePeople. Y allí no había ninguno más importante que el Hijo del Padre. Mediante una grácil maniobra, se plantaron entre el Hijo de Dios y la figura que se acercaba a él amenazante. Abrieron las fauces, lenguas cerbatanas, malicia en los ojazos, horror juguetón, lactosa. Lanzaron una emisión de minicánceres en dirección a Alfil Tres. Un movimiento acompasado, sedoso, del brazo armado del muchacho desplegó una bandada de garzas que devoraron en el aire a los engendros voladores; luego, cual blancura cargada de furores se lanzaron contra los palcos de Superfans y de Winnerpeoples. Allí estallaron dispersando atrocidades...

Estupefacción: los SuperCánceres se balancearon sobre sus largas patas: ronroneo. No apartaban los infantiles ojos del enemigo. Sus pieles cimbreaban, copiosas crines sobre los ojos, las alas se tornaron pompas luminosas, las pieles se cubrieron de afilados clavos: jugaban.

Abrieron otra vez las fauces para mostrar triples hileras de afiladísimos colmillos.

Cánceres Disney: niñez del espanto.

Una de las Monjas Impolutas, dejando una estela de cadáveres a su paso, se acercó para ayudar. El pandillero le indicó con un gesto que lo dejara solo. Sentía crecer en su interior un saludable y hermoso deseo de venganza. Engendros como aquellos lo habían secuestrado, alejado de su hogar en Garbageland y entregado a la gentuza de DisneyCorp. También acabaron con la vida de sus amadas Lucilas. Había llegado el momento de ajustar cuentas con aquellas bestias. Una tenue sonrisa humedeció su rostro. Gotearon siemprevivas, cardos, nomeolvides. Bajo sus pies se deslizaron bejucos tiernos. La espada Yamamoto, la Invicta, anhelando el combate se tornó líquida y refulgió y dejó escapar chorros de esquirlas filosas que colgaron del aire como una red luminosa y luego rodearon a los Cánceres Disney. Ambos engendros quedaron deslumbrados por la belleza que proyectaba la espada. Cerraron las fauces, titubearon: entonces el Alfil atacó.

Pelos de luz. Su cuerpo trazó una trayectoria diagonal que lo haría pasar entre los dos enemigos. Rápido como la luz. Y ahora era capaz de proyectar por anticipado los efectos residuales futuros de su excelencia en combate.

Frescor. Croares. Panzas perladas. Ancas elásticas. Elasticidades. Ojos protuberantes. Bocazas. Los Cánceres Disneys se hallaron inmersos en una charca atiborrada de ranas. Grandes ranas frías que formaban una muralla compacta en torno a sus cuerpos, muralla que les impedía ver, oír, comunicarse, moverse. Sobre sus cabezas, más allá de la superficie, resplandecía la luz del cielo. Alzaron los brazos, patalearon tratando de buscar una salida, abrieron la boca para respirar y se les llenó de batracios: se ahogaban. De forma confusa, indistinta, sabían que no era real, pero no atinaban a separar la realidad invasora de la realidad real. Al final lo hubieran conseguido, en dos o tres minutos a lo sumo. Pero eso era un tiempo infinitamente largo si querían sobrevivir.

Desde fuera, el encuentro estaba revestido de una belleza exquisita, antinarrativa, de un refinamiento extremo. La charca flotaba a pocos pies del escenario: contenía a los Cánceres. Arriba la orilla, una película de tierra cubierta por un prado florecido, pleno de actividad, y la superficie prístina del agua y bajo ella la compacta concentración de ranas: mazacote en cuyo interior se debatían los Disneys. La aparición temblaba ligeramente e irradiaba una música de hierba agitada por la brisa, chasquidos mañaneros y zumbido de abejas y aleteo de mariposas. Como un diamante transparente, como el aliento de una criatura feliz contenía el espanto de las criaturas de DisneyCorp, anulando su poderío... No vieron venir el ataque, ni los golpes simétricos de la espada.

La Invicta, al pasar sobre los Disneys penetró limpiamente entre sus ojos, horadó las carnes, cercenó huesos, traspasó el blindaje que protegía sus cerebros. Apenas un crepitar, un mínimo chapoteo, un desvío en el vuelo de los abejorros, una libación a toda prisa abandonada. El agua estalló, los dos engendros se desplomaron sin proferir sonido alguno. Chocaron contra el suelo del escenario como fardos empapados, apenas visibles bajo la montaña de ranas, que comenzaron a saltar de un lado a otro.

Sangre azul.

Verdes, ocres, negras, amarillas, largas zancas, croar.

Alfil Tres aterrizó frente al Hijo de Dios.

Hinchado está el mulo, valerosa hinchazón
Que le lleva a caer hinchado en el abismo.
Sentado en el ojo del mulo,
Vidrioso, cegato, el abismo
Lentamente repasa su invisible.
En el sentado abismo,

Paso a paso, sólo se oyen,
Las preguntas que el mulo
Va dejando caer sobre la piedra del fuego.

En la Performance Definitiva, por los laberintos de Orlán Veinticinco los negros ejércitos avanzaban. En los cuarteles generales de DisneyCorp el Consejo de Genios de la compañía encontraba rendijas en los códigos, intersticios en las articulaciones, poros permeables. La inmensidad de la obra era tal que resultaba imposible no descubrirlos. Una vez localizados los accesos, se ampliaban y fluían a través de ellos las legiones de Gen de Dios. Ya dentro, la oscura marea se lanzaba hambrienta sobre la carne de la Performance y comenzaban a devorarla.

Cuando lograron introducir la plaga, un clamor victorioso recorrió la sede de la compañía. Pero pronto comprobaron que la batalla para retomar control de la transmisión no había hecho más que comenzar. No se trataba de una proyección artística monoepidérmica como en otras ocasiones. Al rebasar la primera capa y acceder a la obra les esperaba un verdadero dédalo de túneles, compartimentos habitados que se intercomunicaban y crecían hasta una dimensión insospechada.

El interior de Orlán era un museo, un nido, un refugio monumental, una esperanza.

La habitación donde El Gordo recitaba sus poemas, era lo primero con lo que tropezaban las nanoalimañas. Pero funcionaba como un espejismo que se diluía bajo sus fauces para dar paso a otros escenarios, recintos, parajes, personajes y situaciones igualmente complejos y enjundiosos a los que llevaba tiempo contaminar, devorar y destruir. Todos los habitantes del laberinto tenían un denominador común: eran altamente subversivos. Verdaderos paradigmas de decadentismo, aburrimiento, degeneración y anticonsumismo: blasfemias horrendas camufladas bajo el disfraz de obras de arte.

Algunas ni siquiera podían identificarse como tal cosa. Se trataba de fragmentos incatalogables de tiempo pasado rescatados por la terrorista por motivos incomprensibles.

Desconcertado, el Consejo de Genios veía aparecer una tras otra obras largo tiempo buscadas y condenadas. Perseguidas y supuestamente aniquiladas. ¡Por fin iban a ser borradas de la Historia de la Imaginación humana!

Una mezcla de júbilo y aprensión los embargaba. La operación iba a demorar mucho más tiempo del calculado. No lograban descifrar el propósito de la terrorista.

¿Un suicidio ritual?

¡Si al menos pudieran detener un momento aquella voz, aquel degradante poema o lo que fuera!

> *Son ya los cuatro signos*
> *Con que se asienta su fajado cuerpo*
> *Sobre el serpentín de calcinadas piedras.*
> *Cuando se adentra más en el abismo*
> *La piel le tiembla cual si fuesen clavos*
> *Las rápidas preguntas que rebotan.*
> *En el abismo sólo el paso del mulo.*
> *Son cuatro ojos de húmeda yesca*
> *Sobre la piedra envuelven rápidas miradas.*
> *Los cuatro pies, los cuatro signos*
> *Maniatados revierten en las piedras.*
> *El remolino de chispas solo impide*
> *Seguir la misma aventura en la costumbre.*
> *Ya se acostumbra, colcha del mulo,*
> *A estar clavado en lo oscuro sucesivo;*
> *A caer sobre la hierba hinchado*
> *De aguas nocturnas y pacientes lunas.*
> *En los ojos del mulo, cajas de agua.*
> *Aprieta Dios la faja del mulo*
> *Y lo hincha de plomo como premio.*
> *Cuando el gramo bailarín pellizca el fuego*
> *En el desfiladero prosigue el mulo*
> *avanzando como las aguas impulsadas*
> *por los ojos de los maniatados.*
> *Paso es el paso del mulo en el abismo.*

Los dos adversarios se observaron.

Alrededor, la matanza alcanzaba proporciones catastróficas. El rostro del Alfil rezumaba hierbas recién nacidas que se apiñaban a su alrededor formando un escudo terso y húmedo. Las orejas del Hijo de Dios se afilaron hasta convertirse en estiletes.

Síntomas de recuperación enemiga: ráfagas. Conatos de respuesta: rajados y fragmentarios. Cada vez más frecuentes. Las Monjas Impolutas, aprovechando al máximo las graves disfunciones en las fuerzas gubernamentales, el desconcierto reinante, llegaron hasta el palco ocupado por el

Presidente del Gobierno Mundial y el SuperChairman de DisneyCorp. Arremetieron: inmaculado torbellino contra la muralla de MicMasters y Clones Reforzados que los ocultaban. Los gigantescos Clones cayeron como troncos arrasados por un vendaval. Aún estando al cien por ciento de sus capacidades, eran demasiado lentos para las Monjas. Algunos MicMasters intentaron oponer resistencia; con sus talentos menguados por la voz del Gordo no tenían oportunidad. Sin dejar un momento de componer sus piezas de muerte, una de ellas llegó hasta donde se encontraba el Presidente del Gobierno Mundial y el máximo ejecutivo de la primera megacorporación del planeta. Tontas expresiones de incrédulo horror antes de morir. Un movimiento sincronizado y extremadamente lírico de la guerrera los decapitó a ambos. Las cabezas rodaron hasta perderse en la barahúnda de fansperegrinos, VeryImportantPeoples, príncipes, duquesas, alcaldes, Superwinners, gobernadores, presidentes, Winnersbeings, fansfieles, MediaPeoples y Superfans que pugnaban por escapar de la catedral a cualquier precio.

Colisionaban con la marea de Mics y soldados que intentaban acceder al recinto. Formando un intrincado nudo bajo las doradas puertas de la catedral.

Por fin las fuerzas del orden decidieron abrirse paso usando los incineradores-desintegradores.

Clonliebre y Asún se dedicaban a eliminar Superfans, superconsumidores y supermediapeoples cuando la muchacha cayó alcanzada por un minimisil cazador lanzado al azar; un espasmo del agonizante soldado que lo llevaba provocó el disparo.

La muchacha desapareció en un fogonazo rojizo.

Una pátina de rocío flotó sobre el Alfil, llanto por la muerte de Asún.

Ray, profiriendo alaridos continuó la matanza con renovados bríos. Retumbar de las Relincher 457 que sostenía en ambas manos: granadas, minimisiles, bombas de fragmentación caníbal dejando enormes claros en los palcos preferenciales.

Elites evaporadas.

Cuatro guerrilleros restantes lanzan misiles contra los palcos y graderías.

Síntomas de recuperación del enemigo: acrecentados. MicMasters brotando del estupor, ofreciendo resistencia; órdenes aún incomprensibles...

Refuerzos, se abren paso.

Cayeron desintegrados palcos completos. Volatilizados por los proyectiles carbonizadores. Alarma estructural del edificio haciendo sonar las sirenas, autorreparándose. Cayeron Superfans y Superwinners, VeryFirstLadys y cardenales. Cayó el ArchiArzobispo McCarthy solicitando a gritos una intervención divina; lo último que vio fue una blancura afilada que lo cegaba: Monjas Impolutas. Cayeron príncipes y princesas y sus impresionantes séquitos de clones mayordomos, clones choferes, y clones de Entretenimiento Sexual, devorados por una horrísona explosión. Cayeron los Reyes de NewEspaña y el Gobernador de NewSubNewJersey devorados por el fuego de un misil incinerador, cayeron duques y marquesas, chairmans y SuperChairmans, VeryImportantPeoples y VeryFirstClassMultiEjecutivos, cayeron diputados y superbanqueros, VeryFamousPeople y MediaPeople. Cayeron el Comandante en Jefe y presidente del NewManhattan All Stars y Master Kawabata bajo el filo de los puñales de las Monjas. Cayeron los cien imberbes monaguillos, cayeron coros y escoltas, monjesperegrinos y soldados, VeryGoodEjecutivos y StarPersons.

Milagrosamente, gracias a quedar sepultados bajo una montaña de cuerpos destrozados, Moitón Toonosevich y su Kiuttyclon acompañante y SullivanSuperfan y su querida MarilyDiva se salvaron de la matanza.

En el centro del escenario Alfil Tres y el Hijo de Dios confrontaban sus poderes. Las espadas chocaban arrojando esplendores. Danzaban en círculo, absortos, como si los circundara una extensa calma y no una hecatombe de llamas y furores, de sangre y gritos, de dolor y muerte.

Ahora combatían dentro de una compacta nube de cocuyos. El Hijo de Dios sangraba por un tajo que descendía desde el hombro a lo largo del brazo. Su sangre era azul, pastosa, parecida a la de los Cánceres Disneys. Su carne se autorreparaba.

El Alfil saltó: estela de hierba tierna en el aire. El Hijo de Dios voló a su encuentro: pelota erizada de púas. El encontronazo arrojó un torbellino de fragmentos candentes a cientos de metros de distancia. Las tiernas hierbas, convertidas en malla de acero protegieron al Alfil. La espada Miyamoyo mordió otra vez: tajo en el hombro. Furia irrefrenable en el semblante del Hijo. Tintineo en el Alfil. Liqueo, libélulas, barro diluido en los labios. Lombrices, susurrar del viento en el maizal. Entre los contendientes y el escenario apareció la superficie de un estanque. Biajacas, malangas. Aguas límpidas, verdosas, hierbas sumergidas bamboleándose al empuje de una leve corriente. El Hijo de Dios no pudo evitar observar por un segundo la reclamante presencia… hipnótica cadencia, frescor purísimo procedente de fuentes desconocidas… volvió la mirada a la figura que lo contemplaba con una expresión serena: los pelos amarillos llameaban enhiestos: los ojos entrecerrados parecían a punto de entregarse al sueño… entonces, a velocidad inaudita, algo surgió de la charca, las capas de hierba se separaron con una explosión de burbujas, la superficie de cristal saltó pulverizada: el rojo y panzudo pez abrió la boca y se tragó de un bocado al Hijo de Dios. La larga cola hermosísima ondeó como una bandera, las aletas pectorales tul finísimo se desplegaron como alas…

El pez era huella dulce en la memoria, alegría intrascendente, lo que pasa exultante sin que nos percatemos, el rastro que deja la inocencia sobre la superficie de una mesa…

En las viscosas entrañas del pez el Hijo se debatía. El Alfil acometió. Ahora estaba también dentro del animal y presionaba la hoja Miyamoto contra el cuello de su enemigo. Este intentó protegerse interponiendo su espada. El arma del Alfil cercenó la mano enguantada que cayó atravesando la piel escarlata del pez y se hundió en la charca dejando una estela azul… surgiendo del fondo, vertiginosos, miles de pececillos se lanzaron sobre la mano, disputándosela a mordiscos.

En ese instante, Alfil Tres cometió un grave error. Quebró inconscientemente la evocación de El Monte. Imaginó la alegría de su madre, orgullosa de que matara al causante de todas sus desgracias.

Esa pequeña quiebra en la evocación disolvió al pez, borró las libélulas, endureció el barro, detuvo el liqueo, cortó el viento del maizal, mató las biajacas; el estanque se disolvió en un rumor. Permitió al Hijo de Dios entrar en la mente de su enemigo.

El Alfil cayó sobre el escenario. Rodó sobre el suelo ensangrentado. La luz del cabello, apagada. Trató de incorporarse y ponerse en guardia. Localizar la odiada figura negra. Pero descubrió que no quería. De súbito no deseaba moverse de donde se hallaba: en posición fetal, acurrucado contra un cuerpo tibio, la cabeza apoyada en unos senos cálidos y acogedores. Una mano acarició su cabello tiernamente. Abrió los ojos. Ahí, a pocos centímetros, vio el rostro amado de su madre. Tez pálida, color de túneles, nariz poderosa, ojos grandes y enramados, lamidos por el temor y las angustias. Percibió su olor inconfundible.

Hijo, dijo la madre con la voz más dulce. Qué orgullosa estoy de ti. Qué orgullosa está la tribu. Tú, a quien cargué en mis entrañas el elegido entre todos los nacidos de vientre de mujer para llevar a buen término la heroica gesta, la aniquilación del Hijo del nefasto Dios Orejudo.

Las palabras llenaban de felicidad al muchacho. Una dicha única que no es posible hallar en ningún otro sitio lo envolvió como un manto maravilloso.

Su madre, curtida en mil miserias, en incontables penurias, en perpetuas fugas; que sufrió que aquel monstruo canceroso lo arrancara de sus brazos.

Ahora por fin Alfil Tres podía resarcirla, conseguir lo imposible: moldear el Caos. Vengarse. Hacerla feliz al fin...

La mujer lo atrajo contra su pecho. Lo miraba como una madre mira a un hijo amantísimo. El muchacho cerró los ojos.

No pudo ver el negro brazo que se alzaba presto a descargar el golpe mortal.

> *El sudor manando sobre el casco*
> *ablanda la piedra entresacada*
> *del fuego no en las vasijas educado,*
> *sino al centro del tragaluz, oscuro miente.*
> *Su paso en la piedra nueva carne*
> *formada de un despertar brillante*
> *en la cerrada sierra que oscurece,*
> *ya despertado, mágica soga*
> *cierra el desfiladero comenzado*
> *por hundir las rodillas vaporosas.*
> *Ese seguro paso del mulo en el abismo*
> *Suele confundirse con los pintados guantes de lo estéril.*
> *Suele confundirse con los comienzos*
> *De la oscura cabeza negadora.*

El rostro de El Gordo estaba cubierto de goterones. Mechón de cabellos pegado a la frente. Crispación de los labios. Arrugas trenzando la frente. Mentón tembloroso. Raspado esfuerzo. Batallas con los ejércitos devoradores para que su voz continuara emergiendo cadenciosa, nítida, poderosa. Tras el mofletudo semblante la Blasfemia Máxima aplicaba toda su sabiduría a retardar el avance de las huestes negras. Billones de fauces actuando sobre su carne, deshaciendo construcciones, derribando estructuras, rasgando armonías, destruyendo el amoroso trabajo de siglos.

Hambrientos como ratas gigantes: Gen de Dios.

Agujeros negros emergen aquí y allá.

No sobreviviría a su Performance, no conocería ni disfrutaría el efecto final de su obra. Sin embargo, tenía motivos para experimentar la felicidad que la embargaba.

Ésta, la mejor de sus performances, la más depurada, lograda de sus obras. Moriría en la cúspide de su lucidez.

A sus pies, el hermoso Alfil ofrecía un magnífico espectáculo. Su evocación de la realidad de El Monte alcanzando niveles que la misma Orlán Veinticinco no se había atrevido a soñar jamás. ¡Y a cada segundo aumentaban! Cierto, no pudo evitar la trampa que le tendiera aquel engendro... pero el corazón de la Máxima Blasfemia abrigaba la certeza de que saldría indemne de ella... y aunque no saliera... la hermosura del espectáculo justificaba cualquier final...

¡Había conseguido reinstalar el Santo Caos y la Bendita Duda en el alma de millones de sumisos esclavos. ¡Cientos de millones en ese mismo instante eran sometidos a dosis de Aburrimiento Máximo y Tedio Total desconocidas desde las Guerras de Reorden! ¡Cientos de millones expuestos a visiones de pureza inconcebible de la Antigua Naturaleza gracias al arte esgrimístico del Alfil! ¡Arte subversivo! ¡Arte libre! ¡Arte antimercantil! ¿Quién podría augurar las repercusiones de su Performance Definitiva en aquellas almas domesticadas?

Y como si esto fuera poco, estaba la insumisión: la pura, inapreciable dicha que la práctica de la insumisión traía al mundo... Por otro lado, sus preciosas y fieles Monjas causaban maravillosa mortandad en la filas de los servidores del siniestro Dios Orejudo.

¡Cuántos sumisos decapitados! ¡Cuantos cómplices del envilecimiento de la humanidad pagaban con sus vidas sus canalladas!

¡Cuántos de aquellos repugnantes Superfans, VeryImportantPeople, Winnerpeoples y otros canallas y esclavos acribillados! ¡Cuantos de aquellos inmundos fansfieles destripados! ¡Cuánto más limpio quedaría el mundo de alimañas domésticas después de su Performance!

> *Por ti suele confundirse, descastado vidrioso.*
> *Por ti, cadera con lazos charolados*
> *Que parece decirnos yo no soy y yo no soy,*
> *pero que penetra también en las casonas*
> *donde la araña hogareña ya no alumbra*
> *y la portátil lámpara traslada*
> *de un horror a otro horror.*
> *Por ti suele confundirse, tú, vidrio descastado,*
> *qué paso es el paso del mulo en el abismo.*

Percibía el avance de la peste en el interior de su cuerpo multitudinario. Para retardar su progreso, Orlán ofrecía sus tesoros. Desplegaba en todo su esplendor el contenido de sus archivos. ¡Las huestes negras tendrían mucho más trabajo! Mientras mayor fuese la duración de la Performance Definitiva, mayores posibilidades de que el Alfil triunfase sobre el Hijo de Dios, mayor devastación la provocada por su arte.

¡Tiempo! ¡Tiempo! ¡Un poco de tiempo!

Había temblor en las mejillas, lágrimas en los ojos de la terrorista: sus primeros ojos que volvían del fondo de sus veinticinco clonaciones, sus primeras tersas mejillas. Sus primeros labios enamorados. Como barricadas deslumbrantes, las 589 obras conservadas por Orlán fueron corporeizándose frente a las voraces huestes invasoras... *Dama con ardilla y estornino, Jean de Dinteville y Georges de Selve (Los embajadores), de Hans Holbein el Joven; El entierro del Conde de Orgaz, de El Greco; Venus dormida, La tempestad, de Giorgione; Cupido quejándose a Venus, de Lucas Cranach el Viejo; Large Interior W11 (after Watteau), Leigh Bowery (Seated), de Lucian Freud, Alegoría con Venus y Cupido, de Bronzino; Cristo entrando en Bruselas, de James Ensor, Crucifixión, de Mathias Gruenewald, Susana y los ancianos, Autorretrato como mendigo, La ronda nocturna, El descendimiento de la cruz, Mujer en el baño, La lección de anatomía del doctor Tulp, Buey desollado, de Rembrant, Bañistas en La Grenouillère, de Claude Monet; Venus con Mercurio y Cupido (La escuela del amor), de Correggio; Ofelia entre las flores, de Odilon Redon; Los horrores de la guerra, Retrato de Susana Lunden, El alzamiento de la cruz, de Pedro Pablo Rubens; Baco, La cena de Emaús, Salomé recibiendo la cabeza del Bautista, Conversión de San Pablo, Muerte de la Virgen, de Caravaggio; Baco y Ariadna, Venus con organista y amorcillo, de Tiziano; El Guerrero temerario remolcado a su último lugar de amarre para el desguace, de Joseph William Turner; Susana en el baño, El lavatorio, de Tintoretto; Escena del infierno, de Jacob Isaacszoon van Swanenburg; El triunfo de la muerte, La adoración de los magos, de Pieter Brueghel el Viejo, San Jerónimo, de Alberto Durero; Escena en el hielo junto a la ciudad, de Hendrick Avercamp; Joven con una calavera, de Frans Hals; Vista de Deventer desde el noroeste, de Salomón van Ruysdael; El jardín de las delicias, de El Bosco, ¿De dónde venimos? ¿Qué somos? ¿Dónde vamos?, de Paul Gauguin; La venus del espejo, Las Meninas, de Diego Velázques; Vista de Delft, La lechera, de Johannes Vermeer; El patio del cantero, de Canaletto; La lección de guitarra, de Balthus; El coloso, Los fusilamientos del tres de mayo, Saturno devorando a sus hijos, de Francisco de Goya; La silla, El ciprés contra el cielo estrellado, El café de noche, El puente de Langlois, Lirios, Autorretrato con paleta, de Vincent van Gogh; El juicio universal, de Fra Angélico; Metropolis, de George Grosz; Batalla de San Romano, San Jorge y el dragón, de Paolo Ucello; Perro, Estudio de Henrietta Moraes, de Francis Bacon; La Madona de las rocas, La Anunciación, Lilas, Retrato de dama (La Belle Ferronniere), de Leonardo da Vinci; La primavera, El nacimiento de Venus, Palas y el centauro, La calumnia, de Sandro Botticelli; Lamenta-*

ción sobre Cristo muerto, de Jacobo Pontormo; Catedral de la Sagrada Familia, de Antoni Gaudí; El juicio final, Moisés, de Miguel Ángel... los cuerpos tiernos de los Niños Perdidos fueron cayendo uno tras otro, no sin ofrecer cruenta resistencia, capitaneados por el Niño Maravilloso que sonreía con todos sus primeros dientes; el rostro de Rembrant, por encima del hombro de Jan Visscher contempló a Orlán ¿inquisitivo? ¿burlón?, ¿agradecido? por última vez; las milagrosas armonías, las espléndidas vestimentas, el áureo murmurar de la bandera, la sombra de la arcada, los emplumados cascos, los susurros bajo el puente de piedra, la cinta azul y el oro en la base del sombrero, el redoble del tambor, la luz ondulada, los silbos de luz, la niña de oro, las lanzas pinchando la penumbra... ¿Parten?; parten; el camino de plata bajo el cielo que estalla, el polvo hirviente, las figuras de los caminantes a punto de ser devorados...

Ya la marea negra asola la casa del que escribe, el árbol de los melocotones, los gallineros, la madre que canta en la cocina... uno tras otro sirve Orlán de alimento al horror sus tesoros...

La faja de Dios sigue sirviendo.
Así cuando sólo no es chispas la caída,
sino una piedra que volteando
arroja el sentido como pelado fuego
que en la piedra deja sus mordidas intocables.
Así contraída la faja, Dios lo quiere,
la entraña no revierte sobre el cuerpo,
aprieta el gesto posterior a toda muerte.
Cuerpo pesado, tu plomada entraña,
inencontrada ha sido en el abismo,
ya que cayendo, terrible vertical
trenzada de luminosos puntos ciegos,
aspa volteando incesante oscuro,
has puesto cruz en los dos abismos.

Lo que hasta el momento había sido una carnicería, se convirtió en feroz combate. Los escasos guerrilleros Anticonsumo que quedaban con vida terminaron por caer. Los MicMasters ofrecían batalla a las Monjas. Un grupo de ellos cercó a Clonliebre, que pereció gritando el nombre de su amada Orlán. El negro hormiguero de Mics avanzaba hacia el interior de la catedral pisoteando aterrados fansfieles. Un pelotón de SuperCánceres Disney penetró volando a través de los destrozados ventanales. El Cathedral Center, recuperado de la explosión en su centro de mando, maniobraba para facilitar el acceso al Ejército Mundial: abría nuevas puertas, imaginaba ventanales, despejaba espacios para las naves de combate.

Las dos solitarias Monjas seguían causando estragos entre dignatarios y personalidades de todo tipo: Mics, MicMasters y Clones Reforzados. Calvero de muerte y mutilaciones alrededor de sus figuras danzantes y de sus cristalinos cantos.

Había llegado el día, estaban inmersas en la composición de sus piezas musicales de despedida.

Melodías que pellizcaban el estruendo de la batalla.

En la explanada frente de la catedral aterrizaron dos inmensas naves de transporte. Comenzaron a descender batallones de MicMasters Antiterroristas, una legión de Super Disneys de asalto especializados en lucha antisubversiva. El gentío que colmaba los alrededores, recuperado, daba vivas a las tropas y exigía la aniquilación de los blasfemos.

> *Tu final no siempre es la vertical de dos abismos.*
> *Los ojos del mulo parecen entregar*
> *a la entraña del abismo, húmedo árbol.*
> *Árbol que no se extiende en acanalados verdes*
> *Sino cerrado como la única voz de los comienzos.*
> *Entontado, Dios lo quiere,*
> *el mulo sigue transportando en sus ojos*
> *árboles visibles y en sus músculos*
> *los árboles que la música ha rehusado.*

En el escenario, a la sombra del altar, el duelo estaba a punto de finalizar.

El brazo alzado: la hoja del arma centelleó tranquila en la mano de la madre. La espada del Hijo de Dios buscó la garganta de Alfil Tres.

Pero el estruendo de un furioso aguacero tropical detuvo su brazo, paralizándolo. El aguacero trajo el árbol. Tronco que ni cien hombres podrían abarcar: rugoso, cubierto de costurones, cicatrices, empapado de historias, elevando el frondoso ramaje hasta el lejano techo. El estallido del agua sacudió al muchacho ovillado, lo sacó del sopor, lo liberó de la trampa. El tronco de la ceiba vomitó una ráfaga de espinas que fueron a clavarse en el brazo levantado del Hijo de Dios. Púas verdes, mensajeras. El negro rostro se contrajo al sentir los punzonazos que envenenaron su alma con el aliento de lo efímero, de lo que nace y muere.

La imagen de la madre se deshizo.

Alfil Tres, recuperado, clavó la espada en el pecho del Hijo del Engendro Orejudo; a continuación, incorporándose, lo decapitó. Serpientes de sangre en espiral. Voltereta de hilos. Buches, muñón que boquea. El sable Mushashi: fuego festivo. Sonido ablandado, chapoteos la cercenada cabeza: una patada la envió hacia la luz que irradiaba el tronco de la ceiba; elipsis goteante, orejas como globos desinflados: al entrar en contacto con la luz se consumió en un estallido.

La ceiba continuaba creciendo, alcanzaba los últimos palcos, el techo de la catedral: el muchacho vio en la sombras de su follaje los bosques, las praderas, los ríos, los cielos, el pecho, el vientre, el sexo terso de El Monte: hendiduras, sombras de miel bajo la que paseantes discurren, señoras que se mecen, niños que juegan, deliciosos olores; sintió tararear la brisa, el chirrido de los grillos en los morados herbazales, sueños de cocuyos sobre las piedras pulidas, rastro de babosas, libélulas, pájaros que iluminan los ramajes, cielo hiriente de tan azul, las nubes recién tendidas... Del árbol fluía una llamada: voz maternal.

En el tronco de la ceiba se abrió una puerta —¿o eran unos brazos?— y Alfil Tres sintió que una fuerza conocida lo reclamaba. *Vida no vivida pero recordada.* Perfumes de salvia, orégano, azafrán, mejorana, marpacíficos, lirios, cañasanta, pomarrosa, naranjas, embeleso, romerillo...

Volvió la espalda al reclamo.

¡No quería escapar! ¡No quería vivir! Aquel era el momento perfecto, el más hermoso momento posible para terminar. Fiesta, esplendor. Batalla. Belleza.

Vivir carece de sentido, toda felicidad es efímera, nada permanece. Nunca te rindas, odia la sumisión, muere en combate.

Filosofía Alfil.

Trató de avanzar hacia las hordas de SuperCánceres Disneys y MicMasters que se acercaban.

Pero la llamada resultaba invencible, y...

Se detuvo, miró hacia atrás. El tronco era él; entonces comprendió. No era una puerta hacia El Monte lo que se abría avasalladora. Aquel árbol era parte de su creación. Hijo de la excelencia conseguida en combate, de la evocación...

Bajó el arma.

Le llegaba el fin de Orlán como un lejano tamborileo, como crujir de pasos en la arena... como unos labios que musitan amorosas frases de despedida...

Perderse en su propia creación. Le gustaba la idea.

Los SuperDisneys levantaron el vuelo y comenzaron a cercarlo. Los MicMasters iniciaron una maniobra envolvente.

Perderse en su propia creación... ¡tenía que ser mucho mejor que la muerte, tenía que ser una gran aventura!

Sonriendo burlón, Alfil Tres dio la espalda a sus enemigos y saltó hacia la luz y el árbol.

Árbol de sombra y árbol de figura
han llegado también a la última corona desfilada.
La soga hinchada transporta la marea
y en el cuello del mulo nadan voces
necesarias al pasar del vacío al haz del abismo.

La voz del Gordo apenas lograba ya salir, a pelotones sanguinolentos, de su boca. Miríadas de alimañas cubrían su cuerpo devorándolo. La habitación había desaparecido casi por completo. Restaban unos libros aquí y allá, un trozo de biliosa pared, una baldosa blanca, un haz de luz proveniente del invisible patio, ruidos, gritos de niños más allá de la tapia...

La Blasfemia Máxima sintió que moría. Sus tesoros aniquilados. Poco quedaba de lo que fue. Flotaba, atenazada por una creciente debilidad, en el centro de un aluvión desmembrante. Fragmentos alejándose veloces en todas direcciones, hacia las bocas negras. No sufría, no experimentaba dolor alguno. Alguien apagaba luces, paisajes, sensaciones, distancias, olores, músicas, pulsaciones; arrancaba brazos, piernas, masticaba su lengua, sus pechos, su cabellera, sus ojos, trituraba sus dedos, esparcía sus entrañas sobre una gruesa lámina basáltica, antes de sumergirlas en la omnipresente negra sombra cremosa. Escuchaba quejidos que se iban apagando. Despedidas, chapoteos, estentóreos kikiriquís, tintineos metálicos, sedosos frotares, inútiles alabanzas. Paladeos. El susurrar del viento en un ciprés. Vio su rostro primero, el de centurias atrás, de carne real, cuando era simplemente Orlán: apenas lo recordaba.

Imposible permanecer allí.

Aferrada a las hilachas que a duras penas conseguía mantener unidas, moldeó cada una de las palabras finales y las empujó hacia la boca de El Gordo.

Un vacío del tamaño del universo tiraba de ella... un vacío que ni siquiera era vacío pues nunca había sido, poseído, amado, contenido... ¿Qué había, al final?

No había nada al final.

Aquella constatación trajo paz y alegría a lo que quedaba de su ser.

Pero el poema permanecía inconcluso. Faltaban los postreros versos, que también desaparecerían para siempre con ella... tenía que resistir un instante más...

Un instante más...

Y los versos se escucharon...

> *Paso es el paso, cajas de aguas, fajado por Dios*
> *el poderoso mulo duerme temblando.*
> *Con sus ojos sentados y acuosos,*
> *al fin el mulo árboles encaja en todo el abismo.*

Se aflojó. Dejó que la inmensidad del abismo la arrastrara.

Un relámpago vivísimo, una pared ondulante, una bocanada de fuego y furia, una inusitada frescura, una frase dicha por una voz amorosa y condenada llegó hasta Orlán Veinticinco y la escoltó hacia la Nada...

> *¿Qué fueron sino rocío de los prados?*
> *¿Qué fueron sino perfume de las eras?*

Los espacios que ocupara la Performance Definitiva, el cuerpo y el alma de la Blasfemia Máxima estaban ocupados ahora por un cielo tormentoso que se abría para dar paso a legiones de ángeles...

Los cielos se abrían...

Todos los espacios de transmisión estaban nuevamente bajo el control del Gobierno Mundial.

Los cielos se abrían.

Una ventolera de celestial cólera recorrió el planeta.

Las cohortes angélicas ocupaban el firmamento. Acudían a vengar la muerte del Hijo, a exterminar a sangre y fuego a los enemigos de Dios...

Trompetas. Coros angelicales. Cielos abiertos...

¡Loado sea Dios Nuestro Señor!

¡Loado sea!

Las pantallas del mundo transmitían la Resurrección...

LA RESURRECCIÓN

Dios Nuestro Señor asciende a las pantallas.
Renace en Tierra Firme.
Viene al frente de los Ejércitos Celestiales.
Siete Cuerpos de Ejército Arcangélico ocupan el cielo, descargan las
siete copas del furor de Dios.
Navesnubes Disneyficantes.
Navesnubes Pestíferas.
Navesnubes Incineradoras.
Navesnubes Disneyficantes.
Navesnubes Paralizantes.
Navesnubes Judiciales.
Navesnubes Estéticas.
Navesnubes Purificantes.
En off: Una gran voz, de multitudes en el cielo, que dice: ¡Aleluya!
Salvación, Honor, Gloria y Poder son de Nuestro Señor Dios.¡Llegó
la hora de su Reinado!

Dios Nuestro Señor ocupa todo el cielo sobre Tierra Firme y lo que queda de Europa, Dios Nuestro Señor en todos y cada uno de sus soldados, Dios Nuestro Señor en cada uno de los equipos de combate, Dios Nuestro Señor en cada una de las armas, Dios Nuestro Señor en cada pantalla y en cada corazón.

Carne de su carne, sangre de su sangre.

Dios Nuestro Señor derrama seguridad en sus almas cuando más lo necesitan. Dios Nuestro Señor Bueno y Misericordioso, a pesar del horror perpetrado contra su adorado primogénito.

A su lado, en el Gran Trono Áureo de la Segunda Venida, el Apóstol Verdadero: fino bigote, sonrisa contagiosa, entrecanos cabellos peinados hacia atrás, ojos azules, chaqueta cruzada, zapatos de charol: el Apóstol, el Mensajero, el Propagador Incansable; el que allanó el camino y abrió los ojos de los hombres a la presencia y la verdad de Dios Nuestro Señor.

El planeta recibe extasiado la buena nueva de la llegada de Dios Nuestro Señor.

Transmisión planetaria inevitable total y simultánea. Todos los chips del orbe alcanzan sentimentalidad. Apoteosis de *Ternurachip*: preludios de virtualcarnalidad asumida por los superordenadores.

Temibles Ángeles Pixélicos viajan a bordo de las Navesnubes Judiciales. Instalan en las grandes plazas de las urbes fulminantes tribunales. Los Ángeles son altos como edificios, de miembros cilíndricos, rostros inmutables y togas color rosa. Serán en adelante los jueces, los encargados de impartir la Nueva Justicia de los Dos Mandamientos.

El mundo recibe a Dios Nuestro Señor de rodillas, agradecido, entregado. Tierra Firme y lo que queda de Europa se postra, ora, solloza agradecida. Aliviada. Trata de erradicar de su memoria la horripilante imagen de aquel gordo monstruoso y sus sacrílegas palabras.

¡Protégenos Gran Dios del Caos, de todo Aburrimiento!, claman las naciones.

Exigen castigo para los profanadores de la Santa Misa Anual Deportiva, para los asesinos del Hijo de Dios.

¡La Cólera de Dios, la Cólera de Dios!, reclaman.

¡Gloria Eterna al Resucitado!

Soldados de Dios dedicados a la erradicación de cualquier foco de resistencia al Gobierno Mundial y a la implacable aplicación de la Escala de Consumo de la Cuarta Convención de Salvación Mundial toman y ocupan cada palmo habitado, exterior o subterráneo de Tierra Firme y lo que queda de Europa.

¡Loado sea Dios Nuestro Señor!

Virtualcarnalidad creciente, acelerada, en los viveros de WebLand-Tierra Santa. Semilla de planeta: segunda fase. Comienzo del período de traslado intensivo (cien años): Éxodo, hacia WebLand-Tierra Santa. Abandono definitivo de la Antigua Naturaleza.

¡Gran Oferta! ¡Gran Oferta! Inoculación de Gen de Dios a precios increíbles. ¡Por tiempo limitado!: recuadro en las pantallas.

Las Bolsas registran gigantescas inversiones en Gen de Dios. Euforia en los Mercados.

¡Loado sea Dios Nuestro Señor!

Navesnubes Paralizantes interrumpiendo toda información a los rebeldes, los nostálgicos, los descreídos, los fracasados y los perdedores; paralizando sus equipos, congelando el flujo de órdenes entre sus cerebros y sus músculos.

Navesnubes Incineradoras: fuego purificador aplicado a los insumisos, los indignos y los pobres de espíritu.

Navesnubes Disneyficantes: legiones de Cánceres Disneys Caníbales, Cánceres Disney Rastreadores, Cánceres Disney Purificadores llueven sobre los territorios impuros, localizan, devoran, exterminan y lanzan a la nada a los insumisos, los descreídos, los indignos y los pobres de espíritu.

Navesnubes Estéticas comprobando la autenticidad de la aceptación y la estricta aplicación de la NewEstética.

Navesnubes Purificadoras purificando y rescatando los cerebros valiosos y dañados pero aún salvables.

Normas Divinas Aplicadas: fracasados pertenecientes a los escalafones inferiores de la Escala de Consumo, eliminados.

Nivel 1 en la Escala y superiores, vivirán.

Nivel 1 en la Escala e inferiores, morirán.

Los rebeldes, anticonsumistas, los terroristas, los genéticamente defectuosos, los creadores de arte degenerado, los traficantes de arte degenerado, los odiadores encubiertos de la NewEstética y enemigos de Dios Nuestro Señor, al margen de su nivel en la Escala de Consumo, morirán.

El Ejército Mundial colabora con las fuerzas celestiales de Dios Nuestro Señor: toman las grandes urbes techadas y subterráneas de Tierra Firme y, Escala de Consumo e Historial de Consumo Personal (HPC) en mano, casa por casa, apresa y entrega a las legiones de Cánceres Disneys y MicMasters a los indignos, a los incrédulos, a los impuros, a los renegados, a los insumisos y a los pobres de espíritu; despeja el camino del Reino a los mejores, a los que tienen Fe, a los que están destinados a entrar en la Eternidad de la morada de Dios Nuestro Señor.

En pantalla: visión de las venturas de WebLand-Tierra Santa. Paisajes sanos, urbes perfectas, sociedades entretenidas, consumidoras, familias eternamente felices: Paraíso Virtualcarnal. Vistas de VirtuManhattan sin El Cielo, cubierto por un virtucielo saludable y espléndido, vista de los virtuocéanos incontaminados y azules y celestes y esmeraldas, repletos de virtuespecies, vistas de maravillosas virtucordilleras y ricos virtubosques; vistas de las multitudes prósperas, dichosas andando sin miedo bajo el Sol; vistas de la virtunoche hermosa y estrellada tal y como el Señor había prometido…

¡Alabado sea Dios Nuestro Señor!

Fundido...

Vista de los infieles aliados de la Muerte y la Podredumbre, de los enemigos de la Eternidad irrumpiendo en el Cathedral Center, asesinando al Hijo... caóticas escenas de terror... cruentos asesinatos, ¡horror!, ¡espanto!, crueldad sin límite de los adversarios de Dios Nuestro Señor.

Voz en off: *He oído gemir a los hijos de Tierra Firme y he desplegado mi cólera. He venido a mostrarles el camino... Los criminales fariseos traidores y asesinos sólo han conseguido precipitar el momento de mi Segunda Venida, la instauración definitiva del Reino...*

¡Muerte a los aliados de la Muerte, la Podredumbre y los Gusanos!

¡Alabado sea Dios Nuestro Señor!

El espléndido color negro elástico del cuerpo divino, envuelto por un fulgor palpitante, retoma la escena. Nubes incendiadas. Aureola cegadora. Luz de tinieblas. Ascienden y se propagan. El divino negro cuerpo de Dios Nuestro Señor encarnado en Tierra Firme hace brotar de su carne nueva tierra, nuevos mares, nuevos bosques y montañas, nueva vida. Virtuvida. Deshace el Viejo Orden y libera a la humanidad de la Muerte y la desliga definitivamente del destino de la carcomida Antigua Naturaleza. Separa la mala de la buena semilla.

¡Aleluya!

Tierra Firme y lo que queda de Europa exhalan un suspiro de alivio, un grito de alegría ante el fin de la milenaria espera; alarido que escapa al espacio y se precipita en el infinito cual multitudinaria absolución.

¡Dios Nuestro Señor está aquí, su Reino ha llegado! Aborrecían sus ropas contaminadas con sus carnes corruptas. Enormes botones del short rojo de la Divinidad: espejos de nueva bondad, de ausencia de culpa. Tirantes, sosteniendo como columnas indestructibles el nuevo mundo que descansa sobre sus hombros.

Expresión: Comprensión Total, Amor Inconmensurable. Perdón concedido.

Espada flamígera desenfundada.

¡Yo les devuelvo la Noche y el Día, la Noche incontaminada de un millón de años atrás, el Día Entretenido de la Eternidad que comienza! ¡Yo cultivaré el NewPlaneta!

Eso dice Dios Nuestro Señor, en directo, abanicando las almas, rescatándolas de la desolación y el Caos sufrido, insuflando paz en los corazones con sus redondas orejas cimbreantes y con su mirada cantarina. Orejas transmisoras de toda seguridad, de toda estabilidad económica, de libertad verdadera y de Entretenimiento Eterno.

¡Por fin un Dios que cumple sus promesas!
¡Un Dios Real!
¡Un Dios que da la cara!
¡Aleluya!

Navesnubes Pestíferas: lluvia indistinguible del cielo ácido, Pestes Programadas cayendo sobre África, Asia, Latinoamérica. Aniquilando a los enemigos de Dios Nuestro Señor. Erradicando todo vestigio de razas inferiores no consumidoras y de sus execrables costumbres y modos de vida.

China despliega su Escudo Antiplagas y queda a salvo, tal y como había sido previamente convenido con Dios Nuestro Señor.

Legiones de MicMasters alados vaciando los depósitos de las Navesnubes Pestíferas, Clones Inmunes planeando, liberando langostas... abriendo el camino a la nueva virtuespecie triunfante.

El aspecto de las langostas era semejante a caballos preparados para la guerra; en las cabezas tenían como coronas de misiles; sus caras eran como caras humanas; tenían cabello como cabellos de mujer; sus dientes eran como de leones; tenían corazas como corazas de hierro; el ruido de sus alas era como el estruendo de muchos carros corriendo a la batalla; tenían colas como de escorpiones, y también aguijones bacteriológicos... y eran todos de plásticovivo y estaban diseñados para localizar, rastrear y aniquilar enemigos de Dios...

Y los pocos sediciosos restantes se quemaron en el gran calor y estallaron carcomidos, ulcerosos, y blasfemaron contra Dios Nuestro Señor que tiene potestad sobre las plagas, y no se arrepintieron para darle gloria...

La cola curva de Dios cruza el firmamento como el arco de una sonrisa en el charco de claridad que desborda la pantalla. Cantos de Victoria. Salmos, aleluyas continuos...

Recuadro a la izquierda de la Divina Imagen de Dios Nuestro Señor: un ángel de pie en el Sol, gritando:

¡Venid y congregaos para el Entretenimiento y el Consumo y para la dicha y la eternidad de Dios Nuestro Señor!

El dedo índice de Dios Nuestro Señor enhiesto: níveo guante de la mano derecha.

La palma de Dios Nuestro Señor levantada, pacificadora: níveo guante de la mano izquierda.

El hocico, la nariz brillante de Dios Nuestro Señor se levanta como una bandera…

… y el Sol se puso negro como un saco hecho de crin, y la Luna se volvió toda como sangre…

Expresión de Su rostro: *Suma Benevolencia.*
Voz: Bondad Infinita, carnalizada y abrumadora.

Primer Mandamiento: *Siempre consumir.*
Segundo Mandamiento: *Nunca aburrirse.*

Aburrirse es Abominación.
No Consumir es Abominación.

MicMasters alados, Ángeles Exterminadores al frente de los negros ejércitos celestiales, conduciendo las Navesnubes. Diseminando las plagas, enviando destrucción y muerte a los enemigos de Dios Nuestro Señor y a los indignos del Reino de Dios Nuestro Señor.

Y a los que habían cambiado y usado sus palabras y negado, avergonzados, su imagen. Y a los que fundaron una falsa Iglesia: ángeles de seis alas arrojando uvas en el gran lagar del furor y la ira de Dios Nuestro Señor.

… y el cielo desapareció como un pergamino que se enrolla; y todo monte y toda isla fue removido de su lugar…

En las pantallas:
Los zapatones amarillos de Dios Nuestro Señor, soles de alegría y orden flotando sobre las cabezas de todos y cada uno de los habitantes de Tierra Firme y lo que queda de Europa.

Coros angélicos agrupados en torno a sus pies acometiendo el ¡Gloria Aleluya!

Miríadas de feroces arcángeles, redondos, juguetones y mortíferos rebotando a lo largo y ancho de los territorios elegidos para la salvación. Arcángeles multicolores, de pieles miméticas, de largos colmillos, seis patas. Saltarines.

Buscando, limpiando, higienizando, bendiciendo…

Un cielo nuevo y una tierra nueva porque el primer cielo y la primera tierra desaparecieron, y el mar ya no existe más. Cielo, mar y tierra en mi interior, carne de mi carne y sangre de mi sangre. Crecerá el Universo en mis profundidades y allí viviremos eternamente.

Eso dijo Dios.

En las pantallas: El Apóstol Verdadero. De rodillas a los pies de Dios Nuestro Señor. Pelo cuidadosamente peinado. Envaselinado. Sonriente.

El Apóstol Verdadero es el encargado de recordar la verdadera historia, la historia por milenios oculta de la Realidad Real.

Transmisión sin cortes comerciales. He aquí la Historia.

Sucedió así: *(Año del Señor de 2250. Mes de octubre).* Anuncio de DisneyCorp, del Consejo Teológico Mundial y del Gobierno Mundial: Una expedición de teólogos-arqueólogos ha descubierto la tumba de Dios Nuestro Señor (en ningún caso la del espúreo producto de las mentiras de la falsa Iglesia). ¡El lugar buscado infructuosamente, donde fue oculto el cuerpo de Dios Nuestro Señor ha sido hallado! El sitio donde fue enterrado después de ser traicionado, apresado, juzgado, torturado y crucificado por causa de sus doctrinas pero también, en no menor grado, debido a su aspecto físico que resultaba a los primitivos humanos de aquella época, monstruoso y repugnante.

No soportaban su santa familiaridad, su divina antigravedad, su santa alegría, su anticeremoniosa, sencilla y asequible Verdad Universal:

Todo es Juego, Entretenimiento: Palabra de Dios.

Intolerable diferencia física, intolerable belleza que lo llevó al escarnio público, la tortura y la crucifixión.

Le cortaron las redondas orejas y la cola, mutilaron su rostro, cegaron los enormes purísimos ojos, cercenaron su elegante hocico, la redonda nariz, arrojaron cal sobre su cuerpo desnudo para ocultar su color; antes de crucificarlo.

Dios Nuestro Señor permitió todo eso por amor a las humanas criaturas, pero ellas no lo entendieron.

Una vez muerto Dios Nuestro Señor, la siniestra Iglesia exterminó a sus colaboradores e impuso una imagen falsa a la figura de Dios Nuestro Señor sacrificado. Una imagen humana, de piel clara y ojos azules, grandilocuente y vengativa. La siniestra Iglesia, entonces, inventó y propagó la idea de que se trataba del Hijo de cierto Dios y no Dios Nuestro Señor mismo tal y como dijo claramente siempre Dios Nuestro Señor a todo el que quiso escucharlo. Hicieron esto porque convenía a sus canallescos planes de dominio y fundación de un imperio basado en el odio, la avaricia, la mentira y el chantaje...

Falsos textos sagrados, falsos apóstoles. Obra de la siniestra Iglesia usurpadora…

Almas ciegas, pobres de espíritu incapaces de aceptar la sencillez de la doctrina y la perfecta forma del Cuerpo y del Espíritu de Dios Nuestro Señor.

¡Loado sea!

¡Alabado sea!

Transmisión sin cortes comerciales.

El Apóstol Verdadero continuó narrando la Verdadera Historia:

¡Verdad al fin develada!

Así sucedió: inmediatamente después de la crucifixión, el cuerpo del Divino, transportado por dos arcángeles dejó atrás Jerusalén, atravesó el océano y descansó en la Tierra Prometida, California, donde, miles de años después renacería primero en WebLand-Tierra Santa y después, ahora, en Tierra Firme, para instaurar su Reino Eterno.

Panorámica del interior de una gruta. Cuerpo bajo un manto de oro que ostenta los tres círculos negros (primer plano) emblemáticos de Dios Nuestro Señor.

Reposa sobre un amplio lecho de piedra.

Dos figuras gaseosas a cada lado. Guardianes.

Nadie comprendió en aquellos tiempos remotos que el objetivo de Dios Nuestro Señor no era castigar o salvar a los hombres de sí mismos, sino mostrarles el camino para derrotar a la Muerte, conquistar la vida eterna y llegar a ser ellos mismos dioses.

La Divina Indiferencia, como es historia, duró muchos siglos.

La humanidad vivió en Su ausencia, en el Caos y el Desorden de la Época PreReorden, hasta que Dios Nuestro Señor se apiadó nuevamente de sus criaturas y envió, en el Año del Señor de 1901, a su único y Verdadero Apóstol.

Transmisión sin cortes comerciales.

¡Verdad al fin develada!

Así sucedió: Yo, su único, Verdadero Apóstol y humilde servidor Walter Elias Disney, llamado Walt, fui enviado a la tierra en el año del Señor de 1901, Época PreReorden, para sentar las bases de la Segunda Venida de

Dios Nuestro Señor y llevar a los humanos la doctrina de forma que pudieran entenderla, y estuvieran preparados esta vez para su llegada, para la hermosura del rostro y la presencia de Dios Nuestro Señor: el Dios Verdadero que trae el Entretenimiento Total, el Perdón Universal, la Felicidad Total, y la Vida Eterna a sus hijos.

Dios Nuestro Señor puso en la mente de algunos humanos conocimiento, e hizo posible la tecnología necesaria para propagar su Palabra.

Y ordenó: Dejad que los niños vengan a mí…

Plan de Dios Nuestro Señor: (vista aérea de los miles de Disney Worlds del planeta). Mi sagrada misión consistía en familiarizar a la raza humana con el aspecto de Dios Nuestro Señor. Vine a enseñar a amar su figura perfecta, su espíritu y su doctrina. A poner en el corazón de los hombres el amor a sus formas y sus enseñanzas…

¡Verdad al fin revelada!

Transmisión sin cortes comerciales.

Recuadro en la pantalla, a la izquierda del Resucitado: *Un ángel desciende del cielo: tiene la llave del abismo, y una gran cadena en la mano.*

Vista general de Tierra Firme y lo que queda de Europa.

Últimas batallas en nombre de Dios Nuestro Señor. Victorias aplastantes.

Dios Nuestro Señor asciende en las pantallas. Lo acompaña su Verdadero Apóstol y vocero.

Continúa la limpieza de Tierra Firme y lo que queda de Europa. Fin de los impíos, los descreídos, los rebeldes, los indignos, las razas inferiores, los perdedores y los pobres de espíritu.

Habla el Verdadero Apóstol.

¡Verdad al fin revelada!

Así sucedió: dos mil doscientos cincuenta años después de su crucifixión, cuando Dios Nuestro Señor creyó que la obra de su Verdadero Apóstol había calado suficientemente en el alma de los hombres y ya estaban listos para la Su presencia tuvo lugar la Primera Resurrección:

En las pantallas:

El grupo de teólogos-arqueólogos de DisneyCorp llega ante la entrada de la gruta, obstruida con una gran piedra: oblonga, negra, cuya superficie tiembla y de cuyos poros mana sangre dulce y azul.

Una ola de emoción empapa los corazones de billones de espectadores en toda Tierra Firme, lo que queda de Europa, las urbanizaciones orbitales y las colonias lunares y marcianas. Oran. La piedra flota apartándose. Estallido luminoso. Estruendo inmaculado que abre las pantallas y las convierte en una marejada de luz que dura siete días.

Seis días usó Dios Nuestro Señor para sembrar y hacer crecer la semilla de WebLand-Tierra Santa.

El Séptimo Día Dios Nuestro Señor descansó.

El Séptimo Día Dios Nuestro Señor comenzó a hacerse visible entre el licuado esplendor de la nueva, naciente naturaleza.

Y los seres humanos conocieron al fin su verdadero rostro... y pudieron ver paisajes de la añorada Tierra Santa...

Así sucedió: Concluida la transmisión de La Primera Resurrección, las pantallas fueron ocupadas por el Consejo Teológico Mundial. Entonces quedó desenmascarada la gran confabulación de las Iglesias que usaron la historia de Dios Nuestro Señor en su propio provecho, tergiversaron las Escrituras, contaminaron las sagradas enseñanzas con historias ruines y provincianas acerca de guerras tribales, venganzas, herencias, humillaciones, odios, traiciones y matanzas. Mentirosas historias que tenían por objetivo imponer una falsa fe mediante el terror y la mentira. Porque lo cierto es que Dios Nuestro Señor, asqueado, luego de morir en la cruz, decidió abandonar a la Humanidad a su suerte. Jamás dejó tras sí apóstoles encargados de propagar su doctrina. Esto fue una patraña de las Iglesias, que se dedicaron al pillaje, la violencia, el disfrute del poder, el chantaje espiritual, el embrutecimiento de los humanos y la venta de esperanzas sin fundamento. Pero lo peor, lo más ruin e indignante, fue cómo ocultaron la apariencia verdadera de Dios Nuestro Señor y la forma en que reescribieron los textos originales, de manera contraria a la prístina sencillez del lenguaje de Dios Nuestro Señor, lenguaje aparentemente simple, infantil, pero repleto de la Verdad Fundamental:

La felicidad humana se obtiene mediante el Consumo y el Entretenimiento. Todo es Juego, Entretenimiento: Palabra de Dios.

El conocimiento de esta verdad trajo como consecuencia el repudio universal de las Iglesias y el nacimiento de la Nueva Fe acorde a las enseñanzas de Dios Nuestro Señor. Y desató las Guerras de Reorden, mediante las cuales se instauró la Verdadera Fe y el Orden.

Fue mi tarea de humilde servidor preparar a los hombres para el advenimiento del Reino Eterno, la Resurrección de Dios Nuestro Señor y la Eternidad que ahora comienza.

Amén.

Transmisión sin cortes comerciales.

En off: *Voz de una gran multitud, como el estruendo de muchas aguas, y como el sonido de fuertes truenos, que dice: ¡Aleluya, porque el Señor nuestro Dios Todopoderoso ha establecido su Reino!*

Yo soy Juego, Consumo y Entretenimiento, soy la estrella resplandeciente de la mañana.

Así habló Dios Nuestro Señor a los territorios ya casi apaciguados. Multiplicándose, corporeizándose y emergiendo de la pantalla de cada terminal transmisora en todos los hogares del mundo. Omnipresencia asegurada, contacto personal disponible, acceso permanente a Dios Nuestro Señor Resucitado de cada uno de sus hijos. Sin intermediarios…
¡Por fin un Dios que cumple sus promesas!
¡Un Dios Real!
¡Un Dios que da la cara!

Pequeños focos de resistencia se detectan aún en Tierra Firme, lo que queda de Europa: catacumbas de SubNewJersey, Garbageland, SubNewPraga y NewFinlandia: Navesnubes Disneyficadoras, Navesnubes Pestíferas, Navesnubes Purificadoras, Navesnubes Paralizantes, el Ejército Mundial y batallones de élite de MicMasters acuden a borrarlos.
Los últimos rebeldes desaparecen. Territorios limpios de descreídos, insumisos, impuros, indignos, razas inferiores, ateos y pobres de espíritu.
¡Loado sea Dios Nuestro Señor!

Dios Nuestro Señor se instala en los cuarteles generales de DisneyCorp y declara oficialmente el comienzo de su Reino Virtualcarnal.
De ahora en adelante se ocupará personalmente de la felicidad de los habitantes de Tierra Firme, lo que queda de Europa, las urbanizaciones orbitales y las colonias marcianas y lunares tal y como viene haciendo con los que habitan WebLand-Tierra Santa.
Eliminados los seres inferiores indignos se acelerará el proceso de traslado al nuevo planeta virtualcarnal.
El Gobierno Mundial emite un comunicado en el que se declara una Teocracia al servicio de Dios Nuestro Señor.
El crecimiento de las Bolsas registra cotas altísimas. Optimismo sin precedente en los Mercados.

Reportan cero actividad enemiga en los territorios salvados.

La limpieza de Tierra Firme y lo que queda de Europa se da por concluida.

Las Navesnubes se repliegan. El Ejército Mundial regresa a sus cuarteles.

La población de Tierra Firme y lo que queda de Europa recobra la calma y contempla libre de dudas y temores el luminoso futuro que les aguarda en la Eternidad que les ha concedido Dios Nuestro Señor.

¡Aleluya!

¡Loado sea!

Yo siempre fiel.

Yo humilde servidor. Yo enviado.

Yo custodio. Yo testigo.

Yo Verdadero Apóstol.

Yo, Walt, soy el que oyó, vio y transmitió estas cosas.

Por la Gloria Eterna de Dios Nuestro Señor.

Amén.

Allí estaba, en la miserable habitación, en Auver Sur Oise. Se inclinó sobre el camastro, sobre el rostro estragado del hombre tendido. Facciones verdosas, como pintadas a brochazos iracundos, eléctricos. Ojos cerrados. Pelo rojizo, corto, alambrado, sucio. Manos, cuerpo, arrasados. Junto a la cama unos zapatos rotas, llenos de barro, sábanas sucias de sangre, mantas.

El visitante se sienta en una vieja silla próxima al camastro, en las paredes cuelgan varios cuadros. Un campo de trigo con cuervos, una silla sobre la que descansa una pipa, una arboleda morada en la que una pareja se pierde en dirección a la oscuridad del fondo, una casa amarilla aplastada por un cielo cobalto.

El perro, en el regazo del recién llegado, tiene las orejas enhiestas. El anciano lleva gruesas gafas redondas, el sombrero hundido hasta los ojos, bufanda. Ve un sobre manchado sobresalir del bolsillo de la camisa del hombre tendido. Lo toma. Contiene una carta. Lee:

«Pues bien, mi trabajo; arriesgo mi vida y mi razón destruida a medias... bueno, pero tú no estás entre los marchands de hombres, que yo sepa; y puedes tomar partido, me parece, procediendo realmente con humanidad, pero, ¿qué quieres?».

Vincent, dice Pierre Bonnard y remueve el asogado cuerpo del moribundo.

Vincent, vuelve a llamar.

De abajo llega un rumor de pasos, trasiego y silencio sudado unido a trallazos de una carreta, martillazos y el siseo de un pájaro en un ciprés negro y cercano.

Vincent, insiste Bonnard y entonces el hombre acostado abre los ojos. La mirada empozada, laceraciones de cansancio y una grasosa sensación de derrota. Hambre y miseria, traición y desolación y la certeza de que es imposible vencer, y ser, y perdurar.

Vincent, comienza entonces Bonnard, que ahora abraza al perro, seguro de que el herido lo escucha... Me llamo Pierre Bonnard, soy un pintor que ha visto a Dios, estaba dentro de uno de tus cuadros... He tenido la fortuna de ver el futuro, más allá, mucho más allá de lo que cualquiera pueda soñar, realidades inimaginables, mundos inenarrables... sería muy largo de explicar, y no tenemos tiempo... pero nada de eso importa ahora... Los dioses me han otorgado esta visita como una gracia; quería que supieras que nada es como creemos Vincent. He venido porque no quería que murieras derrotado, pensando que no habías estado a la altura de lo que perseguías... pero sí que lo estuviste Vincent. En el futuro muy muy lejano, después del falso triunfo, de los honores, los museos, los reconocimientos, los precios fabulosos pagados por tus cuadros, después que los comerciantes te usen y te encumbren... volverás a ser ignorado, vilipendiado y perseguido... grandes fuerzas te odiarán y temerán y procurarán el aniquilamiento de tus obras... Te perseguirán implacablemente, nada similar a lo de ahora, mucho, pero mucho peor... Escucha, Vincent... temerán tu obra; he venido a describirte tu triunfo... tu gran triunfo Vincent... Escucha...

Y Vincent Van Gogh, respirando sus últimas bocanadas de aire, con el rostro iluminado por la dicha, escuchó...

LIBRO TERCERO
ÁNGELCAÍDO

Y en aquellos días los hombres buscarán la muerte, y de ningún modo la hallarán; y ansiarán morir, pero la muerte huirá de ellos.
San Juan, *Apocalipsis.*

DÉCIMOQUINTO SUICIDIO

Guntaar introdujo el extremo del cañón de la McColt 360 en su boca. Lo apretó contra el paladar. La empuñadura del arma, un arcaico ejemplar adquirido en una virtusubasta, apoyada en el suelo, se ocupaba de reproducir las características morfológicas de las virtubaldosas para garantizar máxima estabilidad a su dueño cuando se produjera el disparo.

Guntaar tendría que actuar con rapidez; el fusil no tardaría en informar de sus intenciones: el arma dudaba entre la fidelidad a su dueño y la fidelidad a los Santos Mandamientos. Triunfarían los Santos Mandamientos.

Ángulo perfecto. El proyectil perforaría el paladar duro, llegaría a la cavidad encefálica a través de la silla turca, desharía la cubierta meníngea antes de provocar el estallido del cerebro.

Proyectil desintegrador.

Una corriente de ¿Entretenimiento? circuló por el cuerpo de Guntaar. Inundó la cabeza como una tromba y a continuación descendió por el estilizado cuello, el delineado tórax, las armoniosas extremidades ¿Estaba el Santo Entretenimiento detrás de su decisión, formaba parte, aunque fuera de manera remota, de la Tentación?

Necesitaba esta certeza con cada virtucélula de su cuerpo: que todo fuera parte del Plan Divino.

Desde el fondo de su alma ascendía un hálito azucarado, un respirar abarcador.

¡Lo deseaba tanto!

Pero...

Ya empezaba a sentir que la dicha de hallar Entretenimiento en el fondo de la enfermedad lo embargaba, cuando la corriente se definió y mostró el rostro dulce y tortuoso de la Tentación.

Ella.

La Tentación se manifestaba de la siguiente manera: la Eternidad era un vagón en forma de gota, como los del Transportador Global, que se detenía: Guntaar lo abandonaba con una sonrisa.

Cuando descendía del vagón experimentaba una felicidad absurda, inigualable.

No quería seguir a bordo. Quería apearse.

Cesar.

Quería que continuasen sin él. Que lo olvidaran.

Desaparecer.

Las redondas orejas temblaron. La hermosa cola vibró.

Sus dedos eran gruesos, blancos, y divinamente proporcionados.

Apretó el gatillo.

La cabeza, convertida en una pasta trufada de astillas, impregnó el techo de la habitación.

El cuerpo no había terminado de caer cuando se abrió la puerta y entró el Equipo de Resucitadores.

PASTORJUEGO

Hacen el árbol. *Señor no me dejes caer en la tentación. No abandones a tu hijo.* Trillones de nanomáquinas. La celdilla delimitada por fulgores rojos, por paredes invisibles. Ojos vigilantes, bondad del Todopoderoso.

Otras celdillas: miradas verdes, azules, rosas. Marrones. Lilas. Bordes limitadores.

Los colores indican el progreso de la Resucitación.

En la lejanía, otros pastores juegan. Los negros uniformes, las tensas colas, las redondas orejas: silueteados contra la oblonga cápsula del cielo.

Terso, pulido el cielo.

Otros rebaños. Otras celdillas. Las primeras aguas de lo que será un río. Humedades. Chasquidos. Murmullos. Salpicaduras. Burbujas. Adsorciones. Músculos del agua, estrenándose. Semillas de tierra. Larvas lanceoladas: grávidas. Pistilos. Polen. Hojas. Filamentos. Barro. Flores. Raíces.

Temblores liberados.

Arriba el cielo. Renacido. Lustroso dentro de la Virtucelda Regional ZH14. Categoría: selva ecuatorial.

Gomosas Navesnubes kilométricas cubren de piedras sollozadas el cauce por donde correrá el río, de arena las orillas, de tierra fértil los pastizales, de barro los pantanos, de juncos las riberas.

Las piedras descienden como un llanto esponjoso. Producen un sonido amortiguado.

Caen semillas de aves, cuadrúpedos, anfibios, insectos. Minutos después, brotan.

Despegan. Parten.

Los semiesféricos mongulus de los pigmeos akas, las piraguas, los arcos, las redes, las ballestas: crecen de la placenta.

Ya se percibe el frescor que vendrá, el cambio de olor de las estaciones, los asfixiantes calores, los grandes aguaceros, la mullida caricia del ardiente pero inofensivo Sol filtrado: todo el cielo es un gran filtro benefactor que desarma los rayos envenenados que penetran la atmósfera destrozada.

Naves Resucitadoras insertan senderos, peñascos, follajes, escarpados farallones en las orillas. Bosque impenetrable, cañadas, praderas y derriscaderos. Aves. Canícula. Ofidios. Roedores. Facoceros, gorilas, elefantes, hipopótamos, campos roturados, felinos. Libélulas, guasasas, bandadas de mariposas. Pájaros aún entumecidos. Nubes. Neblinas. El roce de un lagarto, el crujir de las hojas bajo las patas de una gacela fresca, atontada por la luz, la voz de los árboles, el perfume del pasto, la humedad trufada de moscas relucientes y hormigas afanosas.

Babosas. Escarabajos. Arañas.

El plumoso fluir del oxígeno enriquecido: vaharadas.

Todo libre de Gen de Dios y de Virtualcarnalidad. Todo mortal y corrompible. Herible y devorable.

Naturaleza Antigua en estado puro. Cepas conservadas en WebLand-Tierra Santa, custodiadas por huestes angélicas.

Zumbido de crecimiento. Efluvios mixtos, perfumes, excremento. Podredumbres. Tosquedad. Temor. Detritus. Salvajismo. En las parcelas donde la Resucitación está a punto de concluir.

Celdilla ZK4789. Categoría: tribus exóticas. SacroEntretenimiento Vivo.

Cada celda virtualcarnal contiene un fragmento del parque temático, libre de Gen de Dios, que reproduce una zona del Antiguo Planeta, hasta hace poco abandonado. Tierra Firme Park: un muestrario perfecto del irrecuperable planeta podrido y su extinguida flora y fauna.

Proyecto Aprobado y Recomendado por el Consejo Teológico Mundial, Inspirado en conversaciones con Dios Nuestro Señor y construido por Dios Nuestro Señor Inc.

Tierra Firme Park es uno de los proyectos estrella del Sistema Universal de Virtuceldas-Temáticas. Llamadas así por su parecido estructural con los panales de virtuabejas. Las Virtuceldas-Temáticas cubren una buena parte del Antiguo Planeta. Son tan enormes que sus bulbosas estructuras pueden verse desde las urbanizaciones orbitales con las que están conectadas mediante orbielevadores.

Ahora, el Planeta Semilla, la Tierra, se convertirá también en Planeta-Juego.

Mientras tanto, el Reino de Dios Nuestro Señor se expande por el Universo. Naves diseminadoras del Gen de Dios, autónomas y virtuprocreadoras, vuelan a través del espacio en busca de nuevos planetas que colonizar. En su interior, semillas de obispos, monjes, generales, científicos, soldados, capitanes y obreros esperan la orden de crecer y poner en funcionamiento las virtuciudades que se encargarán de expandir la virtualcarnalidad por todo el Sistema Solar y más allá.

Guntaar: atento a la pantalla del Coordinador Laboral. Cuyos volúmenes destacan acuosos, suspendidos en el aire matinal.

Siente el vértigo de un salvado expuesto al Antiguo Desorden, al Caos: uno de los máximos atractivos de las celdillas concluidas, a las que ya accede el público en otras áreas del parque.

Guntaar recuerda vagamente su vida mortal. Hace más de dos siglos que fue salvado y una de las bendiciones fundamentales del Gen de Dios es borrar los recuerdos animales, las reminiscencias de los tiempos de la Podredumbre y la Muerte.

Guntaar recuerda vagamente, pero recuerda, tal vez en eso radique el origen de sus males.

Siente el vértigo característico de un salvado expuesto a la Antigua Naturaleza, al Desorden y al Caos. Está convencido de que, a causa de la enfermedad, lo siente de una manera más profunda que otros pastores o el público entusiasta que convierte día a día Tierra Firme Park en uno de los Centros de Entretenimiento más populares de WebLand-Tierra Santa y del Antiguo Planeta.

Desconcierto, pánico ancestral, desestabilidades endocrinas, soledad; siente Guntaar.

Pavor, al final. Como un fulgor lejano. Como lágrimas entre las risas y las entretemociones de los visitantes.

Ráfagas que, por fortuna, se apagan rápidamente barridas por la paz de la Eternidad, por la paz de la victoria sobre la Muerte conquistada por Dios Nuestro Señor y por la confianza absoluta en Dios Nuestro Señor.

¿Por qué viene a jugartrabajar aquí entonces?

Es una prueba que se impone a sí mismo. Estar cerca de las cosas que se acaban. Experimentar el vértigo, superarlo.

Se concentra en el orgullo de ser parte de un proyecto patrocinado personalmente por Dios Nuestro Señor Inc.

Lo proclama El Cielo: letras descomunales y purificantes. Encuentra calma. Pasajera.

No consigue apartar totalmente la inquietud. A pesar de sus esfuerzos por mantenerse en un estado de FelicidadEntretenidaLaboralPermanente.

Esa inquietud es uno de los síntomas que anuncian la presencia de la Tentación.

También están la sensación de asco de sí mismo; la futilidad, la indiferencia, el desasosiego. El aburrimiento y la falta de pertenencia.

Ellos traen la misteriosa dicha y los irrefrenables deseos de saltar del vagón, que disminuye la marcha.

Reza:

Padre Nuestro que estás en WebLand-Tierra Santa, santificado sea tu nombre, gracias por traernos tu Reino, no nos dejes caer en la tentación y líbranos de todo mal...

Siente pústulas crecer en el antes, ¡ay, cuánto anhela aquellos tiempos! inalterable flujo de su Entretenimiento.

Esta vez, la perturbación dura pocos segundos, lo que significa un progreso respecto a semanas, meses, años anteriores.

Lo cierto es que le cuesta trabajo precisar su duración. Y su realidad.

El tiempo se ha convertido en otra cosa. Espacios cerrados, autorreferenciales. Cuevas relucientes y aterciopeladas; bombeantes como órganos. Pedazos de Guntaar que no consiguen reencontrarse. Que vagan por paisajes inconexos.

La jornada de trabajo como pastor en Tierra Firme Park es otro fragmento cargado de extrañeza.

Suspira.

¿Por qué él? Continúa haciéndose esa pregunta. Ahí está, mezclada con su orgullo, sus alegrías, su dedicación, su amor a Dios Nuestro Señor; unida a su dispersión y su esfuerzo (que en sus momentos de mayor desánimo cataloga de pura ilusión) por continuar avanzando hacia la Divina Semejanza.

La Tentación no existe, Hijo mío, el tiempo de las preguntas ha pasado... palabras de Dios Nuestro Señor.

Pero pensar que la Tentación no existe no alivia su mal... Señor no me dejes caer...

Los diálogos con Dios Nuestro Señor se hacen cada vez más inútiles, como si las palabras tuvieran significados diferentes para cada interlocutor.

Su cuerpo acomete a la perfección las tareas pertinentes, pero su corazón inquieto empaña la antes prístina superficie de su EntreteneFelicidad-Total. Tan duramente conquistada.

Siglos de duro trabajo, diluyéndose. Reconquistables, según Dios Nuestro Señor.

A sus pies, el aroma de la tierra, los grumos en movimiento, la hierba, conforman una puerta negra, deliciosa. Un lugar de reposo. Sirope. No lejos, crece una Terminal de acceso; allí arribarán los vagones repletos de curiosos: bultos, concavidades, prominencias, paredes, salones membranosos, taquillas, túneles descontaminantes.

La celdilla en la que juegatrabaja resucitará una aldea africana, Congo, Siglo XXI, de antes del comienzo de la Primera Guerra de Reorden. Desatada por el estallido de un artefacto nuclear en Manhattan. Autoría de la acción reclamada por las Guerrillas Anticonsumo y el Ejército de Musulmanización Mundial.

¿Por qué él?

La celdilla donde juegatrabaja Guntaar, en el extremo norte de la gran Virtucelda ZH14, tiene un prado interrumpido por hierbajos ásperos, malezas requemadas por el inclemente Sol africano, un pedregal gris, vetas calcáreas, perlados abejorros. Hormigas negras. Tecas, cedros, caobas. Grumos que tiemblan al borde de la selva. Súbitos galopes.

Amplios espacios de virtulevadura programada, todavía sin germinar. Que se hinchan como carne despertada por las nanomáquinas.

El ojo experto de Guntaar distingue en la virtulevadura los sutiles tonos que corresponden a diferencias de vegetación, minerales, piedras, especies. Detecta imperfecciones cromáticas. Accidentes genéticos. Malformaciones. Errores de programación. Fisuras genésicas. Todo lo va remediando su Resucitador MX7500.

Corrector destello azul. Ojo de pastor.

La virtulevadura proviene de la Placenta Primigenia, de donde brotó la primera semilla virtualcarnal. Secreciones producidas por el glorioso ayuntamiento de Dios Nuestro Señor y de su Santa y Virtualcarnalísima Madre.

Libro de los Hechos. Salmo XXIII.

¡Alabado sea!

El tronco del árbol ya alcanza varios metros de altura. Primeras ramas. Madera, corteza, resina, raíces en acción. Hojas desperezadas. Nidos.

El Controlador Total informa con voz entusiasta: ¡Niveles de Resucitación óptimos!

En una celdilla próxima a la de Guntaar, su amigo 6Jordan conduce magistralmente sus rebaños de nanomáquinas. Olas multicolores esculpiendo la virtulevadura. Chispeante velocidad de su paisaje, perfecta comunión del Pastor+Plus Condecorado con las nanomáquinas a sus órdenes. Nadie más lo consigue. 6Jordan inspirado, 6Jordan elástico, 6Jordan rebotante. 6Jordan Rango PerfectConsumidor. 6Jordan mandamiento:

Todo es Juego, Entretenimiento: Palabra de Dios.

6Jordan muy alto en la Escala de Semejanza. 6Jordan libre de Tentaciones. Sus redondas y negras orejas brotando exuberantes de la rubia cabellera. Su protuberante hocico elevándose orgulloso. Tremolan los bigotes. Blanco y negro, purísimos, en el rostro. 6Jordan miembro de la Santa Cofradía de los Semejantes. Los que están a punto de alcanzar el nivel máximo permitido de similitud física con Dios Nuestro Señor. Su cola como una fusta, estilizado aguijón: ciento cincuenta centímetros: cimbreando de pura alegría, llevando el compás del Himno a la Santa Semejanza que resuena atronador en su parcela, que canta a toda voz su dueño:

> *Manos, orejas, cola y color*
> *¡Santísimo Señor!*
> *¡Santísimo Señor!*
> *Piernas, nariz, ojos y bigotes*
> *¡Santísimo Señor!*
> *¡Santísimo Señor, desaparezco en Ti*
> *Santísimo Señor!…*

6Jordan que pronto será distinguido con La Noche de la Semejanza, con la Comunión Total con Dios Nuestro Señor. Guntaar lo contempla lleno de sana entretenvidia.

6Jordan avanza triunfante, inmerso en una aureola musical. La música corporeiza escenas del Evangelio según DisneyCorp. La Resurrección, las Grandes Batallas del Reorden, el Éxodo a WebLand-Tierra Santa, la Apoteosis del Gen de Dios, la Derrota de SatánOrlán y sus legiones de Diablesas Blancas en la Gloriosa Batalla del Cathedral Center, la Declaración de Eternidad.

Todos los Pastores cercanos miran arrobados a 6Jordan; ninguno alcanza el nivel de Semejanza que ostenta el Pastor+PLusCondecorado.

La transformación de Guntaar se limita a un tímido brote en la región del coxis, unos ojos que comienzan a redondearse y emblanquecer y unas manos enguantadas que alcanzan el cincuenta por ciento del blanco purísimo y las dimensiones divinas. Las extremidades inferiores son aún completamente virtuhumanas.

Se toca la base de la columna vertebral, el punto donde emerge su incipiente cola: cinco centímetros. Suspira avergonzado. ¡Y en su cabeza las nuevas orejas no son más que pequeños discos casi ocultos por el cabello!

Cada vez que se suicida el Consejo Teológico reduce automáticamente su nivel en la Escala de Semejanza.

Método terapéutico, no castigo. Afirman los Obispos.

Recuerda sus orejas casi perfectas, su larga cola: desaparecidas. Dos lágrimas asoman. Las barre de un guantazo.

6Jordan agita la impoluta mano a modo de saludo en su dirección. Emisión de Entretenida Amistad de Primer Orden. Certificada.

Guntaar corresponde con una sonrisa floja y un gesto lleno de gratitud.

6Jordan le lanza una mirada ConfianzaExtremaEntretenida en Dios Nuestro Señor de Primer Grado.

Luminosa estela de la mirada. Visible para todos los que laboran en la Virtucelda.

Guntaar agradece el apoyo.

Acelera sus nanomáquinas. Quiere demostrar a su amigo que está listo para la batalla de su recuperación absoluta. Que aún es capaz de acometer dicha batalla.

Arriba, el cielo tapizado de Navesnubes susurra himnos superentretenidos.

Atmósfera cruzada por las humosas líneas de los Trasbordadores Globales.

La red de cables de virtucarbono trepa hasta sus anclajes orbitales, hasta los anclajes lunares. Tejido delicadísimo, hilos que se pierden en la inmensidad.

La Brigada de Monjes Controladores, negros, gigantescos, orejas como alas, se ocupa de inspeccionar las celdillas totalmente resucitadas. Controles de calidad rigurosos, según las normas del Consejo Teológico Mundial.

Guntaar siente, tibia, la voluntad del Señor. Aliviando su angustia, mitigando su ansiedad.

Gracias, Señor.

La voluntad del Señor se manifiesta a través de la SacroLevadura. Y en la búsqueda del Entretenimiento Perpetuo y de la Máxima Semejanza.

Señor no me dejes caer en la tentación. No dejes que me detenga. No abandones a tu hijo.

Ruega otra vez.

Trillones de nanomáquinas concluyen el árbol.

EL ÁNGEL

La aldea ha despertado, una columna de humo se eleva entre los techos: espesos colchones de hojas amarantáceas. En el centro de cada mongulu una lumbre perenne. El humo seca y conserva la choza, aniquila los insectos, ahuma los alimentos perecederos. Se escucha un ladrido, suspendido en la niebla. Ruido de aves de corral, el llanto de un niño. Borbota un arrollo cercano.

Bordes. Líneas demarcadoras, desapareciendo. Integración entre celdillas configurándose. Fronteras entre celdillas asumiendo sus formas definitivas. Conformando una celda más en el panal de realidades recobradas que es Tierra Firme Park.

Cera de las juntas: corredores invisibles por los que transitarán, ya transitan, los visitantes. Forma oblonga en la que se insertan, como agujas, las terminales de los Trasbordadores Globales e Intercontinentales.

Orbielevadores conectados a las urbanizaciones orbitales. Orbielevadores que se ponen en marcha.

Millones de visitantes fluyen.

Vienen de WebLand-Tierra Santa, deseosos de conocer de primera mano el Antiguo Planeta, el Planeta Semilla donde comenzó la aventura virtuhumana.

Clones taquillas. Clones Guías. Clones Reforzados Guardianes. Activándose.

Pasillos invisibles a punto de cobrar vida.

La celda a la que pertenece la celdilla de Guntaar recibe la aprobación de la Brigada de Monjes Controladores.

Inspección consumada.

Puntuaciones excelentes. Rostros de los Monjes inundados de Santo-Pride Laboral. Rezos colectivos. Capuchas púrpuras. Pastores respetuosamente inclinados.

Gozo pastoril.

Orgullo PrideLaboral.

Enseñanzas de Dios Nuestro Señor. Guntaar las absorbe. La antes maligna Antigua Naturaleza ofrece ahora niveles elevados de Entretenimiento y Consumo. Gracias a Dios Nuestro Señor.

Todo, hasta el oprobioso Pasado adopta las divinas reglas de Dios Nuestro Señor.

¡Aleluya!

Guntaar, satisfecho. Una gota de sudor en su frente adopta la forma de la cabeza de Dios Nuestro Señor.

La Antigua Naturaleza Resucitada, el Mundo Muriente es parte ya de los planes de la Divinidad.

Todo es Juego, Entretenimiento, palabra de Dios.

¡Aleluya!

Es hora de regresar a Hogar.

En el horizonte, las NavesMadres derraman virtulevadura. Cae como lluvia bendecida sobre los territorios que ocupa Tierra-Firme Park. El Consejo Teológico Mundial dirigido por Dios Nuestro Señor ha decidido que Tierra-Firme Park sea fuente inagotable de Entretenimiento Total Pedagógico para los habitantes de WebLandTierra Santa.

Peregrinos que acuden a beber de la sabiduría de Dios Nuestro Señor. Del poder de Dios Nuestro Señor. Y a constatar el horror vencido, superado.

No hay otro Dios que aquel que vence la Muerte. Dios Nuestro Señor lo ha conseguido.

¡Aleluya!

Los pastores conducen los rebaños de regreso a los establos en la periferia del parque, sumergidos en cantos de Fe, iluminados de Entretenimiento.

Antes de dirigirse a la Estación de Enlace con el Trasbordador Global, todos los obrerosjugadores se reúnen en la gran plaza central. El lugar se engalana, crece una orquesta de clones virtuosos, resuena la música, llueve permanencia comestible en forma de virutas, chorros de incienso-vainilla, incienso-fresa e incienso chocolate endulzan el ambiente, se levanta una brisa de confeti de Gen de Dios, nievan copos de algodón de azúcar sacramentado.

God is Fun! God is Fun!

6Jordan recibirá la Orden del Gran Transustanciador. Sólo conferible a Pastores+Plus Condecorados.

Los Monjes Controladores felicitan al elegido. Este responde marcando los primeros pasos del clásico AleluyaTapDance. La concurrencia rompe a bailar intentando imitar, sin éxito, sus gráciles movimientos. Apoteosis de pies danzantes. Las almas se llenan de entreteneseguridad, de entretenealegría camaraderil y entretenejúbilo devoto.

God is Fun! God is Fun!

Sorpresivamente, cornetas celestiales retumban… ¡un Ángel será el encargado de imponer la condecoración!

Máxima distinción.

La maternopaternal figura aparece en el horizonte, atraviesa graciosamente la gran pared exterior; se reorganiza dentro del parque. Aumenta su esplendor. Cuando se posa, repliega las alas con un movimiento repleto de sacroarmonía.

La multitud lo aclama. No abundan las oportunidades de ver un Ángel fuera de ÁngelesPark.

Su presencia es una bendición.

El Ángel: rostro naranja, alas bermellón, manos acuosas. Cuerpo cuya hermosura sobrecoge, fascina y espanta. Viste una túnica pantalla que desgrana la grandeza de los Hechos del Señor. Los Héroes inundan la plaza, destruyen enemigos. Criatura portentosa del OlimpoWebLand, nacida de las lágrimas derramadas por Dios Nuestro Señor al ser crucificado (Libro de los Hechos, Salmo XXXVII).

Avanza. Derrama Gen de Dios a su paso. Pétalos. La muchedumbre se apresura a engullirlos: eleva los niveles de Semejanza, de Fe, de Devoción a Dios Nuestro Señor. El Ángel mide cien metros de altura. Su figura evoca acontecimientos seminales. Hecatombes pixélicas. Sagas misteriosas. Distancias inconmensurables. Tras la piel de sus pies descalzos, de sus brazos deliciosos, bullendo tras la puerta del ombligo, discurren seres azules, paradisíacos paisajes. El aire se llena de fragancias desconocidas.

Una docena de Cánceres Disney Angelicales, un gran halo los distingue, le sirven de escolta. Rebotan sobre el mármol continuo de la plaza, tenebrosos, cambiantes e infantiles. Derrochan terror; expectantes. Pieles de espejo, ojos multidireccionales, extremidades polimórficas e invisibilidad selectiva. Cada uno de ellos tiene potencia de fuego suficiente para devastar una virtuciudad.

La muchedumbre los contempla con una mezcla de adoración y reverente pavor.

La verga del Ángel, andrógino como todos los Ángeles, es de una extraordinaria belleza. Azul del día de la Resurrección, el glande expuesto y apetitoso como un helado.

Una estratégica apertura en la túnica permite admirar el apéndice en todo su esplendor. Y el vientre nacarado, y los labios de la vagina adolescente, y los rizos públicos: lenguas enroscadas.

Se inclina para liberar, cerca de una oreja del trémulo 6Jordan, la Orden de Gran Transustanciador. Los senos oscilan un instante: de los rojos pezones fluye Gen de Dios.

La Orden es una palabra nueva, jamás pronunciada, que se convierte en astro, segundos después de ser liberada. Por un momento, los dichosos presentes distinguen en su interior océanos, urbes flotantes, un Sol azul: amanece. La Orden comienza a girar. Orbitará alrededor de la cabeza de 6Jordan por toda la Eternidad.

La palabra pertenece al Ángel y sólo Él sabe su significado.

6Jordan es el custodio. Todos caen de rodillas.

El rostro del Ángel es un deslumbrante resplandor que, sin embargo, permite admirar la insólita belleza de sus rasgos.

Los que se atreven a mirar, tiemblan.

Sus orejas no son negras sino rubias como sus cabellos que ingrávidos parecen seguir una melodía inescuchable. Uno de esos cabellos puede cambiar el destino de cualquier virtuhumano.

Corren muchas leyendas acerca de la buena fortuna que acarrea un cabello angelical. Se dice que un afortunado poseedor ha ganado cien veces la Gran Final de Supermaravillosoestupendo y veinte veces el SorteoNoche. Que los Atletadioses lo han llevado a visitar el SportOlimpo y que le obsequiaron un SacroBalón firmado, utilizado en la Santa Misa Anual Deportiva. Un balón donde el Hijo de Dios había puesto sus santas manos.

La multitud alza los brazos en espera de una dádiva. Guntaar reúne valor, mira al Ángel.

La Criatura es una luz líquida, un reposo.

Guntaar alza el rostro, extiende las manos. El aire es un hervor. Una emisión de Gen de Dios, en forma de pétalo, llega flotando y se posa en sus indignos labios. Presuroso, se la traga.

Benevolencias del Señor.

A pesar de que se encuentra a cierta distancia, distingue claramente los áureos bellos del pubis, los armoniosos pliegues de los hinchados testículos del Ángel. Una gota de aquel semen angelical puede provocar en el agraciado receptor Máxima Semejanza Inmediata Irrevocable.

Un sorbo de aquel líquido significaría su salvación. El término de sus padecimientos. El fin de la Tentación.

Pero solo unos pocos elegidos tienen acceso al cuerpo de las divinas criaturas. Y él no es uno de ellos.

Aunque no puede haber nada más diferente, aunque no existe nada más distante, los pliegues en los testículos del Ángel le traen a la mente la red de arrugas de un cuerpo repugnante: el cuerpo de AmanteComandante.

Horrorizado, destierra la imagen.

Se une a las voces que entonan cánticos de alabanza. Llantos de plenitud, arrecian.

Muchos desfallecen, incapaces de soportar tanta belleza.

6Jordan, postrado, llora, como todos, lágrimas negras, lágrimas con orejas y hocicos: lágrimas de Dios Nuestro Señor.

Un coro de ayes asciende: plegaria.

El Ángel se dispone a partir. Los Cánceres Disney Angélicos se elevan, forman un círculo, listos para entrar en acción.

Antes de emprender el vuelo, la criatura se vuelve. Mirada bálsamo, mirada comprensión. Alas inmaculadas. En una de las plumas Guntaar cree ver el cuerpo del escritor agónico. Tumbado, esquelético. La nieve tras los cristales.

¿Por qué acude la imagen de esa alimaña a su mente?

Se siente miserable, infame.

Primero AmanteComandante, ahora esto. Para no verlo, cierra los ojos.

Todos cantan el Himno a la Santa Semejanza.

Los pastores se congregan en torno a 6Jordan. Lo abrazan. Lo felicitan, lo colman de entretenvidia.

Guntaar lucha por acercarse. Contempla, con respetuoso temor, La Orden, que, orbitando la cabeza de su amigo, relumbra como una joya viva.

HOGAR

A bordo del vehículo de enlace que los conduce al Trasbordador Global el grupo de pastores conversa animadamente acerca de las maravillas de las Escalas: bendiciones: concuerdan.

Benevolencia de Dios Nuestro Señor.

—Hemos Doritos Doritos comprado a los niños Doritos Doritos dosis suplementarias Doritos Doritos de Gen de Dios enriquecido con Semejanza... Doritos Doritos aprovechando las Rebajas Eternas, por supuesto, Doritos Doritos...

—Ojalá nosotros Nike Nike pudiéramos, pero hasta dentro de un par Nike Nike de Misas SacroDeportivas no nos lo permitirá Nike Nike la Escala de Consumo Nike Nike. Ahora sólo habla de ser Superfan. ¡Qué niño! Nos tiene locos con eso Nike Nike...

Todos en WebLand-Tierra Santa hablan el Lenguajemarcas. Las menciones de los productos, estrictamente contabilizadas por el Controlador Personal, redundan en puntos que a vez ayudan a configurar el Perfil Consumidor que es fundamental a la hora de las evaluaciones de ascenso en la Escala de Consumo y en la Escala de Semejanza.

—Pero es estupendo Spencer Doritos Doritos, Superfan de un Atleta-Dios es Doritos Doritos una estupenda manera de acortar el camino Doritos Doritos de ascenso hacia la Santa Semejanza Doritos Doritos...

—Lo sé, lo sé Nike Nike, no me estoy quejando, Dios Nuestro Señor me libre Nike Nike.

Algunos pasajeros abordaban otros temas:

—Hermosos Coca Cola Coca Cola pechos Molly...

—Todavía no han alcanzado Sony Sony Sony las proporciones santomaternales pero Sony Sony Sony crecen muy rápido...

—¿Puedo Coca Cola Cola Cola tocarlos?

—Por supuesto Sony Sony Sony Stanley.

El tejido del uniforme reaccionó abriendo dos círculos que dejaron al descubierto los oscuros pechos para facilitar los tocamientos de Stanley.

—¡Felicidades Coca Cola Coca Cola Molly! Son deliciosos.

¿Puedo incluirte Coca Cola Coca Cola en el repertorio de Entretenimiento Sexual de mi TvTual Coca Cola Coca Cola Familiar?

—No necesitas Sony Sony Sony mi aprobación, lo sabes. Pensé que ya estaba Sony Sony Sony incluida. Tú estás en el mío. Tú y tus Sony Sony Sony centauros cultivados.

—Sí, lo Coca Cola Coca Cola imaginaba, hay mucha entreteatracción Coca Cola Coca Cola entre nosotros. Pero si te pregunto y consientes Coca Cola Coca Cola obtengo más disfrute; y a mayor disfrute mayor Coca Cola Coca Cola Entretenimiento como bien sabes…

El tejido volvió a cerrarse al retirar Stanley la mano.

Pezones: mínimas gotas.

Intercambiaron una mirada divertilúbrica.

Todo permitía augurar encuentros intertvtuales e intensas sesiones de Virtuentretenimiento Sexual esa noche.

La conversación tomó otros derroteros.

Los rostros sonrientes, agrupados en la transparente cápsula, reflejaban distintos grados de semejanza con el Creador. Logros en la Escala de Semejanza. Altos niveles de saludable entretenvidia en el ambiente. Pieles moteadas, pieles grises, pieles ya negras pero todavía en grados no prístinos, brazos tubulares, narices acharoladas y porosas, hocicos crecientes, pieszapatones luciendo gamas que iban desde el color piel base virtuhumana convencional hasta el reverenciado amarillo del calzado divino. Rostros achatados, cabezas oblongas, discos cimbreantes de las hermosas orejas. Colas. De variadas longitudes.

Otros, todavía casi virtuhumanos: niveles inferiores en la Escala de Semejanza. Mantenían una discreta, reverencial actitud respecto a los más avanzados.

Las notas del clásico Aleluya TapDancing enriquecían el ambiente.

Guntaar había subido al Trasbordador en uno de los elevadores de enlace conectado a la Estación Orbital NewCenicienta. Los traslúcidos hilos de virtucarbono trepando como cuerdas de un instrumento estelar. Gotas de cristal flotando entre los invisibles rieles. Buscando las articulaciones de las redes continentales.

Desde la inauguración de este sistema en 2698 las naves propulsadas de transporte comercial habían desaparecido.

A la entrada del vehículo, Guntaar compró generosas porciones de golosinas de viaje. Las arrojó en el Controlador de Consumiciones. Se mantuvo en silencio, admirando los niveles de Semejanza de sus compañeros de viaje. Intercambió saludos con algunos.

A muchos no los conocía pues juegotrabajaban en celdas y celdillas lejanas a la suya.

El Elevador ascendió a la estratosfera y luego se acopló a una de las líneas de la Red Meridiana de Transbordadores de Pasajeros que conectaba con las Puertas del Paraíso de la casi despoblada NewManhattan. La mayoría de los habitantes de la antigua capital de Tierra Firme se habían trasladado a VirtuManhattan, en cuanto sus niveles de Gen de Dios lo hicieron posible, durante el Gran Éxodo. La isla, convertida en base del Ejército Mundial y de las Fuerzas MicDisneyCorp. se encargaba de la administración de los virtuparques temáticos y de Garbageland I, II, III y IV. Además, albergaba las sedes de los ejércitos de Clones Descontaminantes encargados de la limpieza de los territorios de la antigua China. Que habían quedado completamente inutilizables después de la última y final Guerra de Reorden.

Ya se hablaba de un ChinaPark gigantesco que comenzaría a construirse con la llegada del nuevo siglo.

Guntaar se adormiló. En el tiempo que duró la duermevela soñó con un mar carmelita plagado de ripios espumosos, con un muro gris repleto de dentelladas, con la sulfurosa respiración de una ciudad en ruinas y con el lastimero ladrido de sus perros hambrientos. Chasquidos grasosos salpicaban su sueño, vítores y chillidos de una chusma desdentada. En algún punto el sopor se convirtió en una densa red de arrugas, en un temblor senil: AmanteComandante.

El vagón se estremeció cuando atravesaron las Puertas del Paraíso y entraron en WebLand-Tierra Santa. La luz que despedían las paredes se hizo más viva.

Guntaar despertó.

La transición entre el Antiguo Planeta y WebLand-Tierra Santa se realizaba de forma apenas perceptible. Un cosquillear en los pulmones producido por la pureza del virtuoxígeno, un aumento automático de los niveles de felicidadentretenida corporal. Un incremento de la consciencia de Eternidad. El gorgoteo general de los vagones al traspasar las ParedesFiltros encargadas de que nada que no fuese absolutamente virtualcarnal fuera más allá de las Puertas.

Del otro lado de las combadas paredes del vagón el cielo azul era algodón. Una impoluta cordillera de montañas acaparaba el horizonte.

El ondulado, monumental perfil del Complejo Capitán Garfio se perfiló a lo lejos.

Llegaba a Hogar.

Emergió a la gran explanada frente al Complejo Garfio. A cierta distancia, las familiares moles del Complejo Starkey, el Complejo Smee y el Complejo Campanilla. Irradiando compañerismo. Le gustaba andar desde la boca del virtutransbordador Subterráneo hasta la gran puerta de entrada. Le servía para aclimatarse después de permanecer tantas horas respirando el impuro aire previrtual. Y elevar los niveles de entreteneexistencia. Un río de juegoworkers regresaba de sus faenas. Bulliciosos niños correteaban de un lado para otro organizando batallas de VirtuPeps. Alegría corporeizada flotaba formando un techo gomoso sobre sus cabezas.

Los preciosos jardines, el sonido armónico de las cascadas, el canto de los virtupájaros, lo hicieron sonreír.

El elevador lo dejó, con un resoplido mínimo, en el nivel cuatrocientos veinte. Al percibir su llegada, Hogar se activó. El día había sido duro. Hogar lo recibía pletórico de entreteneentusiasmo; el olor de la virtucomida, lista para ser servida, llegó hasta él procurándole una sensación de paz y pertenencia.

Mozart disneyficado resonaba vigorizante.

Fue directo al TvTual. La blanda superficie que ocupada la gran pared principal de la Habitación Central lo absorbió como una caricia.

Ya dentro, se despojó del uniforme, que desapareció, al caer al suelo.

Entró en la pared líquida que se alzaba ante él. Las aguas lo abrazaron. Trillones de virtunanomáquinas, que la conformaban, penetraron a través de la piel y comenzaron su trabajo. El más mínimo deterioro celular, el más oculto desgaste genético sería corregido. La maquinaria corporal sería revertida a su máximo esplendor físico y mental.

Guntaar, suspendido en la activa masa se abandonaba a la suprema sensación de amparo total en manos de Dios Nuestro Señor. Protección plena. Seguridad.

Su cansancio cedió ante la portentosa marea.

La Tentación, en su interior, disminuyó hasta convertirse en un insecto al que tal vez fuese posible aplastar.

El Complejo Garfio conectaba a esa hora con el Hogar de cada uno de sus quinientos mil residentes para hacerles llegar, a través de sus paredes carnales nanoconformadas, la alegría y el pridelaboral orgullo de tenerlos de regreso a Hogar después de concluida una jornada más de juegotrabajo a mayor Gloria de Dios Nuestro Señor y de su Reino Eterno.

Guntaar sintió restaurado su orgullo.

Después de la cena, decidió que nada podría ser más entretedivertido que jugar a SatánOrlán Veinticinco.

Entró en el TvTual y se dirigió a MundoGame.

DÉCIMOSEXTO SUICIDIO

Se tragó el nanoequipo asesino. Estaba compuesto por un Jefe y un comando especializado en localizar y destruir un órgano predeterminado en el cuerpo enemigo.

Su misión era desintegrar el cerebro de Guntaar.

Su cerebro. ¿Para qué servía si ni siquiera podía obedecer sus deseos, mantenerlo alejado de la Tentación? ¿Si ni siquiera sabía distinguir entre la Santa Realidad de Dios Nuestro Señor y las falsas realidades sin propósito que intentaban suplantarla, atormentándolo? ¿Para qué servía si no podía mantenerlo en la senda correcta?

La sospecha crecía en él como una marea: se estaba convirtiendo en un cómplice de las fuerzas que lo alejaban de la Semejanza.

Cual proyectiles caníbales, los miembros del equipo nanoasesino volaron a través del flujo sanguíneo. Vertiginosos y en perfecta formación, los rostros concentrados a extremos donde el exterminio confluye con la poesía.

Cuando arribaron a la arteria carótida activaron las mandíbulas desintegradoras. Convertían el calor de la sangre en energía.

Despedazar, triturar, deglutir.

En treinta segundos la cavidad craneana del suicida quedaría vacía y limpia como la de un virtufósil.

Guntaar sintió un plácido adormecimiento, comenzó a viajar.

El comando aislaba el cerebelo (que devorarían al final), remitía a la víctima a sus recuerdos más profundos y de esta forma moría sin dolor, sumergido en el plácido laberinto del primer sueño infantil.

Océanos negros, paredes de letras. Una luz blanda y verde y un lugar que pretendía desesperadamente alcanzar: así fue para Guntaar.

Sus párpados temblaron un poco, la boca esbozó una sonrisa. Luego nada.

Concluida la tarea, los comandos se reunieron en el centro de la reluciente bóveda, se saludaron marcialmente y pusieron en marcha los autodevoradores.

No quedaría huella alguna de los asesinos.

El Jefe de los comandos desaparecía en medio de un alarido ígneo cuando el Equipo de Resucitadores irrumpió en la habitación.

SATANORLÁN VEINTICINCO

Sesión 10009669

(Ataque al Cathedral Center y a la Santa Misa Anual Deportiva.)

La Maligna avanza al frente de sus ejércitos. A su paso todo se corrompe, todo se torna angustia y desesperanza, enfermedad y podredumbre. Batallones de gusanos, moscas y alimañas de la Muerte la acompañan; tan nutridas son sus columnas que apenas es posible ver El Cielo protector sobre NewManhattan. Los seguidores de SatanOrlán, sus nauseabundas huestes, han rodeado el Cathedral Center. El aterrorizado edificio tiembla y reza pidiendo clemencia a Dios Nuestro Señor. Fluyen lágrimas de sus ojos de plásticovivo. Dentro del templo, un millón de fansperegrinos, fansfieles y sportfans se entregan, ajenos a la desgracia que se cierne sobre ellos, al regocijo que les proporciona la más santa de las ceremonias, que hoy, ha sido bendecida por la presencia del Hijo de Dios.

¡Alabado sea!

¿Qué criatura infernal es capaz de desatar el Caos sobre estas bondadosas ovejas reunidas en la sagrada casa de Dios Nuestro Señor?

¿Quién podría cometer tamaña monstruosidad, tamaña herejía?

SatanOrlán.

La Maligna.

Un ventarrón hediondo recorre la capital de Tierra Firme. Vómito y duda.

Han surgido de las cloacas como demonios sedientos de sangre inocente. Abren fuego con sus sofisticadas armas (proporcionadas por la traidora

China), arrojan bombas desarticuladoras y minimisiles carnívoros sobre la multitud. Liberan engendros portadores de mil quinientas formas de la Plaga.

Segundos después, decenas de miles, cientos de miles de pacíficos fansperegrinos, fansfieles y sportfans yacen destrozados en la gran explanada frente al templo, en las avenidas colindantes, en los florecidos jardines.

Cuerpos cubiertos de llagas malolientes, bocas purulentas.

¡Clama al Cielo tanta maldad!

Las huestes de SatanOrlán se ensañan con la multitud desarmada. Mujeres piden clemencia y son violadas y decapitadas. Ancianas piden clemencia y son cortadas en trozos y sus restos dispersados. Hombres que tratan de impedir la barbarie son desintegrados. Niños piden piedad y son degollados y sus cuerpos arrojados a los mastines caníbales que acompañan a los desalmados.

Cientos de Diablesas Blancas, escolta personal de La Maligna, forman un acorazado círculo en torno a la figura siniestra y cambiante de su líder, plagada de Extremo Aburrimiento Pecaminoso, Tedio Absoluto y Furor AntiEntretenido Perpetuo.

Ya en el interior del templo, se abren paso hacia el sacroescenario masacrando al devoto gentío.

Un río de sangre y vísceras inunda las sacras baldosas, cae formando cataratas desde los palcos.

Afuera la ciudad se hunde en el Caos.

Podredumbre destruyendo el Santo Espíritu Sacrodeportivo. Podredumbre en la gran fiesta donde el Hijo de Dios anunciará la buena nueva de la Resurrección de Dios Nuestro Señor en Tierra Firme y la llegada de su Eterno Reino Virtualcarnal.

¡La Vida Eterna!

¿Quién puede odiarla?

SatánOrlán.

La Maligna.

Podredumbre en el día en que por fin miles de años de orar a dioses sordos, de esperar a dioses vengativos e inexistentes se dan por concluidos; en el día en que por fin miles de años de orar y esperar por dioses falsos, chantajistas, dioses de los que sólo cabía esperar el abandono se dan por terminados; en el día en que por fin miles de años de atrocidades, crímenes y calamidades indescriptibles acaecidas bajo la mirada impasible, indiferente de esos dioses y siempre cometidas en su nombre y siempre con su evidente complicidad se dan por terminados para siempre.

En el día en que por fin un Dios real, amante, acude a nuestra llamada, nos trae la bendita Eternidad…

Ese día es el elegido por SatanOrlán Veinticinco (en colaboración con traidores externos e internos y con la pérfida China) para descargar su furia homicida.

¡Malditos sean!

Odian la Bondad Infinita de Dios Nuestro Señor.

¡Servidores de las Tinieblas!

Las Diablesas Blancas, bestias insaciables, enarbolan espadas que vierten torrentes de sangre inocente. Fieles sacrificados en el altar de la putrefacción y el odio.

Al frente de la pandilla blasfema marcha La Maligna, el satánico asesino Alfil Tres y dos mortíferos engendros genético-ilegales.

¿Cuál es el objetivo de esta caterva sacrílega?

¡Matar al Hijo de Dios!

Mediante un artilugio diabólico manufacturado en la apóstata China las fuerzas antieternidad han conseguido desarticular momentáneamente el equilibrio psicosomático de los habitantes de Tierra Firme. Mediante esa infame estratagema evitan cobardemente el combate con los servidores de Dios Nuestro Señor.

Los heroicos Mics que sirven de escolta al ArchiArzobispo McCarthy, a los Atletadioses y al Hijo de Dios, inermes, son barridos por la chusma invasora sin que puedan oponer resistencia.

¡El Hijo de Dios, al que por supuesto no afecta el diabólico artilugio, está en peligro!

Sombras de horror ascienden hasta el cielo. Surgen de los abismos de la tierra con fuerza homicida: pretenden apagar la Luz que Dios Nuestro Señor ha traído al mundo.

La malignidad de La Maligna se despliega procurando la máxima ofensa a Dios Nuestro Señor y a todo lo que simboliza. Sus acólitos muestran su impiedad.

Un huracán de proyectiles entristecedores y aburridores enfila hacia los palcos sacros y presidenciales: disparados por los facinerosos miembros de las Guerrillas Anticonsumo, las satánicas Diablesas Blancas, Alfil Tres y sus compinches.

¡Diabólicos proyectiles turbando las fuerzas del Bien Virtualcarnal, pretendiendo la reinstauración del Caos y la Podredumbre!

¡El Reino de las Tinieblas!

¡El Hijo de Dios está en peligro!

¡Ha comenzado la batalla decisiva entre la Nueva Luz y la Arcaica Oscuridad! ¡El combate por la Vida Eterna!

Un Cáncer Disney ¡símbolo luminoso de la virtualcarnalidad pura! ofrece una feroz, gloriosa resistencia en el sacroescenario, en medio de los cuerpos destrozados de los Atletadioses, San ArchiArzobispo McCarthy y sus cien monaguillos cantores. El guerrero Disney interpone su cuerpo entre el divino cuerpo del Hijo de Dios y sus atacantes. Pero el número de los odiadores de la Eternidad es tan grande y sus armas tan sofisticadas (gracias a la alevosa China), que pronto es derribado y desintegrado.

¡Ha caído el último bastión entre el hijo de Dios y sus enemigos! Fuego, ayes desesperados, llantos y alaridos llenan el templo.

El humo ciega y, misericordioso, vela las monstruosas escenas que se producen en el sacroescenario: las Diablesas se disputan a mordiscos la carne santa de los Atletadioses, Alfil Tres y los engendros genéticos que lo acompañan violan los tiernos cuerpos exánimes de los puros monaguillos, profiriendo salvajes gritos, dando vivas a las fuerzas de la podredumbre, al Monarca de los Gusanos, al Dios del Caos que adoran.

El Hijo de Dios, excelso combatiente, rodeado, resiste, causa grandes estragos entre los asaltantes.

Pero no podrá con tantos y tan inmundos enemigos: eso está claro para cualquier jugador.

Se acerca de frente, simulando estar dispuesta a trabar honorable combate.

—¡Puro, inocente, inmaculado Hijo del Rey de Reyes no caigas en la trampa! —grita Guntaar.

Es norma que todo jugador trate de advertirle.

Pero la pureza del Hijo de Dios es su mayor enemigo. Planta cara a La Maligna y se desentiende de su retaguardia y de los gritos que le advierten del peligro.

Mientras, el satánico Alfil Tres, cabeza de llamas infernales, blandiendo la Espada Podredumbre, regalo de la Cofradía de las Diablesas Blancas, confeccionada en la perjura China con el único fin de hendir la santa carne de los eternos, se acerca traicioneramente al Hijo de Dios.

Cuando está cerca de su santa víctima adopta la forma de un guerrero Mic… ¡el canalla no se atreve a combatir a su Santidad bajo su repugnante aspecto!…

Ese es el escenario.

Así está el juego.

Gran oportunidad para Guntaar.

La salvación del Hijo inclinaría la balanza de la batalla.

Máximo Nivel de Entretenimiento: posible.

Bono Especial de Semejanza: posible.

Si lo obtiene su cola aumentará un centímetro automáticamente. Gran oportunidad no exenta de peligros. Si Guntaar fracasa, esto redundará negativamente en su Expediente de Deportividad General, en su Escala de Consumo y en su Escala de Semejanza.

Si fracasa su cola disminuirá medio centímetro. Excitación del juego, delicias del juego.

Guntaar viste a toda prisa la negra armadura de Paladín de la Virtuandad. Blande la Espada Redentora. Corazón henchido de Fe inderrotable.

Escoge para entrar en la batalla un planeador polimorfo: caerá sobre el enemigo desde el cielo.

El aire dentro del templo arde y el olor a sangre provoca nauseas. Montañas de cadáveres descuartizados. Montañas de niños abiertos en canal a la espera de alguna horrenda ceremonia antivirtualcarnal: un engendro genético parecido a una liebre oficiará como satánico hechicero.

Los fanfieles sobrevivientes en el interior del Cathedral Center reciben al Paladín con un rugido de esperanza cuando se desliza como un espíritu vengador en dirección al sacroescenario. Antes de llegar a él, sobrevuela el sitio donde está a punto de comenzar la diabólica misa. De un tajo decapita al engendro genético parecido a una liebre. Chorros de gusanos brotan de su cuello cercenado. Blancos, viscosos.

Vítores de los fansfieles sobrevivientes. Fragor de Fe levantándose.

El Paladín de la Virtuandad aterriza a dos pasos del Hijo de Dios que, sin percatarse de la traicionera proximidad del satánico Alfil Tres esta a punto de caer bajo su espada.

Guntaar siente el impacto de tanta vida terminada. El descomunal absurdo de los tiempos PreResurrección. De los tiempos en los que la gente moría: los cuerpos inanimados, sangrantes, mutilados, apilados por todas partes atentan contra su Estabilidad Salvada.

Tiene que alcanzar Máxima Concentración Entretenida si pretende vencer.

Excitación del juego, delicias del juego.

Ya el arma traidora del satánico Alfil Tres cae sobre la santa cabeza del Hijo cuando Guntaar interpone su espada.

¡Jugada Perfecta!

La Maligna y su traidor lacayo dejan escapar un aullido infernal. Las Diablesas Blancas y la turba de espeluznantes anticonsumistas abandonan la pavorosa faena que los ocupaba sobre los cuerpos caídos y se lanzan sobre el recién llegado guerrero.

La Espada Redentora refulge vertiendo carcomedora luz sobre los engendros de la Oscuridad.

La armadura del Paladín resiste los primeros embates, rechaza un traicionero mandoble de la Espada Podredumbre de Alfil Tres. Aniquila mediante fintas magistrales a una docena de sus acólitos. A continuación, el brazo armado de la Virtuandad lanza un poderoso golpe que reproduce la melodiosa silueta de la oreja izquierda del Hijo de Dios y la cabeza infame de Alfil Tres vuela por los aires yendo a caer a los pies del Hijo del Eterno.

Ofrenda.

Desagravio de los salvados a la prole del Salvador.

El Hijo de Dios sonríe al Paladín.

El Paladín se inclina respetuoso.

—¡Por la Gloria de Dios Nuestro Señor, por la Gloria de la Virtuandad!

El grito de Guntaar pone pavor en las podridas almas de sus enemigos.

Las amplias puertas del Cathedral Center se abren. El edificio ha logrado neutralizar la interferencia introducida por La Maligna (con ayuda de traidores externos e internos y de la pérfida China) en su cerebro de plásticovivo. Arriban los Cánceres Disney, los Mics, los Clones Reforzados, los MicMasters, los batallones de Clones Antivirus y Clones de Emergencia.

Pero no llegarán a tiempo para salvar al Hijo de Dios. Todo está en manos del Paladín.

El Héroe se lanza a la batalla. Decenas de miles de horas dedicadas al estudio y a la práctica del juego lo han convertido en un peligrosísimo contrincante. Se desliza mortífero entre las Diablesas Blancas que horadadas por la luz de la Espada Redentora muestran sus hediondas vísceras y caen aullantes.

El Hijo de Dios se hace a un lado, respetuoso de los deseos del Campeón de la Virtualcarnalidad.

Delante del Paladín se alza la pavorosa figura de SatanOrlán, La Maligna.

Cientos de años de asesinatos, masacres, robos, monstruosidades, vilezas e infundios antivirtualcarnales representados por aquella figura parte perro gigantesco, parte herejía hecha carne, parte cetáceo armado de púas envenenadas, parte lombriz cargada de infecciones, parte cerdo de largos colmillos amarillentos, parte saurio de cola prensil, parte vaca endemoniada de ubres ponzoñosas, parte escarabajo de tenazas cortantes, parte aguijón traicionero, parte serpiente acorazada, parte simio rabioso, parte escualo asesino de triple hilera de afiladísimos colmillos.

La presencia del tenebroso engendro Clónico encoge el alma y nubla el entendimiento. Veinticinco clonaciones cuyo exclusivo propósito ha sido reivindicar la Muerte, la Antigua-Naturaleza, veinticinco clonaciones que constituyen un canto al Caos y la Carroña.

El Paladín permanece inmóvil, reza en silencio, pide a Dios Nuestro Señor que le otorgue valor a su corazón y fuerza a su brazo para derrotar a la enemiga máxima del Reino Virtualcarnal.

¡Que sus oraciones sean escuchadas!

Poco a poco ha disminuido el fragor de la batalla hasta convertirse en un silencio copioso. Llamas y humo se detienen. Los lamentos de los moribundos cesan, la sangre de las heridas deja de manar.

Las múltiples formas de la Maligna, sus innúmeras atrocidades se funden de golpe en un todo fláccido. Convertida en una enorme masa gelatinosa se precipita sobre el Héroe. Cae sobre él con un chapoteo pegajoso. Lo envuelve, lo aspira hacia el interior de su naturaleza.

¡Inmunda traidora!

La espada Redentora poco puede hacer: hinca, chapalea en la materia viscosa sin encontrar órgano vital alguno sobre el que descargar el ataque.

Desconcierto de El Paladín

Aguardaba descomunales golpes, feroces andanadas de virus, furibundas dentelladas, descargas de mortíferos proyectiles caníbales, pero no esta blandura que lo envuelve casi cariñosamente, que lo ciega, que le impide respirar. Este abrazo que poco a poco aumenta su presión y que terminará convirtiéndolo en una pasta digerible que pasará a ser parte de aquella gelatina asfixiante.

En el corazón del Héroe crece la duda como una planta ponzoñosa. SatanOrlán Veinticinco lo contamina y en unos instantes no sólo será devorado sino que morirá convertido en un hijo de la incertidumbre, en una alimaña del Caos, la Duda y la Contingencia. El alma del Paladín conquistada por el terror y el dolor gime pidiendo clemencia presa de la confusión y la tristeza, oleadas de pesimismo lo sacuden, la mano que empuña la Espada Redentora se afloja y el arma está a punto de caer.

Entonces, en medio de la desesperanza creciente, al borde del abandono y de la renuncia una pregunta lo estremece.

¿Qué será del Hijo de Dios si él cae?

Viene a su mente el amado rostro, los blancos ojos bondadosos, el venerado hocico, los reverenciados discos de las orejas. También será tragado por SatanOrlán. Ve su negro cuerpo, sus amarillos zapatones, su sacroentretenida cola atrapada en aquella masa maloliente y la imagen desencadena en su casi rendido cuerpo una fuerza inconmensurable: la del Sacrificio por el Hijo y por el Padre, Dios Nuestro Señor.

¡Jamas! Grita desde el interior del cuerpo de La Maligna y su voz resuena en el Cathedral Center como trompeta angelical, como el fragor de la Verdad que se levanta. Su mano aferra nuevamente el arma y guiada por la Fe y el Amor, la Incorruptible Seguridad Virtualcarnal y la Certeza Eterna avanza por el nauseabundo, blando Caos hasta encontrar el hediondo corazón de su enemigo.

Lo atraviesa de una magnífica estocada.

La prisión estalla. El Paladín vuelve a hallarse en el centro del escenario y a su alrededor se retuercen los restos de La Maligna, consumidos por su propio odio.

El Templo es un canto de alabanza.

¡El Hijo de Dios está salvado!

¡Aleluya!

El Hijo de Dios se acerca a su Campeón.

Lo abraza.

La acción ha transcurrido siguiendo la más estricta fidelidad al Libro de los Hechos. A la Sagrada Historia.

Guntaar, a pesar de la intensidad del juego había conseguido un extraordinario nivel de proximidad.

El jugador podía alterar el curso de los acontecimientos a su antojo, a fin de aumentar sus posibilidades de triunfo, o para disminuir el impacto de aquella realidad en su organismo y de esta forma mejorar su capacidad de reacción, sus reflejos, y la selección del momento de intervenir en los Hechos.

Pero mientras más cercano a los Hechos se juegue, mayor puntuación podrá obtenerse con la victoria.

Guntaar observó, ávido, el sacroaltar del Cathedral Center donde aparecería en un instante la puntuación alcanzada. EntreteniPlacer Máximo lo embargaba.

El peso del brazo del Hijo de Dios, sobre su hombro, hacía que sus ojos se nublaran de emoción.

Tronaron las cornetas angelicales entonando la Cantata Celestial y el Himno Eterno a Dios Nuestro Señor.

¡Cuatro mil novecientos ochenta puntos de cinco mil!

El Cathedral Center se convirtió en un descomunal aplauso.

Los puntos se reflejaron de inmediato en las Escalas. Su nivel en la de Consumo aumentó un diez por ciento. El impacto en la de Semejanza pudo constatarlo físicamente. Su cola creció de un tirón un centímetro. Las orejas se redondearon.

¡Aleluya!

Garfio Center envió a Hogar olas de camaradería comunitaria first class a modo de felicitación. Guntaar se disponía a abandonar MundoGame y el TvTual cuando las sintió llegar como un abrazo cálido.

DIOS NUESTRO SEÑOR

Primero pureza. Sosiego invadiendo el entorno. Poros de la realidad abriéndose para recibirlo. Complicidad de las materias, intercambio de caricias. Entretenepaz máxima. Seguridad como rocío tibio. Después volúmenes que brotan de la superficie del TvTual. Certeza de la redondez de la nariz. Impoluta luz del blanco guante. Radiante amarillo de los zapatones. Luz del Sol que calienta los fríos espacios y mueve los astros. Candor de las circulares orejas.

Dios Nuestro Señor emerge del TvTual como siempre que es llamado por cualquiera de sus billones de hijos en el Planeta Virtualcarnal y su radiante negrura invade la habitación.

Guntaar ha solicitado su presencia, como muchas otras veces en los últimos años, para que lo ayude a atravesar la noche. Para que la noche no se convierta en otro cúmulo de fragmentos en los que anida la Tentación. Para que conjure el desasosiego, el rencor de sus pesadillas. Y pueda conciliar un profundo y reparador sueño. La acharolada nariz se inclina hacia él. El gran cuerpo divino flexiona las tubulares piernas, se sienta a su lado. Apoteosis de gracia. En su rostro hay comprensión sin límites, bondad absoluta, su boca ostenta una sonrisa acaramelada y una de sus blancas, enguantadas manos se posa en la cabeza de su hijo.

Carne de mi carne, sangre de mi sangre...

Cuando duerme, Guntaar siente que sus defensas casi desaparecen y queda a merced de la Tentación.

Excepto cuando busca refugio en el regazo de Dios Nuestro Señor.

Cuando duerme sueña con océanos de incertidumbre, poblados de mutantes; con viejos Masturbadores, con mares sombríos que desembocan en la ausencia de Eternidad, sueña con ClonMisiles, con salvaciones gracias a la ingestión de semen angelical. Sueña que el Reino de Dios es el sueño, no la realidad. Sueña con agotadoras eternidades…

Necesita dormir profundamente.

Sus suicidios se producen, casi siempre, al despertar.

Poco le ha durado la sensación de entretenequilibrio obtenido por el triunfo en Mundo Game sobre SatánOrlán.

Las orejas de Dios Nuestro Señor tocan el techo y su seno es amplio, acogedor. Sus mofletes suben y bajan al compás de un tarareo. Los dientes blanquísimos. De leche. ¿Una canción de cuna? La cabeza del hijo se pierde en su mano y su ancho pecho lo acoge. Allí Guntaar puede dormir a salvo, sumergirse en la eterna seguridad y en la eterna pertenencia. Recuperar la tranquilidad y la confianza que cree haber perdido para siempre.

Todos los habitantes de WebLand-Tierra Santa aman dormir acunados por las nanas paternomaternales: la voz de Dios Nuestro Señor achocolatada, olorosa y lanceolada. La respiración bajo su pecho como el pulso del Universo, como el bombeo de la Eternidad.

Guntaar se acomoda en sus brazos. Del calor de su vientre emana pertenencia absoluta. Padre Madre. Madre Padre. ¿Senos? Los regios miembros lo rodean. ¿Leche? Una mano en los tobillos, otra en la espalda.

Todas las ternuras.

En el regazo del Padre Madre se atreve a hacer algunas preguntas.

Siempre las mismas, tontas preguntas.

Dios nunca juzga, Dios nunca condena.

Guntaar alzó los ojos hacia el Supremo Rostro.

—¿Soy tu hijo?

Niveles de dispersión y de inseguridad máximos cuando se atreve a hacer esta pregunta.

—Eres mi hijo

—¿Cómo puede acosarme la Tentación entonces?

—No existen los pecados. La Tentación no existe. Es otro juego, todo es juego, entretenimiento…

—Pero la siento, me impulsa a detenerme… ¿Un juego? ¿Cómo puede ser un juego si me hace buscar un final, abandonar el Reino?

—Todo es juego. No hay ningún final. Puse fin a los finales. Para eso vine. Para eso te he liberado del tiempo. Nadie puede abandonar el Reino. Solo juegas a abandonarlo…

—¿Y los fragmentos?

—¿Fragmentos? No hay tal cosa, sólo continuidad… duerme… Pausa.

—Hoy estuviste brillante jugando a SatánOrlán…

Sonrisa.

El regazo de Dios Nuestro Señor es una infinita pradera negra: hierbas negras, tierra negra, flores negras, árboles negros, nubes negras, brisa negra, cielo negro. Sol negro. Pájaros negros. Amor negro. Negro dulcísimo, negra luz de la bondad del Salvador que todo lo alcanza e inunda las almas... Guntaar logra verse otra vez muy alto en la Escala de Semejanza; casi convertido: orgulloso de la longitud de su rabo, de la perfección de sus orejas, del color de su piel, de sus enguantadas manos y de los pieszapatones: avanza entre las aromáticas flores, sobre la rica tierra y el universo y el tiempo son una armonía insoslayable.

Una armonía que no cesa, que no acabará jamás.

Sin embargo... en los ojos de Guntaar borbotea el cansancio. Y por entre la euforia se desliza la imagen del viejo Masturbador que lo condujo hasta la habitación en la que yace el escritor tumbado, a punto de detenerse.

Yace. Sí.

Todavía está allí, piensa.

La idea lo llena de pavor.

El pasado también es eterno en las entrañas de WebTime.

Todo continúa pasando, eternamente...

Tiene miedo.

Pero el miedo es lo mismo que la libertad.

Se hunde más en el mullido regazo. Sacude la cabeza en un intento por apartar sus inquietudes. Balbucea...

—¿Y si...?

—No hay que hacer preguntas. ¿Para que sirven ya las preguntas? Insiste.

—Pero si a pesar de todo...

—El tiempo de las preguntas ha concluido, el tiempo en que cuestionar era necesario, tenía sentido, ha pasado. El tiempo de la ignorancia, de las incertidumbres, de las búsquedas ha terminado. Yo he traído un nuevo Tiempo: Tiempo de ser y de estar. Yo soy la vida eterna, la salvación... la vida eterna y la salvación no necesitan preguntas, solo necesitan ser vividas y disfrutadas. Duerme tranquilo hijo mío, duerme...

Sus palabras conductoras de sueño, hacedoras de sueño.

Guntaar cierra los ojos y la paz llega y apacible transcurre la noche en los brazos del Señor.

ESCRITORAGÓNICO

¿Cuándo comenzó su caída?

Su envilecimiento. Su depravado ciclo de desemejanza. Su infelicidad.

Justo antes del Gran Éxodo.

¿Dónde?

En el antiguo Masturbador.

Allí. En uno de aquellos viejos Masturbadores familiares al que solía acudir con su amigo 6Jordan en tiempos que ahora se le antojan remotos. Cuando el Futuro se abría ante él como una seguridad inagotable, inexplorada.

Tiempos plácidos y superentretenidos como una tarde transcurrida jugando a SatánOrlán.

La silueta del Masturbador, como una ampolla roja al final de la avenida en ruinas aparecía en sus sueños una y otra vez: como un estigma en el cuerpo de su Entretenimiento. Como un tumor que permanece después de haber eliminado a su víctima. Ocupaba un gran polígono y estaba rodeado de edificios carcomidos, o a medio reciclar.

Olvidado, batido por los vientos y las lluvias ácidas, fuera de El Cielo que protegía NewManhattan. Esperando la extinción. Abolladuras en el techo, paredes agrietadas, entrañas abiertas, el desvencijado interior donde aún podían hallarse esferas de transporte intactas. Semiocultas, entre restos destripados. El genio de 6Jordan no había tardado mucho en procurarles alimentación y hacerlas operativas.

En esos tiempos, ya había comenzado el gran Éxodo a WebLandTierra Santa. Sería el año 2552. Poco después del triunfo definitivo sobre Orlán Veinticinco en la histórica batalla de la Santa Misa Anual Deportiva, la Resurrección de Dios Nuestro Señor, la gran victoria de los ejércitos celestiales y la implantación del Reino en Tierra Firme.

En la estela de dolor y dicha provocada por aquellos hechos: el Éxodo. Billones de virtuhumanos, certificados de acreditación en mano, desnudos como recién nacidos, abocados a las Puertas del Paraíso, dejando todo atrás, ansiosos por abandonar el Antiguo Planeta, por comenzar una nueva vida en el NewPlaneta Virtualcarnal.

WebLand-Tierra Santa.

Los planes colectivos de inoculación de Gen de Dios financiados por el Gobierno Mundial y Disney Corp. facilitaron el rápido ascenso de la población a niveles de pureza genética que hacían posible el traslado al NewPlaneta. El Consejo Teológico Mundial exhortó a la Humanidad (excepto a la malvada China) a dejar atrás para siempre el Imperio de la Podredumbre y los Gusanos. Y la Humanidad acudió sedienta al llamado.

Fueron tiempos heroicos, de esperanza y alegría. Dios había aparecido por fin y traía consigo la muerte de la Muerte y la tantas veces prometida Eternidad.

La milenaria espera había concluido.

¡Aleluya!

El gran Éxodo, que vació el Antiguo Planeta y trajo como consecuencia la desaparición de los humanos y el nacimiento de la nueva especie, los virtuhumanos, o humanos virtualcarnales, duró cien años.

Las abandonadas áreas periféricas de la capital de Tierra Firme se llenarían, con el tiempo, de proyectos de plásticovivo del Ejército Mundial: fábricas de Nabesnubes, industrias dedicadas a la procreación de soldados Mic, Mic Master, Cánceres Disney, almacenes gigantes de placenta divina y Gen de Dios, y los primeros Parques Temáticos Vivos, embrión del futuro sistema Universal de VirtuCeldas Temáticas.

El embrión de un Universo Virtualcarnal.

Guntaar nunca hubiera visitado aquel maldito Masturbador, alejado de su vivienda, si no hubiera sido por su amigo 6Jordan. Su búsqueda insaciable de nuevos niveles de Entretenimiento Sexual con heroínas toons, su afición por aquel entonces, los condujo allí. Los viejos Masturbadores permitían viajar por el Pasado sin restricciones, visitar zonas del WebTime descartadas por los modernos TvTuales personales y familiares.

Los dos amigos aprovecharon durante algún tiempo esta circunstancia. Guntaar encontró gracias a ello nuevas figuras dictatoriales con las que alcanzar Entretenimiento Sexual Total.

Encontró a AmanteComandante. Y a EscritorAgónico.

Pocos años después, con la proliferación de los TvTuales, los Masturbadores colectivos desaparecieron, y con ellos la posibilidad de viajar libremente por WebTime y de acceder a la época PreReorden, pero el mal ya estaba hecho.

Al menos para Guntaar. Pensaba mucho en ello.

Durante años, estuvo convencido de que su irresponsable visita a la performance de Orlán Veinticinco en el Espacio Veinticinco, en los momentos iniciales del WebLand, era la causante de sus desventuras. Pero su Teólogo Consejero le había convencido de que aquello no tenía mayor importancia. Dios Nuestro Señor había llegado a la misma conclusión. Locuras juveniles que eliminada para siempre la fuente del mal, y conquistado Guntaar para la nueva vida de los salvados por el Gen de Dios, resultaban intrascendentes.

Meditar sobre los orígenes de su enfermedad cambiaba la perspectiva de ciertas cosas. Ese cambio constituía, quizás, lo más inquietante. Por ejemplo, el Tiempo, tan fútil desde su Salvación, desde su conversión a virtuhumano, adquiría a la luz del sufrimiento provocado por su manía de querer saber, una pátina relevante: un aspecto plumoso, naranja y resplandeciente como el de las mejillas de los Ángeles.

Su anomalía, es decir su capacidad de sufrir, cambiaba su percepción del Tiempo. Este adquiría volúmenes, facciones, vastas extensiones físicas. Como si poseyera un cuerpo y Guntaar fuese capaz de verlo, de sentirlo.

Una locura. Una intolerable debilidad.

¿Por qué él? ¿Por qué él y no 6Jordan a quien, evidentemente, los viajes al pasado a bordo del viejo Masturbador no habían traído consecuencia negativa alguna?

No existían motivos sino para la Felicidad a la sombra del Amor de Dios Nuestro Señor. En su Eterno Reino Virtualcarnal. Lo sabía.

Y sin embargo lo embargaba una sensación de ofensa descomunal, de injusticia cósmica, que persistía a pesar de haber sido abolida...

Si el azar existiera (que no existe gracias a Dios Nuestro Señor), pensaba, podría concluir que fue el azar quien propició el error. Un minúsculo error, un descuido más bien, que lo desvió de su habitual curso en busca de la pequeña isla y su dictador. Que lo condujo al escenario de la muerte autopropiciada de aquella alimaña PreReorden. Así comenzó todo. Podía haber corregido en un instante su viaje en el WebTime, buscar otros escenarios, pero no lo hizo.

¿Por qué no lo hizo? Lo cierto es que no concedió mucha importancia al hecho, a la fascinación que provocó en él la escena. Cosas de animales primitivos, de seres PreReorden, se dijo.

Pero con el crecer de su inestabilidad y de la desarmonía en su Entretenimiento; con la constatación de su trastorno, llegó a estar seguro de que en aquella visita se hallaba el génesis de su mal. Después de estudiar detenidamente, de repasar y revisitar minuto a minuto su pasado no le quedaba la menor duda. Del rostro de EscritorAgónico había nacido la Tentación.

Estaba convencido, a pesar de que todas las investigaciones, las solicitadas al Consejo de Sabios del Gen de Dios y al Consejo Teológico Regional y al Consejo Teológico Mundial afirmaran lo contrario.

Ellos catalogaban sus aventuras en el viejo Masturbador como fuentes de Entretenimiento bendecidas por Dios Nuestro Señor.

Señor no me dejes caer...

El mismo Dios Nuestro Señor, interrogado al respecto, respondía siempre:

—La Tentación no existe... todo es juego...

Pero Guntaar estaba convencido de que su desgracia había comenzado en aquella habitación.

En el rostro de EscritorAgónico.

La escena: el hombre estaba echado sobre un ruinoso sofá. Color naranja estrepitoso. Respiraba trabajosamente y su hermoso (para los cánones de la época humana, ahora resultaría espantosoaburridoplus y feoclásicoextinguido) semblante enmarcado en abundantes, acaracolados cabellos, tenía la mirada fija en el techo. Ojos velados por una lámina humosa. Por alcohólicas vaharadas. Manchas de saliva. La nariz poderosa, los labios delgados, los ojos en un remolino.

En el remolino: árboles talados, madreanimal que pare, lluvia, tierra masticada, fugas, cárcel, soledad, felaciones, palabras, gusanos, humillación, obsesiones.

Las manos mordisqueadas por un ejército de alimañas invisibles. Crujiente la respiración. Moradas las uñas. Pálido jinete. Estaba en la salita del diminuto, miserable apartamento en un edificio de Manhattan. Finales del Siglo XX, Época PreReorden. EscritorAgónico compartía época con AmanteComandante; era una de sus víctimas. Libros de papel. Pulpa vegetal. Un estrambótico artefacto de metal para imprimir palabras. ¡Letra a letra! ¡Con teclas! Por la ventana entraba una luz de semen. Que se esparcía como un hormigueo. El mugido de la ciudad al fondo, pertinaz. Olores: camomilla, alcohol, azúcar, sudor, talco, lejía, tila. O al menos eso informaba el Identificador de Olores que llevaba Guntaar al cinto. Un recipiente de lata lleno de un mejunje indescriptible. Adosados a la pared, insólitos artilugios para calentar el ambiente, como tripas; cuelgan del techo rústicas bombillas para alumbrarse.

Guntaar estaba acostumbrado a aquellos lugares groseros, oscuros, aristados, atroces, en los que habitaban los humanos en épocas PreReorden y PreResurrección. Sus frecuentes visitas a la isla del dictador lo habían inmunizado a las reacciones alérgicas y a los trastornos endocrinos y mentales provocados por el contacto con aquella realidad.

Aún así, se tapó la nariz.

Contuvo las ganas de vomitar.

Junto al flaco cuerpo del hombre tendido, en el suelo, varios frascos vacíos, que sin duda contuvieron los fármacos que el suicida había ingerido, y una botella de whisky. A través de la ventana se distinguían los muros empercudidos de otros edificios, paredes granulosas, antenas crispadas y un cielo semipodrido, grávido, más sucio que los muros, que anunciaba nevada.

El aire estaba tan contaminado que Guntaar respiraba con dificultad. A pesar de su aclimatamiento. El ruido de la ciudad, una especie de estertor, se unía al del moribundo.

¿Por qué aquel hombre quería morir?

En el momento de provocar su fin no existía posibilidad de Salvación ni de Eternidad. Antigua Naturaleza. En ella los seres humanos eran simples animales destinados a pudrirse y desaparecer en la oscuridad, en la nada del absurdo Caos natural. Inútiles y sin sentido. Condenados a seguir el necio curso de millones de generaciones precedentes: extinguidas y olvidadas. Sin Dios Nuestro Señor, sin Gen de Dios, sin Virtualcarnalidad, sin VirtuHumanidad, sin redención. ¿Lo sabría aquel ser? ¿Conocería su estúpido destino? ¿Lo impulsaba a la muerte eso que los primitivos llamaban alma? ¿Alguna de las falsas promesas de las falsas Iglesias? ¿Los infundios de los mentirosos Predicadores? Abundaban las supersticiones subvencionadas por diferentes sectas en esa época, pero no estaba seguro de que el agonizante fuera de los que buscan refugio en ellas.

Más bien parecía una pobre bestia resignada a su monstruosidad, a su humanidad. Alguien horrorizado de su condición.

Alguien cansado.

Su rostro transpiraba un agotamiento desconocido para Guntaar. Agotamiento que desembocaba en algo indefinible, dudoso y por lo tanto insoportable. Y sin embargo, atractivo. Una necesidad rabiosa de apartarse del curso de las cosas, de salir de la corriente, de quedar al margen, brotaba de sus facciones.

Eso fue lo que retuvo al visitante del futuro en el maloliente lugar.

Recorrió en un instante el diminuto apartamento. En el cubículo que hacía las veces de dormitorio apenas cabía el lecho, si es que podía llamársele así. Sábanas grises, mantas deshilachadas sobre un colchón agujereado. Un ventanuco que conectaba con una escalera oxidada. Después de repasar los libros amontonados por todas partes, supo que el hombre tendido era un escritor. Su imagen, reproducida burdamente, por medios químicos, aparecía en muchos de los volúmenes, junto a su nombre y datos biográficos. Una mezcla de repulsión y curiosidad invadió a Guntaar.

Un escritor: un propagador de tontas paráfrasis llenas de incertidumbres. De mentiras y falsas ilusiones. Un inventor de seres escritos. De fantasmas. Un creador de mundos engañosos, irreales. Un peligroso, al tiempo que patético animal de aquellos tiempos tristes. Un fabricador de terroristas, antientretenidas ficciones ajenas al verdadero Entretenimiento. Contrarias al verdadero Entretenimiento. Enemigas de la Verdad.

Todo un engendro.

La lectura de una carta de despedida que reposaba sobre la mesa, a Guntaar le costó un enorme esfuerzo descifrar aquellos signos largo tiempo atrás desterrados de la imaginación humana, no dejaba lugar a dudas respecto a su determinación. Sabía que se extinguía para siempre, y aún así quería morir. Estaba cansado. Escribía una y otra vez. Harto de ser humano. Esto lo dejaba muy claro.

¡No quería ser más él! ¡Ni nadie!

Quería detenerse. Quería apearse.

Apearse, esa era la palabra empleada.

Rogaba al Dios del Caos, ya que en ningún otro confiaba. Detenerse.

Apartarse del curso de las cosas. Dejar de pertenecer a aquel fluir atroz.

Rogaba, párrafo tras párrafo.

Con letra voluptuosa y trazo débil.

Allí, junto al destartalado, manchado sofá, sin poder apartar los ojos del rostro devastado del moribundo, Guntaar vio por primera vez la escena que se convertiría en su desgracia, sintió por primera vez la Tentación: *el vagón perdía impulso, un fuerte haz de luz iluminaba la nada circundante y él descendía. Veía con toda claridad su espléndido cuerpo a medio transformar, a medio camino de la Semejanza, alejarse con paso firme del vehículo eterno y adentrarse en lo desconocido, agitando con vigor la cola.*

Debía haberse aterrorizado ante aquella extraña escena, pero lo cierto es que no le prestó mucha atención. La catalogó como un desvarío provocado por la frecuencia de sus viajes al Antiguo Planeta, al Mundo de la Podredumbre.

Aún no sabía que todo lo terrible suele presentarse bajo formas inofensivas para que de esta manera su efecto sea lo más devastador posible.

Afuera, el cielo estaba a un palmo de la ventana y mostraba un poroso tinte rojo. Más allá de las paredes sólo existía una intensa, creciente hinchazón. La presión atmosférica solidificaba el aire y hacía difícil respirar.

El cuerpo de Guntaar olía a caramelos, a helado de menta, pero su aroma perdía la batalla contra el hedor a vulgaridad circundante.

Primeros copos. Baile. Vaharadas. Una cortina menuda diluyó los edificios cercanos, acercó más el cielo. Textura de granizado. De carne macerada. Confeti.

El hombre tendido aspiró profundamente, el aire produjo un silbido lastimero al salir de sus gastados pulmones. A continuación, abrió los ojos, que hasta ese momento permanecieran cerrados y, con un gran esfuerzo, alzó la cabeza:

Árbol de la infancia, árbol de la infancia, dijo con voz pastosa. La lengua blanca. Desplegó una mueca que pretendía ser una sonrisa. Sus ojos turbios dieron paso a un resplandor. Duró unos segundos. De un costado de la boca cayó un hilo de saliva que al llegar al suelo se enroscó como una serpiente.

La voz tenía el ritmo de un oleaje apagado, sonaba como abrir el envoltorio de una golosina.

Árbol de la infancia, árbol de la infancia...

Ya su voz un susurro apenas perceptible.

¡Qué estupidez! Pensó Guntaar, contemplándolo.

La cabeza volvió a reposar sobre la sucia tela del mueble. Carraspear lechoso.

En la habitación se escuchó un postrer cacareo que podía ser el mar, risas, el silbido del viento en una arboleda, gimoteos o un hipido angustioso.

El hombre estaba muerto.

La tormenta, encrespada, crecía en el exterior: puños blandos contra los cristales.

TESTCITY

A la mañana siguiente Guntaar se levantó descansado y animoso. Sueño reparador, profundo, ajeno a sus frecuentes pesadillas.

No sintió a Dios Nuestro Señor marcharse, poco antes del amanecer.

No vio su rostro divino inclinarse hacia él luciendo una amorosa sonrisa. No se percató de la caricia que su enguantada mano dejó en sus cabellos.

La caricia. Al despertar, fue lo primero que vieron sus ojos. Aguardando, junto a su cara. Tenía la piel pálida, cubierta de un finísimo bello rubio y los ojos azules y las manos delicadas y una expresión de bondad que duró aún después que tocó su mejilla y se desvaneció en el aire.

Una hermosa, negra lágrima de puro agradecimiento asomó a los ojos de Guntaar.

Consumió con excelente apetito un macdesayuno erjkwonderfull305 y lo acompañó con zumo de macarándanos mercurianos.

¿Cómo se entretendría hoy?

Pensó en ir a pastorear nanorebaños a Tierra Firme Park como en días anteriores, pero su deseo de jugartrabajar a pastores se había evaporado de repente. Esto, naturalmente, no era bueno; la incapacidad de mantenerse largo tiempo en un juegolabor demostraba su falta de armonía camaraderil y ponía de manifiesto fallos de incorporación al Plan Divino. Lo que traía como consecuencia un descenso en las Escalas.

La esclavitud del trabajo había desaparecido poco después de la Resurrección, de la llegada del NewReino. También los chantajes del compromiso social y la familia. La VirtuHumanidad disfrutaba por primera vez de verdadera libertad.

Todo es Juego, Entretenimiento… palabra de Dios.

Guntaar evaluó la posibilidad de obligarse a jugar a pastores; lo consideró unos segundos... pero la idea de que ni siquiera su amigo 6Jordan estaría allí después de recibir la Orden, acabó definitivamente con ese propósito.

Se recordaba acurrucado en brazos del Creador.

Soy un ser amurallado, inalcanzable para la Tentación.
Soy el Paladín de la Virtuandad.
Soy el aniquilador de SatánOrlán Veinticinco.
Repitió a modo de oración.
Retazos de la victoria en el juego fluyendo en su cerebro, provenientes de un mundo mejor.
Soy un virtuhumano superentretenido y virtuvivificado...
Continuó rezando.
En voz alta, procurando que su voz sonara segura.
Así estuvo buena parte de la mañana.

Después del almuerzo, dudó entre participar en el *rally* mundial de naves-vivas personalizadas o embarcarse en una cacería de tigres acorazados en las junglas lunares. ¿Bucearía en los lagos casopeaicos en busca de truchas cuatridimensionales? 6Jordan había regresado superentretenido de allá, contando maravillas acerca de la sabiduría de las truchasmonjes. ¿Se inscribiría como virtuesclavo en las minas polares? ¿Zarparía en un velero interestelar para llevar a cabo uno de esos bojeos al Sol que tan populares eran entre firstclassmultiejecutivos? ¿Correría el maratón a Marte por la nueva superpista climatizada?

Millones de posibilidades a su alcance. Sólo tenía que entrar en el TvTual...

Pero no lograba decidirse. Esa irresolución reflejaba, claramente, su estado.

Sintió una ira cansada y polvorienta. Una ira untada de vergüenza.

¿Por qué su vida tenía que ser distinta? A lo único que aspiraba era a ser igual que los demás.

Odiaba con toda su alma ser diferente. Odiaba esa siniestra palabra: diferente.

En otros tiempos tenía, como todo el mundo, una lista de actividades que abarcaba años, décadas, siglos... sueños sin pesadillas, un cuerpo sano que se transformaba normalmente, una fe inquebrantable, la seguridad de pertenecer.

Pero esos tiempos parecían cada vez más remotos.

¿Y si fuera a TestCity?

Sí, TestCity era una excelente idea. Teniendo en cuenta las circunstancias.

De obtener buenos resultados, su espíritu saldría fortalecido.

Aunque podía ir de forma más expedita a través del TvTual, Guntaar prefirió salir y tomar el trasbordador subterráneo. Muchos consideraban este medio de transporte ridículo y anticuado, y ciertamente lo era comparado con las excelencias del TvTual, pero Guntaar lo utilizaba con frecuencia. Caminar hasta la boca de la estación, dejarse absorber por ella, abordar el vagón, mirar a través de su piel el ajetreo de los paisajes-anuncios, el paso de las fulgurantes estaciones y luego ascender a la superficie atravesando los ajetreados shoppings subterráneos constituía un «paseo»; un paseo a la humana usanza.

Durante sus viajes en el Masturbador a la isla de AmanteComandante lo descubrió: la gente paseaba.

¡Vamos a dar un paseo!, exclamaban, sobre todo al caer la tarde. Como si se tratase de una gran aventura, de un acontecimiento trascendental. Guntaar, al principio, sonreía burlonamente al escucharlos. Mientras se preparaba para una sesión de Entretenimiento Sexual con AmanteComandante. Los despreciaba aún más por esta ridícula costumbre.

Pero con el paso del tiempo, esta extraña actividad comenzó a intrigarlo, y poco a poco cambió su actitud. Sus estancias en la isla se hicieron más largas. Se dedicó a espiar a los humanos mientras paseaban tomados de la mano junto al mar, por las mugrientas calles de la capital, o bajo los escasos árboles que sobrevivían en las afueras.

Abandono, cierta gracia inútil, una sensación de somnolencia. El desprendimiento con que frotaban los cuerpos, las risas despreocupadas en medio del horror. La manera en que veneraban sus cuerpos mortales.

Todo su ser rechazaba esa estúpida actividad, pobre, desde el punto de vista del Entretenimiento; pero, no mucho tiempo después, casi sin darse cuenta, salió él mismo a pasear y cuando el caos imperante aumentó e hizo innecesaria la invisibilidad, Guntaar daba largos paseos por la ciudad despertando la curiosidad (una multitud lo seguía, como una manada de ratas, a cierta distancia) y la adoración de los indígenas que lo consideraban una aparición, una especie de dios, un ser venido de otro planeta: y en parte no les faltaba razón.

Un paseo. Se dijo al salir a la explanada desierta. Involuntariamente, esbozó una sonrisa. Se sintió culpable. Echó a andar. Casi nadie usaba ya el sistema de transporte a no ser para viajar al Antiguo Planeta y los que acudían a jornadas de juegotrabajo partían mucho más temprano.

Ni un virtuhumano a la vista. En la distancia, la boca de la estación, al percatarse de su presencia, le dedicó unos exagerados gestos de bienvenida. El cielo era rosado y estilizadas nubecillas galopaban a baja altura. Un paseo. Había renunciado hacía mucho tiempo a viajar al Pasado en el viejo Masturbador, que seguramente ya no existía, a visitar a AmanteComandante, que sin duda habría muerto sin sus cuidados; o al EscritorAgónico en su asquerosa cobacha. Pero no podía olvidar. Ni la infecta ciudad. Ni sus despreciables habitantes y sus estúpidos paseos. Ni el vomitivo olor del mar. Ni la miserable habitación en Manhattan. Ni la expresión obstinada de aquel rostro agonizante. Ni la nieve tabaleando contra el cristal de la ventana.

No podía olvidar.

De recordar, de esa actividad inmunda provenían todos sus males.

Sin que pudiera evitarlo, el corazón de Guntaar se llenó de la repugnante sensación.

Nostalgia: seguramente era el único virtuhumano en todo el virtuuniverso que experimentaba semejante atrocidad.

TestCity, perteneciente al Complejo Capitán Garfio, formaba parte del grupo de celdasciudades agrupadas en su periferia. La zona habitada de WebLand-Tierra Firme ocupaba una porción ínfima del universo virtualcarnal, y, aunque estaba hecha a imagen y semejanza del Antiguo Planeta y podían encontrarse en ella urbes llamadas NewVirtuManhattan, NewVirtuParis, NewVirtuWashington o NewVirtuTokio, lo cierto era que estas metrópolis poco tenían que ver con sus antecesoras. Estaban concebidas como grupos de organismos interrelacionados alrededor de un Complejo Central y disfrutaban de un gran nivel de autonomía. Más que estructuras utilitarias eran seres vivos capaces de tomar decisiones y de satisfacer las necesidades y deseos de cada uno de sus habitantes.

Las hojas de los árboles se estremecían bajo los acordes de la brisa siguiendo un cadencioso ritmo; la luz del Sol entibiaba la mañana dotándola de una personalidad entretenida, acogedora. La mañana se esforzaba por ofrecer al transeúnte su mejor rostro. Temperatura deliciosa, ambiente inmejorable. Risas de las nubecillas. El aire se impregnó del perfume preferido del caminante. Una pareja de ruiseñores seguía a Guntaar desgranando exquisitos trinos.

444

Apretó el paso. La puerta de la estación abrió los brazos para recibirle.

Salvo Guntaar, no viajaba nadie más en el vagón.

Una estación quedó atrás, con un destello de criatura abisal. Atravesaron una shoppingciudad que descargó en su cerebro un millón de estímulos. Breves periodos de oscuridad se alternaban con la publicidad corporeizada, que conformaba el paisaje. Otra shoppingciudad. Entornó los ojos. De la piel del vehículo surgió un virtuanuncio y se sentó a su lado. Transpiraba hermandad y confianza. Tomó la mano de Guntaar y le miró amorosamente. De su larga cabellera emanada un olor delicioso que sólo de forma muy sutil remitía al producto: una salsaviva al barbecue provista de seleccionador de quinientos sabores. El rostro del virtuanuncio transmitía entrega; su cuerpo, voluptuoso, sumisión.

Guntaar extrajo la pistola antianuncios que siempre llevaba consigo cuando viajaba en el transportador subterráneo y le disparó entre los ojos. El virtuanuncio abrió los brazos y cayó al suelo con un grito. Del cabello chamuscado se elevó un hilo de humo. Mientras el cuerpo del virtuanuncio era absorbido, Guntaar se cambió de sitio para no sentir el desagradable olor y mantuvo el arma bien a la vista, para disuadir a nuevos aspirantes a hacerle compañía.

Mientras permanecía allí, manteniendo a raya a los virtuanuncios que, cautelosamente, asomaban la cabeza a través del techo, el suelo y las paredes, pensó en el Imperdonable.

La idea acudió a su cabeza como si alguien la hubiera deslizado en su cerebro, consciente de que resultaba imposible que, por sí mismo, a Guntaar se le ocurriera semejante cosa.

O tal vez no, tal vez pensó en ello porque se lo sugirieron las alas de un agresivo virtuanuncio de MininavesnubesBoeing al que estuvo a punto de disparar. ¿Cómo podía saberlo? Tampoco importaba mucho. Lo horrible era que pensara en aquella monstruosidad. Y que, debía reconocerlo, lo hiciera con naturalidad, como si pudiera significar una posibilidad real de salvación.

Todo lo abyecto le resultaba cada vez más natural. Eso era lo verdaderamente inquietante.

No se atrevía a llamarlo por su nombre. Por eso la palabra que acudió a su cabeza fue Imperdonable. No ÁngelCaído.

ÁngelCaído.

La única criatura maldita de WebLand-Tierra Santa.

La única criatura virtualcarnal pura, nacida con el Gen de Dios, carne y sangre del Señor que se había levantado contra ÉL. La única criatura imperdonable.

Cruzaban zonas residenciales. Los verdes jardines se alineaban como un ejército. El cielo subterráneo tenía un tono ocre, cremoso.

El Imperdonable.

Permanecía en ÁngelesPark, donde se exhibía a los curiosos, en un recinto apartado. Sin embargo, pocos se acercaban a él, no porque existiera restricción alguna al respecto, sino porque no despertaba la curiosidad de los visitantes. Catalogada como criatura de Primer Orden Espantosoaburrido, era lógico que nadie quisiera acercarse a su jaula. La traición al Divino comportaba tales niveles de Aburrimiento Total y de Tedio Máximo que convertían al renegado en un ser casi invisible.

Los visitantes se apiñaban delante del resto de los pabellones angélicos pero jamás se acercaban al que ocupaba ÁngelCaído.

ÁngelesPark permitía el libre acceso de los ciudadanos de WebLand-Tierra Santa a los habitantes del Hogar Celestial. Claro que no se trataba, salvo en el caso del Imperdonable, de virtuángeles reales, que raramente abandonaban el verdadero Hogar Celestial ubicado en las inmensidades abismales de WebLand, sino de réplicas autorizadas por el Consejo Teológico Mundial.

Pero las réplicas autorizadas por el Consejo eran, por decreto, tan reales como los Ángeles reales. Así que la sensación de estar en el Hogar Celestial, en presencia de la corte de Dios Nuestro Señor resultaba absolutamente convincente. Lo que hacía de ÁngelesPark uno de los más populares parques temáticos de WebLand-Tierra Santa.

El Imperdonable. ÁngelCaído. El Traidor.

¿Cómo podía ocurrírsele algo así?

Guntaar guardó el arma y dejó que un crujiente virtuanuncio de Doritos se sentara a su lado el resto del viaje. Así logró apartar la descabellada idea de su cabeza.

TestCity estaba formada por millones de esferas: resplandecían, flotando sobre la multitud que alzaba los brazos anhelante, concentrada en sus rezos: cuando una esfera descubría al virtuhumano al que estaba destinado su Test, descendía con un movimiento veloz, preciso. Ya el virtuhumano en su interior, ascendía nuevamente, incorporándose a la danza de la ciudad.

El tiempo que los virtuhumanos permanecían dentro de las esferas era conocido como El Viaje. Los teolohistoriadores los tenían en gran estima y les otorgaban categoría de experiencias entretenemísticas.

TestCity canturreaba, como de costumbre, su melodía de entretenea-mor contagioso. De abrazo fraterno. De multipreguntas cálidas. El gentío se agolpaba bajo su membranoso techo. Inmerso en un sincopado balan-ceo.

Guntaar abandonó el ascensor invadido por la sensación de sosiego que siempre acudía cuando llegaba a TestCity.

Echó a caminar, quería fundirse con la muchedumbre.

La piel de la esfera se cerró a sus espaldas. El interior del Test que eligió a Guntaar era el interior de una choza de adobe. Olor a leche, a incienso y mirra y a boñigas de ganado. Sobre un lecho de paja yacían Dios Nuestro Señor y una joven y hermosa mujer. Dios Nuestro Señor poseía apasionada-mente a la mujer que, abierta de piernas, lo recibía con ternura. Las divinas orejas de la Divinidad parecían abanicar el rostro de la mujer amada. De la escena emanaba una fuerte corriente de Entretenimiento y Pertenencia que insufló gozo en el alma de Guntaar.

Las figuras se fueron desdoblando: estaban allí haciendo el amor, pero también la mujer, llamada Magdalena, daba a luz un hermoso niño, con negras orejas y facciones mezcla de ambos amantes. Dios Nuestro Señor estaba feliz y su felicidad penetraba los tiempos, crecía como un árbol por los espacios siderales. A partir de ese primer hijo, generaciones de la estir-pe de Dios Nuestro Señor, cada vez más camuflados dentro del aspecto de seres humanos llegaban hasta la madre del Apóstol Walt.

¿El Apóstol Walt descendiente de Dios Padre? Test.

Guntaar contestó afirmativamente.

Realidades simultáneas. Verdades simultáneas. A voluntad de Dios Nuestro Señor.

Acertado.

¿Murió en la cruz y sufrió escarnio Dios Nuestro Señor a causa de su aspecto? ¿Fue mancillado, las orejas mutiladas, su cuerpo sumergido en cal para borrar su divino color negro?

Test.

Guntaar volvió a responder afirmativamente.

La realidad es muchas cosas todas verdaderas y es la voluntad de Dios Nuestro Señor. No existe realidad fuera de su voluntad.

Test.

La esfera cálida, paternomaternal, entrañable. Ternura. Regazo.

Millones de esferas bamboleándose amorosas, preguntando amorosas, insuflando seguridad y esperanza eterna; en el cielo de la ciudad.

Test.

La choza desapareció, paredes carnosas, vísceras de WebLand; *carne de su carne, sangre de su sangre.*

Guntaar aguardó nuevas preguntas. Un agradable hormigueo recorría su cuerpo, veía con los ojos cerrados, escuchaba los latidos de la inmensidad. La afabilidad de la esfera anunciaba buenos resultados.

Test.

Estaba en un patio polvoriento. Trasiego de figuras encapuchadas. Brillo de cuchillos. El cuerpo de Dios Nuestro Señor sumergido en cal. Unos sacerdotes, miembros de la falsa Iglesia, le cortan las orejas, el hocico, le colocan una corona de espinas que disimula la inmarcesible armonía de la cabeza. Lo cubren con una toga que oculta la maravilla única de su cuerpo. Mutilan la carne de sus zapatones, de sus manosguantes. Envuelto, a escondidas, lo suben a una colina. Tienen lista una cruz, lo clavan a ella.

Guntaar está en la colina; un viento caliente azota a los protagonistas y el polvo restalla contra los cuerpos de los verdugos. Agita sus túnicas. Las toscas cruces resaltan contra el horizonte plúmbeo y los míseros caseríos, y el palacio distante y el desierto parecen a punto de ser devorados por una bestia inmensa. Nadie ha defendido al Salvador, nadie ha venido a acompañarlo en su sufrimiento.

El cuerpo de Dios Nuestro Señor ultrajado, azotado, sangrante, harto de los humanos… a quienes había venido a entregar un Reino de Eterno Entretenimiento…

Lágrimas caen, profusas, más brunas que nunca, de los ojos de Guntaar. Sufre, tiemblan sus manos. Se arrodilla. Ora. El polvo de la colina es rojo y está salpicado de gotas de la azul sangre de Dios Nuestro Señor que el violento Sol reseca y disipa.

Test.

¿Murió Dios Nuestro Señor? ¿Resucitó Dios Nuestro Señor?

¿Venció a la Muerte Dios Nuestro Señor? ¿Tuvo algo que ver con la Mentirosa Iglesia y su burda invención a propósito de un Hijo enviado que se sacrificó por la Humanidad? ¿Ordenó a la Mentirosa Iglesia acumular riquezas y chantajear a la Humanidad con un inexistente Infierno? ¿Les prometió un Paraíso después de muertos, en el Cielo?

Test.

El cielo adopta el color amoratado de la piel de Dios Nuestro Señor, el color del ultraje; los árboles gimen, los gusanos claman victoriosos pero la sucia, ciega manada humana y sus abyectos sacerdotes no se percatan y se ensañan con la figura clavada. El rostro del Creador, horriblemente mutilado los contempla con horror y cólera que es también lástima. ¿Qué otra cosa pueden provocar tamañas alimañas?

Test.

La respuesta de Guntaar brota firme:

Jamás murió Dios Nuestro Señor. Jamás fue humillado por la Muerte. Así que no tenía por qué resucitar. Simplemente descendió de la cruz cuando las alimañas humanas lo dieron por muerto. ¿Qué saben esas bestias de la vida verdadera? Las alimañas humanas crucificadas junto a Dios Nuestro señor le pidieron clemencia pero Él no la concedió. No podía, pues ellas estaban condenadas por su naturaleza corruptible. Entonces Dios Nuestro Señor recuperó su aspecto y volvió a la Placenta Virtuprimigenia. ¿La Muerte? La Muerte nada pudo ni puede ni podrá por toda la Eternidad contra Dios Nuestro Señor. La Muerte ha sido abolida por Dios Nuestro Señor, expulsada de su Reino Virtualcarnal. El Creador nada tuvo que ver con la Mentirosa Iglesia chantajista. Abandonó a su suerte a la Humanidad por muchos siglos. Nada quiso saber, por muchos siglos, de esa podredumbre ambulante, de esos cobardes, traficantes, chantajistas y especuladores, de la estúpida turba que aceptó las patrañas de la Mentirosa Iglesia y los falsos Apóstoles. Por muchos siglos los abandonó a la oscuridad de su ausencia. Y así estuvieron revolcándose en sus hedores, sirviendo de alimento a los Gusanos y a la Nada hasta que Dios Nuestro Señor creyó llegada la hora de enviar a su Apóstol y darles otra vez la oportunidad de ser semilla de la nueva virtuespecie. Dios Nuestro Señor no prometió Paraíso alguno después de la Muerte; Él vino a exterminar la Muerte y darnos el único Paraíso posible: el de la Virtuvida Eterna.

Test.

Cuando Guntaar concluyó, los protagonistas de las preguntas se esfumaron. No sin antes aparecer brevemente en el escenario y aplaudir la intervención del cuestionado. Magnífica señal. Después volvió a imperar la virtucarne, traslúcida, de poros como vórtices en movimiento. A través de ella podía distinguir el baile de las esferas más cercanas, a sus ocupantes, enfrentados a disímiles paisajes y situaciones.

Y más allá, la esfera misma de TestCity, maternal y multitudinaria.

Conteniéndolos.

Se sentía cansado, un cansanciodeseo de tumbarse y dormir, dormir, dormir hasta desaparecer.

Malo.

Ya no era como antes, cuando sus actos y sus consecuencias estaban íntimamente relacionados con sus estados anímicos y su estabilidad emocional.

De un tiempo acá, parecía funcionar al revés.

La afabilidad de la esfera auguraba buenos resultados.

El Tiempo se diluyó en una alegría que brotaba de las paredes. La esfera era una cadencia y Guntaar estuvo seguro de que había obtenido una alta puntuación en el Test.

Lo envolvía la negra gelatina característica del final del Test. Aguardó, expectante.

Su nariz cosquilleó, se hizo más redonda y sus maxilares se pronunciaron buscando las proporciones del divino hocico. Palpó la nueva porción de semejanza.

Sí, había obtenido una magnífica puntuación en el Test. Que de inmediato se reflejaba en su nivel de semejanza con Dios Nuestro Señor.

Pero, por primera vez, después de una visita con buenos resultados, no se sentía mejor.

Descendían.

La multitud, abajo, oraba agitando los brazos, moviéndose como un oleaje.

Todo parecía más lento, como si el Universo estuviera a punto de detenerse.

ATARDECER

Fuera de TestCity, el día llegaba a su fin. Los viajes a bordo de las esferas aparentaban brevedad, como cortesía hacia los protagonistas, pero solían durar horas. O días. Guntaar salió de la ciudad y vagó sin rumbo fijo. A medida que se alejaba de la celdaciudad se internaba en una nebulosa propiciada por el crepúsculo.

El aire cremoso, los árboles azucarados comunicaban una placentera energía. Las zonas mejoradas de su rostro escocían extrañamente. No recordaba haber tenido una sensación de este tipo a causa de un avance en la semejanza. Las frotaba, buscando alivio. Inadvertido al principio, notó que sus incisivos también habían crecido.

Setos, cuidados jardines, senderos escoltados por fragantes parterres: narcisos, nomeolvides, azaleas, enormes rosas de hasta medio metro de diámetro, calas del tamaño de sombrillas, girasoles que relucían como fanales en la popa de un antiguo navío. Alcanzó una colina.

TestCity, hongo luminoso, surgía de la tierra en la distancia. Sentado sobre la hierba sintió un peso en el corazón que, de ser posible, hubiera definido como soledad.

Claro que la soledad, como la muerte, había sido erradicada del NewPlaneta, del Reino de Dios Nuestro Señor. Era imposible sentirla.

¿Qué hacía allí, solo? Lejos de la amorosa comunión comunitaria. Embotado por estupideces sin sentido, mientras la humanidad avanzaba victoriosa hacia la esplendorosa Eternidad. Se estremeció de frío. Al momento, su entorno se transformó para remediar la situación: en un radio de veinte metros el paisaje cambió, adoptó las características de un atardecer de verano, tibio, esponjoso. La temperatura ascendió. Aroma de azahares, de jazmín. Las hierbas se entibiaron. Una gran mariposa, llena de luz, voló junto a su cabeza. Estorninos de picos color naranja hurgaban en la hierba. Un ruiseñor, en una rama cercana, cantó la llegada de la noche con incendiaria pasión.

En el horizonte, unas nubes romas se confundían con la tierra difuminando sus límites. Los rosados, los morados del cielo emitían la sinfonía número 40 en Sol menor de Mozart disneyficado. A pesar de habérsele extirpado toda su nefasta melancolía, al escucharla, Guntaar experimentó un incremento de aquella imposible sensación de soledad.

Trató de pensar en su remota infancia. Pero no consiguió recordar nada. Su pensamiento intentó viajar hasta épocas anteriores a su renacimiento virtualcarnal. Nada.

La brisa jugaba en sus cabellos, haciendo más agradable la tarde estival.

Un líquido rosado caía del cielo.

AMANTECOMANDANTE

En el centro de la plaza adoquinada se halla la jaula. Recortándose contra el cielo. Cerca, del otro lado del muro carcomido, el mar. En avanzado estado de putrefacción. Una gruesa capa de grasa aplana las olas. Hedor. Islotes de espuma química. Un grupo de niños se divierte lanzando ratas muertas, diversas inmundicias a través de los barrotes.

La basura forma promontorios desarticulados, renqueantes. Basura arrastrada por la hirviente brisa. Latas herrumbrosas. Máquinas aplastadas. Esqueletos metálicos. Rastrojos al viento como banderas.

De la ciudad escapan sonidos apagados: eructos, pústulas maduras que estallan.

La degradación flota: neblina matinal.

Realidad Grotesca Categoría NZ-SigloXX (Típica). Guntaar está habituado a ella.

No ha necesitado someterse a sesiones de aclimatamiento. Forma parte de la excitante realidad de AmanteComandante. La necesita para alcanzar el Clímax de Entretenimiento Sexual Plus.

La idea de la jaula provenía de la novela de un escritor olvidado. Nadie en la isla sería capaz de recordar su nombre, o el título de una de sus obras desaparecidas con la lectura; sin embargo, la imagen del dictador encerrado en una jaula como epílogo a su derrocamiento, por oscuros motivos, permaneció en el imaginario colectivo y cuando llegó el momento, afloró en medio de un discurso del nuevo Líder. Del nuevo Libertador.

AmanteComandante, mucho tiempo atrás, había sido el feroz dictador de aquella isla. El Amo absoluto de vidas y haciendas. De destinos y futuros. Pero ya no era más que una especie de momia polvorienta enterrada entre barrotes, una curiosidad de la que pocos recordaban el papel que desempeñara en la historia del país, y a la que nadie daba importancia.

453

Salvo Guntaar.

Para este tenía una importancia fundamental. El camino hacia la Semejanza pasaba por un elevado nivel de Entretenimiento Sexual y de Entretenimiento Total General. Y AmanteComandante resultaba una excelente fuente de ambas cosas.

Guntaar lo encontró cuando comenzaron sus viajes al pasado, poco después de descubrir su afición sexual por los dictadores; en la lejana época de los Masturbadores Colectivos. Solía aparecer mientras el gobernante contemplaba el fusilamiento de uno de sus enemigos, o de algún infeliz que deseaba escapar de su control a bordo de una destartalada embarcación. Ejecuciones que ordenaba grabar para disfrutarlas con calma no exenta de pulsión erótica, en su mansión situada en las afueras de la depauperada capital. Centro neurálgico del país en ruinas.

Ahí está.

Instalado en un mullido butacón acaricia su precaria erección. Mano temblorosa. Pene exiguo. Respiración agitada, llena de baches. Se abre la bata: piel blanca, ajada, manchas color marrón, unos pocos pelos canosos en el pecho. Pezones perrunos. Vello púbico gris. Moja el glande con saliva para facilitar la fricción. Uñas largas y cuidadas. Manos delicadas, de mujer. Se hace la paja con dos dedos, como los niños. En la pantalla de la caja grotesca el hombre cae roto: humo en los agujeros del pecho, ruido como de charcos apedreados.

Ahí está.

A partir de entonces nació una relación muy especial entre el viajero del futuro y el hombre fuerte de la isla. Para el primero gratificación suprema, para el segundo martirio inenarrable. Sólo con el dictador Guntaar alcanzaba el Clímax de Entretenimiento Sexual Total, y luego el CEST + PLUS. La sagrada: la satisfacción que lo aproximaba a la Semejanza. De ahí que regresara una y otra vez al pasado, a aquella islita insignificante y paupérrima. Condenada a desaparecer.

Con el propósito de enriquecer su disfrute, Guntaar se interesó por los acontecimientos remotos que habían llevado al anciano, cuando aquello un apuesto joven, al poder. Viajó por las diferentes etapas de su gobierno que duró casi un siglo. Y, cuando por azar (que en aquellos tiempos existía y jugaba un papel trascendente en el destino de la especie), durante una de sus visitas el anciano murió de un infarto posiblemente provocado por las embestidas de la enorme verga de Guntaar, este lo transportó al Futuro, sustituyó su deteriorado corazón por uno virtualcarnal e instaló en su organismo un nanoequipo médico que se encargara de cuidar de su salud. Concluida la resucitación lo devolvió a la isla donde nadie se enteró de su fallecimiento.

Así Guntaar tuvo asegurado su CEST + PLUS por otro largo período y mantuvo su ritmo ascendente en la Escala de Consumo y en la Escala de Semejanza.

Guntaar podría haber trasladado al viejo al Futuro. O creado una reproducción virtualcarnal de este, que sería mucho mejor que el original, e instalarlo en su TvTual, pero nunca quiso hacerlo. Había algo especial en la degradada antigua realidad de la que estaba hecho el anciano, en sus costumbres y su entorno, que lo excitaba especialmente.

Aquel horror era la fuente de su placer.

Las visitas de Guntaar cambiaron la conducta y la vida del dictador. Pensó que sufría ataques de locura durante los cuales imaginaba que un hombre joven, que en su mente ostentaba una definición y una textura de una riqueza imposible, lo violaba repetidamente. Pero luego tuvo que admitir que se trataba de algo mucho más terrorífico e incomprensible que una pesadilla o un ataque de locura. Aquel hombre venía de otro mundo desde el cual era posible controlar su realidad y en cuanto aparecía, él quedaba a merced de sus enfermizos apetitos. Reducido a inerme espectador de lo que hacían con su cuerpo. Incapaz de defenderse. Los primeros meses, el primer año, significaron una tortura que estuvo a punto de hacerle perder la razón. Pero, llegó el momento en que el Comandante, que jamás hizo a nadie partícipe de su secreto, porque nadie lo hubiera creído, pero sobre todo porque eso hubiera destruido la imagen de macho invencible en la que descansaba su poder, se resignó a su suerte y cooperaba con el misterioso violador para que sus visitas resultaran lo más breves posible.

Contra aquel ser todopoderoso nada podía, a pesar de ser el Amo del país, el hombre ante el cual todos se inclinaban despavoridos; pero sus súbditos pagaron por las humillaciones que padecía en silencio con mayores cotas de fanatismo, represión, planes enloquecidos que equivalían a mayores niveles de esclavitud, cárcel y paredones de fusilamiento.

Con el paso del tiempo, las visitas de Guntaar se hicieron cada vez más frecuentes. Sus relaciones sexuales se limitaron exclusivamente a las que mantenía con AmanteComandante. Renunció a Franco, Pinochet, Stalin, Hitler, al Ayatola Jomeini, Lenin y a Hugo Chávez. Sentía una ternura extraña hacia aquel cuerpo huesudo, carcomido, aterrorizado por su presencia, permanentemente envuelto en un uniforme blindado.

Sin embargo, cuando una revuelta militar por fin desalojó del poder al Comandante, Guntaar no intervino. Hubiera sido fácil descabezar la conspiración. Pero se mantuvo al margen, en parte porque aquellas actividades no le hubieran proporcionado Entretenimiento alguno, y en parte porque lo sucedido no alteraba su acceso al objeto de sus atenciones eróticas. Que era cuanto le importaba. Mientras la vida de AmanteComandante no corriera peligro no tenía razones para intervenir.

Cuando el nuevo Amo y el pueblo se cansaron de celebrar la caída del régimen destrozando los pocos edificios que quedaban en pie, el Comandante fue encerrado en la jaula, y colocado en un parque cerca del mar. El castigo impuesto por el Nuevo Dictador al Antiguo Dictador, aquel pueblo envilecido no toleraba otra forma de gobierno, y aprobado a gritos por una muchedumbre entusiasta en la plaza pública, consistía, además del encarcelamiento perpetuo, en hacerle escuchar sus discursos perennemente. Unos altavoces situados en las cuatro esquinas de la jaula voceaban las veinticuatro horas del día. El arsenal era prácticamente inagotable. AmanteComandante, en sus cien años de gobierno había pronunciado miles de discursos de diez, doce, quince horas de duración.

Si algo, al margen de su brutalidad y sanguinario carácter, distinguía al otrora Líder Incontestable, era su incontinencia verbal.

Los discursos, que todos habían tenido que escuchar obligatoriamente y que jugaron un papel fundamental en el embrutecimiento y subhumanización colectiva, alejaron a las multitudes, que pronto se aburrieron de burlarse y humillar a quien antes adoraban como a un dios. Por otra parte, el Nuevo Dictador determinó cambiar la capital del país al extremo oriental de la isla. La antigua capital, ya en ruinas, cayó en el olvido y pasó a ser un lugar prácticamente deshabitado. Una especie de basurero descomunal.

Pavorosa ausencia de Entretenimiento y Consumo. Espeluznante ausencia de Dios Nuestro Señor. Vulgaridad y aburrimiento máximos que presagiaban el justo destino que aguardaba a la isla.

Al principio, Guntaar realizó sus visitas, durante las cuales sometía al anciano a toda suerte de excesos, de madrugada, cuando no había apenas espectadores o el parque estaba vacío. Pero más tarde comenzó a disfrutar de tener público, aunque fuese escaso. Por lo que se presentaba a cualquier hora del día.

Todos creyeron que se trataba de un sofisticado plan concebido por el Dictador. Nuevas muchedumbres, enjambres de niños pandilleros, vagabundos, mendigos y la más variada escoria arribaron al parque atraídos por el espectáculo. A veces era tanta la cantidad de porquería arrojada dentro de la jaula que sepultaba a AmanteComandante. En varias ocasiones estuvo a punto de asfixiarse. Los infantes, con especial saña, subían a la jaula y defecaban sobre el prisionero. Hacían apuestas. Triunfaba quien le acertara en la cabeza con sus cagarros. Pero pronto esto también pasó de moda y sólo un grupo de ancianos nostálgicos ex compañeros del Comandante que soñaba con devolverlo al Poder, y alguna que otra banda de pequeños bandoleros que proliferaban por todo el país dedicándose al crimen y al pillaje, se acercaba al olvidado parque y al olvidado Dictador.

Curiosamente, ninguna de las innumerables víctimas del Comandante se atrevía a ajusticiarlo y de esa manera vengar sus crímenes. El Nuevo Dictador había prohibido hacerlo.

Aquellas bestias definitivamente domesticadas, concluyó Guntaar, eran ya incapaces de cualquier acto de elemental decencia. Solo podían existir como esclavos obedientes.

Guntaar se encargaba de que AmanteComandante no muriera. Le proporcionaba alimentos, lo conservaba como a un bien preciado. Actualizaba y reforzaba, periódicamente, el equipo de nanomédicos. Pero no evitaba su deterioro físico y mental, salvo para que se mantuviera capaz de servir de Amante. La decadencia del cuerpo, su condición muriente, la vileza de la vejez funcionaban como acicate sexual. Exteriormente, el anciano daba muestras de una senilidad extrema. Encorvado. Frágil. La cabeza calva, averrugada, que se obstinaba en cubrir con una mugrienta gorra color verdeolivo, la piel escoriada, transparente, plagada de eccemas, psoriasis, diversos melanomas; las articulaciones rígidas, las piernas hinchadas y varicosas. Sin embargo, por dentro, su organismo se hallaba en bastante buen estado gracias a los cuidados del equipo nanomédico que, aunque trabajaba en una naturaleza inferior, obtenía excelentes resultados.

El aspecto del Ex Comandante resultaba repelente, pero esto excitaba cada vez en mayor medida a Guntaar. Y llevaba a cotas apoteósicas la riqueza y profundidad del Entretenimiento Sexual Total que alcanzaba.

Todo es juego, Entretenimiento, palabra de Dios.

Cuando Guntaar aparece dentro de la jaula, los chiquillos vitorean. Viejos desdentados ensayan muecas entusiastas, gestos obscenos. Cuchichean. Raquíticos, ojerosos. Rotos. Harapos meneados por el viento. Rostros mugrientos. Pestilencias provenientes de la ciudad: vertedero habitado por ratas hombres y niños ratas.

El anciano está vestido con su característico uniforme militar. La triangular insignia negra y roja destaca en sus hombros. La canosa barba enmarca el enjuto rostro manchado. Todo es tan vulgar, tan tosco, parece estar tan a punto de desintegrarse, de terminar, de morir que a Guntaar se le pone dura en un instante.

¿Por qué aquel ser repugnante, de nalgas fláccidas, espiritualmente sucio y primitivo lo hace alcanzar soberbios niveles de Entretenimiento?

Misterio. Voluntad de Dios Nuestro Señor. Santísimo sea, alabado sea.

Frente al parque, la ciudad en ruinas se sumerge en la oscuridad. Un pájaro maltrecho huye de sus hambrientos perseguidores. Nubes de alimañas se deslizan entre las sombras. Olas ácidas salpican el muro. El cielo casi verde, verde de Prusia. Pronto la isla será convertida en basurero de Tierra Firme y sus habitantes exterminados según el Plan de Reorden Mundial aprobado durante las ya cercanas Guerras del Reorden.

Garbageland.

Guntaar hace que la cabeza de AmanteComandante apunte hacia el público. Las nalgas pálidas como la panza de un pez resaltan en la semioscuridad. El rostro contra los barrotes. La descomunal verga busca el agujero. Escarba. Mide cuarenta centímetros y es una maravilla virtualcarnal digna del mejor Entretenimiento. Su dueño, orgulloso, la muestra a los espectadores antes de comenzar. Aplausos, chillidos, vitoreos. Agarrones y patadas. Relinchos. Berridos. El equipo nanomédico se concentra en el área, listo para reparar desgarros, hemorragias internas y traumas intestinales.

La experiencia le ha enseñado que meterla de golpe constituye una garantía de Entretenimiento Sexual Total: eso hace. La maravillosa verga taladra, abriéndose paso en el sanguinolento interior de AmanteComandante. Se mantiene incontaminada gracias a su naturaleza virtualcarnal. El cuerpo del viejo uniformado va a derrumbarse pero Guntaar lo mantiene en la posición ideal. Máxima penetración. Máximo Entretenimiento. Máximo EntreteneDisfrute. Las destartaladas botas de combate del Ex Dictador golpean el suelo de la jaula produciendo un sonido rítmico, como de tambores de circo. Crujido de huesos. Sus gritos cascados, sus mugidos, son coreados por el público hasta conseguir una especie de melodía paralela. La maravillosa verga entra y sale enrojecida provocando un goteo continuo. Sangre. El sonido de la pelvis de Guntaar contra los pellejos blancos se acopla a los ruidos acompañantes. La velocidad aumenta a medida que Guntaar se aproxima al Clímax de Entretenimiento Sexual + PLUS. El coro acelera a su vez. Los niños, aferrados a los barrotes chillan con los rostros transfigurados, poseídos por una especie de alegría devoradora. Todo desborda primitivez y zafiedad. Chocarrería y ordinariez. Insignificancia y ramplonería. Guntaar cierra los ojos para demorar un poco más el placer. La visión de la suciedad, el perfil podrido de la ciudad, los bestializados rostros de los niños, el clamor del público, la escoria danzante, lo llevan irremisiblemente al estallido.

Su joven, bellísimo rostro se contrae, supura superioridad, Fe, Eternidad vencedora de la podredumbre.

¡Ahhhhhhhhhhhhhhhhhhhhhhhhhhh!

Grita al conseguirlo.
Su voz es tan pura que ilumina la plaza, el mar, el cielo, las ruinas.

DECIMOSÉPTIMO SUICIDIO

Un solo golpe. Las dos hojas llegarían al unísono a su destino. Una lo degollaría mientras que la otra se clavaría en el corazón.

No podían fallar, las instrucciones eran precisas.

Dos armas inteligentes, hojas de plásticovivo capaces de atravesar el blindaje de virtudiamante de las Navesnubes de asalto. Capaces de cortar láminas de virtutungsteno reforzado. Usadas con extraordinario éxito por los MicMasters durante la Guerra de Reorden en China. Sus diminutos cerebros líquidos podían programar complejas estrategias ofensivas, o de supervivencia y fuga en situaciones de peligro extremo. Y ejecutar misiones a distancia y autodestruirse para que su Historial de Servicio y Archivos no cayera en manos del enemigo.

También podían llorar, diminutos ojos en la empuñadura, y reír con risas de bebé.

A la voz de Guntaar saltarían hacia sus objetivos. Ejecutarían con exactitud los deseos de su amo.

El corte del cuello cercenaría la yugular, profundizaría hasta alcanzar la médula espinal.

La herida en el pecho desharía el músculo pectoral, rompería las costillas y alcanzaría el corazón a la altura del ventrículo izquierdo. Inmediatamente sobrevendría una reacción en cadena. El colapso del sistema circulatorio y respiratorio e inmediatamente un paro orgánico general.

Como siempre, Guntaar creyó percibir la presencia del Santo Entretenimiento en los instantes previos a la orden suicida. Pero no era más que una ilusión.

Cerró los ojos.

Volvió a estar en el iluminado Vagón de la Eternidad.

Saltaba a tierra; se sentía tan feliz que era incapaz de moverse. El resto de los pasajeros, asombrados, lo contemplaban a través de las paredes de la burbuja. Gesticulaban, desconcertados.

El suelo arenoso se hundía bajo sus pies. Sintió un poco de frío, la visibilidad resultaba escasa. No supo discernir si estaba a punto de amanecer o de anochecer.

El Trasbordador, tras un mínimo titubeo, reinició la marcha a sus espaldas.

Maten, dijo con voz firme.

Su voz rebotó contra la superficie del TvTual y regresó a él, macerada.

Las rodillas se doblaron. El cuerpo comenzó a desplomarse.

La puerta se abrió y entró el Equipo de Resucitadores.

RECUPERACIONES

Después de cada suicidio pasaba varios días inmóvil. Metido en un letargo elástico, con textura de lengua.

Los ejércitos de nanomáquinas auxiliares se ocupaban de las tareas de restauración del organismo una vez el Equipo de Resucitadores abandonaba el lugar. Confrontaban hasta el más ínfimo detalle de los archivos virtugenéticos con la virtuhumanidad reconstruida. Este proceso solía durar menos de veinticuatro horas, al margen de la magnitud de las lesiones.

SuperEsplendores, llamaban a estas huestes, ya que se encargaban de devolver el esplendor perdido a los cuerpos dañados.

Al marcharse los SuperEsplendores, Guntaar se sentía débil, incapaz de moverse. Dedos congelados, boca ríspida. Articulaciones oleosas, miembros apelmazados. Incapaz de pensar. Anegado. Inmerso en un mar de espasmódicos chisporroteos. Filamentos de una fuente de luz desmembrada. Convulsiones somáticas. Sudores polimórficos que poco a poco confluían en la figura de Dios Nuestro Señor: señal cierta de mejoría. Tenía la grata impresión de volar dentro de la Divinidad.

Se sentía acunado, agradecido. El amparo había regresado. Flotaba en una pasta hecha de arrullos, cuchicheos, confirmaciones. Discurría entre ríos de luz, luces tan pequeñas que tenían el tamaño del Universo. Su cuerpo se contraía y expandía a un ritmo peristáltico.

Alivio, mucho alivio.

¿Esperanza?

Sí, también esperanza.

Cuando se sentía lo suficientemente fuerte, trataba de regresar al momento de la desconexión, al instante en que sus sentidos se ablandaban y sobrevenía el paro. ¿Se detenía el vagón? ¿Era ese gorgoteo el de las puertas al abrirse? ¿Correspondían los murmullos que escuchaba a las voces de otros viajeros que, asombrados, lo veían apearse?

No estaba seguro.

Recordaba con certeza una oscuridad súbita y flecos indefinidos cayendo en un agujero interminable.

Después, nada.

EPISODIOS

Imágenes inconexas por las que deambulaba sin rumbo. Episodios que protagonizaba, mordido por la extrañeza. Episodios que formaban una madeja inarticulada, ajena a la corriente de pertenencia fundamental. Flujos de naturaleza virtualcarnal a la deriva. Autoformulados. A los que se esforzaba por insuflar algún sentido, alguna continuidad.

Fragmentos a los que no conseguía identificar como partes del todo.

Eso era su existencia.

Episodios que tenían, a pesar de su carácter independiente, una calidad única, vívida, una intensidad, una realidad que desafiaba la idea del Plan Divino. Episodios que habitaban una causalidad paralela. Que ignoraban la idea de pertenencia. Que daban un sentido positivo a la vulnerabilidad, a la duda.

Esto demostraba el carácter monstruoso, el poder de la Tentación.

¿Dónde estaba la vida?

Fuera de su alcance.

Más allá de él y de sus fragmentos la vida transcurría apacible, salvada, santificada y segura: Hogar de Dios Nuestro Señor y sus hijos. Paraíso. Guntaar la veía pasar ante sus ojos y deseaba integrarse a ella con todas sus fuerzas. Pero lo conseguía sólo a ratos; cada vez más esporádicamente.

Flotaba en un océano de incoherencias.

Era un fantasma vagabundo condenado a estar fuera de las murallas del Reino.

Amanecía y se enfrentaba a un fragmento y al día siguiente a otro y cada vez le resultaba más difícil distinguir entre ellos y el cauce de Entretenimiento y Semejanza que guiaba la vida de todos los virtuhumanos.

Aunque los sabía ajenos. Enemigos.

A eso se había reducido su existencia. Fragmentos autosuficientes, cargados de significado pero sin continuidad. Vacíos de Pertenencia. Carentes de unidad con el todo Eterno y Universal. Fragmentos empapados de autosuficiencia. Que lo envolvían seductores, aislándolo. Fragmentos que lo alejaban de la Escala de Semejanza y de la Escala de Consumo. Que lo precipitaban en el abismo. En la locura y el caos.

Había terminado por reconocerlo. Después de un largo período de engaños y simulaciones.

Y de esperanzas de que Dios Nuestro Señor lo salvaría.

Aún se esforzaba por ser parte, por ejecutar los rituales de la vida familiar bajo la tutela de Dios Padre, sostenía una cruenta batalla consigo mismo; pero resultaba evidente que estaba perdiendo esa batalla.

¿Lo quería así Dios Nuestro Señor?

Esta pregunta había dejado de tener importancia. Por supuesto que Dios Nuestro Señor deseaba todo lo que sucedía en el Universo. Todo era parte de su Plan.

¿Pero qué Plan era ese que dejaba fuera de él, o al menos permitía que lo percibiera así, a uno de sus hijos? ¿Existía la posibilidad de que algo o alguien quedara al margen del Plan de Dios Nuestro Señor? ¿O de que Dios Nuestro Señor no tuviese ningún Plan?

Todas preguntas estúpidas y blasfemas.

O acaso debía considerar una posibilidad todavía más aterradora: ¿existía la indiferencia de Dios?

Sus conversaciones con Dios Nuestro Señor lo dejaban con la impresión de que ÉL no prestaba atención al asunto. *¡Oh Señor no me dejes caer en la Tentación!* De que lo dejaba todo en sus manos. No tenía explicación alguna para esto, pero así lo sentía.

Cuestionado por Guntaar, ÉL se limitaba a sonreír, a dedicarle una caricia y a menear la cabeza y la cola como quien escucha una frase carente de sentido. O a dar respuestas que no aclaraban nada.

Y entre los fragmentos, lista para apoderarse por sorpresa de su voluntad, estaba la Tentación.

Propiciadora de los accesos de locura en los que intentaba diferenciarse definitivamente. Apartarse del Plan de Dios Nuestro Señor. Apearse del viaje Eterno.

¿Es que Dios Nuestro Señor lo estaba sometiendo a una prueba? Y si así fuera, ¿con qué objetivo?

¿O simplemente Dios lo usaba en uno de sus infinitos juegos?

Hogar.

Inmerso en el Espacio Entretenevivificador, Guntaar formulaba otra vez las mismas preguntas de siempre, sin hallar respuesta.

Añoró, por un instante, tiempos bárbaros, tiempos PreResurrección en los que Dios Nuestro Señor era una esperanza oculta; o épocas más recientes en las que estaba limitada la comunicación con Dios.

Entonces se podía especular a propósito de la posición de la Divinidad, quedaba un margen en el que sus hijos podían encontrar consuelo. Pero ahora, si después de conversar personalmente con Dios Nuestro Señor no se encontraba la solución a un problema.

¿Qué hacer?

La espesa masa líquida lo contenía, apaciguadora, reconfortante. Bebió un sorbo y millones de nanoregeneradores celulares lo recorrieron como una infantil marea. Marea rejuvenecedora.

Agua de la Eternidad.

Minutos más tarde la masa líquida se tornó luz, se hizo una con su entidad fisiológica y una lluvia de Gen de Dios Nuestro Señor bañó su cuerpo.

La hermosura de Guntaar resplandeció, tocada por la perenne primavera.

¿Dónde estaba? Inquiría a veces. Y tenía la sensación de flotar en un infinito virtuocéano temporal en el que su existencia carecía de importancia. Un universo gobernado por la indiferencia. Se contemplaba en una celdilla de Tierra Firme Park, en su Hogar del Complejo Capitán Garfio, durante una excursión a ShoppingCity, o a TestCity, y no se reconocía. ¿Era él quien conducía los rebaños de nanomáquinas? ¿Era él quien soñaba con el océano negro, con el semen del Ángel? ¿Era él quien se esforzaba por mejorar su nivel en las Escalas? ¿Era él quien derrotaba a SatánOrlán? ¿Era él quien, en un pasado remoto, solía viajar a través del tiempo en el viejo Masturbador en busca de Entretenimiento Sexual Total con AmanteComandante?

¿Quién era aquel ser? Se preguntaba observándolo, como a un extraño.

A veces experimentaba hacia el intruso una gran ternura, una especie de añoranza; otras veces odio, responsabilizándolo de la pérdida de su armonía, de su entretenepaz; raramente, sentía un extraño orgullo, difícil de explicar, al constatar su presencia.

Lo peor llegaba cuando no sabía distinguir entre el intruso y él. Cuando se fundían en un mismo ser. Entonces crecía en Guntaar el deseo de detenerse.

Quizás así eliminaría al intruso. Quizás de esta forma conseguiría regresar a la normalidad.

Entonces la Tentación, como un monstruo seductor, saltaba desde su escondrijo y se apoderaba del paisaje y de la voluntad de Guntaar.

Y después, en la noche, también fragmentos, llegaban los sueños. Sueños luminosos y sueños tenebrosos, sueños conminantes y sueños esperanzadores, sueños inexplicables y sueños desconcertantes.

Sueños largos y llenos de rostros que resultaban ser siempre el rostro de la Tentación.

LOS SUEÑOS

El Black

Espeso. Poblado de mutantes. Vitrina. Contiene todos los naufragios. Todas las tristezas. El Pasado, la Muerte. El *aguanegra* entra por la nariz, por la boca, por todos sus orificios. Sabor dulzón. Flota entre miríadas de desechos: fulgores palmípedos. Hojas bípedas. Brisas bicéfalas y racimos de música, ramas quebradizas, huesos. Olas grávidas; dentro: selvas, praderas, glaciares, cordilleras, Guntaar puede verlas pegando la cara a la membrana que las encierra. Balones iridiscentes. Que fluyen presas de una corriente implacable. Bajando, durante horas, en la oscuridad salpicada de escenas, de apariciones, de seres fabulosos. El Black, ese es el nombre del sitio que sueña. En el sueño, siempre el mismo escenario, siempre la misma caída, siempre el mismo terror y el mismo deslumbramiento. Va desnudo. Colmado por las presencias que lo rodean.

¿Lo escoltan? ¿Lo amenazan? ¿Lo desean? El más mínimo contacto con el *aguanegra*, sin traje protector, es mortal pero él flota desnudo sin consecuencias. Los poros de su piel se abren y chupan. Absorben tristeza líquida que recorre sus venas. Mundo brumoso, ausencia total de la insólita definición de la que gozan las cosas en WebLand-Tierra Santa. Sueños de máquinas espléndidas, invencibles, cercando su sueño. Alimentándolo. Ansias irrealizadas de generaciones Clónicas. Lo Podrido. Lo Salvaje. Lo Humano. La Historia, el alma de la Antigua Humanidad, de la Antigua Naturaleza. ¿Cómo podía soñar aquello? El sueño es como un viaje virtualcarnal pero de menor calidad. Es decir, como un viaje por una realidad previrtual-carnal. Sus pensamientos pasan a toda velocidad, sin dejar huella, y van a perderse en la gran masa negra. Sus pensamientos son una misma cosa con el negro océano. Ve un grupo de adolescentes previrtualcarnales avanzar en dirección a un túnel en la vertiginosa pared. Fango de los tesoros, de los descubrimientos.

Ahora flota muy cerca de un muro. Pegados a él, niños. Descienden. Las últimas palabras de un muerto resuenan: ¡pomarrosa, plátanos, penacho, cimarrón, flamencos! Agujeros abiertos por pescadores, restos de cuerpos tragados, convertidos en desesperanza. Desfilan ante Guntaar. A los niños los conduce la luz de un libro. La luz con sus dientes afiladísimos mordisquea la soledad. Aparece la boca de un túnel. Los niños entran. Dentro del túnel una pared de letras cierra el paso a los muchachos. Visten harapos, blanquísimas son sus pieles. Largas sus cabelleras. La pared es una puerta que gira y detrás hay un resplandor que obliga a Guntaar a cerrar los ojos: una anciana y dos hombres negros, también previrtualcarnales, aguardan a los niños. Luz exquisita más allá de la pared, en aquel mundo verde repleto de cuchicheos, risas maternales y padres que acarician las cabezas de sus hijos; Guntaar, en el sueño, pretende seguir a los niños, no hay nada que desee más que seguirlos, que ser tocado por aquella luz, quedarse allí bañado por ella; cerca, un arroyo empapa el aire, la atmósfera es cristalina, olores: albahaca, yerbabuena, bejuco alcanfor, bejuco caraguala, azafrán, jazmín de cinco hojas, guayaba, calabazas en flor, canela, lirios, cañasanta, manzanilla, galán de noche; no hay nada que Guntaar desee más que entrar en la luz verde del mundo verde pero la mirada compasiva de la anciana lo detiene: aquel sitio le está vedado, pertenece a los muertos, a los escritos ¿quiénes son los escritos?, la brisa que sopla allá cosquillea en los bordes de la oscuridad del *aguanegra*, carcome la masa sombría que se disuelve vencida por una alegría inalcanzable, por la más grande ilusión, ¿por qué no puede entrar? ¿porque es portador del Gen de Dios? ¿porque todos allí están muertos? ¿porque es inmortal? ¿porque él no está hecho, como ellos, de palabras?; Guntaar querría quedarse en aquel mundo luminoso, hablar con aquella anciana de rostro arrugado, en cuya mirada *la inteligencia es una forma de la bondad*, manos largas y afiladas, bastón y gafas; y si fuera posible, que alguno de aquellos padres le pasase la mano por la cabeza, que alguna de aquellas madres lo abrazara, sentir su olor, sus caricias; está seguro de que con esto desaparecerían todas sus penas, todas sus inquietudes, que alcanzaría una paz inalterable y segura y un descanso completo pero la oscura corriente lo arrastra otra vez; sigue descendiendo, por días, por meses, por años, por siglos se precipita en el fondo del *aguanegra*: ha olvidado a los niños, el túnel, la puerta de palabras: el tiempo se lo ha tragado todo, la eternidad de los seres escritos, la verde luz, los delicados cuerpos infantiles,

¿qué fueron sino verdura de los prados?, el libro luminoso, el rostro de la anciana y el espléndido monte: su cuerpo se hincha, se descompone hasta ser polvo, la negrura se torna cristalina, adquiere la consistencia de una caricia, manadas de mutantes lo escoltan hacia algo de contornos imprecisos, algo que desea como jamás ha deseado: algo detenido… eso… detenido… al final del Black, al rebasar la sima donde ni siquiera los mutantes pueden acompañarlo hay un lugar que ya no es el Black, un lugar que no es nada: un sitio donde todo se detiene, donde no hay imaginación, donde todo cesa para siempre… allí quiere llegar Guntaar con cada átomo de su cuerpo, con todas las fuerzas de su corazón…

SEMEN

En el sueño, la angelical verga de ÁngelCaído está tan cerca que su olor le provoca un espumoso mareo. Una forma plumosa de éxtasis. La boca llena de saliva. Las tripas en su interior se resecan y el corazón se encoge hasta desaparecer. El paisaje a su alrededor: enturbiado: como si estuviera viajando por WebTime a toda velocidad: el sendero de grava, los frondosos árboles, el arenoso escenario, el anuncio que prohibe el paso, la fuente pastosa, el gran ojo sin pestañas, los jardines; todo borroso, excepto la figura de ÁngelCaído.

Todo a su alrededor convertido en tiempo pasado, en tiempo desarticulado y muriente a causa de la cercanía del tiempo de la Criatura.

Es como un insecto a punto de ser aplastado por el apéndice que trepa hasta el cielo, hasta las lejanas entrepiernas cubiertas de un bello azul. Allí, los labios que dan acceso a la angelical vagina: prominentes. Simétricamente distribuidos respecto al nacimiento de la angelical verga. Una junto a la otra igualmente potentes, igualmente deslumbrantes. El vientre delicado. El torso lejano, del que brotan los senos, los pezones rojos. Divina armonía.

No puede ver el rostro de ÁngelCaído, pues este mira hacia arriba. Sus cabellos compitiendo con la luminosidad del cielo.

Las lejanas bolsas, hinchadas, a cada lado del tubo cuya descomunal cabeza se bambolea a pocos centímetros de su rostro. Como si se aprestara a aplastarlo.

Aquí el sueño se hace compacto, desasosegador.

Guntaar saca la lengua; el cuerpo trémulo, las manos entrelazadas sobre el pecho, las rodillas hincadas en la tierra. Musita letanías de adoración y fe. Los pies de ÁngelCaído se hunden en la arena. Más allá, impera una nata lechosa. Una niebla espesa trufada de venillas bombeantes. Algodón de azúcar. Crujiente celofán. Plumas: la piel de la criatura huele a plumas, a jugueteClon cultivado y al perfume que deja Dios Nuestro Señor al abandonar una habitación.

Se halla solo con el Ángel. El escenario, la fuente, los árboles han desaparecido.

Sumergido en el silencio que precede un estallido, no puede apartar la mirada del gigantesco glande, en cuya ranura un brillo hipnotizador le provoca jadeos. Círculos carnosos lo circundan. Anillos tibios. Bajo la afrutada, morada piel le parece ver figuras.

Una llovizna de Gen de Dios comienza a caer. Nutricios pétalos color negrosanto.

La divina oscuridad crece, se torna membranosa y propaga el primer sosiego, la primera ternura, el primero de los refugios y el eterno amparo.

Sin que nada la anuncie, una gota de semen angelical brota de la apertura y va a caer sobre el rostro de Guntaar.

Deja una estela iridiscente en la negritud de los pétalos

Chisporroteos aceitosos. Fulgor.

El impacto está a punto de derribarlo. Bebe, intentando no ahogarse. Empapado. Sumergido. La gota lo envuelve. Levanta los brazos, da un salto y se abraza al angelical glande. El rostro apretado contra su superficie pulposa. No deja de beber. Otra gota. El líquido dentro de su cuerpo se transforma en luz candente. Sus miembros adelgazan, la piel ennegrece, la cola crece de un tirón hasta alcanzar la medida perfecta; lo mismo sucede a sus orejas y a su hocico. Lo ve desde fuera, como en la pantalla de un TVTual. Palpa su redonda nariz empapada, sus cimbreantes bigotes, y se le escapa un grito de alegría. Sus zapatones amarillos bailotean en el aire. La pureza del blanco de sus manos enguantadas supera la pureza blanca del semen angelical.

¡Salvado! ¡Salvado!, grita.

Una fuerza dulce lo arroja al suelo cuando el chorro lo golpea. Allí permanece un rato, chapoteando.

PAREDES

El sueño reproducía meticulosamente un fragmento de un día cualquiera. Reproducía otros sueños. Era el más inquietante de todos. Se repetía en diferentes escenarios. Escenarios triviales, conocidos. En el sueño se veía a sí mismo. Mientras jugaba a Pastores en la celdilla aldea, mientras veía crecer los mongules de los pigmeos akas, conduciendo los rebaños de nanomáquinas que hacen el árbol. Mientras escuchaba las conversaciones de sus acompañantes a bordo del Trasbordador Orbital de regreso a Hogar. Mientras conversaba con ÁngelCaído en Ángeles Park, durante la insensata visita. Mientras se sometía a un test en TestCity. Mientras soñaba que flotaba, cayendo, en una cosa llamada *Black*. Mientras viaja a bordo del Masturbador y llega a la habitación donde muere EscritorAgónico. Mientras está a punto, de pie en medio de la habitación, de dar la orden de matar a sus fieles puñales de plásticovivo. Mientras asiste a la Comunión Total de 6Jordan. Mientras penetra al nauseabundo AmanteComandante y se extasía con todo lo perecedero, arrullado por los salvajes gritos de los chiquillos, el hedor de la ciudad y las pesadas olas contra el muro.

El sueño es un juego, el sueño sueña cosas pasadas, cosas que están pasando, cosas que pasarán. ¿Es él quien sueña… o es soñado?

El sueño es tan exacto que siente miedo. ¿Está despierto cuando sueña o sueña cuando está despierto?

Percibe paredes traslúcidas, delicadas. Y más allá rostros que lo contemplan. Rostros curiosos y entretenidos. Como si su vida transcurriera en el interior de una celdilla y los turistas se apiñaran en el exterior. Conduce trillones de nanomáquinas: las nanomáquinas lo hacen. Ve surgir su rostro del montón de virtulevadura en el que se afana el rebaño.

Hacen a Guntaar.

Distingue la figura del pastor encargado de la tarea. ¡Es 6Jordan!

¡Qué entretenefelicidad! ¡Un Pastor+Plus Condecorado!

Orgullo.

Siente cuchicheos, siluetas que se deslizan, risas apagadas, pasos. Después despierta.

¿A qué?

Se pregunta.

NOSTALGIA

Despierta vacío, presa de un agotamiento inexplorado. Añora el Masturbador.

No su maravilloso TvTual, que supera ampliamente todas las posibilidades de los antiguos Masturbadores, sino el destartalado Masturbador donde se iniciara su desgracia.

La Nostalgia es una de las trampas de la Tentación. La Nostalgia es el Mal, el Aburrimiento.

Se siente cansado, muy cansado

Y solo.

Solo: otra artimaña del enemigo.

¿Cómo puede estar solo si puede llamar a Dios y acudirá?

Vuelve a cerrar los ojos.

Cuando los abre, a su lado está Nostalgia.

Esta vez tiene un cuerpo sensual, labios rosados. Viste una espléndida túnica circular, rotante, con vistas al pasado. Mediante orificios convenientemente situados, el traje deja ver los senos. Grandes, maternales, húmedos en las puntas. La cabellera, azul, cae hasta los pies. Tiene la textura de un velo. Su piel es de un negro casi divino, excepto en los dedos gordezuelos y grises. Los ojos redondos e incandescentes como soles lejanos. Los labios entreabiertos por los que asoma una lengua puntiaguda y acuosa.

—Hola, exclama.

El aroma de su voz es exquisito.

Guntaar no sabe qué responder. Atontado por su hermosura. Pero no desea que esté allí.

Se lo dice.

Nostalgia no se marcha; la amable expresión de su rostro permanece inalterable. Sonríe, le dedica una mirada insinuante. Con la punta de la lengua, humedece la comisura de los labios.

Hay algo terrorífico en su placidez.

¿Por qué tiene que aparecer cuando menos lo espera? Guntaar cierra los ojos para no verla. Siente la cercanía del viejo Masturbador: el olor podrido del río, el bramido de los caimanes, la fétida presencia de las ratas gigantes, el roce de las pieles mojadas contra los paneles aislantes y el sonido de la lluvia, correoso y enervante. Las garras de los roedores producen un chirrido monocorde al raspar el mármol continuo. Tiene la impresión de que en cualquier momento escuchará la voz de 6Jordan cuando era 3Jordan animándole a reunirse con él en ToonCity cuando termine su visita a AmanteComandante.

Abre los ojos. Continúa en Hogar.

Nostalgia también sigue allí.

EL MASTURBADOR

Entró al viejo edificio del Masturbador de la mano de 4Jordan (transcurriría mucho tiempo antes de que se convirtiera en 6Jordan). El recinto, destartalado, presentaba un lamentable aspecto. Paredes derribadas, restos colgantes, escenarios desfondados. Gelatinas articuladas que aún emitían temblores e intentaban hilvanar frases y asumir posturas preprogramadas. Un pájaro Clónico, acribillado, tumefacto, abría y cerraba los ojos espasmódicamente, a unos pasos. Del pico, de un naranja chillón, supuraba un líquido ambarino.

Por los agujeros del techo entraba la lluvia, gorda y ácida, dejando en el suelo manchas amarillas. Efervescencias. Pespuntes de azufre. Lombrices moradas. Charcos iridiscentes.

El cielo humo y remolinos.

Estaban en NewManhattan, pero fuera de la cobertura de El Cielo, cuyos bordes se distinguían a escasa distancia. Aflorando de la niebla matinal. Pecio, barco fantasma. Del esplendor que caracterizara la que fuera una de las Siete Maravillas de la Época del Reorden, quedaba poco. Continuaba protegiendo a los habitantes de la islaciudad de las inclemencias del tiempo y el Sol desnudo, pero a partir de la Resurrección y del inicio del Gran Éxodo había dejado de tener importancia como pantalla comercial de las megacorporaciones.

Vivían la etapa final de la diáspora. Los humanos sólo pensaban en marcharse lo antes posible, en abandonar la Antigua Naturaleza e instalarse en WebLand-Tierra Santa. Los programas de inoculación acelerada y gratuita de Gen de Dios facilitaban las cosas. La época de las restricciones y la selectividad habían quedado atrás. Todos los días millones de nuevos virtuhumanos atravesaban las Puertas del Paraíso en NewManhattan, en NewParis, en NewLondres. El Antiguo Planeta iba quedando desierto.

La vieja raza condenada a la podredumbre se extinguía, nacía la nueva raza de los eternos.

La Guardia Urbana y las patrullas de Mic que antes de la Resurrección frecuentaban la zona en busca de seguidores de Orlán Veinticinco, traficantes de armas, arte no purificado, militantes de las Guerrillas Anticonsumo, contaminados por la Plaga y otros elementos subversivos, hacía meses que no aparecían por allí.

Ellos, también, abandonaban el mundo mortal.

El viento barría las desoladas avenidas produciendo un rasposo murmullo. Astillas, puertas hundidas. Ventanas como cuencas vaciadas.

Los dos amigos no llevaban trajes protectores, gracias a la niebla y la lluvia. Pero quizás tendrían que usarlos al salir, si el Sol conseguía abrirse paso. Pendían de sus cuellos, dentro de sus brillantes fundas, junto a las armas.

El Masturbador en ruinas destilaba tristeza y ni la bulliciosa y superdivertida naturaleza de su acompañante conseguía que en Guntaar se disipase la sensación de soledad.

Todo eso desaparecería en cuanto estuvie*se en* WebLand-Tierra Santa. Allí no existían la soledad, ni la duda, ni la muerte.

¿Por qué no podía ser como 4Jordan?

Lo contempló andar, con paso divertido, a su lado. Ejércitos de nanomáquinas trabajando en el color de su piel, en la forma de sus extremidades. Empeñado desde épocas tan tempranas en alcanzar la Semejanza. Su sonrisa luminosa trasmitiendo fe y confianza absoluta en Dios Nuestro Señor.

Charcos aceitosos salpicaban el camino, restos podridos de peces con patas y belfos vacunos circundados por profusas cerdas, arrastrados hasta allí por las ratas. Pieles masticadas, escamas, espinas del tamaño de puñales. Alboroto de cables. Astillas. Un escudo mimético averiado, parte de una atracción infantil, colgaba del techo como un elefante despellejado. Su urdimbre macerada, hinchada de insectos.

El río, cercano, se dejaba sentir. Olía a podredumbre, a algas químicas y a cagadas de ratas gigantes.

El tufo rancio de las aguas envenenadas.

Escucharon crujidos. Un roedor forzaba su entrada a través de un agujero en la pared. Era tan grande como un mastín.

Guntaar sacó su arma y, sin detenerse a tomar puntería, disparó. El proyectil acertó en plena cabeza. Pequeña humareda granulada, estallido cremoso. El cuerpo decapitado danzó, provocando un surtidor de sangre. Las uñas del animal abrieron surcos en el mármol continuo.

4Jordan aplaudió. El rostro iluminado por una espléndida sonrisa.

—Tenías que haberte alistado en los Mics —exclamó con esa voz super-divertida que hacía las delicias de quien la escuchaba.

Dejaron atrás las guarderías burbuja. Avanzaron por un salón cuyo techo parecía a punto de desplomarse. Gruesas vigas de plástico infinito, comba-das. El viento hacía tremolar la desvencijada estructura. Afuera la lluvia no cedía, bajaba como una cortina de vómito diluyendo los trozos de alma-cenes que se distinguían, vagamente, a través de los huecos en los muros. Otra rata mugió en la distancia. ¿O sería un caimán mutante?

Décadas atrás aquel lugar rebosaba de actividad. Masturbadores seme-jantes brotaban en la mayoría de las secciones de cada gran ciudad techada y hacían las delicias de la población. Gracias a ellos la humanidad pudo abomi-nar por fin de las asquerosas relaciones físicas que propagaban las plagas, que perduraban cual primitivo ritual a pesar de no ser necesarias para la repro-ducción de la especie; gracias a los Masturbadores la humanidad descubrió la verdadera libertad sexual. Pudo librarse de una vez por todas de la malsana culpabilidad auspiciada por las tétricas, mentirosas iglesias.

Las familias acudían allí en busca de sano Entretenimiento. Y mientras los padres permanecían dentro de las maravillosas esferas explorando sus más recónditos anhelos, manadas de niños correteaban por los pasillos, se internaban en las guarderías burbujas bajo la benévola mirada de los clones guardianes. Voceaban los vendedores. Se organizaban competencias de mascotas. Músicas corporeizadas bailaban en los escenarios y el edificio latía como si estuviera vivo, a pesar de que en aquella época todavía no podía estarlo. Al menos no completamente.

Pero esta realidad había terminado. Vivía sus postreros estertores. Gra-cias a Dios Nuestro Señor.

Ahora, una Eternidad perfecta aguardaba a la VirtuHumanidad tras las Puertas del Paraíso, en WebLand-Tierra Santa.

Por fin el Dios verdadero había venido e instaurado su Reino.

Las esferas reenergizadas por su amigo lucían un color tenue, indefinible, pero en todo caso muy diferente del gris sucio de las que estaban inservi-bles, que yacían desinfladas, lánguidas, cual cerebros desconectados.

El golpear pastoso de la lluvia proseguía. Volvió a escucharse un mugi-do proveniente del río. Casi inmediatamente un alarido agónico, un cha-poteo. La víctima era arrastrada hacia el lecho cenagoso. 4Jordan reconectó las fuentes de energía: las esferas se iluminaron poco a poco. Sus pieles membranosas llenas de venillas bombeantes. Volúmenes que se tensan, labiospuertas que comienzan a abrirse. Melodía de bienvenida.

—Nos vemos dentro; ¡buen viaje! —dijo 4Jordan, antes de entrar a la suya.

Guntaar asintió con una sonrisa.

Dentro de la esfera el espacio se carnalizó a su alrededor. Después vino la absorción, cada uno de sus poros dilatado hasta el infinito y la consciencia de ser parte del cuerpo divino. Guntaar se sintió blando y eufórico. Como siempre que entraba en el mundo virtualcarnal, la dicha lo invadió: aquella maravillosa sensación de pertenecer, de ser parte de la comunidad, del todo, del Plan Eterno.

Los Masturbadores eran las primeras puertas al Paraíso, ofrecían a los humanos la oportunidad de conocer el NewPlaneta prometido por Dios Nuestro Señor. Era como entrar al Tiempo.

El Pasado, el Presente y el Futuro conformaban la anatomía de Dios Nuestro Señor, proclamaban las nuevas leyes, los sermones del Consejo Teológico Mundial. Cuando se entraba al mundo virtualcarnal se entraba a Dios Nuestro Señor.

Viajar en el Tiempo era viajar en su cuerpo.

Todo eso resultaba evidente cuando se accedía a un Masturbador.

Carne de su carne, sangre de su sangre.

Un Guía acudió solícito y lo acompañó al Umbral de WebTime. El mundo virtualcarnal se extendía ante sus ojos como un ser manso, complaciente. Pletórico de promesas. De seguridades. Valles, ríos, cordilleras, mares y continentes de información carnalizada y obediente. El mundo virtualcarnal era un ser repleto de tolerancia y libertad. De vida sin miedos. Ajeno a la vejez, a la muerte, a la duda, a las enfermedades, a la soledad, a la pérdida de los seres amados, a tantas monstruosidades que en esa época aquejaban a la humanidad en vías de extinción. Batallones de anuncios corporizados iban de un lado a otro disputándose la atención de los visitantes.

Estuvo un buen rato comprando, lo que le reportaría un ascenso en la Escala de Consumo. Distinguió a 4Jordan entre la multitud, concentrado en adquirir miles de nuevos objetos. Se acercó. En medio del bullicio, su amigo le gritó algo. Más que entender sus palabras Guntaar adivinó que lo invitaba a acompañarlo a ToonCity. El sexo con personajes de comics proporcionaba a 4Jordan lo que a Guntaar el sexo con dictadores: el fabuloso Clímax de Entretenimiento Sexual Total + Plus.

Pero Guntaar prefería visitar primero a AmanteComandante, así que respondió con un gesto que significaba que más tarde se reuniría con él.

—*Siempre consumir, nunca aburrirse*, voceó 4Jordan a manera de despedida. Santos Mandamientos.

Guntaar se dirigió a WebTime. En tiempos por venir, las nuevas generaciones de TvTuales limitarían el acceso a ciertas zonas del pasado por contener niveles de Aburrimiento nocivos para los virtuhumanos, sabia medida si tenemos en cuenta lo estúpida que había sido la Historia humana; pero en aquel Masturbador podía ir donde quisiera, sin restricción alguna.

Dejó atrás la algarabía de los anuncios y comenzaron a desfilar ante sus ojos los siglos, las épocas. Vísceras. Carne conservada. Sangre conservada. Información volumétrica a la que había insuflado vida Dios Nuestro Señor.

Aire pixélico.

Le fascinaban las batallas humanas.

En ocasiones retrocedía miles de años y se sentaba tranquilamente en algún sitio estratégico, sobre una colina herbosa, al borde de un río, en una desértica duna que comenzaba a calentarse por los primeros rayos del Sol y presenciaba alguna bullanguera, divertidísima confrontación.

Todo resultaba tan rústico. Tan sin sentido. Tan cretino y repugnante que lo excitaba. Estas excursiones servían de preludio a sus encuentros con AmanteComandante.

Un soberano macedonio, asesino consumado, venerado por los historiadores humanos, con su ridículo casco lleno de plumas declamaba enloquecidas invocaciones al Sol. ¡Cree que el Sol es un Dios! La turba de bestias que lo rodea se deja impresionar por tamaña imbecilidad. Cientos de miles de soldados se lanzan unos contra otros ansiosos por degollarse. La caballería hace retumbar la tierra, los carros de combate levantan polvaredas hasta el cielo, la infantería macedonia se dedica a ensartar con picas a la infantería persa, y viceversa: infinidad de cuerpos despanzurrados, aplastados, decapitados, mutilados riegan con sangre y tripas la llanura.

¿Para qué? Nunca pudo llegar a comprenderlo.

Ayes, llantos, maldiciones. Chillidos. Energúmenos victoriosos. Un espectáculo lleno de colorido. Entretenido. Eso sí.

Presenció la batalla de Gaugamela hasta que Darío escapó. Después de eso descendieron los niveles de Entretenimiento.

Vio a Letold y Gilbert de Tournai entrar en Jerusalén al frente de la soldadesca: degollaron a tantos de sus habitantes que la sangre en las calles de la ciudad llegaba a los tobillos. Todo en nombre de alguna salvaje divinidad. Este detalle le resultaba tan hilarante que a veces las carcajadas de Guntaar atravesaban la distancia entre el punto en el que se hallaba apostado y los combatientes, que levantaban la cabeza azorados. Lo que a más de uno le costaba perderla.

Estuvo en Cannas, en Farsalia, en Yarmuk, en Termópilas, en el Río Amarillo, donde trescientos mil hombres murieron, en Lepanto, en Marengo, en Verdún donde destriparon a un millón de soldados y no ganó nadie.

A esta última batalla regresaba una y otra vez. A pesar de que había donde escoger. La historia de los humanos era una inmensa batalla interrumpida aquí y allá por descansos para rearmarse y esperar a que nazcan más humanos para alimentar los ejércitos. Viajaba por WebTime y el barullo de los combates en cualquier época opacaba todo lo demás. El entrechocar de las espadas, el bramar de la fusilería, el tronar de la artillería, el estallido de las bombas y el zumbido de los misiles. A eso se reducía todo. Pero regresaba a Verdún. Había algo especialmente divertido allí que no acertaba a precisar. Aunque con toda seguridad tenía que ver con el hecho de que tras nueve meses de combate entre alemanes y franceses y un millón de muertos nadie había obtenido nada. Después de nueve meses los ejércitos estaban más o menos en los mismos lugares donde comenzaron la contienda.

Sin duda la estupidez, el sinsentido y la barbarie humana alcanzaba en Verdún cotas insondables.

Guntaar las identificaba con formas primitivas de Entretenimiento.

Arribaba puntual, alrededor de las siete de la mañana, antes de que los proyectiles de 350, 380 y 420 milímetros empezaran a llover sobre las posiciones francesas. Se acomodaba en uno de los miradores de la Gran Vía del Tiempo y dejaba vagar la mirada por la plateada cinta del río, por la planicie al este de Woèvre y por los Altos del Mosa, con sus colinas de más de trescientos metros de altitud y sus, hasta ese día, hermosos barrancos. Poco después de iniciado el cañoneo, una operación de aplastamiento, los impactos hicieron desaparecer las trincheras; con el paso de las horas, pueblos enteros fueron convertidos en ruinas, los bosques ardían como antorchas y el gas lacrimógeno formaba una neblina que cubría la tierra calcinada hasta el horizonte.

Una enorme columna de humo y polvo se eleva hasta el cielo.

En un punto de la batalla, la infantería alemana avanzó pertrechada de lanzallamas. Los cuerpos incinerados corrían organizando una peculiar danza no exenta de gracia. Miles de humanos han sido ya volatilizados por la artillería. Una película roja colorea los campos: mezcla de entrañas, carne molida, cerebros y sangre. Hasta las raíces de los árboles han desaparecido.

Un gran espectáculo.

Guntaar disfrutaba especialmente de las matanzas por motivos religiosos: las alimañas humanas nunca comprendieron lo fundamental: que los dioses por los que se mataban no existían. A pesar de ser tan evidente, a pesar de que constantemente daban pruebas de su inexistencia, a pesar de que nunca daban la cara, de que nunca aparecían pasara lo que pasara.

Toda aquella idiotez, todo aquel absurdo lo divertía. Ver a esas criaturas despanzurrarse a millones por cualquier sandez fortalecía su corazón y le hacía entonar orgulloso el Himno a la Virtualcarnalidad.

¡Qué gentuza, qué lamentables engendros los humanos!

Sus bestialidades lo ayudaban a reafirmar su condición casi superior pues estaba a punto de alcanzar el nivel de Gen de Dios necesario para el traslado definitivo a WebLand-Tierra Santa; y lo llenaban de entretenepaz y entreteneconfianza.

Durante estos viajes, tuvo oportunidad de constatar el carácter nefasto de la escritura. Esa manía que acompañaría a la especie hasta sus momentos finales. Manía muy valorada por los humanos. Los llamados historiadores, los escritores en general, se las arreglaban para dar un tinte heroico, para justificar las peores masacres mediante sus realidades inventadas, hechas de palabras. Mercachifles ególatras. Ilusos. Criados de los poderes políticos, económicos, y de las falsas iglesias. Aterrorizados por la muerte, chantajeados por la esperanza. Los escritores. Eran sin duda los peores de la vergonzante y siniestra tribu humana.

En cierta ocasión, Guntaar asistió perplejo a una reunión entre AmanteComandante y la crema y nata de la intelectualidad de la isla que gobernaba. Los niveles de miseria y cobardía alcanzaron tal intensidad que sintió vergüenza ajena. Lo que aumentó su lujuria, y contribuyó a que su encuentro sexual de aquel día con AmanteComandante, una vez concluida la reunión, fuera uno de los más satisfactorios de los que tenía memoria.

A veces pensaba que su irrupción en la vida del dictador contribuía a hacer más rigurosa su dictadura. Quizás la furia que no podía descargar en el odiado visitante terminaba por caer sobre sus súbditos. ¿Pero qué destino mejor para aquella turba sin futuro que extinguirse lo antes posible?

Viajando sin cesar hacia el Pasado se encontraba la Nada, esencia de la Podredumbre. Haciendo lo mismo hacia el Futuro, se alcanzaba el País de los Ángeles. Allí, los miradores en la Gran Vía del Tiempo se espaciaban enormemente. Podían pasar años antes de que el afortunado viajero pudiera ver una de aquellas fantásticas criaturas, hijas de las vastas soledades de WebTime, pasar cual colosales naves, irradiando fulgores, y perderse otra vez en los espacios insondables. Guntaar los había visto. Eran los padres, los fundadores de las cortes angélicas de Dios Nuestro Señor.

¡Tiempos felices!

¡Debía haberse quedado en uno de aquellos miradores esperando Ángeles por toda la Eternidad!

Después de refocilarse con AmanteComandante, al que halló cazando patos en uno de sus cotos de caza privados, Guntaar se alejó de la isla que pocos años después se convertiría en basurero. La contempló, verde aún, circundada por un mar todavía azul, en la distancia. ¡Cuántos desvelos, cuántas luchas, cuantas ambiciones, cuantos crímenes y miserias para terminar en la extinción, el territorio tantas veces disputado y anhelado por sucesivos delincuentes transformado en una planicie árida destinada a acumular los desechos de otros, sede de bases experimentales y mega aeropuertos del Ejército Mundial!

Justicia Histórica, sin duda.

Un minúsculo grupo de habitantes sobreviviría por un tiempo a las Guerras de Reorden, oculto en un intrincado laberinto de túneles en las entrañas de la isla. Hambrientos, condenados a la oscuridad de los subterráneos. Pero al final también serían exterminados. Afuera el Sol desnudo calcinaba el descomunal basurero y los vacacionistas de Tierra Firme organizaban partidas de caza en busca de diversión.

Una vez, por simple curiosidad, Guntaar descendió a las cavernas de los sobrevivientes. Subsistían a duras penas, acosados por el hambre, gusanos gigantes, incursiones de tropas del Ejército Mundial y ataques de Cánceres Disney. Se arrastraban como fantasmas por el interior de la tierra que una vez les perteneció, comunicándose primitivamente en el idioma del enemigo, sucios espectros hijos de otros sucios espectros, despojados de toda dignidad pero aún soñando con un lugar a donde escapar. En el que persistir. Un lugar donde, pensaban, estarían a salvo. Tantos siglos y no habían siquiera aprendido que no hay salvación para los humanos, que no hay escapatoria en la Antigua Naturaleza. El viejo que los dirigía proclamaba que en ese lugar soñado, inexistente por supuesto, habitaban los dioses de la isla: una anciana sacerdotisa, un joven guerrero investido de poderes mágicos que algún día los conduciría a la victoria. ¡Y aquellos infelices se creían esas monsergas!

Guntaar, por un instante, llegó a sentir piedad por aquellas bestias. Pero luego llegó a la lógica conclusión de que lo mejor que podía pasarle a raza tan miserable era desaparecer.

Tal y como aconteció.

¿Se reuniría con 4Jordan o regresaría a NewManhattan? Sabía que su presencia podría redundar en un aumento en el nivel de entretenesatisfacción de su camarada. Siempre es superior el placer cuando se tiene público. Sobre todo si se trata de un buen amigo.

Animado, entretenedivertido, entretenefeliz después de alcanzar el Entretenimiento Sexual Total + Plus con AmanteComandante, resolvió ir al encuentro de su compañero.

Los paisajes del WebLand aparecían ante sus ojos investidos de una grandeza sólo posible en presencia de Dios. Sólo posible cuando se viaja por Dios. Cuando se habita en su interior.

La entrada a la ciudad de los toons se destacaba a varios años de distancia a causa del bullicio. Un río de visitantes se agolpaba ante sus puertas.

Que supiera dónde buscar, facilitó las cosas.

En el centro de un terreno tachonado de flores gigantescas, ubicado en un elegante suburbio de la ciudad, se alzaba la casa de Betty Boops. Rechoncha como un hongo. Con las paredes combadas hacia el exterior, daba la impresión de estar llena de aire a presión. Parecía a punto de estallar de un momento a otro. Un pequeño prado daba acceso a la propiedad. La hierba que lo cubría, azul, interpretaba (cada brizna de hierba un instrumento) *Four on six*, de Wes Montgomery disneyficado.

Cuando Guntaar penetró en el prado una pandilla de gatos de Indianápolis, bullangueros y armados de guitarras se sumaron a la interpretación. Guntaar ensayó unos pasos de baile siguiendo la melodía. La casa también siguió el ritmo de la música. De la chimenea de ladrillos escapaba un hilillo de humo. Una mariposa, tan grande como la casa misma, se hallaba posada en el techo, que se encorvaba a causa de su peso. Las largas patas formaban ángulos de cuarenta y cinco grados a lo largo de su bulboso flanco. El humo de la chimenea hizo al lepidóptero estornudar. El estornudo derribó una propiedad vecina. Estruendo, polvareda, gritos. Una mujer gruesa, con la cabeza envuelta en un pañuelo, enarbolando un hacha en una mano y con una gallina aferrada por el cuello en la otra, emergió de las ruinas. De sus ojos brotaban rayos y centellas. Una pequeña nube negra y eléctrica apareció sobre su cabeza. Las antenas de la mariposa cimbraron, sus alas color naranja, de óvalos negros se abrieron; volvieron a cerrarse. Luego emprendió el vuelo. Se hizo pequeña hasta desaparecer en el horizonte. Los rayos del Sol canturreaban, las nubes inflaban los carrillos de forma inquietante. Como si tramaran algo. La gallina había conseguido escapar dejando un reguero de plumas, la mujer del hacha la perseguía dando voces. Subieron y bajaron colinas, dejando una estela de polvo, hasta perderse en la distancia. Un girasol alto como una torre competía con el Sol. Se reía, enseñaba los dientes, guiñaba los ojos. Hacía girar los pétalos como las aspas de un molino. En un huerto cercano, un espantapájaros, poseedor de una hermosa voz de tenor, rompió a cantar *Oh sole mio*. Las flores del prado eran tan altas como Guntaar y formaban un tupido bosquecillo. Se deslizó entre las hojas que obstruían el camino. Una vaca reía a carcajadas en un maizal cercano a causa de un chiste que acababa de contarle un torete que, plácidamente instalado en el borde de un butacón con los muelles al aire, rasgaba una guitarra.

Guntaar alzó las cejas, gesto que significaba: ¡qué lugar!, y se abrió paso, siguiendo el sendero pedregoso que engorda y adelgaza a capricho de la hierba que lo escolta, hasta el umbral de la vivienda.

Esta era una de las razones por las que raramente acompañaba a 4Jordan a ToonCity: todo resultaba demasiado caótico para su gusto, demasiado inconexo. Los acontecimientos demasiado veloces, demasiado alocados.

El carácter hiperactivo de aquella realidad no lo aburría, de ninguna manera, pero prefería el pasado humano, con su grotesca trivialidad, con su gustosa, sangrante brutalidad.

A lo lejos se escuchó el estruendo producido por el choque de algunos vehículos. Después llegaron las voces gangosas, airadas de los coches, un momento después los porrazos. Miró hacia atrás, por encima del prado azul, y vio un montón de estrellas saltar sobre los techos de las casas. Mamporros, gritos. Cristales rotos. Sirenas de vehículos policiales, ambulancias. Música de jazz.

En el portal, conversaban dos balancines; antiguos, de rejillas y torneados brazos; lo saludaron cortésmente primero, después saltaron de alegría y lo invitaron a tomar asiento en uno de ellos. Guntaar rechazó la oferta con una sonrisa amable, lo que no gustó nada a los balancines que iniciaron una violenta discusión a propósito de cual era el culpable de que tan ilustre huésped (así lo llamaban) hubiera decidido no sentarse. Guntaar se desentendió del debate que tenía visos de ir a extenderse por un buen rato. Atisbó por una ventana. Gruñidos a su derecha. Un perro le mostró los colmillos. Vio una salita ocupada por una gruesa cama, paredes cubiertas de paisajes, tupidas alfombras, cortinas rosa y luego todo se oscureció. Dos palmeras se arrojaban baldes de sombra una a la otra en el jardín, y una gran salpicadura había caído sobre el cristal de la ventana. Guntaar limpió la mancha de sombra, espesa como brea, con la manga de la túnica y consi-

484

guió atisbar nuevamente el interior. El perro, al ver que no le prestaba atención sacó un gran aparato negro, marcó un número y comenzó a quejarse lastimeramente. Gruesos lagrimones.

Varias figuras se apelotonaban sobre la cama. La dueña de la vivienda, de rodillas, los grandes ojos cerrados por la concentración, se dedicaba a chupar, haciendo gala de un encantador estilo mezcla de inocencia y sumisión, la verga de 4Jordan. Que se elevaba como un asta hasta alcanzar al menos dos metros. Las mejillas y la nuca de Betty se estiraban como si fuesen de goma engullendo la protuberancia.

Popeye, acomodado contra las espaldas de su amigo, lo penetraba violentamente, haciendo que Betty se agitara en la punta de la lanza como una bandera, presa de espasmódicos ataques de risa.

La deliciosa Jessica Rabbit, muslos dorados, talle mínimo, senos portentosos, sentada sobre el rostro de 4Jordan dejaba escapar deliciosos quejidos con una voz rasposa, extasiada por los movimientos de la lengua que penetraba en su cuerpo como un estilete.

Guntaar empujó la puerta, que se echó a un lado con una respetuosa inclinación, luciendo una sonrisa pícara, y se aproximó al grupo. Acarició la grupa de Jessica. Era sumamente significativo que una de las mujeres más hermosas de la Antigua Naturaleza fuese un comic.

Jessica volvió el rostro enmarcado por el rojo oleaje de su cabellera y sonrió melosa. La espalda ondulada conminaba a cabalgar.

No había terminado de pasar esa idea por la cabeza de Guntaar cuando apareció una montura a espaldas de la señora Rabbit.

—Móntame —dijo Jessica.

Después de una minúscula pausa, añadió:

—Méteme algo en el culo…

De su voz goteó miel. Brilló sobre las sábanas.

Al regreso viajaron cogidos de la mano.

El rostro de 4Jordan rezumaba amistad y él sintió un cariño entrañable por su amigo. Un cariño que ni los casi cien años transcurridos desde aquel día, ni su enfermedad, ni la Tentación, habían conseguido debilitar.

¿Cuántos podían vanagloriarse de haber tenido una amistad como la suya con 4Jordan?

Rango MáximaEntrega, FraternidadExtrema, Camaradería PlusUltra y ConfianzaGarantizada.

Muy pocos.

Pero ni una amistad así había podido salvarlo.

La lluvia había cesado cuando salieron al exterior.

El Masturbador a sus espaldas, como una ampolla abierta.

Una mucosidad sulfúrica cubría el paisaje. El aire parecía haberse espesado y costaba trabajo respirar.

Miraron hacia arriba y los fragmentos de cielo rojo entre los rascacielos indicaban que volvería la lluvia. El borde de El Cielo no se distinguía, sumergido en nubes negras.

Llovería. Pronto.

Descartaron enfundarse en los trajes protectores.

4Jordan hizo un gesto de satisfacción, meneó la cola y le dedicó una sonrisa.

Se apresuraron en dirección a la nave de su amigo, que aguardaba, replegada sobre sí misma en un recodo, cerca de la entrada de un almacén.

Un caimán mutante bramó en dirección al río.

Cena.

Contempla las opciones que le ofrece MundoGame. Competiciones aéreas, marítimas y terrestres, aventuras, intrigas, orgías, viajes interplanetarios; entre millones.

Antes, como todos, Guntaar pasaba mucho tiempo dentro de MundoGame. Gran parte de la población vive, permanentemente, en MundoGame.

Antes.

Una sombra opaca se cierne sobre las cosas a su alrededor… una sensación empapada de acidez le nubla los ojos… ¿aburrimiento?

Se niega, como de costumbre, a admitir que haya llegado a tales niveles de vileza.

La cabeza le arde y piensa llamar al virtumédico, pero enseguida renuncia a la idea. Calambres en la pierna derecha, labios adormecidos. Temblor en los párpados. Articulaciones que escuecen.

Ráfagas de terror, por suerte brevísimas.

No hay nada que deteste más que reconocer ante otro virtuhumano su miseria.

Necesita entretenerse.

Lo necesita desesperadamente.

Entra en el TvTual y pide estar en el *Supermaravillosoestupendo*. Su restaurante favorito en VirtuNewManhattan.

Destello. Espuma de transportación.

Instantes después, un sonriente maître lo conduce a su mesa. La alfombra es roja y mullida. Aire tenue. Música acogedora. El techo es de *aguaviva*, peces rojos circulan, enormes aletas, pulidas piedras.

La luz humosa, rica en Gen de Dios, tiene un efecto vigorizante que hace desaparecer sus achaques.

Impecables camareros, de aspecto clásico. Facciones disneyficadas de primer grado. Candelabros. Plantas exóticas. Nenúfares colgantes que hunden sus raíces en la corriente de *aguaviva* que corre sin ruido sobre sus cabezas. Telas y frescos de maestros florentinos salvados y disneyficados embellecen las paredes. Andrea del Castagno, Giotto, Paolo Ucello, Sandro Boticcelli. El olor de los manjares trenza delicadas armonías. El rumor de las conversaciones: mullido.

Al fondo, un cuarteto.

Un Yo-Yo MaClon toca el violonchelo. Dos Yehudi MenuhinClones los violines. Un Glenn GouldClon al piano

Maestría salvada y disneyficada. El apetito regresa.

Lo acompaña algo parecido a su antigua vitalidad. El recuerdo, vago eso sí, de algo limpio y fuerte en su interior.

En los últimos tiempos, apenas come, pero de súbito su cuerpo está hambriento. El entretenimiento de comer cobra impulso en su estómago.

Una copa de virtuchampán y huevecillos de minitortugas al jerez como aperitivo. Salsa de musgo abisal.

A continuación saborea un rissoto de rabo de buey miniaturizado. Especialidad de la casa. Luego calamares cultivados en granjas lunares, rechonchos como ocas, en salsa de aguacate y limón. Espuma de pescado. Ostras cantoras. Pan lunar. Helado de algas venusinas.

Vino cocacolizado de exquisitas cosechas, almacenado en barricas de virtucedro auténtico.

El cuarteto interpreta Mahler disneyficado.

El aire es dulce, aromático. Huele a bosques umbríos y pedregosos torrentes. Después a playa desierta. Más tarde a desierto intrigante.

A través de los ventanales centellea la ciudad. Rostros de rascacielos temáticos: Pocahontas Center, Doritos Center, Supermaravillosoestupendo Center, Dumbo Center, VirtuManhattan All Stars Center, SupremeCoke Center; Cathedral Center, joya poderosa. Mayestáticos pero familiares. Brasas que fluyen de una torre a otra. Ríos de información corporeizada: puentes, túneles, vasos comunicantes. Hormigueo de millones de naves. La placa del cielo es un espejo en el que navegan urbanizaciones, anuncios orbitales, anclajes de trasbordadores, estrellas.

Mastica con entusiasmo.

Los comensales a su alrededor conversan animadamente. Escucha. Lo que percibe es normalidad. Pertenencia. Plenitud de corazones.

Las voces forman un fluido animoso que circula por los salones insuflando felicidad a la atmósfera y a las almas.

—La semana que viene General Electric General Electric partiremos de excursión al AmazonasPark General Electric General Electric, nuestro Controlador Familiar nos asegura que ascenderemos al menos dos niveles en las Escalas General Electric General Electric durante el viaje…

—Jugartrabajar en Tierra Firme Park Samsung Samsung Samsung es una bendición del Señor… hace unos Samsung Samsung Samsung días nos visitó un Ángel… ¡Un Ángel! Tenías Samsung Samsung Samsung que haber estado allí, derramaba placenta celestial a su paso…

—La cola del niño Mattel Mattel Mattel ya mide diez Mattel Mattel Mattel centímetros… y sólo tiene once años como sabes Mattel Mattel Mattel… ¿no es un verdadera bendición de Dios Nuestro Señor?

—¿Qué te pondrás Chanel Chanel para la gran Chanel Chanel fiesta de mañana? Yo llevo tres días Chanel Chanel viendo modelos y todavía Chanel Chanel no he decidido nada…

Un camarero le trae una nueva botella de virtuchampán. Tintineos, risas.

Mañana es la Noche de la Semejanza. La gran noche de su amigo 6Jordan. La calidad divina del acontecimiento tal vez lo ayude a recuperar el rumbo.

Suspira.

LA NOCHE DE LA SEMEJANZA

Ha comenzado el desfile de Réplicas.

Guntaar, sentado, la pasarela profusamente iluminada. Hogar, a oscuras, sigue muy interesado el tráfico de los clones. A veces, Amo la requiere y Hogar debe tener una opinión formada y toda la información posible a punto. Cada Réplica exhibe una propuesta de atuendo para el gran acontecimiento. Brotan del TvTual cual flores esplendorosas. Despliegan todo su arte para convencerlo de que las ropas que visten son las adecuadas, las que otorgarán elegancia y distinción supremas al Amo. Las Réplicas son idénticas a Guntaar, pero lucen diferente color de cabello, diferente altura o complexión física, para hacer más amplio el abanico de posibilidades a disposición del Amo.

Es difícil elegir, las Réplicas se han esmerado, cualquiera de los modelos estaría a la altura de la situación.

Esta noche se celebra la Noche de la Semejanza, la ceremonia en la que su amigo 6Jordan alcanzará Comunión Total con Dios Nuestro Señor. Guntaar, gracias a su relación con el agraciado, ha recibido una de las codiciadas invitaciones al Sacrostadium. Debe acicalarse apropiadamente para la ocasión. Los VeryImportantPeople invitados, qué duda cabe, desplegarán sus mejores galas.

La Noche de la Semejanza es el más prestigioso, el más celestial y multitudinario de los espectáculos celebrados en WebLand-Tierra Santa. Billones de espectadores en el Planeta Virtualcarnal, las urbanizaciones orbitales, las colonias virtuceldas temáticas lunares, marcianas, venusinas, saturninas y mercurianas estarán pendientes de ella; ni uno sólo de los millones de virtuhumanos que vuelan hacia lejanas constelaciones a bordo de naves-ciudades expandiendo el Sistema Universal de VirtuCeldas Temáticas, llevando consigo el sagrado Gen, la Palabra y la Obra del Señor perderá detalle del evento. Oportunidad única de ver a Dios Nuestro Señor haciendo el amor con uno de sus hijos. La Noche de la Semejanza premia la máxima cercanía física posible a la divinidad alcanzada por un virtuhumano.

Cumbres de la Escala de Semejanza y de la Escala de Consumo, encarnadas en esta ocasión por su amigo 6Jordan.

¡El bueno de 6Jordan en el escalón más alto de la Escala! ¡Nadie lo merece tanto!

Una de las Réplicas viste una espléndida túnica negra ribeteada en oro, cuello aserpentinado, broches polimorfos y mangas de oleaje espumoso. Comodísimo calzado de aguaseca. Cinturón de algas marcianas fluorescentes. Funda de glande color esmeralda unida al cuello mediante trenzas de saliva angélica (portentosa imitación). Aureola mimética.

Conjunto entretenedivertido Calvin Pride de Luxe.

Líneas primorosas, presencia impactante, olores famosos, belleza apabullante. Distinción discreta.

Otra Réplica despliega ante sus ojos una batacapa semiesférica móvil color púrpura. Con red frontal amarillo cadmio y nanoorquesta incorporada especializada en Mozart disneyficado. Botas de media caña de piel de niño humano clonado con fines industriales y tacón de álamo marciano. Un hermoso casco de orejas plateadas completa el atuendo.

Conjunto entretenedivertido Luchinno Antichino de Luxe.

Los acordes de la nanoorquesta dulcifican la atmósfera. Diseño atrevido, impresionante estructura binaria, aguda delicadeza.

La próxima Réplica ofrece una toga tubular celeste con miniclones del Apóstol Walt a manera de incrustaciones parcialmente libres. Sombrero de polvo lunar ingrávido y gran cinturón de perlas negras con cierre goteante; zapatos de piel de serpiente y guantes de conejos polares gigantes.

Conjunto entretenedivertido Mona Cara de Luxe.

Contrastes hechizantes, distinción del murmullo del cierre, adorable armonía térmica.

Ya ha visto cien modelos, en lo que va de desfile. Gran entretenimiento, pero va siendo hora de partir. Guntaar se decide por el Calvin Pride de Luxe.

Líneas primorosas, presencia impactante, olores famosos, belleza apabullante. Distinción discreta. Poderosa armonía que se impone.

La Réplica seleccionada se deshace del conjunto y ayuda a su amo a vestirlo. El resto de las Réplicas se retira entre sonrisas y felicitaciones.

Hogar, aprueba entusiasta.

Ideal.

Magnífica elección.

Guntaar decide llevar el cabello largo, dorado. Lacio, para que no oculte totalmente sus orejas. Combinará a la perfección con la túnica, el cinturón, la funda del glande y potenciará el impacto de la aureola mimética. Añadirá un toque de misterio, de deliberado desaliño al conjunto. ¿O quizás sería mejor una cabeza depilada, contundente? Vacila un instante. Se decide por la luenga cabellera. Un Complaciente surge del TvTual y le aplica un champú inteligente. En pocos minutos los cabellos crecen hasta la altura de las caderas. Son finos como la luz y resplandecen como oro licuado.

Hogar, aplaude.

¡Si sus orejas tuvieran un nivel mayor de Semejanza!

Pero es mejor olvidarlo.

Ultimos retoques: el Complaciente acomoda en el ángulo preciso el glande enfundado.

Cuando está listo, Guntaar entra en el TvTual. Éste le ofrece una gran variedad de medios de transporte.

Duda entre conducir un insectocoche o un corcelcoche y participar en una carrera, a punto de comenzar, hasta VirtuNewManhattan.

Al fin, prefiere simplemente volar y al instante despega y se desliza por un cielo calmo. Flotan nubes de azogue. Ya resplandecen las estrellas. No pueden competir con el fulgor de las urbanizaciones orbitales. Cae la noche y en la distancia florecen como puños luminosos las superciudades. Chispean las supercarreteras abarrotadas. Las superpistas de carreras. Los campos, pintados por el crepúsculo, forman cuadrículas. Los postreros rayos del Sol las hacen moradas, rojas, las incendian. De la corriente de los ríos salta hacia el cielo una voz delicada, de escamas mínimas y dientes pulposos. Arde el horizonte. Se enfría la tierra. Todo es parte del Juego, de la calma, de la paz por fin alcanzada. Lejos, el negro océano se comba como un fleje. La brisa ennoblece los rostros, los hermana. Los bordes de la túnica brillan como filos, mientras adquiere una consistencia cartilaginosa y adopta una figura aerodinámica que facilita el deslizamiento. Guntaar se desplaza sin esfuerzo sobre una corriente de aire. Otros viajeros vuelan a derecha e izquierda, abajo y arriba, niños improvisan piruetas, escapan brevemente a correr aventuras en subrealidades paralelas; familias avanzan en cerrado pelotón; las vestimentas los identifican como invitados al

Sacrostadium. Intercambian saludos. Inician conversaciones... Edward, qué traje Microsoft Microsoft tan elegante... Pamela, ese Bulgari Bulgari Bulgari vestido te queda *Supermaravillosoestupendo*... Peter, ¿adónde General Motors General Motors han ido los niños?... Hasta Guntaar llegan frases fragmentadas, palabras dispersas que barre el viento. Grumos de felicidad, condensaciones del instante, parecidos a palomitas, a mínimas golosinas, los acompañan. Los viajeros las devoran sin detenerse.

Entusiasmo, chillidos de los pequeños.

WebLand-Tierra Santa se ofrece como una flor, como una música infinita.

Viajan a gran velocidad. A lo lejos se distingue la poderosa silueta de VirtuNewManhattan. El río azulísimo la abraza. Los puentes circulares se miran en sus aguas, giran como norias. VirtuNewNewJerseyCity, VirtuNewBrooklyn, VirtuNewQueens, VirtuNewBronx, VirtuNewHoboken son joyas verticales que la custodian. Séquito. Trepa hacia el cielo, como una fiesta, la capital del NewPlaneta. Los virtutúneles que enlazan las torrestemáticas, Pocahontas Center, Doritos Center, Supermaravillosoestupendo Center, con sus homólogas orbitales ascienden incandescentes, estremecidos por el tráfico que viaja en sus entrañas. Millones de naves personales y colectivas forman una nube, una corona que empolvorea la metrópoli. El tráfico es tan denso que aquí y allá, parte también del Gran Juego Eterno, se producen accidentes. Los Equipos de Resucitadores acuden al instante al lugar de las colisiones si han tenido consecuencias extremas. En otro caso, los Equipos de Restauradores se encargan de la labor. Sobre el Monte Olimpo, en el centro de la islaciudad, las gigantescas Puertas del Paraíso que comunican WebLand-Tierra Santa con el Antiguo Planeta son un hervidero. Todos los caminos, todos los túneles, todos los ascensores, todas las supervías conducen a su cima. Es el corazón de la islametrópoli y sus latidos insuflan entretenedevoción a sus habitantes.

Hoy es la gran noche.

Hoy la isla, para regocijo de todo el NewPlaneta, zarpará e irá a instalarse frente al Sacrostadium Marino donde tendrá lugar el santo apareamiento.

Hoy es la gran noche.

La Santa Misa Anual Deportiva, el Partido de Dioses, el Sorteonoche, la Feria Superangélica son acontecimientos menores comparados con la Gran Fiesta de la Semejanza. Hoy Dios Nuestro Señor premiará a uno de sus hijos, uno de sus hijos será ascendido a la Cofradía de los Semejantes. Los más próximos a Dios entre los virtuhumanos. Los semidivinos.

Guntaar siente que sus ojos se llenan de lágrimas cuando piensa que su amigo 6Jordan será el máximo protagonista de la Máxima de las Noches.

El aire huele a vainilla, a chicles.

Llegan justo a tiempo, la islametrópoli ya zarpa acompañada de un inmenso clamor. De una insólita algarabía. Las muchedumbres ocupan las calles, cantan, bailan. Fiesta innombrable. Resuenan las trompetas angelicodeportivas. Truenan los coros angelicales, las orquestas milenarias. Nieva: copos de algodón de azúcar. Dulcísimos inciensos. El Monte Olimpo, los edificios, toda estructura de cualquier tipo se prepara para la transformación. A las puertas del Cathedral Center el ArchiArzobispo 2McCarthy, enfundado en un estolón púrpura, rodeado por cien monaguillos bendice la ceremonia. Exhorta a los fansfieles. Repica la Santa Cantata. Tremolan las negras banderas orejudas. Los edificios se desconectan temporalmente de sus homólogos orbitales. Los virtutúneles penden de la estratosfera como un manojo de serpientes, como guirnaldas, como serpentinas. Lentamente, VirtuNewManhattan se desplaza hacia la desembocadura del río, buscando el mar, buscando el estallido de luz y fuegos artificiales que en el horizonte señala el lugar donde se halla el Sacrostadium.

Hoy es la noche de la excelsa confluencia.

Guntaar y sus compañeros de viaje, que ya suman miles, aceleran y remontan bordeando la mole que navega levantando un fabuloso espumerío en las aguas calmas. De todos los puntos cardinales confluyen miríadas de invitados hacia el punto luminoso. Hacia los fuegos artificiales que colman el firmamento. El mar se abre colaborador al paso de la islaciudad. La espuma se convierte en confeti y envuelve la nave. Ahora los viajeros se encuentran en medio de un enjambre indescriptible: naves, gente que vuela, vehículos de todo tipo que se apresuran para llegar al Sacrostadium y ocupar sus lugares.

Dejan VirtuNewManhattan atrás.

El mar tiene la piel compacta, tersa como la de un recién nacido. Muchos de los viajeros aterrizan en su superficie y terminan el trayecto a pie.

Guntaar arriba al Sacrostadium. Un simple vistazo le basta para comprobar que está lleno de la más selecta concurrencia. Ángeles, Atletadioses, Superfans, VeryFirstClassMultiEjecutivos, VeryImportantPeople, SuperChairman y VeryPopularPeople ocupan los palcos preferenciales.

El Consejo Teológico Mundial ocupa el Palco Presidencial.

Gracias a su relación con el homenajeado, Guntaar ha recibido una invitación que le asegura una posición cercana al escenariocama donde trascurrirá la acción.

Los maravillosos atuendos que se ven por todas partes dejan sin habla a Guntaar. Es una gran ocasión para lucir excelsos modelos superentretenidos y los VeryImportantPeople la han aprovechado. Pero no cabe duda, su túnica está a la altura de las circunstancias.

Un murmullo escapa de millones de gargantas. VirtuNewManhattan se aproxima. Al llegar, la islaciudad se sitúa frente al Sacrostadium, mimetiza su figura. Son del mismo tamaño, hermanas gemelas, semicírculos que juntan sus extremos. El sacroescenario, flotando en el centro, es el ojocama. Ojocama de terciopelo negro, mullida y amorosapaternal. El Sacrostadium y VirtuNewManhattan se acoplan, forman los párpados. Todos los edificios de la islaciudad se convierten en palcos. Lo hacen con precisión milimétrica de forma que cada habitante, cuando concluye la transformación, va a ocupar un sitio previamente asignado en el teatro.

Aplausos. Vítores a Dios Nuestro Señor. Billones de virtufansfieles lloran de emoción.

El ojocama reluce en el océano. A lo lejos la costa es una línea de oro y plata. Aunque ya es noche cerrada, Dios Nuestro Señor dispone que recomience el atardecer. El Sol, rojo y tierno y cansado regresa y vuelve a estar sobre el horizonte. La luz del crepúsculo inunda el sacroescenario otorgándole un rango majestuoso.

El terciopelo ronronea. El ojocama es un juguete. Sumo divertimento.

Todas las Cadenas de Entretenimiento transmiten el acto. Sobre el ojocama gravitan las Puertas del Cielo.

Las Puertas del Cielo, melodiosas e insondables. Combadas como nalgas, como vientres.

El público cae de rodillas.

Una luz insoportable anuncia la llegada de Dios Nuestro Señor. Las Puertas del Santo Cielo se abren. La figura del Santo Padre desciende escoltado por su cohorte angélica. Gracia de su belleza incomparable, guía de la virtuhumana raza. Los Ángeles son como montañas y forman un círculo alrededor del Sacrostadium. La luz que irradian es como leche y huele a mandarinas y forma una escalinata por la que baja Dios. Desde uno de los palcos divinos, su Hijo, Comandante Supremo del Ejército Mundial, Supremo Guerrero Invicto de las Legiones Celestiales, se inclina a su paso. Lo acompañan los miembros del Consejo Teológico Mundial, los Jueces de las Escalas y un nutrido grupo de AtletaDioses.

Cuando el rayo cegador disminuye es posible ver a 6Jordan, desnudo, de rodillas, en el centro del ojocama. Su cuerpo ostenta una hermosura recién adquirida, propia de su nuevo nivel en la Escala. Su cola es de tal perfección que arranca un chillido de admiración a la concurrencia. Sus zapatones amarillos son indistinguibles de los que calza Dios Nuestro Señor. Dios Nuestro Señor está de pie frente a él. También desnudo. Dicha inmarcesible la contemplación de su cuerpo. Su miembro erecto apunta al rostro de 6Jordan.

La Orden del Ángel orbita en torno a la cabeza de 6Jordan como una estrella recién nacida.

El tiempo deja de existir. El VirtuUniverso acata los deseos de su Rey. La ceremonia dura minutos, horas, años, siglos, todo a un tiempo.

Todo a la vez.

El firmamento se ha convertido en una gran pantalla donde todos los virtuhumanos del planeta siguen la función.

6Jordan recibe, trémulo, la negra y pulidísima erección de Dios Nuestro Señor. Su boca va abriéndose hasta alcanzar dimensiones imposibles para acoger la dádiva goteante. ¡Ambrosía del Santísimo!

6Jordan traga, ávido.

La concurrencia, de rodillas, se relame obedeciendo a un incondicionado reflejo.

El silencio es una ola detenida, un pájaro negro, una hoja congelada.

Lágrimas de felicidad corren por las mejillas de 6Jordan. Lágrimas que dos sacerdotes recogen en recipientes impolutos. 6Jordan, que ya no es 6Jordan sino un ser superior que lo recuerda vagamente.

Guntaar también llora. Ve como nadie el alma de su amigo aflorar en aquel rostro cargado de semejanza. En el perfecto hocico, en el angosto cuello, en las enguantadas manos. En el flequillo rubio entre las orejas que es lo único que permanece de su antigua condición.

El rostro de Dios Nuestro Señor trasuda amor paternal. Concentración exquisita. Infinito amor.

6Jordan bebe del miembro Divino.

¿Años, siglos?

La verga sagrada entra a través de la garganta del hijo y explora hasta el último rincón de su cuerpo. Lava su espíritu, purifica su alma. Renueva, azulea su sangre. El cuerpo de 6Jordan es éxtasis. Consagración, fe sin fronteras, entretenimiento máximo.

El Sacrostadium permanece mudo.

Billones de bocas temblorosas musitan rezos de entrega. A lo largo y ancho del planeta, a lo largo y ancho del universo. Billones de seres que desean desde lo más puro de sus corazones estar en el lugar del consagrado.

La Comunión es tan compacta que los Ángeles, con rostro alegre, de niños, la atrapan con sus traslúcidas manos del aire, a puñados, y la saborean con deleite.

Billones de seres entregados, billones… menos uno.

Guntaar, en medio de la comunión colectiva, descubre en lo más profundo de su ser algo que lo aparta. ¿Es un grito o una sombra?

¿Es una trampa o una esperanza? ¿Es una ilusión o un alarido desconsolado?

Descubre que es el único virtuhumano que está solo en la creación.

Reprime un grito angustioso.

Concluida la primera parte de la ceremonia, Dios Nuestro Señor aparta con extrema dulzura a 6Jordan, besa su boca húmeda y lo conmina a adoptar la posición consagratoria.

Fluye luz del rostro de 6Jordan, luz que asciende y va a confundirse con la de los Ángeles.

A cuatro patas, el trasero de 6Jordan alzado. Las nalgas charoladas brillan, el agujero se ensancha para recibir el miembro divino que ahora alcanza proporciones magistrales: tres veces el tamaño del cuerpo de Dios Nuestro Señor. Potencia de Dios Nuestro Señor. Rey del VirtuUniverso, Capitán de la VirtuHumanidad.

Del mar asciende el Himno a la Virtualcarnalidad. Innúmeras gargantas de agua.

El mar canta.

6Jordan recibe los embates de la divinaverga. El negro glande emerge por la boca abierta del hijo, sale, forma un arco y va a sumergirse en la boca de Dios Nuestro Señor. El círculo se cierra.

Del Señor eres y al Señor tornarás.

6Jordan atravesado, absorbido, incorporado. Recibe los embates de la divinaverga.

¿Años?

¿Siglos?

6Jordan, milagro de Dios Nuestro Señor, alberga en su interior toda la verga.

¿Años?

¿Siglos?

Luego gira sobre el tronco y queda de frente a la Divinidad.

Se abrazan.

Santa Comunión.

EL REGRESO

Atraviesa la noche estrellada.

Guntaar vuela de regreso a Hogar. Detrás emerge del mar, cual hongo monstruoso, el estallido de la fiesta, el mar solidificado, convertido en enorme pista donde los bailarines se deslizan gráciles. La erupción de alegría y hermandad con la que ha concluido la ceremonia de semidivinización de 6Jordan.

Chorros de luz se elevan hasta las urbanizaciones orbitales; al chocar contra ellas, hacen visibles sus cuerpos oblongos, conectados por las inmensas medusas de plásticovivo en perenne crecimiento: nuevos territorios, nuevas fronteras del virtuplaneta.

Los Ángeles, al regresar a las profundidades virtuestelares dejan bulbosas estelas lácteas en el cielo. Rabos de enormes cometas, trazos polvorientos, primigenios.

De la apoteosis final emana un delirio armonioso, una pertenencia poderosa y acompasada que se apodera de WebLand-Tierra Santa como la onda expansiva de un SuperMegaMisil.

Luminarias giratorias, chispazos al galope forman el vórtice de la gran danza. Nubes de espectadores ascienden como remolinos de felicidad y se adentran en la noche multitudinaria. Luego descienden al ritmo de la música corporeizada que se alza hasta el horizonte.

Vuela Guntaar, surca el oloroso viento, sus alas cartilaginosas cimbrando en la penumbra. El cabello extendido como una aureola tras su cabeza. Los ojos húmedos y el cuerpo tembloroso.

Una extraña emoción lo embarga. Mezcla de terror absoluto y dicha incomprensible.

Lo peor es la certidumbre. Sabe que ahora sólo le queda una esperanza de volver a la normalidad. De regresar a la seguridad de sus semejantes.

Pero… ¿son sus semejantes?

Vuela, conmocionado por la soledad experimentada en plena ceremonia.

¡En presencia de Dios Nuestro Señor, de su Santísimo Hijo, de la Corte Angélica, del Consejo Teológico Mundial!

¿Cómo era aquella soledad?

Turbia, antientretenida, aterradora, abismal y pavorosa, pero también esperanzadora, alimenticia, luminosa, sosegadora.

El aire, fresco, bate en su rostro.

Abajo fluye la tierra negra, los bosques negros, las negras colinas, los negros ríos. Su corazón se encoge ante la belleza del paisaje. Dos lágrimas negras que reproducen a la perfección la cabeza de Dios Nuestro Señor ruedan por sus mejillas.

Ya se distingue en el horizonte el abombado perfil del Complejo Capitán Garfio.

ÁNGELCAÍDO

La criatura se halla tumbada. El rostro vuelto hacia el fondo del recinto que le sirve de prisión. En una postura que mezcla, armónicamente, el reposo absoluto con la alerta desmesurada. ¿O es sensualidad? ¿O es soledad pura? ¿O es una forma extremadamente sofisticada de antientretenimiento?

¿O es blasfemia?

Guntaar nunca ha visto blasfemia corporeizada; puede que sea eso.

Cualquier contacto, por mínimo que sea, con blasfemia corporeizada es mortal.

Los límites del cuerpo: líquido. Imprecisiones. Cosa que chorrea, condensa, fluye, se retira, salpica. Vaharadas. Hombros pulidos, espalda poderosa, brazos largos rematados por manos opacas, dedos rocosos.

Las alas, alineadas a lo largo de la esbelta espalda: crema color rosa: gotean.

Chas, chas...

¿Aburrimiento?

El líquido le produce escalofríos.

Tiembla Guntaar.

Todo el cuerpo de la criatura está cubierto de un bello finísimo, áureo. Pradera calcinada. Llanuras al amanecer. Playas de espuma anaranjada. Pedregales volcánicos. Las nalgas duras se pronuncian con una musicalidad que se trasmite al resto del cuerpo sin esfuerzo. Dunas. Muslos de oro. Senderos nocturnos. Cielos estrellados. El cabello largo, muy negro, brilla; cae sobre el suelo como una catarata. Bóveda surcada por oscuros planetas. Tobillos ahusados. Astros colapsados. Pequeños los pies. Uñas tiernas, de recién brotado. Corrientes que bullen tras la piel. Ciudades, marejadas, laberintos, multitudes, incendios.

Ser múltiple, ser confluencias.

El paisaje en torno a la criatura: montañas doradas, barrancos, un tupido bosque más allá de las blandas paredes, roquedales. Rumor de cascadas. ¿O es el raspar de un viento abrasador? Alaridos, fragores. Una luz intensa ilumina el recinto, jaula o lo que sea este sitio que sin duda es un escenario, una pista cubierta de serrín.

¿Han estado ustedes en el interior de un circo de provincias?

Una roca, que surge de la grava en el pequeño jardín que sirve de antesala a la prisión de ÁngelCaído, se dedica a borbotar frases ininteligibles, aunque dulces. Forman una retahíla mohosa al despegarse de la gris superficie. Ruedan hasta la arena. Letanía. Canción de cuna.

Cortinas, pesadas y porosas, cubren las paredes. Ya no. Retornan. Un enorme espejo a la derecha de la figura echada. Marco rococó, ribeteado de lapislázuli. Borlas púrpuras. Techo barroco decorado con filigranas de yeso, del que cuelga una aparatosa araña.

La araña teje su tela.

El espejo es una ventana a través de la cual se distingue el mar. Al fondo, una puerta se abre hacia la oscuridad. Cuatro escalones conducen a ella.

Dos.

Aparece un sendero amarillo que termina ante los tres escalones. Se esfuma. Vuelve.

Es azul.

Una fuente de semen brota, hirviente, en un rincón. Desborda los bordes carnosos: la arena traga sedienta. Cuajarones. Varias hormigas, grandes como terneros, merodean. Tienen rostros humanos y cargan baldes metálicos. Visten elegantes chaquetas con solapas de seda. Zapatos de charol. Rostros de niños, rostros de viejos: a un tiempo.

Al aparecer Guntaar, aceleran sus movimientos; hunden los recipientes, ahora regaderas, en la fuente. Alimentan un grupo de extrañas plantas.

Las plantas berrean, reclaman el líquido. Sus bocas ocupan casi todo el rostro: los labios son gruesos y aceitosos. Carecen de nariz.

Las lenguas moradas. Los dientes cuadrados. Las hojas tienen dedos amoratados que se abren y cierran compulsivamente.

Perreta.

Arrecia el ventarrón. Aunque no se sienten sus efectos; una calma suntuosa prevalece en la escena.

El llanto de las plantas parece despertar a la criatura. Los hombros del Imperdonable se estremecen, una de sus piernas retrocede dejando un surco en la arena. La rodilla se eleva. Luego el pie desnudo se planta en el suelo.

El cabello se arremolina, forma una nube. Los dedos se agitan. Tras las paredes de lona todo se detiene.

ÁngelCaído se vuelve.

PROHIBIDO PASAR.
¡PELIGRO!

Advierte un cartel flotante. Situado en el linde del escenario. El escenario es circular y está en el centro de la carpa. Al escenario conduce una rampa. O no. Las letras del cartel supuran AburrimientoExtremo, TedioTotal. Lo que constituye una barrera infranqueable para cualquier habitante de WebLand-Tierra Santa. El lugar está desierto.

En el radio de influencia de ÁngelCaído las cosas poseen una realidad múltiple. Algo y su contrario, algo y sus otras posibilidades conviven armónica, simultáneamente. Nada es lo que es, las cosas están libres de ellas mismas. El tiempo no es lineal.

Guntaar lo comprende.

Le basta mirar a su alrededor para comprenderlo.

Ni siquiera sabe si está allí, o si llegará dentro de un rato.

O si se ha marchado ya.

Ha accedido a través de un portón. Una especie de ojo ¿o es una boca entreabierta? cuyos párpados sin pestañas forman un semicírculo. Ya dentro: jardines. Cuidados parterres. Estrechos senderos bordeados de piedras. Los árboles, mimosas, almendros, pinos, sauces, algarrobos, ceibas, abetos, cedros, arrojan copiosas sombras sobre los senderos de grava ¿o es arena? ¿o es tierra roja olorosa? ¿o es plásticovivo mimético? Un silencio grumoso confiere a las cosas un aire abandonado. ¿Solemne? O todo lo contrario. Saltarín. El techo del recinto semeja la carpa de un circo. Banderolas agitadas por el viento. Telas restallantes. Redobles encorvados, pequeños tambores.

Cuchicheos.

La carpa se encuentra lejos del centro de ÁngelesPark.

En el centro, las multitudes se aglomeran ante los AngélicoHogares: vitrinas donde se exhiben los VirtuÁngeles. Los AngélicoHogares se hallan a ambos lados de la avenida principal. Gigantescos, en otro caso no podrían albergarlos. En sus umbrales se aglomeran millones de visitantes. El gentío fluye respetuosamente hacia las explanadas internas donde los VirtuÁngeles, de pie, sentados o tendidos, se dejan contemplar. La luz que despiden los AngélicoHogares es alimenticia. Los nutrientes superentretenidos que emanan de la piel de los VirtuÁngeles forman una cúpula bajo la cual se apiñan los más afortunados.

Los nutrientes embellecen, enaltecen.

Ascenso en las Escalas. Beatitud. Santidad compartida.

En el centro de ÁngelesPark todo es fiesta y jolgorio, camaradería y pertenencia. Bullicio y fanfarria. Camino de Eternidad. Entrega y adoración. Entretenefelicidad.

El público hace reverencias a los miembros de la Corte Celestial, y los niños, sólo a ellos les es permitido, se acercan a las criaturas y reciben golosinas de sus manos.

¡Dejad que los niños se acerquen a mí!

A la carpa de confinamiento se llega siguiendo un camino bordeado por majestuosos árboles, un camino silencioso por el que nadie se ha aventurado jamás. Camino sombrío, semioculto tras un recodo rocoso en la periferia occidental del parque. Guntaar duda antes de internarse en él. A sus espaldas queda la estabilidad y la luz. No hay pájaros, ni mariposas, la ausencia de Entretenimiento, es decir de vida, es tan palpable que le cuesta trabajo respirar.

Los árboles tosen. Las piedras vomitan.

El polvo del camino es finísimo, se levanta bajo las pisadas de Guntaar y queda suspendido en el grueso aire.

PROHIBIDO PASAR.
¡PELIGRO!

Nausea: gotea del techo de la carpa en forma de finísima llovizna. Livideces.

La textura de la realidad es gomosa, más que de costumbre, y blanda.

Y bruñida.

Sin embargo el roce del cuerpo de Guntaar contra el aire produce crujidos.

Astilladuras.

Aire que se astilla como cristal y cae.

¿Por qué esta allí? ¿Está allí? ¿De veras piensa que puede conseguir un sorbo del preciado líquido que lo salvará? ¿Lo salvará?

ÁngelCaído no es un ángel como los demás, tal vez su semen no provoque el mismo efecto que el de los otros Ángeles. Y aunque así fuera… ¿cómo obtenerlo?

Resulta imposible acercarse a ÁngelCaído, eso es lo que dicen: su carga de Tedio Absoluto Traidor es capaz de matar a cualquier virtuhumano.

Guntaar avanza por el camino polvoriento, colmado de una mezcla de pavor y ansiedad. A su alrededor, un gran silencio. Contrasta con el lejano bullicio del centro, que llega apagado, como el resuello de una criatura agonizante.

¿El último ataque de la Tentación lo había trastornado completamente? ¿Por qué no llamó a Dios Nuestro Señor para consultar con él lo que planeaba? ¿Planear?

Poseído por una fuerza que no era capaz de controlar se había encaminado a ÁngelesPark a toda prisa, arrastrado por una indetenible ola.

Despertó muy temprano. Antes del amanecer. No había dormido bien. Fragmentos. Sueños. Indefiniciones de la realidad que se acentuaban, confundiéndolo. Sumiéndolo en una inquietud aristada que le impedía descansar. La idea de la visita ocupaba toda su cabeza. Pulida e inevitable como un anuncio acorazado. No dejaba espacio para nada más. Desayunó de prisa. Masticó el macdesayuno con desgana. Olvidó coger su pistola antianuncios. En el interior del TvTual abordó un vehículo terrestre de gran potencia. Le apetecía conducir. Tomó la autopista sur y ordenó máxima velocidad. Frente a él, los mandos afloraban como delicadas vísceras. Podía acariciarlas, o hablarles, o simplemente pensar en la próxima maniobra y el vehículo la ejecutaría. La piel del transporte refulgía bajo los primeros rayos del Sol. Tersa, cubierta de un vello acerado. Pidió un cambio de forma y el techo del vehículo desapareció y su estructura ósea se expandió y la brisa húmeda de la mañana acarició el rostro del conductor. Olor a tierra removida, a pastos. La carretera desaparecía tras el coche. Sólo se permitía existir si alguien la usaba. Faltaba al menos una hora de camino. Tenía que atravesar casi todo el país.

Guntaar cerró los ojos y dejó que la máquina se encargara de conducirlo a su destino. De sus entrañas llegaba un bombeo adormecedor. La autopista se elevó y a la derecha, alejándose, apareció el mar. Una bandada de anuncios lo seguía a distancia. Solicitó un aumento de velocidad: quedaron atrás. En el horizonte, unas nubes algodonosas pendían del cielo, inmóviles.

PROHIBIDO PASAR.
¡PELIGRO!

El Aburrimiento es una cortina, traslúcida, formada por miles de gotas que parecen píldoras.

¿Píldoras?

No afectan la visión de Guntaar, que a través de ellas contempla a ÁngelCaído.

La criatura está sentada. Vuelta hacia él.

¡Qué hermoso es su rostro!

¿Podemos describirlo?

No.

No existen palabras para describir tal belleza.

¿Cómo puede ser tan hermoso el rostro del único ser fuera del alcance del perdón de Dios Nuestro Señor? El único rebelde. El único que se atrevió a desafiar su poder. El único condenado sin posibilidad de redención.

Misterios de Dios Nuestro Señor.

Los Textos Sagrados del Consejo Teológico Mundial narran la historia.

Y la criatura fue lanzada al lago de fuego y azufre con los falsos profetas de las falsas iglesias, que en su momento fueron perdonados, pero Él fue condenado a habitar en el Aburrimiento Eterno y el Tedio Absoluto por siempre jamás...

El Imperdonable había sido el más amado por Dios Nuestro Señor. Su más firme aliado en los tiempos oscuros. En los días del nacimiento de WebLand-Tierra Santa, del Universo Virtualcarnal, de las Guerras del Reorden. Pero su traición lo hizo descender de las cumbres de sagrada entreteneluz de Dios Nuestro Señor a los abismos de tedioscuridad de su cólera.

Dicen que la traición consistió en querer suplantar a Dios Nuestro Señor. Pero sobre este punto las escrituras son oscuras. Proclives a múltiples interpretaciones.

Dicen que la traición consistió en ser más bello que Dios Nuestro Señor. Pero tampoco las escrituras son claras al respecto.

Dicen que la traición consistió en cambiar el WebLand a espaldas de Dios Nuestro Señor de forma que el Entretenimiento fuera en verdad Aburrimiento y el Aburrimiento fuese Entretenimiento.

Pero todos estos rumores son blasfemias inventadas por la maligna Orlán Veinticinco, en tiempos remotos, durante una de sus sacrílegas performances.

El Ángel cayó durante años en la oscuridad y se hundió en las fosas del olvido hasta que Dios Nuestro Señor dispuso que habitara en ÁngelesPark, como ejemplo máximo de Aburrimiento Eterno y Tedio Absoluto por siempre jamás.

Dicen que Dios lo amaba, que esa fue precisamente la causa de su perdición.

Y ahora estaba allí, sentado ante Guntaar.

Condenado a habitar aquella carpa por los siglos de los siglos. Lejos de todo Entretenimiento y de toda Pertenencia. Lejos del amor de Dios Nuestro Señor.

Y sin embargo… parte de sus planes. Sí.

Una ominosa certidumbre se abrió paso en el cerebro de Guntaar:

ÁngelCaído no estaba solo, no permanecía fuera del Orden de Dios Nuestro Señor. Aunque castigado por los siglos de los siglos, seguía siendo parte de la Eternidad de Dios Nuestro Señor, parte de su Juego.

Parte de su juego.

Los ojos del Ángel.

El gimoteo de las plantas cesó. Las hormigas dejaron los recipientes sobre la arena y permanecieron inmóviles. Sólo el borbotar de la fuente embadurnaba el silencio. Y el silbido de una brisa que entre las ramas huía.

En los ojos del Imperdonable había un niño.

Recién salido de una virtusemilla. Desnudo. Mojado de baba seminal. A punto de ser absorbido por la Madre General Amamantadora. Como miles, como millones de otros niños a su alrededor.

Los ojos de ÁngelCaído se agrandaron y Guntaar estaba dentro y hasta donde su vista abarcaba veía niños recién brotados y la figura totémica de la Madre General Amamantadora se elevaba como una torre en el campo sembrado de infantes.

Se acercó al niño mostrado por ÁngelCaído. Arrastrando los pies. Cuidando de no aplastar los frágiles cuerpos de sus compañeros. El cielo era cremoso y bajo. La expresión protectora, reconfortante de la Madre Amamantadora hizo que recordara a su madre.

El niño tenía su rostro, no cabía duda. Allí estaba él, recién nacido. En aquel virtuhuerto.

Salvo que era imposible.

Guntaar no provenía de una semilla. No era un virtuhumano natural. Recordaba a sus padres. Su vida antes del Éxodo del Antiguo Planeta hacia WebLand-Tierra Santa. Era un humano renacido a la virtualcarnalidad gracias a las inoculaciones de Gen de Dios. Como la mayoría de los humanos.

¿De dónde procedía aquella errónea visión?

¿Alucinaciones provocadas por la cercanía del Ángel?

¿O es que él no era él?

Los viveros de infantes se desvanecieron y en su lugar aparecieron las calles de la urbanización subterránea donde transcurrió su infancia. Perros mecánicos. Callejones estrechos iluminados por lámparas flotantes.

Sucios jardines llenos de plantas escuálidas y grises. Vallas publicitarias animadas. La lucha por reunir dinero para comprar dosis de Gen de Dios, como telón de fondo de sus vidas. *God is Fun! God is Fun!* Los himnos de la virtualcarnalidad cantados a coro en el patio escolar. La humillación de ser uno de los menos inoculados de su clase. Pájaros con orejas circulares posados en el raquítico melocotonero. Las facciones adoradas de Kiutty, el movimiento de sus hermosos pechos antigravitacionales y violetas mientras él se masturbaba. Primera masturbación. Suprema Diosa de *Supermaravillosoestupendo.* Su madre en la cama entreteniéndose con un putoClon. Su madre con las piernas abiertas y el rostro desordenado bajo el peso del clon. El rostro de su padre reflejado en la pantalla de un antiguo televisor tridimensional. Eran tan reales que se enterneció. Gotas de sudor refulgían sobre la piel de su madre. Jadeos. El cabello mojado, pegado a la frente. Los muebles destilaban antigua realidad pero apenas le produjo asco. Bajo el Sol artificial la ciudad rumiaba como una domesticada bestia carmelita. Nubes pesarosas. Mariposas metálicas.

PROHIBIDO PASAR.
¡PELIGRO!

El Ángel, que había disminuido considerablemente de tamaño, lo tomó de la mano y lo condujo hasta la puerta. El contacto de su mano le resultó natural. La puerta es negra y es de palabras. Palabras que bullen, palabras que arden, palabras que como remolinos se desplazan por la superficie agitada. Palabras olvidadas, palabras desconocidas. Sobre sus cabezas, un cielo desarreglado. La puerta se agita y se ordena vertiginosa y es un libro y se abre y deja paso a los visitantes. Más allá se alza una lujuriosa selva. Una muro verde que bulle, deslumbrante. Sin soltar la mano de Guntaar, ÁngelCaído lo conduce por senderos húmedos. Enredaderas que retan el cielo, insectos que horadan la tierra, flores de carnosos pétalos. Volutas de niebla. Humedad. Escuchan voces. Algarabías lejanas, risas. Arriban al borde de un claro cubierto de hierba de penachos blancos. La brisa la agita como a un océano. Allí se halla una mujer, sentada en un sillón: mece a un niño. Canta. Otros niños, a sus pies, la escuchan. Un adolescente de pelo encrespado escribe en el tronco de los árboles. Una anciana escoltada por dos ancianos negros reposa junto a un arrollo de aguas cristalinas. Las aguas pasan y se quedan. *Todo esto debería aterrorizarme, pero es una dicha, un regreso.* Piensa Guntaar. Aunque no sabe qué hace allí, no conoce a esas personas y está seguro de que la situación es absurda y de que aquellas palabras carecen de sentido. *Lo tiene para el que me escribe*, murmura; sin saber qué significa lo que dice. Pájaros de mil colores surcan el espacio. El viento es verde y ondulado. Las hojas de los árboles susurran. Caen y se pudren. Se corrompen y desaparecen. ÁngelCaído se sienta sobre la enorme raíz de un árbol espinoso. Guntaar permanece de pie y la luz es cada vez más dulce. Suavidad. No tiene miedo y podría acercarse al Imperdonable, meterse entre sus piernas y obtener lo que ha venido a buscar pero siente que eso ha dejado de tener sentido. ¿Salvarse? Salvarse es algo ridículo. ¿Salvarse para qué, de quién, de qué? ¿Regresar? No tiene a dónde. Lo que desea es descansar, apartarse. Silencio, calma. No ser. ¿Qué es aquel sitio? ¿Será lo que se encuentra al apearse del vagón que viaja hacia la Eternidad? No lo cree. Allí no hay sosiego, hay muerte y pérdida y desolación. No hay paz. Allí se sigue siendo: la causa de todas sus desdichas. Aquel lugar es sencillamente otro de los que sobreviven en el interior de ÁngelCaído. Basura, mierda previrtualcarnal sin historia y sin futuro. Trampas. Ilusiones, fantasmagorías de épocas por suerte superadas. De épocas pretéritas reducidas a espejismos propios de criaturas vencidas, resignadas, de criaturas esclavizadas, exhibidas como animales de feria.

Conoce sus sueños.

ÁngelCaído conoce sus sueños.

Y los usa contra él.

Como hacen siempre aquellos que consiguen acceso a tus sueños.

PROHIBIDO PASAR.
¡PELIGRO!

El lecho es rosado y se prolonga en todas direcciones hasta el horizonte. Mar espumoso en el que flotan. ÁngelCaído lo abraza. Sus manos azules ligeras recorren la espalda, trepan por sus nalgas, aferran la cintura y luego reinician el delicioso periplo. El cuello delicioso. Los labios entreabiertos y ensalivados: en el rostro una expresión ansiosa. Los ojos entrecerrados. Se ha tumbado de espaldas y delicadamente, atrae a Guntaar hacia él. Los pechos cremosos del Imperdonable se aplastan contra su pecho. Con un movimiento grácil, ÁngelCaído echa a un lado el falo y expone la vagina rosada y brillosa. Los áureos vellos del pubis. Raja. Labios pulidos. Los hinchados testículos a cada lado del agujero. Las piernas bien abiertas. Las rodillas flexionadas. Las alas formando en torno a ellos una especie de nido.

Guntaar jadea, la mirada empañada. Penetra a la criatura y es cálida y es suave.

En la boca, un sabor extraño a celofán.

Dentro: una melaza negra en la que ve derretirse todas las visiones. Dentro es una engañifa. La supuesta rebelión es otra forma de continuar. En la afiebrada oscuridad en la que chapotea, comprende que la Tentación es su aliada.

Al principio, siente algo de ira; pero enseguida sonríe, luminosamente cansado.

Luego el glande está ante su rostro, pulsando.

Una gota de semen emerge de la ranura del falo de ÁngelCaído. Va a dar dentro del recipiente que carga una de las hormigas. La hormiga, diligente, deposita el recipiente a los pies de Guntaar.

Sólo tiene que alzarlo y beber.

Pero ya aquel líquido en el que estaban cifradas todas sus esperanzas carece de importancia.

PROHIBIDO PASAR
¡PELIGRO!

El vehículo se detiene a la entrada de ÁngelesPark. Resopla a causa del esfuerzo. Los poderosos músculos tensos bajo el fuselaje. Su rostro expresa una gran satisfacción.

Guntaar desciende y echa a andar hacia el portón de acceso a ÁngelesPark. Millones de visitantes fluyen ordenadamente en el compacto bullicio. Alegría, conversaciones, alboroto de niños. Copos de devoción caramelizada. Olor a vainilla y a menta. Serpentinas de fe. Arcos triunfales de camaradería. Himnos corporeizados.

Pasa junto a una pared de plásticovivo. Se ve reflejado en ella. Su rabo es un penoso muñón, las orejas apenas emergen del cabello, sus manosguantes y sus pieszapatones lucen un tono descolorido.

Si no fuese imposible diría que ha envejecido. Aprieta el paso.

La jaula de ÁngelCaído se halla en las afueras del parque.

LÁGRIMAS

De regreso a Hogar, Guntaar llora. Las lágrimas brotan con fuerza.

No entiende lo que sucede.

Abre las manos y las gotas, cristalinas, transparentes, chocan con su piel.

¡No son negras! ¡No tienen orejas! ¡No remedan la cabeza de Dios Nuestro Señor!

Siempre ha llorado lágrimas negras. Jamás ha oído hablar de lágrimas que no fuesen negras. No existen lágrimas que no sean negras.

Pero ahí están, brotando de sus ojos a chorros limpios y cristalinos.

DÉCIMOOCTAVO SUICIDIO

El ClonMisil lo miró con ojos color esmeralda. Ausencia de pestañas. Tersas mejillas. Rostro cilíndrico y desorejado, que va a fundirse con la elegancia de los puntiagudos cabellos.

Sonrió.

Expresión de complicidad. Su esbelto cuerpo irradia poder, seguridad, confianza: presencia dual: cuerpo de guerrero misil al tiempo que cuerpo hecho a imagen y semejanza de Dios Nuestro Señor.

Padre, hermano.

Los clonmisiles habían sido muy populares durante la Guerra de Reorden contra China. Pero luego cayeron en desuso con la llegada de las armasangélicas. Aunque en las Game-Guerras de Mundo Game continuaban siendo muy solicitados gracias a su alegre y sofisticado aspecto.

Como cualquier otra criaturabélica, resultaban fáciles de conseguir en las shoppingcitys de WebLand-Tierra Santa.

Se hallaban en las afueras del Complejo Capitán Garfio. Un prado infinito, compacto, se extendía en todas direcciones. Rosa y morado. Insectos zumbantes. Valles alfombrados de tulipanes, de nomeolvides. Colinas onduladas que disminuirían la fuerza de la onda expansiva. Paisaje a su servicio. El perfil de las lejanas citys como una manada en movimiento.

El ClonMisil le preguntó si estaba listo para jugar al Gran Estallido.

Guntaar respondió que sí. Su rostro transpiraba sosiego y sus enguantadas, blancas manos, tranquilidad. La curva de su cola, calma.

Esta vez era distinto. La Tentación no estaba allí. O estaba de otra forma. La Tentación era lo único verdadero. ¿Cómo había llegado a pensar que fuera parte del Plan Divino?

Nunca había estado enfermo.

Una bandada de aves cruzó el cielo de este a oeste dejando una estela algodonosa y un delicado olor a crema achocolatada.

Guntaar y ClonMisil avanzaron con los brazos abiertos, como grandes amigos.

Cuando se abrazaron, sobrevino la explosión.

La última imagen que vio Guntaar fue la del césped, reflejado en el espejo de los ojos del ClonMisil.

Sus amorosos ojos.

Luego, como siempre, vino la oscuridad. Siempre al principio venía la oscuridad. Y luego, después de un período indeterminado, un período que imaginaba muy corto teniendo en cuenta la eficiencia del Equipo de Resucitadores: murmullos. Murmullos dentro de su cabeza. Casi imperceptibles, pero que iban creciendo a medida que recobraba la consciencia. Murmullos que eran imágenes. Hasta que al final abría los ojos a la luz. Y sentía molestias, insignificantes dolores; pinchazos característicos de los nuevos órganos en pleno funcionamiento.

¿Podía pensar en la oscuridad?

No; recordaba más tarde las sensaciones que experimentaba durante el período de oscuridad.

Ahora estaba en la oscuridad. A la espera de los murmullos.

TULIPANES EVAPORADOS

El Equipo de Resucitadores recorría el cráter dejado por la explosión. Fragmentos del ClonMisil relucen dispersos. Pastos que arden. Llamas. Tulipanes evaporados. Tierra quemada. Sus negros cuerpos, que se multiplicaban y adquirían la forma que requería la ocasión, desplazándose entre la humareda y los cascotes que aún caían. Batallones nanomédicos cargados con el virtumapa de la víctima recorriendo la extensión afectada en busca de restos utilizables.

Una Navenube Restauradora cubre el cielo. Proyecta una sombra benéfica sobre el arruinado paisaje que comienza a rehacerse.

UN PERFIL REDONDEADO

Guntaar abre los ojos.

No hay murmullos. No hay nada que pueda llamarse luz.

En la niebla que se disipa cree distinguir un perfil redondeado y escuchar un ruido que pudiera ser el del vagón que se aleja hacia la Eternidad.

Pero no está seguro.

Después todo se va definiendo.

NOTA DEL AUTOR

Los fragmentos que enlazan los capítulos de *Garbageland*, pertenecen al *Diario de campaña* de José Martí. También los que aparecen como parte del *Libro sagrado*. El verso citado en Stefanni, pertenece al poema «Ah, que tú escapes», de José Lezama Lima. Quisiera que las alusiones a *El monte* —al margen de las interpretaciones que emanen de la lectura misma— fueran un homenaje a la obra del mismo título y a su autora, Lydia Cabrera. Que me acogió y me quiso, sin que lo mereciera.

A lo largo de *Orlán Veinticinco*, se cita a los siguientes autores:

José Lezama Lima. Las citas pertenecen a su novela *Paradiso* (Biblioteca Era, México, 1968) y al poema «Amanecer en Viñales» (*Fragmentos a su imán, Poesía completa*, Letras Cubanas, La Habana, 1985). En el capítulo «La Performance de Orlán», se incorpora íntegramente el poema «Rapsodia para el mulo» (*La fijeza*, Orígenes, La Habana, 1949).

Jorge Manrique, «A la muerte del maestre de Santiago don Rodrigo Manrique, su padre» (*Antología*, Novaro, México, 1962).

James M. Barrie, *Peter Pan y Wendy*, Juventud, Barcelona, 1965.

José Abreu Felipe, *El tiempo afuera*, Verbum, Madrid, 2001.

Vincent van Gogh, *Cartas a Theo*, Idea Book, Barcelona, 1998.

En el capítulo *Paradiso* se incluyen fragmentos de las siguientes obras: *La metamorfosis*» de Frank Kafka; *La llave*, de Junichiro Tanizaki; *El maestro y Margarita*, de Mijaíl Bulgakov, y *Yo estoy vivo y vosotros estáis muertos*, Phillip K. Dick 1928-1982, de Emmanuel Carrère.

Las alusiones a grupos de «susurradores» son un homenaje a Reinaldo Arenas y a su extraordinaria novela *El asalto* (Universal, Miami, 1991).

Rey, ojalá te guste.

El himno del equipo de baloncesto New Manhattan All Stars está basado en el *Himno Nacional* de la República de Cuba.

En el capítulo titulado «La Resurrección» (y a lo largo de todo el libro), se cita y se parodia el «Apocalipsis según san Juan» (*Santa Biblia*, versión de Casiodoro de Reina, 1569, revisada por Cipriano de Valera, 1602, y cotejada posteriormente, en 1977, con diversas traducciones y con los textos hebreo y griego, Clie, Barcelona).

Por último, las imágenes que son parte, no ilustran, esta novela:

Cabeza y botella (1975), óleo sobre lienzo. 166 x 174 cm, y *La línea* (1978), óleo sobre lienzo. 180 x 186 cm, de Philip Guston.

El arte de la pintura (1666-1668), óleo sobre lienzo. 120 x 100 cm, de Johannes Vermeer.

La ronda nocturna (1642), óleo sobre lienzo. 363 x 437 cm, de Rembrandt.

Ciprés contra un cielo estrellado (12-15 de mayo, 1890), óleo sobre papel grueso montado sobre lienzo. 50 x 65 cm, de Vincent Van Gogh.

La preparación de la cena (1940), gouache. 39.5 x 64.8 cm, de Pierre Bonnard.

ÍNDICE

OTROS TÍTULOS DE LA COLECCIÓN «MARIEL»

1. *Dile adiós a la Virgen* (novela), de José Abreu Felipe
2. *Al norte del infierno* (novela), de Miguel Correa
3. *La travesía secreta* (novela), de Carlos Victoria
4. *Este viento de Cuaresma* (novela), de Roberto Varelo
5. *Miami en brumas* (novela), de Nicolás Abreu Felippe
6. *Curso para estafar y otras historias* (cuento), de Leandro Eduardo (Eddy) Campa
7. *Del lado de la memoria* (cuento), de Luis de la Paz
8. *Impresiones en el viento* (cuento), de Rolando Morelli
9. *La loma del Ángel* (novela), de Reinaldo Arenas
10. *Boarding Home* (novela), de Guillermo Rosales
11. *El gen de Dios* (novela), de Juan Abreu

www.ingramcontent.com/pod-product-compliance
Lightning Source LLC
Chambersburg PA
CBHW032258020726
47495CB00001B/161